『源氏物語』の源泉と継承

川島絹江
Kawashima Kinue

kasamashoin

口絵１　冷泉為恭筆『年中行事図巻』十一月絵（細見美術館蔵）

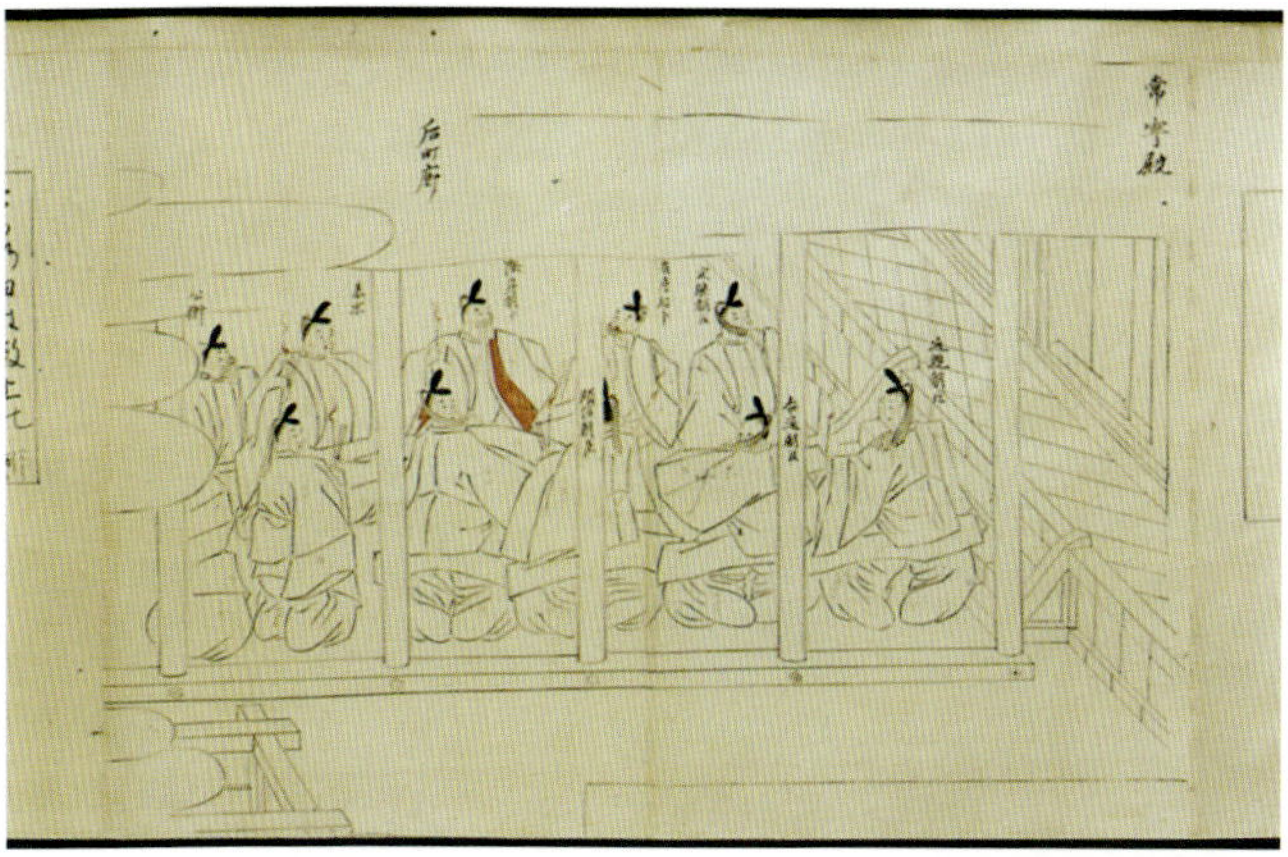

口絵２　冷泉為恭模写本『承安五節絵』絵４（東京芸術大学美術館蔵）

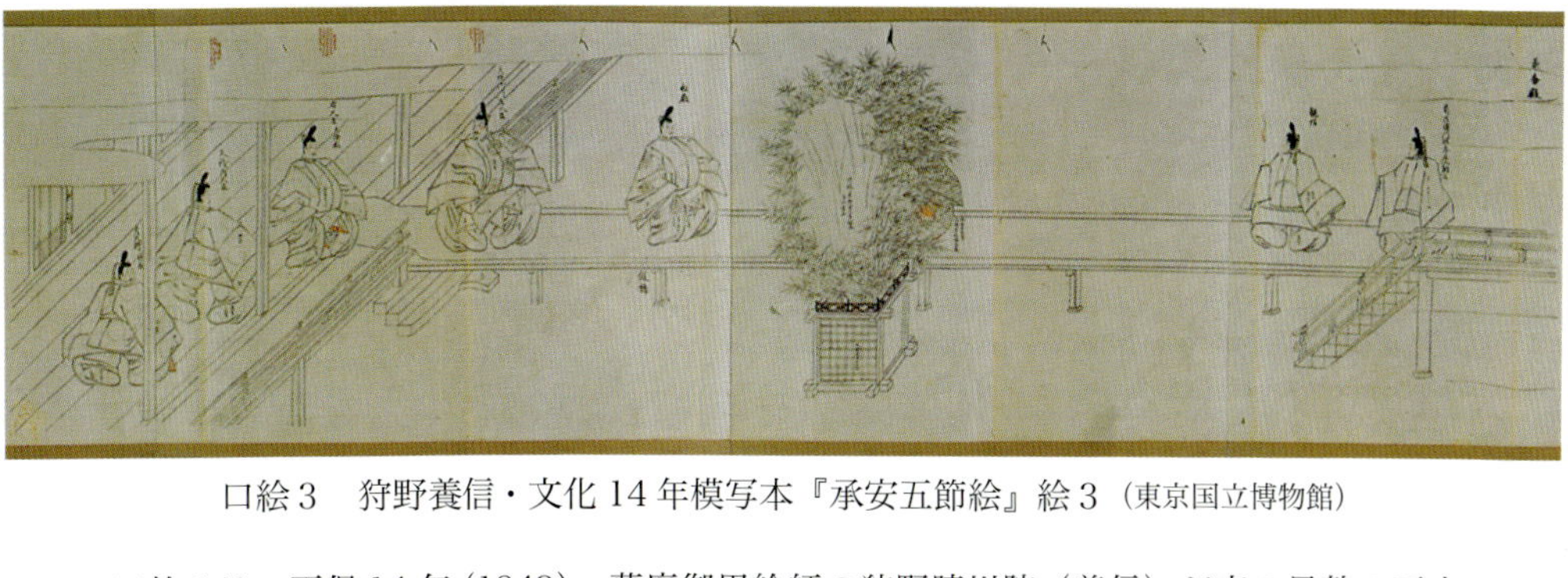

口絵３　狩野養信・文化 14 年模写本『承安五節絵』絵３（東京国立博物館）

口絵１は、天保 14 年（1843）、幕府御用絵師の狩野晴川院（養信）が京の早熟の天才絵師冷泉為恭に依頼した『年中行事図巻』。二人はともに平安宮内裏の貴重な絵画資料である『承安五節絵』の模写を行っている（口絵２・３、第四章第二・三節）。

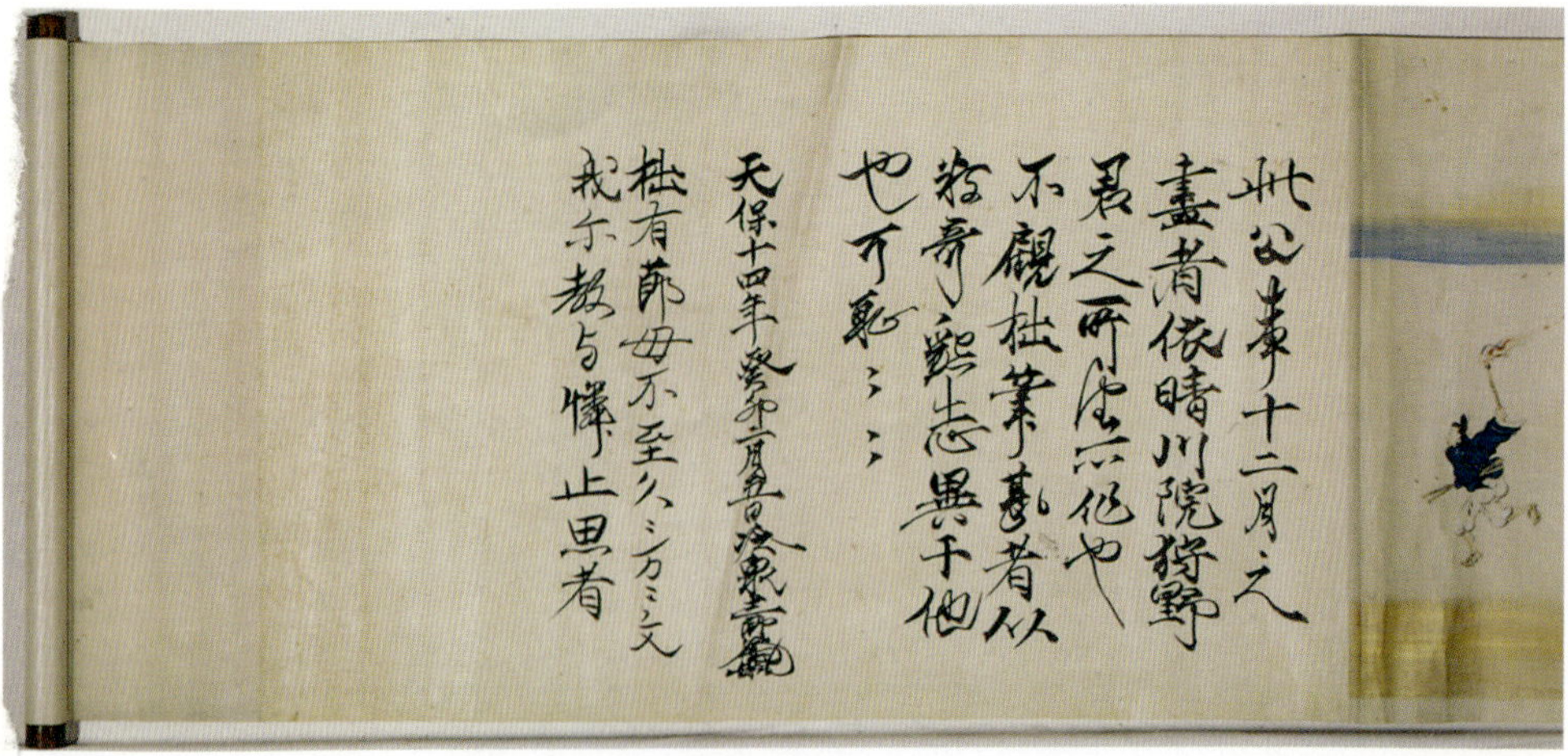

口絵４『年中行事図巻』奥書（細見美術館蔵）

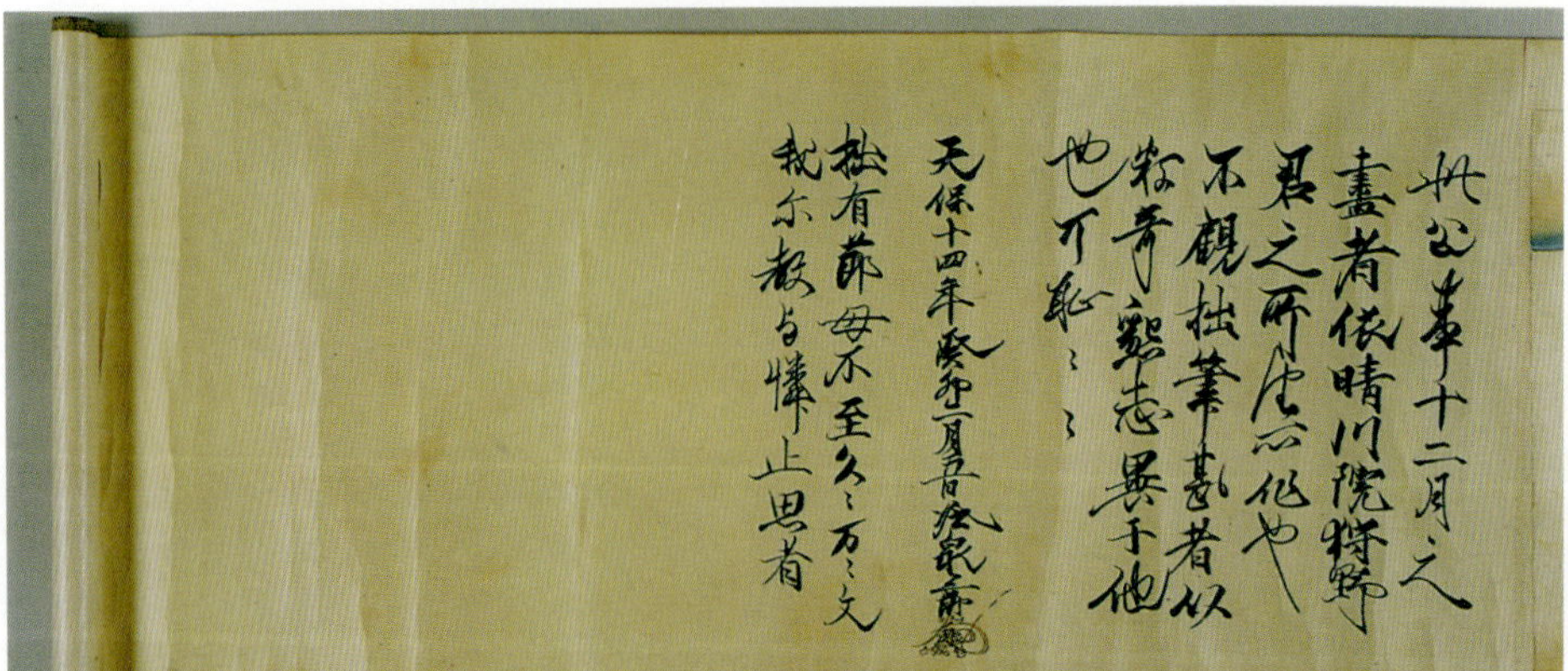

口絵５『公事十二カ月絵巻』奥書（国会図書館蔵）

十一月絵は『承安五節絵』絵３と絵４から為恭が創出したものと推論した（第四節）。

緒言

千年も昔に紫式部という一人の女性によって作られた『源氏物語』が、長い時の流れの中で読み継がれ、今も人々に感銘を与えている。『源氏物語』に描かれた女性たちはそれぞれ個性的で、魅力があり、生き生きと描かれている。作者紫式部は、様々な方法を用いて、登場人物たちに命を吹き込んだ。作者の用いた手法はいかなるものなのか。本書は、『源氏物語』の源泉を探り、物語の創作方法を明らかにし、さらに、『源氏物語』が次世代の『無名草子』にいかに継承されたか、そして、その後の古註釈書にいかに読み継がれているかを論じた。『源氏物語』を中心に据え、『源氏物語』の成立以前、成立当時、成立後と、長いスパンの中で物語の本質と方法を明らかにしようとするものである。『源氏物語』が描こうとしたのは、様々な女性の生き方であり、『源氏物語』は女性の生き方を探求した書と捉えうる。鎌倉時代初期に成立した『無名草子』も、物語の本質をそのように捉えており、その時代において『源氏物語』がいかに継承されたか、併せて論じた。本書は日本文化史、物語史の側面も持っている。

本書は大きく、『源氏物語』研究、『承安五節絵』研究、『無名草子』研究の三部からなる。

まず、『源氏物語』研究、第一のテーマは、源泉追求、および、その源泉を用いた人物造型の方法の解明である。源泉となるもの、言い換えると物語の素材となるものは、『源氏物語』成立以前、そして、成立した当時に様々な形で存在する。先行文学、和歌、実在人物、気象、植物、音楽、建物など様々なものが考えられる。しかし、自然環境、風俗習慣、社会制度など、あらゆるものが、長い時の流れの中で変化し続け、現代のわれわれにはわからなくなってしまったことがたくさんある。『源氏物語』を正確に読み解くためには、成立した時代、あるいは彼女が描こうとした時代の、文化、制度、自然環境にまで、立ち至らなければならない。複眼的視点で、時代背景を考慮しつつ、三十年に亙り、文献資料、絵画資料にあたり、時には実体験をしながら、調査し、考察し、研究してきた論をここに一つにまとめることとした。

第二のテーマは源泉としての「梅」と「紅梅」。最初から構想があったとは思えないが、書き続けるうちに「梅」「紅梅」にはある意味、ある働きが付与されたと考えられる。作品全体から「梅」「紅梅」の持つ意味、働きを考察した。

第三のテーマは源泉としての琴（きん）という楽器。作者紫式部がなぜ琴（きん）を描いたのか。光源氏はなぜ琴（きん）の名手として設定されたのか。これも大きなテーマである。平安時代前期まで琴（きん）は盛んに用いられた。それが後期には廃れてしまう。平安時代の前期と後期では、扱われ方も存在の意味も明らかに異なっている。琴（きん）の本質を明らかにすることで、『源氏物語』に描かれた意味が見えてくる。日本と中国の関係も背景にある。このテーマを明らかにするため、私は琴（きん）の習得を目指した。琴（きん）を入手し、琴（きん）の構造や奏法を実際に学んだ。琴譜（いわゆる減字譜）を読めるようになり、実際に数曲を弾けるようになった。身近に中国の琴師がいたことも幸運であった。「広陵散」も胡笳曲も「昭君怨」も身近で聞くことができた。琴（きん）の研究は、課題が残っており、今後も継続する。文学を超えた日中文化交流史を今後の課題としたい。

『承安五節絵』は『源氏物語』の花宴巻の考察に用いた絵画資料。これは、平安時代末、『年中行事絵巻』と同じく、後白河院の要請で製作されたと思われ、『年中行事絵巻』と同様に、原本を失い、模本のみが残る。模本であっても絵画資料としての価値は高いが、模本であるがゆえに原本により忠実であることが要求される。これが模本調査をはじめた理由である。より原本に近い形で、資料として利用したいと考えた。詞書の翻刻と諸本の校異が研究の中心であったが、平成十五年、思いがけず、彩色巻子本の本願寺旧蔵本を入手することができた。本書では、この架蔵本（綺羅文庫）も加え、これまでの論文を一つにまとめた。『源氏物語』研究の絵画資料として不可欠の資料であり、入手しにくい資料であるため、二次的源泉ということになるが、『源氏物語』研究の発展に益すると考えて、本書にまとめることとした。

私の研究の始発は『無名草子』研究であった。一読して、女性の書いた女性論書であり、物語批評はその一環としてある、そう理解し、埼玉大学の卒業論文「『無名草子』の女性論」にまとめた。『無名草子』は、鎌倉時代初めの散逸物語の資料という見方が強かった中で、女性が書いた女性のための書と位置づけた筑波大学の桑原博史先生に師事した。筑波大学大学院博士課程において、『源氏物語』を本格的に研究しはじめ、『無名草子』の本質が一層理解できるようになった。『無名草子』は『源氏物語』の型と方法、そして目的までも継承したもの、物語の本質を受け継いだものと位置づけた。

本来、『源氏物語』研究、『承安五節絵』研究、『無名草子』研究と、三つの研究テーマを持っていたが、目的は物語の本質を明らかにすることであり、そのための分析であり、そのための調査であり、そのための資料であった。三つの研究が次第に絡み合い、有機的につながり、「『源氏物語』の源泉と継承」という形となって、体系的に一書にまとめ得たと思う。本書は、私の三十年の研究の成果である。

筑波大学の恩師伊藤博先生は、「研究は歩兵の足と大鷲の目で」と常におっしゃっておられた。「細部にこだわり、歩兵の如く、労を惜しまず調査せよ。同時に、空飛ぶ大鷲の如く、常に大局からものをみることを忘れてはならない」、この教えが私の研究の基本的な方針であった。今後も変わることなく、研究を続けたいと願う。

目次

第一章

『源氏物語』の源泉と人物造型

『源氏物語』の主人公光源氏は、希有な美貌と才能に恵まれた理想の男性として描かれているが、作者が描こうとしたのは、むしろ、彼を取り巻く様々な女性たちの、色とりどりの生き様ではなかったかと思う。光源氏の最愛の女性―藤壺。北山で見つけた少女―紫の上は藤壺の姪で、生涯の伴侶となる。敵方右大臣の娘―朧月夜との出会いと再会、その後の逢瀬は須磨退去の原因となる。登場の初めから老練な好色女官として印象深い源典侍。夕顔の遺児玉鬘の登場とその人生。これら五人の女性たちについて、様々な源泉を探り、人物造型の方法を追求した。

第一節で、源泉として扱うのは藤壺の和歌である。藤壺の詠出した和歌の真意を読み取り、和歌によって紡ぎだされた藤壺の思いと生き方、背景にある源泉としての『伊勢物語』の受容の方法を明らかにする。

第二節では、紫の上の人生に配された和歌を総合的に読み解くことにより、『源氏物語』における源泉としての和歌の機能を追求。巻を隔て、和歌によって有機的に繋がっている紫の上の人生の描き方を解明した。

第三節では、光源氏と朧月夜との出会いと再会の場で行われる歌詞改変を指摘。背景としての『伊勢物語』の受容の方法を明らかにした。

第四節では、特異な存在感を示す源典侍の人物造型の方法とその源泉を探る。紅葉賀巻では、衣通姫の和歌をめぐって清少納言との関わりを指摘。また『蜻蛉日記』の作者との関連を指摘。朝顔巻では、源典侍をめぐる原文と古註から散逸『枕草子』の可能性を探り、清少納言と『枕草子』を、源典侍の人物造型の源泉として指摘した。

第五節では、玉鬘十帖の源泉を探り、夕顔の遺児玉鬘の登場の方法と、人物造型の方法を明らかにした。『和泉式部日記』との関わり、当時の気象、ゴシップ、政治情勢など、背景に見え隠れするものを明らかにすることで、作者の創作意図もみえてこよう。また、『源氏物語』内部の巻があらたな巻々の源泉となりうることを指摘した。

第一節　藤壺の和歌――『伊勢物語』の受容の方法――

一　はじめに

光源氏の最愛の女性である藤壺は、光源氏のことをどう思っていたのだろうか。作者は、藤壺という女性を、どのように設定し、読者にどう読ませようとしたのだろうか。この問題を解く鍵が藤壺の和歌にあるように思われる。『源氏物語』全体の中に、藤壺の和歌は十二首存在する。まず、藤壺の和歌とそれに対応する光源氏の歌を以下に抽出してみる。場の歌、文による贈答歌、心中歌の区別も示した。和歌の原文引用は新潮日本古典集成本による。

若紫	場	贈	源	1' 見てもまた逢ふ夜まれなる夢のうちにやがてまぎるるわが身ともがな
		答	藤	①世語りに人や伝へむたぐひなく憂き身をさめぬ夢になしても
紅葉賀	文	贈	源	2' もの思ふに立ち舞ふべくもあらぬ身の袖うち振りし心知りきや
		答	藤	②唐人の袖振ることは遠けれど立居につけてあはれとは見き

紅葉賀	文	贈	源	3'よそへつつ見るに心はなぐさまで露けさまさるなでしこの花
	文	答	藤	③袖濡るる露のゆかりと思ふにもなほ疎まれぬやまとなでしこ
	心	独	源	4'尽きもせぬ心の闇にくるるかな雲居に人を見るにつけても
花宴	心	独	藤	④おほかたに花の姿を見ましかばつゆも心のおかれましやは
賢木	場	贈	源	5'逢ふことのかたきを今日に限らずは今幾夜をか嘆きつつ経む
	場	答	藤	⑤ながき世のうらみを人に残してもかつは心をあだと知らなむ
	場	贈	藤	⑥九重に霧や隔つる雲の上の月をはるかに思ひやるかな
	場	答	源	6'月かげは見し世の秋にかはらぬを隔つる霧のつらくもあるかな
	場	贈	源	7'別れにしけふは来れども見し人にゆきあふほどをいつとたのまむ
	場	答	藤	⑦ながらふるほどは憂けれどゆきめぐり今日はその世に逢ふ心地して
	場	贈	源	8'月のすむ雲居をかけてしたふともこの世の闇になほやまどはむ
	場	答	藤	⑧おほかたの憂きにつけてはいとへどもいつかこの世を背き果つべき
	場	贈	源	9'ながめかるあまのすみかと見るからにまづしほたるる松が浦島
	場	答	藤	⑨ありし世のなごりだになき浦島に立ち寄る波のめづらしきかな
須磨	場	贈	藤	⑩見しはなくあるは悲しき世の果てを背きしかひもなくなくぞ経る
	場	答	源	10'別れしに悲しきことは尽きにしをまたぞこの世の憂さはまされる
	文	贈	源	11'松島のあまの苫屋もいかならむ須磨の浦人しほたるるころ
	文	答	藤	⑪塩垂るることをやくにて松島に年ふる海士もなげきをぞつむ
絵合	場	唱	藤	⑫みるめこそうらふりぬらめ年経にし伊勢をの海士の名をや沈めむ
薄雲	心	独	源	12'入り日さす峰にたなびく薄雲はもの思ふ袖に色やまがへる

表から明らかなように、光源氏への返歌が八首（①②③⑤⑦⑧⑨⑪）、藤壺の方からの贈歌が二首（⑥⑩）、光源氏

を想う独詠歌が一首（④）。残りの一首は、藤壺最後の和歌であり、絵合における『伊勢物語』支持の歌である（⑫）。後述するが、この歌は藤壺の光源氏支持の歌と考えられる。藤壺の和歌はすべて光源氏との関わりの中で詠まれているといってよいであろう。また、光源氏と藤壺が対座して詠んだ場の歌は、若紫巻の①、賢木巻の歌全て（⑤～⑨）、須磨巻光源氏出立の時の歌（⑩）の七首である。絵合巻の唱和歌⑫を加えると合計八首になる。手紙文による贈答歌は②③⑪の三首、すべて光源氏の贈歌に対する返歌である。藤壺からの贈歌二首はともに場の歌であり、藤壺からの文による働きかけはない。心中歌は花宴巻の④のみであるが、それに対応する紅葉賀巻の光源氏の心中歌を4′で示した。

述べてきた如く、藤壺が登場し、和歌を詠む場面は、すべて光源氏と関わっている。光源氏と藤壺の秘められた恋は、一方的な光源氏の働きかけに終始し、藤壺の真意はほとんど語られていないといってよい。だが、藤壺と光源氏が絡む場面の中心には和歌が配され、藤壺の和歌は藤壺の感極まったところで詠まれている。藤壺の光源氏に対する真意はこれらの和歌（あるいは、和歌そのものでなく、その和歌を詠むという行為に至る心の動きといってもよいであろう。）にこそ表れていると考えられる。問題はこれらの和歌をどう読み取るかであろう（1）。

本節は、藤壺の和歌に注目し、若紫巻から絵合巻に点在する十二首の藤壺の和歌がどのような経緯で、どのような状況において詠まれたものかを考慮しつつ、一首一首の和歌を検討し、かつ、巨視的な観点からも検討することで、藤壺の真意を読み取り、併せて、それらの和歌が光源氏と藤壺の物語をどう紡いでいくのかを見ていきたいと思う。

また、光源氏と藤壺の関係が、特に前半において、和歌を中心に紡がれていくことは、先蹤としての『伊勢物語』を連想させる。既に指摘されるように『河海抄』料簡には「好色のかたは道の先達なるがゆへに在中将の風をまねびて、五条二条の后を薄雲女院朧月夜の尚侍によそへ」と注されている。この読みを一層深めて、石川徹氏「伊勢物語の発展としての源氏物語の主想―輝く日の宮と光る君と―」（『古代小説史稿』〔刀江書院、昭33・5〕所収）では、第一期（槿迄）構想の主軸が、その素材を殆ど『伊勢物語』に獲ており、「史伝中の一女性二条后を裁断両分して新たに二人の架空の女性を造り、一を藤壺中宮に他を朧月夜尚侍に仕立てた」とし、『伊勢物語』と『源氏物語』の細部にわたる構想上の類似を指摘した。この論を受けた秋山虔氏(2)の「源氏物語の作者は、わが虚構世界の造成のために、どのような伊勢の真価をひき出し、わが栄養とすることができたか」という問いは、『伊勢物語』から『源氏物語』への発展がどうなされたかという問題として、先学諸氏によって詳細に検討されてきている(3)。

本節もまた、藤壺の和歌を検討することにより、『源氏物語』が『伊勢物語』をどう受容したかという問題を考えることになろう。

二　藤壺の最初の和歌と『伊勢物語』

藤壺の最初の歌は、若紫巻の光源氏との密通の時に歌われている。先ずその場面をあげておく。

藤壺の宮、なやみたまふことありて、まかでたまへり。…（中略）… 王命婦を責めありきたまふ。いかがたばかりけむ、いとわりなくて見たてまつるほどさへ、うつつとはおぼえぬぞ、わびしきや。宮も、あさましかりしをおぼしいづるだに、世とともの御もの思ひなるを、さてだにやみなむと深うおぼしたるに、いと心憂くて、いみじき御けしきなるものから、なつかしうらうたげに、さりとてうちとけず、心深うはづかしげなる御もてなしなどの、なほ人に似させたまはぬを、などか、なのめなることだにうちまじりたまはざりけむと、つらうさへぞおぼさるる。何ごとをかは聞こえ尽くしたまはむ。くらぶの山に宿りも取らまほしげなれど、あやにくなる短夜にて、あさましうなかなかなり。

1′見てもまた逢ふ夜まれなる夢のうちにやがてまぎるるわが身ともがな

と、むせかへりたまふさまも、さすがにいみじければ、

①世語りに人や伝へむたぐひなく憂き身をさめぬ夢になしても

おぼし乱れたるさまも、いと道理にかたじけなし。命婦の君ぞ、御直衣などは、かき集め持て来たる。殿におはして、泣き寝に臥し暮らしたまひつ。

（若紫巻・一―二二二～三頁、原文引用は新潮日本古典集成『源氏物語』を用いる。以下同じ。）

石川徹氏前掲論文は、この場面を「勢語第六十九段、いはゆる狩の使の段を踏まへて描写されてゐると思はれる」とする。また、玉上琢彌氏『源氏物語評釈』では、若紫巻において「わかむらさき」という巻名からすでに読者は『伊勢物語』初段を想起するが、「出典を明示した時、作者は出典から離れ」「（読者は）それとの相違点を注意ぶかく数えてゆかなくてはならない」と、注目すべき読みがなされており、この部分をやはり狩の使の章段の影響とする(4)。

禁忌の恋であるという設定が類似し、本文中の「うつつ」の語、光源氏と藤壺の贈答歌中の「夢」というキーワードからしても『伊勢物語』六十九段狩の使の章段が深く関わっていることは確かであろう。だが、玉上氏に従えば、「読者が数えてゆかなくてはならないに相違点」を、作者は用意周到に設定していると思われる。

相違点としてはまず、『伊勢物語』の女は神に仕える斎宮、藤壺は帝の寵妃である。『伊勢物語』の逢瀬は初めての逢瀬。光源氏と藤壺の逢瀬は二度目(5)である。また、『伊勢物語』の女は非常に積極的に男に近づく。贈答歌

も女からである。一方、藤壺は「あさましかりしをおぼしいづるだに、世とともの御もの思ひなるを、さてだにやみなむと深うおぼしたるに、いと心憂くて」と、『源氏物語』中で描かれない先の逢瀬を深く後悔し、二度と光源氏には逢うまいと決心していた。それなのに逢ってしまった。藤壺の方から逢おうという意思は二度とも皆無であった。合意ではないのである。この点が『伊勢物語』とは全く対照的である(6)。

藤壺の歌の

①世語りに人や伝へむたぐひなく憂き身をさめぬ夢になしても（若紫巻・一―二一三頁）

の「さめぬ夢」は明らかに『伊勢物語』第六十九段の贈答歌

（女）君や来し我や行きけむおもほえず夢かうつつか寝てかさめてか（新潮日本古典集成本・八四頁）

（男）かきくらす心の闇にまどひにき夢うつつとはこよひ定めよ（同・八五頁）

を踏まえた表現であろう。だが、我身を「たぐひなく憂き身」と嘆く藤壺に対し、『伊勢物語』の女の歌にそのような自覚はない。藤壺の方は「世語りに人や伝へむ」と、この密事が露顕することを極度に恐れている。この「世語りに人や伝へむ」という表現が非常に気になる。このような秘事が「世語り」にされた例が他にあるというのか。あるとすれば、それは『伊勢物語』に他なるまい。藤壺は、我が身と『伊勢物語』に語られる二条后高子や斎宮恬子とを比較して、「たぐひなく憂き身」というのではあるまいか。

藤壺にとって『伊勢物語』とはどういうものであったかは、絵合巻に明記されている。藤壺中宮御前の女たちの絵合に「伊勢物語に正三位を合はせて…」（絵合巻・三―一〇五頁）と書名が出て来る。「業平が名をや朽すべき」（同）、「在五中将の名をば、え朽さじ」（同）と言い、絵の優劣の基準に在原業平の名前を上げ、藤壺中宮自らも

⑫みるめこそうらふりぬらめ年経にし伊勢をの海士の名をや沈めむ（絵合巻・三―一〇五頁）

と詠んで、古き名高き『伊勢物語』を支持した。本章・第三節で論じることとなるが、『源氏物語』の作中人物たちは『伊勢物語』を古き名高き物語として知っていると、ここで確認できる。しかも、当時、『伊勢物語』は正史には記されえない在原業平の秘話を記した史実と考えられていたようである。たとえば、六十九段狩の使の章段は業平と斎宮恬子の実話であり、この一夜の契りで生まれたのが高階師尚であるという言い伝えは、真偽はともかく、当時信じられていたようで、『権記』寛和八年五月廿七日の条には東宮決定の際「故皇后宮外戚高氏之先、依斎宮事為其後胤之者、皆以不和也…」と、定子皇后の外戚が高階氏であることを理由に皇后所生の敦康親王が退けられたことを記している。

『源氏物語』は『伊勢物語』と同様、臣下に下った皇子の正史には記されえない秘話を記した体裁になっている。こうしてみると、『源氏物語』が『伊勢物語』を積極的に取り入れるのは、当時の読者の『伊勢物語』の捉え方からすれば、虚構の人物を実在の人物に仕立てるための一つの方法であったのかもしれない。

絵合巻で明示された如く、作中人物たちは『伊勢物語』を名高き物語として承知していた。遡って、桐壺巻以降散りばめられて来た時代を暗示する言葉（亭子院・伊勢・貫之・宇多帝の御誡・鴻臚館等々）を想起する時、当時の読者ならこの物語の時代設定を確信をもってそれと認識しえたはずである(7)。

『伊勢物語』は光源氏や藤壺の生きる時代よりも前に存在しており、古き名高き物語であった。『源氏物語』に登場する人物たちは名高き『伊勢物語』を教養として知っている。このような認識のもとに先の藤壺歌を読んでみよう。

「世語りに人や伝へむ」は、藤壺の脳裏に前例としての『伊勢物語』があり、「あの有名な『伊勢物語』に伝えられる業平と二条后高子や斎宮恬子の話のように、この私の密事も世語りに人が伝えるのだろうか…」と考えての言と読むことができるのではなかろうか。藤壺が恐れたのは、我が密事が『伊勢物語』のように「世語り」として広まることであったのだ。朝顔巻末、紫の上相手に光源氏が女性批評をした後、光源氏の夢に藤壺が恨んだ様子で「漏らさじとのたまひしかど、憂き名の隠れなかりければ、はづかしう、…（朝顔巻・三―二一二～三頁）」と語ったとあるように、藤壺は、その死後まで、世間に漏れることを恐れていた。

「たぐいなく憂き身」は、藤壺が『伊勢物語』に伝えられる人々と我身を比べて、我身の辛さはそれ以上で、この上もないと感じたからこそ出てくる語なのではあるまいか。藤壺はそう歌うことによって、二条后高子や斎宮恬子とは違い、その逢瀬が決して望んだことではないと、光源氏に対して強く主張しているとも考えられる。また、「さめぬ夢」というのは光源氏の

1′　見てもまた逢ふ夜まれなる夢のうちにやがてまぎるるわが身ともがな（若紫巻・一―二三一頁）

の歌を受けつつ、藤壺自身が『伊勢物語』六十九段の女の歌

（女）君や来し我や行きけむおもほえず夢かうつつか寝てかさめてか

を連想していることの証でもあろう。

ここで言いたいことは、『伊勢物語』が単なる素材源、影響源であるばかりでなく、『源氏物語』の内部世界に『伊勢物語』が古き名高き物語として存在しており、『源氏物語』の登場人物にとっても、既存の有名な物語として認識されているということである。

特に注意すべきことは、『伊勢物語』が連想される場面において、『伊勢物語』の歌詞を引用するのは作中人物であり、その作中人物自身が、教養として知っている『伊勢物語』との類似を意識しているということである。『伊勢物語』が前提にあって、藤壺は我が身を律して行くのである。

三　藤壺の否定的な物言いと真意

若紫巻の密事によって懐妊した藤壺は、「はかなき一行の御返りのたまさかなりしも、絶え果てにたり」（若紫巻・一―二二五～六頁）とあるように、以後、光源氏との連絡を絶とうと決意する。にも係わらず、妊娠中に一度、出産直後に一度、光源氏から贈られてきた和歌に返歌している。その二組の贈答歌は紅葉賀巻にある。

まず、朱雀院の紅葉賀の試楽の翌朝の贈答歌。

2′光源氏　もの思ふに立ち舞ふべくもあらぬ身の袖うち振りし心知りきや（8）

②藤壺　唐人の袖振ることは遠けれど立居につけてあはれとは見き

おほかたには（紅葉賀巻・二―一三頁）

紅葉賀の試楽における光源氏の青海波の舞は万人の心を揺さぶった。藤壺とて例外ではない。特にその舞が自分に向けられたものであると告白されては、二度と返事はするまいという決心も鈍ったのであろう。その返歌が②である。けれど、素直に絶賛するわけにもいかない。その心の動揺が返歌に書き添えられた「おほかたには（一通りには感動しました）」の語に表されているのであろう。実は「おほかた」ではないのである。しかし、「おほかた」でなくてはならないと自己規制しているのである。この「おほかた」という語は④、⑧でも使われていて、藤壺の心を理解するのに重要な語である。なお、この「おほかたには」を「おほかたにはあらず」の略と解釈する説もある。この場合、藤壺の光源氏の舞に対する感動を表現するわけだから、光源氏に対して好意的である。だが、それでは光源氏に付け入る隙を与えてしまうことになるだろう。藤壺の必死の拒否態度で光源氏の激情は辛うじて押さえられているのだ。秘密の子の出産間近にそのような危険を犯すとは思えない。光源氏が藤壺の返事を喜ぶのは、「たまさかなりしも、絶え果てにたり」という状態であったのに、返事をもらえたことに因るのであろう。

二度目の贈答歌は藤壺腹の皇子が誕生した後、初めて光源氏がわが子を見た直後。

3′光源氏　よそへつつ見るに心はなぐさまで露けさまさるなでしこの花（紅葉賀巻・二―二八頁）

③藤壺　袖濡るる露のゆかりと思ふにもなほ疎まれぬやまとなでしこ（紅葉賀巻・二―二九頁）

藤壺歌の「袖濡るる露」は光源氏の歌の「露けさまさる」を受けて、光源氏の袖が涙で濡れていることを言うのであろう。また、「なほ疎まれぬ」の「ぬ」を完了ととる説と打消「ず」の連体形ととる説と二説ある(9)が、完了ととって考えてみる。「涙で濡れているというあなたのゆかり（子供）であると思うと、やはり疎ましく思ってしまいます、生まれたばかりのわが子を」と解釈でき、その内容は光源氏に対する嫌悪で満ち、痛烈で、光源氏の甘えた心を突き刺すようなことばである。だが、藤壺は光源氏に瓜二つのわが子を本当に疎ましいと思ったのだろうか。それは以後の藤壺の若宮に対する態度を見れば明らかである。藤壺は若宮のためだけに生きたとさえ言えるだろう。疎ましいと思う子に対してできることではない。女だから、母親だから、必ず母性を持っているとは限らない。産みたくない気持ちのまま産んだ実の子に対して（たとえば、暴行を受けて妊娠、出産に至ってしまった場合など）、母親らしい感情を持てない母親の例は昔も今も存在する。藤壺が心底光源氏を拒絶していたら、藤壺は若宮を愛することはできなかったであろう。逆に、叶わぬ恋の代償としてわが子を熱愛したとも考えられなくはない。

では、藤壺のこのような激しい言葉は何を意味するのか。この歌は、裏を返すと若宮が光源氏の子であることを認めていることになる。光源氏はすでに夢解きにより、藤壺の宿した子がわが子であることを知っている。藤壺の出産が遅れたことからも確証を得ている。だが、藤壺の方は光源氏の夢解きのことなど知る由も無い。光源氏が若宮を見たがった時、そっくりであることを知られたくなくて見せなかった藤壺である。何故か。藤壺は若宮が光源氏の子であると光源氏に悟られたくなかったからである。秘密を知る王命婦をそれとなく遠ざけてもいる。だが、光源氏はもう若宮を見てしまった。しかも、桐壺帝に「いとちひさきほどは、皆かくのみあるわざにやあらむ」（紅葉賀巻・二―二七〜八頁）と言われて、光源氏も藤壺も各々冷汗を流した。藤壺にしても一人で抱え切れる秘密ではなかった。激しい言葉の裏に真実が打ち明けられているのである。ここで二人は、はっきりと秘密を共有したと言えるだろう。藤壺からの働きかけで、わが子であることをはっきり確認したのは、この藤壺の和歌によってである。

筆者は「ぬ」を完了と解釈し、このように読み取るべきだと考える。表面上の強い拒絶とその裏に隠された秘密の吐露。光源氏にとっても重く辛い秘密である。涙を流しつつ、若紫の君を相手に心をなぐさめる場面が次に続いている。

打消ととった場合、「あなたの子だと思うにつけてもやはり疎むことができない」となると、秘密を吐露した上に、さらに光源氏に多少の期待を与えてしまうことにならないだろうか。「疎むことができない」は愛情表現ととれる。若宮出産後、「世語り」を恐れる藤壺は光源氏に多少の期待も与えてはならないはずである。藤壺は毅然と自己規制を強めていると考えるべきではないか。

光源氏は送られて来た②の歌を「ほほゑ」んで見ていた。③は「胸うち騒ぎて、いみじくうれしきにも涙おちぬ」（紅葉賀巻・二―二九頁）とある。穏やかに見る事のできない内容だったということではなかろうか。藤壺の真意を読み取って「いみじくうれし」く感じはするものの、藤壺とのどうしようもない隔たりを実感して、光源氏は涙を落としたのではあるまいか。

両歌とも、光源氏の痛切な恋心の吐露に対し、すげないものであった。だが、歌の内容はともかく、「はかなき一行の御返りのたまさかなりしも絶え果て」（若紫巻・一―二二五〜六頁）た状態であったのに返歌した。そこが重要である。思い余って返歌せざるをえなかった藤壺の心意を汲むべきであろう。

四　たった一つの独詠歌

藤壺の和歌には、独詠歌が一首ある。花宴巻、宮中桜の宴の折り、ひとさし舞った光源氏を見ての心中歌である。中宮、御目のとまるにつけて、春宮の女御のあながちに憎みたまふらむもあやしう、わがかう思ふも心憂しとぞ、みづからおぼしかへされける。

④おほかたに花の姿を見ましかばつゆも心のおかれましやは
御心のうちなりけむこと、いかで漏りにけむ。（花宴巻・二―五一頁）

藤壺は自然に光源氏に目が行ってしまう自分、弘徽殿の女御が光源氏を憎むことを不可解に思ってしまう自分を「心憂し」と思う。自然に目が行ってしまうのは光源氏にひかれているからに他ならない。歌には「おほかた」という語が使われている。光源氏との密事がなかったならば、素直に光源氏の美しい舞姿を讃美できるのに。「おほかた」（並みひととおり）の関係でいたかったという思いが藤壺には常につきまとっている。「ましかば…まし」が使われているように、現実は「おほかた」ではなかった。本心は讃美したいのである。できないのは、帝を裏切り、騙し続けているという罪悪感があるからである。

花宴巻と対になっている紅葉賀巻の最後の部分で、藤壺は春宮の母である弘徽殿女御を差し置いて、中宮に冊立された。桐壺帝は、近々譲位して藤壺腹の若宮を春宮にしようとしている。藤壺の中宮冊立は、その後見としての母の地位を確実にしておくための帝の配慮であった。このような桐壺帝の若宮に対する愛情が深ければ深いほど、桐壺帝を裏切った藤壺の罪悪感は深くなる。

④は苦悩の歌である。けれども、藤壺の本心をのぞかせる歌でもある。藤壺のたった一つの独詠歌は、光源氏にひかれつつ、ひかれてはならぬと自制する歌なのである。

一方、紅葉賀巻の巻末で藤壺が中宮に冊立された時、光源氏は、藤壺がもう手の届かない存在になってしまったことを嘆く歌を詠んでいる。

4′尽きもせぬ心の闇にくるるかな雲居に人を見るにつけても（紅葉賀巻・二―四五頁）

この光源氏の独詠歌に応ずるかのように、次の花宴巻に④の藤壺の独詠歌が配されているのである。心憎いばかりの構成といえよう。両歌とも「見る」という語が使われ、呼応している。互いに相手を遠くから「見る」ことだけがゆるされた恋なのである。

この光源氏の歌は木船重昭氏(10)によって『伊勢物語』六十九段の

（女）君や来し我や行きけむおもほえず夢かうつつか寝てかさめてか

（男）かきくらす心の闇にまどひにき夢うつつとはこよひ定めよ

の男の歌を踏まえ、「心の闇」という語を使ったものと指摘されている。若紫巻の逢瀬の場面でも『伊勢物語』六十九段が、光源氏と藤壺の意識の中に存在したが、それは絶えず二人に付きまとってもいたのである。藤壺は絶えず『伊勢物語』のような「世語り」を恐れ、光源氏の方は、先の逢瀬を「夢」と認識し、もう一度逢いたいと願う尽きせぬ「心の闇」にくれていたのである。このとらえ方の違いこそが、光源氏の悲恋の原因でもある。

五　賢木巻の拒絶の和歌

いままで検討してきた①〜④の歌からみて、藤壺は光源氏を拒絶しきっていない。若宮を懐妊した密事においても、藤壺は世間を気にし、我身を憂しと思うが、光源氏を拒みきれないでいる。③の歌も疎ましいと言いながらも、その裏に秘密を共有する同志的な心が潜んでいた。

ところが、賢木巻では、再度の逢瀬を持とうとする光源氏の働きかけに対し、胸を病むほどの拒否反応を起こして拒みきっている。藤壺のもとで、はかなく二夜を明かした光源氏は

5′逢ふことのかたきを今日に限らずは今幾世をか嘆きつつ経む

御ほだしにもこそ（賢木巻・二―一五四頁）

と言う。その返歌

⑤ながき世のうらみを人に残してもかつは心をあだと知らなむ（同右）

この歌に対し光源氏の心境は

はかなく言ひなさせたまへるさまの、言ふよしなきここちすれど…（同右）

とある。

藤壺が光源氏を拒絶しきった時のこの歌について考えてみたい。光源氏はこのように拒絶されるならば、何度生まれ変わっても歎き続け、その自分の藤壺に対する執着心が藤壺の往生の妨げになるだろうと言う。それに対し、藤壺の返歌は光源氏の心を「あだ」と指摘している。そういわれて光源氏は「言ふよしなきここち」がしたとい

う。「言ふよしなきここち」は『岷江入楚』に

…源の心よりなし給へる事なれば心をあだとみづから思ひしり給へとやすくくとよみ給へるを詞をつくしつるかひもなしと源のおぼす心にや。いふよしなくとは詞をつくしていへるかひなき心なるべし

（中田武司氏編『岷江入楚』一〈源氏物語古注集成11〉六三四頁。句読点は私見でつけた）

とあり、『湖月抄』もこれを受けている。一方、本居宣長『玉の小櫛』では、

いはんかたなしとほめたる詞也。傍注ひがこと也。

（大野晋氏編『源氏物語玉の小櫛』七の巻四〇八頁〈本居宣長全集第四巻〉）

と反論する。現代の注釈書は皆この『玉の小櫛』の見解を採っている。だが、どうも釈然としない。藤壺の「あだ」という詞が非常に気になるのである。このような表現はいままでの藤壺の和歌にはなかった。この時、藤壺の側に光源氏の心が「あだ」であるという認識がある。それを藤壺の立場から考えてみたいのである。

光源氏が藤壺に再び挑みかかったのは、最も警戒すべき桐壺院が亡くなっているからであろう。だが、政情は厳しく、弘徽殿大后一派は何かと光源氏や藤壺、春宮を陥れようと狙っている。藤壺は春宮を守るために以前にもまして警戒を強める。その警戒心が光源氏を拒み切らせた要因の一つであろうし、慈愛深かった亡き桐壺院に対する罪悪感も要因の一つであろう。さらにもう一つの要因が、光源氏の心が「あだ」であるという藤壺の側の認識であると思う。また、藤壺が再度の妊娠を恐れたためとする斎藤暁子氏「藤壺試論―愛と拒絶の構造―」（『源氏物語論光源氏の宿痾』〈教育出版センター、昭54・11、一三頁〉の指摘は鋭い。桐壺帝亡き後、再び妊娠すれば、藤壺も光源氏も完全に破滅する。東宮の秘密も露顕してしまう恐れがある。藤壺の拒絶の本当の理由はここにあるのだろう。だが、藤壺は、拒絶の理由として、光源氏の心が「あだ」であるということを前面に持ってきて、光源氏をあきら

めさせようとする。光源氏も「言ふよしなきここち」となって納得してしまう。

かつて、自分を恋い慕う若い光源氏の一途な情に絆されて、契りを結んでしまった藤壺だが、光源氏を拒みはしても、その恋情を疑ったことはあるまい。しかし、冷泉帝を身ごもって以後、毅然と光源氏との関係を絶ってきた七年の間に、光源氏の恋愛遍歴を耳にすることもあったであろう。朝顔の姫君や六条御息所、光源氏の自邸二条院に据えられた女、源典侍（目撃した桐壺帝から漏れ聞いたかもしれない）等。東宮の后がねであった右大臣の六の君とも浮名を流し、右大臣家の思惑を打ち砕いた。賢木巻の前に位置する葵巻では、六条御息所とのうわさが桐壺院の耳にまで入り、訓戒を受けている。葵の上と六条御息所の車争いは葵の上の死まで招いた。その葵の上の死後、朧月夜の君を光源氏の正妻にという右大臣の期待を裏切って、正妻の座に収まったのは二条院の女であった。その女が兄兵部卿宮の行方不明であった娘—自分の姪—であったことも聞き及んでいるはずである。光源氏は自分だけをひたすら愛し続けたのではなかった。色々な女と浮名を流し、幾度と無く女たちを悲しみにつき落としてもいる。桐壺院とともに暮らし、光源氏を拒み続けるしかない藤壺はどのような思いでこれらの醜聞を聞いたのであろうか。光源氏の自分に対する恋情が激しければ激しいほど、心を幾枝にも分けうる光源氏の心を「あだ」であると思わずにはいられまい。たとえ光源氏の行動が藤壺への満たされない思いから発しているとしても、余程自惚れの強い女でなければ、男のそのような真意はわかるまい。逆に言えば、藤壺が光源氏を心底嫌っていたら、光源氏の行状などどうでもよかったはずである。藤壺が光源氏を気に掛け、いつも遠くから見ていたからこそ「あだ」という語がでてくるのではあるまいか。少なくとも光源氏にはそう受け取れることであろう。藤壺の拒絶は身から出た錆なのだと光源氏自身、納得もしよう。

藤壺の歌は、藤壺が見聞きした光源氏の実態を指摘しており、「はかなく言ひな」すとは、藤壺が人の心（光源氏の心）を「あだ」といったことを指すと思われる。先に問題にした「言ふよしなきここち」は、藤壺にそういわれては返す言葉がない光源氏の心持ちのことをいうのであろう。『玉の小櫛』のように良い方に解釈するのはどうであろうか。

若宮誕生から数年が経ち、若かった二人も、それなりの歳を経、様々な経験をしてきている。その中で藤壺の光源氏に対する心はすでに醒めているとしか言い様がない。特に、人は子供を産み育てるという行為によって大きく成長する。藤壺の場合、秘密を保持するための苦悩も加わっている。藤壺は母として、人間として大きく成長しているが、光源氏の方は、本当の親であっても若宮の父親に成りえていない。光源氏が人間的にも成長するのは須磨・明石退去という苦難を経てからである。

藤壺に拒絶されて拗ねている光源氏には藤壺の醒めた心が見えないでいる。一方、醒めた心で藤壺は出家を決意するのである。

六　藤壺の贈歌二首

藤壺の和歌十二首の中、⑥と⑩の二首は藤壺から光源氏への贈歌である。⑥は出家を決意した後のもの、⑩は光源氏が須磨に下る別れの時のもの。

どちらかといえば、光源氏の一方的な恋であった。光源氏からの働きかけに、素っ気ない返歌ばかりする藤壺であった。恋の発展を望まず、恋の抑圧ばかりしていた藤壺が、何故自分の方からこれらの歌を贈ったのか。

賢木巻、光源氏の執拗な接近を拒んだ藤壺は、東宮の身を守るため出家を決意する。藤壺に手ひどく拒否された光源氏は、東宮に別れを言うために参内する藤壺を無視し、拗ねて雲林院に籠ってしまう。桐壺院亡き後の朱雀帝の御世は、藤壺にとっても光源氏にとっても生き難く、右大臣一派、特に弘徽殿大后は二人を目の敵にして日々圧迫を強めてくる。二人が結束を強めねばならない時に光源氏に拗ねられていては東宮の身を守れない。せっかくの出家の決意も無駄になってしまう。藤壺は光源氏の心をつなぎ止める必要を感じたのか、藤壺の宮中退出の日、光源氏が朱雀帝の許から藤壺のところにやって来ると、はじめて藤壺から働きかける。

⑥九重に霧や隔つる雲の上の月をはるかに思ひやるかな（賢木巻・二―一六七頁）

6′月かげは見し世の秋にかはらぬを隔つる霧のつらくもあるかな（同・二―一六八頁）

この贈答歌に恋情は排除され、二人を深く愛してくれた桐壺院在世の頃（「見し世」）を懐かしみ、朱雀帝（月）を取り囲む霧のために疎外された現状を嘆く共通の心情が詠み交わされている。二人がひしひしと感じる、二人にしかわからぬ感情である。

出家を決意してからの藤壺は非常に冷静に光源氏に対峙している。⑥を含めて藤壺の出家の前後に交わされた歌に恋愛感情は見られない。いずれも桐壺院在世の頃の回顧と苦境を嘆く歌を自然に詠み交わしている。桐壺院の命日の贈答歌は

7′別れにしけふは来れども見し人にゆきあふほどをいつとたのまむ（同・二―一七〇頁）

⑦ながらふるほどは憂けれど行めぐり今日はその世に逢ふ心地して（同右）

というもので、6′の「見し世」を受けて、「見し人」「その世」と、桐壺院を回顧している。その後、突然藤壺は出家する。藤壺にとっては、先の拒絶しおおせた逢瀬の時から心に決めていたことであった。思慮深い藤壺が、東宮の身を守るために出家という道を選んだことについては、後藤祥子氏「藤壺の叡知」（『講座源氏物語の世界』第3

集　昭56・2、後改稿して『源氏物語の史的空間』昭61・2所収）に詳述されているので、改めて述べない。

藤壺の出家は光源氏との関係に変質をもたらした。男女の関係から、秘密を共有する同志の関係へと変わり、二人は自然に歌を詠み交わし、御簾ごしに言葉もかわしている。

8′月のすむ雲居をかけてしたふともこの世の闇になほやまどはむ（同・二―一七四頁）

⑧おほかたの憂きにつけてはいとへどもいつかこの世を背き果つべき（同右）

周囲の女房たちを気にしながらも、二人はそれとなく東宮（子の世）のために生きることを誓い合う。藤壺の仏道三昧の生活は、皇位を継ぐべき帝の子でない東宮の罪を償い、安泰を祈るためのものであった。では父光源氏は何をすべきか。東宮の身を守るため、自ら須磨に下る決心をするのである。

光源氏の須磨出立前夜、別れ行く光源氏に藤壺から読み掛けている。

⑩見しはなくあるは悲しき世の果てを背きしかひもなくなくぞ経る（須磨巻・二―二一八頁）

10′別れしに悲しきことは尽きにしをまたぞこの世の憂さはまされる（同・二―二一九頁）

「見し」は6′、7′の歌を受けて、桐壺院のことを言い、「背きしかひ」すなわち出家した甲斐もないという。この時も藤壺は直接光源氏と言葉を交わしている。光源氏の歌に「この世」とあるのは、8′・⑧の贈答歌に詠み込んだ子の世（東宮の世）を掛けている(11)。光源氏は東宮のことを憂慮して須磨に下るのだと、ここで言明しているのである。

藤壺からの贈歌は二首だけだが、二首とも桐壺院の死を嘆き、その死によってもたらされた苦境を嘆く歌である。藤壺にとって光源氏がもっとも共感しあえる相手だったからであろう。

二首とも文ではなく、対座して藤壺から光源氏へ詠みかけたものであった。藤壺から光源氏へ詠みかけたこれら二首の贈歌は、藤壺が母として、また、光源氏が父として、東宮の身を守るために一大転機を迎えた時に、それぞれ詠まれていることに注目すべきであろう。

七　尼と海士の歌

藤壺の和歌の中に、「尼」と「海士」を掛詞にし、「浦」に「潮垂る」と詠み込んだ歌が三首（⑨⑪⑫）ある。まず、賢木巻に一首。藤壺の出家後まもなく、年も改まり、向かいの右大臣邸と対照的に、寂寥を極める藤壺の侘び住まいを訪れた光源氏が

「むべも心ある」と忍びやかにうち誦んじたまへる…

9′ながめかるあまのすみかと見るからにまづしほたるる松が浦島（賢木巻・二―一七六～七頁）

と歌う。この歌は『後撰集』巻十五雑一にある一〇九三番歌

西院の后、御髪おろさせ給て、行はせ給ける時、かの院の中島の松を削りて、書きつけ侍ける

素性法師

音に聞く松が浦島今日ぞ見るむべも心あるあまは住みけり（岩波新大系『後撰和歌集』三二四頁）

に拠る。「西院の后」は淳和天皇の后で嵯峨天皇の皇女正子内親王のこと(12)。尼と海士を掛け、嘆く状態を「しほたる」という。これに対して藤壺は

⑨ありし世のなごりだになき浦島に立ち寄る波のめづらしきかな（賢木巻・二―一七七頁）

ここにも「ありし世」とあり、桐壺院在世中とはうってかわった人の冷淡さに比べ、光源氏の変わらぬ心に感動し、

その訪れを感涙にむせんで迎えている。このあたりから藤壺は光源氏を見直し始めているようである。前章で論じた⑩の藤壺の贈歌の「なくなくぞ経る」はこの光源氏の歌9′の「しほたるる」を受けていると思われる。

二首めは須磨巻にあり、須磨の光源氏から都の藤壺に贈られた歌に対する返歌である。

11′松島のあまの苫屋もいかならむ須磨の浦人しほたるるころ（須磨巻・二一二七頁）

⑪塩垂るることをやくにて松島に年ふる海士もなげきをぞつむ（同・二一二三〇頁）

「松島のあまの苫屋」「松島に年ふる海士」は先の贈答歌9′・⑨を踏まえたものである。「須磨の浦人＝光源氏」も「しほたるるころ」、「松島のあま＝光源氏の帰りを待つ藤壺」も「しほた」れているのである。返歌をするまでの心の動きがこう語られている。

年ごろはただものの聞こえなどのつつましさに、すこし情あるけしき見せば、それにつけて人のとがめ出づることもこそとのみ、ひとへにおぼし忍びつつ、あはれをも多う御覧じ過ぐし、すくすくしうもてなしたまひしを、かばかりに憂き世の人言なれど、かけても、このかたには言ひ出づることなくて止みぬるばかりの人の御おもむけも、あながちなりし心の引くかたにまかせず、かつはめやすくもて隠しつるぞかし、あはれに恋しうもいかがおぼし出でざらむ。御返りもすこしこまやかにて、（須磨巻・二一二二九〜三〇頁）

「すこし情あるけしき」を見せてしまうと、世人がとがめだてする恐れがあるから「ひとへにおぼし忍び」「あはれをも多う御覧じ過ぐし、すくすくしうもてなし」てきたというのである。紅葉賀の試楽の翌朝のそっけない返事、撫子の歌の激しい拒絶、花宴の独詠歌、賢木巻の拒絶、すべて、光源氏への思慕を押し殺したものだったのだと、語り手はここで明かしている。光源氏もまた、藤壺の真意を汲んで、東宮のため、秘密を隠し通し、須磨にまで下った。「松島のあま（＝光源氏の帰りを待つ尼の私）」という藤壺にしては珍しく積極的な表現には、須磨にいる光源氏に感謝し、励ます心が働いているのであろう。

三首めは、絵合巻の藤壺最後の歌

⑫みるめこそうらふりぬらめ年経にし伊勢をの海士の名をや沈めむ（絵合巻・三一一〇五頁）

である。藤壺中宮御前の絵合で『正三位』と『伊勢物語』の優劣を定める時、劣勢であった『伊勢物語』を、藤壺がこの歌を以て優位に導いた。藤壺の『伊勢物語』支持の歌である。であるから、先の二首とは自ずと異なっているはずなのだが、⑨⑪の歌と共通する語が「浦」「年ふる」「海士」等、いくつかある点に注目したい。

先述したように『源氏物語』中の藤壺の歌は、光源氏との贈答歌か、光源氏を思う独詠歌に限られ、たった一つの例外、そして藤壺最後の歌がこの歌なのである。表面上は絵合という遊びの場での『伊勢物語』支持の歌であるけれど、帝の御妻や斎宮をあやまつ業平を支持するということは、とりもなおさず、その業平と重なり合う光源氏を支持するということである。藤壺の『伊勢物語』および業平への思い入れは、須磨・明石蟄居を余儀無くされた光源氏への思い入れと重なっている。この歌は元伊勢斎宮の梅壺女御を擁護するだけでなく、裏を返せば、藤壺の光源氏への思いを歌ったものと言えよう(13)。

この後の冷泉帝の御前での絵合には、光源氏自ら描いた須磨の絵日記が提出されて、光源氏・梅壺女御方の勝ちとなり、その絵は藤壺に贈られた。先の絵合と見事に呼応している(14)。

二で述べたように、光源氏と藤壺の密通事件は、当事者たちの前に『伊勢物語』が前提として横たわっていた。藤壺が極度に恐れていたことは、秘事が『伊勢物語』のように「世語り」として伝えられることであった。それは物語世界の中では辛くも回避され、代わりに、光源氏と朧月夜尚侍との密事が露顕して、須磨・明石蟄居となる。光源氏にしても朧月夜にしても、その出会い以後、『伊勢物語』を意識して行動していると思われる（第三節「朧月夜」参照)。たとえば、花宴巻、右大臣邸の藤花の宴における「かしこけれど、この御前にこそは、陰にも隠れさせたまはめ」(二—六〇頁)という光源氏の台詞は『伊勢物語』百一段、藤原氏の繁栄を皮肉る業平の「咲く花の下に隠るる人多みありしにまさる藤の陰かも」の歌を踏まえての発言ととっていいだろう(15)。桐壺帝の譲位が近づき、次第に権力を強めてきている右大臣一派。光源氏は我が身を業平に重ね合わせて『伊勢物語』を引用してみせる。その後の度重なる逢瀬も、光源氏は業平をきどり、朧月夜は二条后たりえようとする。わかっていながら、二人は危険な坂を転げ落ちる。『伊勢物語』という作品が作中人物にとっても前提として存在しており、結論は自明であった。

辛うじて藤壺と東宮(冷泉帝)の身は守られた。『伊勢物語』という作品が前提にあって、藤壺が自戒したからである。一方、朧月夜と光源氏は『伊勢物語』を知りつつ、同じ様な過ちを犯していく。朧月夜が藤壺の身代わりとなった。そのことを一番認識しているのは藤壺であったろう。藤壺にとって『伊勢物語』という作品は特別の重みをもっている。だからこそ、絵合での『伊勢物語』支持となるのであろう。

このように『源氏物語』は創作されているといえよう。『源氏物語』の『伊勢物語』受容の方法はかくの如きものであると考える。

八　物思ふ袖の終焉

光源氏の藤壺に対する恋は、薄雲巻の藤壺の死によって終焉を迎える。藤壺に辞世の歌はない。そのかわり、藤壺は光源氏の冷泉帝後見に対する謝辞を残し、光源氏の声を聞きながら死んで行く。ここではすでに、歌物語的な世界から離脱している。和歌は恋の過程で詠まれることが多い。また、苦難の中で人は心を歌に詠む。かつての光源氏と藤壺にとって、和歌だけが心を伝える唯一の手段だった。その和歌さえも、幾重にも武装したものであったことは検討してきた通りである。二人は、藤壺の出家によって男女の仲を越え、わが子のために共に苦難を耐え忍ぶことで、強い絆で結ばれた同志となった。冷泉帝即位後の二人の結束は堅かった。もう、和歌を必要としないのである。死期を悟った藤壺は、直接言葉で語り掛けるために光源氏を待っていたのだろう。光源氏に会うまでは死ねなかったのであろう。ここに藤壺の心が現れている。最愛の男に見守られて死ぬ事、これ以上の幸せがあろうか。

光源氏の独詠歌が残される。

殿上人など、なべてひとつ色に黒みわたりて、ものの栄えなき春の暮なり。二条の院の御前の桜を御覧じても、花の宴のをりなどおぼし出づ。「今年ばかりは」と、ひとりごちたまひて、人の見とがめつべければ、御念誦堂に籠りゐたまひて、日一日泣き暮らしたまふ。夕日はなやかにさして、山際の梢あらはなるに、雲の薄くわたれるが、鈍色なるを、何ごとも御目とまらぬころなれど、いとものあはれにおぼさる。

12′入り日さす峰にたなびく薄雲はもの思ふ袖に色やまがへる（薄雲巻・三―一六九頁）

光源氏の「もの思ふ袖」は夕日にたなびく薄雲のように鈍色に変色してしまった。

かつて、若き日の光源氏が入日の頃、紅葉賀の青海波を藤壺の眼前で舞った袖は

2′もの思ふに立ち舞ふべくもあらぬ身の袖うち振りし心知りきや（紅葉賀巻・二―一三頁）

と歌われた。青海波を舞う青い袖は、夕日の茜色と降りしきる紅葉の紅に点々と染まる。「もの思ふ袖」は、恋に苦しむ光源氏の血の涙の色を象徴しているのであろう(16)。

桜を見て花の宴が思い出されるのは季節が同じ春だからである。花の宴とは藤壺が后になってはじめての春、内

裏で行われた桜の宴（花宴巻）をさす。その時、紅葉賀の青海波の舞が記憶に新しい東宮のたっての所望で、光源氏はひとさし舞って見せた。花の宴から自ずと紅葉賀の舞へと連想される。しかも、その花の宴で、藤壺がただ一度独詠歌に心中を漏らしてもいる。

光源氏の「もの思ふ袖」は藤壺の死によって紅から鈍色に変色し、光源氏の物思ひは終焉を迎えた。薄雲巻の亡き藤壺を思う光源氏の独詠歌（12′番歌）は、紅葉賀巻の帝の前でその寵妃に愛情を示すため袖を振ってみせたという青春時代の激情の恋を歌う2′番歌と見事に呼応しているのである。

九　おわりに

藤壺の最初の和歌は、『伊勢物語』を前提にして成り立っており、藤壺の最後の和歌は『伊勢物語』を支持する歌であって、首尾呼応している。だが、藤壺の和歌に『伊勢物語』の陰がみられるのは最初と最後の和歌のみである。

先述の如く、冷泉帝を懐妊することになる密通場面で、光源氏と藤壺は『伊勢物語』六十九段狩の使の章段を連想し、読者もまたそれと承知する。では、なぜ六十九段なのか。禁忌の恋、『伊勢物語』第一の秘事だからということであろうが、もう一つ指摘しておきたいことがある。『伊勢物語』六十九段の昔男と斎宮は一夜のはかない契りを結んだだけで、その後再び逢うことはできなかった。光源氏と藤壺も初めての密通ではないにしても、この密通以後契りを結ぶことはない。『源氏物語』の中で、たった一度だけ描かれる光源氏と藤壺の密通場面にこの六十九段が連想される時、読者には光源氏と藤壺の恋の行方がほの見えて来る。光源氏と藤壺はこの後もう逢うことはできないのではないかと。六十九段を背景に使うことによって、読者に暗澹たる二人の恋の成り行きを暗示するのである。されば、賢木巻の逢瀬場面の緊迫感も一層読者の興味を引くことになろう。

密通場面以後、藤壺と光源氏の贈答歌は、前半、光源氏の熱い思いの告白に対し、『伊勢物語』のような「世語り」になるまいとする藤壺の自己規制による拒絶に終始する。だが、藤壺が出家を決意して以降は、秘密を共有する同志的な関係に転じ、光源氏が須磨に下るに及んで、藤壺はその感謝の念を禁じえない。そして、絵合巻の『伊勢物語』支持の歌で終結する。以後も藤壺と光源氏の絡む場面は存在するのだが、藤壺の和歌は存在しない。藤壺の和歌が『伊勢物語』支持の歌で終わるのは象徴的である。一方、光源氏は、夢のような逢瀬をもう一度、もう一度と願い続け、「心の闇」にくれる。光源氏にとっても、藤壺との恋が『伊勢物語』に描かれる業平、伊勢斎宮の禁忌の恋に類似するものとの認識があったと思われる。そして、彼の熱い思いは「もの思ふ袖」と表現され、藤壺の死とともに終焉を迎えた。

以上のように、藤壺の十二首の和歌、それに対応する光源氏の和歌は、それぞれ相互に有機的に結び付いていることが確認できる。藤壺や光源氏の和歌は、個々の場面の解釈だけで終わることなく、巨視的な観点で解釈することによって、より深い読みが可能になると思われる。その背景に、前提としての『伊勢物語』が存在していることも忘れてはならないだろう。このような『源氏物語』の和歌表現、これも作者紫式部の創作方法の一つといえよう。

注

(1) 本文の徹底的な読みという点では、木船重昭氏『源氏物語の研究　続』(大学堂書店、昭48・12) 所収の藤壺関係論文に、古注や『源氏物語』中の用例を駆使した頗る有益な指摘がなされている。個々の和歌も詳しく論究されているが、和歌全体を総体として論じてはいない。また、和歌も含めて本文を極めて厳密に検討した阿部秋生氏（「藤壺の宮」〔『実践国文学』29、昭61・3〕及び「藤壺の宮と光源氏（一）～（二）」〔『文学』平元・8～9号〕）は、藤壺は光源氏にある程度ひかれてはいても、相思相愛の仲とはいえないと結論付ける。だが、直接描かれていなくとも、描かれた他者との関係から藤壺について読み取るべきだとする鷲山茂雄氏（「物語作中人物論の可能性―源氏物語藤壺宮を例に―」『静岡女子大国文研究』23、平2・3）の反論もある。

（2）「伊勢物語と源氏物語」（『国文学』昭34・10。後「伊勢物語から源氏物語へ」と改題して『源氏物語の世界』〔東京大学出版会、昭39・12〕所収）

（3）石川氏前掲論文。初出は「光源氏と輝く藤壺」（『源氏物語講座』中巻〔紫乃故郷社、昭24〕所収）。秋山氏以前に玉上琢彌氏「源氏物語の構成」（『文学』昭27・3、後『源氏物語研究』〔角川書店、昭41・3〕所収）がある。他に、室伏信助氏「歌物語から源氏物語へ―物語の形成と和歌の問題―」（『言語と文藝』66、昭44・9）、深沢三千男氏「伊勢物語から源氏物語へ―光源氏像形成の基盤―」（『平安文学研究』44、昭45・6。後『源氏物語の形成』〔桜楓社、昭47・9〕所収）「伊勢物語を越えて―源氏物語における伊勢物語取りの若干についての覚書」（『国語と国文学』昭59・11）、中田武司氏「伊勢物語と源氏物語」（国学院大学源氏物語研究会編『源氏物語研究』昭47）、「若紫巻と『伊勢物語』」（『講座源氏物語の世界2』昭55・10）、大朝雄二氏「帚木三帖と紫君の登場」（『源氏物語正編の研究』〔桜楓社、昭50・10〕所収）、三谷邦明氏「藤壺物語の表現構造―若紫巻の方法あるいは〈前本文〉としての伊勢物語」（『物語・日記文学とその周辺』昭55・9。後『物語文学の方法Ⅱ』〔有精堂出版、平元・6〕所収）、田村俊介氏「光源氏物語現行形態試論―初期巻々を中心に―」（『国語国文』平2・10）等、枚挙に暇がない。

（4）「源氏物語の構成」（『文学』昭27・3。後『源氏物語研究』〔角川書店、昭41・3〕所収）にも若紫巻と『伊勢物語』初段との関係が論じられている。

（5）木船重昭氏（注（1）前掲書・藤壺事件）は、この逢瀬が初度であると説く。「あさましかりし」をどう読むかの問題であるが、光源氏の歌「逢ふ夜まれなる」の「まれ」という語は初めての逢瀬ではないことを暗示してはいまいか。藤壺は一度ならず二度目も拒絶しきれなかった。そこに藤壺の光源氏に対する思いを読み取ってもよいのではないか。また、『伊勢物語』六十九段を背景に相違点を出して独自のものを描こうとする作者の意図があるとするならば、初度ではなく、二度目であることに意味があると思われる。

（6）木船氏の論点は藤壺事件についての相思合意姦通前科説の否定であるが、相思であっても、合意でない姦通もある。藤壺は、桐壺帝の寵妃であるという立場を越えて密通することを望んではいなかったと思われる。

（7）清水好子氏『源氏物語論』（塙書房、昭41・1）に詳しい。

（8）紅葉賀の試楽で、光源氏は舞を舞いながら、藤壺に「袖うち振」って愛情を示していたという。この時の光源氏・藤壺・桐壺帝の関係は、『萬葉集』20・21番歌

20あかねさすむらさきのゆきしめのゆきのもりはみずやきみがそでふる　額田王

21むらさきのにほへるいもをにくくあらば人妻ゆゑに我恋めやも　大海人皇子

と歌う大海人皇子（天武天皇）・額田王・天智天皇の関係を連想させる。同様の指摘が中村忠行氏「紫式部と額田王」（『山辺道』13号、昭42・3）及び、神尾暢子氏「藤壺中宮と御后言葉―語彙意識の史的資料として」（南波浩氏編『王朝物語とその周辺』〈笠間書院、昭57・9〉所収）にある。『伊勢物語』のイメージから脱して、萬葉歌に拠った新たな三角関係のイメージが形成されていると読めるならば面白いのだが、紫式部の時代に『萬葉集』20・21番歌がどう読まれ、どう解釈されていたか、問題が残る。

（9）完了説をとるのは『孟津抄』『岷江入楚』『湖月抄』などで、打消説をとるのは『玉の小櫛』からである。島津久基氏『對譯源氏物語講話』、石田穣二・清水好子氏の集成は完了説をとる。玉上氏『源氏物語評釈』、阿部秋生・秋山虔・今井源衛三氏の全集、木船氏前掲書、斎藤暁子氏『源氏物語　光源氏の宿痾』（教育出版センター、昭54・11）等は打消説をとる。

（10）前掲書『源氏物語の研究　続』第一編　藤壺宮立后後、一三二〜一三五頁。独詠歌4′と④の対比についても論じている。

（11）『岷江入楚』に「この世は子の字に心ある歟、如何。僻案の新説なり」とある。

（12）後藤祥子氏前掲書『源氏物語の史的空間』藤壺の出家、五二〜五三頁では、承和の変に巻き込まれて皇太子を廃された恒貞親王とその母正子内親王の状況に、東宮（冷泉帝）と藤壺が酷似しており、光源氏が西院の后の境涯を連想したのだと指摘する。

（13）清水好子氏「絵合の巻の考察―附、河海抄の意義―」（『文学』29、昭36・7。後『源氏物語の文体と方法』〈東京大学出版会、昭55・6〉所収）では、「藤壺に伊勢物語を認めさせた、藤壺と伊勢物語を結びつけたことに、二人の恋を容認しようとする物語作者の意図を見る」とする。

（14）森一郎氏『源氏物語作中人物論』（笠間書院、昭54・12）「藤壺の実像」四〇〜四二頁も同様の指摘をする。

（15）『河海抄』に指摘されたのが初出であるが、『花鳥余情』は「伊勢物語のさく花のしたにかくるゝ人おほみは業平中将の行平中納

言のもとにてかめにさしたる藤の花をよめるといへり心は忠仁公良房のとう氏のさかへを思よそへてよめるよし詞にみえたり故にいま二条のおとゞ（右大臣・筆者注）を忠仁公になすらへてかけにこそかくさせ給はめと源氏の君ののたまへるも藤の花にかけたる詞なり」と注している。玉上琢彌氏『源氏物語評釈』は「弘徽殿女御の一族、東宮を擁して次期政権担当者たる右大臣一家、その派手な家風に反発する源氏である。もとより業平と源氏とは立場が違う。源氏は右大臣からもあがめかしずかれる身である。が、政権をまぢかにひかえて右大臣家は何がなし勢づいていると見られる。故に源氏がいささか業平の歌句に託して諷する心持をあらわしたと見ても不自然ではあるまい。」（二―三五七頁）とする。

（16）　菊地由香「平安朝和歌にみえる血涙・紅涙について」（『東京成徳国文』14号、平3・3）には上代から『源氏物語』成立当時までの歌集、物語や日記の中の和歌にみえる血涙・紅涙の用例が挙げられている。参照されたい。

第二節　紫の上の和歌――『源氏物語』における和歌の機能――

一　はじめに

『源氏物語』において、登場人物が詠出した和歌はいかなる意味を持つのであろうか。散文の中に配された和歌は、その場面の高揚の頂点にある。登場人物が過去を振り返る時、まず、その時歌われた和歌を思い出し、その場面を回想する。

たとえば、花宴巻の朧月夜と光源氏の初めての逢瀬場面の

うき身世にやがてきえなばたづねても草のはらをばとはじとやおもふ

（花宴・『源氏物語大成』巻一―二七二8）(1)

という朧月夜の歌は、その後光源氏に

「くさのはらをば」といひしさまのみ、心にかゝり給へば、（花宴・二七四9〜10）

と回想される。光源氏がかの女を想起する時、まず、和歌を、そしてその和歌を詠んだ時の女の風情を思い出すのである。

また、光源氏が須磨の地で八月十五日の月を見ながら都を恋う時

入道の宮の、「きりやへだつる」とのたまはせしほど、いはむかたなく恋しく、おり〳〵の事、おもひいで給ふに（須磨・四二四11～12）

と、回想の中心に二年前の藤壺の和歌が想起されているのである。この歌は光源氏が藤壺に再度の逢瀬を迫って拒絶されたことで、藤壺と東宮を突き放す様子が見えた時、初めて藤壺の方から光源氏に詠みかけた歌である。いつも一方的に働きかけるばかりであった光源氏にとって、はじめて藤壺から働きかけてくれた画期的な思い出深い和歌であった。（前節参照）

このように物語中の和歌は登場人物や読者に記憶され、時に回想される。もちろん和歌を持たない場面であっても、印象深いできごとは回想されるが、物語中の和歌は、場面の核となるのである。そして、登場人物や読者に深く印象づけられる。とすれば、われわれは、『源氏物語』の中の和歌をもう少し注意深く読み取る必要があるのではなかろうか。

前節では、藤壺の和歌を検討し、藤壺の本心を探る試みをした。和歌にこそ、文章で説明されることのない登場人物の本音が表出されているのではないか、と考えたからである。和歌そのものだけでなく、和歌をよむ時の状況なども含めて、総合的に検討することで、藤壺の真意に迫りえたと思う。

本節では、紫の上の和歌を総合的に検討することにより、和歌の機能を探ってみたい。

二　「草のゆかり」の確定化と「紫のゆゑ」

紫の上の最初の和歌は、彼女の登場を描く若紫巻の最後に出て来るが、彼女の登場の始めから和歌が重要な意味を持っていた。藤壺の宮にそっくりな少女の呼称は、周辺の人々の和歌から出発し、次第に確定化していく。その過程を追ってみよう。

北山で光源氏が垣間見するのも知らず、少女の祖母と侍女は

①（尼君）をひたゝむありかもしらぬわか草をおくらす露ぞきえんそらなき（若紫・一五八1）

②（侍女）はつ草のおひ行するゑもしらぬまにいかでか露のきえんとすらむ（一五八3）

と歌を交わす。この時、少女は「若草」とも「初草」とも表現されている。

この後、光源氏はこの贈答歌を踏まえて、

③（光）はつ草のわかばのうへをみつるよりたびねの袖も露ぞかはかぬ（一六三9）

と尼君に歌を贈り、「かのわかくさをいかできい給へることぞ」（一六三13〜14）と不審がられるが、「かの若草」は①の尼君の和歌を指す。その後「このわかくさのおひいでむほどのなをゆかしきを」（一七一7〜8）と出て来る場面では、紫の君自身を指している。

紫の君への求愛と藤壺との密通事件が絡み合い、北山から下山した尼君と紫の君を訪れ、若君の声を聞いたり、尼君の病状が思わしくないのを知ったりしながら、

秋の夕は、まして、心のいとまなくおぼしみだるゝ人の御あたりに心をかけて、あながちなるゆかりもたづ

ねまほしき心もまさり給ふなるべし（一七九11〜13）

と、藤壺への執心が、その「ゆかり」である幼い紫の君に対する強引な求愛へと転化したと説明される。その後、

④（光）手につみていつしかもみむむらさきのねにかよひけるのべのわか草（一八〇1）

と表現された時、藤壺が紫草に、ゆかりの君がその若草に譬えられ、若草が紫草に限定されるのである。

この歌は周知の如く『古今集』巻十七・雑歌上・八六七番歌の

⑤紫のひともとゆゑにむさしのの草はみながらあはれとぞ見る(2)

を踏まえており、「野辺」が「武蔵野」であることも暗示されていよう。

光源氏によって二条院に連れ去られた紫の君が、はじめて和歌を詠む場面で、光源氏は紫の紙に「むさしのといへばかこたれぬ」（一九三6）と書く。ここで『源氏物語』中に初めて「武蔵野」の地名が出て来る。その歌は

⑥しらねどもむさしのといへばかこたれぬよしやさこそはむらさきのゆゑ（『古今和歌六帖』第五・三五〇七）(3)

であり、⑤の歌も連想されようし、人のむすめを盗む話として共通する『伊勢物語』十二段（「武蔵野は今日はな焼きそ若草のつまもこもれり我もこもれり」の歌を含む）もイメージされよう。光源氏はその横に少し小さく

⑦（光）ねはみねどあはれとぞおもふむさしのゝ露わけわぶる草のゆかりを（一九三8）

と書いた。この場面で、「武蔵野」といえば「紫草」、かこつべきゆゑは「紫のゆゑ」、「草のゆかり」とは「紫草のゆかり」となる。この少女が「紫草のゆかり」であることがここで確定する。だが、このことは紫の君の与かり知らぬ事である。光源氏に促されて初めて紫の君が和歌を書く。

⑧（紫）かこつべきゆへをしらねばおぼつかないかなる草のゆかりなるらん（一九三14）

紫の君の抱いたこの素朴な疑問は、その後どうなったのであろうか。この少女は「かこつべきゆへ（ゆゑ）」「紫草」

の実体の何たるかを知りえたのであろうか。これ以後、紫の上の方からこの疑問を投げかける場面は存在しないのだが。

清水好子氏は、「『源氏物語』の作風―藤壺と紫の上について―」(『論集源氏物語とその前後1』〈新典社、平2・5〉所収)において、紫の上が、自分が藤壺の身代わりであることに気づき得る三箇所―若紫巻の「いかなる草のゆかりなるらむ」の場面、絵合巻で須磨・明石の絵日記が藤壺に与えられたこと、そして、朝顔巻の光源氏述懐の場面―を指摘したうえで、紫の上の心中を語らないことが『源氏物語』の作風なのだととらえておられる。

清水氏が指摘するように物語は紫の上の心をくどくどと解説しない。だが、本当に物語は何も語っていないのだろうか。私は、『源氏物語』は和歌によって作中人物の心を表出する方法を採っているのではないか、と考える。紫の上の和歌こそが彼女の心を語っているのであり、それが『源氏物語』の作風であると考える。

十歳ほどの幼い少女が美しい貴公子に突然連れ去られ、これから新しい生活を始めようとしている。貴公子の歌にある「草のゆかり」とは何なのか。少女は首をかしげる。そして初めて和歌に詠んだのである。この少女の疑問をその場限りのものと考えるべきではない。物語の中の和歌を散文と同じ比重でみれば、その場限りの歌となるかもしれないが、和歌に与えられた比重はもっと重い。大きな転機が訪れた時、少女が初めて詠んだこの和歌は、少女の記憶に鮮明に残っていたと考えるべきであろう。少女は二度とこの疑問を投げかけることはしない。それは利発な少女が光源氏にとって触れてはならぬことと無意識のうちに見抜いてのことだったのであろうと推測する。

⑧歌の疑問は、長い時を経過して、朝顔巻で光源氏によって答えが与えられる。藤壺宮亡き後、朝顔前斎院に恋慕した光源氏に傷つく紫の上。光源氏は朝顔の強い拒絶を受け、紫の上と対座して過去の女性を振り返る。光源氏は藤壺を偲び、「くわしき御ありさまをみならしたてまつりしことはなかりしかど」(朝顔・六五五4~5)と言いな

がら

やはらかにをびれたるものから、ふかうよしづきたるところの、ならびなくものし給しを、君こそは、さいへど、むらさきのゆへこよなからずものし給ふめれど、すこしわづらはしけそひて、かどかどしさのすゝみ給へるや、くるしからむ。（朝顔・六五五8～11）

「やはらかにをびれたるものから」は関わりの深さを暗示している。賢い女なら、二人の仲をすぐに見抜くであろう。そういう言葉である。そしてとうとう言ってしまうのである。「君こそは、さいへど、むらさきのゆへ（紫のゆゑ）」と。⑧歌の疑問「かこつべきゆゑ」は「紫のゆゑ」であった。「草のゆかり」は「藤壺宮のゆかり」であった。若紫巻と朝顔巻の歌ことばの呼応。あまりにも時間が隔たっているから、おぼえているはずはない、とはいえないであろう。なぜならば、「ゆゑ」という語は

⑥しらねどもむさしのといへばかこたれぬよしやさこそはむらさきのゆゑ

に由来する歌語であり、「紫のゆゑ」と言った時には当然⑥歌が連想されるであろうし、光源氏と紫の上にとっては共通する思い出深い言葉である。歌ことばがこれらの場面の核になっているのであり、こういう核となる語は作中人物にとっても読者にとっても記憶しておくべきキーワードであったと考えられる。光源氏も「紫のゆゑ」という語をうっかり口走ったのではなく、意図的に使ったのであろう。自分にとって紫の上がどのような存在であるか、自分自身で再確認するために。そして、この時、紫の上はすべてを理解したはずである。「やはりそうであったか」と。

そう考えるのは、この場面の後にくる紫の上の和歌を次のように理解するからである。

三　「空澄む月の影」

まず、その場面を引用し、諸説の検討をしてみる。

月いよ〳〵すみて、しづかにおもしろし。女君

⑨（紫）こほりとぢいしまの水はゆきなやみ空すむ月のかげぞながるゝ

とをみいだして、すこしかたぶき給へるほど、にるものなくうつくしげなり。かむざし、おもやうの、こひきこゆる人のおもかげにふとおぼえて、めでたければ、いさゝかわくる御心もとりかさねつべし。をしのうちなきたるに、

⑩（光）かきつめてむかし恋しきゆきもよにあはれをそふるをしのうきねか（朝顔・六五六13〜六五七4）

⑨の紫の上の歌を単なる叙景歌と解釈する人もいる。古注でもそれほど重要視されてこなかった。この和歌に紫の上の心情を読み取ろうとしたのは、今井源衛氏（「氷とぢ」の歌をめぐって」(4)（『紫林照径』〔角川書店、昭54・11〕所収）によれば、賀茂真淵である。真淵の新釈の「紫のみづから物おもひあるをそへ、末は源の心のままにものし給ふをそへたり。」という部分を受けて、今井氏は「氷とぢ石間の水は行きなやみ」に紫の上の苦悩を、「空すむ月の影ぞながるる」にその原因の、源氏の放恣を諷すると理解する。紫の上を前にした光源氏の女性批評の場面で、描写されない紫の上の心情を本文に即して「反発するものを胸に抱きながらあえて黙していた」「全身を神経にして、今、夫の顔色を詠もうとしている。」と推定する所は示唆に富む。また、『紫式部集』の紫式部と夫宣孝との夫婦喧嘩の際に詠み交わされた、

文散らしけりと聞きて、「ありし文ども取り集めておこせずは、返り事書かじ」と、言葉にてのみいひやりたれば、みなおこすとて、いみじく怨じたりければ、正月十日ばかりのことなりけり

閉ぢたりし上の薄氷解けながらさは絶えねとや山の下水

すかされて、いと暗うなりたるに、おこせたる

東風に解くるばかりを底見ゆる石間の水は絶えば絶えなむ

（新潮日本古典集成『紫式部日記　紫式部集』一二六〜一二七頁）

を物語に先立つ作例として指摘する。「閉ぢたりし上の薄氷」も「氷閉ぢ」も夫婦の間が凍りついたことを表現している。宣孝の返歌にある「石間の水」は妻の紫式部のこと。紫の上の和歌でも紫の上を表現していると考えてよかろう。光源氏の述懐の後、まだ紫の上の心はとけていない。凍りついた心のまま、「石間の水」＝紫の上はどうしたらよいか「ゆきなや」んでいる。そこに、「空澄む月のかげ」だけが流れていると歌う。

このような今井氏の説に大方賛同する。だが、問題は「空すむ月の影」である。今井氏は真淵説に従って、「月の影」を光源氏のこととする。「空」には嘘の意を寓し、「住む」に「澄む」、「流るる」に「泣かるる」をかけるとする。吉岡曠氏「鴛鴦のうきね（上）（下）─朝顔巻の光源氏夫妻─」（『中古文学』13・14号、昭49・5〜昭49・10）で、細かな点で今井氏説に反論しつつ、紫の上が安堵し、幸福感とその幸福感の限界を感じながらの歌と捉える。賛同しかねる点もあるが、「空」を「嘘」と捉えることに反対する立場には同意できる。

『源氏物語』以前の「空すむ月」の用例はみつからないが、「すめる月」の例がある。

法師にならんと思ひたち侍けるころ、月を見侍りて　　藤原高光

かくばかりたへがたく見ゆる世の中にうらやましくもすめる月かな

〔『拾遺集』雑上・四三五〕(5)〔『高光集』三五、詞書「村上のみかどかくれさせ給ひてのころ、月をみて」〕かの多武峰少将高光が出家あるいは帝の死に関わって詠んだ歌である。因みに『後拾遺集』に「空すむ月」一例(6)、「すめる月」二例、「月もすみけり」「すむ月」「すむなる月」各一例あるが、「住む」「澄む」の掛詞であったとしても、「空に存在する澄んだ月」であって、「嘘が存在する」という用例はない。また、『源氏物語』中から「空すむ月」「すむ月」の用例を探してみると、

A、賢木巻(光源氏)月のすむ雲井をかけてしたふともこの世のやみに猶やまどはむ(三六七7)

(藤)おほふかたのうきにつけてはいとへどもいつかこの世をそむきはつべき(三六七11)

B、松風巻Ⅰ(冷泉帝)月のすむかはのをちなる里なればかつらのかげはのどけかるらむ(五九五8)

Ⅱ(頭中将)うき雲にしばしまがひし月かげのすみはつるよぞのどけかるべき(五九六5)

Ⅲ(左大弁)雲のうへのすみかをすてゝよはの月いづれのたにゝかげかくしけむ(五九六7)

A例の「月のすむ雲井」は出家してしまった藤壺をさす。B例Ⅰ「月のすむかは」は「桂川」、Ⅱ「うき雲にしばしまがひし月かげのすみはつる」は「偽りの罪により須磨にさすらった光源氏の身の潔白が証明されたこと」、Ⅲは亡くなった桐壺院のこと。これらは帝や院や后に関わること、出家に関わること、身の潔白にかかわる場合に比喩的に用いられている。

⑨歌の「空すむ月のかげ」が光源氏を指すとすると、「空すむ」が似つかわしくない。過去に関わった女達を話題にする光源氏を紫の上が「空澄む月」と表現するだろうか。先に見たように「澄む月」は帝や院や后に対して使われたり、出家や身の潔白の比喩に使われる。「嘘をつく光源氏」というのは成り立ち得ないように思われる。かといって単なる叙景歌といってよいかどうか。

かつて光源氏は藤壺が出家した時（A例）

⑪月のすむ雲井をかけてしたふともこの世のやみに猶やまどはむ（賢木・三六七7）

と詠みかけた。出家した藤壺を「すむ月」と表現している。同様に「空すむ月のかげ」は藤壺宮のことではあるまいか。

凍りついた夫婦の上に存在する亡き藤壺の影。光源氏が見ているのは目の前の自分ではなく、自分を通して、藤壺の幻影（「空すむ月のかげ」）を見ているのではないか(7)。紫の上は心を鎖したまま、すべてを悟っている。この歌は単なる叙景歌ではなく、そのような紫の上の状態を表現し、紫の上が自分の立場を正しく理解した歌と解せるのではあるまいか。

だが、紫の上の

⑨こほりとぢいしまの水はゆきなやみ空すむ月のかげぞながるゝ（朝顔・六五六14）

という和歌が叙景歌としか読めない読者がいるように、光源氏にも紫の上の歌が叙景歌としか理解できない。光源氏は答えて詠む。

⑩かきつめてむかし恋しきゆきもよにあはれをそふるをしのうきねか（朝顔・六五七4）

光源氏は過去の女性たちを紫の上の前で批評をした後で、さまざまな思い出にふけり、「むかし恋しき」と藤壺を恋う。鴛鴦は光源氏と紫の上であろう。いい気なもので、数多の女性遍歴を語りながら、お前が一番だよと言われれば、紫の上の心が落ち着くとでも思っているのか、目の前にいる女の凍りついた心に気がつきもしない。物語は説明をしない。だが、和歌がすれちがった二人の心を表現している。そして、「空すむ月のかげ」が藤壺であり、「むかし恋し」いのが藤壺であるならば、この二首は明らかに贈答歌の形式を踏まえているのである。

ところで、朝顔巻ですれちがった二人の心はその後どうなったか。乙女巻で六条院が造営され、紫の上は光源氏と春の町に住むようになる。その初めての元旦をむかえた初音巻では、二人は次のような贈答歌を交わす。

⑫（光）うすこほりとけぬるいけのかゞみにはよにたぐひなきかげぞならべる（初音・七六四8）

⑬（紫）くもりなきいけのかゞみによろづ世をすむべきかげぞしるくみえける（初音・七六四10）

かつて、光源氏に裏切られた紫の上は我が心を「氷閉ぢ石間の水はゆきなやみ」と表現した。その後光源氏は紫の上を誰よりも大切にし、紫の上の心を溶かすことに努めた。だからこの時「うす氷とけぬる」となる。「世にたぐひなきかげ」は光源氏と紫の上の二人。そこに藤壺の影はすでにない。紫の上は光源氏を完全に信頼している。だから「よろづ世をすむべきかげぞしるくみえける」という。永遠に二人は一緒であると確信しての歌。六条院完成を寿ぐ歌でもあった。朝顔巻の贈答歌を受けて、二人の仲が修復されたこと、紫の上が幸福の絶頂にいることをこの贈答歌は表現している(8)。

四　返歌のない贈歌と贈歌のない返歌

『源氏物語』の中の紫の上の和歌は二十四首、そのほとんどが贈答歌か唱和歌であるが、独詠歌でない単独歌が須磨巻に一首存在する。

須磨巻、須磨に退去した光源氏は懐かしい都の人々（特に女性たち）に文を送る。紫の上、藤壺、朧月夜の順に細やかな文が送られたと書かれている。受け取った紫の上の様子が描かれ、次いで藤壺、朧月夜、そして紫の上の返書について描かれる。ところが、光源氏の藤壺や朧月夜に対する贈歌は記されているのに対し、紫の上への光源氏の贈歌は記されていない。これは省略されたものと思うのだが、紫の上からの返歌は届いている。

⑮（紫）浦人のしほくむそでにくらべみよなみ路へだつるよるのころもを（須磨・四一七10）

それにしてもなぜ作者は独詠歌でもないのに光源氏の贈歌を記さなかったのであろうか。

実は、『源氏物語』全体をながめてみると、この紫の上の返歌に呼応する贈歌の存在に気づく。葵巻、葵の上の死後、光源氏は、紫の上と新枕を交わした。その翌朝、

⑭（光）あやなくもへだてけるかなよをかさねさすがになれしよるの衣を（葵・三三一1）

という後朝の文を残して床を去る。しかし、終日御衣をかぶって臥したままの紫の君は、気が動転し、すねたまま、返歌をしない。光源氏はそれを愛しいと思う。三日夜の餅の儀式も取り行い、正式な結婚の形式を踏む。そうは言っても、新枕以前に二人は夜の衣を重ねて共寝をすることに馴れている。新妻が後朝の返歌をしない。結婚の儀式も通常は妻方で整えるのに対し、光源氏がすべて整えている。異例ずくめの結婚であった。

この返歌のない光源氏の贈歌と贈歌のない紫の上の返歌とは、巻を隔て、時を隔てて、「隔つ」「夜の衣」という歌語で呼応している。これは作者の意図したことではあるまいか。新枕の後朝のもっとも大切であるはずの返歌ができなかった紫の上。初めて逢い、初めて別れる悲しみを歌にできなかったけれど、本当の別れ、永遠の別れになるかもしれない別れの時、紫の上は別れの悲しみを実感して歌にしたのである。須磨から贈った光源氏の歌は意図的に記されなかったと見るべきであろう。そして、紫の上の返歌だけが意図的に記され、それは結婚初夜の後朝の文に対応する歌でもあった。返歌のない贈歌と贈歌のない返歌は巻を隔てて呼応し、大きな意味で贈答歌になっていると考えられる。これは、この二人の結婚の異様さを浮き彫りにし、かつ、この二人の結びつきの深さを象徴する方法であったのではあるまいか。

五　「ゆくすゑ」は「さだめなく」

巻と巻を隔てて呼応する和歌の例をもう一つあげてみる。

若菜巻に至って、女三宮の降嫁により、紫の上の立場は急転する。紫の上の心中は揺れ動き、屈辱感にさいなまれることになる。その心境をもっともよく表現しているのが、光源氏と女三宮の新婚三日目の夜、女三宮のもとへ出向く前の光源氏と紫の上のやり取りの中で交わされた贈答歌であろう。

女君、すゞりをひきよせて

⑯（紫）めにちかくうつれはかはる世の中を行するゑとをくたのみけるかな

ふるごとなどかきまぜ給ふを、とりてみ給て、はかなきことなれど、げにとことはりにて、

⑰（光）命こそたゆともたえめさだめなきよのつねならぬ中の契を（若菜上・一〇五九13～一〇六〇2）

「ふること」に対する古注は、たとえば

『孟津抄』…此のやうにあたなる人の心の例を紫の書玉ふ也(9)

『萬水一露』…此心ににたる哥なとをあまたかき給をいへり(10)

とあり、諸注が「自作の歌ばかりでなく、同じ趣旨の古歌を一枚の紙の中に書きこむ」(11)とする。だが、この時、紫の上と光源氏の共通する記憶の中に、この「ふること」があったとしたらどうだろう。因みに、『源氏物語』中に「ふること」18例（この内「ふることなど」3例）「ふることども」8例あり、意味は、はっきりわかるものに限っていえば、古くからある有名な漢詩5例、古歌11例、古い言い伝え3例、物語内部の昔のできごと7例、など(12)

である。注目すべきことは、現実世界での古いできごとも、物語の作中人物にとっての物語内部での昔のできごとも、同様に「ふること」が使われている。古歌は巷に流布した古い歌であるが、物語内部の古い昔の歌であってもよいのではあるまいか。物語は虚構の世界だが、物語の作中人物にとっては現実であり、古歌に虚実の判別は不要なのではあるまいか。

実は⑯の「行くすゑ」、⑰の「さだめなき」の語を含む光源氏と紫の上の贈答歌が葵巻に存在する。「ふること」は、その贈答歌が意識されているのではないだろうか。

遠く遡って葵巻、まだ光源氏と夫婦になっていない少女だったころ、葵祭りの日、光源氏は紫の君の豊かな髪を削ぎながら、寿ぎ、誓ったのだった。

⑱（光）はかりなきちひろのそこのみるぶさのおひゆくすゑはわれのみぞみむ（葵・二九一1）

と。紫の君は物に書きつけた。

⑲（紫）ちひろともいかでかしらむさだめなくみちひるしほのゝどけからぬに（葵・二九一3）

「あてになりませんわ」と型どおりの返歌をした紫の君であったが、遠く若菜上巻に至るまで、心の中では「ゆくする遠く頼みけるかな」と頼りにしてきたことになる。葵祭の日から紫の上は光源氏の誓いを信じ、頼りにしてきたのであろう。

この時の光源氏の誓いは、二で述べた若紫巻の垣間見の時の①②の贈答歌を踏まえていると考えられる。紫の君の保護者たちは彼女の「生ひゆくすゑ」を案じていた。その不安にまさに答えようとして、光源氏は「われのみぞ見む」と力強く誓ったのである。だからこそ、紫の上の方も信じ、頼りにしてきたのであろう。二人の契りの世の常ならぬ異様さ、結びつきの強さを確信していたのであろう。この髪削ぎの場面を倉田実氏『紫の上造型論』(13)では〈婚約〉と解釈するが、この場面が〈婚約〉の意味を持つならば、遠く若菜巻で追想されるのも頷ける。若菜巻に至って、紫の上は目前にある急激な変化、変わり行く光源氏との仲に、後悔の念を感じずにはいられない。紫の上の歌には実感がこもる。一方、光源氏の返歌は二人の仲が遠い昔から今にいたるまでかわらぬ愛情にささえられた「世の常ならぬ仲」で、遠い昔の契りどおりだと訴えている。これも光源氏にすれば本心なのだと思う。一人の女をここまで長く、深く愛したという事実。「さだめなき世」には稀なことである。しかし、光源氏の誠意と紫の上が求める誠意には大きな隔たりがあり、光源氏にはそのことがわかっていなかったのである。

この後、紫の上が自ら出向いて女三宮に対面しようとする直前、紫の上の心情は

われよりかみの人やはあるべき、身のほどなるものはかなきさまを、みえをきたてまつりたるばかりこそあらめ、など思つゞけられて、うちながめ給。てならひなどするにも、をのづからふることも、ものおもはしきすぢにのみかゝるを、さらば我身には思ふことありけり、と身ながらぞおぼししらるゝ。

（若菜上・一〇七六7〜11）

と記され、自分で書き付けた手習の「ふること」の内容から「さらば我身には思ふことありけり」と自覚する。紫の上自身も認識しえない深い亀裂がすでに存在していた。この場面の「ふること」にも紫の上自作の古い和歌が混じっていた可能性もあろう。その手習の中にあった和歌

⑳（紫）身にちかく秋やきぬらんみるまゝにあを葉の山もうつろひにけり（若菜上・一〇七七7）

に対し、光源氏は次のように書き付けた。

㉑（光）水鳥のあをばはいろもかはらぬを萩のしたこそけしきことなれ（若菜上・一〇七七9）

光源氏の心がわりを指摘する紫の上の歌に対し、「秋になって青葉の山は紅く色を変えるが、水鳥の青羽は色が変

わらない。同様に私の心も変わっていない、変わっているのは萩の下葉の方―あなたの方ですよ」と切り返す。光源氏が山の代わりに水鳥を出してくるのは、朝顔巻で歌った⑩歌の「鴛鴦」を念頭に置いているのだろう。

それぞれの場面で大きな意味をもった和歌が物語の進展にともない、回想され、再確認され、新たに詠まれる和歌に有機的に繋がってきている。

六　紫の上の死

紫の上の死は二度描かれる。若菜下巻と御法巻においてである。若菜下巻の場合は、女楽の翌日、光源氏が女三宮の許に出掛けている間に重病に陥り、やがて二条院に移転、光源氏が六条院に訪問中に「絶え入り給ひぬ」と急死するのである。これは六条御息所の死霊による仮死であり、その後蘇生することは周知の如くであるが、光源氏はこの時、紫の上の死に立ち会っていないことになる。また、御法巻では、次第に衰弱して行き、光源氏と明石中宮に見守られながら死んでいく紫の上が描かれている。こちらは立ち会ってはいるのだが、二人だけではない。

紫の上の死を藤壺の死と比較してみると、大きな違いに気づく。藤壺は瀕死の状態で光源氏の訪問を待ち、光源氏に見取られながら死んでいくのである。そこには二人だけの、二人しかわからない別れがあった。何も言わずとも二人の心は通じ合っていたはずである。一方、紫の上の死には、光源氏だけでなく、手塩にかけて育てた養女明石中宮が立ち会っている。作者は紫の上の死に際し、光源氏との二人だけの別れを設定しなかった。この意味を軽視してはなるまい。紫の上は、光源氏に惜しまれ、明石中宮に手を取られて死んでいく。光源氏の唯一無二の妻になりえなかった紫の上は、帝の后で東宮の母である明石中宮の母として位置づけられて死んでいくのである。

紫の上は光源氏を十分理解し、自分が死んだ後にどれほど悲しむかもわかっている。しかし、光源氏は紫の上の心を理解しえたといえるであろうか。とくに女三宮降嫁以降、紫の上は絶望と苦悩を内に秘め、光源氏に対して心を閉ざしてしまった。光源氏にとって、紫の上の悲しみが理解できるようになるのは、紫の上を追慕する一年を描いた幻の巻に至ってからである。

和歌の方面から、紫の上の人生をながめてみると、六条院が完成して以降、次第に紫の上の世界が対光源氏のみならず、外に広がりだす。まず、春の町の主として、秋好中宮との春秋争いの和歌のやり取りがあった。若菜上では、女三宮の降嫁に際して、朱雀院から直接和歌が届き、贈答歌を交わしている。若菜下では住吉詣でに、明石女御と同車。女御たちと唱和している。御法巻では、病状が悪化し、切望する出家を光源氏から許されぬ代わりに、二条院で法華経千部供養を行った時、明石の君、花散里が参加し、それぞれと贈答歌を交わしている。このような女性は、光源氏の妻妾の中で唯一人である。紫の上の光源氏に対する人知れぬ絶望が、周辺の人々との交流の中で癒されていくように思えるのだが、これを可能にしているのは、光源氏の最愛の女性だからというだけでなく、明石中宮の養母としての立場であると思われる。

死に瀕した場面での和歌は

㉒（紫）をくとみる程ぞはかなきともすれば風にみだるゝ萩の上露（御法・一三八九7）

㉓（光）やゝもせばきえをあらそふ露のよにをくれさきだつ程へずもがな（御法・一三八九9）

㉔（明宮）秋風にしばしとまらぬ露のよをたれか草葉のうへとのみみん（御法・一三八九11）

である。紫の上は

風すごく吹いでたるゆふ暮に、せむざいみ給とて、けうそくによりゐ給へるを、（御法・一三八九2〜3）

と、眼前の風景に託して、淡々と我が命のはかなさを詠む。光源氏はむしろ感情的になり、紫の上亡き後、すぐ死んでしまいたいと訴える。二人からすこし距離をおいた明石中宮は光源氏の歌の「露の世」という語を受けつゝ、心情的には紫の上の淡々とした詠みぶりに応じて、人の命のはかなさを歌う。この唱和歌からは、人間として深く愛しながら、男としては光源氏から心が離れてしまった紫の上、そのことが信じられず、感情的に愛情の深さを示そうとする光源氏、ふたりの心を理解し、深く同情する明石中宮、といった三者三様の構図が読み取れるであろう。

この唱和歌にも、各項で論じてきた巻を隔てた歌ことばの呼応がみられる。最初の死を描いた若菜下で、蘇生後、静養していた二条院の六月、

池はいとすゞしげにて、はちすの花のさきわたれるに、葉はいとあをやかにて、つゆきら〳〵とたまのやうにみえわたるを（若菜下・一一九二4）

という庭をながめながら

㉕（紫）きえとまるほどやはふべきたまさかにはちすのつゆのかかる許を（若菜下・一一九二9）

㉖（光）契をかむこの世ならでもはちすはに玉ゐるつゆのこゝろへだつな（若菜下・一一九二10）

この時の露は、蓮の露であったが、いまにも消えそうな命の譬喩として前掲唱和歌と共通している。光源氏はまだ女三宮の裏切りを知らない段階で、女三宮の見舞いにいかなければならない状態にあった。光源氏が「契をかむ」とことばに出して言わなければならないほど、二人の溝は深くなっていたとも言えよう。「こゝろへだつな」と言わなければならないほどに紫の上の心が光源氏から離れているのを光源氏は実感していたのだろう。この贈答歌が念頭にあるからだろうか、紫の上が「萩の上露」と㉒歌で言ったのに対して、光源氏の唱和歌㉓は何の露とも限定していない。

一方紫の上が「萩」に限定するのにも伏線がある。**五**で論じた⑳㉑の贈答歌

⑳（紫）身にちかく秋やきぬらんみるまゝにあを葉の山もうつろひにけり
㉑（光）水鳥のあをはいろもかはらぬを萩のしたこそけしきことなれ

光源氏の心がわりを指摘する歌に対し、この時紫の上は萩に譬えられたのだった(14)。

先に述べた光源氏と紫の上の出会いの場面で、①②の和歌で尼君の死も消えゆく露に譬えられていた。祖母と同様に、紫の上の死もまた、「まことに消えゆく露の心地して」「明けはつるほどに消えはてたまひぬ」と譬えられている。さらに賢木巻、藤壺に拒絶され、雲林院にこもった光源氏と二条院で待つ紫の上の贈答歌

㉗（光）あさぢふの露のやどりに君をおきてよもの嵐ぞしづ心なき（賢木・三五七5）
㉘（紫）風ふけばまづぞみだるゝ色かはるあさぢが露にかゝるさゝがに（賢木・三五七7）

もあり、まさに風に吹かれる露の如き紫の上の一生であった。

七　おわりに

紫の上は、わが心を和歌に託して詠んだ。紫の上の和歌は、紫の上の心を表出する。紫の上の人生は、和歌によって紡がれているといっても過言ではない。光源氏との出会い、共住み、婚約、結婚、別れ、嫉妬、幸福、絶望、死と、大きな転機には必ず和歌が詠まれており、それらは極めて有機的に繋がっている。過去の和歌が新しい和歌に詠み込まれる場合が少なくない。平安人にとっての和歌は人生とともに繰り返し、繰り返し、思い出され、歌われつづけるものだったのではあるまいか。それは物語の作中人物とて同じことであろう。

紫の上の和歌を総合的に眺めてみると、紫の上の人生が、そして紫の上という登場人物の心が一層鮮明に見えて

くる。物語の和歌の機能の一つとして提言しておきたい。

注

(1) 原文の語句を問題にするため、本節は、本文引用は池田亀鑑氏『源氏物語大成』に拠った。漢数字は頁数、算数字は行数を示す。「」、濁点、句読点は私見によった。

(2) 引用は新編国歌大観による。

(3) 引用は新編国歌大観による。

(4) 初出は『源氏物語講座』第三巻(有精堂、昭46・7)「紫上―朝顔巻における―」

(5) 引用は新編国歌大観による。

(6) 夜もすがらそらすむ月をながむれば秋はあくるもしられざりけり(二六二、堀川右大臣)、以下「すめる月」は五四〇・八三二、「月もすみけり」は八三四、「すむなる月」は一一九五番歌。

(7) 空すむ月は氷とぢた池の面にその姿を映し出している。紀貫之に次のような水底の月の歌がある。

ふたつなき物と思しを水底に山の端ならでいづる月かげ(古今・雑上・八八一)

照る月も影水底にうつりけり似たる物なき恋もするかな(拾遺・恋三・七九一)

このような背景を考えると、空すむ月が藤壺宮であり、池の面に映る月かげが紫の上を象徴しているように思われる。

(8) 葛綿正一氏「鏡をめぐって―源氏物語の考察」(『研究と資料』第11輯、昭59・7)は『源氏物語』における鏡の持つ意味を考察。この初音巻⑬⑭の贈答歌をあげて、朝顔巻⑨「氷とじ」の歌と対比。また、須磨巻出立前の贈答歌

(光) 身はかくてさすらへぬとも君があたり去らぬ鏡の影は離れじ

(紫) 別れても影だにとまるものならば鏡を見てもなぐさめてまし

とも無媒介的に通底すると説く。堀淳一氏「鏡に見ゆる影―光源氏と紫上の人物造型と「百錬鏡」―」(『文芸研究(東北大学)』一二九、平4・1)でも、鏡を重視。この須磨巻の贈答歌と初音巻の贈答歌は鏡を媒介として明暗の対比を示し、鏡が以後の物語

の進展にも底部で関わっていくと説く。両者とも巻を隔てた和歌の呼応を指摘している。

（9）野村精一氏編、源氏物語古注集成5『孟津抄』中巻（桜楓社、昭56・2）若菜上・三一二頁、332項。

（10）伊井春樹氏編、源氏物語古注集成26『萬水一露』第三巻（桜楓社、平2・2）若菜上・三〇九頁、446項。

（11）一例として、玉上琢彌氏『源氏物語評釈』第七巻（角川書店、昭41・11）、一一一頁をあげた。

（12）「ふること」「ふることとも」の用例を分類し、次に別表として示した。漢数字は『源氏物語大成』の頁数、算用数字は行数を表す。このうち「ふることなと」は⑪⑭⑱の3例、③は古詩と琴を掛ける。問題にしている部分が⑪、「ふることとも」の3・5・6は物語内部の古歌の可能性もある。

【別表】

ふること	古詩	古歌	言い伝え	昔のでき事・内	昔の和歌・内
①帚木六二3		○			
②須磨四一三9		○			
③明石四五五8	○				
④少女六八〇3			○		
⑤初音七七三7				○	
⑥螢八一六7			○		
⑦螢八一八4			○		
⑧行幸八九九14				○	
⑨真木柱九六五7		○			
⑩藤裏葉一〇一七6				○	
⑪若菜上一〇五九14					◎
⑫若菜上一〇七六9		○			
⑬若菜下一一八七9		○			
⑭夕霧一三五一1		○			
⑮幻一四一六6	○				
⑯幻一四一八9	○				
⑰総角一五八七12		○			
⑱東屋一八二九9	○				

ふることとも	古詩	古歌		昔のでき事・内	昔の和歌・内
1葵三一六11	○	○			
2明石四五二3				○	
3蓬生五二三10		○			△
4朝顔六四七7				○	
5初音七六八3		○			△
6梅枝九八六9		○			△
7橋姫一五三七13				○	
8東屋一八四三11				○	

(13) 新典社刊、昭63・6。四六〜五一頁。

(14) 『河海抄』は⑯の紫の上歌に注して

めにちかくうつれはかはる世中を行すゑとをくたのみける哉

貫之集云女のもとよりをこせたりける

秋萩のした葉につけてめにちかくよそなる人の心をそみる

（玉上琢彌編『紫明抄　河海抄』四六八頁、角川書店、昭43・6）

と、『貫之集』の歌をあげる。すでに⑰⑱の贈答歌の時点で心がわりを「萩のした露」に託す表現の存在は底流に流れていたと考えられる。それが紫の上の苦悩が深まった時点で、⑳㉑の贈答歌で表出されたのであろう。

第三節

朧月夜——歌詞改変のトリック——

一　朧月夜に似るものぞなき

光源氏二十歳の春、宮中南殿の桜の宴の行われた夜に、酔い心地の光源氏は藤壺あたりを徘徊するが、戸口はしっかり閉ざされていた。このままでは済ますまいと、春宮の女御方、弘徽殿に立ち寄ると、三の口があいていた。そっと忍び込む光源氏。

いと若うをかしげなる声の、なべての人とは聞こえぬ、「朧月夜に似るものぞなき」と、うち誦じて、こなたざまには来るものか。

（新潮日本古典集成『源氏物語』花宴巻・二―五二頁）

右大臣の六の君、朧月夜の登場である。花宴巻のこの歌により、彼女は後世の読者から「朧月夜」と呼ばれる。

六の君の口ずさんだ「朧月夜に似るものぞなき」は、宇多天皇の時代の大江千里が、唐の白楽天の詩の一句「不明不暗朧朧月」を題に詠んだ

てりもせずくもりもはてぬ春の夜のおぼろ月夜にしく物ぞなき（1）（『句題和歌』72番）

の歌を指すと言われている。だが、朧月夜の君は「しくものぞなき」ではなく「似るものぞなき」と誦じている(2)。この点が非常に気になる。

千里の歌は『新古今集』巻第一、春歌上、五五番に入集し、やはり「しく」とある。久保田淳氏『新古今和歌集全評釈』ではこの歌の入集を「『源氏物語』の引歌としてのこの作に敬意を評した結果」と考えておられる。『源氏物語』古註では、藤原定家の『奥入』第二次本が「似る」とする。『岷江入楚』も「似る」とするが、これは『河海抄』の『奥入』引用の孫引きである。千里の歌を引くその他の古註には『源氏釈』『紫明抄』『異本紫明抄』『河海抄』『一葉抄』『紹巴抄』『孟津抄』『花屋抄』『湖月抄』などがあるが、すべて「しく」である。

この部分を玉上琢彌氏『源氏物語評釈』では

「しく」は漢文訓読語なので、女にふさわしく「似る」と言いかえたのであろう。(花宴、二―三三七頁)

と解釈しておられる。また、小学館全集本頭注では、玉上氏の説をあげる一方で

当時すでに「似る」と伝承されていたともいわれる。(1)―四二六頁、頭注一三)

とする。おそらく、定家『奥入』が「似る」と伝えていることからの推測であろう。

当時そう言い換えて伝承されていた可能性もあるが、歌詞改変は『源氏物語』の他の部分にも見られることである。たとえば、『河海抄』によれば、柏木巻、夕霧が歌う「右将軍が塚に草初めて青し」の出典は「青し」ではなく「秋」であるが、初夏の時節に合わせて改変されたと考えられる(3)。『奥入』はこの部分を「青し」とする。『奥入』は引歌を改変のまま取る場合もあったようだ。『源氏釈』も「青し」だが、「秋」の傍書がある。

このように状況に則して歌詞改変する実例を『枕草子』二十段「清涼殿の丑寅の隅の…」の章段が伝えている。

年経れば齢は老いぬしかはあれど花をし見ればもの思ひもなし

という『古今集』巻一・春歌上・五二番歌の藤原良房が娘文徳天皇后明子を眼前の花瓶の桜に譬えて詠んだ歌を、清少納言がその場にふさわしく「君をし見れば」と書き換え、それを中宮定子が、父道隆の逸話、

潮の満ついつもの浦のいつもいつも君をば深く思ふをばわが

という古歌を「頼むはやわが」と書き換えて円融帝に誉められたという話を引き合いに出して誉めたというのである（石田穣二氏訳註『新版枕草子』上巻三三～四頁）。このように既存の歌詞の改変は、当時行われており、それが理に叶い、その場に相応しいものならば、賞賛に値した。

「朧月夜に似るものぞなき」は「朧月夜にしくものぞなき」を朧月夜自身がその場にふさわしく改変したものと考えてよいと思われる。

それは次の点からも言えるであろう。花宴巻後半、右大臣邸の藤花の宴で、二人は再会する。その時、何とか朧月夜を捜し当てようとする光源氏が、催馬楽「石川」の「帯を取られて、からき悔いする」の歌詞を、朧月夜だけにわかるように「扇を取られて、からきめを見る」と改変して歌った。これは、先述の朧月夜の初登場場面で朧月夜の君が、「朧月夜にしくものぞなき」の「しくものぞなき」の部分を「似るものぞなき」と歌詞改変して歌ったことに応じたものではあるまいか。事情を知らぬ女房はこの歌詞改変を奇妙に思い、「あやしくも、さまかへける高麗人かな」というが、

答へはせで、ただ時々、うち嘆くけはひするかたに寄りかかりて、几帳ごしに手をとらへて（花宴巻・一―六一頁）

あの女だけが歌詞改変の意味をわかって、声を出さずにため息をついている。几帳ごしにその手をとらえた光源氏は、さらに確認するために詠みかける。

あづさ弓いるさの山にまどふかなほの見し月のかげや見ゆると（同右）

「ほの見し月のかげ」は女のことだが、先の「朧月夜に似るものぞなき」に応じている。女もやっと答える。

心いるかたならませばゆみはりの月なき空にまよはましやは

と言ふ声、ただそれなり。いとうれしきものから。（二―六二頁）

再会場面も、出会いの場面に応じて、歌詞改変と女の声でその人と確認している。

二　朧月夜の歌詞改変

では、なぜ、「しく」を「似る」に変えたのか。玉上氏のように「女にふさわしく言いかえた」とする見方が当然考えられる(4)。筆者はそれに加えて、次のように考える。

『伊勢物語』二十九段に次のような歌がみえる。

むかし、春宮の女御の御方の花の賀に、召しあづけられたりけるに、

花に飽かぬ嘆きはいつもせしかども今日のこよひに似る時はなし　（新潮日本古典集成『伊勢物語』四六頁）

時節も同じ花の春である。「花の賀」と「花の宴」が照応している。春宮の女御は藤原高子、「召しあづけられた」昔男（業平）は叶わぬ悶々とした彼女への思いを「花に飽かぬ嘆き」といい、今宵は「似る時はな」いほど格別であるという。これは、藤壺にシャットアウトされた光源氏と重なりあう。しかし、『源氏物語』では春宮の女御は弘徽殿女御。歌うのも六の君である。六の君は、「月いと明うさしいでてをかしき」状態から月がうっすらと雲間

に隠れ、朧々した状態になった頃(5)、その状況にまさにぴったりの大江千里の歌

てりもせずくもりもはてぬ春の夜のおぼろ月夜にしく物ぞなき

を口ずさむ。その一方で、状況のよく似た『伊勢物語』二十九段に伝える業平歌

花にあかぬ嘆きはいつもせしかども今日のこよひに似る時はなし

も念頭にあって、両者を複合させたのではあるまいか。それも、朧月夜の君自身が、千里の句を口ずさみながら、『伊勢物語』二十九段の花の賀の折の歌を念頭において「しく」を「似る」と詠み変えたとは、考えられないだろうか。その時、六の君は、業平の苦しい恋心とは無縁に、ただ春の「花に飽かぬ嘆き」を「朧月夜」に重ねて「朧月夜に似るものぞなき」と歌ったのだろう。登場の初めの非常に印象的な場面で「しく」を「似る」に言い換えることで、実は背景に『伊勢物語』を引き寄せるのではあるまいか。

三 『伊勢物語』を知っていて行動する作中人物

『無名草子』が「源氏流され給ふもこの人のゆゑと思へばいみじきなり」と言うように、光源氏の須磨・明石行きの直接のきっかけを作ったのは、右大臣の六の君、朧月夜との情事であった。『伊勢物語』業平の東下りとの照応からも朧月夜は二条の后に擬せられている。朧月夜を『伊勢物語』の二条后高子になぞらえることは、『河海抄』以来、諸氏によって説かれていることで定説といってよいであろう(6)。

この『伊勢物語』については、絵合巻に「伊勢物語に正三位を合はせて…」(三—一〇五頁)と書名が出てくる。「業平が名を朽すべき」(同)、「在五中将の名をばえ朽さじ」(同)というように、絵の優劣の基準に在原業平の名前を

上げ、藤壺中宮自ら

みるめこそうらふりぬらめ年経にし伊勢をの海士の名をや沈めむ（同）

と詠み、古くて有名な『伊勢物語』の方を勝ちとした。この絵合は藤壺中宮を前にしての女たちの絵合であるが、この後、冷泉帝の御前での絵合には、光源氏自ら描いた須磨の絵日記が提出されて、光源氏・梅壺女御方の勝ちとなった。この符合。藤壺の『伊勢物語』および業平への思い入れは、須磨・明石謫居を余儀無くされた光源氏への思い入れと重なっている。そして、ここまでの物語が『伊勢物語』を踏まえていることを、作中人物の口から明らかにしていることになろう。

『伊勢物語』の名は、絵合巻に至って初めて出されるが、若紫巻をはじめ、すでに読者はこの物語が『伊勢物語』を充分踏まえて描かれていることは承知しているはずである。自ずと分かるように描かれているのである。この絵合巻の記述は、読者だけでなく、作中人物にとっても『伊勢物語』は昔の名高い物語であり、既知のものであることを明らかにしている。作中人物は業平と二条后高子や斎宮恬子の物語を知っていて行動しているはずなのである。

また、須磨巻に「かの須磨は…」（二―二〇一頁）「行平の中納言の、藻塩垂れつつわびける家居近きわたり」（二―二二六頁）とあり、作中で須磨謫居の光源氏を業平の兄行平に準えている部分がある。

業平や行平の生きた時代は『源氏物語』作中人物の生きる時代より一昔前であり、そのことは成立当時の読者には理解されていた事柄なのであろう。桐壺巻には描かれた時代が延喜天暦の御代であること、自ずから明らかになるように、史実が散りばめられている。紅葉賀巻・花宴巻二帖に描かれた紅葉賀と花宴も『河海抄』以来その準拠が様々に上げられているが、詰まるところ、延喜の御代であることが自ずから明らかであるように描かれている(7)。現存『伊勢物語』の成立は、増補部分が加わってもっと時代が下るであろうが、藤壺が名高き古い物語と言った『伊勢物語』は存在しており、業平や行平の故事は常識の範囲内にある。

朧月夜は『伊勢物語』を知っていて行動している。それがわかるように時代設定されている。時代がわかるように史実が散りばめられているから、当時の読者には自ずとそれがわかる。試みにそう思って読んでみると、先述の「朧月夜に似るものぞなき」は朧月夜自身がその場の雰囲気に合わせ、あの有名な『伊勢物語』を連想して、歌詞改変したと考えられるのである。もちろん、作者が作中人物に歌詞を改変させているのであるが、そうすることで、この女が、臨機応変に既存の歌詞を変えうる知性、柔軟な思考力と感性を持った人物であることを自ずと知らしめているのではあるまいか。

四　芥川の女と朧月夜

朧月夜と光源氏の最初の邂逅もまた、作中人物が我身を『伊勢物語』の作中人物に準えて行動しているように思われる。

春の月が雲に隠れた時、突然男に袖をひかれ、相手の男の姿も定かには見えない。声で光源氏と知る。朧々とした妖艶な世界である。逢瀬の後、光源氏に名を聞かれ、朧月夜は

うき身世にやがて消えなば尋ねても草の原をば問はじとや思ふ（二―五三頁）

と答える。この歌は『伊勢物語』第六段芥川の章段（集成本一八～九頁）を踏まえているのではあるまいか。昔男（業平）が「からうじて盗み」出し、結局鬼に食われて消えてしまった女と我身を重ね合わせ、男が足摺をして泣いて

歌った

白玉か何ぞと人の問ひしとき露とこたへて消えなましものを

の歌を踏まえているのではないか。この時、朧月夜は東宮の后がねであり、おそらく見習いのため姉の弘徽殿女御のもとに来ていたのであろう。芥川の章段の後人注とされる部分に「これは、二条の后の、いとこの女御の御もとに、仕うまつるやうにてゐ給へりけるを、かたちのいとめでたくおはしければ、盗みて負ひていでたりけるを」とあり、高子の兄基経・国経が取り返したという。「それをかく鬼とはいふなりけり。まだいと若うて、后のただにおはしける時とや」とあるこの二条の后と、朧月夜の状況はよく似ている。

朧月夜が東宮の后がねであることは、この段階では光源氏にも読者にも明らかにされていない。ただ「さまざまに思ひ乱れたるけしき」とある。朧月夜自身が『伊勢物語』を知っていて、「まもなく東宮にあがる身でありながら、あの有名な『伊勢物語』の二条の后のように、業平のような光の君に盗まれ、露となって消えるのであろうか」と考えたからこそ「うき身世にやがて消えなば…」の歌が朧月夜の口から出てくるのではあるまいか。そして、読者が「うき身世にやがて消えなば…」の歌から『伊勢物語』芥川の章段を連想すれば、自ずと朧月夜の状況が予想できるようになっているのではあるまいか。

朧月夜は光源氏に業平のように自分が消えてしまった後で足摺をして泣いてほしいのである。あるいは、『伊勢物語』四段(8)のように月を「立ちて見、居て見」て恋焦がれてほしいのである。朧月夜は『伊勢物語』の世界に憧れ、恋の理想をそこに見ている。

五　朧月夜のその後

だが、朧月夜は、自らが擬した二条后のように、朱雀帝の女御として入内することはなかった。まず、御匣殿に任命され（葵巻）、次いで尚侍となり（賢木巻）、宮仕え人として朱雀帝に寵愛される(9)。にもかかわらず、朧月夜は、『伊勢物語』の世界に憧れ、理想化し、物語世界の人々と同様の行動をとってしまう。もちろん、光源氏に魅せられたからではあるが。そして自ら同様の悲劇をも招くことになる。それとて、現実の人間世界によくあることであろう。

朧月夜尚侍は二条の后のように光源氏に愛されたかったのであろう。しかし、光源氏の心を占めているのは藤壺中宮である。朧月夜尚侍は二条の后にはなりえない。二条の后たりえようとして、朧月夜は自ら積極的に光源氏に連絡を取り、危険を承知で光源氏を自邸に引き込む。政治的に排除されつつあり、本当に恋焦がれる人から遠ざけられた光源氏も、危険を承知で右大臣邸に乗り込んでいく。二人の意識の中には『伊勢物語』が前提として横たわっている。二人の行為は、光源氏が業平をきどり、朧月夜が二条の后たりえようとして『伊勢物語』を具現化したものと考えられる。若さ故の過ちでもあった。

だが、このような行動は朧月夜の実体を『伊勢物語』から遠ざけていく。光源氏は、やむにやまれぬ恋の情熱で朧月夜尚侍と通じたのではなかった。尚侍という設定は非常に巧妙であって、『伊勢物語』のような帝の后ではなく、宮仕え人の尚侍と通じたのであるから、光源氏の須磨蟄居が「まことの犯しなきにてかく沈む」（明石巻、朱雀帝の言）ということになり、光源氏の帰京は正当化される。

光源氏帰京後の朧月夜尚侍は、若い情熱に流されて犯した過去を悔い、朱雀院との穏やかな愛の日々を生きる。だが、若菜上巻で再び光源氏との逢瀬を持ってしまったのは何故か。この点については、稿を改めたい。

注

(1) 書陵部本等による。但し、類従本のみ「朧月夜ぞめでたかりける」に作るが、非。

(2) 『源氏物語大成』校異篇と『源氏物語別本集成』によれば、別本系の麦生本・御物本・阿里莫本の三本のみ「似る」を「しく」に作る。原文「似る」と考えてよいであろう。

(3) 玉上琢彌氏編『紫明抄 河海抄』の『河海抄』巻十四(柏木)五〇一頁下。『紫明抄』『異本紫明抄』もほぼ同趣である。歌詞改変については、三木雅博氏「『和漢朗詠集』平安古写本の佳句本文の改変をめぐって―〈朗詠〉のもたらしたもの―」(『国語国文』昭61・4)、柳瀬喜代志氏「和漢朗詠集異文考」(『中古文学と漢文学Ⅱ』〔汲古書院、昭62・2〕所収)などに詳しい。

(4) 和泉式部に「さきしよりみつつひごろに成りぬれどなほとこなつにしくものぞなき」等の歌があり、「如く」と「敷く」の掛詞で使われているが、女性の使用例もないわけではない。

(5) 久富木原玲氏「朧月夜の物語―源氏物語の禁忌と王権―」(『源氏物語の探究』第15輯〔風間書房、平2・10〕所収)では「月いと明うさしいでてをかしき」状態のままであったとするが、それでは朧月夜の歌がチグハグで、その場にふさわしくないものになってしまう。状況の推移と読みとるべきではないか。

(6) 石川徹氏「伊勢物語の発展としての源氏物語の主想像」(『古代小説史稿』〔刀江書院、昭33・5〕所収)、増田繁夫氏「朧月夜と二条后」(『大阪市立大学文学部紀要人文研究』31―9、昭55・3)等。

(7) 花宴は醍醐天皇の延長四年、清涼殿の花宴の変相かと考えられている。(山本利達氏「賀宴と花宴」〔『講座源氏物語の世界』第二集、昭53・10〕所収)

(8) 清水好子氏「朧月夜に似るものぞなき」(『講座源氏物語の世界』2〔有斐閣、昭55・10〕所収)の指摘。

(9) この辺りは重明親王妻で村上天皇に寵愛された尚侍登子の面影が指摘されている。注6増田論文参照。

第四節　源典侍の人物造型

1　源典侍と清少納言——衣通姫「わが背子が…」の歌の引歌方法——

一　はじめに

源典侍は『源氏物語』の中で、特異なキャラクターとして、異彩を放っている。登場するのは、紅葉賀巻、葵巻、朝顔巻の三帖。初登場の紅葉賀巻では、藤壺と光源氏の秘密の子である若宮が誕生するなど、緊迫を究める中、二条院に引き取られての初めての正月を過ごす初々しい紫の君を描く一方、それとは対照的な、桐壺帝周辺にいた「よしある宮仕へ人」の一人、「年いたう老いたる典侍」を光源氏の相手として登場させている。『伊勢物語』六十三段に、九十九髪の老女を主人公の男が相手にする話があるが、十八歳の光源氏に五十七・八歳の源典侍という取り合わせも、『源氏物語』が『伊勢物語』から受け継いだ要素であろう。

この源典侍には清少納言を連想させる要素がいくつかあり、本節3でも後述するが、ここでは、紅葉賀巻における源典侍と光源氏の滑稽な逢瀬の場面から論じてみたい。

二　蜘蛛のふるまひ

源典侍が初めて登場してくるのは、紅葉賀巻である。桐壺巻に出てくる「上にさぶらふ典侍」―帝三代に仕え、藤壺入内の契機を作った典侍―も、この源典侍であろうと言われているが、帚木巻以後の、光源氏の女性遍歴の中の一人として登場してくるという点においては、初登場と言える。その紅葉賀巻において、光源氏と源典侍の逢瀬の場に頭中将が来あわせ、太刀を抜いて戯れかかる話がある。これは後々まで光源氏と頭中将の笑い話の種となる。その話に以下のような場面がある。

君は、とけてしも寝たまはぬ心なれば、ふと聞きつけて、この中将とは思ひ寄らず、なほ忘れがたくすなる修理の大夫にこそあらめとおぼすに、おとなおとなしき人に、かく似げなきふるまひをして、見つけられむことは、はづかしければ、

「あな、わづらはし。出でなむよ。蜘蛛のふるまひは、しるかりつらむものを、心憂くすかしたまひけるよ」

とて、直衣ばかりを取りて、風のうしろに入りたまひぬ。

(紅葉賀巻・一―三八～九)(1)

誰かがやって来たと察知した光源氏は、それが頭中将とは思いもよらず、源典侍の古馴染みの修理大夫と思う。光源氏の「蜘蛛のふるまひはしるかりつらむものを」という発言は、周知の如く、衣通姫の

わが背子が来べき宵なりささがにの蜘蛛のふるまひかねてしるしも(2)

の歌を踏まえている。この歌は『古今和歌集』墨滅歌（一一一〇）にあり、詞書は

そとほりひめのひとりゐてみかどをこひたてまつりて

となっている。また、『日本書紀』では、三句以下が「ささがねの蜘蛛のおこなひこよひしるしも」となっている。『日本書紀』允恭紀によれば、衣通姫は美しさが衣から輝き出るような美女であり、允恭天皇の寵愛を受けたが、姉皇后に憚って藤原宮で天皇を待つ間にこの歌を詠んだという。「ささがに」は蜘蛛のことで、蜘蛛が来て人の衣につくと親しい客が到来するという俗信が中国にあり、その俗信が日本にもあって、衣通姫の「わが背子が…」の歌となったのであろうとされている。

『源氏物語』がこの歌を引歌にしている部分は、他にもう一箇所、帚木巻、雨夜の品定めの藤式部丞の体験談にある。藤式部丞が文章生の時、博士の娘と懇ろになり、いろいろと教えられたが、そろそろ別れようかという頃、久し振りに訪れると、娘は「月ごろ風病重きに堪へかねて、極熱の草薬を服して、いと臭きにより」（一―七七）対面しようとしない。その臭いに閉口して、藤式部丞が立ち去る時の歌、

ささがにのふるまひしるき夕ぐれにひるま過ぐせといふがあやなさ（帚木巻・一―七七）

に引かれている。

『源氏物語』の二つの話に共通しているのは、色恋の話でありながら喜劇に属する笑い話であり、相手の女が、秀でた女で、男の成長に大きな役割を果たしてはいるものの、どこか欠陥がある点である。

先に述べたように、衣通姫は美しさが衣から輝き出るような絶世の美女だったという。また、『古今和歌集』仮名序に「小野小町は衣通姫の流なり」とあり、秀麗な女流歌人であったと考えられる。「わが背子は…」の歌は、姉后に憚って身を引き、それでも全身全霊で帝を待ち詫びた、古代の絶世の美女の悲恋の歌である。それが、『源

氏物語』に引用されると喜劇になってしまうのはどういうわけなのであろうか。また、『源氏物語』の中で、この「わが背子が…」の歌を引歌にしている部分が、どうしてこの二箇所のみに限られているのであろうか。以下、二つの話を考察してみる。

三　博士の娘と清少納言

まず、帚木巻、雨夜の品定めの藤式部丞の体験談(3)から検討してみよう。

藤式部丞は、博士の娘を「かしこき女の例」として、次のように評する。

公事をも言ひあはせ、私ざまの世に住まふべき心おきてを思ひめぐらさむかたもいたり深く、才の際なまなまの博士はづかしく、すべて口あかすべくなむはべらざりし。(帚木巻・一―七五)

公事にも、処世の事にも、学問にも、男顔負けの女性である。こういう女性を伴侶にする男は、それなりの力量がなければならないだろう。どうも藤式部丞にはそれだけの才はなかったようである。夫婦となって、

寝覚のかたらひにも、身の才つき、朝廷につかうまつるべき、道々しきことを教へて、いときよげに、消息文にも仮名といふもの書きまぜず、むべむべしく言ひまはしはべるに…(一―七六)

御陰で、その女を師として、学問を身につけることが出来た。しかし、日常会話までも漢語を多用する女は、末長く共に暮らせる相手ではなかった。逃げ腰になった藤式部丞が女と手を切る場面が、先に引用した部分である。

藤式部丞が久し振りに訪れると、娘は

「月ごろ風病重きに堪へかねて、極熱の草薬を服して、いと臭きによりなむ、え対面賜はらぬ。…」(一―七七)

と女性が使わぬ語を連発する。その臭いに閉口して、藤式部丞は

ささがにのふるまひしるき夕ぐれにひるま過ぐせといふがあやなさ（一―七七）

と詠んで、さっさと立ち去ろうとする。博士の娘は引き止めようと

逢ふことの夜をし隔てぬ仲ならばひる間もなにかまばゆからまし

さすがに口疾く」（一―七八）返歌する。この話は光源氏や頭中将から「そらごと」と笑われる。

藤式部丞の歌の「ささがにのふるまひしるき夕暮れ」は、明らかに、衣通姫の「わが背子が…」の歌に依っていると考えられる。伊井春樹氏編『源氏物語引歌索引』（笠間書院、昭52・9）によれば、古註でこの部分に衣通姫の歌を引歌にあげているものには、『紫明抄』『異本紫明抄』『一葉抄』『休聞抄』『紹巴抄』『岷江入楚』『湖月抄』『源氏物語新釈』『源注余滴』などがある。

藤式部丞は別れの場面をかなり戯画化して語っているようである。この歌のおもしろさは、言うまでもなく、「夕暮れ」と対の「昼」を出し、それに草薬の「蒜」を掛けているところであり、絶世の美女が夫の来訪を待ち詫びて口ずさんだという本歌に対し、草薬を服して夫と会えない博士の娘との対照の妙であろう。

衣通姫の「わが背子が…」の歌を本歌にしている歌は、平安時代の和歌の中には数えるほどしかない（後掲）。その中で、『朝光集』(4)の

おなじ女、おはすべからんをりはひるはの給へといひければ、二三日有りて

ひるといひしことかはるともささがにのいかがふるまひしるくみるらん（六二）

という歌は、衣通姫の「わが背子が…」の歌を踏まえつつ、「昼」という語を出してきている点、藤式部丞の歌にやや近い感じを抱かせる。

島津久基氏は『源氏物語講話』(5)帚木・四一二〜四一三頁において、藤式部丞の名、学問をしてもその才が女に適わぬ所、女好きの点が紫式部の兄惟規を連想させ、少々おめでたい所、女学者―の妻―に頭の上がらぬ所が、清少納言の前夫修理亮則光とそっくりだ、とされる。また、四一七頁では、女博士は清少納言の面影があり、さらに清少納言が理想とした高内侍（中宮定子の母、高階成忠の娘）を想起させる、とされておられる。この説を筆者も支持したい。

この藤式部丞の話に続けて、左馬頭が総括する。

「すべて男も女も、わろものは、わづかに知れるかたのことを、残りなく見せ尽くさむと思へるこそ、いとほしけれ。…わざと習ひまねばねど、すこしもかどあらむ人の、耳にも目にもとまること、自然に多かるべし。さるままには、真名をはしり書きて、さるまじきどちの女文に、なかば過ぎて書きすすめたる、あなうたて、この人のたをやかならましかばと見えたり。…上臈のなかにも、多かることぞかし。歌詠むと思へる人の、やがて歌にまつはれ、をかしき古ことをも、はじめよりとりこみつつ、すさまじきをりをり、詠みかけたるこそ、ものしきことなれ。返しせねばなさけなし。えせざらむ人は、はしたなからむ。…（一―七八〜九）

左馬頭は、女が漢学を振りかざし、知ったかぶりをし、女同志の手紙のやりとりにまで漢字を書き散らすのは「うたて」「ものしき」と言う。これは、『紫式部日記』清少納言評の部分

清少納言こそ、したり顔にいみじうはべりける人。さばかりさかしだち、まな書きちらしてはべるほども、よく見れば、まだいとたらぬことおほかり。（新潮日本古典集成本　九〇頁）(6)

に通じている。

玉上琢彌氏『源氏物語評釈』(7)帚木巻二四八頁では、「上臈の中にも多かることぞかし」の部分は、作者が高内

侍を想定しているのであろうとし、「をかしきふるごとをも、はじめよりとりこみつつ」は、

今度は、清少納言にあたったらしい。「夜をこめてとりのそらねははかるともよに逢坂の関は許さじ」〈夜通し、函谷関の鶏鳴の故事ではありませんが、うまいことを言って私をなびかせようとなさっても、函谷関ならぬ逢坂の関守は関をあけませぬ。わたしはお逢いいたしません〉の類をさすのである。（二四九頁）

とされる。日本古典文学全集（小学館）でも「上臈の中にも多かることぞかし」の部分が高内侍を暗にさすとの説があると紹介している。（(1)―一六五頁、頭注二一）

このあたりは、左馬頭や藤式部丞という『源氏物語』にはここしか出て来ないような男たちの口を借りて、作者紫式部が、漢語を使いたがる女、知ったかぶりをする女を批判したものであろう。女ながらも漢学の才浅からずと世間で評判となっている清少納言にしても、本格的に漢学を学んだ紫式部からみれば、首をひねるような引用も多かったようである。紫式部自身は『紫式部日記』によれば、「一という文字だに」人前で漢字は書かないようにしていたという。

藤式部丞の体験談が、漢学を好む女と、そういう女に頭の上がらぬ男を揶揄し、清少納言と修理亮則光を想起させる、ということは認めてよいと思う。だからこそ、それに続く左馬頭の総論が、高内侍や清少納言を連想させるものとなっているのであろう

その藤式部丞の体験談のクライマックス、最も笑いの要素の強い部分で、

ささがにのふるまひしるき夕暮れにひるますぐせと言ふがあやなさ

と、衣通姫の歌が引歌にされている点に注目すべきである。

四　源典侍と清少納言

次に、紅葉賀巻の源典侍を検討してみよう。

帝の御年ねびさせたまひぬれど、かうやうのかた、え過ぐさせたまはず、采女、女蔵人などをも、容貌、心あるをば、ことにもてはやしおぼしめしたれば、よしある宮仕へ人多かるころなり。はかなきことをも言ひ触れたまふには、もて離るることもありがたきに、目馴るるにやあらむ、げにぞあやしう好いたまはざめると、こころみにたはぶれ言を聞こえかかりなどするをりあれど、情なからぬほどにうちいらへて、まことには乱れたまはぬを、まめやかにさうざうしと思ひきこゆる人もあり。（紅葉賀巻・二―三三～四）

について、玉上琢彌氏『源氏物語評釈』紅葉賀巻二九八～九頁では、「はかなきことをも…」以下の内容が末摘花巻の冒頭に、また、書きぶりが帚木巻の冒頭に似ている、とされる。帚木巻はそこから光源氏の「中の品の女たち」との物語がはじまった。ここも新たな女―源典侍―との物語が始まる。源典侍の話が、帚木巻に呼応していると考えて、差し支えないであろう。

源典侍は、

年いたう老いたる典侍、人もやむごとなく、心ばせあり、あてに、おぼえ高くはありながら、いみじうあだめいたる心ざまにて、そなたには重からぬ（二―三四）

とあるように、家柄もよく、才気もあり、上品で人望もある女性であるが、ただ一つの欠点は好色な点。

この源典侍と光源氏の逢引の場面が笑い話になっている。先に引用したとおり、頭中将が来あわせ、これを光源氏は、源典侍の古馴染みの「なほ忘れがたくすなる修理の大夫」と勘違いして、「蜘蛛のふるまひは、しるかりつらむものを」すなわち、修理大夫が来ることは前もって「蜘蛛のふるまひ」でわかっていようものを、と言う。ここで再び衣通姫の

わが背子が来べき宵なりささがにの蜘蛛のふるまひかねてしるしも

の歌が踏まえられている。再び伊井氏編『源氏物語引歌索引』によれば『源氏釈』『奥入』『紫明抄』『異本紫明抄』『河海抄』『一葉抄』『休聞抄』『紹巴抄』『孟津抄』『花屋抄』『岷江入楚』『湖月抄』『源氏物語引歌』『源氏物語新釈』『源注余滴』など、古註書のほとんどが、この部分の引歌として衣通姫の歌をあげている。

清少納言は、定子に仕えながらも、内侍、典侍に憧れていたようである。『枕草子』第二十一段(8)「生ひ先なく…」の章段は、平安時代の女性たちに高らかに宮仕えを奨励するキャリア・ウーマン論であり、高く評価されるべき発言であるが、「内侍のすけなどにてしばしもあらせばや」(角川文庫『新版枕草子』上巻三七頁)「内裏の内侍のすけなどいひてをりをり内裏へまゐり、祭の使などに出でたるも、面立たしからずやはある。」(三八頁)と言っており、一七一段「女は内侍のすけ、内侍」とも明言している。清少納言が憧れ、賛美する典侍に、「老い」と「好色」の要素を加え、戯画化したものが源典侍ではなかろうか。そして、源典侍の古馴染みの「修理大夫」の名が、清少納言のかつての夫で、出仕後も「せうと、いもうと」とよびあった修理亮、橘則光(七十八段)を連想させる。

帚木巻、藤式部丞の体験談が、清少納言と修理亮則光を連想させ、そこに「わが背子が…」の歌が引歌にされていることと、紅葉賀巻のこの場面に修理大夫という名が出てきており、やはり「わが背子が…」の歌が引歌にされていることは、単なる偶然であろうか。しかも、「わが背子が…」の歌を引歌にしている部分は『源氏物語』中、この二箇所だけなのである。

帚木巻の雨夜の品定め、藤式部丞の体験談と、紅葉賀巻の源典侍の痴話は、「わが背子が…」の歌を媒介として呼応しており、ともに清少納言と前夫修理亮則光を連想させるように創作されているのではあるまいか。

帚木巻の方は男の和歌に、紅葉賀巻では男の会話の中に、引歌として用いられているという違いはある。しかし、どちらも衣通姫の歌を男が用いており、相手の女はこちこちの女学者であったり、好色な老女であったり、凡そたおやかな美女とはかけ離れている。衣通姫の古歌を引用して通用する相手は、相当に教養の高い女性か、老練の女性ということなのであろう。そして、どちらの話も、衣通姫の古歌を踏まえつつ、衣通姫の悲恋とはかけ離れた、滑稽な恋物語を展開している。

五　「わが背子が…」の引歌表現

ここで、『源氏物語』成立以前、あるいは成立当時、衣通姫の「わが背子が…」の歌を踏まえた表現が、散文にしろ韻文にしろ、あるかどうか確認しておきたい。

まず、勅撰集(9)では、「わが背子が…」の歌と同様に、蜘蛛が来て人の衣につくと親しい客が到来するという俗信に基づいたものが、『古今和歌集』に一首、『後撰和歌集』に一首あるが、衣通姫の「わが背子が…」の歌を直接引いたものとは確定できない。

①『古今和歌集』巻第十五・恋歌五「題知らず　よみ人しらず」

今しはとわびにしものをささがにの衣にかかり我をたのむる（七七三）

②『後撰和歌集』巻第九・恋歌一「つらかりけるをとこに　よみ人しらず」

たえはつる物とは見つつささがにのいとをたのめる心ぼそさよ（五六九）

『後拾遺和歌集』の次の一例は、『源氏物語』成立以後のものであるが、衣通姫の「わが背子が…」の歌を直接引いたものと確認できる。

③『後拾遺和歌集』第十・哀傷「右大将通房みまかりてのち、ふるくすみはべりける帳のうちにくものいかきけるをみてよみ侍ける　土御門右大臣女」

わかれにし人はくべくもあらなくにいかにふるまふささがにぞこは（五七六）

私家集では、明らかに衣通姫の歌を踏まえていると考えられるものが、『朝光集』『小大君集』『実方集』に見える。

『朝光集』(10)では、

おなじ女、おはすべからんをりはひるはの給へといひければ、二三日有りて

ひるといひしことかはるともささがにのいかがふるまひしるくみるらん（六二）

返し

わがせこがしるきよひともささがにのいとをたのまん心ちこそせね（六三）

とて、けふあすすぐさんと有りければ、たちかへり

けふをだにくらしかねつるささがにのいとにかかりてあすまでやへん（六四）

六二番歌の「おなじ女」は、安藤太郎氏「藤原朝光の詠歌と年次」（『平安時代私家集歌人の研究』〔桜楓社、昭57・4〕所収、二一九頁）では、朝光（九五一～九九五）と関係のあった藤原共政妻と推定されている。三首は一連の贈答歌で、六二番歌の「ささがにの」「ふるまひしるく」、六三番歌の「わがせこが」「しるきよひ」「ささがにの」は、

明らかに衣通姫の「わが背子が…」の歌を踏まえていると考えられる。

『小大君集』(11)には

春宮にて、ひんがしに、たなばたのあしたに、たちはきのをさのありしかたにひきたるいとに、くものすをひきければゆきよりしかけ〳〵となんをどりたてる、とおほせられければ

ささがにのもろてにいそぐたなばたのくものころもはかぜやたつらん(八六)

とありしを、さねかたのきみに人のかたり給ふめりしかば、たちながら

ひこぼしのくべきよひとやささがにのくものふるまひしるく見ゆらん(八七)

とある。八六の小大君の歌は衣通姫の歌とは直接関わらない。しかし、それを受けた実方の八七番歌は、「くべきよひ」「ささがにのくものふるまひ」「しるく」の語からも明らかなように、衣通姫の「わが背子が…」の歌に拠っている。

『実方集』(12)では、

ものいひけるをんなに、たえてのち

ささがにのくものいがきのたえしよりくべきよひともきみはしらじな(一一五)

七月七日、ひきたるいとに、くものいかきたるをみて、小大君

たなばたのもろてにいそぐささがにのくものころもはかぜやたつらむ(一四一)

といふかへし

ひこぼしのくべきよひとやささがにのくものいがきもしるくみゆらむ(一四二)

とあり、一四一・一四二の贈答歌は小大君と実方のもので、先に掲げた『小大君集』八六・八七と同じ贈答歌で

ある。『実方集』一四一と『小大君集』八六の小大君の歌は「たなばた」と「ささがに」の語が入れ代わっている。この歌は「ささがに」「くも」が詠み込まれているが、直接衣通姫の歌に依拠しているわけではない。ところがその答歌の実方の歌の方は、明らかに「わが背子が…」の歌に依拠している。特に『小大君集』の実方歌は「くべきよひとやささがにのくものふるまひしるく」と、「わが背子が…」の歌に対する依存度が高い。それに対し、『実方集』の方は「ふるまひ」が「いがきも」となっているが、これは一一五番歌にも呼応した詠みぶりである。

次に散文の方では、「ささがに」の例が、『宇津保物語』一例、『落窪物語』一例、『源氏物語』三例、『浜松中納言物語』一例、『栄花物語』三例見え、「蜘蛛」の用例は、『枕草子』二例、『大鏡』一例、『栄花物語』一例、『今昔物語集』十六例(13)見える。特記すべきことは、『蜻蛉日記』に「ささがに」三例、「蜘蛛」四例見え、他とくらべて圧倒的に多く、道綱母の和歌(道綱のための代作も含む)の中に多用されていることである。それらは、蜘蛛が待ち人の到来を予見するという意味で使われているが、衣通姫の「わが背子が…」の歌に直接依拠しているかどうかは確定しがたい。

衣通姫の「わが背子が…」の歌に直接依拠していると明らかな用例は、先に示した『源氏物語』の二例と、『栄花物語』「ささがに」二例「蜘蛛」一例が集中して見られる巻三五、「くものふるまひ」の巻、藤原通房死後の北の方と宰相君の贈答歌部分くらいである。なお、北の方の歌は前掲の『後拾遺和歌集』③と同一歌である。

以上のように、衣通姫の「わが背子が…」を引歌にしたものは、『源氏物語』以前、もしくは成立当時において、朝光の贈答歌と実方の歌二首(『実方集』一一五・一四一)に現れる程度でそれほど一般的なものではなかったように思われる。『源氏物語』の二例はかなり特殊な使い方の部類に入るであろう。清少納言と関わりの深い実方の歌に用例が見出せるのも興味深い。

六　おわりに

帚木巻、雨夜の品定めと紅葉賀巻はどちらが先に執筆されたのであろうか。いずれにせよ、現『源氏物語』をあるがままに受け入れるとすれば、まず、雨夜の品定め、藤式部丞の体験談において、清少納言と修理亮則光が想起され、「わが背子が…」を引歌にした

ささがにのふるまひしるき夕ぐれにひるま過ぐせといふがあやなさ（帚木巻・一―七七）

という、およそ優雅とはいえぬ、滑稽で、かなり印象的な歌が、読者の脳裏には焼きつくことであろう。そして、紅葉賀巻に至って、再び「わが背子が…」を引歌にした部分「蜘蛛のふるまひはしるかりつらむものを」を発見する。その少し前には修理大夫という名まで出てくる。ここは、源典侍が自ずと清少納言と重なってくる場面なのではあるまいか。

雨夜の品定めの藤式部丞の体験談と紅葉賀巻の源典侍の痴話を結び付けるものが、「わが背子が…」の歌を引歌にしている部分である。それゆえ、『源氏物語』の中で、「わが背子が…」の歌を引歌にしている部分を、意識的にこの二箇所に限定しているのではあるまいか。これは、『源氏物語』作者が用いた一つの引歌方法ではないかと考える。

紅葉賀巻で、既に源典侍がその登場の初めから清少納言を連想するように創作されているならば、朝顔巻の源典侍の登場もそれほど唐突ではない。本節3の『枕草子』逸文「すさまじきもの　しはすの月夜　おうなのけさう」の引用はむしろ必然でさえある。そして、藤壺宮の死は自ずと定子の死と重なっていくはずである。

注

（1）引用は石田穣二、清水好子氏校注新潮日本古典集成『源氏物語』一～八による。（　）内は、巻数―頁数を示す。以下同じ。

（2）『新編国歌大観』第一巻勅撰集編の『古今和歌集』では

　　わがせこがくべきよひなりささがにのくものふるまひかねてしるしも

とある。漢字表記を私に改めた。

（3）以下の話は、日本古典文学全集本では、一―一六一～一六四頁。

（4）書陵部蔵（五〇一・一九八）を底本とした『新編国歌大観』による。

（5）初版は矢島書房、昭5・11、復刻版は名著普及会、昭58・5。

（6）引用は、山本利達氏校注、新潮日本古典集成『紫式部日記　紫式部集』による。

（7）角川書店、昭和39・10。

（8）章段分け、本文引用は、石田穣二氏訳注『新版枕草子』上巻（角川文庫、昭54・8）による。

（9）勅撰集の引用はすべて『新編国歌大観』による。

（10）（4）と同じ。

（11）書陵部蔵（五〇一・九二）を底本とした『新編国歌大観』による。『私家集大成』小大君集Ⅰには、八七番歌四・五句に「いかきもかけて　見えけんイ」とある。

（12）書陵部蔵（一五〇・五六〇）を底本とした『新編国歌大観』による。『私家集大成』実方集Ⅱに同じ。一一五番歌は、実方集Ⅰでは一一〇番、四句「かくべきよひも」、実方集Ⅲでは六一番、四句「くべきよひをし」。一四一番歌は、実方集Ⅰでは一二九番、初句「ささがにの」、三句「たなばた《ひこぼしのイ》の」、五句「かぜやふくらん」。一四二番歌は、実方集Ⅰでは一三〇番、初句「たなば《ひこぼしのイ》たの」。

（13）巻二九・三七話は蜘蛛の話で、まとまって十四例見える。

2　紅葉賀巻の源典侍と『蜻蛉日記』の作者
――「ささわけば人やとがめむ……」の歌をめぐって――

一　はじめに

源典侍という人物は、『源氏物語』の中では道化役である。だが、筆者は、話のおもしろさよりも、人物造型の方法に、作者紫式部の本音がちらほら見えて、興味をおぼえる。前項及び、後述する本節3で、源典侍の人物造型に清少納言が関与している可能性を論じた。これは、清少納言が源典侍のモデルであるというような単純なことを言っているのではない。様々な要素を巧みに絡み合わせて、あたらしい人物を造り出していく作者の手腕は、更めて言うまでもない。角田文衛氏「源典侍と紫式部」（『紫式部とその時代』〔角川書店、昭41・5〕所収）では、源典侍が当時実在の典侍源明子（紫式部の夫宣孝の兄説孝の妻）と結びつくように創作されているとする。あるいは島津久基氏『対譯源氏物語講話』では、これから論じようとする紅葉賀巻の部分に、『大和物語』二十一段の監（げん）の命婦との関連を指摘しておられる。筆者が論じたのは、これらの説を否定するものではなく、一つの要素として考えられないか、ということである。たとえば、藤壺に定子皇后、東三条院詮子、二条后高子等の面影が時と場合によって見え隠れしているように。

さて、本項では紅葉賀巻の源典侍登場部分に存在する『蜻蛉日記』からの引歌と思われる歌に焦点をあて、作者の創作方法について考えてみたい。

二　紅葉賀巻の源典侍登場部分

紅葉賀巻の後半部分に語り出される源典侍は、次のように紹介されている。

年いたう老いたる典侍、人やむごとなく、心ばせあり、あてに、おぼえ高くはありながら、いみじうあだめいたる心ざまにて、そなたには重からぬ…（紅葉賀巻・二―三四　以下、引用は新潮日本古典集成本による）

身分も高く、教養も人望もあるが、好色な老婆であるという。

光源氏は年老いてもかわらぬ好色心に興味を持ち、「たはぶれ言言ひ触れてこころみたまふ」たが、さすがに外聞を考えて「つれなくもてなし」、源典侍の方は、それを「いとつらし」と思っている。

光源氏と源典侍との絡みは紅葉賀巻では二回描かれている。宮中で桐壺帝の御梳櫛に候った源典侍が、帝の退出後、光源氏と出会う場面。そして、温明殿での逢瀬とそこに頭中将が加わっての痴話である。

本項で問題にしたいのは、前半の宮中での邂逅場面である。以下、長くなるが原文を示す。

上の御梳櫛にさぶらひけるを、果てにければ、上は御袿の人召して、出でさせたまひぬるほどに、また人もなくて、この内侍常よりもきよげに、様体、頭つきなまめきて、装束、ありさま、いとはなやかに好ましげに見ゆるを、さも旧りがたうもと、心づきなく見たまふものから、いかが思ふらむと、さすがに過ぐしがたくて、裳の裾を引きおどろかしたまへれば、かはほりのえならず画きたるを、さし隠して見かへりたるまみ、いたう見延べたれど、目皮らいたく黒み落ち入りて、いみじうはつれそそけたり。似つかはしからぬ扇のさまかなと見たまひて、わが持たまへるに、さしかへて見たまへば、赤き紙の、うつるばかり色深きに、木高き森の画を塗りかくしたり。片つ方に、手はいとさだすぎたれど、よしなからず、⑴「森の下草老いぬれば」など書きすさびたるを、ことしもあれ、うたての心ばへやと笑まれながら、「⑵森こそ夏の、と見ゆめる」とて、何くれとのたまふも、似げなく、人や見つけむと苦しきを、女はさも思ひたらず、

⑶君し来ば手なれの駒に刈り飼はむさかり過ぎたる下葉なりとも

と言ふさま、こよなく色めきたり。

⑷笹分けば人やとがめむいつとなく駒なつくめる森の木がくれ

わづらはしさに」とて、立ちたまふを、ひかへて、「⑸まだかかるものをこそ思ひはべらね。＊今さらなる身の恥になむ」とて泣くさま、いといみじ。「いま聞こえむ。⑹思ひながらぞや」とて引き放ちて出でたまふを、せめておよびて、⑺「橋柱」と怨みかくるを、上は御袿果てて、御障子よりのぞかせたまひけり。似つかはしからぬあはひかなと、いとをかしうおぼされて、「好き心なしと、常にもてなやむめるを、さはいへど、過ぐさざりけるは」とて、笑はせたまへば、内侍は、なままばゆけれど、⑻憎からぬ人ゆゑは、濡衣をだに着まほしがるたぐひもあなればにや、いたうもあらがひきこえさせず。…

（紅葉賀巻・二一—三三〜三六）

伊井春樹氏編『源氏物語引歌索引』（笠間書院、昭52・9）によれば、古註において⑴〜⑻の部分に引歌が指摘されており、この部分が引歌仕立てであることが確認できる。

老いてはいても帝に仕える典侍だけあって、「心ばせあり、あてに、おぼえ高く」とあるように光源氏との会話は、古歌を踏まえた引歌の応酬となっているのである。『枕草子』一七一段⑴に「女は典侍、内侍」とあるように、

清少納言ほどの女が典侍、内侍にあこがれている。一〇二段、公任の「すこし春あるここちこそすれ」に「空寒み…」の上句を付けて俊賢が「なほ内侍に奏してなさむ」と言うのは、当時にあっては、これが誉め言葉であったことを意味している。当時、典侍や内侍になるためには、機転が効き、見識の高いことが要求されていたということである。源典侍は、老いてはいても引歌を駆使して光源氏と対峙できるだけの技量があった。いふかひなくはあらぬ女なのである。ただし、そこに老いと好色が加わると喜劇になってしまう。源典侍の物語は『伊勢物語』六十三段つくも髪の章段を背景にしている、とは『岷江入楚』(2)以来すでに説かれているところである。しかし、老女の好色という点では共通しているが、つくも髪の媼と源典侍では人物の資質において雲泥の差がある点を忘れてはならないだろう。

若作りの源典侍につい声をかけてしまった光源氏。振り返るまなざしは黒ずんで落ち窪み、皺だらけで、年は隠せない。光源氏が典侍の扇と自分のを取り替えて見ると、典侍の扇には木高き森の画を塗りかくしてあり、「(1)森の下草老いぬれば」などと書いてある。この歌は、『源氏釈』『紫明抄』『異本紫明抄』『河海抄』以下ほとんどの古註が、『古今集』巻十七、雑上、八九二・題しらず・読人しらず

大荒木の森のした草おいぬれば駒もすさめずかる人もなし(3)

を引く。「森の下草」は老いた女を象徴し、「駒(＝男)」も好いてはくれず、「刈る人(相手をしてくれる人)」もいないという歌であり、老いを自覚した源典侍の現状を表現しているといえよう。裏を返せば「相手をしてほしいのに」ということになる。

苦笑いしながら答えた光源氏の(2)「もりこそなつの」は

ひまもなく茂りにけりな大荒木のもりこそなつのかげはしるけれ(未詳)

時鳥きなくを聞けば大荒木の森こそ夏の宿りなるらし（『信明集』）

などが指摘されているが、いずれにしても「夏には森が茂って、駒も（時鳥も）人も寄ってくるとかいいますよ」と、心とは裏腹に典侍をいい気にさせる。典侍も調子に乗って

(3)君し来ば手なれの駒に刈り飼はむさかり過ぎたる下葉なりとも

（あなたが来てくれるならあなたの愛馬に草を刈ってご馳走しましょう、こんな盛りを過ぎた下葉ですが）

と誘いをかけてくる。

これに答えた光源氏の歌が、問題の

(4)笹分けば人やとがめむいつとなく駒なつくめる森の木がくれ

（笹を分けて入っていったら、人が咎めることになろう、いつでも駒〔＝男〕を手懐けているとかいう森の木がくれ〔あなた〕だから）

の歌である。『花鳥余情』は次のように註している。

さゝわけば人やとかめんいつとなくこまなつくめりもりの木かくれ

蜻蛉日記　さゝわけはあれこそまさめ草かくれ《（かれの）》こまなつくめるもりの下かは

今案駒なつくめるは源内侍のすけのいつとなくおとこをなつくる心によみ侍り

（伊井春樹氏編『松永本花鳥余情』六五頁下）

この部分に「ささわけば…」の歌を引く古註には、*『休聞抄』*『覚勝院抄』*『紹巴抄』『孟津抄』『岷江入楚』『湖月抄』などがある。（*は書名なし）

この歌が『蜻蛉日記』の歌をふまえたものであるとすると、なぜこの部分に、なぜこの歌が引かれているのだろ

うか。そこに、どのような創作意図があるのか。また、それは作者紫式部が『蜻蛉日記』をどう読んだかという問題とも関わってこよう。以下、考察を試みたい。

三　『蜻蛉日記』の「ささわけば…」の歌

問題の歌は『蜻蛉日記』下巻、右馬頭の養女求婚譚の中にある。以下要約して示そう。

兼家の異母弟で道綱の上司にあたる右馬頭遠度が、道綱母の養女に求婚してきた。遠度をもてなす道綱母とのやりとりが続き、遠度は頻繁に訪れて求婚する。今は疎遠になっている兼家に相談すると、「そちらでは派手にもてなしているとか世間で評判だ」と作者と遠度との仲を勘繰った返事を寄越す。冗談かと思っていると度々こう言うので、道綱母は

①今さらにいかなる駒かなつくべきすさめぬ草とのがれにし身を

とやり返した。

苛立つ右馬頭に、道綱母は兼家からの手紙の一部を切り取って、その答えを示そうとした。ところが誤って「今さらに…」の歌の下書の部分を渡してしまう。その後、右馬頭は女性問題を起こし、養女との縁談は破談になった。ところが、これで終わった訳ではなかった。その後、兼家の兄の堀河太政大臣兼通が

「かの『いかなる駒か』とはありけむは、いかが。

②霜枯れの草のゆかりぞあはれなるこまがへりてもなつけてしがな

あな心苦し」
と言って寄越した。先の道綱母の歌が、遠度を通じて兄兼通に漏れたらしい。その返歌が、この
③笹わけばあれこそまさめ草枯れの駒なつくべき森のしたかは
である。

『源氏物語』と『蜻蛉日記』のこの部分を比較考察したものに木村正中氏「日記文学から源氏物語へ」(『国文学』昭47・12)がある。氏は「両者には老いらくの恋を主題とする共通的な発想の基盤があったらしく感じられる。」とされ、光源氏の「ささわけば…」の歌と道綱母の「笹わけばあれこそまさめ…」の歌が直接結びつくのではなく、間に老女の恋をテーマとした説話か古物語が介在しているかもしれない、兼通と道綱母の応酬もその仮定の物語を背景にしてなされているのかもしれない、とされる。なお、源典侍の「今さらなる身の恥になむ*」の語が、道綱母の①の歌に関連があるか、もしくはその仮定の物語にあるのかもしれないとの御指摘は有益である。木村氏の言われるように、『伊勢物語』六十三段以外の老女の恋をテーマにした説話か古物語の存在を想定することは、必要なことなのかもしれない。だが、そのような説話や古物語を想定したとしても、『源氏物語』作者が『蜻蛉日記』を読んでいたことは、間違いあるまい(4)。ならば、『蜻蛉日記』から『源氏物語』がすくいとったものが何かを考察する意義はあると思う。

常磐井和子氏(5)はこの部分をとりあげて、皮肉な形で本歌として利用しているとされ、『蜻蛉日記』の影響、源泉の関係を断定しえないのは、紫式部の表現の伎倆、素材を十二分にこなす力、超えようとする見識の高さ故とされる。

四　『源氏物語』古註所引の『蜻蛉日記』

『源氏物語』古註が指摘する『蜻蛉日記』からの引用部分は、もともとそれほど多くない。道綱母の

薪こる事は昨日につきにしをいざ斧の柄はここにくたさん

の歌は『拾遺集』『枕草子』にもあり、古註にこれが引用される時、『蜻蛉日記』の書名が見えないので、用例から除くこととする。

そうすると、『蜻蛉日記』からの引用は『河海抄』以前の古註には見られず、『河海抄』に十例、『花鳥余情』に五例引用されているが、両者はそれぞれ別々の部分を引用していて、全く重なっていない。兼良は『河海抄』を見ているはずだが、それに拠らず、独自に『蜻蛉日記』から引用しているのである。兼良は何故『河海抄』所引の『蜻蛉日記』を引用しなかったのであろうか。武井和人氏『一条兼良の書誌的研究』（桜楓社、昭62・4）によると「『花鳥余情』は『河海抄』の反措定として著されたフシが読み取れ」、兼良は〝沈黙〟という「スタイル」で『河海抄』批判を行っていたと考えられる、とされる。『河海抄』『花鳥余情』の『蜻蛉日記』引用が重ならない理由もこれによって説明できよう。

中世の古註釈書はそれ以後、ほとんど『蜻蛉日記』にふれない。ふれたとしても『河海抄』『花鳥余情』の孫引きの可能性が高い(6)。『孟津抄』『岷江入楚』にかなりの数の『蜻蛉日記』の引用が見えるが、それらは全て『河海抄』『花鳥余情』と重複している。

話は横道にそれるが、『源氏物語』古註の『蜻蛉日記』の引用ぶりを見ていくと『蜻蛉日記』の享受史がほのみ

えて興味深い。国語国文学研究史大成5『平安日記』の「蜻蛉日記・研究史通覧」（今井源衛・木村正中両氏の共同執筆）には

『河海抄』や『花鳥余情』のごとき注釈書の一部分に引用されたのを除いては、一般人には概して疎遠なものとなっていたようであるが、それには定家がこの作品を和歌の上からあまり推奨しなかったことなどが原因となっているかもしれない。さらに不幸なことには、応仁大乱前後において伝本の多くが失われ…

とあり、『蜻蛉日記』の研究は近世初期の契沖から始まったとされている。『源氏物語』古註が『蜻蛉日記』を引かないのは、両者の関係を認めていないのではなく、『蜻蛉日記』が目にふれていないためと考えた方がよさそうである。

話をもとに戻そう。紅葉賀巻該当部分に『蜻蛉日記』「ささわけば…」の歌を引用した古註は、『花鳥余情』が、はじめてである。それ以前にこの歌の指摘はない。

『河海抄』は紅葉賀巻該当部分にはふれていない。しかし、玉鬘巻の「こまかへる」の註には

こまかへる　　若反万葉

朝露のけやすき我身老ぬとも又こまかへり君をしまたん（万十二）人丸

霜枯の草のゆかりぞ哀なるこまかへりてもなつかしき哉※

うつほの物語に大将こまかへらせ給へかしと云々

蜻蛉日記に堀河太政大臣のつかはしたる文に在之此心相叶歟

（玉上琢彌氏編『紫明抄　河海抄』三八九頁下）

※「なつかしき哉」は『蜻蛉日記』諸本すべて「なつけてしかな」に作る。(7)

とある。『萬葉集』『宇津保物語』の歌も引くが、『蜻蛉日記』の「霜枯の…」の歌には「堀河太政大臣（兼通）の」と明記し、「此心相叶歟」とあるところを見ると、単なる用語例としてではなく、この部分に『蜻蛉日記』の内容と相通じるものを見ているように感じられる。

この語は光源氏が亡き夕顔の侍女で今は紫の上に仕える右近に「久しくみえなかったのはこまがへりしたのか」とからかった部分に出てくる。こまがへりするのは兼通であり、右近である。どちらも、老いたけれど子馬のように若返って色めくという意味に使われている点は共通している。『河海抄』が「此心相叶歟」というのはこのことか。あるいは、「こまかへる」の語が「霜枯の…」の歌を連想させ、その歌が、夕顔のゆかりである玉鬘を光源氏が「こまかへりても」なつけようとする以後の巻々のテーマを象徴しているととるか。

しかし、『花鳥余情』がこの部分を指摘しないのは、『河海抄』の引用をよしとすることができなかったと考えられる。これについては次のようなことも考慮にいれるべきであろう。

三条西実隆の『細流抄』、その子公条の『明星抄』には次のような註がある。

こまかへる　河海萬葉十一若反をひけり．当時流布《ルフ》仙覚《センカク》が点本若反《ワカカエリ》と点せり　古点こまがへる也

（ナシ）朱わかゞへる心分明なる者歟《乎》〈『細流抄』にこの一文ナシ〉

（中野幸一氏編『明星抄　雨夜談抄　種玉編次抄』二八七頁下）

『河海抄』が引用する『萬葉集』の古点では「こまかへる」とするが、仙覚新点では「若反」（わかかへる）とする。滝本典子氏「河海抄所引の萬葉歌―新点及び次点本との関係について―」（『源氏物語の探究』〔風間書房、昭49・6〕所収）によれば、『河海抄』の成立は仙覚の新点成立から一二〇年前後を経過しているが、新点の流入は一首のみで、従来から既にある古・次両点によっており、それが新点の流布の実情だったとされている。『花鳥余情』の

頃には、新点の普及が進んでいたであろう。

『萬葉集』の「若反」を「こまかへる」とよむことが根拠となって、「こまかへる」の語が「若返る」と同義になる。だが、新点に拠った場合はその根拠を失う。「若返る」の意味に取れなくても『宇津保物語』も『蜻蛉日記』も、「駒(妻や愛人)を乗り換える」の意味で通用する。新点に拠ったと思われる『花鳥余情』にあっては、この部分に特に『蜻蛉日記』を引く必要を感じなかったのであろう。

以上のような理由で『花鳥余情』が玉鬘巻の「こまかへる」の註に『蜻蛉日記』を引いていないことは納得できる。この『萬葉集』の古点、次点、新点の存在が『源氏物語』享受史にも大きく影響を与えていることは見逃せない。しかし、『源氏物語』は次点、新点の存在しなかった時代に成立していることを忘れてはならない。『源氏物語』を作者の創作意図に即して読もうとする時、次点、新点は存在しなかったことを念頭に置かねばならないだろう。その意味で、『河海抄』の「こまかへる」の註はもう一度見直されるべきであろう。

『河海抄』が玉鬘巻「こまかへる」の註に引く、兼通の

霜枯の草のゆかりぞ哀なるこまかへりてもなつかしき哉

※「なつかしき哉」は『蜻蛉日記』諸本すべて「なつけてしかな」に作る。

と、『花鳥余情』が紅葉賀巻「ささわけば…」の註に引く『蜻蛉日記』作者の

さゝわけばあれこそまさめ草がれのこまなつくめるもりの下かは

※『蜻蛉日記』諸本すべて「なつくべき」に作る(8)。

は、『蜻蛉日記』下巻にある贈答歌なのである。

では『河海抄』は何故「ささわけば人やとがめむ…」の註に『蜻蛉日記』の「ささわけばあれこそまさめ…」の

歌を引かなかったのであろうか。筆者は次のように考える。準拠を挙げることを旨とする『河海抄』にあって、『蜻蛉日記』の「ささわけばあれこそまさめ…」の歌が、光源氏の「ささわけば人やとがめむ…」の歌の準拠にはなりえなかったからと。両者は全く正反対の内容を持ち、『蜻蛉日記』の方は女の拒絶の歌、『源氏物語』の方は男の拒絶の歌、そして、『蜻蛉日記』の作者と源典侍はかたや貞淑、かたや好色と全く正反対だからである。だが、筆者はそれこそが、『源氏物語』が『蜻蛉日記』を引いた理由であると考えている。

五　『源氏物語』と『蜻蛉日記』の「ささわけば…」の歌

両歌ともに『源氏物語』に関与していると認めるとすると、紫式部はこの贈答歌に強い関心を示したと考えられる。それは、紫式部が『蜻蛉日記』をどう読んだか、ということにも関わってこよう。

『蜻蛉日記』上巻、中巻で、夫兼家を独占しようとしてできない苦悩を綴ってきた作者は、下巻においては、中川広幡転居、実質的夫婦関係の喪失、養女引取り、道綱の恋愛、遠度の養女求婚譚などを語っていく。中川広幡転居後は兼家に振り向いてもらえない。養女を迎え、道綱の成長を楽しみに老後を生きようとしているところに、右馬頭が養女に求婚してくる。養女の後見として遠度を相手にしているうちに、『蜻蛉日記』作者自身がその交際を楽しんでしまっている。しかも作者にその自覚はないらしい。兼家の「そこにびしうもてなし給ふとか世にいふめる」という言葉は『蜻蛉日記』作者自身も気がつかない心の奥底の本音を突いてきているのである。抗議のつもりで送った歌

①今さらにいかなる駒かなつくべきすさめぬ草とのがれにし身を

〔いまさらどんな男が好いてくれるというんですか、もう男（あなた）には相手にされないと、のがれて中川に転居してしまったこの私を〕

も裏を返せば、なついてくれる駒があればいいが、ということにもなる。そこを突いて、兼通が

②霜枯れの草のゆかりぞあはれなるこまがへりてもなつけてしがな

〔年老いた私の縁者であるあなたが気の毒です。私も若返り、あなたの心を兼家から私に向けさせたいものです。〕

と求愛してくるのである。

③笹わけばあれこそまさめ草枯れの駒なつくべき森のしたかは

〔ささをわけて無理やり押し入っても荒れがまさるだけでしょう。私はもう草が枯れて駒がなつくはずのない森の下でしょうから〕

作者の見事な拒絶の歌でこの話は終わる。これ以上は発展しえないのである。上巻、中巻で苦しみ抜いた『蜻蛉日記』作者は、もう男を信用していない。兼家しかり。あれほど熱心に求婚していたかと思うと、別の女と不祥事を起こす遠度しかり。兼通だって同じ事。うっかり求愛に乗っても酷い目に逢うことは目に見えている。道綱母の拒絶は必然である。最後の「をかし」は返歌をできないでいる兼通に対する優越感からきているのだろう。

兼家に去られても、兼家の弟や兄が作者に近づいてくる。兼家も作者に男が近寄ると嫉妬する。まだまだ捨てたものではない。かつては美人の誉れの高かった女が老いを自覚した時、こういう色めいた、女の自尊心をくすぐるようなことが、ひどくうれしいのではないか。だからこそ、日記に書き留めておきたかったのではなかろうか(9)。この①～③の三首をめぐる話は、『蜻蛉日記』作者が、下巻においてもっとも書きたかったことなのではなかろうか。『源氏物語』作者はこういう老いを迎えた女の心境を『蜻蛉日記』から読み取ったのではなかろうか。

もともと『蜻蛉日記』の中で「駒」「下草」は、印象的な部分に何度か使われている。たとえば、上巻第七節

ほどへて、見えおこたるほど、雨など降りたる日、「暮れに来む」などやありけむ、

かしはぎの森の下草くれごとになほたのめとやもるを見る〳〵

返りごとは、みづから来て、まぎらはしつ。（柿本奨氏『蜻蛉日記全注釈』上巻三九頁）

と、新婚時代に「森の下草」を詠んだ歌が存在する。しかも、兼家は自らやって来ることを以て返事とした。作者にとって、印象的でうれしいできごとであったはずである。

また、上巻第三十節、町小路の女の一件が一段落した後、長歌の贈答があり、兼家の長歌の中に「あるゝ馬（荒れて、離れる馬）」に作者を譬え、「かたがひの駒」に道綱を譬えた部分がある。その後、作者と兼家が「むま」「こま」「なつく」の語をキーワードにして贈答を繰り返す。

（作者）なつくべき人もはなてばみちのくのむまやかぎりにならむとすらむ

（兼家）われが名ををぶちの駒のあればこそなつくにつかぬ身とも知られめ

（作者）こまうげになりまさりつゝなつけぬをこなたはたえずぞたのみきにける

（兼家）白河の関のせければやこまうくてあまたの日をばひきわたりつる（同　上巻一一三頁）

この贈答を通して、道綱母は兼家の心を繋ぎ止めえたことを確信するのである。下巻の

①今さらにいかなる駒かなつくべきすさめぬ草とのがれにし身を

の歌は、『古今集』の

大荒木の森の下草老いぬれば駒もすさめず刈る人もなし（雑上・八九二）

を踏まえているが、『蜻蛉日記』にあっては、兼家との夫婦生活の中で特に印象の深い先に挙げた歌々をも受けているのではあるまいか。その意味で、『蜻蛉日記』の下巻は上巻、中巻を受けつつ、老いを自覚した作者のその後

が描かれていると言えるだろう。

紫式部は、『蜻蛉日記』の特に下巻に注目し、『蜻蛉日記』作者が発展しえなかった老女の恋を、源典侍という人物を造形して、無残に表現してみせたのだろう。

『蜻蛉日記』と『源氏物語』の「ささわけば…」の歌を比較してみると、両者は「ささわけば」「駒」「なつく」「森」の語が共通し、共に拒絶の歌である。しかし、『蜻蛉日記』の方は、老いを自覚した女からの拒絶の歌である。拒絶の理由は自分が「草枯れの森」だからである。『源氏物語』の方は若い貴公子光源氏からの老女に対する拒絶の歌である。その拒絶理由は、源典侍が「いつとなく駒なつくめる森」(好色)だからで、全く対照的である。『源氏物語』が『蜻蛉日記』の「ささわけば…」の歌を引くのは、この対照の妙をねらったのではないか。

扇に書かれた「森の下草老いぬれば」という老いの自覚は源典侍のポーズであって、光源氏に「こそ夏の」と慰められると、いい気になって「君し来ば…」と自分の方から積極的に誘ってしまう。源典侍は『蜻蛉日記』作者とは全く正反対の女である。だが、本当に正反対といえるのだろうか。下巻における遠度との交流、兼家の嫉妬、兼通の求愛、これらに『蜻蛉日記』作者の心が浮き立つ様子が垣間見える。男であろうと女であろうと、いくつになっても心のときめきはある。二人の違いは、そういう心を抑圧してしまうか、そういう心のままに生きるかの違いではないだろうか。生き様の美醜はともかくとして。

この「ささわけば…」の歌によって、かつて美女の誉れ高く、老いてもなかなかにもてて、きわめたる和歌の上手である『蜻蛉日記』の作者が、一瞬源典侍に重なり、その生きざまにおいて、はっきりと対照をみせる。作者のねらいはそこにあるのではないか。

そして、この光源氏の

ささわけばひとやとがめんいつとなく駒なつくめる森の木がくれ

の歌は、後半部分、温明殿での源典侍と光源氏の逢瀬の場に頭中将が登場し、典侍の古馴染みの修理大夫と勘違いした光源氏に、頭中将が刀でおどしかかる痴話を象徴してもいるのである。それは、古くからの馴染みの修理大夫、光源氏、頭中将、少なくともこの三人と関係をもつ好色な源典侍ゆえにおこった喜劇であった。

六　おわりに

前節で、『源氏物語』成立以前、もしくは当時、衣通姫の

わが背子が来べき宵なりささがにの蜘蛛のふるまひかねてしるしも

の歌を引歌としているものがあるかどうかを検討した。その際「ささがにのふるまひしるき夕ぐれ」(帚木巻・一―七七)や、「蜘蛛のふるまひは、しるかりつらむものを」(紅葉賀巻・二―三九)のように、明らかに引歌とわかるものだけを対象とした。(二句以上共通語がある点などを基準とした。)ただし、それ以外でも、内容的には相通じているものも多々みられた。その結果、もともと散文の世界での「ささがに」「蜘蛛」の語の用例は少ないのだが、『蜻蛉日記』では、他の作品と比べ、多用されていることに気付いた。それらの中には注釈書によっては引歌としているものも見られたが、先述のような理由で引歌の用例には挙げなかった。なお、「さゝがに」三例、「蜘蛛」四例はすべて和歌にみられ、「さゝがに」はすべて道綱母の歌に詠みこまれている。「蜘蛛」は登子の歌に一例、道綱と大和だつ女との贈答歌に三例詠みこまれている。

道綱母の

ふく風につけてもとはむさゝがにのかよひし道は空に絶ゆとも〔上巻二一節七七頁〕

さゝがにのいまはと限るすぢにてもかくてはしばし絶えじとぞ思ふ〔上巻八八節三四四頁〕

などは、衣通姫「わが背子が…」の歌を直接引いているとは言えないが、決して無縁とも思われない。衣通姫と道綱母の立場の共通性からきているのかもしれない。『蜻蛉日記』の蜻蛉が何を意味するのか、議論のあるところであるが、蜘蛛の糸説も捨てがたいように思えてくる。(10)

蜘蛛の糸に思いを託し、男を待つはかない女たち―衣通姫や『蜻蛉日記』作者等。彼女たちはあくまでも受身である。しかし、源典侍は積極的に男に向かっていく。なんとしたたかで、バイタリティのある女性であることか。筆者はこの源典侍を実に頼もしく思う。そして、こういう所もどこか清少納言に似通っているような気がしてならないのである。

注

（1）『枕草子』章段分けは、石田穣二氏訳注『新版枕草子』上・下巻（角川文庫）による。

（2）『岷江入楚』では「人にしたかへは」（二五七8・414、源氏物語古註集成11、一―四八二頁下～四八三頁上）の注に「私云伊勢物語におもふをも思はぬをもけちめみせすといへる心也（歟）」と『伊勢物語』第六十三段を初めて指摘している。

（3）この歌は『古今和歌六帖』では作者を小野小町とする。とすれば、絶世の美女が老いを自覚した歌ととらえられる。

（4）紫式部の外祖父為信の兄為雅の妻が倫寧女で、道綱母の姉妹である。このような縁戚関係からみても、『蜻蛉日記』は式部の目にふれていたであろう。また、『源氏物語』と『蜻蛉日記』の関わりについては、岡一男氏『源氏物語の基礎的研究』、島津久基氏『源氏物語講話』、吉川理吉氏「かげらう日記並に同時代の物語と源氏物語との関係」（『国語国文』七―九、昭12・9）、石原昭平氏「蜻蛉日記と源氏物語―自然描写・時間意識・人物像―」（『東横学園女子短大紀要』12、昭49・3）、常磐井和子氏「源氏物語本文の背後にあるもの—『蜻蛉日記』『過去現在因果経』『出家作法』を例として—」（『源氏物語の探究』第八輯〔風間書房、昭58・6〕所収）等に細かな指摘がなされている。

(5) 「源氏物語本文の背後にあるもの—『蜻蛉日記』『過去現在因果経』『出家作法』を例として—」（『源氏物語の探究』第八輯〔風間書房、昭58・6〕所収）

(6) 『原中最秘抄』『弄花抄』『一葉抄』『細流抄』『明星抄』などには『蜻蛉日記』からの引用はみられない。『河海抄』『花鳥余情』を引用する場合でも、『蜻蛉日記』からの引用文は削除されている。『休聞抄』には四例みえるが、すべて『花鳥余情』からの孫引きと確認できる。『紹巴抄』にも三例みえるが、これも『河海抄』『花鳥余情』からの孫引きとみられる。

(7) 岩波新大系本の『蜻蛉日記』（今西祐一郎氏校注）のみ「なつきてしがな」とするが、底本宮内庁書陵部本は明らかに「なつけてしがな」であり、校訂注記もないことから、これは新大系本の誤植であろう。（この指摘により第二版から「なつけてしがな」に改訂された。）『河海抄』における『蜻蛉日記』の引用は、時として要約もみられ、正確にそのままとられてはいないように感じられる。しかし、全体的にみて、現存『蜻蛉日記』にはない「なつかしき哉」とする本文を持つ『蜻蛉日記』があった可能性がないわけではないが、あるいは誤引用かもしれない。

(8) 『花鳥余情』における『蜻蛉日記』の引用は、全体的には現存本文とほとんど違わない。この部分は『源氏物語』の本文に引かれて誤ったとみられる。後続の古註も他の『蜻蛉日記』引用状態からしても『花鳥余情』の「なつくめる」を引かれて誤った可能性が高い。散逸本文と見る必要はないであろう。

(9) 篠塚純子氏は、「『蜻蛉日記』の主題をめぐって」（女流日記文学講座2『蜻蛉日記』〔新典社、平2・6〕所収）の中で、「夫兼家との間に成り立つ歌物語的世界への希求が、道綱母に蜻蛉日記を書かせる原動力であ」り、下巻は兼家との贈答歌である「いまさらに」の一首を書き残したいがために書かれたと思われる、とされる。

(10) 蜻蛉—トンボ説、蜉蝣—ひを虫説、遊糸—いとゆふ説、陽炎説、ゴサマーなどがある。陽炎説が有力であるが、遊糸を字面どおり、原義どおりに空にひらひらとはかなく遊ぶ蜘蛛の糸の意にとれないものであろうか。

3　朝顔巻と『清少納言枕草子』

一　はじめに

源典侍は紅葉賀、葵、朝顔巻の三帖に登場する。初登場の紅葉賀巻から、

年いたう老いたる典侍、人もやむごとなく、心ばせあり、あてに、おぼえ高くはありながら、いみじうあだめいたる心ざまにて、そなたには重からぬ（紅葉賀巻・二―三四）(1)

と「年いたう老いたる典侍」は、すでに五十七、八歳であり、「いみじうあだめいたる心ざま」であった。藤壺の死を語る薄雲巻に続き、朝顔巻では、光源氏の朝顔前斎院に対する求婚と朝顔前斎院の拒否、源典侍の突然の登場、藤壺追憶が描かれている。朝顔巻の源典侍の登場はかなり唐突である。主を失った桃園邸に住む朝顔前斎院への求婚が目的でありながら、まず同居する叔母の女五宮を見舞う光源氏に、思いがけず声をかけてきた老女がいた。

源典侍といひし人は、尼になりて、この宮（女五宮）の御弟子にてなむ行ふと聞きしかど、今まであらむとも尋ね知りたまはざりつるを、あさましうなりぬ。（朝顔巻・三―二〇一～二）

ここでは七十か七十一歳のはずである。

古りがたくなまめかしきさまにもてなして、いたうすげみにたる口つき思ひやらるる声づかひの、さすがに舌つきにて、うち戯れむとはなほ思へり。（同・三―二〇二）

歯がぬけ、すぼまった口つきで、まだ色っぽいやりとりをしようとする。西面の前斎院のもとで、光源氏は月さし出でて、薄らかにつもれる雪の光りあひて、なかなかいとおもしろき夜のさまなり。ありつる老いらくの心げさうも、よからぬものの世のたとひとか聞きしとおぼし出でられて、をかしくなむ（同・三―二〇三）冬の夜の月を見ながら、源典侍の「ありつる老いらくの心げさう」を思い出す。「よからぬものの世のたとひ」というのは何であろうか。朝顔前斎院の拒絶にあい、二条院に戻り、傷つく紫の上を慰めつつ、

「時々につけても、人の心を移すめる花紅葉の盛りよりも、冬の夜の澄める月に雪の光りあひたる空こそ、あやしう、色なきものの身にしみて、この世のほかのことまで思ひ流され、おもしろさもあはれさも残らぬをりなれ。すさまじき例に言ひ置きけむ人の心浅さよ」とて、御簾巻きあげさせたまふ。（朝顔巻・三―二〇八〜九）

源典侍の「老い」と「あだめいたる心ざま」を象徴する「ありつる老いらくの心げさう」、及び、「冬の夜の澄める月」を「すさまじきためし」とする部分に、古註は『清少納言枕草子』「すさまじきもの」の項を引くが、現存の『枕草子』にはない本文であり、古来問題にされてきたところである。

ここでは、古註の『枕草子』の引用部分に注目して、朝顔巻と『清少納言枕草子』との関わりを探ってみたい。

二　すさまじきもの　しはすの月夜　おうなのけさう

現存『枕草子』に存在しない「すさまじきもの　しはすの月夜　おうなのけさう」を引く古註には『紫明抄』・

『光源氏物語抄』（異本紫明抄）・『河海抄』などがある。

以下、この部分に『枕草子』を引用する古註を成立年代順に列挙し、考察を試みたい。なお、『紫明抄』と『光源氏物語抄』（異本紫明抄）の先後関係はいろいろと問題があるので、本稿は、ひとまず、『紫明抄』『光源氏物語抄』（異本紫明抄）の順に考察していく。

まず、永仁二（一二九四）年以前成立と言われる素寂『紫明抄』（巻四、朝顔）(2)には

　冬の夜のすめる月に

　　清少納言枕草子云

　　すさましき物しはすの月よ　おうな《嫗》のけしやう　としよりたる女也（八六頁上）

とある。

また、『光源氏物語抄』（異本紫明抄）(3)でも巻四、朝顔に

　冬の夜のすめる月に…すさましきためしにはいひをきけん人のこゝろあさゝよと云事

　　しはすの月夜と世俗此詞あり　定家

　清少納言枕草子

　すさましき物しはすの月よ　をうなのけしやう　老嫗也（三・31丁オ～ウ）

とあって、定家の説を加えている。これは、『紫明抄』に先立ち、安貞元（一二二七）年以後成立した定家『奥入』あさがほの巻の項に

　世俗しはすの月夜といふ（自筆本四七丁オ）

とあるので、『奥入』からの引用であろう。

次いで、貞治元（一三六二）年頃の成立とされる四辻善成『河海抄』巻九（槿）にも引用されている。なお、

『河海抄』は角川書店の翻刻本、玉上琢彌氏編『紫明抄　河海抄』を用い、現存最古の天理図書館蔵・伝一条兼良本を参照して（　）で示した。

(a)ありつる老らくの心けさうもよからぬものゝたとひときゝしと

　清少納言枕草子すさましきものおうな《老媼也》のけさうしはすの月夜と云々（三六六頁上）

(b)すさましきためしにいひおきけん

〔真本初メニ清少納言枕草子トアリ〕

十列　冷物　十二月々夜　十二月扇　十二月蓼水　老女仮借　女酔　胡依〔真本・伝兼良本胡瓜老〕　法師酔舞

無酒神楽　勅使社打図競馬　昆畚八仙画舞清少納言枕草子事也載先了〔真本コノ注ナシ〕（伝兼良本になし）

〔以下真本ナシ〕篁日記しはすのもち月いとあかきに物語しけるを人みてこれそ（伝兼良本になし）あなすさましはすの月夜もあ〔不本月よに〕るかなといひけれは

春をまつ冬のかきりとおもふにはこの《かのイ》月しもそ哀なりける

うつほの物語にも此詞あり（伝兼良本になし）（三六七頁上〜下）

このすぐ後にも二箇所、『清少納言枕草子』関係の引用があるが、**五**で詳述する。

『河海抄』における(a)の部分の「おうなのけしやう　しはすの月夜」は、『紫明抄』『光源氏物語抄』（異本紫明抄）では、(b)の部分に註があり、「しはすの月夜　おうなのけさう」と順序が逆になっている。しかも、『河海抄』の方は(b)の部分に『二中歴』の「十列歴」(4)、『篁日記』『宇津保物語』（伝兼良本にない）が引用されている。

『河海抄』ではこのほか、藤袴巻に

おうなとつけて心にもいれず　嫗　老嫗心也

清少納言枕草子すさましき物しはすの月夜おうなのけさう云々〔真本・伝兼良本云々ナシ〕（四三〇頁下～四三一頁上）

若菜下巻に、

冬のよの月は人にたかひてめて給ふ

枕草子にすさましき物しはすの月夜とある心也（四八三頁下）

また、総角巻に

よの人のすさましきことにいふなるしはすの月夜のくもりなくさしいてたるを

清少納言枕草子すさましき物しはすの月夜女〔不本をんな真本おうな〕のけさう〔真本以下ナシ〕 おうなとは嫗也老嫗の事也 在端　裏書に老女也〔不本裏書以下ナシ〕（五六三頁下）

と、合計四箇所に『清少納言枕草子』の「すさまじきもの　しはすの月夜　おうなのけさう」を引いている。藤袴巻、総角巻では、「しはすの月夜　おうなのけさう」の順になっているので、朝顔巻の部分は、『河海抄』の誤りであろう。

文明四（一四七二）年成立の一条兼良『花鳥余情』(5)では、

(a)ありつる老らくの心けさうもよからぬものゝたとひにきゝしと（六五〇5・261）

源内侍のすけのわかやくにつきていへりしかも又月さし出てと上にあればしはすの月よにならへていへるなりよからぬ物とは十種の冷物をいふなり（一三七頁上）

(b)すさましきためしにいひをきけん人の心あさゝよとて（六五四6・266）

清少納言と紫式部とは同時の人にていとみあらそふ心もありしにやしはすの月夜少納言はすさましき物といひしを式部は色なき物の身にしむといへり心々のかはれるにや（一三八頁上）

と、この文の引用理由を明快に示している。ただし、注意すべきは、「しはすの月夜少納言はすさましき物といひしを」とあっても、ここに『枕草子』の書名が出ていないことである。

同時代成立の牡丹花肖柏聞書を編じた三条西実隆の『弄花抄』(6)は(b)すさましきためしに（六五四6・266）

清少納言か枕草子にしはすの月夜と云詞なし異本に《ヒ》なとにかける歟如何
小野篁が記に有と云義有　私勘
枕草子すさまじき物のうちに無之（一〇七頁上）

と、すでに失われていることを示している。

また、明応三（一四九四）年頃成立の藤原正存『一葉抄』(7)でも(b)部分に

河篁日記云しはすのもち比月いとあかきに物語しけるを人見てあなすさまじしはすの月(月夜)にもある哉清少納言が枕草子にはしはすの月夜といふ詞なし異本なとにも有にや如何此段ことに心つけて見るべしと云々（一九三頁下）

とある。

三条西実隆の『細流抄』(8)にはなく、公条の『明星抄』(9)の方の(a)部分に『河海抄』の引用と「但当時流布《ルフ》の枕草子に此事なし、他本に此事ある歟」（二六一頁下）とあり、やはり失われている。

天正三（一五七五）年完成の九条稙通『孟津抄』(10)は、(b)部分に『河海抄』『花鳥余情』を引いた後の部分が『弄花抄』と全く同文である。

慶長三（一五九八）年成立の中院通勝『岷江入楚』(11)になると(a)部分に『河海抄』『花鳥余情』『明星抄』を引き、

私此事河花両抄義につきて枕草子の本異同ありとみえたり河海にたしかに書のせられたれば此事をのせたる

本あるなるべし花鳥も此義に同ぜられたり…（以下略）…（二一四〇七頁下～四〇八頁上）

と述べている。(b)の部分には『河海抄』『花鳥余情』『弄花抄』の引用がある。

このように、「すさまじきもの　しはすの月夜　おうなのけさう」の文を持つ『枕草子』の存在が確認できるのは、『紫明抄』、『光源氏物語抄』（異本紫明抄）、『河海抄』までである。以後の古註は『河海抄』の引用である。はたしてこの文を持つ異本『枕草子』は存在したのであろうか。それを確認するために、『紫明抄』『光源氏物語抄』（異本紫明抄）『河海抄』の三書について、全般的に『清少納言枕草子』の引用部分を検討して行きたい。(12)

三　『紫明抄』と『清少納言枕草子』

『紫明抄』(13)に『清少納言枕草子』は次の三箇所に引用されている。

①巻一・夕顔

かの右近をめしてつほねなとけちかくたまはせてさふらはせ給ふくいとくろくしてかたちなとよからねと見くるしからぬわか人なり《ふくらかにくろき人なり》

……黒服の人五句かうちに出仕はゝかりあり、いはんや初参の人黒服しかるへからすとて、筆をさへられし時、ふるき物かたりにも見ゆ、又、清少納言か枕草子にも申したるむねありとて、ふくらかにしていろくろき人と思て…（三七頁上～下）

ここでは、「ぶく（服）」か「ふくらか」かが問題になっており、『枕草子』に「ふくらかにしていろくろき人」というような詞があったらしいことを示している。現存『枕草子』にこの詞はない。『校本枕冊子』(14)第六十一段、

「わかき人とちご…」の章段に、三巻本、前田家本に「ふくらかなる」が一例見える。

②巻二・葵

大将殿をこそあやしき山かつたひしかはらまでもかねてより見たてまつ覧事をあらそひ侍なれ
たひしかはら民代也清少納言枕草子にはたみしかはらとかけり、み与ひ同音なり、せみともせひともいふか
ことし（五四頁下）

現存『枕草子』に「たみしかはら」の用例はなく、『校本枕冊子』第二十一段「おひさきなくまめやかにえせさいはひなと見てゐたらむ人は…」の章段に、「たびしかはら」が、三巻本、能因本に一例ある。前田家本にはこの語がなく、堺本にはこの章段そのものがない。

③巻四・朝顔

冬の夜のすめる月に
清少納言枕草子云
すさましき物しはすの月よ　おうな《嫗》のけしやう　としよりたる女也（八六頁上）

問題の部分。現存『枕草子』にはないものである。

この三例をみると②、③ともに現存『枕草子』には存在しない。①も三巻本、前田家本にはあるにしても、はっきり定めがたい。③のみが現存『枕草子』に無いのではなく、三例中二例が現存『枕草子』にないとすれば、③が素寂の思い違いといった誤りではなく、素寂の参照した『枕草子』が散佚した異本『枕草子』である可能性は高い

ということになろう。

四　『光源氏物語抄』（異本紫明抄）と『清少納言枕草子』

次に『光源氏物語抄』（別名『異本紫明抄』ともいわれる）について考察する。『枕草子』四諸本との対照表はすでに森本和子氏「中世における源氏古註引用枕草子について」（『皇学館論叢』4―2、昭46・4）で示されているので、補足すべきところを加え、他は考察の結果のみを示す。なお、本文引用は、ノートルダム清心女子大本『紫明抄』を用いた。

①若紫（二・4丁オ〜ウ）

たゞこのつゞらおりのしもにと云事

…（中略）…

清少納言枕草子
とをくてちかき物くらまのつゞらおり　西円釈

現存『枕草子』において「遠くて近きもの」の項に「鞍馬のつづらをり」がでてくるのは堺本だけで、三巻本、能因本、前田家本ともに「近くて遠きもの」の項にでている。

②若紫（二・7丁ウ）

ずゝのけうそくにかゝりてなると云事

心にくきもの夜ゐにまいりたるうをあらはなるつほね冬はひをけなとせたるにこゐもせねはいきたなくねもたるなりけりとおれかれ人のうへをそもしのころもあらす衣の袖けうそくなとにあたりてなりたるこそ心にく　やまたつ

この部分は『校本枕冊子』第百八十七段「心にくき物」の章段の堺本にある。三巻本、能因本にはこの部分がなく、前田家本は文章が異なる。これは山脇毅氏『枕草子本文整理札記』の御指摘。堺本を次に掲げる。

よゐにまいりたるそうをあらはなるましうとてつほねにすへて冬は火おけなととらせたるにこゐもせねはいきたなくねたるなめりとおもひてこれかれものいひ人のうへほめそしりなとするにすゝのすかりのこころにもあらす衣の袖脇息などにあたりてなりたるこそ心にくけれ

③花宴（二・47丁オ〜ウ）

しるしのあふぎはさくらのみへがさねにてと云事
清少納言枕草子
なまめかしきものみへがさねのあふぎいつへになりぬればあまりあつくてもとなどにくけなりと云事西円

『校本枕冊子』第九十三段「なまめかしきもの」の中にある。前田家本にはない。

（三）三重　　五・え　　なり
（能）みへかさねの扇いつへはあまりあつく……てもとなとにくげなり
（堺）三えかさねのあふきいつへになりぬればもとなどにくげなる

これらを比べると、『光源氏物語抄』（異本紫明抄）の西円の引用文は能因本と堺本の混合文のように思われる。

④葵（二・51丁ウ～52丁オ）

大将殿をこゝらあやしき山がつたびしかはらまで…と云事

たびしかはら民代也　清少納言枕草子にはたみしかはらと書り見与比同音也せみともせびとも云がごとし…

（中略）…素寂

ここは、『光源氏物語抄』(異本紫明抄)が素寂の説を引用。『紫明抄』②の部分と一致している。前述の如く、現存『枕草子』に「たみしかはら」の用例はなく、校本枕冊子第二十一段「おひさきなく…」の章段に「たびしかはら」の語が、一例ある。ただし、三巻本、能因本のみで、前田家本にはこの語がなく、堺本にはこの章段そのものがない。

⑤明石（二・97丁オ～98丁オ）

まくなきつくりてさしをかせたりと云事

…（中略）…又《枕草子》雨のいといたう降たる日、藤三位の御局にとてみのむしのやうなるはらハのおほきなるしろき木にたてぶみをつけて、これたてまつらむといひければ、いづくよりぞ、けふあす御物忌なればさなむときかせたまへともえ見ずとて、すだれのかみにつきさして、つとめて手あらひていで、その巻数とこひてふしをがみてあけたれば、くるみ色といふしきしのあつごへたるをあやしと見てあけもてゆけば、おひ法師のいみしげなるてして、

　これをだにかたみと思ふ都には葉かへやしぬる椎柴の袖

「円融院の御はての年…」の章段。森本氏の比較表からすると堺本にはこの章段が存在せず、能因本、三巻本、前田家本それぞれに一致する所も異なる所もある。

⑥薄雲（三・21丁オ）

うしろてト云事

枕草子 女のかざりのけてかみけづりたるうしろですまうのまけていりたるうしろで今案

「今案」はこの『光源氏物語抄』（異本紫明抄）の筆者の説である。『校本枕冊子』第百二十九段「むとくなるもの」の項にある。三巻本には「すまひのまけているうしろて」の部分がなく、前田家本は順序が逆になっている。能因本、堺本を比較すると

（能）かみみしかき人のかつらとりおろしてかみけつるほと……すまひのまけているうしろ

（堺）かみみしかき人の物とりおろしかみけつりたるうしろて……すまひのまけているうしろて

これからみると、堺本のほうが近いように思われる。

⑦朝顔（三・31丁オ〜ウ）

冬のよのすめる月に…すさましきためしにいひをきけん人のこゝろあさゝよと云事

しはすの月夜と世俗此詞あり　定家

清少納言枕草子 すさましき物しはすの月よ　をうなのけしやう 老嫗也

問題の部分。『枕草子』諸本になし。

⑧玉鬘（三・56丁ウ）

からうしてつばいちといふ所にいきつき給へりと云事

清少納言枕草子…（中略）…つばいちやまとにおほかる所の中にはつせにまいる人のかならずとまりける観音の御しるしあらはるゝところにやとおもふが心ことなる也西円

『校本枕冊子』第十四段「市は」の章段では堺本がもっとも近い。

⑨玉鬘（三・57丁オ）

やつれてうへにのしひとへの事　うすきぬ也

枕草子やせ色くろき人のすゞしのひとへきたるはいとびんなし、おなじことすきたれど、のしひとへはかたはとも見えず、からほうのおとりたればにやあらむ西円

『校本枕冊子』第三百二十段「見くるしき物」の章段にある。堺本にはこの部分がない。三巻本には「のしひとへ…」以下がなく、能因本にしても前田家本にしても引用文とはかなり異なっている。

⑩螢（三・83丁オ～ウ）

こまのゝ物がたりのゑにて有を…をんなぎみは見たまふといふ事

枕草子…（中略）…

ものがたりはすみよし、うつほのるい、くにゆづりはにくし、とほをきみ、月まつ女、こまのゝ物がたりのあは《まのくい物まうつる所にくき》れなるはなにゝよりそはものとをく思なされきしかたゆくさきのことまても月に思あかしつる物を西円

前半は、『校本枕冊子』第百九十五段「物語は」の章段、後半は第二百七十一段「成信中将は…」の章段、二段が

混在している。前半は堺本がもっとも近く、三巻本、能因本には「くい物」以下がない。後半は三巻本、能因本、前田家本は大きくはなれ、堺本と一致する。

（堺）こまののものかたりのあはれなることはなにによりそはものとをくおもひなかされきしかた行さきのことまて月にそおもひあかしつるものを

⑪常夏（三・85丁ウ）

水のうへむとくなるけふのあつかはしさかなゝむらい《無礼》のつみゝをひ《帯》ゝひも《紐》と云事

清少納言枕草子 無徳なるものしほひのかたにをるおほふね、ひじりのあしもと、かみゝじかき人のものとりをとらで、かしらけづりたるうしろで、おきなのもとどりはなちたる、すまひのまけているうしろで西円

『校本枕冊子』第百二十九段「むとくなる物」の段。能因本、前田家本には「ひしりのあしもと」の語がなく、順序がかなり異なる。三巻本は「ひじりのあしもと」「かみみじかき人…」「おきな…」「すまひ…」の語がいずれもない本もあるが、二類本にはあり、三巻本二類本と堺本に近い。

⑫藤裏葉（四・13丁ウ～14丁ウ）

うだのほうしのかはらぬ夢も朱雀院のあはれときこしめすト云事

…（中略）…御（ママ）枕草子まへにさふらふものは御こともふゑもみなめづらしきなにてこそあれ、びはも玄上、出波、井手、無名など、又和琴なども、くちめ、しほがま、水龍、宇多法師、くにうち、葉二、なにくれといとおほくきこえき西円

『校本枕冊子』第九十七段「無名といふ琵琶の御ことを」の章段は前田家本、堺本にない。『光源氏物語抄』（異本紫明抄）の西円の引用文は三巻本と前田家本の混合文である。

⑬浮舟（五・45丁オ）

うづちの文

枕草子
なまめかしき物わらはのわざとことぐ〱しきうへのはかまなどはきて、うづちくす玉などつけて、あふぎさしかくして、かうらん、そりはしなどありきたる、なまめかし西円

『校本枕冊子』第九十三段「なまめかしきもの」の中にある。堺本が『光源氏物語抄』（異本紫明抄）の引用文にもっとも近い。

以上、みてきた如く、『光源氏物語抄』（異本紫明抄）の『枕草子』引用には四種類考えられる。

Ⅰ素寂の孫引…④⑦　現存『枕草子』にナシ
Ⅱ西円の孫引…①③⑤⑧〜⑬　⑪以外は堺本に一致もしくはもっとも近い
Ⅲ筆者の引用…⑥　堺本に近い
Ⅳ不明…②（堺本に一致）、⑤（堺本になく、いずれにも一致せず）

また、⑥と⑪は同じ部分の引用になるが、⑥の方は『光源氏物語抄』（異本紫明抄）筆者の『枕草子』引用と考

えられ、⑪の方は西円の『枕草子』引用をそのまま引いてきている。両者の重なる部分を比べてみると、

⑥女のかざりのけてかみけづりたるうしろで

⑪かみゝじかき人のものとりをとしてかしらけづりたるうしろで

は大きく異なるが、⑥の方は現存『枕草子』本文には存在しない。⑪の方は堺本に存在する。また、後半部分も

⑥「すまうのまけていりたるうしろで」

⑪「すまひのまけているうしろで」

⑥の方は存在せず、⑪の方は三巻本、堺本に存在する。考えられるのは、『光源氏物語抄』(異本紫明抄)の筆者の参照した『枕草子』が、現存しない異本『枕草子』であったか、堺本を私に解釈して⑥のような文に変えてしまったかである。②⑤が筆者の引用であるとすれば、『光源氏物語抄』(異本紫明抄)成立当時、現存堺本に近い、散佚『枕草子』の存在の可能性がいっそう大きくなる。

五　『河海抄』と『清少納言枕草子』

『河海抄』の『清少納言枕草子』の引用は二十三例ある。

①巻二・夕顔(二四三下)

みたけさうし

御嶽は金峯山也　清少納言枕草子云(には)あはれなるもの、わかきおとこのみたけしやうじんしたる、さだめたる人ぐしたるもあはぬよな〳〵へだつるをばくるしきことにこそおもふべかめるを、ことのほかにき

びしくへだてなして、ひとりゐてうちおこなひたるあかつきのぬかのほど、いみじくあはれなり

『校本枕冊子』第百二十三段「あはれなるもの」の章段にあるが、三巻本、能因本、前田家本とかなり異なり、堺本がもっとも近い。

②巻二・夕顔（二五〇上）〔『紫明抄』―①〕

ふくいとくろくしてかたちなどよからねど、かたわにみぐるしからぬわかう《こィ》どなり

清少納言枕草子にふくいとくろきおとこのしらはりきたるとあり

源光行俊成卿に申談して此物語の句をきり声をさしける時こゝにいたりて筆をおさへて右近初参の時分且又隠密事也。着服不可然之由申されけるに清少納言枕草子にもありとてすみて声をさゝれけり。此事をしらさる人〳〵服の義を立歟…

「ふくいとくろきおとこの…」の詞は現存枕草子に存在しない。『紫明抄』も『枕草子』を引用している部分であるが、引用文が異なる。

③巻三・若紫（二五三上）〔『光源氏物語抄』（異本紫明抄）―①〕

きた山になにかし寺といふ所に

此寺鞍馬寺歟…鞍馬のつゝらをり清少納言枕草子にみえたり

④巻三・若紫（二五四上）〔『光源氏物語抄』（異本紫明抄）―①〕

たゝこのつゝらをりのしもに

清少納言枕草子とをくてちかきものくらまのつゝらをり

③、④の引用は『光源氏物語抄』（異本紫明抄）―①と一致。「くらまのつゝらをり」を「遠くて近きもの」とするのは堺本のみである。

⑤巻三・若紫（二五六下～二五七上）〔『光源氏物語抄』（異本紫明抄）―②〕

すゝのけうそくにひきならさるゝをと

枕草子云よひの僧の事すゝのけうそくなとにあたりてなりたるこそ心にくけれ

この文は『光源氏物語抄』（異本紫明抄）―②にも引用されているが、『河海抄』の引用は『光源氏物語抄』（異本紫明抄）の前半を簡略化してあり、後半部分は一致する。この部分は『校本枕冊子』第百八十七段「心にくき物」の章段。堺本と前田家本にあり、三巻本、能因本にはこの部分がない。堺本と前田家本を比べてみると

（前）よひのそうの…すゝのすかりのきぬのそてもしはけうそくなとにあたりてほのかにきこえたるこそ心にくゝはつかしけれ

（堺）よゐにまいりたるそうを…すゝのすかりのこころにもあらす衣の袖脇息なとにあたりてなりたるこそ心にくけれ

とあって、堺本を略したものと考えてもよいように思う。

⑥巻四・花宴（二八一上～下）〔『光源氏物語抄』（異本紫明抄）―③〕

かのしるしのあふきはさくらのみへかさねにてこきかたにかすめる月をかきて水にうつしたる心はへなと

清少納言枕草子なまめかしき物みへかさねのあふき五へになりぬれはあまりあつくて云々……

註をつける部分を『光源氏物語抄』（異本紫明抄）とずらしているが、西円の引用文と同文で、能因本と堺本の混合である。

⑦巻五・葵（二八六上）〔『紫明抄』—②、『光源氏物語抄』（異本紫明抄）—④〕

あやしきたひしかはらまて

…清少納言枕草子にもたひしかはらといふ事あり

『紫明抄』、『光源氏物語抄』（異本紫明抄）は「たみしかはら」であったが、『河海抄』は「たびしかはら」となっている。「たみしかはら」は現存『枕草子』に存在しないが、「たびしかはら」の方は『校本枕冊子』第二十一段の三巻本、能因本に一例ある。『河海抄』の参照した『枕草子』には「たみしかはら」の語はなく「たびしかはら」であったのであろう。

⑧巻五・葵（二八六下）

人たまひのおくに　人給（出車名也　権記多在此名）

清少納言枕草子云ときの所の御車の人たまひなとあまたひきつゝきて

現存『枕草子』に一致する本文はない。『校本枕冊子』枕草子第二百十四段「よろづの事よりも…」の章段には

（三）よき・ところの御くるま　　ゝ　　　く

（能）昨日のところの御車・・人たまひひきつゝきておほく来る・を

（前）時・　　くるまのあまた　　て・　　・・・く　ま

（堺）時のところ（の）くるまのひとの給へともあまたひきつゝきて

とあって、全体的には堺本がもっとも近いが、肝心の「ひとたまひ」の語がない。「ひとたまひ」の語をあるのは三巻本、能因本であるが、引用文とはかなり異なる。『河海抄』の参照した『枕草子』は現存『枕草子』にはない本文をもつ可能性が大きいであろう。

⑨巻五・葵（二八七上）

つほさうそくなといふすかたにて

清少納言枕草子みくるしきものつほしやうそく〔真本さうそく〕したる人のいそきはしる

『校本枕冊子』第三百二十段「見くるしき物」の章段にあるが、この部分は、三巻本にはなく、能因本、前田家本は「つぼさうそくしたるもの」、堺本は「つほしやうそくしたる人」で、堺本がもっとも近い。

⑩巻八・松風（三四九下）

ひけかちにつなしにくきかほをはなうちあかめつゝはちふきいへは

強顔《ツレナシ》　清少納言枕草子にひけかちなるおとこのしゐつみたるとあり…

『校本枕冊子』第五十二段「にけなき物」の章段、能因本に「ひけかちなる男のしゐつみたる」の詞がある。三巻本、前田家本は「男」が「物」になっている。また、堺本は「ひけくろらかに…」とかなり異なっている。

⑪巻九・槿（三六六上）

(a)ありつる老らくの心けさうもよからぬものゝたとひときゝしと
清少納言枕草子すさましきものおうなのけさうしはすの月夜と云々 老嫗也
現存『枕草子』に存在しない。
⑫巻九・槿(三六七上)
(b)すさましきためしにいひおきけん
〔真本初メニ清少納言枕草子トアリ〕
十列冷物　十二月々夜　十二月扇　十二月蓼水　老女仮借　女酔　胡依〔真本、伝兼良本胡瓜老〕　法師酔舞　無酒神楽　勅使社打囚（内）競馬　昆崙八仙画舞清少納言枕草子事也載先了〔真本コノ注ナシ〕（傍線伝兼良本ナシ）…（下略）…
この部分、現存『枕草子』に存在しない。この部分、後藤丹治氏「河海抄所引枕草子に関聯して」(15)では「十列冷物は清少納言枕草子の本文に拠ったものではなく、二中歴の記事を誤り引いたものと推測」されている。山内益次郎氏「十列と枕草子」(16)では、十列以下、漢文がかな文字に混じるのは不審であり、重複した項目の並存するのもおかしいとして、『枕草子』とは別個の清少納言作『十列』の存在を推定しておられる。
⑬巻九・槿(三六七下)
(c)みすまきあげさせ給ふ
遺愛寺鐘欹枕聴香炉峯雪撥簾看楽天
一条院雪の朝に香炉峯雪いかゝありけん(有らん)と仰られけるに清少納言御前に候けるか御返〔真本御返事〕しをは申さ

て御簾をまきあけたりけるやさしきためしに時の人申けり（と申し侍たり）

この話は『校本枕冊子』第二百七十八段「雪のいとたかく降りたるを」の章段にあるが、堺本には存在しない。『枕草子』では「かうろほうの雪はいかならん」と仰せられたのは中宮定子であり、一条院とする『河海抄』と食い違う。内容は一致していても用語もかなり異なる。それに、『河海抄』はこの部分に『枕草子』の書名を出していない。この部分は『枕草子』そのものの引用ではないのではないか。たとえば、建長四年（一二五二）成立の『十訓抄』(17)には

二一　同院（二〇に「一条院」とあり）雪いとおもしろくふりたりける朝、端ちかく出させたまひて御覧じけるに、「香炉峯のありさまいかならむ」と仰せられければ、清少納言御前に候けるが、申ことはなくて御簾を巻あげたりける、今の世までいみじき試しにいひつたへたり。香炉峯の事、唐の白楽天老後、此山麓に一の草堂をしめて、すみ給ひけるとき詠云

遺愛寺鐘欹枕聴　香炉峯雪撥簾看

彼清少納言は…心ざまわりなく優にて、おりに付たるふるまひいみじき事おほかりけり。其比は源氏物語つくれる紫式部、赤染衛門…やさしき女房どもあまたありけり。

とあり、質問の主を一条院とし、用語もかなり近い。『枕草子』以外に香炉峯の話を伝える説話が、『十訓抄』の他にあった可能性もある。『河海抄』が引用したのは、そのような説話類であったのだろう。それは『十訓抄』であったかもしれない。

⑭巻九・槿（三六八上）

(d)一とせ中宮の御前に雪の山つくられたりし〔真本、伝兼良本なる〕世にふりたることとなれど〔真本、伝兼良本コノ項ゆきまろはし云々ノ項ノ次ニアリ〕

枕草子云しはすの十余日の程に雪いみしうふりたるを御つかひに式部丞たゝたかまいりたれはしとねいたして物なといふに雪山つくらせ給はぬ所こそなけれ御前のつほにもつくらせ給へり中宮にもこき殿の御まへにつくられたり京極殿にもつくらせ給へりといへは

こゝにのみめつらしとみる雪の山ところ〳〵にふりにける哉

此雪山長徳二年後長保二年の前(18)の事也此物語寛弘の事なれは一とせといふ此事歟又雪山には蔵人所毛沓をはきて山を作〔真本作ナシ〕つく本所(の)雪をになひてはこふ也

『校本枕冊子』第九十一段「しきの御さうしにおはします比…」の章段の一部。前田家本、堺本にはない。三巻本、能因本ぞれぞれに近い部分と遠い部分がある。(19)

⑮巻十・玉鬘(三八八上)〔『光源氏物語抄』(異本紫明抄)―⑧〕

つはいちといふ所に

…清少納言枕草子云つはいちやまとにあまたある中にはつせにまいる人〔真本、伝兼良本のナシ〕のかならすそこにとまりけるは観音のつけのあるにやあらん心ことなり

『光源氏物語抄』(異本紫明抄)―⑧に同じ部分の引用があるが、文が少し異なる。『光源氏物語抄』(異本紫明抄)のほうは堺本に近かったが、『河海抄』の引用文は前田家本に最も近い。『河海抄』は『光源氏物語抄』(異本紫明抄)または西円釈をそのまま引用しているのではなく、『枕草子』原本に当たって引用していると考えられる。

⑯巻十・玉鬘（三八八上）

　つほさうそくして

いちめ笠になかゆひたる物也と云々枕草子にあり拾遺集詞云（真本、伝兼良本詞に春）物へまかりけるにつほさうそくしたりける女とものへに侍けるをみて（と）いへり

『校本枕冊子』第三百二十段「見くるしき物」の章段に「つほさうそく」の語がでてくる。ただし、三巻本にはない。

⑰巻十・玉鬘（三八八下）〔『光源氏物語抄』（異本紫明抄）―⑨〕

のしひとへめく物

古人云　うすきぬ歟云々可尋

枕双紙云やせいろくろき人のすゝしのひとへきたるはいとひんなしおなしことすきたれとのしひとへはかたはともみえすかし云々

⑯と同じく、『校本枕冊子』第三百二十段にある。『光源氏物語抄』（異本紫明抄）―⑨の西円の引用文最初から「…みえす」まで同文。前述の如く現存『枕草子』にこの文と一致するものはない。

⑱巻十・螢（四〇九上）〔『光源氏物語抄』（異本紫明抄）―⑩〕

この物かたりのゐにてあるを

古物語ふるき物語也うつほの物語なとをいふ歟清少納言枕双紙にも此詞あり又古万葉集なと順《物語イ》集にもかけり
―或〔伝兼良本ニナシ〕こまの物語くまの〻物語なとかきたる本もある歟あやまり也古本皆如此

「このものかたり」という語は現存『枕草子』にはない。『河海抄』参照の『枕草子』にはあったのであろうか。『光源氏物語抄』（異本紫明抄）―⑩とは異なり、『枕草子』本文の引用はなく、「此詞あり」にとどめている。

⑲巻十一・常夏（四一一上）〔『光源氏物語抄』（異本紫明抄）―⑪〕
水のうへもむとく《無得》なるけふのあつかはしさかなむらい《無礼》のつみゆるされなんやとて〔伝兼良本ニコノ項ナシ〕
清少納言枕草子云無徳なるものしほひ〔不本しほひの〕かたにをるふねと云々

『光源氏物語抄』（異本紫明抄）―⑪の西円の引用文を略したものか。『光源氏物語抄』（異本紫明抄）は「おほふね」とあったが、『河海抄』は「ふね」となっている。現存『枕草子』には「ふね」となっている本はない。

⑳巻十一・蘭（四三〇下～四三一上）
おうなとつけて心にもいれず　嫗　老嫗心也
清少納言枕草子すさましき物しはすの月夜おうなのけさう云々〔真本、伝兼良本云々ナシ〕

㉑巻十三・若菜下（四八三下）
冬のよの月は人にたかひてめて給ふ
枕草子にすさましき物しはすの月夜とある心也

㉒巻十八・総角（五六三下）

よの人のすさましきことにいふなるしはすの月夜のくもりなくさしいてたるを

清少納言枕草子すさましき物しはすの月夜女〔不本をんな真本おうな伝兼良本をうな〕のけさう〔真本以下ナシ〕おうなとは嫗也老嫗の事也在端裏書に老女也〔不本裏書以下ナシ〕

⑳～㉒までは問題の部分。現存しない。

㉓巻十九・東屋（五七七下）

ひなひたるかみにて　鷂　夷　ゐ中ひたる枕草子

『校本枕冊子』第二十七段「文ことはなめき人こそ…」の章段に三巻本と前田家本に「ゐなかびたるものなどの」の詞が見える。能因本にはこの詞がなく、堺本はこの段がない。

以上、整理してみると、『光源氏物語抄』（異本紫明抄）の『枕草子』引用文がほぼ堺本で統一されていたのに対し、『河海抄』の『枕草子』引用文はいずれとも決めがたい。『光源氏物語抄』（異本紫明抄）における筆者や西円釈の『枕草子』引用と一致する場合もあるが、単なる孫引ではなく、『枕草子』の原文にあたっているように感じられる。

現存しない本文は、問題の「すさまじきもの　しはすの月夜　おうなのけさう」だけでなく、『河海抄』—②、⑧、⑰、⑱、⑲もそうである。⑰、⑱、⑲は『光源氏物語抄』（異本紫明抄）—⑨、⑩、⑪に西円釈として引用されており、⑩、⑪が堺本に近かったのに対し、『河海抄』—⑱、⑲は現存『枕草子』に存在しない。

すなわち、『河海抄』の『枕草子』引用は、『紫明抄』『光源氏物語抄』（異本紫明抄）をそのまま孫引しておらず、現存しない『枕草子』引用文を複数もっている。これは、現存『枕草子』ではない散佚『枕草子』が存在したことを示していると考えられる。「すさまじきもの　しはすの月夜　おうなのけさう」の文をもつ『枕草子』がこの当時存在したと推定できよう。

六　朝顔巻と『清少納言枕草子』

『紫明抄』『光源氏物語抄』（異本紫明抄）『河海抄』における『枕草子』引用文は、現存『枕草子』にない文章を有しており、それらの本文をもつ散佚『枕草子』が存在した可能性の大きいことを前節までで確認した。『源氏物語』成立当時の『枕草子』に「すさまじきもの　しはすの月夜　おうなのけさう」の文が存在したとすれば、そして、作者や当時の読者が、当然そのことを認識していたとすれば、以下の朝顔巻の読みは、現在の我々の読みとは大きく違ってこよう。

月さし出でて、薄らかにつもれる雪の光りあひて、なかなかいとおもしろき夜のさまなり。(a)ありつる老いらくの心げさうもよからぬものの世のたとひとか聞きしとおぼし出でられてをかしくなむ。…（三―二〇三）

雪のいたう降り積りたる上に、今も散りつつ、…〔光源氏〕「時々につけても、人の心を移すめる花紅葉の盛りよりも、冬の夜の澄める月に雪の光りあひたる空こそ、あやしう、色なきものの身にしみて、この世のほかのことまで思ひ流され、おもしろさもあはれさも残らぬをりなれ。(b)すさまじき例に言ひ置きけむ人の心浅さよ」とて、(c)御簾巻きあげさせたまふ。月は隈なくさし出でて、ひとつ色に見えわたされたるに、しをれたる前栽の蔭心苦しう、遣水もいといたうむせびて、池の氷もえもいはずすごきに、童女おろして、雪まろばしせさせたまふ。…「(d)一年、中宮の御前に雪の山作られたりし、世に古りたることなれど、なほめづらしくもは

かなきことをしなしたまへりしかな。…」（三―二〇八～九）

『河海抄』は朝顔巻後半に集中して四箇所（(a)～(d)）に『清少納言枕草子』関係の註をつけている（五の⑫⑬⑭⑮）。「すさまじきもの　しはすの月夜　おうなのけさう」の文が存在したならば、(a)、(b)、(c)が意味を持ってくる。冬の澄める月をすさまじといった例が『篁日記』『宇津保物語』にあったとしても、「老いらくの心げさう」「冬の夜の月」「すさまじきためし」と連続することで、先の文から自ずと『清少納言枕草子』を読者に想起させ、(b)「心浅さよ」が、『花鳥余情』の言うように光源氏の言葉を借りた紫式部の『清少納言枕草子』への反駁であることが明らかになる。続く(c)「御簾巻きあげさせたまふ」がそれを証明している。白楽天の詩句を意識した行動であるが、これこそ清少納言の名声を高めたあの香炉峯事件を暗示するものであろう。続いて、中宮の雪山を話題にする時もまた、有名な雪山の章段が意識されていよう。ここの中宮はもちろん藤壺の宮であるが、背景に実在の女性中宮定子が浮かび上がってくる。

『河海抄』は(d)の準拠として、『枕草子』の雪山の章段をあげ、「此雪山長徳二年後長保二年の前の事也」と註する。池田亀鑑氏はこの期間をさらに絞って長徳四年十二月から長保元年正月にかけてと推定する(20)。それは定子が中宮から皇后にならざるをえなかった一年前であり、定子の死の二年前のできごとである。

長保二年（一〇〇〇）の皇后定子の悲劇的な死は当時の人々の同情を誘った事であろう。この現実の定子の死を背景に持つことによって、帝に最高に愛されながら、決して幸せな一生とはいえなかった藤壺の悲劇性が強調される。藤壺は初めて女院となった東三条院詮子の要素も併せ持つ。藤壺＝定子でも、薄雲女院＝東三条院でもない。モデルということではない。藤壺の死と現実の定子の死とを重ねあわせて見ることで、虚構の世界をより現実に近づけ、厚みを加えるのである。
朝顔巻後半は、源典侍の登場以降が『枕草子』逸文「すさまじきもの　しはすの月夜　おうなのけさう」をもって構築され、清少納言批判、『枕草子』記事の連想から定子の死が藤壺の死にオーバーラップしている。単に、『花鳥余情』言うところの「いどみあらそふ心」ばかりでなく、むしろ、これも源氏物語作者の方法の一つであろう。

さて、本論はじめに、源典侍の登場が唐突であると言った。なぜ、朝顔巻に源典侍が登場してくるのか。源典侍の登場意義については諸説あるが(21)、ここで、新たに提議したい。源典侍は清少納言を連想させる要素を多分に持っているのではあるまいか。

清少納言は内侍、内侍のすけにあこがれていたようである。「女は内侍のすけ。内侍。」と言い、『校本枕冊子』第二十一段「おひさきなく…」の章段においては「内侍（のすけ）などにてもしばしあらせばや」とか「内侍のすけなどいひておりおり内へまいり祭のつかひなどにいでたるもおもたゝしからずやはある」と言い、内侍、典侍を宮仕えの理想と考えていたようである。公任の「すこし春あるここちこそすれ」に「空寒み…」の上句をつけた清少納言に、「なほ内侍に奏してなさむ」という評価が下り、それを清少納言は喜んでいる。なりたくてもなれなかった内侍、典侍に清少納言があこがれていたことは、『枕草子』の読者には自ずと了解されるであろう。その清少納言が賛美する典侍に、「老い」と「好色」の要素を加え、戯画化したものが源典侍ではなかろうか。また、紅葉賀の巻にあらわれる源典侍の古くからの馴染みの男は、修理の大夫。清少納言のかつての夫で、出仕後も「せうと、いもうと」とよびあった修理の亮則光（七十八段）が連想されはしないか。大夫は亮より一格上であるが、やはり修理職である。

葵巻に源典侍が再び登場する。御禊の行列に供奉する光源氏を見ようと葵の上と六条御息所が車の所争いをした後日、祭りの日、今度は若紫と同車して行列見物に行き、源典侍に場所を譲られ、

はかなしや人のかざせるあふひゆゑ神のゆるしのけふを待ちける（葵巻・二―七六）

と詠みかけられる。『清少納言集』にも同じような趣向の歌が見える。ただし、詞書が難解で成立年を推定しがたい。参考までに挙げておく。

めのおとどにすむときくころ、くらづかさのつかひにて、まつりのひたつと、もろともにのりて物みるとききて、又の日

いづかたのかざしとかみのさだめけんかけかはしたるなかのあふひを（九）(22)

女と男が共住みをしている。男が内蔵寮の使いとして祭りの日にたつことになった。男は女と車に相乗りをして、行列見物（禊の方の行列であろう）に出掛けた。それを清少納言が耳にして詠んだ歌ということになろうか。もし、これが源氏物語成立以前の歌であったと仮定すると明らかに源典侍と清少納言が二重写しになってくる。しかし、清少納言と深い仲の男で、内蔵寮の使いとなった男が誰か、それはいつか、不明であるので、源氏物語との関わりを考えることは行き過ぎであるかもしれない。

朝顔巻の源典侍は、尼となって再々登場してくる。「老いのあだめき」は相変わらずである。前掲本文(d)の部分に『河海抄』が引用した雪山の章段（『校本枕冊子』九十一段「職の御さうしにおはしますころ」）には冒頭部分に「なま老いたる女法師」が登場する。その尼は「常陸のすけ」と呼ばれ、あだめいた様子をみせる。源典侍はその女法師とも相通じているのではないか。

七　おわりに

『紫明抄』『異本紫明抄』『河海抄』における『枕草子』の全用例を検討した結果、『枕草子』の逸文「すさまじきもの　しはすの月夜　おうなのけさう」が、『河海抄』以前には伝存し、『枕草子』には存在していた、と推定した。そしてその上で、この文によって、朝顔巻後半部分が構築されたのではないかと考察した。即ち、『枕草子』で「すさまじきもの」とする「おうなのけさう」を、源典侍（老いらくの心げさう）で示し、「しはすの月夜」に致しては、光源氏に冬の雪夜の月を賛美させ、「心浅さよ」と御簾を巻き上げることにより、清少納言批判を暗示する。そして、雪山、皇后定子への連想から、藤壺追想に皇后定子の死を重ね合わせる読み方が可能であることを指摘した。それは、虚構の世界に、より現実味を与えるための作者の方法の一つであろう。

以上のように、朝顔巻の源典侍登場以降は、『枕草子』とその作者、清少納言と深く関わっており、源典侍の再登場も、清少納言、『枕草子』と関わっていることを指摘した。

本節1で述べたように、紅葉賀巻の源典侍には、清少納言を想起させる要素がある。朝顔巻以前に源典侍と清少納言が結びつくことが、読者の脳裏に焼きついているとすれば、この朝顔巻の源典侍の登場も、必然性を帯びてくるはずである。

注

(1) 本文引用は、新潮日本古典集成『源氏物語』による。(巻―頁)
(2) 本文引用は、玉上琢彌氏編　山本利達・石田穣二氏校訂『紫明抄　河海抄』(角川書店、昭43・6) による。
(3) 本文引用は、ノートルダム清心女子大学本『紫明抄』による。
(4) 小澤正夫氏「師走の月夜その他―枕草子をよみて―」(『解釈と鑑賞』二―2、昭12・2)、後藤丹治氏「河海抄所引枕草子に関聯して」(『平安文学研究』6、昭26・7)、山内益次郎氏「十列と枕草子」(『平安朝文学研究』創刊号、昭31・12。後『日本文学研究叢書　枕草子』〈有精堂、昭45・7〉所収) などに詳しい論述がある。
(5) 本文引用は、伊井春樹氏編　源氏物語古注集成1『松永本　花鳥余情』(桜楓社、昭53・4) を用いた。
(6) 本文引用は、伊井春樹氏編　源氏物語古注集成8『弄花抄　付源氏物語聞書』(桜楓社、昭58・4) を用いた。一〇七頁。
(7) 本文引用は、井爪康之氏編　源氏物語古注集成9『一葉抄』(桜楓社、昭59・3) を用いた。
(8) 伊井春樹氏編　源氏物語古注集成7『内閣文庫本　細流抄』(桜楓社、昭55・11) を参照した。
(9) 本文引用は、中野幸一氏編　源氏物語古註釈叢刊第四巻『明星抄　種玉編次抄　雨夜談抄』(武蔵野書院、昭55・12) を用いた。
(10) 野村精一氏編　源氏物語古注集成5『孟津抄　上巻』(桜楓社、昭55・2) を参照した。
(11) 本文引用は、中田武司氏編　源氏物語古注集成12『岷江入楚　第二巻』(桜楓社、昭56・2) を用いた。
(12) 以下、『枕草子』と『紫明抄』、『光源氏物語抄』(異本紫明抄)、『河海抄』との比較においては、山脇毅氏『枕草子本文札記』(昭41・7) から多大の御教示を受けた。
(13) 注2参照。
(14) 以下、『枕草子』の諸本章段を挙げていると煩雑になるので、それらを一つにとりまとめた田中重太郎氏『校本枕冊子』の章段名を用いる。
(15) 注4参照。
(16) 注4参照。
(17) 本文引用は、永積安明氏校訂、岩波文庫本『十訓抄』を用いた。
(18) 角川本では「例《前イ》〔真本前〕」となっているが、私に「前」に改めた。

(19) 本論・六参照。

(20) 『研究枕草子』第七章「枕草子「雪山」の段の年時について」

(21) 藤村潔「源典侍の場合」(『藤女子大国文学雑誌』7、昭44・11。後『源氏物語の構造第二』〔赤尾照文堂、昭46〕所収)では「志操堅固」な朝顔斎院と「好色のさがから解き放たれ得ない老女」源典侍との対照、「とりあわせの妙」、とされ、吉岡曠氏「鴛鴦のうきね(上)」(『中古文学』13、昭49・5)では、源典侍は「回想的雰囲気を色濃く漂わせるための道具立」とし、「藤壺哀惜の念」「定めなき世(無常観)」へと結びついていく、とされる。また、村井利彦氏「朝顔斎院の作用」(早稲田大学平安朝文学研究会編『平安朝文学研究〔岡一男博士公寿記念論集〕』〔有精堂出版、昭46・3〕所収)では「光源氏に逢ったなら源典侍の運命が待っているだけ」と朝顔の光源氏拒否を読者に納得させるため、とされ、平田喜信氏「朝顔巻試論—前半部を中心として」(鈴木一雄氏編『平安時代の和歌と物語』〔桜楓社、昭58・3〕所収)では源典侍は女五の宮、御門守とともに老いと荒廃を象徴し、さだすぎた斎院、光源氏にしのびよる老いと響き合う効果をもたらすとされる。

(22) 引用は『新編国歌大観』による。

第五節　玉鬘

1　玉鬘十帖の方法と成立——玉鬘の運命と和泉式部、そして姸子——

一　はじめに

『源氏物語』玉鬘十帖については、今までに様々な観点から考察がなされている。成立、構想論では、この玉鬘十帖が問題にされることが多かった(1)。また、玉鬘登場の意義、六条院での位置付け、玉鬘が尚侍となる意義、髭黒の手に堕ちる意味付けなど、本文の読みを通して、作者の創作方法を問題にする立場(2)もある。『宇津保物語』『住吉物語』といった先行文芸との関わり(3)も忘れてはならないだろう。

ここでは、玉鬘十帖に成立当時の、それもある特定の一時期の話題や社会状況が反映されていることを明らかにし、玉鬘十帖に対する新しい読みを試みてみたい。

二　玉鬘求婚譚の始発

夕顔の遺児、玉鬘の物語は、玉鬘巻から真木柱巻までの十帖に、点々と、かつ継続して描かれる。玉鬘巻は、夕顔死後の玉鬘の生い立ち、筑紫下向と上京、源氏に引き取られ、六条院入りを果たすまでを描く。続く初音巻では、六条院初めての正月が描かれる一方、花散里に託され、男踏歌の後、明石姫と紫の上に対面し、六条院の一員としての第一歩を踏み始める玉鬘が描かれる。この二巻は、時間的に連続しており、玉鬘の物語の序章とも言える巻々である。

次の胡蝶巻から、玉鬘をめぐって、男たちの求婚譚が始まる。胡蝶巻は、前半の、六条院の三月における紫の上と秋好中宮の春秋競べが名高いが、後半、四月には、玉鬘の求婚者が出揃い、玉鬘の婿選びに余念のないはずの光源氏自身が、初めて玉鬘に求愛の情を示してしまう重要な巻でもある。源氏を含めて、玉鬘をめぐる男たちの求婚話を玉鬘求婚譚と名付けるならば、胡蝶巻は、その始発の巻である。

「更衣の今めかしうあらたまれるころほひ」に玉鬘のもとには、兵部卿宮、髭黒右大将、柏木等の恋文が届いている。親ぶってはいるものの、源氏自身、玉鬘に対して、平静な気持ちではいられない。時は四月。心にかかって、しばしば玉鬘を訪れていた源氏は、

雨のうち降りたる名残の、いとものしめやかなる夕つかた、御前の若楓、柏木などの、青やかに茂りあひたるが、何となくここちよげなる空を見いだしたまひて（胡蝶巻・四―四九〜五〇）(4)

という、ある雨上がりの夕方、感情をおさえきれず、玉鬘に求愛の情を示してしまうのである。その場面は、次の

ように描かれている。

なごやかなるけはひの、ふと昔おぼし出でらるるにも、忍びがたくて、「見そめたてまつりしは、いとかうしもおぼえたまはずと思ひしを、あやしう、ただそれかと思ひまがへらるるをりをりこそあれ。…」…（中略）…箱の蓋なる御くだもののなかに、橘のあるをまさぐりて、

「橘のかをりし袖によそふればかはれる身とも思ほえぬかな

世とともの心にかけて忘れがたきに、なぐさむことなくて過ぎつる年ごろを、かくて見たてまつるは、夢にやとのみ思ひなすを、なほえこそ忍ぶまじけれ。おぼしうとむなよ」とて、御手をとらへたまへれば、女、かやうにもならひたまはざりつるを、いとうたておぼゆれど、おほどかなるさまにてものしたまふ。

袖の香をよそふるからに橘のみさへはかなくなりもこそすれ（四―五〇～五一）

この場面が『古今和歌集』（巻第三、夏歌、読み人知らず）の

さ月まつ花たちばなの香をかげば昔の人の袖の香ぞする（一三九）

を本歌としていることは、諸注の示すとおりである。

『河海抄』では、玉鬘の「袖の香を…」の歌に対し、次のように記す。

橘はみさへ花さへその葉さへ枝に霜をけとましときはにして（真本五句とましときは木）

和泉式部日記云、弾正の御子かくれ侍てのち、帥のみこ、たちばなをつかはして、「いかゝみる」といひて侍ければ、

かほるかによそふるよりは時鳥きかばやおなじ声やにたらん（真本にたると）（5）

『和泉式部日記』を掲げるのは、『岷江入楚』も同じである。右引用の『日記』の文章は、現存の『和泉式部日記』

というより、『宸翰本和泉式部集』の詞書にそっくりであるし、『千載和歌集』（雑歌上、九六八番）の詞書にも近い。また、『和泉式部集』正続両方に載るものであり、『和泉式部日記』の成立もからんでくるので、現存の『和泉式部日記』とは限定できない。しかし、この場面が和泉式部に関わるという指摘は注目に値する。

玉鬘の歌に限らず、この場面全体に『古今和歌集』の「さ月まつ…」の歌が背景におかれていることは確かであろう。「橘」「袖」がモチーフとして使われ、忘れがたき「昔の人」＝夕顔と、眼前にいる玉鬘が重なり、それが源氏の思いがけない行動の引きがねとなる。

また、この場面が、

　夢よりもはかなき世の中を、嘆きわびつつ明かしくらすほどに、四月十余日にもなりぬれば、木のしたくらがりもてゆく。築土のうへの草あをやかなるも、人はことに目もとどめぬを、あはれとながむるほどに、…（下略）(6)

と、書き出される『和泉式部日記』描くところの、和泉式部と帥宮の愛の始発の場面に近似することも確かであろう。時も同じく四月。「草あをやかなる」頃。「橘」という小道具、その背景に本歌として『古今和歌集』の「さつきまつ…」の歌が存在する点、亡き人とその血縁者が二重写しにされ、恋が始まる点、両者に類似点は、きわめて多い。

しかし、違いもはっきりしている。和泉式部の方は「橘の花」、源氏の方は「橘の実」。和泉式部の方は、亡き人とその血縁者が兄弟だから「花」が使われ、源氏の方は、母娘だから「実」が使われているのである。歌の贈答も、『源氏物語』では、対面の場で、橘の実を媒介として、男から亡き人に二重写しにされた女へ、そして女から男へと行われる。和泉式部の方は、まず、亡き人の縁者である男から女のもとへ橘の花が贈られ、「いかが見給ふ」

という問いかけがなされる。それに対して、女から男へ歌が贈られ、男から女へ歌が返される。その歌は、まだ見ぬ人に対する興味の表明であり、対面への期待がこめられる。そして、この贈答には、互いの邸を往復する仲介人が存在する。(故に、世間に喧伝される可能性があるわけである。)

このようなはっきりした違いは、むしろ意図的なものである可能性もある。

『和泉式部日記』の成立に関しては、作者が和泉式部自身か否か(7)、成立は、作者が式部ならば帥宮邸移転直後か、帥宮死後服喪中か、晩年か。作者他者説では、院政時代成立という説(8)もあるなど、きわめて難しい問題をかかえてきたが、現在は、和泉式部自作説に傾いているようである。筆者もそれが妥当と考える。また、執筆の時期は、大橋清秀氏(9)の説く如く、『日記』執筆のもとになったであろう往復書簡が、敦道親王の服喪あけと同時に経紙としてすかれたであろうことから考えて、服喪中であろうと推測する。

今問題となるのは、『源氏物語』玉鬘十帖執筆当時、『和泉式部日記』が存在したかどうかである。これは何とも言い難い。両方とも成立年時が明確にはわからないのだから(10)。しかし、『日記』が存在していなくても、和泉式部と帥宮の恋愛事件が当時の貴族社会において、かなりスキャンダラスな話題として、衆目を集めたことは、『大鏡』や『栄花物語』の記述から推察できる。その恋の贈答歌も、おそらく噂話として、世間に広まっていたのではないだろうか(11)。

和泉式部と帥宮の恋愛は『日記』によれば、長保五年四月十余日に始まる。『日記』は、その年の暮れ、十二月十八日に、式部が帥宮邸に引き取られ、それからまもなく、年が明けた長保六年(改元されて寛弘元年)正月、宮の北の方が、姉の春宮女御の迎えで、里に退去するところで終わっている。橘道貞との間に小式部をもうけながら、弾正宮為尊親王との恋に落ち、その死後は、弟の帥宮に愛され、北の方まで追い出してしまったとなれば、ずいぶん注目を集めたことだろう。『大鏡』兼家伝によれば、和泉式部と帥宮は、二人の仲を誇示するかのように、賀茂祭（寛弘二年四月二十日のことかと言われている）に華々しく同車して出かけている。この二人の恋は、寛弘四年十月二日、敦道親王の死によって、終焉を迎えた。

では、その間、紫式部はどうしていたか。長保三年四月二十五日、夫宣孝が亡くなり、紫式部は寡婦となっていた。寛弘二年か三年の十二月二十九日、中宮彰子のもとに出仕するまで、紫式部は、寡婦としてわび住まいのかたわら、『源氏物語』を執筆していたと推測される。出仕後も執筆し続けたであろうが。とすると、衆目を集めた和泉式部の恋愛事件が起こったころ、紫式部は、『源氏物語』を執筆していた可能性が高い。

ここで、筆者が主張したいのは、玉鬘求婚譚の始発が、和泉式部と帥宮の愛の始発に近似するということである。そして、紫式部が、和泉式部と帥宮の恋愛話を『源氏物語』に取り入れることができる状況にあったということである。

二人は後に、共に彰子に仕えた。『紫式部日記』には、寛弘七年頃に書かれたと思われる消息文の部分に、和泉式部評（新潮日本古典集成本八九頁）(12)がある。「けしからぬかたこそあれ」と、その人間性を問題にしながらも、その文才も歌才も認めている。「口にいと歌の詠まるる」という評は、和泉式部の歌才が天性のものであることを認めているからに他ならない。「まことの歌よみざま」ではない、「はづかしげの歌よみ」とは認められないとする酷評は、伝統を重んじ、学識豊かで、品行方正である紫式部にとって、和泉式部の奔放な生き方や、その生き方を反映する歌の詠みぶりに、違和感を感じるからであろう。しかし、和泉式部の和歌は、その話題性もあるが、世評に高く、紫式部も、それを認めずにはいられなかったと思われる。『紫式部日記』からは、和泉式部に対するライバル意識さえ感じられる。

三　玉鬘十帖の気象

周知の如く、玉鬘十帖の初音巻から行幸巻までは、源氏三十五歳の一年が、月次形式で描かれていると言われている。落成したばかりの六条院に、新しいヒロイン玉鬘をむかえて、優美な王朝絵巻を展開する玉鬘十帖は、六条院最初の一年を描くという要素と、玉鬘が六条院に引き取られてから、六条院を去るまでの、玉鬘求婚譚を描くという要素と、二つの要素が巧みに絡み合ってできていると言えるであろう[13]。

六条院完成から、六条院に流れた時の経過をたどってみると、次のようになる。

	巻	年齢	月
	少女	源氏三十四歳	八月～十月
玉鬘十帖	玉鬘	源氏三十四歳	十月～十二月
	初音	三十五歳	正月
	胡蝶	三十五歳	三月廿余日～四月
	螢	三十五歳	五月
	常夏	三十五歳	六月
	篝火	三十五歳	七月初
	野分	三十五歳	八月
	行幸	三十五歳	十二月
	行幸	三十六歳	二月
	藤袴	三十六歳	三月 八月 九月
	真木柱	三十七歳	十月～三月

初音巻から行幸巻までの一年で、九月、十月、十一月が除かれているのは、すでに少女巻、玉鬘巻で、六条院最初のそれらの月が語られているからであろう。六条院最初の一年は、少女巻最終部から、玉鬘巻後半部を経て、野分巻までと言った方がよいかもしれない。野分巻は、その総括として、夕霧の目から、改めて六条院全体をながめ

た巻といえよう。

さて、今度は、玉鬘求婚譚の方から考えてみよう。玉鬘求婚譚の始発は、胡蝶巻後半部、更衣が過ぎ、四月の雨もようの頃であった。続く螢巻は、五月を描くが、

長雨例の年よりもいたくして、晴るる方なくつれづれなれば、…（四―七二）

とあって、例年にない梅雨のはげしい頃である。常夏巻では、たいそう暑い夏の日、玉鬘の処遇に苦慮する源氏が描かれ、篝火巻では、七月初秋、次第に源氏にうちとけはじめた玉鬘が描かれる。野分巻では、八月、

野分、例の年よりおどろおどろしく、空の色変りて吹き出づ。（四―一二三〜四）

と、例年にない大台風があり、その野分の中の六条院の有様が描かれるのである。

気象学者久米庸孝氏は、「『源氏』の台風」(14)という文章の中で、初音巻から行幸巻までの一年間の気象を気象学者という立場から詳細に分析しておられる。

まず、螢巻。先に引用した部分から、梅雨季の雨が平年よりはげしく降ったことを指摘。常夏巻からは、この年が非常に暑かったことを指摘されている。それはこうである。

風はいとよく吹けども、日のどかに、曇りなき空の」という一句があって、これが、実はその日の気圧配置を、鮮やかに浮き出しているのである。天気図学の眼で見ると、夏京都で風風が強くて快晴というのは、沿海州方面が低圧部となり、太平洋高気圧が日本の南方海上に張り出している場合であって、この型の気圧配置なら、ふつう一週間から十日くらいは酷暑がつづくはずである。だから、暑かったのは何もこの日（常夏巻に描かれる「いと暑き日」、筆者注）だけでなく、この夏は暑い夏だったのだと推定することは、決して無理ではない。

また、北山の水を引いた釣殿が「水のうへ無徳なる」状態であるのは、

地面の過熱を示し、地面の過熱は、連日の晴天を意味する。要するに、この夏は暑い夏だったのである。とされる。

野分巻では、久米氏の分析はさらに詳細を極める。野分の描写と、光源氏の義母大宮の「ここら齢に、まだかく騒がしき野分にこそあはざりつれ」（野分巻・四―一二八）という発言から、

まず二十年か三十年にいっぺんくらいの猛烈な台風だったらしい。

と推定。さらに、風速二十五メートル以上の北東風の風台風で、台風の中心は、京都のすぐ南を南西から北東に抜け、紀伊、大和、伊勢などでは、南寄りの大暴風が吹いたはずだとされる。そして、

右の台風の描写が非常に迫真力に富み、しかも、その時間的推移が天気図学的にきわめて精確であることから、物語の時代設定や、内容のフィクション性はともかくとして、この台風自体は、紫式部みずからが直接体験し、メモをとり、それを小説の中に使ったとしか思われない。だからこの台風は、彼女の生きた十世紀末から十一世紀初頭の台風で、しかもおそらくは、彼女の作家活動のもっとも盛んだったころのものではないか

と推定され、具体的な資料にあたって、もっとも容疑の濃厚なものとして、長保五年八月二十八日の台風を掲げる。筆者は、この久米氏の論文の存在を、高橋和夫氏『日本文学と気象』(15)で初めて知ったのであるが、高橋氏は、久米氏の御論を紹介するのと同時に、藤原行成の日記『権記』長保五年八月から、

廿八日乙酉　雨雷此夜風

という資料を加え、久米氏の説を補強しておられる。

初音巻から行幸巻までの一年の特徴は、例年にない長雨、酷暑、大台風である。久米氏の論を再び引用しよう。

この七帖の中の自然環境は、恐らくは現実の一年をそのままとりいれたのではなかろうか。どうも、継ぎはぎ

してでっちあげた一年だとは考えにくい。そして、もしそれが現実の一年であるならば、それは長保五年とみるのが、もっとも自然で、無理がない。

長保五年五月十九日には洪水が起こっており、「長雨、例の年よりいたくして」に一致する。が、長保五年といえば、久米氏も高橋氏も指摘する如く、『和泉式部日記』に描かれた、和泉式部と帥宮の愛の一年ではないか。『和泉式部日記』にも、長雨、洪水の記事が見え、『本朝世紀』『日本紀略』でも、五月十九日（現行暦六月二十七日）に洪水が起こって、二十日には京中が大水になったことが確認できる。

また、常夏巻の酷暑について、久米氏は、史実に言及されていないので、筆者が独自に調査した。『本朝世紀』では、六月一日から八日（現行暦七月八日から十五日）まで、天候がくずれているが、六月九日から十六日から二十三日）まで、八日間、「天晴」が続いている。六月十七日（同七月二十四日）のみ、天候の記録はないが、十八日以降は、次のようになっている。

十八日（同七月二十五日）天晴。
十九日（同七月二十六日）天晴。
廿日　（同七月二十七日）天陰。微雨　降。

とあって、もし十七日も「天晴」であれば、十一日間、「天晴」が続いていることになる。また廿一日から廿三日（同七月二十八日から三十日）まで、三日間、「天晴」が続き、

廿四日（同七月三十一日）朝間天晴、午後雨降。

廿五日（同八月一日）以降も「天晴」が続く。

『権記』では、同六月廿日の条に、

廿日戊寅　詣左府、北馬場納涼、右衛門督設食、有碁局破子、祐擧則友両大夫圍碁、祐擧勝、給懸物、又競馬二番、秉燭以陰夜待月題有和歌、右藤中将同車帰家（16）

とあって、左大臣道長が、北馬場で「納涼」の会を催し、右衛門督斉信が食を設け、碁や競馬の遊びがあり、夜には題詠があったという。「納涼」の語は、前日までの酷暑を如実にものがたっており、また、「秉燭以陰…」は、『本朝世紀』の天候との一致を示している。

しかし、それ以上に、時の一の人、道長のもとに、行成をはじめ、権中納言斉信、右中将兼隆らが集まって、暑さ凌ぎをしたと言う話は、常夏巻の源氏のもとへ、若い公達が集まり、納涼するという趣向によく似た話ではないか。こういう話は、当時の紫式部のもとへも届いていたのかもしれない。

それはともかくとして、前掲の久米氏の、常夏巻分析の如く、長保五年の夏は、一週間以上は「天晴」が続き、そうとうに暑い夏だったことは確かである。

以上の如く、玉鬘十帖の、螢巻の長雨、常夏巻の酷暑、野分巻の台風という天候の特徴は、きわめて長保五年の気象に近似していることがわかる。

筆者はさきに、玉鬘求婚譚の始発は、和泉式部と帥宮の愛の始発に近似すると述べた。その後に続く、螢・篝火・野分という一連の巻々の気象もまた、和泉式部と帥宮の愛の一年である長保五年を暗示しているようである。

これは如何なる意味を持っているのか。一つには、玉鬘十帖が長保五年か翌年ぐらいに執筆されたという考え方ができる。もう一つは、意図的に長保五年を読者に読み取らせようとする目的があったという考え方がある。つまり、この玉鬘求婚譚の背景に、和泉式部と帥宮の恋愛譚を読者に読み取らせようとする意図のもとに、長保五年の気象が取り入れられたという考え方である。いずれであるのか。あるいは、両方であるかもしれない。

四　玉鬘求婚譚の結末

玉鬘求婚譚は、源氏、兵部卿宮、冷泉帝といった最高級の皇族兄弟（冷泉帝は名目上は源氏らと兄弟）の間をゆらぎながら、結局、髭黒右大将に落ち着いた。

玉鬘十帖の最後に位置する真木柱巻には、玉鬘の思いがけない運命と、髭黒右大将のもとの北の方一族の悲劇が描かれている。特に、前半部では、髭黒と北の方の離縁と、玉鬘の、髭黒邸迎え入れが描かれる。ここではこの部分を問題にしたい。

時は冬、玉鬘を手に入れ、有頂天になった髭黒は、玉鬘を自邸に引き取る計画をたてている。時々、物怪にとりつかれて、異常な行動をおこしていたもとの北の方は、ある雪の日の暮れ方、六条院にいる玉鬘のもとへ出かけようとする夫の身支度を手伝ううち、突然狂い出し、夫に灰を投げつける。ついに髭黒は玉鬘のもとに逃げ出し、北の方は、父式部卿宮の迎えによって、里に退去する。年が明けた正月、男踏歌の日に、六条院から参内した玉鬘は、そのまま髭黒の邸に引き取られ、以後、参内することなく、髭黒邸で尚侍の職務にあたったのであった。

夫が他の女に夢中になり、その女を自邸に迎え入れる意志があり、北の方が里に退去するという話は『和泉式部日記』語るところの、和泉式部と帥宮の恋愛事件によく似た話ではないか。

『和泉式部日記』によれば、和泉式部は、初冬十月ごろから、帥宮に宮邸入りを勧められており、長保五年十二月十八日、宮邸入りを果している。翌長保六年（寛弘元年）正月帥宮の北の方は、姉である春宮女御娍子の迎えにより、里に退去した(17)。女の引き取りと、北の方の退去の順序は逆だが、夫が他の女に夢中になり、顧みられなくなって里に帰るという点で、近似する。時期も、冬から正月にかけて、と一致している(18)。

が、さらにもう一つ、この玉鬘求婚譚の結末は、どうしても帥宮を連想させる要素をもっているのである。

髭黒の北の方が里に退去した直接の原因は、北の方が、玉鬘のもとへ行こうとする髭黒に灰をあびせかけたことにある。紫式部は、これを嫉妬のなせるわざとはせずに、もののけによるものとした。

髭黒のもとの北の方については、胡蝶・藤袴・真木柱・若菜下の巻々に点描される。

大将は、年経たる人の、いたうねび過ぎたるを、厭ひがてらと求むなれど、…(胡蝶巻・四—四六)

胡蝶巻では髭黒が玉鬘を求めるのは、北の方がひどく年をとって嫌気がさしたからだとする。ところが、藤袴巻では、それを打ち消すかのように次のように言う。

年のほど三つ四つがこのかみは、ことなるかたはにもあらぬを、人柄やいかがおはしけむ、嫗とつけて心にも入れず、いかでそむきなむと思へり。(藤袴巻・四—一九八)

「人柄やいかがおはしけむ」に対しての答えが、次の真木柱巻に出てくる。

あやしう、執念き御もののけにわづらひたまひて、この年ごろ人にも似たまはず、うつし心なきをりをり多くものしたまひて、御仲もあくがれてほど経にけれど、…(真木柱巻・四—二一〇)

同じく真木柱巻に、

本性は、いと静かに心よく、子めきたまへる人の、時々心あやまりして、人にうとまれぬべきことなむうちまじりたまひける。(四—二一一)

とあり、北の方は、以前からもののけに取り憑かれては異常な行動をおこし、髭黒に厭ぜられていたという。里に退去した後も、若菜下巻に

あやしくなほひがめる人にて、世の常のありさまにもあらず、もて消ちたまへるを…（若菜下巻・五―一四六）

とあって、よけいひどくなっているようである。

つまり、北の方の、灰を投げるという行為は、単なる嫉妬や、一時的なヒステリーによるものではなく、一種の精神異常によるものと思われる。抑圧された感情から誘発されたことは確かであるとしても。

このような精神異常者の例としては、帥宮の父、実在の冷泉天皇があげられよう。『大鏡』『栄花物語』等によれば、執念ぶかい物の怪が憑いていたという(19)が、時には正気にもどることもあったという。これも帥宮を連想させる要素となろう。

帥宮の北の方は、東宮女御娍子の妹で、和泉式部のために宮邸を出たが、別に精神異常があったからではない。ところが、帥宮の前の北の方―かの道隆の三の君で、中宮定子の妹であるこの女性は、常軌を逸した行動をした話が『大鏡』に伝えられている(20)。

…まことにや、御心ばへなどの、いと落ち居ずおはしければ、かつは、宮もうとみ聞こえさせたまひけるとかや。（二五七頁）

来客があると、御簾を高々とあげて、胸をあらわに出して立っているとか、学生を集めての詩作の会に、屏風の上から二、三十両ばかりの砂金を投げ出したとかの話があり、この女性は、どうも精神異常があったようで、そのため帥宮に厭まれ、帥宮から離縁されたようである。これは、髭黒の北の方の境遇にかなり近い。

つまり、玉鬘求婚譚の結末―髭黒の北の方の精神異常と里退去は、帥宮の前の北の方の精神異常の要素と、後の北の方の里退去の要素が、組み合わされてできているように思われ、自ずと帥宮という人物を示唆するものなのではないかと思う。

玉鬘求婚譚の結末と、『和泉式部日記』に描かれるところの、和泉式部と帥宮の恋の結末は、全く同じではないが、様々な要素は、帥宮や和泉式部を連想させるようになっているのである。

玉鬘求婚譚の始発、玉鬘十帖の気象とともに、玉鬘求婚譚の結末もまた、和泉式部と帥宮に深く関わっている。

五　虚構と現実

では、なぜ、玉鬘求婚譚に、長保五年から寛弘元年にかけての和泉式部と帥宮の恋愛譚が投影されたのであろう。ここで忘れてはならないのは、玉鬘十帖には、かの有名な、螢巻の物語論が存在するということである。紫式部は、螢巻で、玉鬘を相手にした源氏に

「その人の上とて、ありのままに言ひ出づることこそなけれ、よきもあしきも、世に経る人のありさまの、見るにも飽かず、聞くにもあまることを、後の世にも言ひ伝へさせまほしき節々を、心に籠めがたくて、言ひおきはじめたるなり。よきさまに言ふとては、よきことの限り選り出でて、人に従はむとては、またあしきさまのめづらしきことを取り集めたる、皆かたがたにつけたる、この世のほかのことならずかし。…

（螢巻・四―七四〜五）

と言わせている。物語は所詮、虚言ではあるが、そこには現実以上の現実が描かれているのだと主張する。『源氏物語』の作者が、さかんに史実を取り入れ、実在の天皇の名を組み入れることで、時代を延喜、天暦に設定している点については、清水好子氏『源氏物語論』(21)に詳しい。また、『伊勢物語』『住吉物語』『落窪物語』などの先行文芸を取り入れ、換骨奪胎していることも、先学の諸氏によって明らかにされている。とくに玉鬘十帖に

関しては、『住吉物語』を無視できない(22)。

本論で指摘した、長保五年から寛弘元年にかけての、和泉式部と帥宮恋愛話は、『源氏物語』執筆当時、かなり評判のスキャンダルだったのではないか。螢巻が、玉鬘十帖の、それも、玉鬘求婚譚の始発に和泉式部と帥宮の愛の始発を近似させた胡蝶巻の次に置かれている点、物語論が源氏と玉鬘の対話の中で展開されている点も注目に値する。「ありのままに言ひ出づる」のではないが「見るにも飽かず、聞くにもあまることを」、「心に籠めがたくて」書きおくのだと主張しつつ、実際に、当時の大ゴシップを、大胆にも取り入れたのではなかろうか。

これが、虚構である物語に現実らしさを与えているのは確かであろうが、当時としては、読者と作者の間に、共時における高度な謎解きゲームが展開されていたのではないかという気がする。物語は、やはり楽しんで読まれたものであり、その当時の大きな話題が、うまく作品に組み込まれていることを発見し、秘かに楽しむという享受のあり方がその当時も存在していたのではないかと思う。

現代でも、たとえば、小説や、少女漫画に、流行語や今評判の話題をまぎれ込ませて、読者がそれを発見して楽しむということは行われている。次元が違うかもしれないが、こういったことと、大して違わないのではなかろうか。紫式部の方がかなり高尚ではあるけれど。

この玉鬘十帖は、当代の話題を巧みに取り入れながら、それがゴシップ的な話題であるため、延喜、天暦という時代設定をことさら強調しているように感じられる。

初音巻、真木柱巻には、円融天皇の御世に廃絶し、一条天皇御世当時行われていなかった男踏歌が、二度にわたって取り上げられる。男踏歌が盛んに行われたのは、やはり延喜、天暦の頃である。玉鬘が六条院の一員となり、六条院を去る。その開幕と閉幕が男踏歌で示されているのである。

また、その中間に位置する行幸巻には、醍醐天皇延長六年十二月五日の大原野行幸が取り入れられているとの指摘が、『河海抄』以来なされている。

このような行事の散在が、玉鬘十帖の時間を当代から引き離し、延喜、天暦の時代へと引き上げる作用を果たしているように思う。

ところで、玉鬘の運命は、和泉式部の運命に近似してはいるが、人物設定は全く対照的である。和泉式部は道長をして「うかれ女」と言わしめた。一方、玉鬘は、多くの求婚者たちにそつのない対応をし、藤袴巻末には、

女の御心ばへは、この君をなむ本にすべきと、大臣たち定めきこえたまひけりとや。（四―二〇〇）

と言われている。片や悪評高い女、片や理想的な賢女と、きわめて対照的である。玉鬘の夫となった髭黒も、武骨一方の人物で、繊細優美な帥宮と、全く対照的に描かれている。

作者は、ここにおいて何を言おうとしたのだろうか。人間とは、その人柄のいかんにかかわらず全く対照的な人間であっても、似たような境遇に陥ることがある。人の世とはそういうものだと、語りたかったのかもしれない。

六　長保五年から寛弘元年までが示唆するもの

玉鬘十帖には、長保五年から寛弘元年にかけて起こった和泉式部と帥宮の恋愛事件が巧みに織り込まれている。にもかかわらず、玉鬘の人物設定は、和泉式部とかけ離れている。前章に引き続き、この点を、玉鬘尚侍就任という立場から考察してみたい。

玉鬘は、源氏の苦慮の末、尚侍に就任する。尚侍には、朧月夜の君がいるはずであるが、冷泉帝の後宮には関

与せず、朱雀院に侍していたらしい。しかも、若菜下で出家するまで、「尚侍の君」と呼ばれている。冷泉帝の後宮では「尚侍、宮仕へする人なく（行幸巻、四—一五八）」という状態で、「家高う、人のおぼえ軽からで、家のいとなみたてたらぬ人」で、「したたかにかしこき」適任者を求めているという。玉鬘はその条件を満たす女性として設定されているのである。

この玉鬘尚侍就任に関しても、様々な論考がある(23)が、本論では、時代的背景を考慮に入れることによって、新たな意味付けを加えたいと考える。

玉鬘十帖が指し示す、長保五年から寛弘元年にかけては、時の権力者、左大臣道長が、長期政権を確保するために胎動していた時期でもある。

長保元年、第一女彰子の一条天皇入内を果たし、長保二年、定子を皇后に、彰子を中宮にして一帝二后並立を強行した道長は、長保五年二月廿日、第一子頼通を枇杷第で元服させ(24)、同夜、第二女妍子の初着裳を行った（『日本紀略』『権記』による）。彰子にはまだ子がなく、まさに胎動の時期である。道長は、現東宮（後の三条天皇）即位後、自分の外孫を順次皇太子にして、長期政権を確立するため、この第二女妍子を東宮后にする心づもりでいた。

当時、東宮妃には敦明親王（後の小一条院）を生んで、東宮の寵愛を受けていた娍子がいた。一方、妍子はまだ幼く、入内するには早すぎた。

ところが、翌寛弘元年二月七日、尚侍従二位綏子が薨じた。綏子は、兼家女、道長にとっては、劣り腹の腹違いの妹である。尚侍となり、三条東宮に侍したが、済時女娍子、道隆女原子に圧され、源頼定と密かに通じて、顰蹙を買った。その綏子が亡くなり、尚侍の席が空いた。道長は、東宮后への期待をよせつつ、十一月二十七日、妍子を尚侍とした。時に妍子は十一歳であった。妍子が東宮に入ったのは、寛弘七年十二月のことであり、娍子とともに、三条天皇女御の宣旨が下ったのは、寛弘八年廿三日のことである。綏子には、朧月夜の君を髣髴させるものがあるが、時勢は、それとは異なる新しいタイプの尚侍を『源氏物語』の中に要求していたのではないか。玉鬘が、源氏の苦慮の末、尚侍となるのは、朧月夜尚侍とは全くタイプを異にする、新しい尚侍として描かれるためではなかったか。当時、綏子によって作られてしまった朧月夜型尚侍のイメージを一新し、冷静で、賢明で、そつの無い対応のできる、新しいタイプの玉鬘型尚侍は、東宮后に予定されつつ、新たに尚侍となった妍子(25)への期待がこめられているのではなかろうか。

つまり、玉鬘尚侍誕生は、様々な意味づけができるけれど、寛弘元年の新尚侍誕生という社会情勢を反映して、時勢が(もしくは道長が)要求したものと考えることもできるのではなかろうか。

『紫式部日記』寛弘五年十一月の条には、中宮の意向で御冊子づくりが行われた記事がみえ、続いて、

局に、物語の本どもとりにやりて隠しおきたるを、御前にあるほどに、やをら(道長が)おはしまいて、あさらせたまひて、みな内侍の督の殿(妍子)にたてまつりたまひてけり。よろしう書きかへたりしは、みなひき失ひて、心もとなき名をぞとりはべりけむかし。(五五頁)(26)

とある。この「物語」は『源氏物語』と考えられ、この時点において、『源氏物語』は、かなりの部分が執筆、改稿されており、中宮主催の大規模な清書作業が行われていたと推測される。そして、道長は、紫式部の部屋にあった原本の方をこっそり持ち出し、妍子に与えてしまったというのである。これは、とりもなおさず、道長にとって、『源氏物語』が、妍子に与えるにふさわしいものであったということにほかならない。

さらに、大胆な発言が許されるならば、玉鬘求婚譚の結末が和泉式部と帥宮の恋愛事件を暗示するということも、道長にとって、きわめて都合のよいことだったのではないか、という推論を加えさせていただきたい。

理由はこうである。

玉鬘求婚譚の結末は、髭黒の北の方の悲劇を描きながらも、一方、北の方側を揶揄的に扱っている。もののけによるとわかっていながら、北の方の行動を、そして、里退去という大胆な父式部卿宮の判断を、嘲笑の対象としている。この北の方は、帥宮の二人の北の方の要素を重ね持つと、四で述べた。一人は道隆三女。定子の妹。もう一人は、藤原済時の第二女。東宮女御、後の三条天皇皇后娍子の妹である。そして、この二人は、共に、道長の長期政権を阻む可能性のある、二つの邪魔な存在の血縁者であるのだ。

当時、皇后定子はすでに亡く、妹の四の君御匣殿が、第一皇子敦康親王の母代りをし、一条天皇の寵愛をも受けて懐妊したが、長保四年六月三日に亡くなっている。不吉なことに、東宮女御であった道隆第二女原子も同年八月三日、突然、鼻や口から血を吹き出して頓死したという。中関白家一門は、伊周が復位したとはいえ無官、隆家も復帰したばかりで、崩壊寸前であった。しかし、定子所生の第一皇子は厳として存在していた。

道長の長期政権は、娘の彰子が皇子を生み、その皇子が東宮となってはじめて実現できる。彰子が待望の第二皇子を生んだのは、『紫式部日記』にも描かれる如く、寛弘五年九月十一日であった。この時まで、道長にとって、第一皇子は目の上の瘤であったろう。しかも、道長にとって、第一皇子の存在は、寛弘八年六月、第二皇子敦成親王が東宮となるまで、邪魔な存在として意識され続けたことであろう。

帥宮の前の北の方は、才色兼備を誇る定子姉妹の中で、唯一、不出来な存在として、嘲笑の種にされていたのではなかろうか。とくに、道長一派によって。

一方、道長は、先に述べた如く、三条天皇即位以後の政権確保のため、第二女妍子を東宮に納れることを予定していたが、東宮妃には済時女娍子がおり、正暦五（九九四）年五月には、敦明親王を生んでいた。また、先述の如く、道隆女原子は頓死している。しかし、妍子はまだ幼く、妍子が東宮に入ったのは寛弘七年十二月であった。道長にとって、娀子と敦明親王の存在もまた、長期政権を阻む邪魔な存在として、常に意識されていたはずである。その娀子の妹が和泉式部に帥宮を取られ、娀子の迎えで里に帰るという醜聞は、娀子側を揶揄する絶好の材料となったのではあるまいか。こうなると、この醜聞の主である和泉式部が、敦道親王の死後の寛弘六年、つまり、妍子が東宮に入る一年前に彰子に召し出されたのも、式部の才学もさることながら、道長の対娀子一派政策の一端であった可能性もでてこよう。

玉鬘求婚譚の結末に、道長の長期政権を阻む二つの存在―第一皇子一派と娀子一派―それぞれに属する、二人の帥宮の北の方が暗示され、嘲笑の対象となることは、道長にとって、きわめて都合のよいことだったのではなかろうか。深読み過ぎるかもしれないが、一つの仮説として提出しておく。

以上、玉鬘十帖の成立に関して、歴史的背景から二点、考察を加えた。

七　結語

本論が、玉鬘十帖に関して指摘してきた点は、まず、玉鬘求婚譚の始発と結末には、長保五年四月から寛弘元年正月にかけて起こった帥宮と和泉式部の恋愛譚が投影されていること。螢・常夏・野分といった一連の巻々の気象が、長保五年を暗示すること。玉鬘新尚侍誕生には、寛弘元年の、尚侍綏子の死と、妍子新尚侍の誕生が背景にあるらしいこと。さらに加えれば、すでに少女巻以降東宮后になるべく待機している明石姫の状況も、道長二女妍子に通じるものがある。

これらを総合すると、玉鬘十帖は、成立当時の特定の一時期、長保五年から寛弘元年までの社会のできごとや社会情勢を反映していることがわかる。これはいかなる意味を持つのか。

ごく自然に考えれば、この時期か、あるいは、この時期からそう離れない時期に、玉鬘十帖が執筆されたという推測が成り立つ。とくに、気候の描写は、体験しつつか、体験後まもなくか、詳細な記録が残っているか、のいずれかでなければ、現実とこう近似するものではない。前掲の久米氏の言の如く、野分巻の描写などは、きわめて迫力があり、現実感があるところからみて、長保五年からそう離れない時期であろう。

また、紫式部は、寛弘二年（あるいは三年か）十二月二十九日に、中宮彰子のもとに初出仕している。出仕となれば、当分の間は、精神的苦痛を伴うものであり、物語が書ける精神状態にあったか疑問である。玉鬘十帖は、一連のものであり、かなり持続した精神状態で書かれたものと推測される。ということは、玉鬘十帖、もしくは、その原型は、長保五年か寛弘元年以降に書き始められ、式部の出仕以前に完成していたのではないか(27)。出仕によって中断されたとすれば、それは、真木柱と、梅枝・藤裏葉の間と考えた方がよさそうである。藤裏葉巻の六条院行幸には寛弘五年十月の道長邸行幸が投影されているという指摘もなされており(28)、式部出仕後の可能性が高い。

物語が、たとえ時代を遡って設定されていたとしても、その物語の執筆当時の社会状況は、自と反映されるものではなかろうか。『源氏物語』は、むしろ積極的に、当時の評判の話題を取り入れ、それをおぼめかせるべく、時代を遡らせて描く、という一つの方法を用いているように思われる。また、玉鬘十帖は、長保五年から寛弘元年当時の政治事情をも内包しており、作者の立場が、時の権力者に傾斜していることも暗示している。それは、『源氏物語』の作者に時勢が要求したことであったかもしれない。

玉鬘十帖は、その内部に含む螢巻で示した物語論を自ら体現すべく創作されている。物語は時を自在に走り、人の世のありさま、現実を描くことができると主張しているかの如くである。

玉鬘十帖が内部包含している長保五年から寛弘元年の要素は、時の権力者道長にとって、歓迎すべき内容を含んでいた。玉鬘十帖が、式部の出仕以前に書き上げられていたとすれば、それは、道長が、紫式部の彰子出仕を強力に要請した一因になっているかもしれない。

最後に、長保五年の気象の詳細な記録があった場合を考えておこう。この場合は、出仕以後の執筆でいいわけだが、そこには、長保五年でなければならない強力な理由が必要となってくる。それは、やはり和泉式部と帥宮の恋愛譚の投影が意識的に行われたものであり、読者にそれを暗示するためということになろう。さらに、六で提出した仮説が意味をもってくるであろう。玉鬘求婚譚の結末が、対第一皇子一派と、対娍子一派への間接的な揶揄を意味するとすれば、玉鬘十帖の成立は、寛弘年間であることに間違いない(29)。そして、それは、紫式部が、出仕後、道長の意向を組んで執筆した可能性も出てくる。

注

(1) 並びの巻として古来問題にされてきたが、とくに、武田宗俊氏「源氏物語の最初の形態」(『文学』昭25・6、7)、風巻景次郎氏「源氏物語の成立に関する試論—玉かつらとその並の巻、桜人」(『文学』昭25・12、26・1)で成立過程がはなやかに取り上げられ、その後は、高橋和夫氏の『源氏物語の主題と構想』(桜楓社、昭40・6)、吉岡曠氏の『源氏物語論』(笠間書院、昭47・12)所収の論文等に構想的成立論として取り上げられている。また、山中裕氏は準拠の面から成立問題を考察する。

(2) 秋山虔氏「玉鬘をめぐって」(『源氏物語の世界』〔東大出版会、昭39・12〕)、森一郎氏「玉鬘物語の構想について—玉鬘の運命をめぐって—」(『源氏物語の方法』〔桜楓社、昭44・6〕所収)、後藤祥子氏「玉鬘物語展開の方法」(『日本文学』昭40・6)等。

（3）野村精一氏「光源氏とその〝自然〟」〔阿倍秋生編『源氏物語の研究』〔東大出版会、昭49・9〕所収）は『宇津保物語』に関して、『住吉物語』に関しては、三谷栄一氏「源氏物語における物語の型」（『源氏物語講座』第一巻〔有精堂、昭46・5〕所収）藤村潔氏『古代物語研究序説』（笠間書院、昭52・6）三谷邦明氏「玉鬘十帖の方法」（論集中古文学1『源氏物語の表現と構造』〔笠間書院、昭54・5〕所収）等。

（4）本文引用は石田穣二・清水好子校注、新潮日本古典集成『源氏物語』による。漢数字は、巻―頁を示す。

（5）本文引用は玉上琢彌氏編『紫明抄　河海抄』（昭53・8、再版本、角川書店）による。四〇五～六頁。濁点、句読点、「　」は私見でつけた。

（6）本文引用は野村精一氏校注、新潮日本古典集成『和泉式部日記　和泉式部集』（昭56・2）による。一一頁。

（7）他作説は今井卓爾氏『平安朝日記の研究』〔啓文社、昭10・10〕所収）、川瀬一馬氏「和泉式部日記は藤原俊成の作」（『青山学院女子短大紀要』第二輯、昭28・9）、自作説は鈴木知太郎、岡一男、玉井幸助、大橋清秀、清水文雄、梅津真理子、尾崎知光、遠藤嘉基諸氏の論がある。

（8）伊藤博氏「和泉式部日記の成立時期をめぐって」（『言語と文芸』昭35・5）

（9）『和泉式部日記の研究』（初音書房、昭36・11）第一章、第五設、参照。

（10）『源氏物語』成立時期研究の現状では、『紫式部日記』の記述から、『源氏物語』がすでに寛弘五年から七年ごろには存在していたことが確認されている。しかし、五十四帖全体が完成していたかどうか、また、いつごろから書き始められたのか、確かな資料がなく、いずれも推測の域を出ない。

（11）胡蝶巻に『和泉式部日記』が関わるとの指摘は、島津久基氏『源氏物語講話』、吉田幸一氏『和泉式部研究一』にあるが、藤岡忠美氏「源氏物語と和泉式部」（『解釈と鑑賞』昭43・5）では『日記』と限らず、和泉式部の和歌の投影であるととらえている。筆者も一応この立場をとる。

（12）本文引用は山本利達氏校注、新潮日本古典集成『紫式部日記　紫式部集』（昭55・2）による。

（13）これを分解して、玉鬘系後期挿入説を説く立場もあるが、如何なものであろうか。

（14）『続・科学随筆全集4　地球との対話』（學生社、昭43・10）所収。

（15）昭53・8。中公新書。

(16) 本文引用は『増補史料大成』第四巻（臨川書店）による。二九〇頁。本文には卅日とあるが、前後から考えて「廿日」の誤。筆者改める。
(17) 『栄花物語』巻第八、はつはな、では、北の方の退去に、東宮も娍子も関係しなかったと記す。事実がどうであったのかはわからないが、噂話としては、娍子が迎えに行ったのだとも、いや、そうではなかったのだとも、両方流れていたのではなかろうか。
(18) ただし、玉鬘十帖では、求婚譚の始発から結末までに二年が経過している。
(19) 『大鏡』師輔伝。『栄花物語』巻第一、月の宴。他に『古事談』『江談抄』にもみえる。
(20) 『大鏡』道隆伝。本文引用は新編日本古典文学全集（小学館）による。
(21) 昭41・1刊。塙書房。
(22) 注（3）参照。
(23) 尚侍に関しては、後藤祥子氏「尚侍攷―朧月夜と玉鬘をめぐって―」（『日本女子大国語国文学論究』1、昭42・6）に詳しい。また坂本和子氏「尚侍玉鬘考」（『国語と国文学』昭48・4）は春日・大原野の齋女という点から位置づけをして注目される。
(24) 頼通の元服が少女巻夕霧の元服に投影されているともいわれている。
(25) 女子の初着裳は、通常結婚の近いことを意味する。その意味で長保五年二月の妍子の初着裳は東宮入りを人々に予想させたと考えられる。尚侍綏子は死ぬ数カ月前から病にあり（『御堂関白記』による）、このあたりから、道長は、妍子が成熟するまでの間、尚侍にしておくことを考え始めたのではないか。
(26) 注（12）。
(27) この場合、成立時期推定によく引き合いに出される、源氏の「日本紀などはかたそばぞかし」。（螢巻三―二〇四）の発言が問題となるが、先に引用した『紫式部日記』寛弘五年十一月の帖の記事から、改稿本の存在が推測されるので、出仕後、「日本紀の御局」と渾名された式部の反感や物語作家としての意識が、改稿の際、源氏の言を借りて表明された、と考えれば解決はつく。こういう解決が許されるかどうかは別として。
(28) 山中裕氏『歴史物語成立序説』（東京大学出版会、昭37・8）
(29) 寛弘八年六月、第二皇子敦成親王が東宮になった段階で、第一皇子一派は完全に退けられたことになるのだから。

2 玉鬘十帖発端部分の方法――玉鬘と末摘花――

一 はじめに

少女巻は、光源氏の新しい邸宅六条院の完成と、女方の移転を語って終わる。続く玉鬘巻は、

年月隔たりぬれど、飽かざりし夕顔を、つゆ忘れたまはず…（玉鬘巻・三―二八一）(1)

と突然、光源氏の夕顔追慕の念から語り出され、時がいったん夕顔の死の時点まで遡り、夕顔の遺児玉鬘の後日譚が語られ、やがて玉鬘は光源氏に引き取られることになる。こうして、新しい女主人公が六条院世界へと組み込まれ、真木柱巻まで、この女主人公の求婚譚を軸として、いわゆる玉鬘十帖が展開される。

玉鬘十帖のうち、玉鬘求婚譚が開始されるのは胡蝶巻以後である。その方法については、本節1で論じたが、ここでは玉鬘十帖の発端部分に注目する。玉鬘の突然の登場を描く玉鬘巻、その玉鬘を組み込みつつ六条院世界の最初の新春を描く初音巻の二帖は、玉鬘求婚譚の序章ともいうべきものであろう。ところが、少女、玉鬘、初音、胡蝶の四帖の続き方には、『源氏物語』作者の並々ならぬ苦心の程が読み取れる。この部分に、『源氏物語』の一つの方法の特徴が見出せるように思う。ここでは、玉鬘の登場から玉鬘求婚譚の始まるまで、すなわち、玉鬘十帖の発端部分の方法について、新しい視点から考察する。

なお、誤解を避けるために初めに言明しておくが、本論は成立過程の問題を扱っているのではない。玉鬘十帖後記挿入説(2)に対して、筆者はむしろ否定的に考えている。現存の『源氏物語』をより深く読み、より深く理解するために、作者の用いた方法を追求するものである。

二 六条院を流れる時の問題

本題に入る前に、まず、少女、玉鬘、初音、胡蝶と続く各帖を流れる時の問題について、諸説をふまえつつ、本稿の立場を明確にしておきたい。

六条院を流れる時は、少女巻末でいったん停止し、玉鬘が六条院に組み込まれて後、再び、流れ出す。玉鬘巻は、末摘花巻に酷似する冒頭から、夕顔の侍女右近の現状と心中を語った後、時が夕顔の死の時点まで遡る。そこから語り出される玉鬘の後日譚は、「かの若君の四つになる年ぞ、筑紫へは行きける」(玉鬘巻・三―二八二)、「十ばかり」(三―二八四)、「二十ばかり」(三―二八六)と大雑把な年令表記で辿られる。長谷寺詣における玉鬘一行と右近の邂逅、光源氏への報告、六条院入り決定と、次第に時が六条院世界に流れこんで行く時期を「かくいふは、九月の事なりけり」(三―三一八)と示す。さらに、玉鬘が六条院に組み込まれた時期は「十月にぞわたりたまふ」(三―三一九)と明確に示されている。これを大朝雄二氏は「全く新しい人物を規制の物語秩序の中にはめ込んで行く場合の注目すべき型」とされる(「源氏物語の方法についての試論―時間的秩序をめぐって―」藤女子大学『国文学雑誌』2号、昭42・6)。

また、この玉鬘巻冒頭部分と時の遡行は、三谷邦明氏によって指摘されたように(3)、蓬生巻における時の逆行と、方法の上で類似しており、蓬生巻が、本流に組み込まれることなく、傍流のままで終わるのに対し、玉鬘巻の場合は、後半から完全に本流に組み込まれてしまうのである。ここに、玉鬘十帖発端部分の方法の特徴をみる。

玉鬘を途中で組み込んだ六条院の最初の一年は、完成したばかりの秋を描く少女巻末、十月から大晦日までを描く玉鬘巻後半、正月を描く初音巻、三月二十日過ぎから四月を描く胡蝶巻、梅雨のころを描く螢巻、初秋を描く篝火巻、秋の台風を描く野分巻に語り出される。本居宣長によれば(4)、光源氏三十五歳の秋から三十六歳の秋までが描かれていることになる。一条兼良に代表される旧年立では、光源氏の年令は少女巻末三十四歳、玉鬘巻三十五歳、初音巻～行幸巻三十六歳とする(5)。すなわち、玉鬘巻に一年とっているわけである。これに異議を唱えたのが本居宣長で、彼の新年立によれば、少女巻末三十五歳、玉鬘巻後半三十五歳、初音～行幸巻三十六歳となる。これを図示すると次のようになる。

	少女	玉鬘	初音	胡蝶	螢	常夏	篝火	野分
月	8～10	10～12	1	3～4	5	6	7	8
新年立	35歳		36歳					
旧年立	34歳	35歳	36歳					

旧年立は、少女巻末と玉鬘巻後半部分の接続のしかたと、少女巻末と胡蝶巻前半の秋好中宮と紫の上の春秋優劣論争の呼応を見逃している。

すでに大朝雄二氏（前掲論文）によって明確に論じられているが、玉鬘巻において、玉鬘の存在が右近から光源氏に告げられたのが九月、玉鬘が六条院に引き取られたのが十月。これは、少女巻末の八月の光源氏、紫の上、花散里、秋好中宮の移転、十月の明石の君移転に連なるものであり、六条院世界に玉鬘が組み込まれて後、玉鬘巻の後半から、六条院を流れる時がふたたび始動する。本文中に月日を明記することによって、巻々の連続を示唆する一つの方法をここに読み取るべきであろう。

また、少女巻末と胡蝶巻前半の秋好中宮、紫の上の春秋優劣の争いも、すでに宣長によって論じられていることだが、明らかに、意図的に描かれているものと考えられる。秋、移転したばかりの秋好中宮から紫の上へ、春には紫の上から秋好中宮へと応酬される風雅な論争は、自然そして、風雅を愛した人々にとって、時を置かずしてなされるべきものであろう。紫の上方は少女巻末の秋以後、やがてくる春の訪れ、秋好中宮に反論する好機を待ち望んでいたはずである。旧年立のように少女巻末と初音巻の間に一年の隔たりを置くのは作者の意図に反することになろう。初音巻もまた、意図的に「生ける仏の御国」である六条院の最初の正月を描くものであろうから。この少女巻末と胡蝶巻前半の春秋優劣論争の呼応も、少女巻末→玉鬘巻後半→初音巻→胡蝶巻前半という時の流れを、読者に明示するために存在するとさえ思える。

一方、新年立の弱点は、玉鬘巻に光源氏が明石の君を「北の町にものする人」と言い、それに続く紫の上の

「(夕顔は)さりとも、明石のなみには、立ち並べたまはざらまし」とのたまふ。なほ北の御殿をば、めざましと心置きたまへり。(玉鬘巻・三―三一八)

という発言・心境が、すでに明石の御方が北の町に住んでいるように描かれ、その直後に「かくいふは、九月の事なりけり」(三―三一八)と明記されている点にある。少女巻末には明石の御方が十月に六条院に移ったと記されている。そこで、旧年立では玉鬘巻の九月は、六条院完成の翌年の事とするのだが、前述の如く、自然に読んで行け

ば、初音巻、胡蝶巻が少女巻末に続く時の流れの中にあることは、感知できるはずである。六条院の北の町が、明石の君が住むべき町として、すでに八月には完成していること、明石の君の移転は少女巻末には、

数ならぬ人は、いつとなくまぎらはさむとおぼして、神無月になむわたりたまひける。（少女巻・三—二七八）

とあって、いつだかわからないようになされたことを考えれば説明がつく。本居宣長の言うように九月にまだ明石の君が住んでいなくとも、光源氏、紫の上には、北の町に住む人という認識がすでにできあがっていたと考えられる。光源氏が「住む人」とは言わず「ものする人」と言うのも、実際にはまだ住んでいないからであろうし、紫の上が「めざまし」と思う「北の殿」とは、「北の殿」を占有しうる明石の君、という意味であろう。

六条院世界に新たに夕顔の遺児玉鬘が登場してくる意義については既に論じ尽くされており(6)、今さらここで論ずるまでもない。

あえて一言すれば、本来、六条院は、次代を担う光源氏の子女たちの養育の場である。光源氏が後見する秋好中宮、明石姫の養母で春を愛する紫の上、夕霧の養母で夏のイメージを持つ花散里、娘を手放して耐える明石の御方、それぞれにふさわしい四季の町は、光源氏の子女中心に配されている。この六条院にみやびの世界を実現するため、光源氏の子女や妻妾に実害のないように、六条院に集う男たちの心を乱す「くさはひ」という役目を担って登場してきたのが玉鬘といえる。また、光源氏と内大臣の抗争の鍵をにぎる役目も担っていよう。そして、玉鬘十帖は、やがて訪れる明石姫入内、夕霧の結婚、光源氏と内大臣との和解という当然すぎる結末までの、いわば時間繋ぎといえよう。

玉鬘の登場には、必然性がある。この玉鬘を新たに登場させ、かつ、少女巻から、初音、胡蝶巻へと自然に連続させるための方法について、次に考えてみたい。

三　玉鬘・初音巻二帖と末摘花巻

玉鬘巻の冒頭は、末摘花巻の冒頭に酷似している。そして、玉鬘登場以後、末摘花の記事が散在し、玉鬘は、末摘花と対比されて描かれているようである。

後藤祥子氏は、「玉鬘物語展開の方法」（『日本文学』14巻6号、昭40・6）において、光源氏の玉鬘を求める動機が、かつて末摘花を求めた動機と等質であると指摘する。一つは亡き夕顔の代償を求めるという点で。もう一つは、内大臣（かつての頭中将）に対するライバル意識という点で。そのために玉鬘は、光源氏によって、末摘花と対比されていると説く。また、三谷氏は、玉鬘の鄙性を排するために末摘花との比較がなされている、と説く(7)。

玉鬘と末摘花の対比という点に対しては、全くその通りだと思う。本論は、これらの説を承認しつつ、玉鬘巻の冒頭と末摘花巻の冒頭の酷似、玉鬘巻、初音巻に散在する末摘花の記事の存在理由を別の角度から考えてみたい。

まず、結論から先に言っておこう。玉鬘・初音巻二帖は、末摘花巻一帖を下敷きにして構想されているのではあるまいか。夕顔巻を受けるという点で末摘花巻と玉鬘十帖発端部分は共通しているが、玉鬘十帖発端部分では、夕顔巻を受けつつ、末摘花巻をも受けている。玉鬘巻は、新しい女主人公を登場させ、本筋の時間に組み込むためにかなり無理をしている。玉鬘を組み込み、新築された六条院の新春を描く初音巻へとスムーズに繋げるために、玉鬘巻末の衣配りと初音巻の女方の装束描写の呼応がある。これこそ実は、末摘花巻を背景にしたものではあるまいか。

玉鬘・初音巻の二帖に末摘花巻が踏まえられていると考えられる部分は、大きく分けて四箇所ある。

①冒頭部分
②玉鬘の六条院入り
③歳暮の衣配り
④新年の末摘花訪問と男踏歌
以下、順に考察してみる。

①冒頭部分

周知の如く、玉鬘巻の冒頭

年月隔たりぬれど、飽かざりし夕顔をつゆ忘れたまはず、……（三―二八一）

は、末摘花巻の冒頭

思へどもなほ飽かざりし夕顔の露におくれしここちを、年月経れど、おぼし忘れず…（末摘花巻・一―二四五）

に酷似している(8)。ともに夕顔追慕の念から語り始め、その代償を求める物語の展開を予告するものである。末摘花巻は、明らかに夕顔巻を踏まえて構想されている(9)。ところが、玉鬘巻の方は、夕顔巻を受けるとともに、夕顔巻を受けた末摘花巻をも踏まえて構想されている。それを示すものが冒頭部分の酷似であろう。

夕顔の遺児玉鬘の話題を玉鬘巻以前の巻々で追って見ると、初出は帚木巻の雨夜の品定め、頭中将語るところの、常夏の女との間にできた撫子としてである。以後は、夕顔巻で、夕顔の死後、右近と光源氏の会話の中で話題にされる。この時、光源氏は、

○「…人にさとは知らせで、われに得させよ。あとはかなく、いみじと思ふ御かたみに、いとうれしかるべく

なむ」(夕顔巻・一—一七一)

と望むが、実際は、

○頭の中将を見たまふにも、あいなく胸騒ぎて、かの撫子の生ひ立つありさま、聞かせまほしけれど、かことに懼ぢてうちいでたまはず。…(同右・一—一七七)

○右近はた、かしかましく言ひ騒がれむを思ひて、君も今さらに漏らさじと忍びたまへば、若君の上をだにえ聞かず、あさましく行方なくて過ぎゆく。(同右・一—一七七〜八)

と、そのまま放置していた。

玉鬘の話題は、次に末摘花巻に受け継がれる。末摘花の琴(きん)の音を聞きに訪れた夜、頭中将に見つかってしまった光源氏は、

○かうのみ見つけらるるを、ねたしとおぼせど、かの撫子はえたづね知らぬを、重き功に御心のうちにおぼしいづ。(末摘花巻・一—二五二)

と、撫子のゆくえを想起する。これ以後、玉鬘が話題にされることはない。

すなわち、帚木巻→夕顔巻→末摘花巻で話題になったまま、表舞台に登場することのなかった夕顔の遺児が、長い時を経た後、玉鬘巻で、末摘花巻を受けて、ついに、登場することになったわけである。

②玉鬘の六条院入り

冒頭部分はさておいて、玉鬘巻に末摘花が持ち出されてくるのは、玉鬘の六条院入りに関連してである。若き日の末摘花巻での失敗を踏まえて、玉鬘巻の光源氏は、きわめて慎重に対処していく。まず、玉鬘に歌を贈り、その

返答の仕方や筆跡から様子を伺おうとする。それは、玉鬘巻本文中に

かの末摘花のいふかひなかりしをおぼし出づれば…まづ文のけしきゆかしくおぼさるるなりけり。（玉鬘巻・三—三一五）

と表現されている。そして、玉鬘の返歌、筆跡は、

手は、はかなだちて、よろぼはしけれど、あてはかにてくちをしからねば、御心落ちゐにけり。（同・三—三一七）

とあり、末摘花巻の末摘花の筆跡

手はさすがに文字強う、中さだの筋にて、上下ひとしく書いたまへり。見るかひなううち置きたまふ。（末摘花巻・一—二六五）

と対照的に描かれている。この筆跡の審査に及第して、はじめて玉鬘の六条院入りが決定された。続いて、十月、玉鬘が六条院入りすると、光源氏と対面となる。これもまた、かつての末摘花との一件が根底にあり、会ってみるまでは、まだ安心できないでいる。光源氏は玉鬘と実際に会い、玉鬘の容貌、応答のしかたに満足する。その玉鬘の容貌は、

いとめやすく見ゆれば、うれしくて、（玉鬘巻・三—三二一）

と光源氏から評され、その場の玉鬘の応答は、

心ばへいふかひなくはあらぬ御いらへとおぼす。（同・三—三二二）

と評されている。末摘花の「言ふかひなかりし」に対比されて、玉鬘は「言ふかひなくはあらぬ」と評されているのである。

末摘花巻での失敗は、まず、筆跡の確認をしていなかったというところに原因がある。筆跡の確認をしないまま逢ってしまい、その応対に失望しつつ義理で出した後朝の歌に対する末摘花の返歌で、初めて相手の筆跡を見ることになる。また、冬の雪の日、光源氏は初めて末摘花の姿を見た。まともな女房のいない末摘花の応答もひどかった。これらの失敗を踏まえ、光源氏は玉鬘に対し〔筆跡〕→〔容貌〕→〔知性〕の順に確認して行き、玉鬘は、それぞれのテストに合格していくのである。

しかも、その時期は、秋から冬にかけてと、末摘花巻の体験と時期的に一致している。末摘花に初めて逢った八月二十余日は、八月十六夜の頃に急死してしまった夕顔の身代わりとして、時期を受け継いでいる。玉鬘が六条院世界に組み込まれることになる九月は、その身代わりが御破算になってしまった末摘花巻を受け継ぎつつ、夕顔の身代わりとして、夕顔の死後を受け継ぐ時期なのである。

また、以上のような末摘花巻と玉鬘巻との対比は、都から離れたことのない高貴な身分の末摘花が期待はずれであったのに対し、鄙育ちの玉鬘が予想に反する美女であった、という対照の妙もあるが、後藤氏の言の如く、光源氏の成長が読み取れるであろう。

③歳暮の衣配り

玉鬘巻末では、年の暮れ、光源氏が玉鬘の正月の衣装を心配し、同じことなら女方皆にもと、盛大な衣配りが行われる。紫の上を前にして、女方の正月の装束が選ばれるのは、紫の上が、この六条院の女主人であることを明示している。

実は、この場面も末摘花巻が踏まえられていると考えられる。末摘花巻において、光源氏と契った末摘花は、妻

めいて、「みちのくに紙の厚肥えたるに、匂ひばかりは深うしめたまへ」る紙に

（A）唐衣君が心のつらければ袂はかくぞそぼちつつのみ（末摘花巻・一―二七六）

の歌をそえて、

今様色の、えゆるすまじく艶なう古めきたる直衣の、裏表ひとしうこまやかなる、いとなほなほしう、つまづまぞ見えたる。（同・一―二七七）

といった正月の装束を光源氏に贈る。その時、光源氏は、末摘花の非常識はもとより、その不如意な生活にも、センスのなさにも、改めて気付いた。そして、晦日の日、光源氏から末摘花に

かの御衣筥に、御料とて人のたてまつれる御衣一具、葡萄染の織物の御衣、また山吹か何ぞ…（同・一―二七九）

といった新調の衣が贈られた。玉鬘巻末の衣配りは、そういう過去の経験を踏まえ、鄙に育ち、経済的にも不如意であるはずの玉鬘に恥をかかせないために、先回りをした心配りといえる。一方、新調の衣装を贈られた末摘花は、使いの者に、かつて末摘花巻の晦日の日に贈られたらしき山吹の袿⑽を与えて光源氏の機嫌をそこね、末摘花巻とおなじように、陳腐な返歌をする。紙も末摘花巻の時と同じ「いとかうばしき陸奥国紙の、すこし年経、厚きが黄ばみたるに」（三―三二七）だが、末摘花巻より古めかしく、黄ばんでいる。歌も

（B）きてみればうらみられけり唐衣返しやりてむ袖を濡らして（玉鬘巻・三―三二八）

と、変化がない。光源氏の

古代の歌よみは、唐衣、袂濡るるかごとこそ離れねな（同右）

という評は、（A）、（B）共通の「唐衣」、（A）の「袂そぼつ」と（B）の「袖をぬらす」の両方を指している。

この歌も末摘花巻の歌を踏まえ、末摘花の相も変わらぬ陳腐さを浮き彫りにしているが、この衣配り全体も、末摘花巻を踏まえて構想されているのではないだろうか。話題は和歌論、明石姫の教育方針へと展開するにしても、最後に光源氏の末摘花への返歌で終わっているのだから。末摘花巻でまだ少女だった紫の上の成長ぶりも、その対比によって明らかになってくる。末摘花巻では光源氏に引き取られたばかりの十歳そこそこの少女が、玉鬘巻では、二十七、八になり、「さかりにきよらにねびまさりたまへり」(三―一三一)と美しくみごとに成長している。

④新年の末摘花訪問と男踏歌

初音巻は玉鬘巻末と緊密に接続しており、玉鬘巻末の衣配りの結果が、初音巻に、新年の光源氏の女方訪問の場で語られていく。ただし、紫の上、明石の姫君の言及はない。花散里の「浅縹の海賦の織物、織りざまなまめきたれど、にほひやかならぬに、いと濃き掻練」(玉鬘巻・三―一三六)は、初音巻では、「縹は、げににほひ多からぬあはひにて」(初音巻・四―一五)とあり、玉鬘の「曇りなく赤きに、山吹の花の細長」(玉鬘巻・三―一三六)は、初音巻では、

山吹にもてはやしたまへる御容貌など、いとはなやかに、ここぞ曇れると見ゆるところなく、隈なくにほひきらきらしく、見まほしきさまぞしたまへる。(初音巻・四―一六)

とある。そして、光源氏が密かに楽しみにしていた末摘花の「柳の織物の、よしある唐草を乱れ織れる」(玉鬘巻・三―一三七)の結果は、案の定「柳はげにこそすさまじかりけれと見ゆる」(初音巻・四―二一)であった。この衣配りこそ、玉鬘巻と初音巻をより緊密に接続させるものである。

この新年の訪問で衣配りの結果を見るという点も、末摘花巻を受けていると考えられる。末摘花巻では、光源氏

は正月七日に末摘花を訪問しているが、この時、

女の御装束、今日は世づきたりと見ゆるは、ありし筥の心ばへをさながらなりけり。(末摘花巻・一―二八一)

と、末摘花は与えられていた装束をそっくりそのまま着ていたのだった。この経験が、玉鬘巻の衣配りと新年の訪問に生きている。歳の暮れに新年の装束を女たちに贈り、年が改まると、それぞれの女たちを訪問し、その姿を見る。特に末摘花に対しては、似合いそうもない豪華な衣装をわざと贈って、その結果を楽しみに見に行く。末摘花巻の経験があればこそである。

また、末摘花巻の正月訪問で、光源氏に見出された末摘花の美点

かたはら臥したまひつる頭つき、こぼれ出でたるほど、いとめでたし。(末摘花巻・一―二八〇)

は、初音巻では、

いにしへ盛りと見えし御若髪も、年ごろに衰へゆき、(初音巻・四―二〇～二一)

と変化してしまっている。歳月は、残酷にも末摘花に老醜までも加えたのである。これも光源氏や紫の上の成長とまさに対照をなしている。

さて、初音巻では、光源氏はまず、六条院の女方を回り、ついで、二条東院の末摘花、空蟬たちを回る。そこで、相変わらず陳腐な末摘花を見、二条院の倉から絹、綾などを出して、末摘花に与える。

荒れたる所もなけれど、住みたまはぬ所のけはひは静かにて、御前の木立ばかりぞいとおもしろく、紅梅の咲き出でたるにほひなど、見はやす人もなきを見わたしたまひて、(初音巻・四―二二～二三)

今は住む人のいない、この二条院の早咲きの紅梅(11)は、末摘花巻末、末摘花のもとから二条院に戻った光源氏が、若紫の君を相手にたわむれた時の

階隠のもとの紅梅、いと疾く咲く花にて、色づきにけり。（末摘花巻・一—二八三）

という紅梅と同じものであろう。そして、その紅梅を見ての初音巻の独詠歌

ふるさとの春の梢にたづね来て世の常ならぬ花を見るかな（初音巻・四—二三）

は、やはり、末摘花巻末、光源氏のひとりごちた歌

紅の花ぞあやなるうとまるる梅の立ち枝はなつかしけれど（末摘花巻・一—二八三）

を受けた歌である。末摘花巻は、年越しをして、二条院の早咲きの紅梅と末摘花の赤い鼻を結びつけて終わった。末摘花の赤い鼻と結びつく紅梅は、二条院の早咲きの紅梅でなければならない。

初音巻では、次に空蟬を訪問する。もちろん玉鬘巻末の衣配りと呼応した衣装が描かれるが、その人柄は、末摘花と対照的に描かれている。末摘花巻でも、末摘花は、空蟬と対照的に描かれていた。空蟬は、帚木巻、空蟬巻、夕顔巻、そして、末摘花巻に点描され、夕顔や末摘花と対比されて、描かれて行く人物である。初音巻で末摘花の次に配されるのも当然といえよう。

最後に初音巻は、男踏歌を描いて終わるが、この男踏歌は、『源氏物語』の中で末摘花巻に

今年男踏歌あるべければ、…（末摘花巻・一—二七九）

とあるのが初出で、末摘花巻では、具体的に描かれなかった。『源氏物語』の中で、次に男踏歌が出てくるのは、この初音巻である。そして、男踏歌は、初音巻、真木柱巻、竹河巻と、玉鬘に関連してのみ描かれる行事である。

以上、玉鬘巻から初音巻まで、末摘花巻と関わる部分を取り上げてみた。末摘花巻と、玉鬘・初音巻二帖の対照表を次頁に示しておいたので参照されたい。

末摘花巻		玉鬘巻
①思へどもなほ飽かざりし夕顔の露におくれしここちを、年月経れど、おぼし忘れず……	冒頭	①年月隔たりぬれど、飽かざりし夕顔を、つゆ忘れたまはず…
②光源氏、末摘花に消息すれども返事なし。 ③八月二十余日、末摘花に逢う。 応答に失望。 ④後朝の返歌に失望。 〔手はさすがに文字強う、中さだの筋にて、上下ひとしく書いたまへり。見るかひなううち置きたまふ。〕 ⑤雪の朝、末摘花の胴長の姿、高くのびて先の垂れさがった赤い鼻という実体を見てしまう。 ⑥末摘花、光源氏に応答できず「むむ」と口籠もって笑う。	秋 〔筆跡〕 〔容貌〕 〔知性〕	②九日、光源氏、玉鬘に消息。 〔かの末摘花のいふかひなかりしをおぼし出づれば、…まづ文のけしきゆかしくおぼさるるなりけり。〕 ④玉鬘の返歌に一安心。 〔手は、はかなだちて、よろぼはしけれど、あてはかにてくちをしからねば、御心落ちゐにけり。〕 ⑤十月、玉鬘の六条院入り。対面。 〔いとめやすく見ゆれば、うれしくて……〕 ③⑥玉鬘の応答に満足する。 〔心ばへいふかひなくはあらぬ御いらへとおぼす。〕
⑦年末、末摘花から光源氏に 〔唐衣君が心のつらければ袂はかくぞそぼちつつのみ〕の歌とともに正月の装束が贈られる。 ⑧晦日、光源氏は末摘花に正月の装束を贈る。	歳暮	⑧年末、光源氏、女方に正月の装束を贈る。 ⑦末摘花から〔「きてみればうらみられけり唐衣返しやりてむ袖を濡らして」〕という返歌がある。それに対する光源氏の評は、〔古代の歌よみは、唐衣、袂濡るるかことこそ離れねな。〕
⑨正月七日過ぎ、末摘花訪問。 ⑩光源氏、二条院に帰り、若紫と戯れ、 〔紅の花ぞあやなくうとまるる梅の立ち枝はなつかしけれど〕の歌を詠む。 ⑪〔今年、男踏歌あるべければ〕	正月	初音 ⑨光源氏、二条東院の末摘花を訪問。 ⑩二条院の倉を開け、紅梅を見て 〔「ふるさとの春の梢にたづね来て世の常ならぬ花を見るかな」ひとりごちたまへど、〕 ⑪男踏歌

四　おわりに

このようにみてくると、玉鬘巻の冒頭が末摘花巻の冒頭に酷似し、末摘花の記事が散在するのは、単に玉鬘と末摘花の人物比較とは言えなくなってくる。むしろ、玉鬘巻、初音巻の二帖が、末摘花巻一帖を下敷きにして、構想されているように感じられる。玉鬘巻冒頭が末摘花巻冒頭に酷似するのは、読者に末摘花という人物のみならず、末摘花巻そのものを想起させる目的があるのではなかろうか。そして、玉鬘の六条院入り、歳暮の衣配り、新年の末摘花訪問と、末摘花巻の記事と重ね合わて描いて行く。『源氏物語』内部での『源氏物語』取り(12)、正確には「巻取り」とでもいえよう。末摘花巻が夕顔巻を踏まえて構想されていることは、すでに説かれている(13)。その末摘花巻を踏まえて、玉鬘・初音巻二帖が構想されている。このように、二帖に対し、一帖が下敷きにされていることによって、二帖はより緊密に結びつく。これも、玉鬘十帖発端部分に特徴的な方法の一つといえよう。

すなわち、玉鬘巻から初音巻まで、玉鬘十帖の発端部分は、玉鬘巻で、いったん物語の本筋から離れ、新しい女主人公玉鬘を登場させて、本筋に組み込み、時を少女巻末に接続させて、さらに年の暮れから正月へ（すなわち初音巻へ）緊密に繋げるために、末摘花巻一帖を下敷きにし、再構成したのではあるまいか。さらに少女巻末と胡蝶巻前半が春秋優劣論争で呼応することによって、少女巻末→玉鬘巻後半→初音巻→胡蝶巻前半と流れる時が、緊密に繋がっていく。

末摘花巻では、男踏歌があったと書かれながら、具体的に描かれることなく終わった。初音巻は、男踏歌を具体的に描きながら、その後に行われた私的後宴の女楽の方は、具体的に描かれることなく終り、読者が実際を知りうるのは、竹河巻を待たねばならない。男踏歌が描かれなかった末摘花巻、男踏歌が描かれ、女楽が描かれなかった初音巻、ここにも対比の妙が感じられる。そして、女楽が具体的に描かれるのは、様々な点で、玉鬘十帖を踏まえた若菜下巻においてである。

注

(1) 引用本文は、石田穣二・清水好子校注、日本古典集成『源氏物語』に拠る。(巻数―頁数)。以下同じ。

(2) 玉鬘十帖に対しては、武田宗俊氏の玉鬘系一括後記挿入説(「源氏物語の最初の形態」(『文学』昭25・6〜7。後『源氏物語の研究』〈岩波書店、昭29・6〉所収)、風巻景次郎氏の桜人巻に玉鬘十帖を置き換えたという説(「源氏物語の成立に関する試論―玉かつらとその並びの巻・桜人」『風巻景次郎全集第4巻所収)を初めとする後記挿入説があり、高橋和夫氏、吉岡曠氏、大野晋氏らはこの立場に立つが、多くの源氏学者は、反対、あるいは無視の立場をとる。研究の現状は、『解釈と鑑賞』別冊「源氏物語をどう読むか」(昭61・4)に詳しい。

(3) 「玉鬘十帖の方法―玉鬘の流離あるいは叙述と人物造型の構造―」(論集中古文学1『源氏物語の表現と構造』〈笠間書院、昭54・5〉所収)

(4) 『源氏物語年紀考』及び『源氏物語玉の小櫛』三の巻

(5) また、一説(賀茂真淵『源氏物語新釈』)に少女巻末と玉鬘巻後半を同年として三十四歳とするものもあるが、宣長によって、これも反駁されている。これらは、若菜巻光源氏の四十の賀の記述から光源氏の年令を逆算する際の見解の相違に他ならない。本論は、少女、玉鬘、初音、胡蝶巻の時の続き方のみに注目している。ここは、宣長の説に従っておく。

(6) 秋山虔氏「玉鬘をめぐって―(『源氏物語の世界』〈東京大学出版会、昭39・12〉所収)、大朝雄二氏「源氏物語の構造についての試論二―玉鬘をめぐって―」(『文芸研究』第38集、昭36・6)「六条院物語の成立をめぐって―源氏物語の方法についての試論―(『文芸研究』第57集、昭42・11)、森一郎氏「玉鬘物語の構想について―玉鬘の運命をめぐって―」(『源氏物語の方法』〈桜楓社、昭44・6〉所収))、後藤祥子氏「玉鬘十帖展開の方法」(『日本文学』昭40・6)、三谷邦明氏「玉鬘十帖の方法」(注3

参照）等。

(7) 注3参照。

(8) 甲斐睦朗氏「源氏物語各巻の語り出しの形式と機能」（『愛知教育大　国語国文学報』34号、昭54・1）では、両者の文体分析がなされている。

(9) 島津久基氏『対訳源氏物語講話』、玉上琢彌氏『源氏物語評釈』の他、中嶋朋恵氏「源氏物語末摘花の巻の方法」（『中古文学』第23号、昭54・4）に詳しい。

(10) 私見であるが、末摘花巻で晦の日に光源氏から与えられた装束の中に「また山吹かなにかぞ…」とある。使いの者が与えられた「山吹の袿の、袖口いたくすすけたる」は、この時のものではないかと想像する。

(11) 諸注この紅梅を二条東院のものとするが、玉鬘・初音巻二帖が末摘花巻を受けて構想されているとすれば、ここは二条院の紅梅とすべきであろう。

(12) 池田和臣氏「浮舟登場の方法をめぐって—源氏物語による源氏物語取—」（『国語と国文学』昭52・11）では、『源氏物語』内で「源氏物語取」が行われていると説かれている。

(13) 注9参照。

第二章

『源氏物語』における梅花の役割

本章は源泉としての梅花を、作者が物語創作にどのように活用しているか、その方法を探り、『源氏物語』における梅花の役割を追求した。

第一節は、末摘花と梅花。中国原産の梅が、日本文学に描かれる時、梅花は中国文化、中国文学と深く関わっている。その傾向は梅花の初出である末摘花巻に顕著である。琴（きん）という中国伝来の尊い楽器を弾く赤鼻の姫君と光源氏の恋の喜劇の冒頭に、梅の香が描かれる。白梅か、紅梅か、色は定かでないところに作者の創作の意図を読み取る。末摘花の人物造型には琴（きん）、梅花、漢籍と中国文化が巧みに取り入れられている。

第二節は、二条院と六条院の梅花。光源氏の邸宅が二条院、二条東院、六条院と拡大していく中で、植えられた梅花が、そこに住む女君たちを象徴するようになる。紫の上と紅梅は初出の末摘花巻から関連づけられていたが、乙女巻の六条院造営時には、春を好み、紅梅を好む人として描かれる。女三宮の降嫁以降、若菜下巻の女楽では六条院春の町の白梅が女三宮を象徴するものとなる。この紫の上―紅梅、女三宮―白梅の対比は、続編の匂宮―紅梅、薫―白梅へと継承される。幻巻では、光源氏が紫の上を追慕する一年は、二条院の紅梅で始まり、六条院の白梅で終わる。光源氏にとっても梅花は大きな役割を担っている。

第三節は、後編の梅花と香りを考察。光無き後の世界は嗅覚の世界である。匂兵部卿宮、紅梅、竹河三帖には、多くの梅花と香りが描かれ、後継者たちの名も匂宮、薫と、香りに関わる。宇治十帖では梅花はきわめて象徴的、意図的に使われている。橋姫物語での梅花は中君の二条院移転の際の宇治邸と二条院の二カ所。浮舟物語でも失踪後の一カ所のみ。しかし、梅花は描かれなくとも闇に漂う香りと花の存在は暗示される。梅花と香りが続編を貫くテーマとなっている。梅花という視点で全体をみると、梅花は『源氏物語』の正編と続編を繋ぐものといえよう。

第一節　末摘花と梅花——末摘花邸の梅は白梅か紅梅か——

一　はじめに

京都国立博物館蔵土佐光吉筆『源氏物語画帖』（1）の末摘花巻の絵は、御簾の内に琴（きん）を弾く末摘花、庭先の透垣に隠れる光源氏と頭の中将を配し、その庭には松と、鮮やかな紅梅の花が描かれている。また、源氏絵の指示書集大成とも言える大阪女子大学蔵『源氏物語絵詞』の末摘花の図様指示には

すゑつむはな
常陸宮きん引給ふ。そばに大夫命婦などあるべし。庭に紅梅有。庭のすいがいのをれのこりたるに、源氏かくれきゝ給ふ。頭中将かり衣にて源氏のそばにより給ふ所。おぼろ月夜あり。いざよいの月なり。

（片桐洋一氏・大阪女子大学物語研究会編著『源氏物語絵詞　翻刻と解説』一五頁上）（2）

とあって、源氏絵の世界では末摘花の住む常陸宮邸の梅は紅梅である。だが、常陸宮邸の梅が紅梅であったとは、

実は『源氏物語』の原文のどこにも書かれていないし、後日譚の蓬生巻にも描かれていないのである。常陸宮邸の梅が描かれているのは、末摘花巻の一箇所だけで、「梅の香」と表現されている。白梅なのか、紅梅なのか、判然としない。しかし、源氏絵の紅梅に違和感がなかったのは、その後の話の展開、すなわち赤い鼻の姫君の話であることを我々が知っているからだろうし、末摘花巻末の光源氏と紫の君のやりとりと、そこに咲く二条院の紅梅が強く印象に残るからだろう。

実のところ、常陸宮邸の梅は白梅だったのか、紅梅だったのか、考察してみたい。

二　末摘花巻の梅花

『源氏物語』の中で「梅」「紅梅」の初出は、末摘花巻である。「梅」が四例、「紅梅」が一例。最初に描かれるのが、常陸宮邸の「梅」である。まず、末摘花巻の本文を検討する。

「朧月夜」の頃、「内裏わたりものどやかなる春のつれづれ」に、宮中を退出した光源氏は、「十六夜の月をかしきほどに」故常陸宮邸に里下がりをしている大輔の命婦を訪ね、常陸宮の遺児である姫君の琴（きん）の音を聞きたいと所望する。光源氏に促されて、大輔の命婦が姫君のいる寝殿に赴くと、

まだ格子もさながら、(1)梅の香をかしきを見いだしてものしたまふ。（一―二四八）(3)

とある。姫君は、夜、格子も閉めず、庭先の梅の香を賞美しているのであり、梅の色は描かれていない。というよりは色は問題にされていないのである。大輔の命婦の求めに応じて琴（きん）を奏でる姫君。ここには嗅覚と聴覚が描かれながら、視覚が排除されている。その理由を後に読者と光源氏は知ることになる。

周知のごとく、常陸宮の姫君の実態は雪の日の朝、見顕される。蒼白な顔色に「普賢菩薩の乗り物」(=象、一―二七〇)のように長くのび、先がすこし垂れて赤い鼻の醜女であった。この時、邸内の松、雪、埋もれた橘は描かれているが、梅は描かれていない。

年の暮れ、北の方になったつもりの末摘花から光源氏へ、新年の晴れ着が宮中で命婦を通じて贈られた。古びた紅色のセンスの悪い直衣に光源氏はあきれ、

「なつかしき色ともなしに何にこのすゑつむ花を袖に触れけむ

色濃き花と見しかども」(一―二七七)

と、姫君を「すゑつむ花」(紅花)と表現する。これは衣装の染料ゆえの表現である。

翌日宮中で、末摘花への返歌を命婦に渡し、命婦にだけわかるように

「ただ(2)梅の花の色のごと、三笠の山のをとめをば捨てて」(一―二七八)

と唄う。「たたらめの花のごと　掻練好むや　滅紫の色好むや」という風俗歌の替え歌で、この直後に命婦が「掻練好める花の色あひ」と言うところから、「梅の花」は掻練の紅色の花、すなわち紅梅であり、姫君の赤鼻を譬えていることがわかる。正月も近く、時期的に梅の季節に近づいているからこのような言い回しをしたのであろうし、宮中内での使用であって、常陸宮邸の梅を直接指しているとはいえないであろう。

正月七日の夜、常陸宮邸を訪問、翌朝、雪明かりの中、「なほかの末摘花、いとにほひやかにさし出でたり」(一―二八二)という実態を見、二条院に帰宅すると、末摘花と対照的に少女の紫の君は「紅はかうなつかしきもありけりと見ゆる」(同)という状態であった。巻末

日のいとうららかなるに、いつしかと霞わたれる梢どもの、心もとなきなかにも、(3)梅はけしきばみほほゑみ

わたれる、とりわきて見ゆ。階隠のもとの①紅梅、いと疾く咲く花にて、色づきにけり。

紅の花ぞあやなくうとまるる⑷梅の立ち枝はなつかしけれど

いでや」と、あいなくうちうめかれたまふ。（一—二八三）

⑶の「梅」は二条院の梅の総称である。その中には「階隠のもとの紅梅、いととく咲く花にて、色づきにけり。」という①の紅梅もある。二条院の紅梅はなつかしく感じられ、それは二条院にいる若くて可憐な少女、紫の君を象徴するが、その紅の花が末摘花の赤鼻を連想させ、光源氏に溜め息をつかせているのである。⑷の「梅の立枝」は「くれなゐの花」とあるところから①の紅梅の枝である。

以上四例の「梅」は⑴「梅の香」が不明。⑶「梅」は梅の総称、⑵「梅の花」と⑷「梅の立枝」は紅梅をさすことがわかる。ただし、⑵と⑷は歌の中で使われており、紅梅であることがわかるような詞が周辺に存在する。だが、⑴は和歌の中の詞でもなく、周辺に紅梅を指し示す詞がない。

常陸宮の姫君はその特徴的な鼻を、末摘花巻では「末摘花（紅花）」や「梅の花（紅梅）」に譬えられるが、「紅梅＝常陸宮の姫君」ではない。常陸宮の姫君を象徴するのは「末摘花」（紅花）である。「なほかの末摘花、いとにほひやかにさし出でたり」（一—二八一）と表現されたとき、「末摘花」は姫君の赤い鼻の比喩であるが、後に玉鬘巻に「かの末摘花のいふかひなかりしをおぼし出づれば」（三—三二五）、「かの末摘花の御料に」（三—三二七）、「末摘花、東の院におはすれば」（三—三二七）と表現された時には、常陸宮の姫君その人を指し示す詞となり、微妙に変化している。

常陸宮邸の梅は、末摘花巻以後、一度も語られることはない。だが、末摘花の赤鼻を紅梅にたとえて揶揄する趣向はその後、初音巻でも繰り返されている。

三　梅と紅梅の表記

松田豊子氏「枕草子の紅梅考」（『光華女子大学・光華女子短期大学研究紀要』第15集、昭52・12）には、梅、紅梅の日本文学における用例の詳しい調査報告がなされており、氏によれば、奈良時代に中国から渡来した梅(4)は白梅で、『萬葉集』、『古今和歌集』に紅梅は登場せず、『続日本後紀』承和十五年（八四八）正月二十一日に

上御仁寿殿。内宴如常。殿前紅梅。便入詩題。

とあるのが紅梅の事例の初出であるとする。九世紀中頃には仁寿殿に紅梅があり、詩題にもなった。だが、勅撰和歌集で紅梅が登場するのは『後撰和歌集』以後。「梅」と表現されたら白梅を指し、紅梅の時のみ、特定して「紅梅」と表現されるという。

また、平田喜信、身崎壽両氏『和歌植物表現辞典』（東京堂出版、平6・7）でも、遣唐使船などによって八世紀頃に日本に渡来したと推測される「うめ」は、奈良朝貴族にとって、ハイカラで異国趣味あふれるもので、漢詩文の影響も強く、春の素材としてだけでなく、冬の素材として雪と一緒に詠まれたり、白梅を雪に、雪を白梅に見立てた例もみられるが、平安朝和歌に多く見られる「梅の香」は『万葉集』にはほとんどみられないという。紅梅は九世紀前後に渡来し、古今集選者の時代に和歌に詠まれはじめ、白よりも華やかな新種の紅梅が次第に平安朝貴族の心をとらえていったと推測される。

しかし、飛田範夫氏『日本庭園の植栽史』（京都大学学術出版会、平14・12）では、寺沢薫「弥生時代の畑作物」（初出は『季刊考古学』第14号、昭61、後、全集『日本の食文化』第二巻、食生活と食物史、雄山閣、平成11所収）の表3縄文・

弥生時代の畑作物資料から果樹のみを抽出した表を示し、

弥生時代前期にモモとウメは九州北部や山口で栽培され、やや遅れて西日本にも伝わり、中期には東日本にも伝播して、後期には全国的にモモ・ウメ・スモモ・カキを栽培するようになり、古墳時代に引き継がれていく。ウメについては『日本書紀』に記載がなく、『万葉集』の奈良時代の歌に多く詠まれていることから、これまで奈良時代に渡来したとする説が一般に言われてきたが、誤りだったことになる。（10頁）

と言う。弥生時代前期の地層にウメのたねの化石が残っていたということで、弥生時代後期には全国的にウメが存在した。花がどういう状態だったかは不明だが、このことは国文学の世界でも認識を新たにすべきである。ただし、梅の花を賞美し、詩歌に表現するという、奈良時代に起こった文芸活動は、中国文化の影響を抜きには考えられない。

具体的に『古今和歌集』と『後撰和歌集』をみてみよう。周知の如く、『古今和歌集』(5)では四季の巻の配列は時の推移によってなされているが、梅の歌は巻第一・春上の最初の部分に登場してくる。

題しらず　　読人しらず

梅が枝にきゐるうぐひす春かけて鳴けどもいまだ雪はふりつゝ（五）

雪の木に降り掛れるを、よめる　　素性法師

春たてば花とや見らむ白雪のかゝれる枝に鶯のなく（六）

題しらず　　よみ人しらず

心ざしふかく染めてしおりければ消えあへぬ雪の花とみゆらん（七）

五番歌は梅と鶯と雪の組み合わせ。六、七番歌は雪を花と見立てているのだが、白い花は白梅と考えてよいだろう。

さらに三二番から四八番歌まで十七首が梅の歌である。主ににほひ、香が歌われている。

折つれば袖こそにほへ梅花ありとやこゝにうぐひすのなく（三二、よみ人しらず）

色よりも香こそあはれと思ほゆれ誰が袖ふれし宿の梅ぞも（三三、〃）

きみならで誰にか見せむ梅花色をも香をもしる人ぞしる（三八、友則）

月夜にはそれとも見えず梅花香をたづねてぞしるべかりける（四〇、躬恒）

春の夜の闇はあやなし梅花色こそ見えね香やはかくるゝ（四一、〃）

梅が香を袖にうつしてとゞめてば春は過ぐとも形見ならまし（四六、よみ人しらず）

など。四十番歌は月光にまぎれる白梅。三三・三八・四一番歌の「色」は、白か紅かの問題ではなく、姿のこと。これらの梅は白梅とみてよいのではないか。

『後撰和歌集』(6)でも

春立日よめる　　凡河内躬恒

春立と聞きつるからに春日山消あへぬ雪の花と見ゆらん（二）

のように、早春から、雪を白梅に見立てる趣向は続くが、

前栽に紅梅をうへて、又の春遅く咲きければ　藤原兼輔朝臣

宿ちかく移して植へしかひもなく待ち遠にのみにほふ花哉（一七）

と、紅梅の歌が登場してくる。紫式部の曾祖父の歌である。「又の春遅く咲きければ」とあり、紅梅の咲く時期は白梅より遅いのがふつうである。この「にほふ」は色のことであろう。また、『古今和歌集』の選者の一人である凡河内躬恒の歌もある。

紅梅の花を見て　　　　　みつね

紅に色をば変へて梅花香ぞこと〴〵ににほはざりける（四四）

この場合の「にほふ」は香のことで、白梅も紅梅も同じ香と歌う。また、

我がせこに見せむと思し梅花それとも見えず雪の降れれば（三二、よみ人しらず）

は梅花と雪の混同、

我がやどの梅の初花昼は雪夜は月とも見えまがふ哉（三六、〃）

は花、雪、月の混同を歌っており、これらの梅が白梅であることは明白である。「梅の初花」は白梅である。『後撰和歌集』では、紅梅の場合は詞書に「紅梅」であることが明記される。「梅」は白梅をさし、紅の花の場合にかぎって紅梅と表記されているのである。

『古今和歌六帖』でも、木の部立の中に「むめ」と「こうばい」が区別されている。十世紀後半の和歌の世界では、紅梅は梅とは別に扱われているのである。歌中には「梅」と表記され、「くれなゐ」という語が加わる場合が多い。

そこで、『源氏物語』中の「梅」と「紅梅」の用例を検討してみようと思う。

まず、『源氏物語』の中で描かれる「梅」と「紅梅」を以下に表にまとめてみた。植物の梅を直接指さないものはその他として区別した。例えば、場所や人物を指す梅壺、梅壺の御方、紅梅の御方、衣装の文様や襲色目の名、香の名である「梅花」、催馬楽の「梅が枝」などである。

	植物	その他
末摘花	梅の香（常陸宮邸）？ 梅の花（歌謡・紅梅）	

	梅（二条院・総称）	
	※紅梅（二条院）	
	梅の立ち枝（歌・二条院・紅梅）	
賢木		梅壺（斎宮の女御の局）
絵合		梅壺の御方2・梅壺（斎宮の女御）
乙女	※紅梅（六条院の春の町）	梅壺（斎宮の女御）
玉鬘		紅梅（紋様‐明石姫用）
		梅の折り枝（紋様‐明石の御方用）
初音	梅の香（六条院・元旦・白梅）	
	梅（六条院の春の町）　総称	
	※紅梅（二条東院）	
常夏	梅の花（弘徽殿の女御の比喩）	
真木柱	梅の花（歌・玉鬘の比喩）	
梅枝	※紅梅（六条院・二月十日）	
	梅の枝（朝顔の斎院から・白梅）	梅（朝顔の斎院からの心葉）
		紅梅襲（光源氏からの贈物）
		梅花（香の名）
		梅が枝（催馬楽）
若菜上	梅（六条院・二月十日過ぎ・白梅）	
	※紅梅（六条院・二月十日過ぎ）	紅梅（襲の色目）
若菜下	梅（六条院・正月二十日・白梅）	紅梅（襲の色目）　2
	梅（六条院・十二月中旬・白梅）	
横笛		紅梅（襲の色目）
御法	※紅梅（二条院）	

幻	※紅梅（二条院） 　対の御前の紅梅（二条院） 　かの御形見の紅梅（六条院・二月） 梅の花（六条院・十二月・白梅） 梅（歌・六条院・十二月・白梅）	
匂宮	梅の香（薫）　？ 梅花園（二条院　匂宮）？ 梅（六条院・白梅）	梅壺（明石中宮腹二宮の局）
紅梅	※紅梅（大納言邸） 梅（大納言邸・歌・紅梅） 白き梅（匂宮の言） 梅の花（梅の総称） ※紅梅（大納言邸） 梅（薫の比喩）	
竹河	御前近き若木の梅（玉鬘邸・正月元旦・白梅） 梅の初花（玉鬘邸・歌・白梅）２ 梅の花盛り（一月廿余日のころ・総称） ※紅梅（玉鬘邸） 梅の花（玉鬘邸・和歌・一月廿余日ころ）？	梅が枝（催馬楽）２
早蕨	梅の香（二条院・総称・一月下旬・白梅） ※紅梅（八の宮邸・二月一日ごろ） 梅（八の宮邸、歌、紅梅、中の君の比喩）	
宿木		紅梅の御方
浮舟		梅が枝（催馬楽）

手習	※紅梅（正月若菜以後）	紅梅の織物

この表から、次のことが明らかとなる。

①「梅」の場合は梅の総称か、白梅を示し、花の紅い梅のみ「紅梅」という。この結論は松田氏の論を承認する。

②和歌に詠まれた場合は、白梅も紅梅も「梅の花」と表現され、周辺にそれを判別をする詞が存在する。

③「梅の香」「梅の枝」などは視点が花の色に向けられていないので、白梅も紅梅もあり得るが、紅梅の場合は、周辺に判別できる語が存在する。

末摘花巻の「梅の香」には紅梅と判別できる語句が存在していない。表記からみると白梅と考えるべきであろうか。

四 「梅」の咲く時期

末摘花巻の「梅の香」の周辺に紅梅であることを直接示す語がないので、次に、花の咲く時期を考えてみたい。

末摘花巻末では、正月七日夜、末摘花邸に泊まった光源氏が、翌朝二条院に帰ると梅が咲いていて、

階隠のもとの①紅梅、いと疾く咲く花にて、色づきにけり。（一―二八三）

とある。正月七日ごろに咲く紅梅は「いととく咲く花」と特別扱いされている。

これ以外で、紅梅の咲く日時のはっきりしている例は、梅枝巻に

きさらぎの十日、雨すこし降りて、御前近き紅梅盛りに、色も香も似るものなきほどに（四―二五五）

とあって、この紅梅は六条院春の町の紅梅である。この時、朝顔の前斎院から贈られてきた梅は散りすぎた白梅であったから、白梅の時期はこれより早い。また、若菜上巻に

かくてきさらぎの十余日に、朱雀院の姫宮、六条の院へわたりたまふ。（五―五三）

とある五日後の朝

鶯の若やかに、近き紅梅の末にうち鳴きたるを（五―六二）

六条院の春の町、東の対より見た紅梅である。雪も降る寒い日が続き、白梅も咲いていたという。特別に寒い年であったか。というのも、梅、桃、桜、藤と花の時期が続くわけだが、花宴巻では

きさらぎの二十日あまり、南殿の桜の宴せさせたまふ。（二―四九）

と、桜が二月二十日過ぎとなっている。となれば梅花の時期はもっと早い。

花の時期は年によっても異なり、閏月が入ればいっそう狂う。だが、早春の梅は通常白梅であり、紅梅の咲く時期はそれよりすこし遅いと考えてよいだろう。

では、末摘花邸の梅はいつ咲いたものなのか。常陸宮邸の「梅の香」は「朧月夜のころ」「内わたりものどかなる春のつれづれ」「十六夜の月」の時のものである。

「朧月夜」は『源氏物語』中に三例ある。一つはこの末摘花巻の例。二つめは花宴巻の光源氏と朧月夜の君との出会いの場面。時は二月二十日あまりである。

いと若うをかしげなる声の、なべての人とは聞こえぬ、「朧月夜に似るものぞなき」と、うち誦じて、こなたざまには来るものか。（二―五二）

三例めは若菜下巻の女楽。時は

正月二十日ばかりになれば、空もをかしきほどに、風ぬるく吹きて、御前の梅も盛りになりゆく。おほかたの花の木どもも、皆けしきばみ、霞わたりにけり。（五―一六九）

とあるころ。梅は

花は去年の古雪思ひ出でられて、枝もたわむばかり咲き乱れたり（五―一七二）

とあるから白梅で、

臥待の月はつかにさし出でたる、「心もとなしや、春の朧月夜よ。…」（五―一七七〜八）

とある。正月十九日は朧月夜である。

すなわち、「朧月夜」は一月でも二月でもあり得るわけで、梅と朧月夜と琴（きん）という組み合わせからいえば、末摘花巻と若菜下巻は共通点が多い。

さらに、「十六夜」とあるから一月十六日か、二月十六日かのどちらかである。しかも「内裏わたりものどやかなる春のつれづれ」（一―二四七）とある。宮中に用事もなく、時間的余裕のあった時に命婦が末摘花邸に里下がりをし、そこに光源氏が訪れたのである。通常一月十六日は踏歌の節会がある。とすれば、二月十六日であろうし、そうなれば、白梅より遅く咲く紅梅のほうが可能性が高い。

ところが、末摘花巻二年目の正月「今年男踏歌あるべければ」（一―二七九）とある。男踏歌が行われた時代は限られており、『源氏物語』の時代設定はこの男踏歌が行われた御世であるはずである。『源氏物語』第一部光源氏の青春時代の時代設定がいつごろかは長い間論点になっているが、次のことは明らかである。

①桐壺巻に「亭子院（宇多天皇）」「伊勢」「貫之」の名がでてくるので醍醐朝以後

②賢木巻に「親添ひ下り給例もことになければど」とあり、円融天皇の貞元二年（九七七）、斎宮規子内親王に母徽子女王が同行した例を出さないので、それ以前。
③円融天皇の天元六年（九八三）以後廃絶したとされる男踏歌が行われた記述が、末摘花巻、初音巻、真木柱巻、竹河巻にあるのでそれ以前。
④須磨巻に「このごろの上手にすめる千枝、常則など召してつくり絵仕うまつらせばや」と村上天皇の時代の絵師の名が見える。
⑤絵合巻では『伊勢物語』をいにしへの名高き物語として扱っている。

など。醍醐（八九七〜九二九）、朱雀（九三〇〜九四五）、村上（九四六〜九六八）、そして円融天皇のあたりということになろう。

『史料綜覧』『大日本史料』によって踏歌の節会の実施状況を概観してみると、正月十六日に行われる踏歌の節会は平安時代になってから光孝天皇の御世までほぼ毎年行われていた。しかし、宇多朝では、寛平三年、基経の薨去により、踏歌の節会が無くなり、以後正月十六日に踏歌の記録がない。醍醐・朱雀・村上天皇の御世では、十六日の踏歌の節会が主として行われているが、時として行われない年が続いたり、十四日の男踏歌のみ行われたり、男踏歌と踏歌節会（女踏歌）の両方が行われることがあった。この時代であれば正月十六日が「内わたりものどかなるつれづれ」であり得る。「男踏歌」を持ち出して来たのは正月十六日を示唆するため、と考えられないだろうか。「梅の香」を夜、格子も下ろさずに賞美するのは、一月の方がふさわしいように思う。

だが、読者にとって、正月十六日は踏歌の節会の慌ただしいころというイメージがあれば、自ずと、「内わたりものどかなる春のつれづれ」の「十六夜の月」は二月十六日を指すことになる。そして、紅梅であろう。作者の時代、すなわち『源氏物語』成立当時の一条朝では、通常正月十六日の踏歌節会が行われているが、正暦二、三年と長保二〜四年、長和五年は行われたという記録が無く、長和元年は停止と記録されている。踏歌節会が行われないこともある、という認識と男踏歌の時代性を当時の読者が感じ取ったならば正月十六日、白梅であろう。

作者は一月、二月どちらの十六夜を想定したのであろう。梅は白だったのか、紅だったのか。「春の夜の闇はあやなし梅花色こそ見えね香やはかくるゝ」である。因みにこの歌は『古今和歌六帖』では白梅に分類され、『和漢朗詠集』では紅梅に分類されている。

五　雪と末摘花と白梅

光源氏と末摘花の最初の出会いは春の朧月夜の十六夜のころで、「梅の香」漂う中、末摘花の奏でる琴（きん）を聞いただけで終わった。光源氏の興味を引いたのは、夜、梅の香を愛でる雅びな姫君、しかも奏法の難しい尊い楽器、琴（きん）を弾く姫君という点にあった。光源氏の求愛に何の返事もないまま、八月、命婦の手引きで姫君に逢い、その後は足が遠のいたが、冬の雪の日、光源氏はとうとう雪明かりの中で姫君の真の姿を見てしまう。胴長で、先が少し赤くなっている長い鼻、青白くて異様に長い顔、豊かな黒髪だけが長所であった。痩せた体に黒貂の皮衣を身につけている。容貌といい、服装といい奇怪な姿。末摘花邸の貧しい実態を見、帰りがけにくちずさんだ

「わかき者はかたちかくれず（幼き者は形蔽ず）」（一―二七四）

の句は『白氏文集』の「秦中吟」十編「重賦」の句「幼者形不蔽」であった。

村井利彦氏「末摘花の思想―源氏物語における兼済への志―」(『山手国文論攷』5、昭58・3)では、末摘花の容貌の異様さを重明親王長男源邦正(青常の君)に、末摘花の父常陸宮を黒貂の皮衣を八枚重ねてきていたことで有名な重明親王になぞらえているとし、「重賦」は一句だけではなく、末摘花の邸の貧しさと一致する詩句が散見され、白居易の「兼済」という意味が『源氏物語』の中に光源氏の女たちへの「兼済」という形で取り入れられていると説く。新間一美氏「源氏物語の女性像と漢詩文―帚木三帖から末摘花・蓬生巻へ―」(7)では、菅原道真の「寒早十首」が白楽天の「秦中吟」十編にならったものと指摘しつつ、その中の「鹿裘」という語に注目し、末摘花の「黒貂の裘」は本来高貴なものだが、貧者が寒さを防ぐ「裘」としての意味を持つと指摘している。

北の方ぶって新年の衣装を用意した末摘花であったが、貧しさと、古風な故宮に養育されたためか、そのセンスの悪さが笑いの種となる。姫君が光源氏に贈ったその紅い装束に赤い鼻をかけて、染料の末摘花という呼び名がついてしまったけれど、雪の日の寒々としたイメージが末摘花にはある。末摘花巻後半部分と蓬生巻である。

蓬生巻は光源氏の須磨・明石蟄居の間、おばの大弐の北の方の誘いにも乗らず、光源氏を待ち続け、貧困生活を雪の中で耐え忍ぶ。そして、四月に光源氏に再会して再びその庇護を受けるようになった。心変わりをするのが世の常である。不器用で不器量な姫君は、ひたすら光源氏を待ち続けた。その心意気は寒さに耐え、花開く日を待つ梅に似る。白く潔い梅の花である。

末摘花邸の「梅の香」は白梅なのか紅梅なのか。朧月夜の中でさだかではない。しかし、赤い鼻の姫君の話には紅梅が相応しく、貧しさに耐え忍びながら志を貫く潔い強さは白梅が相応しい。作者が明らかにしないのは、その二面性を「梅の香」に秘めたのではあるまいか。この二面性は末摘花という女性の持つ二面性でもあるのだ。

末摘花巻末で揶揄された頑固一徹なセンスの悪さと赤鼻に対する笑いは玉鬘巻末と初音巻に再現される。だが、蓬生巻だけは笑いの対象にはなっていない。

六　光源氏と梅

奇妙なことに「梅」「紅梅」は、末摘花巻以降、光源氏が六条院を造営する乙女巻まで語られることはない。さりとて光源氏が梅を嫌っていたとは考えられない。例えば、六条院完成後、初めての正月、「梅の香」ただよう仏の御国のような様子が描かれている。二条院にも、二条東院にも、六条院にも、紅梅が植えられていたと記されている。梅枝巻では、光源氏と朝顔前斎院との梅花を媒介とした贈答が行われ、若菜巻では、光源氏と女三宮の間でも梅花の贈答が行われている。紫の上の死の翌年の一年間を描いた幻巻は、紅梅で始まり、梅で終わっている。だが、正編における六条院完成以前の光源氏には、末摘花巻以外に「梅」が絡んで来ないのである。光源氏と「梅」「紅梅」を強く結びつけようとする意図が作者にはない。というよりは意図的に避けているようにさえ感じられる。それはなぜか。

光源氏の須磨・明石蟄居のモデルとして古注釈の時代から源高明、在原行平、在原業平、菅原道真、藤原伊周、周公旦などがあげられ、光源氏自身にこれらの人物の要素が多分にあるだけでなく、作者がこれらの人物の要素を作品中に〔引用〕という形で明示しているのである。

この中で梅に関わる人物が二人いる。在原業平と菅原道真である。

『古今和歌集』巻十五恋歌五の業平歌

五条后宮西の対に住みける人に、本意にはあらでもの言ひわたりけるを、睦月の十日あまりになむ、他所へ隠れにける。在り所は聞きけれど、えものも言はで、又の年の春、梅の花盛りに、月の面白かりける夜、去年を恋ひて、かの西の対に行きて、月の傾くまで、あばらなる板敷に伏せりて、よめる　　在原業平朝臣

月やあらぬ春や昔の春ならぬわが身ひとつはもとの身にして（七四七）

は『伊勢物語』四段にもとられている有名な話。「睦月の十日あまり」「梅の花盛りに」とあり、恋人の高子を失った春の景物として、月とともに梅が描かれている。これは白梅であろう。『伊勢物語』に描かれる男（業平）の東下りは、二条后（高子）との悲恋が原因とされる。「梅の花」はその恋の象徴である。『源氏物語』における『伊勢物語』の関わりについては古注釈以来先学の諸氏によって説かれているところであり、筆者も論じたことがあるが(8)、光源氏の須磨退去に梅の花は絡んで来ない。深く関わってくるのは、桜の花と藤の花であろう。

菅原道真に関していえば、須磨巻に

①「恩賜の御衣は今ここにあり」（二―二四一）

②駅の長に句詩取らする人もありけるを（二―二四三）

③「ただこれ西に行くなり」と、ひとりごちたまひて（二―二四六）

という引用があり、光源氏の蟄居が道真の左遷を意識して描かれていることは自明である(9)。『拾遺和歌集』(10)巻十六雑春に

流され侍ける時、家の梅の花を見侍て　　贈太政大臣

東風吹かばにほひをこせよ梅花主なしとて春を忘るな（一〇〇六）

とあり、『大鏡』や『北野天神縁起』に天神伝説が記され、飛梅の伝説もあるように、菅原道真は梅、紅梅を愛した人である。自撰の『菅家文草』『菅家後集』にも梅の詩がたくさん残る。『菅家文草』(11)巻第一の巻頭を飾るのは、斉衡二（八五五）年十一歳の時、月夜に輝く庭先の白い梅花を謳った漢詩である。

月夜見梅花（一）

月輝如晴雪（月の輝くは晴れたる雪の如し）

梅花似照星（梅花は照れる星に似たり）

可憐金鏡轉（憐れぶべし　金鏡の轉きて）

庭上玉房馨（庭上に玉房の馨れることを）

道真は内宴や大臣邸の詩宴に侍してよく梅花の詩を作り、自邸の書斎の窓のほとりにも梅があったという。昌泰四（九〇一）年、藤原時平の讒言により、太宰府に下った後に編んだ『菅家後集』(12)には

梅花（四九五）

宣風坊北新栽處（宣風坊の北　新に栽ゑたる處）

仁寿殿西内宴時（仁寿殿の西　内宴の時）

人是同人梅異樹（人は是れ同じき人　梅は異なる樹）

知花独笑我多悲（知んぬ　花のみ独り笑みて　我は悲しびの多きことを）

とある。「宣風坊」は道真の自邸の書斎で「書斎記」には「山陰亭と号す、小山の西に在るを以てなり。戸前近き側に一株の梅有り」(13)とある。後人が「紅梅殿」と名付けたというのだから、道真邸の庭には紅梅があったのだ

ろう。仁寿殿に紅梅があったことは先述のごとく『続日本後紀』の記事で知られる。「梅」と表現したとき「紅梅」をさす例である。

私は、この菅原道真と光源氏のイメージがあまり接近しないようにという作者の配慮から梅、紅梅を極力排除したものと考える。紅梅を愛玩する光源氏の姿は末摘花巻末で描かれており、末摘花という特異なキャラクターの登場で極めて印象に残る。しかし、それ以上、梅、紅梅を描くと、菅原道真の左遷と悲憤が影を落としかねない。彼とは異なり、光源氏は桐壺帝の霊に導かれて帰京し、栄花を究める予定なのだ。

さて、ここで『菅家文草』『菅家後集』から浮かび上がる一人の人物に注目したい。『菅家文草』巻六、

賦殿前梅花、應太皇製（四五二）

笑松嘲竹獨寒身（松を笑ひ竹を嘲る　独り寒き身）
看是梅花絶不隣（看よやこれ梅花　絶つて隣せず）
何事繁華今日陪（何事ぞ　繁華　今日陪ること）
一朝應過二天春（一朝　過ぐるならむ　二天の春）

この詩は昌泰二（八九九）年正月三日朱雀院に朝覲行幸の時、宇多上皇の求めに応じての作。二天とは宇多上皇と醍醐天皇のことである。『御遊抄』に、この時、仁明天皇皇子、本康親王が琴（きん）を弾いたという記録がみえる。この本康親王は、嵯峨上皇から琴（きん）を習って琴師となった高橋文室麻呂に、光孝天皇とともに琴（きん）を学んだ名手である。香道の名人でもあった。『菅家後集』には

感吏部王弾琴、応制　一絶（四七四）

栄啓後身吏部王（栄啓が後身　吏部王）

七条絲上百愁忘（七条の絲の上に百の愁へを忘る）

酒酣莫奏蕭々曲（酒酣にして奏することな　蕭蕭の曲）

峡水松風惣断腸（峡水松風　惣べて腸を断つ）

とある。「吏部王」は式部卿の中国名で、本康親王のこと。「栄啓」の生まれ変わりといわれているが、その栄啓期は『列子』天瑞第一第七章に出てくる人物で、鹿の裘に縄を帯とし、琴（きん）を弾じて歌う高潔の貧者。琴（きん）の名手である。

末摘花巻冒頭部分で琴（きん）を弾く常陸宮の姫君の話題が出たとき、光源氏が言った「三つの友」とは『白氏文集』六十二「北窓三友」の詩の引用で、「三友」は、「琴・詩・酒」のことだが、白居易は、琴（きん）では栄啓期、詩では陶淵明、酒では劉伯倫を我が師だとうたっている(14)。

延喜元（九〇一）年十二月十四日の本康親王の薨去を配所で聞いた道真は、『菅家後集』「奉哭吏部王」（四九六）という哀悼の詩に「世間自此琴聲斷（世間此れより琴聲斷えぬ）」とまでうたった。

また、『古今和歌集』巻七賀歌には

本康親王の七十賀の後の屏風に、よみて書きける

紀貫之

春くれば宿にまづさく梅の花君が千年のかざしとぞ見る（三五二）

という貫之の歌もある。早春の梅の花の下で琴（きん）の名手の吏部王が弾じた琴（きん）の音色を懐かしみ、配所で本康親王を偲んだ道真自身は、琴（きん）も酒も苦手であったという。

吏部王といえば醍醐天皇の皇子重明親王も『吏部王記』の著者として名高い。琴（きん）を弾いた記録も見える。

『花鳥余情』が『江次第』から引用した「黒貂の裘」八枚重ねの記録もある。源高明とともに、『源氏物語』に大きな影響を与えていることは確かであろう。

しかし、『菅家文草』『菅家後集』からは、もう一時代前にいた吏部王本康親王の存在を読み取ることができよう。栄啓期の生れ変わりとまでいわれた琴（きん）の名手であり、風雅の嗜みの深い人で、『古今集』に「七十賀」とあるから長生きだったらしい。

一方、栄啓期は鹿裘のような粗末なものを身にまとい、貧を意に介せず、琴（きん）を弾いて悠々と長生きした人物である。

光源氏が末摘花に興味をもった理由は、「琴（きん）」であり、「琴（きん）」の名手であった常陸宮の晩年に残した愛娘だからである。貧しく、世事に疎く、頑固一徹。末摘花巻はそのような女性を笑いに包んで描いている。白居易や菅原道真や本康親王が琴（きん）の名手とあがめた栄啓期のような隠者は、貧しさも、身につけるものも意に介しない。悠々と長生きするのである。末摘花は周りがどう思おうと、梅の香を賞美しながらあまりうまくない琴（きん）を弾き、寒いときは黒貂の裘を身につけ、光源氏という庇護者を得て、悠々自適の人生を全うしたのであろう。

注

（1）『源氏物語画帖 土佐光吉画 後陽成天皇也書 京都国立博物館蔵』（勉誠社、平成9・4）による。

（2）大学堂書店、昭和58・1、句読点、濁点は私見でつけた。

（3）『源氏物語』の本文引用は、新潮日本古典集成本を用い、巻数は漢数字、頁数は算用数字で示した。
（4）後述の如く、渡来時期は再考を要す。
（5）『古今和歌集』の本文引用は、新大系本を用いた。
（6）『後撰和歌集』の本文引用は、新大系本を用いた。
（7）和漢比較文学叢書4『中古文学と漢文学Ⅱ』（汲古書院、昭和62・1）所収
（8）「朧月夜」（源氏物語講座2　物語を織りなす人々』〔勉誠社、平成3・9〕所収）、「藤壺の和歌―『源氏物語』における『伊勢物語』受容の方法―」（『国語国文』平成4・10、日本文学研究論文集成6『源氏物語1』〔若草書房、平成10・1〕再録）。いずれも本書に所収。
（9）阿部秋生氏『源氏物語研究序説』（東京大学出版会、昭和34・4）、今井源衛氏「菅公と源氏物語」（『語文研究』昭和46・10）・「菅公の故事と源氏物語古注」（『菅原道真と太宰府天満宮』上〔吉川弘文館、昭和50・3〕所収）、両論とも『紫林照径』（角川書店、昭和54・11）に再録、後藤祥子氏「源氏物語「明石」巻の一解釈―準拠論における菅原道真伝説の再検討」（『国語と国文学』昭和52・4、『源氏物語の史的空間』〔東京大学出版会、昭和61・2〕再録）などに詳細に論じられている。
（10）『拾遺和歌集』の本文引用は新大系本を用いた。
（11）『菅家文草』の本文引用は日本古典文学大系『菅家文草　菅家後集』（川口久雄氏校注・岩波書店、昭41・10）を用いた。
（12）『菅家後集』の本文引用は、注（11）と同じ。
（13）「書斎記」の本文は注（11）の『菅家文草　菅家後集』による。原文は「號山陰亭、以在小山之西也。戸前近側、有一株梅。」（五三五頁上）とある。
（14）『白楽天詩後集』第三、北窓三友に「嗜詩有陶淵明。嗜琴有啓期。嗜酒有伯倫。三人皆吾師」とある。

第二節　二条院と六条院の梅花——紫の上と女三宮の対比——

一　はじめに

『源氏物語』の梅の初出は末摘花巻であるが、紅梅も初出は末摘花巻である。光源氏の自邸二条院には早咲きの紅梅があったと記されている。だが、末摘花巻以降、光源氏が六条院を造営する乙女巻まで「梅」「紅梅」が語られることはない。その理由は前節で考察した。

光源氏の邸宅である二条院にも、六条院にも梅が植えられており、白梅、紅梅いずれも植えられていることは本文より確認でき、様々な梅花の贈答があり、紫の上の死後の一年を描く幻巻は「紅梅」で始まり、「梅」で終わる。光源氏と「梅」「紅梅」との関わりは深い。本稿では『源氏物語』正編の中の梅花を検討し、その表現構造について考察してみようと思う。

二　二条院の梅花

光源氏の自邸である二条院に梅と紅梅があることは、末摘花巻末に描かれている。

紫の君を二条院に引き取った翌年のこと、末摘花の実態を知った光源氏は自分以外に末摘花を後見する者はいないと自覚し、正月七日過ぎに常陸宮邸を訪れる。少し大人びた感じはするものの、やはり赤い鼻がうっとうしいと思う。常陸宮邸から帰宅した光源氏は、可憐な紫の君を見、「紅はかうなつかしきもありけり」（末摘花巻・一―二八一）と思う。紫の君と一緒に遊び、赤鼻の女を絵に描いたり、自分の鼻に紅粉をぬって紫の君をからかったりする。そして、

日のいとうららかなるに、いつしかと霞わたれる梢どもの、心もとなきなかにも、梅はけしきばみほほゑみわたれる、とりわきて見ゆ。階隠のもとの紅梅、いと疾く咲く花にて、色づきにけり。

紅のはなぞあやなくうとまるる梅の立ち枝はなつかしけれど

いでや」と、あいなくうちうめかれたまふ（末摘花巻・一―二八三）(1)

二条院の梅がほころぶ中、階隠のもとの紅梅は、早咲きの紅梅である。この紅梅が末摘花の赤い鼻を連想させ、光源氏は溜息をつくのである。この場面から初春の二条院には白梅も、早咲きの紅梅も咲いていることがわかる。

末摘花の赤鼻を紅梅にたとえて揶揄する趣向はその後、初音巻でも繰り返される。六条院完成の翌年の早春、光源氏は二条東院に住む末摘花を訪問する。光源氏が贈った衣装だけが豪華で不似合いである。他はみすぼらしい様子の末摘花が黒貂の皮衣を兄の阿闍梨にとられたと嘆くのを聞き、光源氏は、二条院の倉から絹、綾を出して与

えた。

向ひの院の御倉あけさせて、絹、綾などたてまつらせたまふ。荒れたる所もなけれど、住みたまはぬ所のけはひは静かにて、御前の木立ばかりぞおもしろく、紅梅の咲き出でたるにほひなど、見はやす人もなきを見わたしたまひて、

ふるさとの春の梢にたづね来て世の常ならぬはなを見るかな

ひとりごちたまへど、聞き知りたまはざりけむかし。

空蟬の尼衣にも、さしのぞきたまへり。（初音巻・四―二二～三）

『花鳥余情』以来、「向ひの院」は二条院と考えられており、異論はない。また、「住みたまはぬ所」とは源氏が住まない所、という注も『花鳥余情』以来、古注に継承されているが、そこが二条院なのか、二条東院なのか言及はほとんどない。紅梅の咲く「住みたまはぬところ」とはどこだろうか。また、光源氏の詠んだ和歌にある「ふるさと」とはどこを指すか。二条院だろうか、二条東院だろうか。『孟津抄』[2]には

むかひの院の御くら（七七二5・386）

二条院なり人のすまねはあるゝ物也さてあれたる所と云也東院よりむかひといへりすみ給はぬとは源事也

長倉《ミクラ》日本記（中―九〇頁）

とあり、この説明によれば、「向ひの院」を「荒れたる所もな」く光源氏が「住みたまはぬ所」である、と考えている。また、『源氏物語聞書』（『覚勝院抄』）[3]は『孟津抄』の説をそのまま受け、「みわたし給て」の部分には「二条院を御覧して也」の傍注がある。現代注がほとんど「二条東院」とする中で、山岸徳平氏校注岩波大系本のみ「二条院」としている。

この場面が先述の末摘花巻末の場面を踏まえて描かれていることは、疑う余地がない。かつて、早春の二条院の紅梅に常陸宮の姫君の赤鼻を連想してため息をついた記憶が蘇り、今再び「ふるさと」で同じ溜息をつく。文脈の流れ、末摘花巻との呼応を考えれば、「ふるさと」は、光源氏が六条院に移って「住みたまはぬ」二条院、と考えてよいように思う。というのも、早咲きの紅梅は珍しいからである。また、「見はやす人もなき」とあるが、末摘花巻では自邸の梅の香を鑑賞していた末摘花であるから、庭先にあれば、「見はやす人もなき」ことにはならないだろう。ただし、二条院ということになれば、光源氏は、末摘花のいる二条東院から二条院に一時移動し、紅梅を見、歌を詠み、再び二条東院にもどって空蟬を訪問したことになる。末摘花に絹、綾を与えるために、わざわざ二条院まで足を運んだかどうかである。そうは考えにくいからこそ現代注こぞって二条東院説をとってきたのであろう。だが、新春に財産管理のために旧邸を訪れることがあってもよいように思われる。二条院説を取りたい。

二条院の紅梅が、時を隔てて再び登場してくるのは御法巻である。六条院を去り、二条院で死期を迎えた紫の上は、夏、匂宮に遺言する。

「大人になりたまひなば、ここに住みたまひて、この対の前なる紅梅と桜とは、花のをりをりに、心とどめてもて遊びたまへ。さるべからむをりは、仏にもたてまつりたまへ」（御法巻・六―一一〇）

この遺言により、二条院は、匂宮に譲られ、紫の上の愛した紅梅と桜が匂宮に託された。この時の紅梅は末摘花巻末に出てきた早咲きの紅梅とは別のものである。この点については、**五**で考察する。

二条院の紅梅ははじめは末摘花の赤鼻との関連で描かれていたが、同時にその時の紫の君の可憐さ、利発さは極めて印象的であり、やがて、紫の上を象徴する属性として機能するようになったと考えられる。この点について次に考察していく。そして、紫の上の遺言によって、紅梅は匂宮を象徴するものとなり、第三部において重要な意味をもってくるのである。

三　六条院の梅花

六条院の梅について、記載順に見ていくと、少女巻、六条院造営の折、光源氏と紫の上の住まいとなる春の町の前栽は、次のように描かれている。

※(1)南の東は、山高く、春の花の木、数を尽くして植ゑ、池のさまおもしろくすぐれて、御前近き前栽、五葉の紅梅、桜、藤、山吹、岩躑躅などやうの、春のもてあそびをわざとは植ゑて、秋の前栽をば、むらむらほのかにまぜたり。（少女巻・三―二七四）

とあって、紅梅が植えられていることがわかる。これは「さまざまに御方々の御願ひの心ばへを造らせたまへり。」と原文にあり、春を愛する紫の上の意向によるものであった。

六条院完成後、この六条院での最初の正月を描く初音巻には、

(2)春の御殿の御前、とりわきて、梅の香も御簾のうちの匂ひに吹きまがひて、生ける仏の御国とおぼゆ。（初音巻・四―一二）

と、「梅の香」が描かれる。これが紅梅か白梅かは問題にされていないが、初春の香り豊かな梅であることがわかる。初音という巻名は北の町に住む明石の御方が、紫の上とともに春の町に住む明石姫君に「鶯の初音きかせよ」の歌を贈ったことに由来する。姫君の初音は梅の香に誘われて、待ち受ける実母の明石の御方に届いた。同じ六条院に住みながら、春の町と冬の町にわかれて生活する親子。鶯の初音は邸内に満ちた梅の香によって、もたら

されたのである。
翌日、臨時客で光源氏は寝殿で客を迎えている。
(3)花の香さそふ夕風、のどかにうち吹きたるに、御前の梅やうやうひもときて、あれは誰時なるに、ものの調べどもおもしろく、…(同・四―一九)
「やうやうひもとき」始めた梅は、「御前の梅」であって、「御前の紅梅」ではない。

次に梅が描かれるのは梅枝巻で、東宮に入内まもない明石姫君の裳着のため薫物合が行われる。
※(4)きさらぎの十日、雨すこし降りて、御前近き紅梅盛りに、色も香も似るものなきほどに、兵部卿の宮わたりたまへり。(梅枝巻・四―二五五)
「御前近き紅梅」とあるから、(1)の紅梅と考えてよいであろう。この時紫の上は薫物合のために東の対に住まいを移している。光源氏が寝殿で兵部卿宮を迎えた。そこへ朝顔前斎院から薫物と散りかけた白梅につけた和歌が届く。光源氏は御前の紅梅に返歌を付けて送った。この紅梅は「二月十日」に盛りであるから、初春の梅の香を描く(2)・(3)は花の時期が異なるので別のものと考えられる。
この日、兵部卿宮を判者にして薫物合が行われるが、紫の上の薫物は
対の上の御は、三種あるなかに、梅花、はなやかに今めかしう、すこしはやき心しらひを添へて、めづらしき薫り加はれり。「このころの風にたぐへむには、さらにこれにまさる匂ひあらじ」とめでたまふ。(四―二五八)
と、「梅花」が兵部卿宮によって高く評価される。「はなやか」「今めかし」「すこしはやき心しらひ」という評価は、はなやかで現代的で才気を感じさせる紫の上の人柄に通じるものである。兵部卿宮の前で、薫物という形で、紫の上が梅花と結びついたことになる。薫物合の後宴で紅梅を題材に和歌が詠まれた。「紅梅」と言う言葉は出て

来ないが、「花」という語で和歌に歌われる。この花は「紅梅」である。

六条院に白梅があることは、若菜上、下巻で確認できる。

若菜上巻では、六条院に朱雀院の愛娘である女三宮が降嫁してくる。それは

かくてきさらぎの十余日に、朱雀院の姫宮、六条の院へわたりたまふ。(若菜上巻・五―五三)

とあって、二月十日過ぎのこと。女三宮は寝殿の西側に住み、東側は、明石女御の里下がりスペースである。光源氏と紫の上は東の対に住む。降嫁の三日目の夜、光源氏は紫の上の夢をみて早々に紫の上のもとに戻る。翌日は、雪を口実に紫の上のもとに留まり、その翌朝(五日目)、光源氏は

(5)宮の御方に御文たてまつれたまふ。ことにはづかしげもなき御さまなれど、御筆などひきつくろひて、白き紙に、

中道を隔つるほどはなけれども心乱るる今朝のあは雪

梅につけたまへり。人召して、「西の渡殿よりたてまつらせよ」とのたまふ。(同・五―六一～二)

雪にちなみ、白い薄様の紙に和歌を書き、雪に紛うばかりの白梅の折り枝につけて女三宮に送ったのである。白梅は六条院に存在していることが確認できる。

光源氏は春の町の東の対の端近くにいて、白い御衣を着、白梅の残りの枝を手に持ち、紫の上のもとで返事を待つ。すると、

※(6)鶯の若やかに、近き紅梅の末にうち鳴きたるを、(同・五―六二)

とあり、紫の上の住む東の対の庭先には紅梅があることがわかる。花の時期は(4)の紅梅とほぼ同じ、二月十余日である。

若菜下巻になると、女三宮は社会的にも光源氏の第一夫人として押しも押されもせぬ存在となってくる。二品に叙せられ、光源氏は明石姫君や紫の上にも教えることのなかった琴（きん）を女三宮に伝授する。六条院の女楽は六条院春の町の寝殿、女三宮の住む西側と明石女御の里である東側の仕切りを取り払って行われた。

(7)正月二十日ばかりになれば、空もをかしきほどに、風ぬるく吹きて、御前の梅も盛りになりゆく。…

（若菜下巻・五―一六九）

とあるころ。実際は後に「臥待の月」（五―一七七）とあるので、正月十九日である。そして

(8)ゆゑあるたそがれ時の空に、花は去年の古雪思ひ出でられて、枝もたわむばかり咲き乱れたり。（五―一七二）

とあり、「去年の古雪」を思い出させる白梅である。

(2)・(3)の「やうやうひもとき」始めた新春の梅は、ちょうどこのころ満開となる。『源氏物語』では紅梅の場合は「紅梅」と明記されている（本章・第一節・三）。六条院新春の梅の香(2)・(3)は白梅と考えられる。

六条院造営時および六条院の初期段階では、紫の上が春の町の主であり、紅梅は紫の上の好みによって寝殿の御前近くに植えられた（※(1)）。六条院完成当初から春の町には白梅も紅梅もあったと考えられるが、完成直後の新春の梅の香が描かれるとき、色は明確にされなかった。遠くから薫る白梅であろう。六条院春の町の御前に植えられた紅梅は、梅枝巻で二月十日頃の花盛りに光源氏と兵部卿宮とともに描かれる（※(4)）が、そのとき紫の上は東の対に移っており、紫の上が六条院の紅梅とともに描かれるのは、皮肉なことに第一夫人の座を追われ、女三宮の返歌を東の対で待つ光源氏と一緒にいる場面（※(6)）だけである。造営時に植えた紅梅（※(1)、※(4)）は、東の対の御前の紅梅（※(6)）とともに二月に咲くが、別のものと考えられる。

新造の六条院の新春、梅の香は御簾の内に漂っていたが、色は明確にされなかった。春の町の白梅がクローズ

アップされるのは女三宮の登場以後であり、雪のイメージとともに寝殿の庭にゆたかに咲き誇っている。紅梅が紫の上を象徴するならば、白梅は女三宮を象徴するものといえよう。

四　梅花の贈答―朝顔前斎院と女三宮との対比

梅枝巻には光源氏と朝顔前斎院の梅を介した風雅なやりとりが描かれている。光源氏は明石姫君の入内に備えて、各所に薫物を依頼した。(4)の兵部卿宮の来訪時

　前斎院よりとて、散り過ぎたる梅の枝につけたる御文持て参れり。（梅枝巻・四―二五五）

とある。これと一緒に薫物が添えられていた。

　沈の筥に、瑠璃の坏二つすゑて、大きにまろがしつつ入れたまへり。心葉、紺瑠璃には五葉の枝、白きには梅を選りて、同じくひき結びたる糸のさまも、なよびかになまめかしうぞしたまへる。（四―二五五～六）

朝顔の前斎院が光源氏に贈った薫物の入れ物には細心の配慮がなされている。白い瑠璃の坏を入れた沈の箱につけられた心葉は梅というのであるから、この梅は白梅と考えてよいであろう。送られてきた梅も散り残った白梅であろう。盛りを過ぎた白梅を自分に譬えた

　花の香は散りにし枝にとまらねどうつらむ袖に浅くしまめや（同・四―二五六）

という和歌が添えられている。朝顔の前斎院の薫物は「黒方」で冬のもの。寒い冬の雪が連想される白梅を付けたものと考えられる。

風雅な趣向には風雅な趣向で答える。光源氏は使いの者に紅梅襲の装束を与え、同じく紅梅色の紙に

花の枝にいとど心をしむるかな人のとがめむ香をばつつめど（〃）

と返歌を書き、庭先に今を盛りと咲く紅梅の枝に付けて送った。前斎院の散り残った白梅に対し、盛りの紅梅で応じたのである。このやりとりには兵部卿宮という立会人がいる。朝顔の前斎院は光源氏と時を逃さず、光源氏と風雅な交流のできる人であった。

ところが、光源氏が梅花を媒介として贈答歌を交わす場面が、もう一つ、若菜上巻にある。相手は六条院の新しい女主人として登場してくる女三宮である。前述の如く、「きさらぎの十余日」に六条院に降嫁、五日目の朝、(5)の如く、「白き紙に」

中道を隔つるほどはなけれども心乱るる今朝のあは雪（若菜上巻・五―六一～二）

という和歌を「梅につけ」て女三宮に送った。雪にちなみ、白い薄様の紙に和歌を書き、雪に紛うばかりの白梅の折り枝につけたのである。

紫の上のもとで光源氏が返事を待つ間、庭先の紅梅に鶯が鳴く。光源氏の手には白梅の折り枝。白い御衣で振り返り、紫の上にその花を見せながら

「花といはば、かくこそ匂はまほしけれな。桜にうつしては、また塵ばかりも心わくるかたなくやあらまし」（同・五―六二）

と言う。また「花の盛りに並べて見ばや」とも。匂いたつ梅の香は白梅のものであり、香では白梅が上、視覚から言えば桜が上。この香を桜に移せば、これ以上のものはないというのである。そこへ、女三宮からの返歌が届く。

紅の薄様に、あざやかにおし包まれたるを、胸つぶれて、御手のいと若きを、しばし見せたてまつらであらばや、隔つとはなけれど、あはあはしきやうならむは、人のほどかたじけなしとおぼすに、ひき隠したまはむも

心おきたまふべければ、かたそばひろげたまへるを、後目に見おこせて添ひ臥したまへり。

はかなくてうはの空にぞ消えぬべき風にただよふ春のあは雪

御手、げにいと若くをさなげなり。さばかりのほどになりぬる人は、いとかくはおはせぬものをと、目とまれど、見ぬやうにまぎらはして止みたまひぬ。（同・五―六二～三）

雪の日の白梅に付けた和歌の返歌が「紅の薄様」と白梅には相応しからぬ色であったから、光源氏はおもわずどきっとしてしまう。返歌の内容も想像できる。紫の上には見せたくないと思うが、隔て心があると思われたくなくて、やむを得ず手紙を広げる。雪の歌である。歌の内容からしても、やはり「紅の薄様」では相応しくない。そして幼い筆跡である。紫の上も女三宮の実態を知ってしまう。梅枝巻の立会人は兵部卿宮であったが、若菜上巻の立会人は紫の上であった。両者の比較を表にしてみた。

巻	梅枝	若菜上
日時	二月十日	二月十余日
場所	六条院春の町の寝殿	六条院春の町の東の対
実景	紅梅	紅梅
贈歌	朝顔斎院　白梅	光源氏　白梅
返歌	光源氏　紅梅	女三宮　白梅
立会人	螢兵部卿宮	紫の上

返歌のタイミングを逃し、紙の色にさえ配慮もなく、雪の歌に雪をもって答えるだけの女三宮を描くこの場面は、梅枝巻に描かれた光源氏と朝顔前斎院の見事な応酬とはなんと対照的であろう。両者の対比は老と若、洗練と未熟である。梅枝巻の記述が存在することにより、一層、新しく六条院の女主人になるはずの女三宮の幼さ・未熟さが印象づけられることになる。

また、若菜上巻の贈答の場面は、立会人として紫の上がいることで一層明確になるのだが、ともに藤壺の姪である紫の上と女三宮の対比でもある。紅梅は、二条院に引き取られたばかり（十歳位）の紫の君の利発さ、可憐さを思い出させる素材であった。光源氏は六条院東の対の紅梅を目にし、紫の上の傍にいながら、白梅を媒介に女三宮と文を交わしたのである。同じ藤壺の姪とはいえ、六条院に降嫁したばかりの十二、三歳の女三宮には紫の君のような利発さや可憐さがない。この場面から白梅は女三宮の未熟さを象徴する素材となっていく。

朝顔前斎院も女三宮も、ともに紫の上の立場を危くする存在であった。朝顔巻では朝顔前斎院の自制により、紫の上は救われた。花の盛りを過ぎた自分という朝顔前斎院の認識が朝顔巻の朝顔の贈答歌にも、梅枝巻の白梅の贈答歌にもあった。一方、若菜上巻の女三宮降嫁は、紫の上にとって、いかんともしがたいことであった。女三宮が魅力に乏しい人物であることは、紫の上にとっては救いであった。二つの対照的な梅花の贈答は、紫の上の立場を危くする存在であった朝顔前斎院の役割が、若く幼い女三宮へと新旧交代したことを象徴的に示している。若菜上巻では、朝顔巻の紫の上の不安が、人を代えて、現実のものになったのである。

五　幻巻の春の紅梅

紫の上の死後の一年間を語る幻巻は、「紅梅」で始まり、「梅」で終わる。光源氏は二条院にいるのか六条院にいるのか、諸説があって、いまだ定かでない。しかし、梅、紅梅という視点から見ていくと明らかになってくることもある。冒頭部分は、

春の光を見たまふにつけても、いとどくれまどひたるやうにのみ、御心ひとつは、悲しさのあらたまるべくもあらぬに、外には、例のやうに人々参りたまひなどすれど、御ここちなやましきさまにもてなしたまひて、御簾のうちにのみおはします。兵部卿の宮わたりたまへるにぞ、ただうちとけたるかたにて対面したまはむと

て、御消息聞こえたまふ。

わが宿は花もてはやす人もなしなにか春のたづね来つらむ

宮、うち涙ぐみたまひて、

香をとめて来つるかひなくおほかたの花のたよりと言ひやなすべき

紅梅の下に歩み出でたまへる御さまの、いとなつかしきにぞ、これよりほかに見はやすべき人なくや、と見えたまへる。花はほのかに開けさしつつ、をかしきほどのにほひなり。…（幻巻・六―一二七～八）

とあり、新春を迎えても自邸に閉じ籠もり、新春の挨拶に参上する人々にも会おうとしない光源氏が描かれる。そこへ、弟の兵部卿宮が来訪する。早春の紅梅と兵部卿宮の来訪。この邸は二条院か、六条院か。二条院に早咲きの紅梅があったことは、末摘花巻末に描かれている。新春の紅梅は幼き日の紫の君を想起させる。梅の寿命は長く、百年を超える梅もあるそうだから、その点からいえば二条院ということになろう。兵部卿宮が紅梅にふさわしいというのは、六条院春の町の寝殿の御前近き紅梅の花盛りの頃、兵部卿宮が訪れて、朝顔前斎院と光源氏の梅花の贈答の立会人になったこと（四）や、薫物合の判者になったこと（三※⑷）からもいえる。しかし、その時の「紅梅」は、二月十日過ぎに花盛りであったから、「ほのかに開けさし」とはいえ早春では時期が早すぎる。ここは二条院と考えるべきである。二で初音巻の「見はやす人もなき」紅梅を「向かひの院」（二条院）の紅梅と考えた。「見はやすべき人なくや」という言い方は同じ言い回しである。また、末摘花巻に「階隠のもとの紅梅」とあった。階隠は階が濡れないように階の前に柱二本を立てて作りかけた庇。『年中行事絵巻』には寝殿の中央に階隠が描かれる。寝殿に正客を迎えるために設置されたもの。二条院の階隠も寝殿の中央にあり、その傍らに紅梅があったと考えられる。西の対は亡き紫の上の住まい。東の対は明石中宮の里下がりの場。この当時、光源氏は寝殿にいたのであろう。六条院と考えると、寝殿の西に女三宮が住み、東は明石中宮の里邸、光源氏は東の対で亡き紫の上を偲ぶことになる。六条院東の対の紅梅（三※⑹）も二月中旬に満開となる紅梅であった。時期が異なる。

御法巻の紫の上の遺言は、夏に二条院でなされた。

「大人になりたまひなば、ここに住みたまひて、この対の前なる紅梅と桜とは、花のをりをりに、心とどめてもて遊びたまへ。さるべからむをりは、仏にもたてまつりたまへ」（御法巻・六―一一〇）

この遺言により、二条院は匂宮に譲られ、紫の上遺愛の西の対の御前の紅梅と桜が匂宮に託された。幻巻では、「ははのたまひしかば」とて、対の御前の紅梅、取り分きて後見ありきたまふを、いとあはれと見たてまつりたまふ。きさらぎになれば、花の木どもの盛りになるも、まだしきも、梢をかしく霞みわたれるに、かの御形見の紅梅に、鶯のはなやかに鳴き出でたれば、立ち出でて御覧ず。

植ゑて見し花のあるじもなき宿に知らずがほにて来ゐる鶯

と、うそぶきありかせたまふ。（幻巻・六―一三四）

とあり、「対の御前の紅梅」は「きさらぎ（二月）」に盛りとなる。そして「植ゑて見し花のあるじ」は紫の上である。二条院の西の対に紅梅を植えたのは紫の上本人だったということである。末摘花巻末の末摘花の赤鼻を連想させる早咲きの紅梅は紫の君が引き取られたときはすでに存在した。その紅梅とは別に、対の御前の紅梅は紫の上が二条院に住んでいる間に植えたもので、一般的な二月に咲く紅梅であったと考えられる。続いて、

春深くなりゆくままに、御前のありさまいにしへに変らぬを、めでたまふかたにはあらねど、静心なく、何ごとにつけても胸いたうおぼさるれば…（中略）…山吹などの、ここちよげに咲き乱れたるも、うちつけに露けくのみ見なされたまふ。ほかの花は一重散りて、八重咲く花桜盛り過ぎて、樺桜は開け、藤は後れて色づき

などこそはすめるを、その遅く疾き花の心をよく分きて、いろいろを尽くし植ゑおきたまひしかば、時を忘れずにほひ満ちたるに、若宮、「まろが桜は咲きにけり。いかで久しく散らさじ。木のめぐりに帳を立てて、帷を上げずは、風もえ吹き寄らじ」と、かしこく思ひ得たり、と思ひてのたまふ顔のいとうつくしきにも、うち笑まれたまひぬ。（幻巻・六―一三四～五）

『弄花抄』『細流抄』(4)以来、この場面から六条院とする。六条院春の町は造営時、

※(1)南の東は、山高く、春の花の木、数を尽くして植ゑ、池のさまおもしろくすぐれて、御前近き前栽、五葉、紅梅、桜、藤、山吹、岩躑躅などやうの、春のもてあそびをわざとは植ゑて、秋の前栽をば、むらむらほのかにまぜたり。（少女巻・三―二七四）

とあって、「山吹」「桜」「藤」という植物が一致している。また、胡蝶巻には

弥生の二十日あまりのころほひ、春の御前のありさま、常よりことに尽くしてにほふ花の色、鳥の声、ほかの里には、まだ古りぬにやと、めづらしう見え聞こゆ。…（中略）…御前のかたははるばると見やられて、色をましたる柳、枝を垂れたる、花もえもいはぬにほひを散らしたり。ほかには盛り過ぎたる桜も、今盛りにほほゑみ、廊をめぐれる藤の色も、こまやかに開けゆきにけり。まして池の水に影をうつしたる山吹、岸よりこぼれていみじき盛りなり。（胡蝶巻・四―三一～二）

と、六条院の他の町に住む人々から、晩春にもかかわらず盛りが過ぎないことを不思議がられていた。六条院の春の町には晩春まで桜が咲き、山吹も見事であった。同様に幻巻の方も「時を忘れずにほひ満ち」ている。なぜそうなるのか、その答えが前掲の幻巻で解かれている。紫の上は「その遅く疾き花の心をよく分きて、いろいろを尽くし植ゑお」いたのである。とすれば、ここは六条院だろうか。ところが、六条院とすると次の匂宮の「まろが桜は

咲きにけり。…」と紫の上の遺愛の桜を守ろうとする行動がおかしくなってくる。遺言の桜は紅梅とともに二条院のものである。先の紅梅が二条院のものとするならば、当然この桜も二条院のものでなければならない。匂宮が幼いから錯誤したするのは『弄花抄』『細流抄』。六条院とするならばこう考えなければならないだろうが、先の紅梅を二条院のものとするのだから、桜だけを六条院のものとするのには無理がある。玉上琢彌氏『源氏物語評釈』第九巻では二条院のこととし、

紫の上はながく二条の院に住み、その庭を作りあげたのであり、その経験によって六条の院の春のおとどを作ったのである（一三八頁）

と解釈しておられる。紫式部は利発な子どもを極めて魅力的に描いている。自身が利発な子どもであったのだろう。紫の君も利発であった。その紫の上に育てられた匂宮である。大切な人の遺言は幼い子でも強く記憶に刻まれる。匂宮の錯誤は考えるべきではないであろう。

全集、集成、新全集、新大系など多くの現代の注釈書は、疑問を残しながらも幻巻全体を六条院のこととし、一方、待井新一氏「源氏物語幻の巻の解釈—二条院か六条院か—」（『国語と国文学』昭37・12）、後藤祥子氏「源氏物語の四季—『幻』巻の六条院再説—」（『むらさき』24輯、昭62・7）、玉上琢彌氏『源氏物語評釈』は二条院のこととする(5)。山岸徳平氏岩波大系のみ、前半を二条院、六条院とする。

すでに述べてきたように、紅梅が紫の上を象徴するものととらえれば、早咲きの紅梅のあった二条院に始まり、紫の上が自ら植えた遺愛の二条院の紅梅と桜を守ろうとする匂宮を描き、光源氏が春の二条院で紫の上を偲んでいることが確認できよう。

六　幻巻の冬の梅―二条院から六条院へ

いとつれづれなれば、入道の宮の御方にわたりたまふに、若宮も人に抱かれておはしまして、こなたの若君と走り遊び、花惜しみたまふ心ばへども深からず、いといはけなし。宮は、仏の御前にて、経をぞ読みたまひける。…（幻巻・六―一三六）

光源氏が女三宮を訪う場面から六条院となると解釈するのは山岸徳平氏の岩波日本古典文学大系。二条院説では一時的移動ととらえる。

女三宮が住む六条院春の町寝殿の西面、中の塀から東側を仏道修行にふさわしく秋の野に造り直したのは鈴虫巻。そのとき、紫の上は東の対に住んでいた。六条院の庭の前栽は住む人々によって造営当初とは変化しているのである。幻巻では

「対の前の山吹こそ、なほ世に見えぬ花のさまなれ。房の大きさなどよ。品高うなどはおきてざりける花にやあらむ、はなやかににぎははしきかたは、いとおもしろきものになむありける。植ゑし人なき春とも知らず顔にて…」（幻巻・六―一三七）

光源氏が女三宮に、亡き紫の上が植えた東の対の山吹の花について語る。六条院造営時の山吹と考えてよいのだろうか。光源氏はあきらかに「対の前なる山吹」と言っている。紫の上は梅枝巻で東の対に移り、若菜上巻で女三宮を寝殿に迎え入れてから十年以上を東の対で過ごした。東の対の御前近き前栽はその間、紫の上が植えたものと考えられる。二条院の西の対の前栽と同様に。造営当時の光源氏と紫の上の住む寝殿の御前近くに植えられた花々は

そのままに、紫の上が東の対に移れば、東の対の御前の庭が紫の上の庭となる。「その遅く疾き花の心をよく分きて、いろいろを尽くし植ゑお」き、「時を忘れずにほひ満ち」ている春の園は、二条院にも、六条院寝殿の御前にも、東の対の御前にも存在したと考えるべきであろう。

光源氏は女三宮の次に明石の御方を訪問し、その夜「帰りたまふ」（六―一四一）。ほとんどの注釈書が六条院の光源氏の居間とする。待井、玉上、後藤氏は二条院とする。私は、光源氏はこれ以後六条院に居続けたと考える。その理由を次に述べる。

続く記事は四月、更衣（ころもがえ）を今年は花散里が行なったとある。続いて賀茂祭の日の中将の君との贈答、五月雨の夜は夕霧と語る。

大将の君は、やがて御宿直にさぶらひたまふ。さびしき御ひとり寝の心苦しければ、時々かやうにさぶらひたまふに、おはせし世は、いと気遠かりし御座のあたりの、いたうも立ち離れぬなどにつけて、思ひ出でらるることども多かり。（六―一四七）

夕霧を警戒して光源氏は紫の上から夕霧を遠ざけていた。螢巻には「中将の君を、こなたには気遠くもてなしきこえたまへれど…」（四―七九）とある。夕霧は今、光源氏を慰めるために光源氏の寝所近くで宿直し、実際はそれほど離れたところではなかったと実感したという。夕霧は葵の上の母大宮に三条宮で育てられ、元服後は二条東院で勉学に励み、六条院完成後は花散里を養母として夏の町に局を持った。二条院には住んでいない。若い夕霧が紫の上に近づくことを、光源氏が警戒したのは六条院である。紫の上亡き後、遠く感じていた光源氏と紫の上の寝所が意外に近いものだったと夕霧が実感するのは六条院でなければならない。

幻巻の記事は六月以降、足早に、月ごとに追憶の和歌で綴られていく。注意すべきは十一月、五節の頃、

大将殿の君たち、童殿上したまひて参りたまへり。同じほどにて二人、いとうつくしきさまなり。（六―一五〇）

とあるところ。夕霧の子息たちが祖父の光源氏に挨拶にきた様を描いている。これも六条院と考えられる。

幻巻は紫の上追憶の一年と言えようが、春は紅梅とともに紫の上の亡くなった二条院の春を描き、春の六条院に移り、夏になると光源氏を支える夕霧が描かれ、冬、夕霧の子息たちが登場する。夕霧やその子息たちの登場は、六条院がやがて、夕霧やその子たちに受け継がれていくことを示している。

そして十二月、紫の上の手紙を焼き、出家の決意も新たに、御仏名を盛大に行う。人々の前に「その日ぞ出でゐたまへる」（六―一五四）。この盛大な御仏名が行われたのは当然、光源氏の大邸宅である六条院であろう。ここに梅が登場するのである。

梅の花の、わづかにけしきばみはじめてをかしきを、…まことや、導師の盃のついでに

春までの命も知らず雪のうちに色づく梅を今日かざしてむ

御返し、

千世の春見るべき花と祈りおきてわが身ぞ雪とともにふりぬる（六―一五三〜四）

六条院の十二月、わづかにはしきばみはじめた「梅の花」は紅梅だろうか、白梅だろうか。時期的には白梅が妥当。光源氏の和歌の中に「雪のうちに色づく梅」とある。白では雪に映えないし、「色づく」とは言わないだろうから、紅梅だろうか。だが、通常『源氏物語』の中では紅梅の時は「紅梅」と明記される。文章中に「梅の花」とあるところが気になる。二条院には早咲きの紅梅があった。六条院にあっても不思議ではないのだが、二条院と六条院の早春の梅花には

二条院の紅梅―紫の上

六条院の白梅―女三宮

という対比がある。六条院の春を待つ梅は白梅の方がふさわしい。

白梅は咲き誇った時、白い花びらで雪のように白いが、蕾の時は萼（がく）が紅く、決して真っ白ではない。蕾のころは蕾の先にわずかにのぞく白と枝元近くの紅のコントラストが可憐で美しい。国宝『源氏物語絵巻』竹河㈠には玉鬘邸の新春の若木の梅と鶯が描かれている。現存絵巻は緑青で梅の枝が描かれ、紅い点が点在する。一見紅梅とその蕾のようにみえるのだが、桜井清香が忠実に色彩の復元を試みた徳川美術館蔵『源氏物語絵巻復元模本』十九面（昭33～38）の内、竹河㈠では、白梅が描かれ、紅い点は萼として描かれている。現存絵巻は白梅の白が退色してしまったと考えられる(6)。京都国立博物館所蔵、土佐光吉筆『源氏物語画帖』の匂宮巻には枝に積もる雪と白梅の蕾、紅い萼が描かれ、早蕨巻の白梅にも紅い萼が描かれている。

ここで言いたいことは、「色づく梅」が白梅であってもよいということである。わづかにけしきばみはじめた蕾は紅い萼で覆われていて、紅く色づいている。「色づく」は、和歌では紅葉が色づく、下葉・末葉が寒さや秋風、露、時雨などによって色づくというように使われることが多い。花色と限る必要はない。霞が花色によって色づくとも歌われる。それでは、梅が雪の中で雪によって白く色づくとは考えられないだろうか。本田義彦氏「萬葉集「紅梅」考―一六四四の歌について」（『萬葉』5、昭27・10）では「染者雖染」と歌われた「梅花」が紅梅と解されてきたことについて、「白色が染まる」ということを認めることで、白梅である可能性を示唆した。雪によって白く色づくという可能性はある。

幻巻は光源氏の人生を締め括る一年間を描いている。それは、紫の上追慕の一年であり、季節の推移とともに和歌で綴る歌物語の様相を呈している(7)。

五で考察した如く、幻巻の冒頭は二条院の紅梅から始まる。光源氏と紫の君との生活が始まった場所である。紫の上は二条院で成長し、二条院で苦難を乗り越え、二条院で癒され、二条院で亡くなった。六条院は紫の上の終の住処にはなりえなかった。しかし、光源氏にとって、二条院は彼の邸宅の一部に過ぎない。六条院は光源氏が自分の人生をかけて築き上げた大邸宅である。そこは前帝の中宮の里邸であり、今帝の中宮の里邸でもあり、その皇子、皇女たちが養育されている。光源氏は六条院の主として、残った女性たちの行く末を考慮しなければならないし、出家後の六条院を夕霧に託す必要もあったと思う。紫の上への想いが強くなったとき、光源氏は六条院から二条院へ移動することもあったろう。しかし、最後は六条院で出家の準備をすませたのではないだろうか。幻巻の巻末には、冒頭の早春の二条院の紅梅と対照的に、春を待つ白梅の六条院が描かれていると考える。

七　おわりに

小西甚一氏「源氏物語のイメジェリ」(8)では

…どちらかといえば、ずっと行動的な匂宮が紅梅に、したがって薫が白梅に配されているのも、やはり自然な感じである。「かをる」が主に芳香を意味するのに対し、視覚的な意味を併せ持つ「にほふ」が匂宮の名に用いられたことは、匂宮自身が「くれなゐの色にとられて、香なむ白き梅には劣れる」(紅梅)と言っているのと相まち、やはり作者の意識的な配慮ではないかと思われる。

そうすると、第二部の末の方で「梅の花の、わづかにけしきばみ始め」た景色が描かれているのも(幻)、第三部への伏線らしい感じがする。もっとも、これは、結果的に見てそうなっているということであって、もともと作者が第三部へのつながりを意識した技巧ではなかったろう。

と、匂宮―紅梅と、薫―白梅の対比を認め、第二部から第三部へと連なっていくことは認めながら、第二部執筆段階では、薫や匂宮と梅、紅梅を深く関わらせる構想はまだなかったと考えておられる。その理由として、

第三部におけるような意味での（匂宮と紅梅との＊筆者注）結びつきを構想したのなら、この所で桜をいっしょにあたえたのは、趣向としてあまり感心できない。第二部ではまだ薫や匂宮の芳香が用意されていない点を考えあわせ、梅を契機として第三部へ連なってゆくという腹案は無かったと認めるのが穏当であろう。それにも拘わらず、すでに第三部の書かれた後では、梅が第二部へのつながりを暗示するという効果は否定しにくいようである。

とされる。結果的つながりということであるが、すでに見てきたように、六条院が完成し、光源氏と紫の上を中心とした秩序ができあがった後、女三宮が登場するに及んで、第二部の段階で「二条院―紅梅―紫の上」対「六条院―白梅―女三宮」という対比が、新たに形成されていた。匂宮は紫の上から二条院の紅梅と桜を受け継ぎ、薫は女三宮の白梅のイメージを受け継いだ。紫の上は紅梅だけでなく、成長してからは、華やかな桜にも譬えられていて紅梅、桜を超えた春の人なのである。その紅梅の部分を匂宮が二条院とともに受け継いだというだけのことで、構想上のミスということにはならないだろう。また、薫は光源氏の実子でない以上、六条院を継承しえない。以後の六条院を担うのは実子の夕霧である。したがって、「匂宮―紅梅」対「薫―白梅」の対比はあっても、「二条院」対「六条院」の対比は、第三部においては存在しないのである。

光源氏の死後を描く匂宮・紅梅・竹河の三帖は梅花の世界である。「におう」と「かおる」の物語が紡がれ、宇治十帖へと連なっていくのである。その構想はすでに紅梅と白梅の対比において、第二部の段階で構想されていた

と考えうる。

注

（1）引用本文は新潮日本古典集成本を用い、（巻数―頁数）で示した。以下同様。なお、「花」はかな書きとした。

（2）引用は源氏物語古注集成、野村精一氏編『孟津抄　中巻』（桜楓社、昭56・2）による。

（3）穂久邇文庫所蔵、野村精一・上野英子氏編『源氏物語聞書　覚勝院抄　第五巻』を使用した。

（4）源氏物語古注集成、伊井春樹氏編『弄花抄』および『細流抄』を使用した。

（5）他に伊井春樹氏「紫の上の悔恨と死―二条院から六条院へ、そして二条院へ―」（王朝物語研究会編『研究講源氏物語の視界3』〔新典社、平8・4〕所収）も二条院説をとる。待井氏、後藤氏、伊井氏が共通して挙げる二条院説の根拠は須磨、明石時代に紫の上から届けられた手紙の束を、光源氏が出家を覚悟して焼く場面で、保管場所はずっと二条院であったろうから二条院のことしたほうがよいということと、中将の君はずっと二条院にいた方がふさわしいとする考えからである。まず、前者について。六条院へ移るまで光源氏の居所は二条院東の対であったからそこにずっと保管されていたことになろう。しかし、紫の上が病気になり、二条院西の対に移り、その見舞いに明石中宮が里下がりをするのは東の対。しかも、明石御方まで付き添っている。そのような状態にあっても古い手紙を置いたままにしておくだろうか。保管場所が六条院であっても何の問題もないのである。後者については、中将の君が光源氏の女房として彼に付き添って移動していると考えても問題はない。以上二条院説の根拠は崩すことが可能である。

（6）中央公論社刊『日本の絵巻』1（小松茂美氏解説）では「坪庭の老木の紅梅が香ばしい匂いをただよわせている。」と解説しているが、この絵に対応する詞書には

おまへちかきわかぎのむめの、こころもとなくつぼみてうぐひすはつこゑいとおほどかなる、いとすかせたてまつらまほしきさまのしたまへば

とある。原文でも「御前近き若木の梅…」となっていて、「老木」も「紅梅」も誤りである。

（7）小町谷照彦氏「幻の方法についての試論―和歌による作品論へのアプローチ―」（『源氏物語の歌ことば表現』〔東京大学出版会、昭59・3〕所収）に詳細に論じられている。

（8）初出は『解釈と鑑賞』昭40・6。日本文学研究資料叢書『源氏物語　Ⅰ』（有精堂、昭44）に再録。引用は後者二二七頁。

注（6）補記　国宝『源氏物語絵巻』の平成復元模写が平成18年秋、全巻完成を見た。竹河(一)は早い時期に手がけられ、平成15年4月NHKで放映された時点で紅梅に描かれていた。平成16年9月と平成18年10月に徳川美術館学芸員四辻秀紀氏に直接お話をうかがった。白梅であるべき部分に鉛白が発見できなかったこと、有機染料の紅があること、後の補筆があって判断が難しいこと、最終的には模写者の判断によるとのこと。紅梅というイメージができてしまったことは残念である。

第三節　『源氏物語』続編の梅花と香り――正編と続編を繋ぐもの――

一　序論

『源氏物語』の主人公光源氏の誕生から死までを描く桐壺巻から雲隠巻の巻々を正編、匂兵部卿・紅梅・竹河及び、橋姫以下夢の浮橋までの宇治十帖を続編と呼ぶこととする。

筆者は、これまで、『源氏物語』に描かれた梅花に注目し、正編における梅花の役割を考察し、その描かれ方に作者の構想上の意図を読み取ってきた。本節は、続編における梅花の役割を考察するものである。まずは正編における梅花の役割を概観してみる。

「梅」「紅梅」の初出である末摘花巻では、紅梅は常陸宮の姫君の赤い鼻を連想するものであり、初音巻にもそれを受けた同様の表現が見える。だが、紅梅が常陸宮の姫君その人を象徴する花であるかというと、そうとは言えない。むしろ常陸宮の姫君を象徴するのは末摘花（紅花）である。紅梅と結びつくのは紫の上である。末摘花巻末で光源氏とたわむれる紫の君は、常陸宮の姫君との対比において、紅色の似合う利発な少女として描かれ、その時、二条院には早咲きの紅梅が印象的に咲いていた。二条院から六条院へと、光源氏の邸宅が広がりを見せた時、春を愛する紫の上の好みで六条院の春の町には紅梅が植えられた。だが、紫の上を象徴する花は紅梅に限定されない。若紫巻の北山では山桜に譬えられ、藤壺との関係から紫草の根につながると和歌に詠まれ、紫の君、紫の上と呼ばれる。野分巻では夕霧から樺桜に譬えられる。紫の上は、紅梅も桜も超えた春の美しさをもつ人として描かれている。

光源氏の邸宅、六条院が完成した最初の正月は

春の御殿の御前、とりわきて、梅の香も御簾のうちの匂ひに吹きまがひて、生ける仏の御国とおぼゆ。

（初音巻・四―一二）(1)

と、梅の香が描かれる。この時、紫の上は六条院の春の町の女主人として、並びない地位にいた。

若菜上巻に至り、朱雀院の皇女女三宮が降嫁してくると、紫の上の立場は劇的に変わる。光源氏は紫の上のいる六条院春の町の東の対から寝殿にいる女三宮の許に通うこととなった。二月、降嫁してまもなく、雪が降った翌朝、紅梅の咲く庭に鶯が鳴く。光源氏は、それを紫の上とともに眺め、白梅に後朝の手紙をつけて女三宮に贈る。六条院の庭には紅梅と白梅があった。紅梅は紫の上、白梅は女三宮、と使い分けられているように思われる。

若菜下巻では、女三宮が成熟し、紫の上を凌ぐ勢いとなる。正月十九日、白梅がたわわに咲き乱れる六条院の女楽で、最も格の高い楽器、琴（きん）を演奏するのは女三宮であった。光源氏が朱雀院に聞かせるために心血注いで教え込んだ琴（きん）を演奏する。この時、六条院の女主人は女三宮であり、白梅がそれを象徴している。『源氏物語』正編においては、以上のような白梅と紅梅の役割分担があった。

光源氏の死後、女三宮の産んだ薫と、紫の上に愛育された匂宮が活躍する続編で、女三宮の白梅、紫の上の紅梅の関係は、薫と匂宮に受け継がれているように見受けられる。特に正編から続編へつなぐものとして位置づけられる匂兵部卿巻、紅梅巻、竹河巻の三帖には「梅」「紅梅」が集中し、梅花の香と匂いがテーマとなっている。以下、三帖の梅花を検討し、それが、以後の物語にどのように結びついていくのか、考察していく。

二　匂兵部卿巻の薫る人と匂ふ人

三帖の最初に位置する匂兵部卿巻は

光かくれたまひにしのち、かの御影に立ちつぎたまふべき人、そこらの御末々にありがたかりけり。おりゐの帝をかけたてまつらむはかたじけなし、当帝の三の宮、その同じ御殿にて生ひ出でたまひし宮の若君と、この二所なむ、とりどりにきよらなる御名取りたまひて、げにいとなべてならぬ御ありさまどもなれど、いとまばゆき際にはおはせざるべし。（匂兵部卿巻・六―一六二）

と、光源氏亡き後、光源氏の後継者として、六条院で生まれ育った「当帝の三の宮」と「宮の若君」が紹介される。「当帝の三の宮」は光源氏の孫、明石中宮腹の第三皇子、紫の上が愛育した匂宮。若菜下巻の女楽の時、明石の女御が身ごもっていた子である。紫の上は御法巻で

「大人になりたまひなば、ここに住みたまひて、この対の前なる紅梅と桜とは、花のをりをりに、心とどめてもて遊びたまへ。さるべからむをりは、仏にもたてまつりたまへ」（御法巻・六―一一〇）

と、二条院を匂宮に譲り、紅梅と桜を託した。紫の上の死後、この遺言を守ろうとする三宮の、健気な幼い姿が幻

巻に描かれている。匂兵部卿巻では

紫の上の、御心寄せことにはぐくみきこえたまひしゆゑ、三の宮は、二条の院におはします。…御元服したまひては、兵部卿と聞こゆ。（匂兵部卿巻・六―一六一～二）

とあり、二条院に住み、兵部卿と呼ばれた。紫の上の父も若かりしころに兵部卿であった。紫の上の「紅梅」のイメージは匂宮に受け継がれた。

「宮の若君」とは、女三宮の産んだ光源氏の末の息子、実は柏木の子。冷泉院、帝、中宮、夕霧に愛され、順調に昇進していくが、折々に出生の秘密に気づいていたとある。正編で語られることのなかった彼の生来の不思議な特性が語られるのもこの巻。

香のかうばしさぞ、この世の匂ひならずあやしきまで、うちふるまひたまへるあたり、遠く隔たるほどの追風も、まことに百歩のほかも、薫りぬべきここちしける。（六―一七〇）

芳香を発する特異体質であり、

…あまたの御唐櫃にうづもれたる香の香どもも、この君のは、いふよしもなき匂ひを加へ、御前の花の木も、はかなく袖かけたまふ梅の香は、春雨の雫にも濡れ、身にしむる人多く、秋の野に主なき藤袴も、もとの薫りは隠れて、なつかしき追風ことに、折りなしからなむまさりける。（六―一七〇～一）

と、春の梅、秋の藤袴といった香花、香草と相まって、類まれな体香を放つという。

巻末では、正月十八日の賭弓の還饗を夕霧が六条院で催す場面が描かれている。「雪いささか散りて、艶なるたそがれ」時、そこは「仏の国」と感じられたという。寝殿の南廂に招かれた薫の芳香を女房たちが称賛する。

…求子舞ひて、かよる袖どもの、うち返す羽風に、御前近き梅の、いといたくほころびこぼれたる匂ひの、さとうち散りわたるに、例の、中将の御薫りの、いとどしくもてはやされて、いひ知らずなまめかし。はつかにのぞく女房なども、「闇はあやなく心もとなきほどなれど、香こそげに似たるものなかりけれ」と、めであへり。

（六―一七七〜八）

正編では、初音巻に描かれた梅の香漂う新造六条院は「仏の御国」と評されていた。また、紫の上から女三宮へと六条院の女主人の移行を象徴するかのように、若菜下の女楽では、六条院南殿にたわわに咲き乱れていたのは白梅である。匂宮巻のこの場面も白梅であり、女三宮の白梅のイメージは薫中将に受け継がれている。「白」という視覚のイメージだけでなく、「白梅」の持つ香り高さという嗅覚面でのイメージが付与されている。正編にない新しく加えられた要素である。光なき闇に漂う白梅の気高い香りは、薫の体香が加わり、「似たるものな」き芳香に変わるというのである。

兵部卿宮は薫のこのような特異体質に対抗し、薫物に熱中し、

…御前の前栽にも、春は、梅の花園をながめたまひ、秋は…老を忘るる菊に、おとろへゆく藤袴、ものげなきわれもかうなどは、いとすさまじき霜枯れのころほひまでおぼし捨てずなど、わざとめきて、香にめづる思ひをなむ、立てて好ましうおはしける。（六―一七二）

と、春は「梅花」、秋は「菊」「藤袴」「われもこう」など、季節の香り高い草花を愛したという。世人は両人を「匂ふ兵部卿、薫る中将」と評した。

新しい主人公たちの物語世界における主題は、「香」「薫り」「匂ひ」である。正編の光が消え、新しい主人公たちの世界（続編）は嗅覚中心の世界となる。視覚面で光源氏の美質を受け継ぐのは「匂宮」であるが、嗅覚の方が大きく取り上げられている。季節が春となれば、闇の中に梅の香が漂う世界の構築がなされている。薫中将の香は

天然の芳香。生来の香りである。匂兵部卿の香は薫中将に対抗した人工の香りである。この巻は薫の優位性が際立つ。

匂宮は紫の上から二条院の紅梅と桜を託された。梅は花の可憐な美しさとともに、その芳香が賞美される。一方、桜の美は視覚に訴える美である。薫中将に対抗するあまり、続編の匂兵部卿は、桜を棄て、殊に梅に心を寄せる人物として描かれている。

三　紅梅巻の主題―匂宮と紅梅―

紅梅巻では、まず、昔の頭中将、致仕の大臣一族の後継者について語り始める。

　そのころ、按察使の大納言と聞こゆるは、故致仕の大臣の二郎なり。亡せたまひにし右衛門の督のさしつぎよ。…（六―一八二）

柏木の死後、その弟按察大納言が後継者となる。一方、髭黒大将の娘真木柱は、光源氏の弟の螢兵部卿宮と結婚して一女を設け、宮の死後、この大納言の後妻になっていた。按察使大納言と真木柱の一族の話であるが、その中心に匂宮がいる。

大納言邸に見事な「紅梅」があり、匂宮を前妻腹の中君の婿にと願う大納言は、梅の花を好む匂宮の気を引くため、その「紅梅」を一枝折り、

　心ありて風のにほはす園の梅にまづうぐひすの訪はずやあるべき（六―一九〇）

の歌を、紅の紙に書いて贈った。

ここに注目すべき詞が匂宮の言としてある。

「園ににほへる紅の、色に取られて、香なむ、白き梅には劣れるといふめるを、…」（六―一九二）

通常、梅の香は「紅梅」より、「白梅」の方が優れているというのである。大納言から贈られた「紅梅」は枝のさま、花房、色も香も世の常ならぬすばらしさ。視覚的に「匂う」だけでなく、「白梅」の香にも劣らぬ香りであった。螢兵部卿宮の遺児宮の御方に興味のあった匂宮は大納言に否定的な返事を送る。

花の香にさそはれぬべき身なりせば風のたよりを過ぐさましやは（六―一九二）

また、大納言

本つ香のにほへる君が袖触れば花もえならぬ名をや散らさむ（六―一九三）

匂宮

花の香をにほはす宿にとめゆかば色にめづとや人の咎めむ（六―一九四）

ここでは「本つ香のにほへる君」は匂宮、「紅梅」「花」は大納言の娘中君を指している。匂宮は中君を相手にせず、宮の御方に求愛し、真木柱を悩ませる。宿木巻に「かの按察使の大納言の、紅梅の御方」（七―一五九）とあるのは、宮の御方のこと。大納言邸の紅梅は、宮の御方の住む寝殿東の軒近くに咲いていた。大納言の意に反し、螢兵部卿宮の遺児を象徴することとなる。

『源氏物語』の巻名に「梅」の付く巻は、他に、正編の梅枝巻がある。催馬楽「梅が枝」に由来する巻名だが、この巻には薫物合が描かれている。明石姫の東宮入内準備のため、光源氏は薫物合を企画し、各所に依頼した。

きさらぎの十日、雨すこし降りて、御前近き紅梅盛りに、色も香も似るものなきほどに、兵部卿の宮わたりたまへり。（梅枝巻・四―二五五）

光源氏は、六条院を訪れた弟の兵部卿宮に判者を任せた。宮の御方の父である。宮の御方の母は、梅枝巻の前の真木柱巻で父を玉鬘に奪われた真木柱の姫君である。また、薫物の中に紫の上の「梅花」があり、

三種あるなかに、梅花、はなやかに今めかしう、すこしはやき心しらひを添へて、めづらしき薫り加はれり。「このころの風にたぐへむには、さらにこれにまさる匂ひあらじ」とめでたまふ。（梅枝巻・四―二五八）

と高く評価された。この「梅花」は匂宮に受け継がれたことであろう。後宴では、柏木が和琴を、弟弁の少将が拍子をとって催馬楽「梅枝」を歌った。この弁の少将が、後の紅梅の大納言である。紅梅巻の登場人物たち―大納言、真木柱、宮の御方、匂宮等は、梅枝巻に何らかの繋がりを持っている。紅梅巻は、正編の薫香を主題とする梅枝巻を踏まえて、再構築されているといえよう。

匂宮の梅好きは「御心とどめたまふ花なれば」（紅梅巻・六―一九一）、「梅の花めでたまふ君なれば、」（六―一九四）、「この宮などのめでたまふ」（六―一九五）と繰り返し語られる。「移り香」もまた称賛される。

一方、薫のことは大納言と真木柱の会話の中に噂話として出てくる。

源中納言は、かうざまに好ましうはたき匂はさで、人柄こそ世になけれ。あやしう、前の世の契りいかなりける報いにかと、ゆかしきことにこそあれ。（六―一九五）

匂宮に比する形で、匂宮のような薫物ではなく、自然に体から漂う薫の芳香について触れている。しかし、この巻の中心は匂宮と紅梅である。薫の「香り」における優位性を語りながら、「紅梅」の嗅覚には留まらない「匂ひ」、すなわち、嗅覚＋視覚、目で見る艶やかさを加味し、白梅に勝る紅梅の優越性を語る。言い換えれば、光源氏の美を継承するのは匂宮、紫の上に愛された匂宮の優越性を表明する巻と言ってよいかもしれない。

四　竹河巻の梅花の二場面

竹河巻には梅花の場面が二つ存在する。竹河巻は髭黒亡き後の玉鬘の後日談である。娘の大君は、帝ではなく、冷泉院に嫁し、女宮と、予想外の男宮を生む。中君は玉鬘が尚侍を譲り、後見する。意に反して悩みは多い。思うに任せぬ半生が語られる。その中で薫の存在が玉鬘の視点から明らかにされるという趣向。本当の血筋からいえば、薫は玉鬘の甥にあたる。その彼の登場部分に梅花が素材として使われている。しかも二つの場面において。

薫はこの巻では四位侍従と呼ばれ、冷泉院にわが子のように可愛がられているという。

げにいと若うなまめかしきさまして、うちふるまひたまへる匂香など、世の常ならず。（竹河巻・六―二〇七）

と、前二帖に続き、薫の特性が語られる。初春に薫が玉鬘邸を訪れ、女房たちと和歌の贈答を行う。

御前近き若木の梅、心もとなくつぼみて、うぐひすの初声もいとおほどかなるに、いと好かせたてまつらまほしきさまのしたまへれば、人々はかなきことを言ふに、言少なに心にくきほどなるを、ねたがりて、宰相の君と聞こゆる上臈の詠みかけたまふ。

　折りて見ばいとどにほひもまさるやとすこし色めけ梅の初花

口はやし、と聞きて、

　よそにてはもぎ木なりとや定むらむしたににほへる梅の初花

さらば袖触れて見たまへ」など言ひすさぶに、「まことは色よりも」と、口々、引きも動かしつべくさまよふ。（竹河巻・六―二〇八）

若い薫を「梅の初花」に譬え、「すこし色めけ」と女房たちがからかう。初春の、特に「紅梅」と断っていない念誦堂の東の階近くのこの梅は、「白梅」である。

この時、玉鬘に「まめ人」と言われ、「うれたし」と思った薫は、正月二十余日頃に、再度玉鬘邸を訪れる。

西の渡殿の前なる紅梅の木のもとに、梅が枝をうそぶきて立ち寄るけはひの、花よりもしるく、さとうち匂へれば、妻戸おしあけて、人々、あづまをいとよく掻き合はせたり。（六―二一〇）

前の場面で、「色めけ」と言われた悔しさに、「好き者ならはむかし」（六―二〇九）とイメージチェンジを謀って、色鮮やかな紅梅の許で、催馬楽の「梅が枝」をうそぶく。「西の渡殿の前」にある「紅梅」は、前回の「念誦堂の東の階近く」の「梅」とは違うものである。

二つの梅の場面は白梅と紅梅が対照的に使われている。「白梅」から「紅梅」へ、薫が玉鬘邸を再訪する口実となる。その紅梅よりもはっきりと薫の体から芳香が漂う。底流に流れるのは、潔い、きよらかな香り高い白梅のイメージの薫である。

再訪場面では、女房たちが御簾の内から差し出した和琴を弾く。玉鬘は、光源氏の息子と思い込んでいる薫が、柏木の遺児で甥に当たることを知らない。しかし、和琴の音色に

あやしう故大納言の御ありさまに、いとようおぼえ、琴の音など、ただそれとこそおぼえつれ。（六―二一一）

と、真実は顕れており、玉鬘は無意識に「柏木に似ている」と口にする。和琴の音色と不思議な芳香。髭黒一族の後日談でありながら、この部分は薫を主軸に描いている。光源氏の孫、夕霧の息子の蔵人の少将は

人はみな花に心を移すらむひとりぞまどふ春の夜の闇（六―二一二）

と羨ましがる。「花」は薫を指す。女房の返歌

をりからやあはれも知らむ梅の花ただ香ばかりに移りしもせじ（六―二一二）

「梅の花」は薫のこと。「香」も薫の香。こんなやりとりの中で薫の芳香という特異性が浮き彫りにされ、話は、三月、桜の話題に転じ、蔵人の少将の大君に対する報われぬ恋が語られていくのである。

竹河巻では、若き日の薫が点描されるが、その中に早春の白梅、その後に咲く紅梅が、二場面において、重要な素材となっている。

五　橋姫物語の香り

匂兵部卿宮・紅梅・竹河の三帖で、繰り返し描かれた春の梅と紅梅が、橋姫巻から早蕨巻では描かれていない。橋姫巻の薫の垣間見は秋の有明の頃であったし、椎本巻で、匂宮が宇治を訪れ、八の宮の意向で中君と歌の贈答をするのは春でも、桜の季節であった。八の宮の死は八月で旧暦の秋。そのほぼ一年後、二度目の薫の垣間見は夏。総角巻で、大君と薫の思惑が交錯し、匂宮と中君が結ばれ、苦悩のうちに大君がこの世を去るのは秋から冬の季節であった。「梅」「紅梅」とは関わりのない季節が描かれている。しかし、匂宮、紅梅、竹河三帖で特筆された薫の芳香、闇の中の香り、移り香は、宇治の橋姫物語の重要な要素となっている。宇治十帖の前半、宇治の八の宮の姫君たちと薫、匂宮の恋模様は、秋から冬の闇の香が関わっている。

橋姫巻の最初の垣間見場面。薫の宇治来訪は、「隠れなき御匂ひぞ、風に従ひて、主知らぬ香とおどろく寝覚めの家々ありける。」（六―二七三）、「御けはひしるく聞きつけて、宿直人めく男、なまかたくなしき、出で来たり。」（〃）とその香りですぐに知れてしまう。薫が大君、中君を垣間見した時、あやしく、かうばしく匂ふ風の吹きつるを、思ひかけぬほどなれば、おどろかざりける心おそさよと、心もまどひて（橋姫巻・六―二七七）

と、匂う風に気づきながら迂闊であったと姫君たちに後悔させる。夜が明け、濡れてしめった薫の狩衣姿は「この世のほかの匂ひにやと、あやしきまで薫り満ちたり。」（六―二八〇）という状態で、前掲の「宿直人めく男」に与えられた。その移り香がいつまでも残り、「似つかはしからぬ袖の香を、人ごとにとがめられめでらるる」（六―二八七〜八）たという。この件は、椎本巻に「かの御移り香もて騒がれし宿直人」（六―三四四）、総角巻でも「宿直人がもてあつかひけむ思ひあはせられて」（七―二八）と語られている。移り香でもこうであるから、本人であれば、その芳香はたいへんなものであろう。

二度目の垣間見は椎本巻末にあるが、ここに香りは描かれていない。八の宮の一周忌も近い夏、日中、室内で、薫が障子の端の穴から覗く。大君は警戒するが、誰も覗いていることに気がつかない。薫の香りに気がつかないはずがない。薫の香りが家中に満ちているため、彼の覗くという行為そのものは想定できなかったということであろう。

あって当然の香りの描写が描かれていない場面が総角巻にもある。八の宮の一周忌前後で、大君と薫の思惑が交錯する。薫の強引な求愛に必死で抵抗した大君は、薫と中君を結ばせようとする。薫は弁の尼と謀って、大君の寝所に進入。大君は中君を残して逃れる。

宵すこし過ぐるほどに、風の音荒らかにうち吹くに、はかなきさまなる蔀などは、ひしひしとまぎるる音に、人の忍びたまへるふるまひは、え聞きつけたまはじ、と思ひて、やをら導き入る。同じ所に大殿籠れるを、うしろめたしと思へど、常のことなれば、ほかほかにともいかが聞こえむ、御けはひをも、たどたどしからず見たてまつり知りたまへらむ、と思ひけるに、うちもまどろみたまはねば、ふと聞きつけたまひて、やをら起き出でたまひぬ。いと疾くはひ隠れたまひぬ。（総角巻・七―三七～八）

大君が逃げ出したのは、薫の特異な芳香に気づいたからではなく、風の音に打ち消されて聞きつけることはできまいという予想に反して「ふと聞きつけたまひて」と、薫の侵入を物音で察知したからである。薫の特異な芳香が重要なキーポイントであるのに、奇妙なことである。

周知のごとく正編の空蝉巻は光源氏の香りを察知した空蝉が、継娘の軒葉の荻を残して脱出し、暗闇の中、光源氏が相手を取り違えるという話であった。空蝉は「かかるけはひの、いとかうばしくうちにほふに」（空蝉巻・一―一二二）と、光源氏の香りで彼の行動を察知した。帚木巻の一夜で空蝉は光源氏の香りを知っていたからである。総角巻で薫の香りを取り上げないのは、正編の空蝉巻ですでに使われている抜け出しのトリックを繰り返さないという意志と考えられようし、前述のように薫の芳香は邸中に満ち、行為の想定はできなかったとも考えられよう。

左表は、両者を比較したものである。

	季節	場所	在室者	侵入者	抜け出した人	抜け出した理由	残された人
空蝉	夏五月	紀伊守の邸	空蝉・軒端の荻	光源氏	空蝉	いとかうばしくうち匂ふ（香）	軒端の萩
総角	秋八月	宇治の八宮邸	大君・中君	薫	大君	ふと聞きつけたまひて（物音）	中君

空蝉巻の置き去りにされた軒端の荻は光源氏の愛欲の対象となるが、総角巻の中君は薫の自制心に救われ、これは更なる入れ代わりのトリックへと進展する。

中君を薫にと願う大君を得るために、中君を匂宮にと考える薫。匂宮を連れて宇治に行き、自分は大君とともに夜を過ごし、自分と偽って、弁の尼に匂宮を中君のもとに手引きさせる。

宮は、教へきこえつるままに、一夜の戸口に寄りて、扇を鳴らしたまへば、弁参りて導ききこゆ。（七―五〇）

この場面にも香りのことは一切書かれていない。薫も匂宮も良い香りがしたであろうに。香りが出てくるのは、匂宮と中君の結びつきが強固になった後、

たぐひすくなげなる朝明の姿を見送りて、名残とまれる御移り香なども、人知れずものあはれなるは、（七―六八）

中君が匂宮の移り香で彼を恋しく思う場面。さらに、薫と匂宮が連れ立って宇治を訪れる場面でも

秋果つるけしきのすごきに、うちしめり濡れたまへる匂ひどもは、世のものに似ず艶にて、（七―七〇）

と、二人の芳香と薫香は健在である。しかし、抜け出しと入れ代わりのトリックという重要な場面には、香りが使われていないのである。

六　早蕨巻の梅・紅梅

大君を失った薫と、中君を京に迎える匂宮を描く早蕨巻に、竹河巻と同様に、梅と紅梅の二つの場面が存在する。正月二十余日の内宴などが過ぎたころ、大君亡き後、思いあまった薫は匂宮を訪問する。「例の、御心寄せなる梅の香をめでおはする」匂宮。「下枝を押し折りて参りたまへるにほひの、いと艶にめでたき」薫。匂宮はその花を見て、

折る人の心にかよふ花なれや色には出でずしたににほへる（早蕨巻・七―一二八）

と薫を評する。「折る」「色には出でずしたににほへる」はすでに竹河巻にあった表現。

（玉鬘の女房）折りて見ばいとどにほひもまさるやとすこし色めけ梅の初花

（薫）よそにてはもぎ木なりとや定むらむしたににほへる梅の初花 （竹河巻・六—二〇八）

何年も経つのに、相変わらず色めかない薫。「色には出ずしたににほへる」のは白梅であり、薫を譬える。

夜になり、大殿油も消えぐで「闇はあやなきたどたどしさ」（早蕨巻・七—一二九）の中、匂宮と薫は尽きせず語り合う。「闇はあやなき」は

春の夜の闇はあやなし梅の花色こそ見えね香やはかくるゝ（『古今和歌集』巻第一、春歌上、四一、躬恒）

の引歌表現。背景にあるのは「梅の香」である。庭の梅の香とともに恐らくは薫の体香と、匂宮の梅花香がかぐわしい香りを放っているのであろう。この語らいの中で、匂宮は中君を京に迎える相談をし、中君に未練を残しながらも、薫は中君の京移転の手配をする。

移転は二月一日ごろに予定されていた。移転の前日、宇治に赴いた薫は中君と対面するが、その場面に「紅梅」が描かれている。

御前近き紅梅の、色も香もなつかしきに、うぐひすだに見過ぐしがたげにうち鳴きてわたるめれば、まして「春は昔の」と心をまどはしたまふどちの御物語に、をりあはれなりかし。風のさと吹き入るるに、花の香も客人の御匂ひも、橘ならねど、昔思ひ出でらるるつまなり。つれづれのまぎらはしにも、世の憂きなぐさめにも、心とどめてもてあそびたまひしものを、など、心にあまりたまへば、

見る人もあらしにまよふ山里に昔おぼゆる花の香ぞする

言ふともなくほのかにて、たえだえ聞こえたるを、なつかしげにうち誦じなして、

袖ふれし梅はかはらぬにほひにて根ごめうつろふ宿やことなる（早蕨巻・七—一三六）

宇治の八の宮邸に紅梅が咲いていたという記述はこれ以前にはない。大君と紅梅という関わりも描かれていない。

この場面は「花の香も客人の御匂ひも」とその場に漂う薫の芳香によって導き出される、物語に描かれていない大君との思い出の日々なのであろう。薫が現れて以後の様々な出来事を想起する中の君にとっても「昔おぼゆる花の香」である。

竹河巻と同様に薫が白梅の場面から紅梅の場面へと移動する。竹河巻では「さらば袖触れて見たまへ」と言った薫が、宇治で「袖ふれし梅」は中君であった。総角巻、大君が薫と中君を結びつけようとして抜け出した時、ただ触れただけで、匂宮に中君を譲った薫である。それが原因で大君は死に至った。底辺に流れるのは大君の死であり、薫の香りである。中君が匂宮に迎えられて二条院に移る季節は、紫の上の愛した春、紅梅の季節である。

七　浮舟物語の始発と香り

中君が京に移り、宿木巻から新たな物語が語りだされる。匂宮は夕霧の六の君と結婚し、不安定な状況に置かれた中君に、大君を追慕する薫が接近し、寝所に入り込む。中君は妊娠しており、今回も何事もなく終わるが、彼の移り香が匂宮の疑いを招く。苦慮した中君は薫に異母妹の存在を明かす。浮舟物語がここから始まる。

四月、薫は宇治で浮舟一行と遭遇。大君に瓜二つの浮舟を見る。橋姫物語椎本巻の二度目の垣間見に描かれなかった薫の香りが描かれている。

若き人「あなかうばしや。いみじき香の香こそすれ。尼君の焚きたまふにやあらむ」とおどろく。老人、「まことにあなめでたのものの香や。京人はなほいとこそみやびかに今めかしけれ。…東にてかかる薫物の香は、え合はせ出でたまはざりきかし。…」（宿木巻・七—二六〇）

東国から上京した人々は、彼の芳香を、都の香り、弁の尼の薫物と誤解する。薫は女二宮を迎え、帝の婿になったばかり。浮舟が自分とはおよそ釣り合いのとれない田舎育ちということを薫も認識することになる。

東屋巻、浮舟が一時身を寄せた二条院で、最初に近づいたのは匂宮であった。匂宮の香りは、「かうばしきけはひなども」（七―三〇九）「袿姿なる男の、いとかうばしくて添ひ臥したまへるを」（七―三一一）と描かれる。危く難を逃れ、三条の小家に移った浮舟の脳裏に強く残ったのは、

あやにくだちたまへりし人の御けはひも、さすがに思ひ出でられて、何ごとにかありけむ、いと多くあはれげにのたまひしかな、名残をかしかりし御移り香も、まだ残りたるここちして、恐ろしかりしも思ひ出でらる。（東屋巻・七―三二九）

と、恐怖心もさることながら、匂宮の「名残をかしかりし御移り香」であった。

薫の芳香も二条院で「名残にほへる移り香、言へばいとさらめきたるまでありがたし（七―三〇三）」と浮舟母の視点で描かれ、三条の小家に来訪したときは「風はいと冷やかに吹き入りて、言ひ知らず薫り来れば、かうなりけり」（七―三三五）と、浮舟周辺の人々にやっと認知された。

八　浮舟巻の梅花の香り

浮舟巻は春の季節を描いているが、「梅」「紅梅」の語は登場しない。しかし、梅の香りを想定できる場面がいくつか存在する。

早春の二条院に届いた浮舟の手紙が匂宮を宇治へと導く。かつて匂宮は薫の手引きで、薫と入れ代わって中の君

を得た（総角巻）。闇の中で人が入れ代わる。このトリックは後半の浮舟物語でも繰り返される。総角巻の経験から、薫の声色をまねて侵入し、浮舟を得る。今度の入れ代わりのトリックには、「香のかうばしきことも劣らず」（浮舟巻・八―二八）と香りが描かれている。薫に紛う、念入りに焚きしめた匂宮の香りは、この時期であれば、梅花香であろう。浮舟周辺の人々には二人の香りの違いが識別できなかった。

梅の花が咲いていることを暗示する語句が、さらにこの後、二つ、浮舟巻に存在する。

一つは催馬楽「梅が枝」。「梅が枝」は

　梅が枝に　来居る鶯　や　春かけて　はれ　春かけて　鳴けどもいまだ　や　雪は降りつつ　あはれ
　そこよしや　雪は降りつつ（2）

と、梅、鶯、雪を詠み込んだ早春の歌である。『古今和歌集』巻第一春歌上・五に「題しらず・読人しらず」として

　梅が枝にきゐるうぐひす春かけて鳴けどもいまだ雪はふりつゝ（3）

とある。『源氏物語』中の催馬楽「梅が枝」の用例は四例、正編に一例、続編に三例ある。

初出は第二節に前述した梅枝巻の場面。二月十日の紅梅の盛りの頃、六条院に兵部卿宮が来訪、明石姫入内準備の薫物合となり、その後、宴が催される。そこで催馬楽「梅が枝」が若き日の紅梅の大納言によって歌われる。

続編の二例は竹河巻にあり、これも**四**で論じた薫の玉鬘再訪場面で「西の渡殿の前なる紅梅の木のもとに、梅が枝をうそぶきて立ち寄るけはひの花よりもしるくさと匂へれば、」とあり、歌うのは薫である。白梅のイメージがありながら、「少し色めけ」と言われ、イメージチェンジを狙って紅梅のもとで催馬楽「梅が枝」をうそぶく。三例目もこの回想部分である。四例目がこの浮舟巻で、

きさらぎの十日のほどに、内裏に文作らせたまふとて、この宮も大将も参りあひたまへり。をりにあひたるものの調べどもに、宮の御声はいとめでたくて、梅が枝など歌ひたまふ。(浮舟巻・八―四九)

二月十日の頃、内裏の作文の会でのこと。歌うのは匂宮である。仁寿殿で行われる内宴は一月に既に行われている(「…賭弓、内宴など過ぐして」八―二一)。これは、帝の私的な密宴と考えられる。他の用例はどちらも紅梅が咲いている場面で催馬楽「梅が枝」が歌われている。「をりにあひたる」とあり、この部分も、時期からすると紅梅が咲き、雪が降るような寒い日で、催馬楽「梅が枝」が歌われたと推定される。

二つ目は「闇はあやなし」という語句。前掲の文章に続いて、雪がにわかに降り乱れ、風も激しくなり、管弦の遊びは中止された。匂宮の宿直所に人々が集まり、薫もやってくる。その薫を次のように表現する。

闇はあやなし、とおぼゆるにほひありさまにて、「衣かたしき今宵もや」とうち誦じたまへるも…(八―四九)

宇治の浮舟に思いを馳せる薫に刺激された匂宮が、再び宇治の浮舟を訪れる契機となった重要な場面である。「闇はあやなし」とは、**六**でも述べた如く、

春の夜の闇はあやなし梅の花色こそ見えね香やはかくるゝ

の引歌表現で、光なき闇の中に漂う梅花の香をいう。「梅」「紅梅」の語はないが、梅花が想定される場面である。この場面で「闇はあやなし」と表現されるのは薫その人である。

「闇はあやなし」という表現は『源氏物語』に五例ある。これもみてみよう。

正編に一例、若菜上巻。二月中旬、女三宮降嫁三日目の夜、光源氏は、紫の上の夢を見て急いで東の対に帰る。

1、明けぐれの空に、雪の光見えておぼつかなし。名残までとまれる御匂ひ、「闇はあやなし」とひとりごたる。(若菜上巻・五―六〇)

「なごりとまれる御にほひ」は光源氏の残り香。紫の上が新婚の光源氏のために「御衣どもなど、いよいよたきしめさせたまふ」（五―五五）たもので、「闇はあやなし」とあるところから梅花香と考えられる。

続編に四例。

匂兵部卿巻は前出部分で、

2、はつかにのぞく女房なども、「闇はあやなく心もとなきほどなれど、香にこそげに似たるものなかりけれ」と、めであへり。（匂兵部卿巻・六―一七七～八）

夕霧邸の賭弓の還饗で、求子という舞を舞う薫の体香と御前近き梅の香が混じりあう芳香を女房たちがこう評した。

竹河巻は、男踏歌の翌日、冷泉院に召された薫を女房たちが賞賛する場面。

3、「闇はあやなきを、月ばえは今すこし心異なり、と定めきこえし」などすかして、（竹河巻・六―二三七）

ここでは「闇はあやなき」は薫の体香を表現する語となっている。

早蕨巻の匂宮邸梅花の場面に次ぐ、薫と夜通し語り合う場面にも

4、まだ冬めきていと寒げに、大殿油も消えつつ、闇はあやなきたどたどしさなれど、かたみに聞きさしたまふべくもあらず（早蕨巻・七―一二九）

とあり、「闇はあやなき」状態で、薫と匂宮二人の香りが漂っていた。（六で提示）

5例目が浮舟巻の前掲の当該部分。二月一日頃に薫が久しぶりに宇治を訪れ、大人びた浮舟に愛情を深め、帰京後の十日頃、内裏の作文の時にふと思いを口にした場面。「闇はあやなし」は薫の体香を表現している。

「闇はあやなし」「闇はあやなく」「闇はあやなき」の語は、春の、闇の中の梅の香を表現する引歌表現であるが、続編の四例はすべて、季節は春という限定のもとに薫の体香を表現し、4の一例のみ匂宮の香りも含む。この歌が

示す、闇に隠れない梅の香は、光源氏の後継者たちの春の香りとして表現され、特に、薫の代名詞にまでなっている。

浮舟巻には「梅」「紅梅」の語は無い。しかし、催馬楽の「梅が枝」(匂宮)、引歌表現の「闇はあやなし」(薫)という語は、梅の香が漂い、梅の花が咲いていることを暗示している。

さらに二度目の匂宮と浮舟密会場面では、二日目に浮舟が「紅梅の織物」の衣装に着替えている。時節に合わせ、かつ、匂宮の好みに合わせた衣装選択であろう。

九　手習巻の「袖ふれし人」

『源氏物語』の中で最後の「梅」「紅梅」は手習巻にある。

閨のつま近き紅梅の色も香も変らぬを、「春や昔の」と異花よりもこれに心寄せのあるは、飽かざりし匂ひのしみけるにや。後夜に閼伽たてまつらせたまふ。下臈の尼のすこし若きがある、召し出でて花折らすれば、かことがましく散るに、いとど匂ひ来れば、

袖ふれし人こそ見えね花の香のそれかとにほふ春のあけぼの（手習巻・八―二四四）

薫と匂宮の間で苦悩して失踪した浮舟は、横川の僧都と妹の尼君らに助けられ、一命をとりとめた。出家して薫とも匂宮とも関わりなく生きようとするが、春の訪れとともに梅が咲き、否応なく昔を思い出す。浮舟の和歌にある「袖ふれし人」とは誰なのか。そこにあるのは「紅梅」である。「飽かざりし匂ひのしみける」故に浮舟は他の花よりもこの花に「心寄せ」ているという。「飽かざりし匂ひ」の指し示す人とは。梅の香が「いとど匂ひ来れば」「そ

れかとにほふ」と思い出す人とは。薫であろうか匂宮であろうか（4）。

浮舟物語の中にこの部分以外に「梅」「紅梅」の記述はない。それは橋姫物語、**六**で述べた早蕨巻の「紅梅」の記述が、ここと同じく「春や昔」と大君の思い出のもとに描かれていながら、その該当部分が描かれていないのと同じである。早蕨巻の「袖触れし人」は薫であり、八の宮邸の寝殿の「御前近き紅梅」は、これから二条院に移転する中君を譬えていた。移転する二月一日の前日、一月末である。

（中君）見る人もあらしにまよふ山里に昔おぼゆる花の香ぞする

（薫）　袖ふれし梅はかはらぬにほひにて根ごめうつろふ宿やことなる（早蕨巻・七―一三六）

京移転を「根ごめうつろふ」と表現したとしても、紅梅が京に移されたわけではあるまい。しかし、こう歌ったからには、ふたたび紅梅を描くことはしなかったのだと思われる。八の宮邸の寝殿は、山寺に移築された。浮舟が住むのは、薫の手になる新造の寝殿である。紅梅は残され、同じ時期に咲いていた可能性はある。花の時期は匂宮の最初の来訪と一致するが、薫が来訪したときにも咲いていたと思われる。

紅梅の香りを「飽かざりし匂ひ」と感じるならば、それは匂宮との体験を踏まえてのことで、薫ではないと判断される。なぜなら、紅梅の思い出は、薫にはほとんどあり得ないと思われるからである。

薫がはじめて浮舟を垣間見たのは、二十六歳の四月（宿木巻）。その年の九月に三条の小家で初めて逢い、翌日の九月十三日、浮舟を宇治に連れて行き、住まわせている（東屋巻）。翌年の三月に浮舟の失踪。薫と浮舟との間に流れた時間はわずか六、七カ月である。特に年末から春、失踪までの間に、薫の訪れは一度しかなかったと推定しうる。以下、具体的に述べる。

薫は、宇治に浮舟を引き取った秋以降、あまり宇治を訪れていない。

かの人は、たとしへなくのどかにおぼしおきてて、待ち遠なりと思ふらむと、心苦しうのみ思いやりたまひながら、所狭き身のほどを、さるべきついでなくて、かやすく通ひたまふべき道ならねば…すこし日数も経ぬべきことども作り出でて、のどやかに行きても見む、さて、しばしは人の知るまじき住み所して、やうやうさるかたに、かの心をものどめおき…（浮舟巻・八―一二～一三）

「かの人」すなわち薫は「のどかにおぼしおきて」「さるべきついでなくて」と浮舟に執着してしない。何日かまとめて行ける口実をつくってのんびりと出かけようと思い、むしろ放っておいて「かの心をものどめおき」と浮舟に慣れさせようとしている。一方で

わたすべきところおぼしまうけて、忍ぶびてぞ造らせたまひける。…（八―一三）

と、こっそりと都に移す準備をしている。大内記が匂宮に語るところでは、

通ひたまふことは、去年の秋ごろよりは、ありしよりもしばしばものしたまふなり。下の人々の忍びて申ししは、女をなむ隠しすゑさせたまへる、けしうはあらずおぼす人なるべし、あのわたりに領じたまふ所々の人、皆仰せにてまゐりつかうまつる、宿直にさしあてなどしつつ、京よりもいと忍びて、さるべきことなど問はせたまふ、いかなる幸い人の、さすがに心細くて、ゐたまへるならむ、となむ、ただこの師走のころほひ申す、と聞きたまへし（八―一九～二〇）

当初はしばしば通っていたようであり、宇治の浮舟のために、周辺の人々に命じ、京からも気をつかっている。十二月には、浮舟のことを「幸い人」と言いつつも、「さすがに心細くてゐたまへる」とも噂しているという。

浮舟側の行動から見てみよう。新春に宇治から中君に便りを送っている。その中で「山里のいぶせさ」（八―一六）といい、女房からは「かくてのみつくづくとながめさせたまふ」（同）と物思いにふける浮舟の状態が語ら

れている。匂宮が宇治の女に気づき、二条院で出会った女かどうか確かめようと出向いた日は、浮舟が石山詣でに行く前日であった。これも乳母が浮舟を慰めようと、石山詣でを提案し京の浮舟母の許に赴き、計画したことだった。

また、右近の言では

殿は、この司召のほど過ぎて、朔日ころにはかならずおはしましなむ、と昨日の御使も申しけり。（八―二四）

「かならず」という語が、ずっと来訪がないことを物語っている。一月中に二月一日頃の来訪を予告している。一月中は何日かまとめて宇治行きができる状況ではなかったということである。以上から察するに、年末から翌年一月の薫の訪れは皆無。浮舟が宇治に置き去りにされていた事実が浮かび上がる。一月下旬、匂宮が薫を装って忍び込んだ。浮舟たちは、薫の春の香りを知らない。匂宮と区別がつかなかったのも当然であろう。匂宮は丸一日滞在し、手習や絵を描いて暮らし、浮舟の心は急速に匂宮に傾く。

薫の宇治来訪は、二月一日過ぎ。まず寺に行き、夕方に忍んで訪れ、京に迎えることを約束して、暁には帰ってしまう。この時、浮舟は薫に会うことを、「空さへはづかしく恐ろしきに」（八―四五）と思っている。また、

この人に憂しと思はれて、忘れたまひなむ心細さは、いと深うしみにければ…（八―四六）

とあり、「忘れたまひなむ心細さ」が「いと深うしみ」るほど、薫に放置されていたことも年末からこの時まで訪れがないという傍証になろう。続いて

思ひ乱れたるけしきを、月ごろにこよなうものの心知り、ねびまさりにけり…（八―四六）

しばらく見ない間に浮舟が成長し大人びたと喜ぶ。「月ごろ」というのも一月を挿み、年末から二月初旬まで訪れがなかったことを示していよう。浮舟は薫とともに居ながら、「ありし御さまの、面影におぼゆれば」（八―四七）

と匂宮を思って泣き、匂宮を愛するべきではないと苦悩する。薫の訪問は喜びよりは恐怖であり、暁の帰京は、むしろほっとしたことであろう。二人が共有する春の思い出はこの一日しかない。八の宮邸の紅梅が咲いていたとしても、薫と浮舟の間に、「飽かざりし匂ひのしみけるにや」というような梅花の香りを媒介とする甘美な思い出があったかは疑問である。

この後、突然二度目の匂宮来訪となる。薫より身動きのとれない身分で、雪を押して宇治までやってくる匂宮の愛情の深さを浮舟は実感する。今度は対岸の邸に舟に乗って出かけ、甘美で幸せな二日間を過ごす。二月の有明のころ、「橘」「垂氷」「雪」という語はあるが、紅梅の花も香りも描かれていない。

匂宮との二度の濃密な時間が浮舟に春の思い出として刻まれた。まして、匂宮が紅梅をこよなく愛する人だということは今まで縷々述べてきた通りである。描かれていない紅梅の思い出はどこにあったのか。可能性としては、最初の匂宮との逢瀬の時であろう。だからこそ二度目の逢瀬に匂宮好みの「濃き衣に紅梅の織物」(浮舟巻・八―五七)が用意されたと推定しうる。

手習巻の「紅梅」は小野の地に咲き、時期は子の日の若菜の後。早ければ一月上旬、遅いときは一月下旬。遅い方ならば初回の匂宮来訪の時期と重なる。

手習巻には匂宮を厭う場面もある。妹尼の娘婿に求愛されて、出家を望む過程でのこと。

宮を、すこしもあはれと思ひきこえけむ心ぞいとけしからぬ、ただこの人の御ゆかりにさすらへぬるぞ、と思へば、小島の色をためしに契りたまひしを、などてをかしと思ひきこえけむ、とこよなく飽きにたるここちす。

(手習巻・八―三二一)

一方で、薫のよさにも気づく。

はじめより、薄きながらものどやかにものしたまひし人は、このをりかのをりなど、思い出づるぞこよなかりける。（八―二二一）

春になれば、

「君にぞまどふ」とのたまひし人は、心憂しと思ひ果てにたれど、なほそのをりなどのことは忘れず。（八―二四二〜三）

とあり、若菜、紅梅の歌へと続いていく。匂宮の激しい恋の移ろいやすいことも、穏やかに誠実に対していた薫のよさにも気づく。行きつ戻りつしながら、思い出の紅梅にたどり着く。

浮舟の歌は、浮舟の心の動きを示している。「袖ふれし人」は、しらじらと明けゆくあけぼのの色に「にほふ」紅梅の人だった。すなわち、匂宮である。姉中君の夫で、愛してはならない人であった。先行きのない恋をし、身を捨てたのである。匂宮に戻ることはありえない。まして、薫には。

十　結語

春の夜の闇はあやなし梅の花色こそ見えね香やはかくるゝ

源氏物語の続編を貫くテーマがこの歌にある。光源氏亡き後の後継者たち―夜の闇に漂う芳香を持つ薫、対抗する薫香と視覚的にも艶やかな匂宮の恋物語である。梅、紅梅の花の時期は短い。白梅は潔く、紅梅は艶やかに咲き匂う。匂兵部卿、紅梅、竹河の三帖で、繰り返し梅、紅梅の香りとそれに紛う薫、匂宮の香りが描かれ、両者が対比された。正編での白梅のイメージは女三宮から薫へ、紅梅のイメージは紫の上から匂宮へ受け継がれ、この三帖で香りを付与して、できあがっている。

梅、紅梅に注目して続編全体を見ると、最初の三帖に比して、宇治十帖に梅花はほとんど描かれていない。大君、中君の橋姫物語は秋から冬が中心に描かれ、梅花は大君亡き後、中君の二条院移転の際に、二条院と宇治の二カ所に描かれるのみである。

後半の浮舟物語も手習巻に一カ所のみである。花の出現が少ないかわりに、闇に隠れ、漂う香りは常に存在している。梅花の咲く季節は浮舟巻に描かれ、薫の訪れがない宇治の浮舟の許に匂宮が立ち現れ、香りに迷い、恋に落ちた。梅花が描かれることはないが、花の存在は暗示される。それが明らかになるのが手習巻で、小野の紅梅が、浮舟巻で描かれなかった梅花の思い出を浮かび上がらせる。夜の闇からほのぼのと夜が明けたとき、浮舟に見えたのはあけぼのの色であった。紫の上が愛した紅梅の色である。紅梅が象徴するのは匂宮である。

視覚と嗅覚を使った梅花の描き方は、当時の和歌に根ざした代表的な表現方法で、読み手もそれを理解していれば、迷うことはなかったであろう。手習巻の小野の紅梅の「袖触れし人」は誰なのか、細かな読みによって、薫と浮舟の接点があまりにも少ないというところから明らかになる。形代は恋ではない。薫が恋したのは大君だけ。浮舟が恋したのは匂宮である。人の心は思うにまかせない。結末は夢の浮橋巻に描かれている。

注

（1）『源氏物語』の本文は新潮日本古典集成本を用いた。巻数―頁数。

（2）催馬楽の引用は日本古典文学大系『古代歌謡集』（小西甚一氏校注、岩波書店）による。三九六頁。

（3）『古今和歌集』の引用は岩波新大系本による。
（4）古注は、「飽かざりし匂ひ」を
『細流抄』―薫にても匂にても
『弄花抄』―匂宮
『湖月抄』―薫
とし、また、「袖触れし人」を
『岷江入楚』―薫なるべし、又匂にても有べし
とする。
近年で薫説をとるのは大系本山岸徳平氏、高田祐彦氏「浮舟物語と和歌」（『国語と国文学』昭和61・4）、匂宮説は『源氏物語評釈』玉上琢彌氏、集成本石田穣二、清水好子氏。最近では、金秀姫「浮舟物語における嗅覚表現―「袖ふれし人」をめぐって―」（『国語と国文学』平成13・1）。薫でもあり、匂宮でもあるとするのが、池田和臣氏「手習巻物怪攷―浮舟物語の主題と構造―」（『〔論集中古文学5〕源氏物語の人物と構造』〔笠間書院、昭57・5〕所収）、三田村雅子氏『源氏物語　感覚の論理』（有精堂出版、平成4・3）、早乙女利光氏「「飽かざりし匂ひのしみけるにや」をめぐって」（津本信博編『源氏物語の鑑賞と基礎知識No.40　手習』〔至文堂、平成17・5〕所収）等。
金秀姫氏の論は嗅覚の記憶が匂宮を指し示すとする。「記憶の蘇生によって、浮舟が面と向かうことになったのは、匂宮その本人であるよりは、かつて匂宮に断ちがたく惹かれていた自分自身の感情であり、自分自身の姿であると捉えるべきであろう。それを一挙に思い知らされた浮舟がふたたび薫に戻ることがあり得るのであろうか。」という指摘は示唆に富む。

第三章

『源氏物語』の音楽

本章は源泉としての音楽を扱う。和琴（わごん）は日本古来の絃楽器、琴（きん）は中国古来の絃楽器で、奈良時代から平安時代前期に盛んに演奏された。和琴も琴（きん）も独特の変遷史を持ち、『源氏物語』においてはきわめて重要な役割を担う。『源氏物語』の成立した時代と、『源氏物語』が描く時代でさえも、情況が異なり、時代ともに実態がわかりにくくなっている。本章では、この和琴と琴（きん）に注目した。和琴や琴（きん）を源泉として、作者が『源氏物語』をどのように描いているのか、様々な観点から考察する。

第一節は『源氏物語』に描かれた和琴について、様々な呼び名、曲調、言い回し、登場人物にとっての和琴の意味などを本文に即して考察する。

第二節では、源泉としての琴（きん）の意味を考えた。論は三つ。

1は五節の舞姫の起源と琴（きん）。琴（きん）の伝来から日本における定着の歴史を確認し、そこから五節舞の起源に新説を提案した。大嘗会、新嘗会に宮中で行われた舞楽の五節舞は、天武天皇が吉野宮で琴を弾いた時に天女が現れて舞った舞の再現といわれるが、その起源説における「琴」は「琴（きん）」ではないか、と論じた。

2は光源氏の弾琴の意味。光源氏は琴（きん）の名手として描かれ、その弾奏には様々な意味がある。若紫巻の北山での弾琴の意味、須磨巻、明石巻での弾琴の意味を、1の五節との関わりの中で論じた。また、明石巻の琴曲「広陵散」の弾奏の意味を父桐壺院と住吉信仰、兄朱雀帝との関係から光源氏の帰京に関わらせて考察した。

3は女三宮に伝授した「胡笳の調べ」。降嫁した女三宮の六条院における立場の変化、光源氏が女三宮に琴（きん）を伝授する意味を考察。若菜下巻の女楽で、最後に女三宮が弾奏した「胡笳の調べ」は、『源氏物語』の本文から推して「王昭君」であってはならず、琴（きん）の名手であった蔡邕の娘、蔡琰の「大胡笳」と想定した。

第一節　和琴――よく鳴る和琴・よく鳴る琴――

一　はじめに

一条兼良は『花鳥余情』の序文で

あづまをもろ〳〵のうつは物のうへにをき、紫をよろづの色の中にたとふるが（朝イ国）ごとし。みなもとふかき水はくめどもさらにつくる事なく、くらくなき玉はみがけばいよ〳〵光をます。我国の至宝は源氏の物語にすぎたるはなかるべし。（九頁）(1)

と、『源氏物語』をわが国の至宝という。続けて、四辻善成の『河海抄』の跡をたどり、不足を補い、誤りを正すと執筆の目的を明示している。冒頭の「あづま」とは和琴のことで、「うつは物」（＝器物）とは楽器のこと。「和琴を楽器の最上におく」というのである。これは『源氏物語』常夏巻、光源氏の玉鬘に対する和琴談義の中に

あづまとぞ名も立ち下りたるやうなれど、御前の御遊びにも、まづ書司を召すは、人の国は知らず、ここには

これをものの親としたるにこそあめれ。（常夏巻・四―九二）(2)

とあることによる。

和琴は、日本古来の六絃の絃楽器であり、『源氏物語』の中ではあづま琴、あづま、大和琴とも呼ばれる。『源氏物語』の中では、和琴は24例あり、通常和琴（わごん）と呼ばれるが、大和琴2例、あづま8例、あづま琴1例もある。また東屋巻には「あはれわがつまといふ琴」という言い方もある。このような呼び方の違いはどこからくるのだろうか。

「大和琴（やまとごと）」と言う場合は、異国と対比され、日本古来の絃楽器であることが強調される場合に使われていると考えられる。前掲引用文に先立ち、和琴談義の中で

大和琴とはかなく見せて、際もなくしおきたることなり。広く異国のことを知らぬ女のためとなむおぼゆる。（常夏巻・四―九一）

と、異国と対比され、真名（漢字）と仮名（女文字）の対比の如く、楽器においても、日本古来の和琴は女のための楽器と光源氏に言われる。また、若菜下巻、女楽の競演の部分で、紫の上の和琴に対する夕霧の感想部分

このわざとある上手どもの、おどろおどろしく搔き立てたる調べ調子に劣らず、にぎはしく、大和琴にもかかる手ありけりと、聞きおどろかる。（若菜下巻・五―一七四）

では、「大和琴」と特に言うことによって、琵琶、箏、そして琴（きん）という外来の楽器の中で、和琴が日本古来の楽器であることが強調される。

この他『源氏物語』の中には「よく鳴る和琴」「よく鳴る琴」という言い回しが、

(1) 帚木巻、左馬頭の体験談―木枯らしの女の話

よく鳴る和琴を調べととのへたりける、うるはしく掻きあはせたりしほど…（一―六九）

⑵花散里巻、中川の女の邸

よく鳴る琴を、あづまに調べて、掻きあはせ、にぎははしく弾きなすなり。（二―一九四）

⑶手習巻

さるは、いとよく鳴る琴もはべり、と言ひ続けて…（八―二一一）

の3例あり、加えて、「和琴」「琴」の語はつかないが明らかに和琴を示す例

⑷常夏巻

をかしげなる和琴のある、引き寄せたまひて、掻き鳴らしたまへば、律にいとよく調べられたり。音もいとよく鳴れば…（四―九一）

もある。これらは繰り返されるところからみて、和琴に対する常套句と考えられる。

これを検証し、兼良の注目した和琴が『源氏物語』の中でどのように扱われ、どのような役割を果たすのか、『源氏物語』の和琴について、具体的に考察していきたい。

二　よく鳴る和琴

まず、⑴の「よくなる和琴」は帚木巻における雨夜の品定めの中で左馬頭の体験談に登場する浮気な女の話の中に出てくる。「神無月のころほひ、月おもしろかりし夜、内裏より」（一―六八）退出した左馬頭が、ある殿上人と車に同乗し、女の家に立ち寄る。そこは左馬頭にとっても馴染みの女の家であった。男は

ふところなりける笛取り出でて吹きならし、かげもよし、などつづしりうたふほどに、よく鳴る和琴を調べととのへたりける、うるはしく掻きあはせたりしほど、けしうはあらずかし。律の調べは、女のものやはらかに掻き鳴らして、簾のうちより聞こえたるも、今めきたるものの声なれば、清く澄める月にをりつきなからず。
（帚木巻・一―六九）

男の笛に女は「よく鳴る和琴」を合わせて弾いたのである。それは律調であったという。

古注釈書では、(1)について、早く『紫明抄』に言及がある。

よくなるわこんをしらへとゝのへたり
琴有能鳴調（二五頁下）(3)

とあって「琴に能鳴調有り」という。ついで『河海抄』が

よくなるわこんを
和琴に能鳴調《ノウメイテウ》ありそれによそへていへる也（以下略）（二二四頁下）(4)

と、琴を和琴に限定している。「能鳴調」が和琴にあるので、「よく鳴る和琴」という言い方をしたというのである。

他に『孟津抄』『岷江入楚』、賀茂真淵『源氏物語新釈』などが『河海抄』を引用するが、それ以外の言及はない。

では、『河海抄』のいう「能鳴調」とはいったい何か。

『古事類苑』楽舞部二十四和琴の条に『楽家録』の記載がある。『楽家録』は江戸時代、安倍季尚が元禄三年に著した50巻、目録1巻の書。日本古典全集『楽家録』（昭10・3）巻之七よりその部分を引用する。

第廿五　還飛之調及能鳴雁鳴澤田調之事
舊記曰、還飛之調者柱二宛立並以此調為秘曲云々〔私曰、此事在神楽之調乎、未詳之〕謂能鳴之調者以盤渉調

名之云々雁鳴之調及澤田之調、此二調未知何等調矣（一―二一〇頁）

これによれば、「能鳴調」というのは、和琴における盤渉調であるという。

安倍家は地下楽家の家柄で、季尚は神楽篳篥相伝の楽人であり、和琴、篳篥に詳しい。一方、『河海抄』の著者四辻善成は室町時代南北朝の人で、四辻家は堂上楽家で謡物と絃の雅楽相伝の家柄である。四辻家については、旧南都雅楽家系にして宮内庁雅楽部の楽師であり、国立音楽大学教授であられた芝祐泰氏編『雅楽通解　楽史篇』（国立音楽大学、昭42・9）に詳しい。同書『雅楽傳統要解』に、

往昔音楽の事は総て公卿「四辻家の預り」となって居ったので（明治三年十一月この事を廃す）三方楽人が自発的に行った「三方及第」の試験法に加へて「四辻家御用会」と云って、毎月日を定めて三方楽人の上席者が四辻家に集り、雅楽管弦の作法稽古を受け、四辻家より其の藝の甲乙を定めて「奏上」に及ぶと云う厳重な音楽鍛錬の制度があって、…（一八二頁）

とあり、また、

近代ニテハ音楽之事都テ四辻家之預ニ相成候得共、元来和琴の楽人辻某ヨリ、箏ハ同東儀某ヨリ四辻家へ傳へ候由、然ル所当時ニテハ四辻家の家業ト被致、彼家ヨリ楽人共へモ相傳有之事ニ相成候。…（一八三頁）

とある。四辻家がこのような雅楽の中心になったのは『河海抄』成立より後のことだが、四辻善成が一般には伝わらない雅楽の知識を持ち、和琴に詳しいのも道理と考えられ、注としても信頼できよう。『花鳥余情』の言及がないのはその注に信頼をおいているからに他ならない。

和琴の調律は横笛を以てする。男の吹く笛に合わせ、「よく鳴る和琴」は能鳴調に「調べととのへ」られており、和琴は「律の調べ」に「掻き鳴ら」されていたという。その後「箏の琴を盤渉調に調べて、いまめかしく掻い弾」

いたとある。和琴において「能鳴調」という調べは「盤渉調」だというのだから、同じ曲調で調和をとったと考えられよう。

三　「よく鳴る琴」

⑵と⑶は「よく鳴る和琴」ではなく「よく鳴る琴」である。この「琴（こと）」を「和琴」と考えてよいか。以下考察していく。

⑵花散里巻、光源氏が花散里を訪問する途中でのこと、

五月雨の空めづらしく晴れたる雲間にわたりたまふ。何ばかりの御よそひなく、うちやつして、御前などもなく、忍びて、中川のほどおはし過ぐるに、ささやかなる家の、木立などよしばめるに、よく鳴る琴を、あづまに調べて、掻きあわせ、にぎははしく弾きなすなり。御耳とまりて、…（二―一九四）

『紫明抄』に言及はなく、『河海抄』では

よくなることをあつまにしらへて

和琴　有能鳴調よそへていへる也（三〇七頁上）

とある。和琴に「能鳴調」があることから、「琴」を和琴と限定する。『孟津抄』『岷江入楚』では『河海抄』を引用しつつ、次のようにいう。

『孟津抄』

よくなることを切あつまにしらへてあはせ切（三八七12・418）

此詞心得かたし　よく鳴也　和琴
能鳴　調《シラヘ》よそへていへる也（上巻二六九頁下）(5)

『岷江入楚』
よくなることをあつまにしらへて（三八七12）
河和琴能鳴調ありよそへていへる也
秘和琴也
私和琴はあつま也よくなることをあつまにといへる不審事也
こと〻は紘の惣名なれはよくなること〻は器といふ心也
よくなる和琴の器をしらへてといふ心歟諸抄にもしゐて沙汰に及はぬことなれと不審なきにあらさる歟
又よくなることは琴歟真名にてかきたるをこと〻仮名にかきなして不審出来たる也しからはよくなる琴を
和琴にしらへてかきあはせなるといふにや両義今案の僻説也尋決すへし（一—六八八頁）(6)
（た）

両書とも『河海抄』の説を引用しながら、「よくなること」と「あづま」の関係を不可解としている。『岷江入楚』の私解は混迷の度を深めている。この点を解決するかのように河内本系本文では「よく鳴る琴」が「よく鳴る箏の琴」となり、「あづまに」が「あづまを」となっており、こうなると「あづま」は和琴である。(『源氏物語大成』による(7))「あづま」については次章で検討することにして、先に(3)・(4)をみてみよう。

(4)常夏巻の例では光源氏が夏の町西の対の玉鬘のもとを訪ねる。

をかしげなる和琴のある、引き寄せたまひて、掻き鳴らしたまへば、律にいとよく調べられたり。音もいとよく鳴れば…（四—九一）

とある。「をかしげなる和琴」とあり、それが「音もいとよく鳴る」と記されている。また(1)と同様に律調であるという。実際、六絃の和琴は楓製の柱(ことぢ)が大きく、高く絃を張るため絃楽器の中では音が大きく響く。この部分の「よく鳴る」琴は和琴である。

(3)手習巻の例について、古注釈書の中に言及はない。浮舟を救った横川の尼君の母尼が

「嫗は、昔あづま琴をこそは、こともなく弾きはべりしかど、今の世には、変りにたるにやあらむ、この僧都の、聞きにくし、念仏よりほかのあだわざなせそ、とはしたなめられしかば、何かは、とて弾きはべらぬなり。さるは、いとよく鳴る琴もはべり」(八―二一〇～一)

という。「あづま琴」は和琴のことで、『源氏物語』中の唯一の例である。昔母尼はあづま琴をよく弾いた、今は息子の僧都に止められているが「いとよく鳴る琴もはべり」と弾きたそうな素振りを見せる。この部分からも「いとよく鳴る琴」が「あづま琴」すなわち和琴を指すことは明らかである。実際に音のよく鳴る和琴を所有しているととれなくもないが、ここは、「能鳴調」を掛けたしゃれた言い回しと考えるべきであろう。

(1)は和琴、(4)、(3)も和琴である。繰り返される「よく鳴る琴」は和琴を指す常套句で、和琴の「能鳴調」からきた言い回しであると考えてよいように思う。したがって、(2)も和琴と考えるべきであろう。

四　あづまの調べ

次に(2)「よく鳴る琴をあづまに調べて」の「あづま」について考察する。『源氏物語』中「あづま」は次の8例ある。

(a)若紫巻…あづまをすががきて「常陸には田をこそ作れ」といふ歌を、（一—二三二）

(b)＝(2)花散里巻…よく鳴る琴を、あづまに調べて、掻きあわせ、にぎははしく弾きなすなり。（二—一九四）

☆(c)常夏巻…あづまとぞ名も立ち下りたるやうなれど、御前の御遊びにも、まづ書司を召すは、…（四—九二）

(d)真木柱巻…あづまの調べをすが掻きて、「玉藻はな刈りそ」と、歌ひすさびたまふも（四—二四三）

☆(e)若菜下巻…女御の君は、箏の御琴をば、上にゆづりきこえて、寄り臥したまひぬれば、あづまを大殿の御前に参りて（五—一八三）

☆(f)竹河巻…妻戸おしあけて、人々、あづまをいとよく掻き合はせたり。女の琴にて、呂の歌はかうしも合はせぬを…（六—一二〇）

☆(g)手習巻…「いで、主殿のくそ、あづま取りて」と言ふにも、しはぶきは絶えず。（八—一二一）

(h)手習巻…ただ今の笛の音をもたづねず、ただおのが心をやりて、あづまの調べを爪さはやかに調ぶ。（八—一二一）

この中で明らかに和琴を示すものは☆印の(c)、(e)、(f)、(g)の4例である。

(a)は『河海抄』の注に

あづまをすがゞきて「ひたちには田をこそつくれ」といふ哥を

あつまは和琴の惣名なれとも又東調《アツマシラヘ》トテ秘曲あるなり常陸哥風俗の秘事四首の其一也東調にてすかゝきて此哥をうたふ也今世ニ知人稀レ也云々（二六二頁下）

とある。四辻善成の時代、南北朝時代には、知る人は稀であるが、東調という秘曲があり、常陸哥も風俗哥の秘事四首の中の一つで、すがき(8)で伴奏しながら歌うという。これも雅楽相伝の家柄故に知り得ることである。これから推察すると、(d)の「玉藻はな刈りそ」は『河海抄』の注では上野哥という風俗歌であるから、その秘事四首の一つということになろう。(d)、(h)は「あづまの調べ」とあるので東調であろう。(a)の場合は「あづま」は和琴とも東調ともとれる。掛けた言い方であろう。

問題の(b)＝(2)「よく鳴る琴をあづまに調べて」の場合、「よく鳴る琴」は和琴であるから、「あづま」は東調と考えるべきであろう。すなわち「能鳴調のある和琴を東調に調べて」という意味になろう。

五　能鳴調と盤渉調

和琴において「能鳴調」という調べは「盤渉調」だという。「盤渉調」は律であるから、「能鳴調」も律ということになる。先述の「よく鳴る」4例(1)〜(4)の周辺で、能鳴調という読みが、和琴の音調の方面から可能かどうか、考察してみよう。『源氏物語』の中に「盤渉調」の用例は5例あり、和琴とともに用いられている例が4例（①〜④）ある。また、「律」「律の調べ」は7例あり、和琴についてのものは5例（(a)〜(e)）ある。それらを検討してみたい。

I、帚木巻―木枯らしの女の話

（この男）…ふところなりける笛取り出でて吹きならし、かげもよし、などつづしりうたふほどに、(1)よく鳴る和琴を調べととのへたりける、うるはしく掻きあはせたりしほど、けしうはあらずかし。(a)律の調べは、女のものやはらかに掻き鳴らして、簾のうちより聞こえたるも、今めきたるものの声なれば、清く澄める月にをりつきなからず。…また、箏の琴を①盤渉調に調べて、今めかしく掻い弾きたる爪音、かどなきにはあらねど…（一―六九〜七〇）

〔よく鳴る和琴→律の調べ→箏を盤渉調に調べて〕

Ⅱ、花散里巻―中川の女の話
⑵よく鳴る琴を、あづまに調べて、掻きあわせ、にぎははしく弾きなすなり。御耳とまりて、…（二―一九四）
〔よく鳴る琴→あづまに調べて〕

Ⅲ、少女巻―内大臣の姫君教育の場面
大臣、和琴ひき寄せたまひて、(b)律の調べのなかなか今めきたるを、（三―二三五）
〔和琴→律の調べ〕

Ⅳ、常夏巻―光源氏の玉鬘への音楽談義
をかしげなる和琴のある、引き寄せたまひて、掻き鳴らしたまへば、(c)律にいとよく調べられたり。⑷音もいとよく鳴れば、すこし弾きたまひて…（中略）…大和琴とはかなく見せて、際もなくしおきたることなり。広く異国のこと知らぬ女のためとなむおぼゆる。（四―九一）
〔和琴→律→音もいとよく鳴る〕

Ⅴ、篝火巻―玉鬘に和琴を教授中の光源氏が夕霧らを呼び寄せ管弦の遊びをする場面
（光源氏が）御琴ひき出でて、なつかしきほどに弾きたまふ。源中将は、②盤渉調にいとおもしろく吹きたり。（四―一一八）
〔和琴と盤渉調の笛を合わせる〕

Ⅵ、横笛巻―夕霧が柏木の未亡人女二宮を訪問する場面
（夕霧が）和琴を引き寄せたまへれば、(d)律に調べられて、いとよく弾きならしたる、人香にしみて、なつかしうおぼゆ。…故君の常に弾きたまひし琴なりけり。（五―三三六～七）

和琴は女二宮のもとで柏木が常に弾いていたもので、律に調律されたままになっていた。女二宮は夕霧に柏木の笛を渡す。

こころみに吹き鳴らす。③盤渉調のなからばかり吹きさして、「昔をしのぶひとりごと（独り言と和琴の独奏の懸詞）は、さても罪ゆるされはべりけり。これはまばゆくなむ」（五―三三〇）

〔和琴→律、笛→盤渉調〕

Ⅶ、蜻蛉巻―薫が女一宮方を訪問して女房の差し出す和琴を弾く場面。

さし出でたる和琴を、ただささながら掻き鳴らしたまふ。(e)律の調べは、あやしくをりにあふと聞こゆる声なれば、聞きにくくもあらねど、弾き果てたまはぬを、…（八―一六七）

〔和琴→律の調べ〕

Ⅷ、手習巻―浮舟を救った横川の尼君の許での管弦の遊びの場面。

亡き孫娘の婿であった中将がやってきて、管弦の遊びとなる。そこへ母尼が出てきて、娘の尼君に琴（きん）の演奏を促す。浮舟に執着する中将は

④盤渉調をいとをかしく吹きて（八―二一〇）

と、笛を吹き、琴（きん）の弾奏を促す。琴（きん）の演奏後、母尼は

「嫗は、昔あづま琴をこそは、こともなく弾きはべりしかど、今の世には、変りにたるにやあらむ、…さるは、いと(3)よく鳴る琴もはべり」（八―二一〇〜一）

と、和琴を持ってこさせて

あづまの調べを爪さはやかに調ぶ。（八―二一一）

〔笛→盤渉調→琴（きん）→よくなる琴→あづまの調べ〕

「盤渉調」の演奏は、①が箏、②③④が笛である。引用していない1例は箏である。

Ⅰの場合はよく鳴る和琴が律調で、その後、同調の箏の盤渉調になるわけだから、⑴「よく鳴る和琴」が能鳴調であって問題ない。Ⅱは能鳴調がある琴という意味で、⑵「よく鳴る琴」は和琴を意味する。ここは東調に演奏されている。Ⅳは律に調べられた和琴は能鳴調がある位だから⑷「いとよく鳴る」という。Ⅴは光源氏が弾く和琴に源中将夕霧が笛を盤渉調に吹いて合わせているから、能鳴調で演奏されているのであろう。Ⅷは盤渉調の笛の音を聞いて、あづま琴の能鳴調を連想し、母尼は⑶「よく鳴る琴」と言ったのであろうし、実際に弾くのはあづまの調べ（東調）である。

このように考えると、和琴に「能鳴調」があるから「よく鳴る和琴」「よく鳴る琴」という常套句ができ、特に「よく鳴る琴」と言う場合は、能鳴調という調べのある琴という意味で、和琴そのものを指すと考えてよいように思う。和琴が「いとよく鳴る」と言う場合（たとえば⑷）は能鳴調が演奏されていると考えられる。

六　おわりに

『源氏物語』の中で和琴を弾く場面は私的な場面と公的な宴の場面と二通りある。前掲のⅠからⅧはすべて私的な場面である。「よく鳴る和琴」「よく鳴る琴」という場合は、私的な場面に限られている。男女を結びつける優雅な遊び（帚木巻の木枯らしの女や花散里巻の中川の女の話）、家庭での女子教育（少女巻の雲居雁に対する内大臣の、常夏巻の玉鬘に対する光源氏の）、若菜下巻の女楽もどちらかといえば私的な部類に入るだろう。私的な内輪の管弦の遊びとして、手習巻の管弦の遊びも含まれる。

一方、絵合巻以降、公の宴席で弾く人物として、光源氏のライバル頭中将、絵合巻で権中納言、少女巻で内大臣、若菜上巻で太政大臣である彼が名手とされている。その息子柏木も梅枝巻、若菜上巻、下巻などで名手とされる。玉鬘十帖で夕顔の娘玉鬘に光源氏が和琴を伝授するのも、彼女の血脈を考えたからであろう。竹河巻で薫の和琴を聞いた玉鬘は、柏木の和琴の音色にそっくりなことに驚く。光源氏や柏木の和琴の音色を知る玉鬘だからこそ、薫の和琴の音を聞き分けたという設定であり、このような頭中将一族の和琴の血脈は物語の構想上必要なものであった。

次頁の表は和琴が演奏される場面と和琴を弾く人をまとめたもの。『源氏物語』の和琴というと頭中将一族のことと、若菜下巻女楽の紫の上に焦点が当てられてきたが(9)、この表をみるかぎり、そうとばかりもいえない。再認識しなければならないのは、『源氏物語』の中で和琴の一番の名手は、光源氏であるということである。そもそも光源氏は私的な場面では和琴を弾き、(若紫・常夏・篝火・真木柱・鈴虫各帖)、その腕前は玉鬘に教授するほどである。

絵合巻に光源氏は桐壺帝の教育方針で絵や書の他に

琴(きん)弾かせたまふことなむ一の才にて、次には横笛、琵琶、箏の琴をなむ、次々に習ひたまへると、上もおぼしのたまはせき。(三―一一二〜三)

と、楽器を次々に習得したことを語っている。ここには和琴が明記されていないのだが、この後、絵合の後宴が描かれる。

書司の御琴召し出でて、和琴、権中納言賜はりたまふ。さはいへど、人にまさりて掻きたてたまへり。親王、

箏の御琴、大臣、琴（きん）、琵琶は少将の命婦つかうまつる。（三―一一三）

とあって、和琴を権中納言（かつての頭の中将）が担当し、光源氏は、琴（きん）を担当した。問題は「さはいへど」である。三条西実隆編の『弄花抄』は

権中納言さはいへど（五七三1・187）源氏に次て也（九六頁上）(10)

『孟津抄』では

さはいへと（五七三1・187）権中納言は源に次てはとほめたり（上巻三九四頁下）

『岷江入楚』はさらに

わこん権中納言たまはり給さはいへと人にまさりて（五七三1）

弄　源しに次て也

或　前の詞に源の管絃の道に達し給へる事をかけりそれをうけたる詞也　さはいひつれと権中納言も源にこそをとり給へ余人にはすくれたる和琴と也（二―二九三頁）

と、権中納言の和琴は光源氏には及ばないということを「さはいへど」の語に読み込んでいる。公の宴の場面で琴（きん）の第一人者である光源氏がまず、格の高い琴（きん）を担当するのは当然で、和琴は二番手の担当となる。内大臣を賞賛するのも光源氏本人がそれだけの実力を持っているからである。また、血脈からいえば、和琴は光源氏から夕霧に引き継がれている。夕霧は紫の上の和琴を賞賛したり、柏木の未亡人落葉の宮のもとで和琴を弾く。宿木巻の藤花の宴では夕霧が和琴を担当する。

また、紫の上の和琴は物語には書かれていないが、当然基礎を教え込んだのは光源氏であろうし、日頃光源氏の優れた奏法を耳にしていたからこそ紫の上独自の優れた奏法もできたのであろう。若菜下巻の女楽で紫の上の和琴

が賞賛されることは、光源氏自身も賞賛されていることに他ならない。光源氏はすべてにおいて超越した存在として描かれていることを忘れてはならない。

巻	日本古典集成本	弾く人		場		相手
帚木	一―六七～七〇	木枯らしの女	私	女の家	私	ある殿上人―笛
若紫	一―二三一～二	光源氏	私	左大臣邸	私	なし
花散里	二―一九四	中川の女	私	女の家	私	光源氏
絵合	三―一一三	権中納言（頭の中将）	公	内裏清涼殿	公	帝、箏―帥の宮、琴（きん）―光源氏 琵琶―少将の命婦
松風	三―一三九	不明	公	桂院	公	琵琶、和琴、笛
乙女	三―二三五	内大臣（頭の中将）	教	大臣邸	教	箏―雲居―雁
	三―二六九	内大臣	公	朱雀院	公	帝、琵琶―蛍兵部卿宮、和琴―内大臣 箏―朱雀院、琴（きん）―光源氏
常夏	四―九〇～四	光源氏	教	六条院	教	玉鬘
篝火	四―一一六	光源氏と玉鬘	私	六条院	私	光源氏と玉鬘
	四―一一八～九	光源氏⇒頭中将（柏木）	私	六条院	私	夕霧―笛、弁少将の拍子
真木柱	四―二四三	光源氏	私	六条院	私	なし
若菜上	五―五〇～二	柏木	公	六条院	公	琴（きん）―兵部卿宮⇒光源氏
	五―九〇	太政大臣（頭の中将）	公	六条院	公	琵琶―兵部卿宮、琴（きん）―光源氏
若菜下	五―一七〇～八〇	紫の上	私	六条院	私	琴（きん）―女三宮、琵琶―明石、
	五―一八三	光源氏				箏―明石女御⇒紫の上
横笛	五―三二六～八	夕霧	私	一条宮	私	落葉の宮

鈴虫	五—三五四	不明	私	六条院	私	光源氏—琴(きん)、兵部卿宮、夕霧、上達部
竹河	六—二一〇	中将のおとも	私	玉鬘邸	私	薫—梅枝の歌
	六—二二〇～一	薫		〃		
	六—二三四	中将のおとも	私	冷泉院	私	なし
	六—二三八	冷泉院	私	冷泉院	私	箏—玉鬘の大君、琵琶—薫
宿木	七—二五一～二	夕霧	公	宮中の藤壺	公	琵琶—匂宮、横笛—薫
蜻蛉	八—一六七	薫	私	六条院	私	女一宮の女房たち
手習	八—二二〇～二	母尼	私	小野山荘	私	中将—横笛、妹尼—琴(きん)

注

（1）源氏物語古注集成1『松永本　花鳥余情』（伊井春樹氏編、桜楓社刊）による。句読点は私見による。

（2）『源氏物語』本文の引用は新潮日本古典集成『源氏物語』一～八（石田穣二・清水好子氏校注刊）による。（巻数—頁数）

（3）『紫明抄』の引用は玉上琢彌氏編『紫明抄　河海抄』（角川書店刊）による。

（4）『河海抄』の引用は玉上琢彌氏編『紫明抄　河海抄』（角川書店刊）による。

（5）引用は源氏物語古注集成4『孟津抄』上、中、下巻（野村精一氏編、桜楓社刊）による。

（6）引用は源氏物語古注集成12『岷江入楚』一～五（中田武司氏編、桜楓社刊）による。

（7）『源氏物語大成』底本定家自筆本（右）と河内本（左）を対比させると

よくなることをあつまにしらへてかきあはせにきはゝしくひきなすなり

よくなるさうの琴にあつまをしらへあはせてよしくしうひきならすなり

河内本は箏に和琴を合奏していかにも風情のある様子で弾き鳴らしていたとする。その邸には箏を弾く人と和琴を弾く人と、少なくとも二人演奏をしている人がいることになる。光源氏の耳をとめたのはそのような合奏であろうか。和琴を東調に調べて「掻き合わせ」をにぎやかに弾いていたからこそ光源氏ほどの音楽の達人の耳をとめたのではあるまいか。「掻き合わせ」は調律合わせのためしびきの小曲のこと。

(8)『河海抄』では「すかゝき和琴のかきやう也」(四一二頁)とする。なお、中書本最古写本の伝一条兼良本には「すかゝき　和琴にあり、左の手にてつかふをはおると云、右の手にてはちにてかくをは菅かきと云」(天理図書館善本叢書『河海抄』二)とある。和琴のはち(撥)は琴軋(ことさき)といい、前掲『楽家録』には「琴軋者撥也、以㆓水牛角㆒作㆑之……」とある。また、「右手之法　持㆓琴軋之廣方㆒以㆓小方㆒彈㆑之、而琴軋皆伏彈㆑之也」ともある。

(9) 中川正美氏『源氏物語と音楽』(和泉書院、平3・12)、利沢麻美氏「源氏物語における方法としての音楽」(『国語と国文学』平5・1)、「紫の上の和琴」(同、平6・2)、森野正弘氏「頭中将と和琴／光源氏と琴の琴」(『中古文学』55、平7・5)など。

(10) 引用は源氏物語古注集成8『弄花抄』(伊井春樹氏編、桜楓社刊)による。

第二節　琴（きん）の意味するもの

1　五節の舞姫の起源と琴（きん）

一　はじめに

天つ風雲の通ひ路吹き閉ぢよ乙女の姿しばしとどめむ

『百人一首』僧正遍昭の歌は、『古今和歌集』巻十七、雑歌上（八七二）では、「五節舞姫を見てよめる　良岑宗貞」とあり、遍昭在俗時の作である。良岑宗貞は承和十一年（八四四）正月、蔵人となって仁明天皇（在位、八三三〜八五〇）に仕え、左近衛少将、蔵人頭に進んだが、嘉祥三年（八五〇）三月、仁明天皇崩御後まもなく出家した。平安時代、新嘗祭・大嘗祭で行われた五節舞の行事には蔵人が活躍する。この歌は遍昭の蔵人、蔵人頭時代の新嘗祭時の詠である。五節の舞姫が天女に譬えられている。これは五節舞の起源に由来する。

朱雀天皇の時代（九三〇～九四六）に明法博士惟宗公方の記した『本朝月令』は現存最古の公事書であるが、散逸した部分に次のような五節舞の起源伝のあったことを、『江家次第』『年中行事秘抄』『師光年中行事』『河海抄』等が伝えている。

本朝月令云。五節舞者。浄御原天皇之所レ制也。相伝云。天皇御二吉野宮一。日暮弾レ琴有レ興。俄爾之間。前岫之下。雲気忽起。疑如二高唐神女一。髣髴應レ曲而舞。独入二天矚一。他人无レ見。挙レ袖五変。故謂二之五節一。其歌曰。

乎度綿度茂　邕度綿左備須茂　可良多萬乎　多茂度邇麻岐底　乎度綿左備須茂（1）

一条天皇時代の『政事要略』（惟宗允亮編、長保四年（一〇〇二）十一月成立）も「本朝月令云」の部分を欠く状態で以下同文を伝えている。「五節舞は天武天皇の制する所也」という。相伝として伝えるところは

「天武天皇が吉野宮で琴を弾じていると、眼前の峰のふもとから忽ち雲が起こり、高唐神女らしき乙女が現れ、曲に応じて舞った。それを見ていたのは天武天皇一人だけ。袖を挙げ、五回翻したので五節という。その歌は

をとめども　をとめさびすも　からたまを　たもとにまきて　をとめさびすも」

ということになる。ここで注目すべきことは、をとめは「高唐神女」のようだった、天武天皇の「琴」に応じて舞い、それを見たのは天武天皇のみ。そこは「吉野宮」であったということ。また、歌によれば「唐玉」を袂に巻く仕種が乙女らしかったという。

いくつかの疑問が生じる。「からたま（唐玉・中国の宝石）」を身につけた「高唐神女」は日本の天女ではない。中国の神女である。なぜ中国の神女がわざわざ日本の吉野に現れたのか。天皇が琴を弾くということにどんな意味があるのか。天皇が弾いた「琴」は、日本古来の和琴だったのか。中国古来の七絃琴、すなわち「琴（きん）」であった可能性はないか。こんな疑問から発して、本稿は、五節舞の起源と、中国古来の琴（きん）の関係について明ら

かにしていきたいと考える。

二　国史における五節舞の記録

『古事記』『日本書紀』に「五節舞」についての言及はなく、国史での「五節」の初出は『続日本紀』(2)で、聖武天皇と次の孝謙天皇の御代に二回ずつ、四回の記録がある。

①聖武天皇　天平十四年（七四二）正月十六日

「奏㆓五節田儛㆒。訖更令㆓少年童女踏歌㆒」

②聖武天皇　天平十五年（七四三）五月五日

「宴㆓群臣於内裏㆒。皇太子親儛㆓五節㆒」

③孝謙天皇　天平勝宝元年（七四九）十二月二十七日　孝謙・聖武・光明子東大寺行幸。

「作㆓大唐・渤海・呉楽、五節田儛・久米儛㆒。」

④孝謙天皇　天平勝宝四年（七五二）四月九日東大寺盧遮那仏の開眼。

「復有㆓王臣諸氏五節・久米儛・楯伏・踏歌・袍袴等歌儛㆒。」

開催日が正月十六日、五月五日、十二月二十七日、四月九日と一定でなく、①③は「五節田儛」、②④は「五節」とあって「五節舞」ではない。奈良時代は十年間にこの四回、集中して行われたのみで、平安時代になってからは、

⑤平城天皇　大同三年（八〇九）十一月十七日（『日本後紀』(3)大嘗祭）

「奏㆓雑舞並大歌五節舞等㆒。」

⑥嵯峨天皇　弘仁五年（八一四）十一月二十日（『日本後紀』）

「宴二侍臣一。奏二五節舞一。賜レ禄有レ差。」

とあり、これ以後、「五節舞」と呼ばれ、十一月に固定される。大嘗祭、新嘗祭に行われるようになったのは平安時代になってからであろう。

荻三津夫氏『日本古代音楽史論』（吉川弘文館、昭52・9）第一部・第二章「儀式と音楽」では、

『日本書紀』『続日本紀』のなかには、節会として成立する以前の儀式が饗宴としてみられるが、…（中略）…この時期の饗宴における音楽というのは、その音楽の性格、儀式の性格、すなわち日本古来のもの外来のものに関係なく、おもに饗宴の余興的音楽として自由に行われていた（九七頁）

とされる。また、①③を「五節・田舞」と分けて読むべきとする折口信夫説に対し、林屋辰三郎氏『中世芸能史の研究』（岩波書店、昭35・6）では、『令集解』職員令雅楽寮の条に引用される「大属尾張浄足説」を挙げて反論し、

五節田舞はすなわち五節舞の祖型であって、当初と男・女舞の別が確定していなかったが、聖武天皇のもとで皇太子阿倍内親王の舞が行われ、それが端緒となり、その後における一般的な女楽の独立的傾向にしたがって、五節も漸次女舞として、その形式をととのえることになったのだと思う。（一六一頁）

と述べられている。これに対し、服藤早苗氏「五節舞姫の成立と変容」（『歴史学研究』六六七号、平7・1）は林屋氏の論拠とする「浄足説」の読み違いとし、「五節田舞」は「五節・田舞」と分けて読むべきだとする。「大属尾張浄足説」は斯波辰夫氏「倭舞について」（直木孝次郎先生古稀記念会編『古代史論集』下（塙書房、平元・1）所収）によれば天応二年（七八二）以前、④のための雅楽寮の状況を書き留めたものとされ、聖武・孝謙当時の状況が把握できる格好の資料といえる。斯波氏の「浄足説」の読みは五節舞・田舞・倭舞は三つに独立していたとする。問題は

「大属尾張浄足説」の読みということになるので、必要部分を引用する。林屋説で区切ってみる。

久米舞。大伴弾琴。佐伯持刀舞。即斬蜘蛛。唯今琴取二人。舞人八人。大伴佐伯不別也。／五節舞十六人。田舞師。舞人四人。倭舞師舞也。／楯臥舞十人。五人土師宿祢等。五人文忌寸等。右着甲並持刀楯。／筑紫舞廿人。諸懸師一人。舞人十人。舞人八人著甲持刀。禁止二人。／歌師四人。立歌二人。大歌。／笛師二人。兼知横竹乃文。／（新訂増補国史大系『令集解』巻四　職員令　雅楽寮　前巻九十頁）

久米舞と楯臥舞は舞の構成や分担が記されている。人数だけの五節舞と筑紫舞は右のように括ることも、「五節舞十六人／田舞師。舞人四人／倭舞師舞也」「筑紫舞廿人／諸懸師一人。舞人十人。舞人八人著甲持刀。禁止二人」と分けて読むことも可能である。平安時代の弘仁十年（八一九）十二月廿一日（『類聚三代格式』巻四）には

舞師四人。倭舞師一人。五節舞師一人。田舞師一人。筑紫諸懸舞師一人（弘仁式・太政官符定雅楽寮楽師事）

と、「五節舞師」が明記され、三舞は分離している。一方、天平三年（七三一）に雅楽寮雑楽生員「諸懸舞八人、筑紫舞廿人」と分離していた二舞は、大同四年（八〇九）三月にも「筑紫諸懸舞師一人」（同）とあり、師一人によって、包括的に教習されていたとおぼしい。林屋説ならば、既に浄足説の時点で師一人、二舞の教習がなされていたことを示す。記述順序が包括を意味するならば、五節舞に田舞と倭舞が包括されていたという読みは可能である。本論は林屋氏説を採っておく。①は五節が田舞と未分化の状態を示し、②に至って「五節」＝「天武天皇の創始の舞」として分離し、③、④は定着していく過程と考える。なお、④は『東大寺要録』では「大御舞」と記す。

荻氏のいわれるように②が単なる余興的音楽かどうかは問題であるが、この時五節を舞った阿倍皇太子が即位した天平勝宝元年（七四九）に東大寺にて③、その三年後、盧遮那仏開眼行事に再び東大寺にて④が久米儛などとともに奏され、それらは国家的事業に結びついた重要な儀式となっている。奈良時代聖武・孝謙の御代に国家的大事

業として、この舞が行われていることは、政治的な意味が濃厚である。その意味を次項で考察したい。

三　五節の起源と聖武天皇

聖武天皇の天平十五年五月五日の②では、五節の起源と意義が聖武天皇の詔と元正太上天皇の詔の形で述べられている。この日、内裏において群臣に宴が催され、皇太子阿倍内親王（後の女帝、孝謙天皇）が自ら五節を舞った。右大臣橘諸兄が聖武天皇の詔を元正太上天皇に奏した。

天皇大命尓坐西奏賜久、掛母畏伎飛鳥浄見御原宮尓大八洲所知志聖乃天皇命、天下乎治賜比平賜比氏所思坐久、上下乎斉倍和気弖无動久静加尓令有尓波、礼等楽等二都並弖志平久長久可有等随神母所思坐弖、此乃舞乎始賜比造賜比伎等聞食弖、与天地共尓絶事無久、弥継尓受賜波利行牟物等之弖、皇太子、斯王尓学志頂令荷弖、我皇天皇大前尓貢事乎奏。

聖武天皇は、天武天皇が天下統治のために礼と楽がともに必要であると考えて創始されたこの舞を、天地とともに絶えることなく継承していこうと、皇太子である阿倍内親王に謹んで習得させ、元正太上天皇の御前に奉った、という。これに対し、元正太上天皇は

現神御大八洲我子天皇乃掛母畏伎天皇朝庭乃始賜比造賜弊留国宝等之弖此王乎令供奉賜波、天下尓立賜比行賜部流法波可絶伎事波無久有家利止見聞喜侍止奉賜等詔大命乎奏。又今日行賜布態乎見行波、直遊止乃味尓波不在之弖、天下人尓君臣祖子乃理乎教賜比趣賜布止尓有良志止奈母所思須。是以、教賜比趣賜比奈何良、受被賜持弖、不忘不失可有伎表等之弖一二人乎治賜波奈止那毛所思行須等奏賜止詔大命乎奏賜波久止奏。

天武天皇が創始したこの舞は「国の宝」であり、聖武天皇が皇太子に習得させ、舞わせるのを見ると天下に行われ

ている法が絶えることはないと感じられる。この舞は単なる遊びではなく「君臣祖子の理」を教え導くものである。これに関与した人々の昇叙を求める、とお答えになった。

元正太上天皇、聖武天皇、皇太子阿倍内親王の皇位継承者三代が揃い、この舞を「天武天皇が創始したもの」「国の宝」と規定し、天下統治には「礼と楽」が必要であり、この舞は単なる遊びではなく「君臣祖子の理を教え導くもの」と表明した。しかも、次期天皇、日本初の女性皇太子自らがこの舞を習得し、舞った。この五節の舞は国家行事として行われたのであり、ここに大きな政治的な意図が働いていることは言うまでもない。

聖武天皇によって①と②が行われた都は、平城京ではなく、恭仁京であることに注意しなければならない。聖武天皇の置かれた状況や心境を考慮した上で、前述の五節の起源を再考する必要がある。

聖武天皇は文武天皇の第一皇子。文武天皇崩御後、祖母の元明、伯母の元正に次いで神亀元年（七二四）平城京大極殿で即位した。左大臣は長屋王。神亀四年（七二七）には藤原不比等の娘光明子に皇子が誕生し、皇太子となるも、翌年早世。翌神亀六年（七二九）二月、長屋王の変が起こる。前期『懐風藻』の中心人物、奈良詩壇のパトロン的存在であった長屋王は讒言によって、自害という形でこの世から抹殺された。改元して天平元年（七二九）となった八月、藤原不比等と橘三千代の子光明子が臣下初の皇后となり、天平十年（七三八）には光明子所生の阿倍内親王が日本初の女性皇太子となる。光明子の異父兄橘諸兄は、疫病で藤原不比等の四子が次々に薨じた後、右大臣となり、朝政の要となった。一方、天平七年、遣唐留学僧玄昉、遣唐留学生下道真備が唐から帰朝。玄昉は膨大な経典を、真備は膨大な漢籍を日本に持ち帰った。天皇は玄昉を通じて仏教に深く帰依して行き、真備も異例の昇進を遂げていく。

そんな中、藤原広嗣の乱が起こった。天平十二年（七四〇）の八月末、太宰少弐藤原広嗣が時政を批判し、朝廷で重用されていた僧正玄昉と下道（吉備）真備を除くことを求め、九月に挙兵。大野真人が討伐を命じられ、十一月一日には松浦郡で広嗣を斬り、乱は平定された。

聖武天皇はこの間の十月、突如、右大臣橘諸兄らを従えて、平城京から伊勢に向かう。伊賀国、伊勢国関宮、美濃国、不破頓宮、近江国と移動し、十二月十五日、山背国相楽郡恭仁京に遷都した。この謎の彷徨は、伊藤博氏『萬葉集の構造と成立　下』（塙書房、昭49・11）第九章第二節「元明萬葉から元正萬葉へ」では、

その足どりを見ると天武天皇の壬申の乱のコースにそのままである。これによってその心底を推しはかれば、聖主天武天皇の跡を追えば加護もしくは救いが得られるといった神だのみに似た気持があったのであるまいか。さらに積極的には新天地あらば、それを求めて陰惨な気分から脱却したいという気持があったのでないか。……（二二九頁）

そして、「求めていたものの最初の現われ」が「新都恭仁京の経始」、第二に、きわめて演技的な、天平十五年（七四三）五月五日の「万代思想の鼓吹であり謳歌であった」といわれる。

天変地異や疫病が続き、広嗣の乱が契機となって、聖武天皇は平城京に不穏なものを感じ、天武天皇の跡を追う旅に出たと考えられる。そして恭仁京に辿り着き、新たな都を造営しようとした。天平十三年（七四一）の正月、恭仁京の宮の垣成らぬ状態で朝賀を受け、以後平城京の機能の移転を目指し、十一月には「大養徳恭仁大宮」と号した。二カ月後の天平十四年（七四二）に二度目の正月を迎え、正月十六日に①が内裏の正殿である「大安殿」で行われた。

翌天平十五年（七四三）正月の朝賀は、平城京から移転した「大極殿」で行われたが、十六日には前年に行われた「五節田儛」も「少年童女踏歌」も行われたとは記されていない。この年は三月から五月まで、雨が降らず、五

月三日、畿内の諸神社に雨乞いの祈願をしている。そして五月五日に②が行われた。『日本書紀』に天智天皇十年五月五日の宴において田儛を奏したことが見える。この②の「五節」も「田儛」に類した、梅雨の時期に慈雨を求め、五穀豊穣を祈る国家行事であったと考えられる。五節舞は平安時代には新嘗祭・大嘗祭の時おこなわれる行事であるが、五穀豊穣を祈る、という意味で田植えの時期に行ったのであろう。

蛇足ながら聖武天皇はこの後、十月には盧遮那仏発願の詔を発し、天平十六年（七四四）二月、難波宮に遷都、さらに、天平十七年（七四五）五月、平城京に戻った。

四　天武天皇と吉野

天平十五年（七四三）五月五日に「五節」が天武天皇の創始であると表明されている。冒頭掲載の起源伝は天武天皇と吉野をあげている。五節舞の起源は天武天皇と吉野にありそうだ。吉野とはいかなる意味を持つのか。

『日本書紀』によると天智天皇の死期が迫った天智十年（六七一）十月、身の危険を感じた大海人皇子（後の天武天皇）は、皇太子を辞し、出家して吉野に隠棲した。翌年五月、吉野にて挙兵の意志を示し、六月、壬申の乱が勃発し、吉野方の勝利に終わる。

天武天皇は即位後、一度だけ吉野行幸を行っている。天武八年（六七九）五月五日から七日の、いわゆる、六皇子の吉野盟約である。天皇、皇后、草壁・大津・高市・河嶋・忍壁・芝基の各皇子が扶け合い、争うことのないよう誓い合った。この時の歌が『萬葉集』巻第一にある。

天皇、幸二于吉野宮時御製歌

淑人乃《ヨキヒトノ》　良跡吉見而《ヨシトヨクミテ》　好常言師《ヨシトイヒシ》　芳野吉見欲《ヨシノヨクミヨ》　良人四来三《ヨキヒトヨクミ》（二七）

紀曰、八年己卯五月庚辰朔甲申幸二于吉野宮一

この時皇后であった持統天皇は、天武の吉野引退にも草壁皇子とともに同行し、壬申の乱も夫とともに戦い、草壁皇太子亡き後は孫の軽皇子（文武天皇）を皇太子にし、天武の政策をさらに押し進めて律令制度の完成に尽した。持統天皇は即位してから三十一回も吉野行幸を行っている。吉井巌氏『萬葉集への視角』（「萬葉集巻六について」）(4)は、

吉野は天武、持統系皇統の聖なる地という新しい認識が誕生した（四四頁）

とする。文武天皇は大宝律令完成後の大宝元年（七〇一）二月二十日に吉野に行幸。この年六月持統上皇の最後の吉野行幸があり、十二月に崩御。翌大宝二年七月の文武天皇二度目の吉野行幸を吉井氏は「皇位継承の完結を意味するものであろうか」という。

元正天皇は養老七年（七二三）五月の一回だけであるが、清水克彦氏「養老の吉野讃歌」（『萬葉論集』第二〈桜楓社、昭55・5〉所収）では

この行幸は譲位に関連する、ある種の儀礼的な意味さえ持っていたのではないだろうか。（三七頁）

とし、「かつて天武天皇がこの地で皇位継承者を決定したこと」「聖武天皇が即位の翌三月の一日、早速にこの吉野に行幸していること」をその根拠としている。

聖武天皇は即位後まもない神亀元年（七二四）三月一日、そして、天平八年（七三六）六月に吉野行幸を行っている。これ以後吉野行幸は国史に記録がない。

これらの吉野行幸に供奉した時の作である詩歌が、『懐風藻』『萬葉集』には数多く載せられている。とくに『懐

風藻』には、吉野を神仙境と見なし、琴（きん）が詩句の中に多用され、宴で奏された様子が表現されている（5）。伊藤博氏「萬葉集と王権―吉野の五月をめぐって―」（『東アジアの古代文化』48号、昭61・7。後『萬葉集の歌群と配列下』〔塙書房、平4・3〕所収）では

天武皇統の人々にとって、吉野、わけてもその五月が格別の意味をもって印象づけられていたことが明らかであろう。「養老七年五月」の元正天皇吉野行幸も、かような吉野の五月を強く意識してのことで「養老七年五月」は、元正天皇・首太子を中心とする奈良朝初期宮廷の人々にとって、選び取られたきわめて重要な時間であったと見られる。（四一七〜八頁）

とする。このような観点からすれば、②の天平十五年（七四三）五月五日に天武天皇創始の五節が、元正太上天皇・聖武天皇のもとで、阿倍皇太子によって舞われたのも、選び取られた時間であったと言えるかもしれない。皇太子みずからの五節の舞は天武皇統の次期皇位継承者であることの表明でもあろう。

さらにもう一つの要素を加えたい。大阪成蹊女子短期大学国文学科研究室編『吉野の文学』（和泉書院、平4・6）第一章総説（松前健氏執筆）では、吉野の丹生川上神社、吉野水分神社が古くから雨を司る神であり、朝廷からしばしば勅使が遣わされて、祈雨や止雨が祈られたという。持統天皇のたびたびの行幸のときも、旱天続きとか、逆に霖雨続きのさなかに行われたことが、『日本書紀』の記事に多く見られ、この行幸と雨の祈りとの関係が察せられるという。吉野は水の聖地であった。②は二カ月間雨が降らなかったための祈雨の意味もあったと思われるのである。

五　吉備真備と五節

②にあたって、元正太上天皇は皇太子の五節舞を「国の宝」「君臣祖子の理」とし、忘れず失われぬために、関与した人々の昇叙を求めた。聖武天皇も、皇太子宮の官人を冠一階上げ、特に博士である下道朝臣真備には冠二階上げる、とお答えになっている。橘諸兄をはじめ多くの官人が一階昇冠の中で、下道真備（後に吉備姓を賜り、右大臣となった吉備真備のこと）は、この時、何故特別に報奨されたのであろうか。

下道真備は霊亀二年（七一六）遣唐留学となって唐に赴き、天平七年（七三五）に帰朝した。『続日本紀』によれば、四月二十六日に唐で集めた多くの文物を献上している。

入唐留学生従八位下下道朝臣真備、献二唐礼一百卅巻、太衍暦経一巻、太衍暦立成十二巻、測影鉄尺一枚、銅律管一部、鉄如方響写律管声十二条、楽書要録十巻、絃纏漆角弓一張、馬上飲水漆角弓一張、露面漆四節角弓一張、射甲漆箭廿隻、平射箭十隻一

この中に『唐礼』一百卅巻があり、中国初の女帝則天武后勅撰の音楽理論書である『楽書要録』十巻がある。また、「銅律管」は銅製の律呂（音階）調律用の管である。これによっても、礼、楽に関するものを日本に持ち帰ったのは真備であることがわかる。

多くの漢籍を収集し、日本に持ち帰った真備は、多くの経典を収集して持ち帰った玄昉とともに聖武天皇に重んじられ、異例の昇進を遂げたが、そこで広嗣の乱が起きた。真備は、橘諸兄、玄昉らとともに聖武天皇の平城京脱出、謎の彷徨に同行する。

恭仁京の造営には「真備を筆頭とする、唐に学んで洛陽を知る者の知識」があっただろうと、宮田俊彦氏『人物叢書　吉備真備』(吉川弘文館、昭36・12)はいう。

真備は恭仁京の天平十三年(七四一)七月に東宮学士となり、東宮阿倍内親王に典籍を講説する職についた。東宮に『礼記』と『漢書』をお教えしていたのは真備である。(『続日本紀』宝亀六年十月二日の条、真備薨の記事による)

天平十五年(七四三)五月五日、「礼と楽」「君臣祖子の理」という語を天皇、太上天皇の詔に用い、皇太子阿倍内親王自ら五節を舞うという大胆な国家行事を企て、橘諸兄に謀り、成功に導いた人物は下道真備だったのではあるまいか。だからこその二階昇冠であったと思われる。天平十五年五月五日の五節の舞は、真備なくしては行われなかったであろう。この昇冠の後の六月三十日、真備は、皇太子学士はもとのままで、春宮大夫に任ぜられている。

真備は天平十八年(七四六)吉備姓を賜り、皇太子阿倍内親王が皇位についた天平勝宝元年(七四九)には改元に伴う叙位で従四位上に昇叙された。孝謙天皇の③十二月二十七日の時はまだ真備は無事であったが、翌二年(七五〇)正月、筑前守に、続いて肥後守に左遷された。光明子に取り入り、次第に政権を掌握しつつあった藤原仲麻呂に疎まれたのだろうといわれている。翌三年(七五一)遣唐副使に五十七歳で追加任命され、翌年二度めの入唐。旧友の阿倍仲麻呂の協力で唐では好待遇を受けたという。五年(七五三)末に帰国。この時、かの鑑真和尚も来日を果した。帰国後も太宰少弐、大弐と不遇が続いたが、天平宝字八年(七六四)に造東大寺長官に任ぜられ入京。藤原仲麻呂改め恵美押勝の乱が起こり、孝謙上皇が重祚、称徳天皇となり、軍功を上げた真備は、この後右大臣まで登りつめた。様々な伝説を残し、『吉備大臣入唐絵巻』は『江談抄』所載の入唐説話に基づくという。

六　高唐神女

五節舞は、冒頭に示した『本朝月令』が伝える起源伝によれば、「高唐神女」の如き天女の舞う様を表現したもの。「高唐神女」とは何か。

「高唐神女」とは、『文選』賦篇(6)の宋玉著「高唐賦」および「神女賦」によるものと考えられる。両者は連作であり、楚の襄王の求めに応じて宋玉が高唐の観を叙したものと、その夜の宋玉の夢に現れた神女について叙したものである。襄王と宋玉は巫山の近くに建てられた雲夢の臺に遊び、高唐の観を望むと、獨り雲氣があった。不思議に思って宋玉に尋ねると、先王が高唐に遊んだとき、その夢に一婦人が現れ、去るとき、自分は巫山の南、険しい峰の頂きに住むが、朝は雲となり、暮れには行雨となり、この陽臺の下にやってくると約束した。その言の通りだったので、そこに廟を立てたという。襄王は宋玉に高唐の観を賦とすることを求めた。高くそびえ立った山、豊かに激しく流れる谷川。深山幽谷の様を宋玉は賦した。頂きには香草が一面に茂り、様々な鳥がさえずり、多くの仙人がいる。「紬㆓大絃㆒而雅声流、冽風過而増㆓悲哀㆒」という詩句もみえる。さらに王としてなすべき事として「思㆓萬方㆒、憂㆓国害㆒。開㆓賢聖㆒、輔㆑不㆑逮。」とある。こうすれば、千万年の長寿を得るでしょうと、王としての道を論じている。天武天皇が深山幽谷の吉野にて悟った王者の道がここに語られているように思われる。

続く「神女賦」は宋玉が夢に見た美しい神女、自分しかみていない神女の様子を描く。長い袖を奮い、襟を正し、近づいたり、遠ざかったりする。珮飾を揺らし、玉の鈴を鳴らし、何事もなく、神女は別れを告げた。辺りが暗くなり、神女は消え失せてしまった。失意の涙を流して、曙に至った。日が暮れて琴を弾じた天武天皇の前に、雲気漂い、忽然と現れた天女は、このように描かれた神女を彷彿とさせるものであったか。平安時代の五節舞姫の一連の行事が日が暮れた夜に行われることもここに関わるか。

冒頭の起源伝は記紀にはなく、天平十五年五月五日の皇太子の舞の時にも言及されていない。『古事記』雄略天皇記に吉野川の辺に乙女がいて美しかったので婚いして、再度行幸したときには御琴を弾いて、その娘に舞わせたという話があり、これを五節起源説に想定する人もいる(7)。吉野、乙女、御琴と共通する点は多いが、「天武天皇創始」「国の宝」「君臣祖子の理」に適う話ではない。右に挙げた『文選』の「高唐賦」および「神女賦」の方が内容的には合っている。「高唐賦」「神女賦」の三つ前に嵆叔夜（嵆康）の「琴賦」があることも注目に値する。

では、『文選』はいつ日本に伝来したのだろうか。養老年中に制定され、天平勝宝九年（七五七）五月二十日に施行された『養老律令』の考課令には、進士科試験に『文選』上袟から七問、『爾雅』から三問出題されるとあり、岩波思想大系『律令』学令5の頭注には、大宝令に、大学で教授すべき経書に任意ながら「文選・爾雅亦読」の注があったらしいとする。大宝令以前の可能性も高い。天平七年（七三五）、真備が長い留学から帰国する時、袁晋卿という人物が来朝し、帰化して、『文選』『爾雅』の音を習得して大学の音博士となり、大学頭にまでなっている。この時期には日本に入っており、大学で教えられていたことは確実である。しかも『文選』は難解であって、平安時代中期にはなかなか理解する人がいなくなっていたと大江匡房は伝える。五節舞の起源伝は、『文選』が輸入され、それがしっかり理解された時代に「天武天皇創始」に合う形で作られたものではないか。それは聖武・孝謙天皇の時代に吉備真備によって、というのは穿ち過ぎであろうか。

七　五節舞の起源と琴（きん）

『江家次第』引用の『本朝月令』伝えるところの五節舞の起源を再び挙げてみる。

本朝月令云。五節舞者。浄御原天皇之所レ制也。相伝云。天皇御二吉野宮一。日暮弾レ琴有レ興。俄爾之間。前岫之下。雲気忽起。疑如二高唐神女一。髣髴應レ曲而舞。独入二天矚一。他人无レ見。挙レ袖五変。故謂二之五節一。其歌曰。

乎度綿度茂　邕度綿左備須茂　可良多萬乎　多茂度邇麻岐底　乎度綿左備須茂

天女は天武天皇の「弾レ琴」に応じて現れた。

ところが、大江匡房（一〇四一〜一一一一）の言談を藤原実兼が筆録した『江談抄』〔第一、11浄御原天皇始五節事〕(8)には、別の形で五節舞の起源が語られている。

又云、清原天皇之時、五節始之。於吉野川鼓琴、天女下降、出前庭詠歌云々仍以其例始之、天女歌云

ヲトメコカ　ヲトメサヒスモ　カラタマヲ　ヲトメサヒスモ　ソノカラタマヲ

「吉野宮」は「吉野川」に、「高唐神女」は「天女」に代わっている。文章も簡素化しているが、注目すべきことは、「鼓琴」と言う語句である。

『伊賀国風土記』逸文（毘沙門堂本『古今集注』物名注・四五六番歌）に

カラコト、云所ハ、伊賀国ニアリ。彼国ノ風土記云、大和・伊賀ノ堺ニ河アリ。中嶋ノ辺ニ神女常ニ来テ琴ヲ皷ス。人恠テ見之。神女、琴ヲ捨テウセヌ。此琴ヲ神トイハヘリ。故ニ其所ヲ号シテカラコト、云也。

とある。大和と伊賀の境の河の中嶋に神女が現れ、「琴ヲ鼓ス」。この「琴」は「カラコト（唐琴）」すなわち七絃

琴である。伊賀は天平十二年（七四〇）十月、聖武天皇が平城京を脱し、恭仁京に至る謎の彷徨の通過地点であったことに注意すべきである。

この「鼓」（皷の場合もある）の文字に注目したい。「弾」「撫」とともにこの語は、絃楽器をひく意味で使用され、これらに使用の区別はないとされてきた。筆者は平成十四年から中国の琴師から琴（きん）のレッスンを受け、その奏法の習得を目指してきた。一般的な奏法としては左手で絃を按じ、右手で弾ずるが、琴（きん）には左手の親指の爪の外側で琴面を絃の上から打つ奏法が存在する。中が空洞で、底面に二つの穴を持ち、桐木の上に漆を塗ったこの楽器は、絃の上から軽く打つと、鼓のように共鳴して音を出すのである。絃の上なので音程も存在する。この奏法に出会ったときに「鼓琴」の意味が氷解した。それは琴柱のない琴（きん）でしかできない奏法である。琴柱のある和琴や箏は、絃が琴面から高く張られていて、琴面を打つことはない[9]。この文字は琴（きん）の演奏を意味していたのだ。そこで「弾琴」「撫琴」「鼓琴」の例を国史で調査してみた。ただし、「鼓（つづみうつ）」が琴（きん）のみの奏法だという認識が編纂者側になければ、使い分けは行われていないはずである。

『古事記』雄略天皇記前掲吉野川の故事…「弾御琴」（これは和琴）

『日本書紀』神功皇后と武智宿禰…「撫琴」（これも和琴か）

『続日本紀』聖武天皇

※1天平十四年（七四二）正月十六日

又賜㆓宴天下有位人并諸司史生㆒。於㆑是。六位以下人等鼓㆑琴。歌曰。

新年始邇　何久志社　供奉良米　万代摩提丹

※2天平十五年（七四三）正月十二日

御石原宮楼。賜饗於百官及有位人等。有勅鼓琴任其弾歌五位已上賜摺衣。六位已下禄各有差。

『日本文徳天皇実録』

嘉祥三年（八五〇）十一月六日

書主…能弾和琴、新羅人沙良真熊。善弾新羅琴

※3仁寿三年（八五三）二月四日

関雄尤好鼓琴。天皇賜其秘譜（文章生、属文）

『日本三代実録』

※4貞観六年（八六四）二月二日

高橋朝臣文室麻呂卒。…年九歳事嵯峨太上天皇。天皇自教鼓琴。…賜文室麿号曰琴師十六歳。…有勅、奉教、鼓琴於諱光孝天皇親王。本康親王。…文徳天皇及清和天皇徴令侍殿上為師学弾琴。歴仕四代。…

※5貞観十年（八六八）閏十二月二十八日

左大臣正二位源朝臣信薨。…嵯峨太上天皇之子。…太上天皇親自教習吹笛鼓琴箏弾琵琶等（鼓琴箏と琴だけでなく箏にも「鼓」が使われている）

元慶三年（八七九）十一月十日

良岑朝臣長松卒。承和之初、…長松無他才能、以善弾琴、配聘唐使。

（長松は良岑安世の子、冒頭の僧正遍昭の兄にあたる）

※3、4、は琴（きん）と考えてよい。※5は琴（きん）とともに箏にも使われている。元慶三年長松は「弾琴」で、内容から琴（きん）である。嘉祥三年は和琴、新羅琴に「弾」が使われている例。嵯峨天皇の時代から、嵯峨天皇

自ら教えた高橋文室麻呂の仕えた四代の天皇までは確実に琴（きん）が帝王学として理解され、尊重され、「鼓琴」と表現されている。

問題は※1と※2。聖武天皇の御代に琴（きん）が意識され、区別されていたかどうか。※1は前掲①である。六位以下の人たちが琴を鼓き、歌った。※2も勅があって、琴を鼓き、弾じて歌った。歌の伴奏ならば和琴であろう。琴と歌が別に奏されたのであれば、琴（きん）であることもありうる。しかし、確証はない。

もともと漢字の「琴」は、中国古来の楽器である七絃琴（古琴＝グーチン）の象形文字である。「琴（きん）」は、漢字ができたときから存在しており、中国文化の特質を示すものであり、二〇〇三年十一月、世界文化遺産に登録されている。中国では古くから儒教、道教問わず、徳の高い君子の学ぶべきものとして最上位に位置付けられている。

漢字が日本に伝来し、やまとことばを漢字で表記するようになった時、「琴」という漢字は、日本の絃楽器を示す「こと」ということばに当てはめられた。日本古来の絃楽器は六絃（五弦だったこともある）。これを「琴」と表記したと考えられる。その後、外来の絃楽器（唐琴、新羅琴、百済琴など）と区別する必要が生じ、「和琴（わごん）」「倭琴（やまとごと）」などと呼ばれるようになった。国史での「和琴」の初出は『続日本紀』養老五年（七二一）の「和琴師」である。しかし前述の如く、「琴」という語が「琴（きん）」として定着しているとは言い難い。一方、『懐風藻』には持統、文武朝から聖武朝まで琴（きん）を描いた漢詩が数多く存在するのは確かである。

日本に現存する琴（きん）の最古のものは、法隆寺献納宝物（現在は東京国立博物館蔵）で、国宝黒漆七絃琴、裏面に「開元十二歳在甲子五月五日於九隴縣造」とある。開元十二年は唐の年号で七二四年、日本では聖武天皇の御代にあたる。また、正倉院北倉には五弦琵琶や新羅琴とともに金銀平文琴が存する。これは天平勝宝八年

（七五六）『東大寺献納帳』（国家珍宝帳）に記録された銀平文琴が弘仁五年（八一四）に出蔵ののち、代替として弘仁八年（八一七）に納入されたもの。これにも「乙亥」（開元二十三年（七三五）?）の銘がある。現存しないが、『国家珍宝帳』には前掲の銀平文琴とともに黒漆琴があったことが記されている。聖武天皇愛蔵の楽器の中に琴（きん）が存在したことは確かである。

聖武天皇の御代には琴（きん）は存在し、愛蔵されていた。吉備真備のような中国に長く滞在して、漢籍に通じ、礼楽思想を理念化した人物も存在する。

五節舞の起源に中国の天女が出てくるのは、中国古来の楽器、帝王の楽器、徳の高い君子の楽器である琴（きん）だったからではあるまいか。天武天皇の弾く琴（きん）の音に応じて、中国の天女が吉野宮に出現したのではないか。

では天武天皇は琴（きん）に堪能だったのか？　知りうる資料は今のところないが、天武天皇の御代に遣唐使は一度も送られなかった。律令政治を目指しはしたが、中国古来の楽器を弾きこなせたかどうかは疑問である。

八　おわりに

をとめども　をとめさびすも　からたまを　たもとにまきて　をとめさびすも

平安時代の五節舞ではこの歌が舞とともに奏された。陽明文庫蔵『琴歌譜』には「短埴安扶理」として

乎止米止毛　乎止女佐比須止　可良多万乎　多毛止尓万伎弖　乎止女佐比須毛

とほぼ同じ歌詞が載る。本論冒頭に挙げた良岑宗貞の歌は五節舞の起源を踏まえ、をとめが地上に降り立った舞と

見ている。すでに、起源説があったと思われる。

『琴歌譜』は天元四年（九八一）書写された「件書希有也自大歌師前丹波掾多安樹手傳写」の奥書を持つ和琴譜である。「琴」と言う語がありながら、「琴（きん）」ではない。「琴（こと）」である。ならば、「ことうたふ」もしくは「ことうたのふ」と読むべきものと考える。この『琴歌譜』には、『古事記』『日本書紀』『続日本紀』と共通する歌、神楽歌、『古今和歌集』と共通する歌などがある。

陽明叢書国書篇・第8輯『古楽古歌謡集』（思文閣出版、昭53・9）解説には、

> 『琴歌譜』の原本は毎年十一月新嘗祭から正月十六日の踏歌の節会に奉仕する大歌人（召人）の教習のために、和琴歌師の家である多氏が伝えてきた「琴歌」のテキストブックであったと考えられる（六頁）

とし、その原本の成立は平安時代初期であろうと推定されている。『琴歌譜』には五節舞とともに歌われる歌が記録されていたのである。それは五節舞の起源伝にも載る歌である。

『萬葉集』巻五・八〇八（八〇四）山上憶良の神亀五年（七二八）七月二十一日咲くの長歌の一部に

遠等咩良何《ヲトメラガ》　遠等咩佐備周等《ヲトメサビスト》　可羅多麻乎《カラタマヲ》　多母等尓麻可志《タモトニマカシ》〔或有此句云、之路多倍乃《シロタヘノ》　袖布利可伴之《ソデフリカハシ》
久礼奈為之《クレナキノ》　阿可毛須蘇毘伎《アカモスソビキ》〕

と、「短埴安扶理」に近い歌詞が異文を含んで存在する。神野富一氏「琴歌譜の原テキスト」成立論」（『国語と国文学』平成10・5）では琴歌譜の原テキストが憶良編纂の『類聚歌林』（散逸）から抄出して作成されたと想定している。憶良は聖武天皇が東宮であった頃、多くの学士とともに東宮侍講を任ぜられ（養老五〜八年）、また、渡唐の経験もあった。（遣唐小録七〇二〜七〇七?）。さらに、和琴の名手でもあったといわれている。

本論でいえる事は、遣隋使、遣唐使とともに長く熱心に中国文化を学んできた留学生の帰国や帰化人の来日に

よって、琴（きん）が日本文化に入り込み、認知された時代が聖武・孝謙天皇の御代であったのではないかということである。天武皇統の聖地、吉野を舞台とする五節舞の起源伝もまた、中国的な、神仙的な、礼楽という儒教的なものを内包しているかに見える。その仕掛け人は吉備真備であったのではないかと想像を逞しくしてみるのである。あるいは、その前段階として山上憶良の存在も考えうる。

注

（1）清水潔氏編『〈神道資料叢刊八〉新校　本朝月令』（平成14・3）七九～八〇頁からの引用。
（2）引用は新日本古典文学大系『続日本紀』一～五を使用。
（3）引用は新訂増補国史大系『日本後紀』を使用。
（4）和泉書店刊、平成2・10。『萬葉集研究　第十集』（昭和56・11、初出）
（5）『懐風藻』には吉野の詩が十七首あり、行幸時の侍宴、応詔の詩が多い。藤原不比等（六五九～七二〇）の「五言、遊吉野」の三一・三二には「漆姫」「柘媛」という吉野の神仙境であることを示す二つの伝説を並べ、三一「入松風」、三二「担流水」と琴曲を意識した表現がある。不比等の吉野の詩に和した大津首八三に「雑沓応琴鱗」、葛井広成一一九に「琴渕躍錦鱗」と琴（きん）を奏した表現が見える。
（6）引用は新釈漢文大系『文選（賦篇）下』（高橋忠彦氏著、明治書院、平13・7）による。
（7）中村義雄氏「五節の舞姫雑考」（大東文化大学『日本文学研究』昭和48・1）、三橋健氏「五節舞起源伝説考」（『國學院雑誌』91―7、平成2・7）、阿久沢武史氏「五節舞の由来」（『三田国文』92、平成7・6）等。
（8）引用は新日本古典文学大系『江談抄　中外抄　富家語』による。四七七頁。
（9）琵琶にも絃面をたたく奏法が存在することを、香川大学教授、岡内弘子氏より御教示いただいた。

2　光源氏の弾琴の意味

一　はじめに

『源氏物語』には、光源氏が琴（きん）の名手として描かれている。琴（きん）とは中国古来の楽器、七絃琴のことである。中国から伝来した琴（きん）は、奈良時代から平安時代前期にかけて、宮廷の皇族や貴族たちから尊重され、盛んに演奏された。『枕草子』には、村上天皇の宣燿殿女御芳子のお后教育の一つとして、父小一条の左大臣藤原師尹から琴（きん）の習得を課せられていたことを伝えている(1)。

『源氏物語』の成立した一条天皇の御世にはその奏法はすたれてしまったとされるが、『源氏物語』には、光源氏、末摘花、女三宮、宇治の八の宮等、琴（きん）を演奏する人々や場面が描かれている。『源氏物語』の描く世界が、一条天皇の御世以前の琴（きん）が盛んであった頃に設定されている証ともされている。（山田孝雄『源氏物語の音楽』(2) 四四四頁「音楽上より見れば、この物語の描ける時代は一条天皇の御世の時代相にあらずして少くとも村上天皇の御代を下るべからざるものなり…」）

光源氏が琴（きん）を弾く場面の初出は、若紫巻の北山での弾奏である。須磨・明石退去に、光源氏は一面の琴（きん）を持参し、弾琴する。帰京して政界復帰後、絵合巻には宴席で琴（きん）を弾く光源氏が描かれている。晩年には若い女三宮を新しい妻に迎え、琴（きん）を教えて、紫の上の苦悩を深めた。光源氏の人生には常に琴（きん）の存在があり、その岐路に重要な役割を果たしている。光源氏にとって、琴（きん）とはいかなるものであり、いかなる意味があるのか、本論は、光源氏の弾琴の場面、若紫巻から明石巻までを考察する。これは、背景にある日本における琴（きん）の受容史を紐解くことにもなろう。

二　七絃琴の表記

まず、表記の問題。『源氏物語』はかな文学であるから、写本の多くは、この七絃琴を「きん」「きむ」と表記して、絃楽器の総称としての「こと」とは明確に区別している。翻刻にあたって「きん」に「琴」の漢字を当てるので、「琴」が「きん」であるのか「こと」であるのか判別しにくい。「きん」と「こと」を区別するために、ほとんどの研究者が「琴の琴」という語句を使用している。

筆者はこの表記に以前から違和感を持ち、『源氏物語』の表記の分析を試みた。CD—ROM『源氏物語』(3)は、大島本・陽明文庫本・保坂本・河内本を同時に比較できるので、用例を検索し、表記を確認した。七絃琴を示す例は42例。そのうち、「きん（きむ）」と表記される例が34例、「きん（きむ）の御こと」と表記される例が6例、「きん（きむ）のこと」と表記される例は手習巻に1例のみであった(4)。1例しかない表記例を以て、『源氏物語』にとって重要な役割をもつ七絃琴を示す語として使用するのはいかがであろうか。

『源氏物語』の用例を検討すると、下に「御こと」「こと」がつく場合は、ある特定の「きん」を指すと考えられる。宮中所蔵の「きん」や身分の高い人の所有の「きん」ならば「きんの御こと」、手習巻の1例は横川の母尼が自分の所有する「きん」を「きんのこと」と呼んだのである。箏の御こと、琵琶の御ことも同様である。

また、琴〔キン〕とカタカナ表記する人もいるが、『源氏物語』の写本においては、ひらがなで「きん（きむ）」とあり、カタカナは使われていない。写本の表記を生かし、七絃琴の表記として、「琴（きん）」とすることを提案したい。

三 「琴」という文字の意味するもの

「琴」という漢字を現代日本人は「こと」と読み、十三絃の箏（そう）と認識している。しかし、もともと漢字の「琴」は、中国古来の楽器である七絃琴（古琴＝グーチン）の象形文字である。「琴（きん）」は、漢字ができたときから存在しており、嵆康の「琴賦」（『文選』所収）には「衆器之中、琴徳最優」とあり、また、徳の高い君子の学ぶべき「琴棋書画」(5)の最上位に位置づけられている。孔子、蔡邕、諸葛孔明、竹林の七賢の嵆康、白楽天等、琴（きん）の名手は枚挙に暇がない。

漢字が日本に伝来し、やまとことばを漢字で表記するようになった時、「琴」という漢字は、日本の絃楽器を示す和語「こと」ということばに当てはめられたと考えるのが妥当であろう。日本古来の絃楽器は六絃（五弦だったこともある）。これを「琴」と表記したと考えられる。

ところが、「琴」という漢字を「きん、きむ」と読み、中国古来の七絃琴そのものを指し示す時期が一時期出現する。奈良時代から平安時代前期に漢詩文の隆盛とともに、七絃琴は琴（きん）と呼ばれ、中国に習い、最も尊ばれる楽器となった。日本が遣隋使、遣唐使を送り、中国の政治機構や文化を積極的に吸収し、国家体制を整えていった時代に、中国で琴（きん）の奏法を習得した留学生や留学僧が琴（きん）を持ち帰り、日本に伝えたと考えられる。

楽器そのものの伝来はもっと早いかもしれないが、琴（きん）が正しく認識されたのは、この時代であろう。何故なら、琴（きん）は奏法が難しく、一朝一夕で習得できるものではなく、独学もありえないからである。長い年月をかけて、中国で師を得、奏法を習得した者が、中国文化の象徴というべき琴（きん）を日本に伝えたことによって、琴（きん）という楽器がどういうものか、はじめて日本に認識されたと考えるべきであろう。

琴（きん）が認識され、琴（きん）以外にも新羅琴や百済琴などの外来の絃楽器が輸入され、認識されるとそれらと区別して、日本古来の琴（こと）は「わごん」「やまとごと」とよばれ、「和琴」「倭琴」「日本琴」と表記されるようになる。この和琴も、様々な変遷を経て、現在は特別な楽曲以外は使われていない。『源氏物語』における和琴については本章第一節(6)を参照されたい。

琴（きん）、和琴以外にも、外来の絃楽器が輸入され、「琴」という文字はそれら絃楽器の総称としても使われ続ける。

前述のように、「琴」の文字が「こと」と読まれ、「箏」を意味するようになったのは、後世になって、琴（きん）が廃れ、和琴（わごん）が一般に用いられなくなり、一般社会に流布していた絃楽器が、琵琶以外では箏（そう）であったから、絃楽器の総称「琴（こと）」が箏ということになったと想定できる。

四　琴（きん）の定着と『懐風藻』・『萬葉集』

では、日本において、「琴」という文字が七絃琴を指すようになったのはいつごろからであろうか。具体的に資料で検討してみたい。

和銅五年（七一二）成立の『古事記』も、養老四年（七二〇）成立の『日本書紀』も、ともに「琴」の文字を使用するが、「琴（きん）」という認識で使用されているとは言い難い。西本香子氏「「琴（キン）」と「琴（こと）」」（『明治大学大学院紀要』第28号、平3・2）では『古事記』『日本書紀』『風土記』『萬葉集』、大系本『古代歌謡集』所載の「琴」が、七絃琴を指すかどうかを精査し、『風土記』逸文（伊賀国）の「唐琴」(7)と『古代歌謡集』所載東遊歌・二歌の「七絃の八絃の琴」の2例以外は七絃琴と断定できないと結論づけている。ただし、西本氏は『懐風藻』の確認をしていない。

国史における「和琴」の初出は『続日本紀』(8)元正天皇の養老五年（七二一）の「和琴師」という語である。正月二十七日、「百僚の内より学業に優遊し師範とあるに堪ふる者を擢して、特に賞賜を加へて後生を勧め励す」という意図で「和琴師正七位下文忌寸広田」が褒賞されている。この年、長屋王が右大臣になり、長屋王中心の詩壇で「琴」を詠み込んだ漢詩が数多く作られ、日本最古の漢詩集『懐風藻』(9)に収録されている。

この『懐風藻』から琴（きん）の日本における定着の推移が読み取れよう。『懐風藻』の成立は天平勝宝三年（七五一）であるが、その序文によれば、漢詩が作られるようになったのは、天智天皇以後であるという。作品はほぼ時代順に配列されており、最初に天智天皇の皇子大友皇子の二首、続いて、天武・持統天皇の時代に河島皇子一首、大津皇子四首、釋智蔵二首の七首。文武天皇の時代、特に大宝から天平初年が最も多く、その後はまた少なくなる。

天智天皇の御代の漢詩は大友皇子の二首だけで、そこに「琴」は描かれていない。残念ながら、天智天皇の御代の琴（きん）の認識状況は確認できない。

大津皇子の(四)「五言。春苑言宴。一首」は、引用する中国詩が「琴（きん）」を描いていることは明らかなのだが、「絃」の文字はあっても「琴」の文字はない。最も早い例は、天武・持統朝の人物である中臣朝臣大島の（一三）「五言。山齋。一首」の「風涼琴益微」であろう。この時代には琴（きん）が存在し、認識されていた可能性が高い。

平安時代初期の勅撰三詩集に比べれば、未熟で、中国詩の模倣の域を出ない。その中に特筆すべきは藤原不比等（六五九～七二〇）の吉野行幸時の詩。

五言　遊吉野　二首

（三一）飛文山水地　命爵薜蘿中　漆姫控鶴挙　柘媛接魚通
煙光巌上翠　日影　前紅　翻知玄圃近　対翫入松風

（三二）夏身夏色古　秋津秋気新　昔者聞汾后　今之見吉賓
霊仙駕鶴去　星客乗査逡　諸性担流水　素心開静仁

（三一）では「漆姫」「柘媛」という大和に残る二つの伝説を並べ、（三二）では「汾后」「霊仙」という中国の伝説を並べ、ともに吉野が神仙境であることを謳う。「入松風」「流水」は琴曲を思わせる語。「琴」の文字はないが、吉野宮での宴の席で琴（きん）が演奏されたことを示しているのであろう。伊藤博氏は「天平の宮廷歌人」（『言語と文芸』41号、昭40・7）(10)において、『懐風藻』の吉野の詩十七首を確認し、この不比等の詩は文武天皇の大宝年間行幸時以後の制作と推定しておられる。行幸として考えられるのは、大宝元年（七〇一）二月、六月（持統上皇）、七月、大宝二年（七〇二）七月の四回である。文武天皇の御代には琴（きん）が詩に読まれ、宴席で盛んに演奏されたことがこの例からも確認できよう。単なる中国文化の模倣というより、もっと深い理解によって、琴（きん）が認識され、楽しまれた。しかし、それは、天皇を中心とするごく一部の知識階級によって、である。

『懐風藻』は侍宴、応詔の詩が多く、月野文子氏「『懐風藻』の押韻―韻の偏りの意味するもの」(『上代文学と漢文学』〔汲古書院、昭61・9〕所収)(11)は『懐風藻』には中国とは比較にならない程の押韻の偏りがみられ、それは、集団の場(侍宴)で押韻文字に制約を与える制作のあり方に起因すると論じておられる。

天武天皇以來、聖武天皇の天平八年(七三六)まで、特別な意味を持って行われた吉野行幸時に作られたと想定されるものが多く(12)、吉野の詩は十七首ある。そこに琴(きん)は存在しており、認識されていたことは明らかである。

これらの漢詩は中国語で読まれたのであろうか。日本語に訓読されたのであろうか。宴席で琴(きん)とともに読まれた漢詩は、韻を問題とするならば、中国語で読まれたであろうと推測する。学令(13)には

凡学生。先読経文。通熟。然後講義

(「およそ学生は、まず経〔周易。尚書。周礼。儀礼。礼記。毛詩。春秋左氏伝を指す〕文の素読を習い、暗誦し、その後に文章の講義を受ける。」)

とあって、大学ではまず素読が原則となっている。留学生が帰国し、帰化人も増え、中国語を理解する知識階級の貴族集団があって、はじめて漢詩を読み、琴(きん)が演奏され、酒宴が催されたと考えられる。

『懐風藻』という漢詩の世界では「琴」は、中国の伝統に則ってその大部分が「琴(きん)」として描かれている。天武天皇以來の吉野の行幸では吉野を神仙境とみなし、とくに、文武天皇以降、宴席で琴(きん)が盛んに演奏された様子が描かれている。一方、長屋王(六七六〜七二九)を中心とする詩壇では、長屋王主催の宴席で「琴」を詩に詠み込み、「琴樽」という語も散見する。しかし、例えば長屋王主催の新羅客接待の宴の場合、共通語として中国語が使われ、漢詩が作られ、琴(きん)が演奏されたとは勿論考えられるが、その宴席で使用される絃楽器は

「琴（きん）」とは限らず、「新羅琴」や「和琴」の場合も有り得るのではないか。「琴」は「琴（きん）」に限定されず、絃楽器の総称としての「琴（こと）」の場合もあり得る。

さて、漢詩に対して、日本最古の歌集『萬葉集』では、「琴（きん）」を確認できるであろうか。『萬葉集』は成立までに長い期間があり、成立事情を加味して考察せねばならない。和歌では、どんな絃楽器も「こと」と表現される。序や左注の漢文体の部分に、「日本琴」「倭琴」と記される場合と「琴」と記される場合がある。和歌左注で「琴」と表記される例は三例あり、一五九八（一五九四）(14)の仏前唱歌一首には「…弾琴者市原王、忍坂王」とあって、和歌の伴奏として弾琴が行われている。三八三九（三八一七）、三八四〇（三八一八）の和歌左注に

右歌二首河村王宴居之時弾レ琴而即先誦二此歌一以為二常行一也

とあり、河村王は琴を弾く時はまずこの和歌を誦んだという。また、三八四一（三八一九）、三八四二（三八二〇）の和歌左注に

右歌二首小鯛王宴居之日、取レ琴登時必先吟二詠此歌一也、其小鯛王者更名置始多久美斯人也

とあり、小鯛王は、琴を取っては先ずこの和歌を吟詠したという。これらはいずれも和歌とともに演奏される絃楽器であり、それは和琴であろう。「琴（きん）」とは断定できない。三九八七（三九六五）～三九九〇（三九六八）では、天平二十年（七四八）二月二十九日大伴家持と池主の贈答歌序文に「琴樽」の語が二カ所あるが、宴の中の音楽と酒であり、和歌とともにある楽器は、少なくとも「琴（きん）」とは限定されない。漢詩は琴（きん）とともに吟詠される。漢詩ではなく、和歌の伴奏に琴（きん）を用いた可能性がないわけではないが、むしろ、日本古来の和琴に合わせて和歌が吟詠されたと考えるべきであろう。しかし、三月四日に池主が家持に贈った三九九五「七言、晩春三日遊覧一首并序」という漢詩の序にある「琴樽」の琴は琴（きん）を意味している。『萬葉集』にも

「琴（きん）」を示す「琴」の文字が存在する。聖武天皇の御代の作である。

琴（きん）の存在を認識しながらも、「琴」の文字が琴（きん）であったり、琴（こと）であったりする状況を『懐風藻』、『萬葉集』で見てきた。

日本に残る最古の琴（きん）は法隆寺献納宝物（現在は東京国立博物館蔵）で、国宝黒漆七絃琴、裏面に「開元十二歳在甲子五月五日於九隴縣造」とある。開元十二年は唐の年号で七二四年、日本では聖武天皇の御代にあたる。また、正倉院北倉には五絃琵琶や新羅琴とともに金銀平文琴が存する。これは天平勝宝八年（七五六）『東大寺献納帳』（国家珍宝帳）に記録された銀平文琴が弘仁五年（八一四）に出蔵ののち、代替として弘仁八年（八一七）に納入されたもの。これにも開元二十三年（七三五）と推定される銘がある。天平勝宝八年、聖武太上天皇の遺愛品を光明皇太后が東大寺に納めた記録、『東大寺献納帳』(15)には

銀平文琴一張　暦軫足並象牙、腹内有「司兵韋家造此琴」字、納紫綾袋、緑裏

漆琴一張　紫檀軫、牛角足、腹内有「嶧山之岫幽人所玩」等字、納紫綾袋、緋綾裏

とあって、これらは現存しないが、聖武天皇の愛蔵品の中に、琴（きん）が存在したことは確かである。

五　若紫巻―北山の琴（きん）

『源氏物語』の中で光源氏が琴（きん）を弾く場面の初出は若紫巻。わらは病に患い、北山の聖のもとに加持祈祷を受けに行った光源氏は、そこで密かに想う藤壺にそっくりな少女を垣間見る。生涯の伴侶となる紫の上である。僧坊を構えて修行をしていた僧都のもとに重病の妹とその孫娘が身を寄せていたのだ。加持祈祷の効果で光源

氏は小康を得、都から迎えが来る。光源氏が琴（きん）を弾くのは、迎えにきた頭中将らとともに、宴をする場面である。

岩隠れの苔の上に並みゐて、土器参る。落ち来る水のさまなど、ゆゑある滝のもとなり。頭の中将は、懐なりける笛取り出でて、吹きすましたり。弁の君、扇はかなううち鳴らして、「豊浦の寺の西なるや」と歌ふ。人よりは異なる君達を、源氏の君、いといたううちなやみて、岩に寄りゐたまへるは、たぐひなくゆゆしき御ありさまにぞ、何ごとにも目移るまじかりける。例の、篳篥吹く随身、笙の笛持たせたるすきものなどあり。僧都、琴（きん）をみづから持て参りて、「これ、ただ御手一つあそばして、同じうは、山の鳥もおどろかしはべらむ」と、切に聞こえたまへば、「乱りごこちにいと堪へがたきものを」と聞こえたまへど、けにくからずかき鳴らして、皆立ちたまひぬ。（新潮日本古典集成『源氏物語』一―二〇五～六）(16)

この部分の古註は、『紫明抄』(17)に

僧都琴をみづからもてまいりてこれたゞ御てひとつあそばしおなじうはやまのとりもおどろかし侍らんとせちに申給

琴五絃也、加文武之緒者

文武天皇弾琴、天人降来、五反袖をひるかへす

瓠巴鼓琴、鳥舞魚踊列子文

（玉上琢彌編『紫明抄　河海抄』四三頁上）

とあり、四辻善成著『河海抄』（貞治初〔一三六二～六八〕頃成立）では、この注の間違いを正し、様々な注を加えている。

僧都琴をみづからもちてまいりて
　琴操曰伏犠作長三尺六寸六分大象三百六十日也…
　琴書曰…
①清御原天皇吉野宮にて日暮に琴を弾し給けるに前岫のもとに奇雲聳たり神女降て曲につきて袖をあぐる事
　五廻天皇のほか余人不見哥ていはく
をとめこかをとめさひすもからたまをたもとにまきてをとめさひすも是五節濫觴也
②在乙通女巻
③此器曲上古渡来本朝之条勿論也允恭天武以下令弾給之由見日本紀其後延喜の比までも間弾人在之歟中古以来
　楽曲断絶云々
④此器は今相残当家者也
⑤又白虎通曰琴者禁也禁止於邪気以正人心也云々　此心によらは源氏わらはやみの時分といひひしりの詞にも
御もの丶けなとくはゝるさま也といへり僧都琴をあなかちにすゝめ申も若有心歟
（若紫巻　伝一条兼良筆本『河海抄』一・一九二～四頁(18)）
堂上楽家の家柄である四辻善成は、①において、『紫明抄』が文武天皇とした「弾琴、天女降来」の故事を天武天
皇と正し、五節舞の起源を挙げる。
②については乙通女巻に
過にしとし五節などとゝまりにしか
　薄雲女院崩依諒闇被停止也

本朝月令曰。五節舞者。浄御原天皇之所制也。相伝曰。天皇御吉野宮。日暮弾琴。有興。俄尓之間。前岫之下。雲気忽起。疑如高唐神女。髣髴應曲而舞。独入天瞻。他人無見。挙袖五変。故謂之五節。其歌曰。

乎度綿度茂《ヲトメドモ》　遠度綿左備須毛《ヲトメサビスモ》　可良多萬乎《カラタマヲ》　多茂度邇麻岐底《タマトニマキテ》　乎度綿左備須茂《ヲトメサビスモ》

（乙女巻　伝一条兼良筆本『河海抄』一―四九七頁）

と、若紫巻よりも正確に『本朝月令』を引用している。五節舞の起源は、天武天皇が吉野宮で日暮れに琴を弾じていると雲気が起こり、高唐神女の如き天女が現れて、袖を五回挙げ、翻して舞った。その時の歌が「ヲトメドモ…」の歌である、という。『本朝月令』はこの部分を散逸しているが、『江家次第』（大江匡房著、承徳三（一〇九九）〜天永二（一一一一）頃成立）、『年中行事秘抄』（鎌倉初成立）等にも同文で引用されており、『政治要略』（惟宗（令宗）允亮　長保四（一〇〇二）年十一月成立）には『本朝月令』の書名はないが、「相伝」という形で、同文引用されている。

ここで問題とすべきは「ヲトメドモ」が①では「をとめこが」である点。

③は琴（きん）が上古に渡来し、允恭天皇、天武天皇が弾じたと『日本紀』に見え、延喜の頃、村上天皇の御代まで弾く人はあったが、中古以来楽曲が絶えてしまったと琴（きん）の日本における流伝を記す。これは堂上楽家の一員だったからこそ知り得たことであろう。しかし、『日本書紀』の允恭天皇の「撫琴」が琴（きん）である確証はなく、天武天皇の弾琴の記述はない。允恭天皇七年十二月「天皇親之撫琴、皇后起儛」とあり、この後、皇后は妹の衣通郎姫を天皇に奉ることになってしまう。中国伝来の琴（きん）は独奏楽器(19)であり、単独で舞の伴奏はしない。ここは和琴であろう。善成の誤解があるようだ。

④は楽家の家柄であるだけに、琴（きん）が四辻家に現存していたという。

⑤僧都が琴（きん）を光源氏に弾かせようとした理由は琴（きん）の持つ力「止於邪気以正人心」（『白虎通』）

のためであったのだろうという新見解を提示している。

このような『河海抄』の楽家の知識を駆使した注釈も、『花鳥余情』や三条西家では一切触れられていない。『孟津抄』『岷江入楚』は『河海抄』の引用として、若紫巻と乙女巻に記す。特に『岷江入楚』は余程この琴（きん）に興味をもったのか、若紫巻のこの部分に琴（きん）の図を描き、「私云此図所詮なしといへども近代不見及の物たる間、以或本写之者也」（源氏物語古注集成『岷江入楚』一―三四九頁）と記している。

『河海抄』の遺漏を補い、誤りを正すことを目指した『花鳥余情』は、若紫巻にも乙女巻にも五節舞の起源伝を引用しない。しかし、一条兼良がこの五節舞の起源伝を知らなかったわけではない。兼良の著書『公事根源』には、

抑、五節の舞姫のおこりは、むかし、天武天皇、よしのゝ宮にまし〳〵て、琴を引給ひし時、まへの峯より、天女あまくだりて、あまの羽衣の袖を五度翻して

をとめともをとめさびすもからたまをたもとにまきてをとめさびすも

とうたひけるとかや。しかるを、天平十五年五月にまさしく内裏にて五節の舞はありけるとぞ

（慶安弐年版本『公事根源』下・二七丁表〜裏）

と五節舞の起源を伝え、『続日本紀』天平十五年五月五日、聖武天皇の御代に皇太子阿倍内親王（後の孝謙天皇）が自ら五節を舞ったという記録も紹介している。因みにこの記事が国史における「五節」の初出である。『花鳥余情』が若紫巻と乙女巻にこの五節舞起源伝を引用しないのは、『河海抄』と見解を異にするということである。

問題は五節舞の起源伝において、天武天皇が弾いた琴、それによって天女が舞い降りたという伝説を持つ楽器が琴（きん）であったかということ。僧都が琴（きん）を出してきた場面にこの五節舞の起源伝を引用したということは、『河海抄』の著者四辻善成は、天武天皇が弾いた琴は琴（きん）であったと判断したのである。私もこの

起源伝で天武天皇が吉野宮で弾いた琴は琴（きん）であったと考える。天女は「高唐神女」の如くであり、「唐玉を袂にまきて」舞った、というからである。中国風の天女が何故吉野に忽然と現れたのか。中国古来の楽器を弾いたからに他ならない。詳しくは、「五節舞の起源と琴（きん）」（『東京成徳国文』第27号、平16・3。本章所収）で論じたので、参照されたい。

陽明文庫に残る『琴歌譜』は宮中で行われる年中行事に奏される大歌小歌の伴奏となる和琴譜である。「琴」の文字が「和琴」を意味しているのだから、「琴歌」は「きんか」と読むべきでなく、「ことうた」と読むべきであり、『琴歌譜』は「きんかふ」ではなく「ことうたふ」もしくは「ことうたのふ」と読むべきであると考える。この『琴歌譜』の中に「をとめどもをとめさびすもからたまをたもとにまきてをとめさびすも」という五節舞に奏される歌が載る。この歌の伴奏には和琴が使われる。一条兼良の時代にも、五節舞の伴奏は和琴で行われていたであろう。五節舞起源伝の吉野宮で天武天皇が弾いた「琴」が琴（きん）ではなく、和琴だという認識があって、この五節舞起源伝を不適当であると、黙殺したと推測する。

五節舞起源伝は天武紀になく、天武天皇が琴（きん）を弾じた記録はない。聖武天皇の天平十五年五月の五節舞は、元正・聖武・孝謙と続く天武皇統の正当性を表明するための国家行事であり、天武天皇の創始とするところに意味があった。

天武天皇の五節舞起源伝は、若紫巻と符合する部分がある。吉野宮と北山、ともに神仙境の如く、深遠で高い山。起源伝では日が暮れたころ天武天皇は琴を弾き、天女が舞い降りてきた。『源氏物語』若紫巻では、日が暮れたころ、光源氏は天女のごとき乙女を垣間見た。琴（きん）は後から弾くことになるのだが。

そして、『懐風藻』所載の吉野行幸時の宴のごとく、北山の宴にも琴（きん）が奏されている。

六　須磨巻―筑紫の五節と琴（きん）

光源氏が須磨に下る時、「琴一つぞ持たせたまふ。（二―一七六）」と、琴（きん）を一面、須磨に持参したことが記されている。琴（きん）は君子の必修科目であり、都から左遷された者や中国の隠者には、琴（きん）の名手が多い。因みに菅原道真は琴（きん）の習得を途中で放棄している。中国では竹林の七賢や白居易、蘇軾等。光源氏もまた、須磨での蟄居生活のつれづれに琴（きん）を弾き、慰めとしていた。

須磨には、いとど心尽くしの秋風に、海はすこし遠けれど、行平の中納言の、関吹き越ゆると言ひけむ浦波、夜々はげにいと近く聞こえて、またなくあはれなるものは、かかる所の秋なりけり。（二―二三六〜七）

海はすこし遠いが、夜になると浦波がたいそう近くに聞こえるという。秋の夜、ひとり目をさまして、

琴（きん）をすこしかき鳴らしたまへるが、われながらいとすごう聞こゆれば、弾きさしたまひて、

恋わびて泣く音にまがふ浦波は思ふかたより風や吹くらむ（二―二三七）

琴（きん）をかき鳴らし、思うのは都のこと。

そんな時、太宰大弐が上京し、北の方と多くの子女が船で浦づたひに逍遥しながら都を目指していた。娘の中に筑紫の五節がおり、光源氏の弾く琴（きん）の音が風に乗って船上に届き、五節は光源氏と和歌を交わす。

琴の音にひきとめらるる綱手縄たゆたふ心君知るらめや

光源氏の返歌

心ありて引き手の綱のたゆたはばうち過ぎましや須磨の浦波（二―二四一〜三）

筑紫の五節は、須磨巻の前に位置する花散里巻に、愛人の一人として突如出てきた人物である。父が太宰の大弐であり、五節の舞姫に選ばれた時、光源氏と宮中で関係があったか。それにしても花散里巻に突如名前があげられ、須磨巻で、光源氏の琴（きん）の音に呼応して、船上から光源氏と和歌の贈答をするこの五節の登場は奇妙に感じられる。菅原道真の故事が散りばめられている文章の中に太宰の大弐一族の帰京が語られるのはわかるのだが、何故五節が突如としてここに現れるのか、なにか琴（きん）と関係があるのか、以前から疑問に思っていた。五節舞の起源伝で、天武天皇が弾いた琴が琴（きん）であるならば、この疑問は氷解する。

『本朝月令』は『源氏物語』成立当時は存在していたはずで、『紫式部日記』に一条天皇の御代の五節の行事を記録している紫式部は、五節舞起源伝を当然知っていたであろう。「高唐神女」の如き天女、「唐玉」を袂に巻いた天女は、天武天皇の琴の音に感応して現れたのである。漢籍に通じている紫式部ならば、「高唐神女」が『文選』宋玉の「高唐賦」「神女賦」に拠ったものであることは当然わかるであろう(20)。「唐玉」を身につけた天女は中国の天女であり、天武天皇の弾いた琴が琴（きん）だったからこそ出現したと考えられる。琴（きん）は君子の楽器。吉野という神仙境で、独り無心に弾いた天武天皇の琴（きん）の音に帝王としての徳が備わっていたからこそ、天皇の徳を讃え、寿ぐために天女が現れ、五度袖を翻した。五節の舞はこの天女の様を舞ったもの。

平安時代に大嘗祭、新嘗祭に行われた五節舞は、和琴の伴奏で次の歌に合わせて舞われた。

をとめども　をとめさびすも　からたまを　たもとにまきて　をとめ　さびすも

この歌は、『公事根源』では天女が歌ったとするが、天女自身が歌う内容ではない。天女の様子を見た側から歌った内容である。歌は五節の舞に合わせて作られたか、あるいは選ばれたものであろう。また、大江匡房の言談を藤原実兼らが筆録した『江談抄』（一一〇四～一一一一頃か?）第一、公事には

浄御原天皇始五節事

又云、清原天皇之時五節始之天智歟。於吉野川鼓琴、天女下降於前庭、詠歌云々。仍以其例始之。天女歌云、

ヲトメコカ　ヲトメサヒスモ　カラタマヲ　ヲトメサヒスモ　ソノカラタマヲ(21)

と説話化され、歌詞の多少違った形で伝えられている。

作者の念頭に五節舞の起源伝があり、天武天皇の弾いた琴は琴（きん）であり、その琴（きん）に感応する天女という認識があったからこそ、須磨巻に、琴（きん）を弾く光源氏に感応する筑紫の五節が登場するのではあるまいか。

五節舞起源伝が、天武天皇が皇位継承争いを避け、吉野に籠っていた時のこととすると、光源氏が自ら都を去り、須磨で蟄居中であることに符合していまいか。琴（きん）を弾くと筑紫の五節が登場する、それは、天武天皇の五節舞起源伝を踏まえているからではないだろうか。

七　明石巻の広陵散

須磨巻末、上巳の祓の日、俄かに暴風雨となり、海が荒れて雷が鳴る。続く明石巻では、風雨やまず、雷も鳴りやまない中、住吉明神に祈願し、父桐壺院の夢に導かれ、明石入道の迎えを受けて、光源氏は明石に移った。四月、久しう手触れたまはぬ琴（きん）を袋より取り出でたまひて…（中略）…広陵といふ手を、ある限り弾きすましたまへるに、かの岡辺の家も、松の響き波の音に合ひて、心ばせある若人は身にしみて思ふべかめり。何とも聞きわくまじきこのもかのものしはふる人どもも、すずろはしくて、浜風をひきありく。入道もえ堪へで、

供養法たゆみて、急ぎ参れり。（二―二七五）

この「広陵」に対し、古注釈書『源氏釋』『奥入』『原中最秘抄』『紫明抄』『河海抄』『花鳥余情』、いずれもが、「広陵散」という秘曲を指すとし、竹林の七賢の一人、嵇康（けいこう）の琴（きん）にまつわる様々な伝説を伝えている。嵇康は琴（きん）の名手であり、呂安が兄に訴えられたとき弁護するが、司馬昭に疎まれて一緒に死刑となった。死に際して秘曲広陵散を弾き、その曲の絶えてしまうことを嘆いたという。

上原作和氏『光源氏物語の思想史的変貌―〈琴〉のゆくへ』（有精堂、平6・12）(22)では、「広陵散」の曲の由来を記した後漢の蔡邕著『琴操』の「聶政刺韓王曲」を提示し、光源氏が広陵散を弾く意味を次のように記す。「広陵散」は剣の納期が遅れたために父を韓王に殺された聶政が父の復讐のため、琴を学びながら時期を待ち、琴に隠した刀で韓王を刺し、仇を打つという話を組曲にしたもの。この曲の主題が「父の仇討ちのために国王を刺殺すること」であり、光源氏がこの曲を弾くことは「朱雀帝に対する叛逆の志」を意味する、とする。

だが、上原氏の言われる「朱雀帝に対する叛逆の志」という点については違和感が残る。

私の勤務する東京成徳短期大学では十年前から七絃琴の奏者高欲生氏による演奏会を開き、平安時代の失われた琴（きん）の音色を再現していただいている。高氏は広東省廣州の出身で箏（中国箏）・琴（七絃琴）を学び、廣州音楽学院から北京中央音楽院に留学、李祥霆氏に師事し、古琴（七絃琴）の研究をし、母校に帰って研究員となったが、日本の琴（箏）の研究のため来日し、そのまま日本に在住し、帰化した。私は氏から七絃琴の個人指導を受け、様々な資料提供を頂いている。高氏によれば、「広陵散」という曲は現在中国でも存在し、琴曲の中でも難曲中の難曲であるとのこと。高氏はこの曲を北京中央音楽院の卒業演奏会で演奏した経験がある。高氏から提供された資料の中で、最も古い広陵散の減字譜は明の太祖の子、寧献王朱権、臞仙篇の『神奇秘譜』（一四二五・明刻本）であった。歌詞のない、四五段の組曲。嵇康広陵散本は四十一拍。これは伝わらない。甥の袁孝巳が伝えたものという。演奏経験のある高氏によると、この曲は、寂しさを紛らわせるような曲ではなく、これを弾いた人は強い決意を心に秘めているはずという。心に何かを思い詰め、成し遂げることを決意し、心を奮い立たせる荒ぶる曲だというのである。そしてこの曲は男性の曲で、高氏のような女性が弾く場合、余程の力量がなければ弾きこなせないともいう。

明石の地で、この時、光源氏は何かを決意したと考えられるのだが、それが上原氏の言うような「朱雀帝に対する叛逆の志」かどうか。というのも、『源氏物語』の中で光源氏は朱雀帝に対して殺意も持っていないし、反逆もしていないからである。須磨巻の八月十五夜のこと、

その夜、上のいとなつかしう昔物語などしたまひし御さまの、院に似たてまつりたまへりしも、恋しく思ひ出できこえたまひて、「恩賜の御衣は今ここにあり」と誦じつつ入りたまひぬ。御衣はまことに身放たず、かたはらに置きたまへり。(二―二四二)

菅公の故事を踏まえ、都の兄帝を慕う場面である。そもそも光源氏は朱雀帝に対する反逆の意志のないことを示すために須磨に退去したはずである。また、血なまぐさい「反逆」や「怨恨」は、『源氏物語』とは無縁である。作者が意図したものはもっと別にあったと考えられる。

ここで注目すべきことは亡き父桐壺院の登場である。明石巻冒頭で、三月十三日、光源氏の夢にあらわれた桐壺院は

「など、かくあやしき所にはものするぞ」
「住吉の神の導きたまふままに、はや船出して、この浦を去りね」
「これは、ただいささかなる物の報いなり。…」

「内裏に奏すべきことあるによりなむ、急ぎのぼりぬる」（二—二六四〜五）

などと言って立ち去った。この直後、明石入道が光源氏を迎えにあらわれ、光源氏は明石へ移る。明石移転は父院と住吉の神の導きであったとする。一方、都に天翔った桐壺院は遺言に背いた朱雀帝を睨みつけ、朱雀帝は眼病を患う。その結果として、光源氏に赦免の定めと帰京を促す宣旨が下るのである。

光源氏自身は朱雀帝に対して何もしていない。ただ明石の地で、じっと耐えて、待っていたのである。朱雀帝を動かしたのは、桐壺院の御霊である。遺言を守らぬ帝に対し、父桐壺院は無念であったのだ。血なまぐさい敵討ちではなく、光源氏は亡き父の御霊と住吉の神に導かれて帰京を果たすのである。

ではなぜ「広陵散」を弾いたのか。「広陵散」にどのような意味があったのか。私は、この曲は「父の無念を晴らすことを志し、強い意志をもって成し遂げること」に主眼があると考える。血なまぐさい仇討ちではなく、父の遺志（東宮を守ること、そのためには都に帰ること）を貫く決意の表明が「広陵散」の弾琴だったのではあるまいか。明石の入道はこの曲を聞いて駆けつける。この曲の意味を一番理解していたのも明石の入道だったのであろう。ここに埋もれる人ではない。いずれ都に帰る人であり、娘を託すべき人だと。

父桐壺院の遺志と、住吉の神と、明石の入道の志が光源氏を明石に導き、都へ帰す。光源氏が「広陵散」という秘曲を弾いたのは、都に戻り、桐壺院の遺志を貫くという決意のあらわれであったと考えられる。それは琴（きん）の持つふしぎな力によるものかもしれない。都に帰るという結果があらわれた時、光源氏は明石の君に琴（きん）を預け、再会を約した。琴（きん）は明石の君の許に残された。琴（きん）の中に刀を隠して帝と謁見するようなことはない。「聶政刺韓王曲」の故事とは明らかに違うのである。

八　おわりに―松風の音と明石巻末

琴（きん）の音色は松風に譬えられる。一度だけ、強風の中、むき出しの琴（きん）を運んだことがある。ゴォー、ゴォーと絃が風で響き、これが松風の音かと合点した。琴（きん）の音色は他の絃楽器よりも低い。絃は外側から一、二、三、四、五、六、七絃と数え（和琴は逆）、琴柱が無く、太さが皆異なる(23)。和琴と箏は同じ太さの絃に琴柱の位置を変えて音程を取る。構造が全く異なるのである。琴（きん）の音階は通常、絶対音階のド・レ・ファ・ソ・ラ・ド・レ、いわゆる、F調（へ調）を正調とする。高氏によれば、「広陵散」を弾く場合、第一絃と第二絃の音を同じにし、同時に弾くことで低音部を強く、大きく響かせるのだという。琴の音は他の絃楽器より小さい。もともと独奏用の楽器である。演奏会のようなところで弾くものではない。むしろ、自己修練として、真剣に自分に対峙する楽器であり、それゆえに君子の楽器と言われている。

須磨、明石での光源氏の演奏は近隣の家や海上の舟からも聞こえたという。明石で「広陵散」を弾いた時は離れて住んでいた明石入道が聞きつけたという。琴（きん）が名器であったのか、光源氏が名手であったのか。「広陵散」のように低音部が響くと、振動でさらによく聞こえるのかもしれない。松風が吹くが如く、波が押し寄せるが如くにである。

その松風の名がついた巻は、明石母子の上京と光源氏との再会、そして子別れへの序章が描かれる。その基底に流れるのは、松風のような琴（きん）の音色である。

明石巻末には、筑紫の五節が再び登場する。帰京した光源氏に誰とも知らせず贈った歌

須磨の浦に心を寄せし舟人のやがて朽たせる袖を見せばや

五節と見抜いた光源氏の返歌

かへりてはかことやせまし寄せたりし名残に袖の干がたかりしを（二―三〇八）

五節舞の袖を翻す所作を念頭に「袖」をキーワードにした贈答歌でしめくくっていることの意味は大きい。

注

（1）『新版　枕草子』（石田穣二氏訳註、昭和54・8、角川文庫）では二〇段「清涼殿の丑寅の隅の…」の章段にある。

（2）昭和9年7月刊、昭和44年12月復刻版、宝文館出版。

（3）CD―ROM角川古典大観『源氏物語』（伊井春樹氏編、平成11・10）

（4）例の下の数字は(2)CD―ROMで、その語を含む章段の番号。

※は橋姫巻「宮の御琴の音」―大島本「御こと」、河内本「御きむ」、陽明文庫本と保坂本「御きん」。内容は琴（きん）を示しているが「御琴」を「御きん」という言い方は他になく、不審。本来「琴の御琴（こと）」とあるべきとを誤脱したか。

	小計	きん	御琴	きんの御こと	きんのこと
若紫	1	1例―13			
末摘花	3	3例―3・6・9			
須磨	4	4例―9・23・25・28			
明石	2	1例―24		1例24	

絵合	2	2例—13・14			
松風	2	1例—7		1例10	
少女	2	2例—10・27			
初音	1	1例—7			
若菜上	6	4例—20・20・21・39		2例39 47	
若菜下	9	8例—17・17・18・21・24・24・25・27		1例17	
鈴虫	1			1例5	
橋姫	3	2例—18・19	1例10※		
総角	1	1例—38			
宿木	1	1例—46			
東屋	2	2例—34・50			
手習	2	1例—11			1例18
計		34	1	6	1

（5）青木正児氏『琴棊書画』（東洋文庫、平2・7）によれば、四者並称は「唐の玄宗の朝、何延之の「蘭亭記」に「弁才ノ俗姓ハ袁氏、…、博学工文ニシテ琴棊書画皆其ノ妙ヲ得タリ」と用いてあるのが最も早い。」とし、唐代からあった。

（6）川島絹江「『源氏物語』の和琴―よく鳴る和琴・よく鳴る琴について」（『東京成徳国文』第26号、平15・3。本章所収）

（7）『伊賀国風土記』逸文（毘沙門堂本古今集注）に、「カラコト、云所ハ、伊賀国ニアリ。彼国ノ風土記云、大和・伊賀ノ堺ニ河アリ。中嶋ノ辺ニ神女常ニ来テ琴ヲ皷ス。人恠テ見之。神女、琴ヲ捨テウセヌ。此琴ヲ神トイハヘリ。故ニ其所ヲ号シテカラコト、云也。」（巻十物名、四五六番歌注）とある。この「琴」は琴（きん）を指す。

（8）本文引用は、新日本古典文学大系『続日本紀』一～五（青木和夫・稲岡耕二・笹山晴夫・白藤禮幸氏校注、岩波書店、平元・3～平10・2）を用いた。以下同じ。

（9）本文引用は岩波日本古典文学大系『懐風藻　文華秀麗集　本朝文粋』（小島憲之氏校注、岩波書店、昭39・6）を用いた。

（10）古代和歌史研究4『萬葉集の歌人と作品　下』〔塙書房、昭50・7〕第七章「第二節吉野の赤人たち」に再録）

（11）和漢比較文学叢書2、汲古書院刊。

（12）川島絹江「五節舞の起源と琴（きん）」（『東京成徳国文』第27号、平17・3。本章所収）では、五節舞の起源と天武天皇以降聖武天皇までの吉野行幸、琴（きん）の関係を論じた。

（13）岩波日本思想大系『律令』（井上光貞・関晃・土田直鎮・青木和夫氏校注、昭51・12）

（14）『新編国歌大観』の歌番号。（ ）内は旧国歌大観の歌番号である。以下同じ。

（15）『寧楽遺文』（中巻、四三七頁。竹内理三氏編。昭37・10、東京堂出版）により、漢数字は巻、算用数字は頁数を示す。以下同じ。

（16）『源氏物語』の原文の引用は新潮日本古典集成『源氏物語』（石田穣二・清水好子氏校注）により、漢数字は巻―頁数を示す。以下同じ。

（17）『紫明抄　河海抄』（玉上琢彌氏編、山本利達・石田穣二氏校訂、昭43・6、角川書店）

（18）天理図書館善本叢書、昭60・3、八木書店。

（19）岸辺成雄氏『唐代音楽の歴史的研究』楽制篇（東京大学出版会、昭35・2）によれば、晋代になると（中国の）「雅楽において瑟と共に合奏されることの多かった琴（きん）が、或は歌を伴い、或は歌を離れて独奏楽器として、雅正な楽曲を得つつ」（11頁）、琴楽へと発展して行くとする。

（20）注12参照。

（21）新日本古典文学大系『江談抄　中外抄　富家語』（後藤昭雄・池上洵一・山根對助氏校注、岩波書店、平9・6）四七七頁。

（22）第二部、Ⅲ〔琴〕を爪弾く光源氏―琴曲「広陵散」の〈話型〉あるいは叛逆の徒・光源氏の思想史的位相―、一七九～一八五頁。

（23）昔は絹絃であったが、一九六三年、中国で呉景略氏が絹絃の代わりにスチール絃をつけたことから、音程が安定し、調絃が非常に楽になった。絹絃に比べて金属的な音質となったが、様々な技巧が可能となり、演奏技術が躍進したと考えられる。このスチール絃の発明で、中国では「古琴（きん・七絃琴）」が大流行し、二〇〇三年、世界文化遺産に登録された。因みに高氏の北京音楽学院の師、李祥霆氏は「広陵散」の演奏者としては第一人者の一人である。

3　女三宮に伝授した「胡笳の調べ」

一　はじめに

『源氏物語』の中で琴（きん）を弾く人物は限られている。ほとんど皇族出身者であり、男性では光源氏、蛍兵部卿宮、八の宮、女性では末摘花、女三宮、横川僧都の妹尼。明石の君は、光源氏が明石の地に残した琴（きん）を、松風巻で爪弾く程度に弾く。光源氏は名手であるが、愛育した紫の上にも、后がねとして大切に養育した明石姫君にも、息子の夕霧にも琴（きん）を教えなかった。光源氏が琴（きん）の伝授をしたのは、女三宮だけである。

若菜上巻、光源氏の四十の賀を祝う晩年になって、朱雀院の女三宮が六条院に降嫁した。準太上天皇にふさわしい正妻として、先帝の内親王が新たに迎えられたのである。六条院の女主人として家政を取り仕切ってきた紫の上の悲嘆はいかばかりであったろうか。二人とも藤壺の姪にあたるが、朱雀院の内親王で、東宮の妹である女三宮とは格段に身分の差があった。しかし、一四、五歳の女三宮は思いの外、幼かったため、六条院の秩序は紫の上の努力で保たれていた。降嫁から七年、若菜下巻では、成長した女三宮に対する光源氏の琴（きん）と琴曲の伝授を契機に、大きなうねりが六条院を襲う。本項で問題にしたいのは、光源氏が女三宮に伝授した琴曲についてである。

『源氏物語』の中で琴（きん）を弾く場面には、琴曲の想定できる場面がいくつか存在する。前項2では「広陵散」を取り上げ、その曲を弾く意味を考察した。若菜下巻には光源氏の女三宮に対する琴（きん）の伝授が描かれて

おり、また、六条院の女たちを集めて行われた女楽では、

きんは、こかのしらべ、あまたの手のなかに、心とゞめてかならずひき給べき五六のはちを、いとおもしろくすましてひき給。

（『源氏物語大成』一一六〇6〜10）(1)

「こかのしらべ」「心とゞめてかならずひき給べき五六のはち（河内本・はら）」と曲名や具体的な奏法が想定できる表現が存在する。

『源氏物語』が成立した一条天皇の御世には、琴（きん）は公的記録の中から消え、その奏法はすたれてしまったと推定される(2)。楽器は存在する(3)ものの、曲として聞く事がない場合(4)、作者は、源泉としての琴（きん）と琴曲を、どのような目的で、どのように描こうとしたのだろうか。そこにどんな意味を持たせたのだろうか。「胡笳の調べ」を中心に論じていきたい。

二　日本における琴（きん）の資料

『源氏物語』の成立した時代、そして、『源氏物語』が描いている時代、すなわち平安時代前期から一条天皇の御世までに日本に存在した資料の確認をしておこう。すでに、早くは『河海抄』が琴譜を確認するものとして挙げ、山田孝雄氏『源氏物語の音楽』にも挙げられているが、藤原佐世が寛平年間（八八九〜八九八）に勅命により選した『日本国見在書目録』には、音楽関係の漢籍が

五楽家二百七巻如本

古今楽録十三巻陳沙門智近／古今楽纂一巻／雅楽録一巻／楽書要録十巻／楽歌五巻／歌調五巻／楽図四巻／琴

経一巻蔡伯諧撰／琴操三巻晋広陵相孔衍撰／琴法一巻越趙耶絜撰／琴録一巻／琴徳譜五巻／琴用手法一巻／雑琴譜百廿巻／弾琴用手法一巻／雅琴録一巻／院咸図一巻／弾琴手勢法一巻／琵琶譜十一巻／横笛一八巻／尺八図一巻／律呂旋宮図一巻／十二律相生図一巻

（宮内庁書陵部所蔵室生寺本・名著刊行会複製）

此れだけ存在した。また、卌雑家の中に『藝文類聚』百が、また、四十惣集家千五百六十八巻如本には、『文選』三十巻蕭統撰及び、『文選』六十巻李善注の存在が確認できる。そして、十二正史家に『後漢書』九十二巻、廿雑伝家に『神仙伝』廿巻、『列女伝』十五巻も存在する。

これらの書籍の存在は、琴（きん）をはじめとする楽器についての知識、音楽論、歴史、琴譜、具体的な奏法について知りうる可能性を示している。琴（きん）の総論として、琴（きん）の名手として名高い蔡邕の『琴経』一巻も見える。蔡邕には『琴操』二巻もあるはずだが、入っておらず、晋広陵相孔衍撰の『琴操』三巻のみが見える。『文選』三十巻、李善注『文選』六十巻は、作者がもっとも手にしやすい資料であったろう。本節1に示したように、奈良時代には進士科試験にも使われていた。『枕草子』にも「書は文集、文選…」とある。嵆康の「琴賦」が、その『文選』第十八巻　賦　音楽下に収録されている。琴（きん）の名手によって、琴（きん）とは何か、どのように弾くべきかが情熱的に語られており、また知りうべき琴曲の数々があげられている。

類書である『藝文類聚』百は、巻四十四　楽部四に「琴・箏・箜篌・琵琶・筍簴・簫・笙・笛・笳」があげられており、琴部には著名琴論が収録されている。蔡邕の『琴賦』も、前掲『文選』の嵆康「琴賦」も、全文引用されている。『日本書紀』の記述にも影響を与えているという『藝文類聚』が、作者や当時の読者に、琴（きん）についての知識を与えているものと推測される。

三　琴（きん）を学ぶ女三宮

光源氏はなぜ女三宮だけに琴（きん）を伝授したのだろうか。物語の中で女三宮が琴（きん）を弾くことにどんな意味があるのかを考えていこう。

若菜下巻で降嫁から六年、女三宮は二〇、一歳となっている。冷泉帝の譲位後、新帝の妹である女三宮は二品に叙せられ、朱雀院と帝の手前、光源氏もおろそかにできない。紫の上と女三宮とは

わたり給ことやうやうひとしきやうになりゆく（二一四二11）

状態にあった。紫の上は明石女御の生んだ女一宮の養育に気を紛らわす。さらに、

宮は、もとより琴（きん）の御ことをなむならひ給ひけるを、いとわかく院にもひきわかれたてまつりたまひしかば、（二一四五1～2）

と、もともと女三宮が琴（きん）を習得中であったことが明かされる。名手光源氏のもとでの上達を、父朱雀院が期待しており、新帝からもプレッシャーがかかる。光源氏は、朱雀院の五十の賀に、女三宮の琴（きん）を披露するための準備をはじめた。琴（きん）の伝授は光源氏の選択ではなく、女三宮周辺の人々の情況と要請によってなされたのである。

（A）しらべことなる手ふたつみつ、おもしろき大ごくどもの、四季につけてかはるべきひゞき、そらのさむさぬるさをとゝのへいでゝて、やむごとなかるべき手のかぎりを、とりたてゝをしへきこえたまふに、心もとなくおはするやうなれど、やう〳〵心えたまふまゝに、いとよくなり給。（二一四五10～14）

上達の見えたところで、

（B）「ひるはいと人しげく、なをひとたびもゆしあむずるいとまも、心あわたゞしければ、よる〳〵なむ、しづかにことの心もしめたてまつるべき」（一一四五14～一一四六1）

と、女三宮のもとで、夜々琴（きん）を教えることとなり、紫の上への夜離れが続く。妊娠中の明石女御が里帰りしており、自分には琴（きん）の伝授がなかったことを恨む。光源氏は、

（C）冬の夜の月は人にたがひてめでたまふ御心なれば、おもしろき夜のゆきの光におりにあひたる手どもひきたまひつゝ（一一四六9～10）

女房たちも巻き込み、六条院に管弦の音が斷えない。紫の上も

（D）「春のうらゝかならむ夕べなどにいかでこの御ことのね、きかむ」（一一四六13～14）

と望む。光源氏は、六条院の女たちによる女楽を企画する。年も明け、女三宮の腕前は

「きむ、はた、まして、さらにまねぶ人なくなりにたりとか。この御ことのねばかりだに、つたへたる人、おさおさあらじ」（一一四七10～11）

琴（きん）を学ぶ人がなくなった時代に、かなり上達したと光源氏は褒めるが、この後に

廿一二ばかりになりたまへど、なをいといみじくかたなりに、きびはなる心ちして、ほそく、あえかに、うつくしくのみみえたまふ。（一一四七12～14）

と、女三宮の未熟な実態が明かされる。仕える女房たちも

げにかゝる御うしろみなくてはましていはけなくおはしますありさまかくれなからまし（一一四八2～3）

と、光源氏の後見の必要性を実感している。もともと、幼すぎる女三宮を気づかった朱雀院が、東宮（今帝）の「親

ざまにゆづりきこえさせたまはめ」という忠告に従って、光源氏に「親代わり」を期待して降嫁させたのである。七年経っても、身分相応、歳相応の人格はできあがっていないようだが、琴（きん）の習得が、女三宮の六条院での地位を必然的に押し上げ、第一の女性であった紫の上を凌ぐ存在となったことは間違いない。

（A）から（D）は琴（きん）と季節の関係、琴（きん）の奏法が垣間見られる部分である。光源氏が「冬の夜の月」をめでるのは朝顔巻にもあり、繰り返される光源氏の「人にたがひ」たる好みは『文選』嵆康（叔夜、二二三〜二六二）「琴賦」と関わりがあろう。『文選』は二にも示した如く、日本に早くから伝わり、重んぜられた。『枕草子』にも「書は文集。文選…」とあり、嵆康「琴賦」は、当然、作者が琴（きん）を描くために参考にしているものと推測できる。その中で、

…冬夜粛清、朗月垂光、新衣翠粲、纓徽流芳。於是器冷絃調、心閑手敏。觸攙如志、唯意所擬。初渉淥水、中奏清徴。雅昶唐堯、終詠微子。…（新釈漢文大系『文選（賦篇）下』三一三頁）

とあって、冬の夜、月の光の中、澄みきった心で冷たい琴（きん）と絃に対峙し、心閑かに手は俊敏に、思いにまかせて弾く様子や心の状態を語っている。そこで弾く曲は「淥水」、「清徴」、「唐堯」、「微子」と曲名が出てくる。続いて、弾くに宜しき琴曲としては「広陵止息、東武太山、飛龍、鹿鳴、鵾鶏、遊絃」（三一九頁）、時代が下って「蔡氏五曲、王昭、楚妃、千里別鶴」（三一九頁）が挙げられている。

冬の夜、光源氏は竹林の七賢の一人、魏の嵆康に我が身を擬して、様々な琴曲を女三宮に聴かせ、琴（きん）を伝授していたのであろうと推測する。『文選』の読者であれば、この場面に右のような琴曲を想定したであろう。しかし、嵆康の「琴賦」序には「衆器之中、琴徳最優」（三〇四頁）とあり、「琴賦」の最後には「識音者希、孰能珍兮、能尽雅琴、唯至人兮」（三二三頁）ともある。音楽を理解する者は稀であり、琴（きん）の価値をわかる者も少ない。

雅琴を弾きこなすことができるのは、ただ至人のみであるという。光源氏は琴（きん）を弾くにふさわしい有徳の人物として描かれ、「至人」の部類に入るが、前記のように、仕える女房たちも心配するような「いはけなくおはします御ありさま」の女三宮に、琴（きん）を奏でるほどの人徳があるとも思えない。琴（きん）によって女三宮の六条院での地位は高められたが、琴（きん）を奏でるのにふさわしからぬ人柄が、彼女の人生に暗い陰を落とすことになる。

四　女楽

正月十九日（臥待の月とある）、白梅がたわわに咲き乱れる中、六条院春の町で行われた女楽は、次のような順序で描かれている。

1、紫の上、明石女御、明石の御方、女三宮付きの童女たちの衣装や様子。
←
2、髭黒の三男、玉鬘腹の兄君が笙の笛、夕霧の長男が横笛を簀の子で担当する。
←
3、明石に琵琶、紫の上に和琴、女御に箏、女三宮には琴（きん）がそれぞれ渡される。
←
4、箏の調絃のために夕霧が呼ばれる。
←
5、掻き合わせ開始。

6、光源氏と夕霧で四人の楽の音をそれぞれに評価。
←
7、光源氏、四人の女性たちを花にたとえる。
←
8、臥待の月が出たころ、光源氏は夕霧を相手に音楽を論ず。
←
9、琴（きん）を論ず。
←
10、妊娠中の明石女御が、箏を紫の上に譲り、和琴を光源氏が弾く。催馬楽「葛城」で遊ぶ。
←
11、女三宮の「こかのしらべ」
←
12、笛の若君たちに褒美をかづけ、終了。
←
13、夕霧に女三宮から盃と装束が贈られ、光源氏には高麗笛が贈られる。
←
14、夕霧、光源氏の笛と、合奏しながら退出。

まず、紫の上、明石の女御、明石の御方、女三宮付きの童女たちの衣装が順に描かれている。『紫式部日記』に五節の舞姫の行事、その中でも特に、童女ご覧の童女の衣装や様子が丁寧に描かれるが、そのような実体験が、物語に生かされているのであろう。髭黒の三男で玉鬘腹の兄君が笙の笛、夕霧の長男が横笛を簀の子で担当、この子たちは女楽の最後にも登場する。光源氏の秘蔵の楽器が用意され、明石に琵琶、紫の上に和琴、女御に箏、女三宮には練習に用いた手慣れた琴（きん）が、それぞれ渡され、夕霧も箏の調絃のために呼ばれる。黄昏時の空に去年の古雪にまがうばかりの梅が咲き乱れていた。琵琶、和琴、箏、琴(きん)の順にそれぞれ評価し、四人を花々に譬え、夕霧との間に光源氏の琴（きん）の論が展開する。

この部分は、『古今和歌集』仮名序が和歌論を展開する如く、光源氏の言を借りて紫式部が琴論を叙していると思われ、そこに琴（きん）を主題とした『うつほ物語』批判も垣間見られる。高橋亨氏「源氏物語の〈琴〉の音」（『季刊iichiko』23、一九九二）では「宇津保物語の〈琴〉をもどいた批評性が、源氏物語の出発点」とされる。「もどく」には「まねようとしてまねびそこねる」と「批判的にまねる」と相反する両義が存するが、後者の意味で使われたと判断する。そして、これに私も同感である。『源氏物語』が『宇津保物語』を範として描いたとは到底考えがたい。

ひとりいではなれて、心をたてゝ、もろこし、こま、と、この世にまどひありき、おやこをはなれむことは、世の中のひがめる物になりぬべし。…（二一五八13〜14）

俊陰の流離譚を踏まえながら、「波斯国」とは言わず、わざわざ「唐土」「高麗」と表記する理由。奈良朝から、波斯国は西域ペルシャであることは知られていたはず。『日本国見在書目録』にも「波斯字様一巻」が伝わっている。国際国家である唐からもたらされたものであろう。東南アジアという説があるとしても、遣唐使のあった時代の「波斯国」は唐の西のペルシャ。中国古来の楽器である琴（きん）の習得が、その「波斯国」よりさらに西の仏国より東でなされたという設定ミスを、高麗（高句麗、六八九年から九二六まで渤海国）と置き換えることで修正したのであろう。琴（きん）の伝来が、遣唐使による直接伝来だけでなく、朝鮮半島経由もあったという認識が作者にあるからだろう。

やがて、箏を紫の上に預けて、女御が休む。和琴は光源氏の許へ行き、女御と紫の上の箏の音が比較される。そして、最後に

きんは、こかのしらべ、あまたの手のなかに、心とゞめてかならずひき給べき五六のはちを、いとおもしろくすましてひき給。さらにかたほならず、いとよくすみてきこゆ。春秋、よろづのものに、かよへるしらべにて、かよはしわたしつゝひき給。心しらひ、をしへきこえ給さま、たがへず、いとよくわきまへたるまへるを、いとうつくしく、おもたゝしく思ひきこえ給。このきみたちの、いとうつくしくふきたてゝ、せちに心いれたるをらうたがり給て、「ねぶたくなりにたらむに、こよひのあそびは、ながくはあらで、はつかなるほどにと思ひつるを…」（一一六〇6～12）

六条院の女楽は、女三宮の「こかのしらべ」で終わる。「こかのしらべ」は「心とゞめてかならずひき給べき五六のはち」という具体的な奏法のある琴曲で、光源氏は、「心しらひ、をしへきこえ給さま、たがへず」と、女三宮が教えたとおりにりっぱに弾きこなしたと評価し、転じて、懸命に笛を担当していた幼い髭黒の三男と夕霧の長男に思いが及び、「ねぶたくなりにたらむ」と褒美を与えて解散となる。なぜ、殊更、この二児を描くのだろうか。「胡笳の調べ」が子どもに関わるからではあるまいか。

「こかのしらべ」は『原中最秘抄』に

こかのしらべ　胡笳の調　又云五ケ調

孝行説五ケ調は在、琴曲、手　片垂　水宇瓶　蒼海波　雁鳴調

（日本古典文学影印叢刊19『原中最秘抄』五四オ）

『河海抄』では一説として「胡笳の調べ」説をあげ、笳についての細かな説明をしている。

きむはこかのしらべ
琴五ケ調　搔手《カクテ》　片垂《カタヽリ》　水宇瓶《スイウヘイ》　蒼海波《サウカイハ》　雁鳴調《カンメイノシラヘ》
一説胡笳歟、白氏六帖第十八曰、笳者胡人巻芦葉吹之　以作楽也、胡曰、笳播為琴曲
（天理図書館善本叢書『河海抄』伝兼良筆本二巻十三・三十四オ）

長く、「胡笳の調べ」か「五箇の調べ」か不明であったが、『うつほ物語』研究では、「胡笳の調べ」と認定されており、『源氏物語』においても、上原作和氏の提言が認められ、現在『源氏物語』CD－ROMでは「胡笳の調べ」となっている。ここは当然「胡笳の調べ」でなくてはならない。しかし、上原氏が『光源氏物語の思想史的変貌〈琴〉のゆくへ』（有精堂、一九九四・12）及び『光源氏物語　学芸史　右書左琴の思想』（翰林書房、二〇〇六・5）で主張する「胡笳明君」説はとらない。「王昭君」はふさわしくないからである。その理由は次の**五**で述べる。

光源氏が女三宮に伝授し、女楽のフィナーレを飾る「胡笳の調べ」として、作者も当時の読者もよく知る、もっとふさわしい女性の曲が存在する。琴（きん）の名手で大学者であった蔡邕、その娘の蔡琰もまた博学にして弁舌に長け、音律に秀でていた。数奇な運命を辿り、胡の國で二児を生み、その子たちとの別れて帰国しなければならなかった。その別れの悲しみを琴曲にしたもの、これこそが胡笳の調べであろう。蔡琰の琴曲は、「大胡笳」「小胡笳」「胡笳十八拍」と少なくとも三曲存在し、蔡琰の歌詞に擬作説が出て、このため、上原氏に至っては蔡琰を黙殺しかけた。眞僞はともかく、『源氏物語』成立当時はどうであったかが重要である。本論は、奏法からみても、

おそらくは「大胡笳」であることを論じていく。

五　「王昭君」にあらざる理由

『源氏物語』の中には王昭君が二度登場する。

まず、須磨巻。「琴（きん）ひとつぞもたせ給（四〇六―2）」ひて、須磨に下った光源氏が彼の地で弾いた琴（きん）の音色は、上京する船上の筑紫の五節に届いた。この件は本節2に詳述した。そして、冬になり、

雪ふりあれたるころ、そらのけしきもことにすごくながめ給て、琴（きん）をひきすさび給ひて、よしきよにうたうたはせ、大輔、よこぶえふきて、あそび給。心とゞめて、あはれなるてなど、ひきたまへるに、ことものゝこゑどもはやめて、なみだをのごひあへり。むかし、胡のくにゝにつかはしけむ女をおぼしやりて、ましていかなりけん、この世にわが思きこゆる人などをさやうにはなちやりたらむこと、などおもふも、あらむことのやうにゆゆしうて、「霜のゝちの夢」とすじ給ふ。（四二八―8～13）

「胡の国につかはしけむ女」とは、前漢の元帝（前四九～前三三）の時、匈奴の呼韓邪単于に嫁した王昭君のこと。嵆康（二二三～二六二）の琴賦に、弾くに宜しき琴曲として「王昭・楚妃」とあるから、琴曲に「王昭君」があることは間違いない。『文選』二十七巻楽府上にも西晋の石崇（季倫、二四九～三〇〇）の「王明君詞」がある。序には

王明君者、本是王昭君、以触文帝諱、改焉。匈奴盛請婚於漢。元帝以後宮良家子昭君配焉。昔公主嫁烏孫、令琵琶馬上作楽、以慰其道路之思。其送明君、亦必爾也、其造新曲、多哀怨之聲。故叙之於紙云爾。（詩篇下四八九頁）

とあり、王昭君を晋の司馬昭の諱を避け、王明君、明妃とも呼ぶとする。詩句の中にある「苟生亦何聊積思常憤盈」の部分に李善注は、『後漢書』列女伝の董祀妻蔡琰の悲憤詩の一部「心吐思兮賀」を指摘する。『藝文類聚』第四十二楽部二　楽府にも、「晋石崇明君辞曰」としてほぼ同文で引用されている。光源氏が須磨で弾いた琴曲は王昭君の曲と推定され、当時の読者もまた、当然、そのように読んだことであろう。都を離れ、帰京できるかどうかも定かではない光源氏の情況が、帝の命で胡の地に行かされ、悲憤の中でその地で果てた王昭君に対する同情と共感となって、この曲を選ばせたと推察される。

しかし、気になることがある。『文選』楽府の石崇の詩句の中に「昔公主嫁烏孫。令琵琶馬上作楽。以慰其道路之思。其送明君。亦必爾也。」とある点。烏孫公主が匈奴に嫁す時、その旅程を慰めたのは馬上の琵琶の曲であり、王昭君もまた同じであろうという。源順の『倭名類聚抄』には

琵琶附撥兼名苑云、琵琶毘婆二音俗云微波二音本出於胡也、馬上鼓之…　（『諸本集成倭名類聚抄　本文篇』「箋注倭名類聚抄」巻六、二八六上）

とあって、琵琶はもともと胡の楽器であり（漢代には胡琴とも呼ばれた（5））、馬上で弾くものという認識がある。上原作和氏が「胡笳明君」を探し出した北宋末の郭茂倩篇『楽府詩集』第二十九　相和歌辞　吟歎曲に「王昭君」と題する歌が数多く採録されているが、その中に、董思恭「琵琶馬上弾…」、劉長卿（玄宗時代の人）「琵琶絃中苦調多、蕭々羌笛聲相和」、李商隠（八一三～八五八）「馬上琵琶行萬里」と、「琵琶」を歌っている詩があり、王昭君を送る時、馬上で弾かれたのは琵琶であったという認識がある。王昭君の故事を素材にした「王昭君」という琴曲があることは別にして、王昭君には琵琶のイメージが存在し、多くの絵画に琵琶と共に王昭君が描かれているのもその故である。『日本国見在書目録』にも載る『玉台新詠』（梁の徐陵（五〇七～五八三）篇）にも石崇の王明君辞一首並序

が載るが、徐陵の序に「琵琶新曲、無待石崇（琵琶の新曲、石崇を待つまでも無く）」（新釈漢文大系本一九頁）とあり、石崇の王明君辞は琵琶新曲と認識されている。馬上の曲は琵琶曲であろう。明石の御方が琵琶の名手である理由もここにあるのだろう。

前掲、北宋末の『楽府詩集』巻第二十九の相和歌辞・吟歎曲にある石崇の「王明君」（四部叢刊・汲古閣本・二五六～七頁）には、編者郭茂倩の長い序文がある。

王明君

一曰王昭君、唐書楽志曰、明君漢曲也。元帝時、匈奴単于入朝、詔以王嬙配之、即昭君也、及将去入、辞光彩射、人悚動左右、天子悔焉漢人憐、其遠嫁為作、此歌

漢曲で王昭君旅立ちの歌であるという。そして、

晋石崇、奴緑珠、善舞、以此曲教之、而自制新歌、按此本中朝旧曲、唐為呉聲、蓋呉人伝授訛変使然也。

西晋の石崇が舞の上手な愛人の緑珠にこの曲を教え、自ら新しい歌を作ったのだという。また、続けて、

古今楽録曰、明君歌舞者、晋太康中、季倫所作也。

季倫は石崇のことで、太康（二八〇～二八九）ごろ、王昭君の故事を素材にした「明君歌舞」という新しい歌と舞を石崇が作ったと『古今楽録』が伝える。もちろん歌詞は『文選』楽府、及び『玉台新詠』に載るものであろう。晋宋以来「明君歌舞」は衰え、「上舞」のみが残っていたが、梁の天藍（五〇二～五一九）年間に「明君上舞」は復活したとあり、その後に

謝希逸、琴論曰、平調明君三十六拍、胡笳明君二十六拍、清調明君十三拍、間絃明君九拍、蜀調明君十二拍、呉調明君十四拍、杜瓊明君二十一拍、凡有七曲、琴集曰、胡笳明君四弄有、上舞、下舞、上間絃、下間絃、

明君三百餘弄、其善者四焉、又、胡笳明君別五弄、辭漢、跨鞍、望郷、奔雲、入林、是也。按琴曲有昭君怨、亦與此同。

『琴論』に七曲、『琴集』に明君三百餘弄と、王昭君を題材にした様々な歌舞曲、琴曲の存在を示している。増田清秀氏『楽府の歴史的研究』(6)によれば、『楽府詩集』の分類する相和歌は、笛を主律とし、笙、節鼓、琴、瑟、琵琶、箏で合奏する歌曲。六朝の魏、晋の宮廷音楽であった。また、吟嘆曲は絃楽器を対象とした歌曲とのこと。胡笳明君四弄（上舞、下舞、上間絃、下間絃）は歌舞曲であろうし、胡笳明君別五弄（辭漢、跨鞍、望郷、奔雲、入林）は漢曲「王昭君」を基にした胡笳調の琴曲であることが推測され、「昭君怨」かとも推測されている。これらは『琴論』『琴集』という書に収録されている故、明君歌舞曲から再編曲された琴曲か、琴（きん）のパートを持つ絃楽器の合奏曲であろう。

梁末から隋初頭に琴（きん）の名手として知られた丘公（字は明）の「碣石調幽蘭譜」が日本に伝わっており、末尾にある琴曲目録には五十九曲が記されている。

楚調　千金調　胡笳調　感神調　楚明光　鳳歸林　白雪　易水　幽蘭　遊春　水淥　幽居　坐愁　秋思（蔡氏五弄）長清　短清　長側　短側（嵆氏四弄）　上舞　下上舞　上間絃　下間絃（明君歌舞・胡笳明君四弄）登隴　望秦　竹吟風　哀松露　悲漢月（胡笳五弄）辭漢　跨鞍　望郷　奔雲　入林（胡笳明君別五弄）…以下略

上原作和氏は、「胡笳調」と『楽府詩集』に記された胡笳明君四弄である「上舞、下舞、上間絃、下間絃」、胡笳明君別五弄である「辭漢、跨鞍、望郷、奔雲、入林」を指摘、「胡笳明君」という語がなくとも、「胡笳明君」の存在を指摘した。しかし、「胡笳調」「胡笳」が王昭君に直結するわけではない。前掲の増田清秀氏『楽府の歴史的研究』によれば、北朝から隋を経て唐初に在野で活躍した琴（きん）の大家、趙耶利が得意とした古曲「胡笳五弄」登隴

望秦　竹吟風　哀松露　悲漢月（傍線部は「碣石調幽蘭譜」に所載）は、西晋の劉琨（りゅうこん・二七〇〜三一七）の作曲で、永嘉の乱に、胡笳を吹奏して胡軍から逃れた時の曲を琴曲に写し、「胡笳」と名付けた、それを趙耶利が修正したという。また、蔡琰を素材にした「大胡笳」「小胡笳」は、「碣石調幽蘭譜」成立時にはまだ笛曲であり、琴曲として存在しない（次の六、参照）から、入っていないのは当然である。

嵆康は「琴賦」でいう。

　于時也金石寝聲、匏竹屏気、王豹輟謳、狄牙喪味、天吳踊躍於重淵、王喬披雲而下墜。舞鸑鷟於庭階、游女飄焉而来萃（三二二〜三頁）

琴（きん）の音色が響くときは、鐘も磬も音を静め、笙も簫も息を閉ざす。王豹は歌を止め、狄牙は味を忘れる。鳳凰が宮殿の庭に舞、漢水の遊女は飛んでやってくる、と。光源氏が須磨で琴（きん）を弾いたとき、

　ことものゝこゑどもはやめて、なみだをのごひあへり（須磨・四二八10）

と、嵆康の如く、光源氏の琴（きん）の音のみが響いた。ここでの弾奏は「胡笳明君」ではなく、琴曲「王昭君」であろう。

『源氏物語』の中にもう一カ所「王昭君」が登場する。絵合巻で、絵を好まれる冷泉帝のために、光源氏が自邸の御厨子から古き絵、新しき絵を選んで、差し上げようとする。

　長恨歌、王昭君などやうなるゑは、おもしろくあはれなれど、ことのいみあるは、こたみはたてまつらじと、えりとゞめ給ふ。（五六三―1〜3）

須磨の絵日記はこっそり加えて、絵合に勝つことになるのだが、有名な「王昭君」の絵は内容がふさわしくないと排除された。西の地に嫁され、二度ともどれず、帝を怨む王昭君の故事が画題としてふさわしいとも思われない。

これは当然のことで、光源氏は時に応じ、場に応じて、このような配慮、取捨選択をする。

光源氏のこの姿勢は明石姫君の教育においても貫かれている。蛍巻では、明石姫君のために物語を整えている紫の上に対し、「姫君の御前にて、この世なれたる物語など、な読み聞かせたまひそ。」と注意し、二人の会話は『うつほ物語』批判にまで及ぶ。

ふぢはらの君のむすめこそ、いとおもりかにはかぐ〳〵しき人にて、あやまちなかめれど、すくよかにいひいでたる事もしわざも、女しき所なかめるぞひとやうなめる（蛍・八一九10〜12）

貴宮の対応が重々しく誤りはないけれど、言い方や物腰に女らしいところがないと批評する。お后教育として、返歌の仕方を物語から学ばせようとする姿勢が垣間見られておもしろいところであるが、概して『源氏物語』は『うつほ物語』に批判的である。「継母の腹ぎたなき昔物語」も、姫君のお后教育にふさわしくないと、排除される。

梅枝巻でも、明石姫君の東宮入内の準備が進む中、

かのすまの日記は、するにもつたへしらせむとおぼせど、いますこし世をもおぼししりなんに、とおぼしかへして、まだとりいで給はず。（梅枝・九八九3〜4）

と、須磨の絵日記は排除される。そこには西に赴き、王昭君に共感して琴（きん）を弾いた日々も描かれていたことであろう。情況に応じた配慮が常になされているのである。

三で確認したように、女三宮は妻とは言え、幼く、未熟であり、光源氏は親代わりの養育者でもある。娘のように愛育している光源氏にとって、伝授する琴曲も当然選別されたであろう。王昭君の故事は無理やり匈奴に送られ、一生をその地で過ごさなければならなかった悲運。周囲の人々に愛され、大切に保護されている女三宮に教える曲としてはふさわしくない。

六　蔡琰と胡笳の調べ

蔡琰は、後漢の大学者、蔡邕の娘。蔡邕は音律にも優れ、その著書『琴経』一巻は二で示したように『日本国見在書目録』に載る。焦尾の琴を自ら作ったとも言われる。娘の蔡琰（文姫）は、幼少から博学で音律にも優れた女性として知られる。『後漢書』第七十四巻列女伝に、

陳留董祀妻者、同郡蔡邕之女也、名琰、字文姫、博学有才辨、又妙於音律、適河東衛仲道、夫亡無子、帰寧于家、興平中、天下喪乱、文姫為胡騎所獲、没於南匈奴左賢王、在胡中十二年、生二子、曹操素與邕善、痛其無嗣、乃遣使者以金璧贖之、而重嫁於祀。……（和刻本正史『後漢書』汲古書院、一四九三〜四）

父と同様に博学で、才辨が有り、音律に優れ、河東の衛仲道に嫁したが、夫が死に、子も無かったので家に帰った。後漢末の騒乱時に胡騎に捕らわれ、南匈奴左賢王の妻となり、十二年、二児を生んだ。曹操はもともと蔡邕と親しく、跡繼ぎのないことを痛み、使者を送って、蔡琰を大金で買い取らせた。帰国後、董祀と再婚した、とある。この後、夫が法を犯して死にそうになった時、曹操に直談判をして夫の命を救った話、父蔡邕の失われた書籍四千巻のうち、蔡琰が記憶していた四百余篇のみが残り、それを誤りなく書写して曹操に贈った話、五言悲憤詩、七言悲憤詩が続く。この『後漢書』も『日本国見在書目録』に載る。

『日本国見在書目録』に載る『藝文類聚』は、『日本書紀』の記述に影響を与えたといわれているが（小島憲之氏『上代日本文学と中国文学上』三七四〜四〇五頁、塙書房、昭37・9）、琴と笳の項目に蔡琰があげられている。巻四十四楽部四　琴の項では「蔡琰別伝曰」として、次のような話を載せる。

年六歳、夜鼓琴弦断、琰曰、第二弦、邕故断一弦而問之、琰曰、第四弦、邕曰、偶然得之矣、琰曰、呉札観化、知興亡之国、師広吹律、識南風之不競、由此観之何足不知（宋刻本『藝文類聚　附索隠』二一一九九）

六歳の幼女が、切れた琴（きん）の絃の音を、第二絃、第四絃と当て、しかも偶然当てたのだろうという父に、故事を持ち出して反論した話を載せる。この話は、清少納言が愛読した『蒙求』にも載る。唐の安平の李瀚撰『蒙求』は『三代実録』の元慶二年（八七八）陽成天皇の弟貞保親王の読書始に使われた記録が残っており、漢籍の初学の書として、平安時代前期から愛読されていた。『蒙求』第四六九に「蔡琰辨琴」があり、繰り返しになるが、全文をのせると、

後漢蔡琰字文姫、中郎将邕之女。博学有才辨。妙於音律。旧注云、琰歳九歳時、邕夜鼓琴。絃絶。琰曰、第二絃。邕故絶一絃以問之。琰曰、第四絃。邕曰、爾偶中耳。琰曰、昔季札観風知國之存亡、師曠吹律、識南風之不競。以此推之、何不知也。（新釈漢文大系『蒙求　下』八八四〜五）

ここでは九歳であるが、切れた琴絃の音を当てる天才少女が、「季札」「師曠」の故事を以て、父に反論する。父に劣らぬ博学ぶりが伺える。この父娘の関係は、為時と紫式部父娘の関係に似る。『紫式部日記』は、父為時が兄（弟？）惟規に教える傍らで聞いていた式部が先に覚えてしまい、お前が男だったらと父が悔しがったという話を伝える。大学者の父のもとで自然に覚えてしまう天才少女の話に、我が身を重ね、紫式部は共感を覚えたことであろう。蔡邕の如き博学にして、音律の天才である光源氏は、父のように女三宮に琴（きん）を伝授した。曲だけではなく、「心しらひ」も教えたという。光源氏が教える曲としては、王昭君の故事よりも、この蔡琰の曲の方がふさわしい。

『藝文類聚』笳の項には、

蔡琰別伝曰、琰字文姫、先適河東衛仲道、夫亡無子帰寧于家、漢末大乱、為胡騎所獲、在左賢王部伍中春月、登胡殿感笳之音、作詩言志曰、胡笳動兮辺馬鳴、孤雁帰兮聲嚶嚶（二一―一二八）

胡の地で笳の音に感じて作った詩の一部を載せる。「胡笳動兮辺馬鳴、孤雁帰兮聲嚶嚶」は、『後漢書』列女伝所載の七言悲憤詩の一部で、悲憤詩にはこの詩句の後に「臨長路兮捐所生　児呼母兮號失聲　我掩耳兮不忍聽」の詩句がある。母を呼ぶ子どもたちを残し、故郷にもどる蔡琰は子どもたちの聲を聴くに忍びず我が耳を掩ったとある。

蔡琰の「胡笳の調べ」は、「大胡笳」「小胡笳」「胡笳十八拍」など少なくとも三曲が知られる。現存琴譜としてもっとも完璧な形で残る臞仙篇『神奇秘譜』（一四二五・明刻本）上巻にある「小胡笳」の序に

臞仙曰、是曲者、後唐董庭蘭所作也。取漢蔡邕之女、文姫蔡琰、因漢末大乱、為胡騎所掠、入番為王后、十有二年、生二子、王甚重之、春因感胡笳之聲、文姫乃捲声葉為笳而吹之、其音甚哀、董庭蘭以琴寫胡笳聲為大小胡笳是也。大胡笳見下巻。

とあり、下巻の「大胡笳」序には断絃の話、『藝文類聚』笳の項ほぼ全文、そして

後武帝與邕有旧勅大将軍、贖文姫帰漢、二子留胡中、後胡人思慕文姫乃捲蘆葉為吹笳奏哀怨之音。後唐董庭蘭、善為沈家聲、祝家聲、以琴寫胡笳聲、為大小胡笳、是也

臞仙は明の太祖の第十六子朱権のこと。寧献王ともいわれ、琴（きん）の秘曲を集めた。これによれば、「大胡笳」も「小胡笳」も唐の董庭蘭が作った琴曲ということになる。琴（きん）の無い場所で、音律の天才蔡琰が蘆の葉を巻き、草笛を笳として、作曲した胡笳の調べを董庭蘭が琴曲に寫したということである。董庭蘭は開元・天寶（七一三〜七五五）の間の琴（きん）の名手であり、李頎（りき・東川人、開元十三年〔七二五〕進士）の詩に

聴董大弾胡笳聲兼寄語弄房給事（一本題作聴董庭蘭弾胡笳聲兼寄語弄房給事）

蔡女昔造胡笳聲。一弾一十有八拍。胡人落涙沾辺草。漢使断腸對帰客　…（中略）…　日夕望君抱琴至。

と、董庭蘭が、蔡琰の造った胡笳聲を、琴（きん）で弾くのを聴いた時の詩がある。増田氏『楽府の歴史的研究』によれば、詩題の「房給事」は房琯（ぼうかん）のことで、琯が給事中の職に在ったのは、天寶五年（七四六年）であるから、李頎が聴いたのはその年であろうという。また、董庭蘭に次ぐ琴（きん）の大家として薛易簡がおり、十七歳で「大胡笳」「小胡笳」を弾いたという。その後も陳康、陳拙が「蔡氏五弄」「嵆氏四弄」「広陵散」「大胡笳」「小胡笳」を学び得たとし、唐代末にもこれらの曲が弾奏されたとする。

臞仙篇『神奇秘譜』の「小胡笳」は、「前叙・雁帰思漢 第一・吹笳訴怨 第二・無所控訴 第三・仰天長嘆第四・後叙」の六段で構成されており、歌詞はない。題の内容から、私はこれが胡中で蔡琰が笳の音に感じて作った笛曲、胡笳聲と推定する。

「大胡笳」は十八章からなり、それぞれ冒頭に詩題が付く。歌詞はついていない。

❶紅顔隨虜❷満里重陰❸空悲弱質❹帰夢去来❺草坐水宿❻正南看北斗❼竟夕無雲❽星河寥落❾刺血寫書❿怨胡天⓫水凍草枯⓬遠使者問姓名⓭童稚牽衣⓮飄零隔生死⓯心意相尤⓰平沙四顧⓱白雲起⓲田園半蕪

この詩題は『楽府詩集』に載る劉商の「胡笳十八拍」の詩句の一部である。劉商は大暦年間（七六六～七七九）に進士であった中唐の詩人。董庭蘭より後出の人である。劉商が、もともと題としてついていた詩句をもとに「胡笳十八拍」の詩を作ったのか、「大胡笳」の各章に、後から劉商の詩の一部をとって題をつけたか、定かではないが、「大胡笳」は劉商の「胡笳十八拍」の方を指す。この「大胡笳」は見事に胡笳の音色を琴（きん）で表現している。「大胡笳」でも「小胡笳」でもなく、「胡笳」または「十八拍」または「胡笳十八拍」という名の歌詞のない琴曲がある。また、『楽府詩集』の蔡琰自作の詩「胡笳十八拍」に曲が付いたものも存在する。この詩に擬作説が出て、胡笳十八拍論争が起こった。この論争では「大胡笳」が蔡琰自作歌詞の曲で、「小胡笳」が劉商歌詞の曲と誤解されている。それは、前出の郭茂倩篇『楽府詩集』巻第五九琴曲歌辞には蔡琰の詩「胡笳十八拍」にある郭茂倩の序に引用された『琴集』の記事に由来する。宋代には「大胡笳」「小胡笳」の実態がよくわからなくなっていたと推測する。

…唐劉商胡笳曲序曰、蔡文姫善琴、能為離鸞別鶴之操、胡虜犯中原、為胡人所掠、入番為王后、王甚重之、武帝與邕有舊、敕大将軍、贖以帰漢、胡人、思慕文姫之捲蘆葉為吹笳、奏哀怨之音、後、董生以琴寫、胡笳聲為十八拍、今之胡笳弄、是也。『琴集』曰、大胡笳十八拍、小胡笳十九拍、竝蔡琰作。按蔡翼琴曲、有大小胡笳十八拍、『沈遼集』世名流、家聲、小胡笳又有契聲一拍、芙十九拍謂之祝家聲、祝氏不詳、何代人、李良輔、広陵止息譜序曰、契者明会合之至理、殷勤之餘也、李肇国史補佐曰、唐有董庭蘭、善沈聲祝聲、蓋大小胡笳云

続く劉商の詩「胡笳十八拍」には序がない。続いて「胡笳曲」として、呉邁遠、陶弘景、江洪の二首が載るが、『藝文類聚』巻四十二の楽府の中に江洪の二首と呉邁遠の詩が、「胡笳曲」として採録されている。問題は蔡琰の詩「胡笳十八拍」の初出が宋代の『楽府詩集』であることだ。

『楽府詩集』引用の劉商序とは異なる序文をもつ劉商「胡笳十八拍」が敦煌から出現している。小島祐馬氏「敦煌出現の胡笳十八拍」(7)(『中国文学報』第十三冊、一九六〇・10)では、ほぼ同文の二つの写本を紹介している。ペリオ目録二五五五号(甲本)と二八四五号(乙本)の二巻。盛唐の詩の間に書かれていて、晩唐を下らないと小島氏はいう。乙本は「胡笳曲」と題し、序文もほぼ同文である。甲本には「落番人毛押可」という人物の追加一拍が付されている。今甲本を挙げる。

胡笳曲蔡琰所造　琰字文姫　漢中郎蔡邕女　漢末為胡虜　至胡中十二年　生子二人　魏文帝與邕有舊　以金帛

贖之　因為琴曲遂寫幽怨之詞　承義郎前盧州合肥縣令劉商

胡笳曲は蔡琰の造ったもので、琴曲になったこの曲に劉商が詞をつけたということである(8)。となれば、蔡琰の詞はもともとなかったことになる。蔡琰の詩「胡笳十八拍」擬作説が出たのも無理からぬことではある。

七　心とゞめてかならずひき給べき五六のはち

「五六のはち」の本文は次のようになっている。

青表紙本―「五六のはち」

河内本、保坂本―「五六のはら」

古註釈書では、『原中最秘抄』に

又五六のはらの「ら」の字を「ち」の字とす。撥之字也。此義まさる歟（五四オ）

『河海抄』は

五六のはらをいとおもしろくすましてひき給

万秋楽、五六帖なかばより、破にかへるがゆへに、五六の破等といふ心也。五六の破、六帖の破といふ也（巻十三、三十四ウ）

五六の破、六帖の破、といった「破等」だとする。

「五六のはら」とよみ、「はら」を「溌剌（はつらつ）」という奏法であると指摘したのは、荻生徂徠が最も早い。江戸時代の琴（きん）の中興の祖は一六七七年に渡来した曹洞宗の高僧・東皐心越禅師であるが、その後、世界最

古の文字譜である『碣石調幽蘭』を解明した儒学者荻生徂徠が享保七（一七二二）年に著した『琴学大意抄』には、

一絃ヲ食指ニテカキ、中指ニテカキ、無名指ニテ二度ハヌルヲ、節潑剌ト云。拘挑拘挑ト四度ナラス手ノ三度目ヲヌキタルモノユヘ、ハヅミアリテ聞ユルユヘ、節潑剌ト云。『源氏物語』ニ五六ノハラトイヘルハ、五六ノ徽ニテコノ手ヲスルコトナリ。琴、世ニ廃レタルユヘ、コノハラト云コトヲ知ラズシテ、『源氏』ノ抄物ニ、或ハ五六ノバチト云、或ハ破等トカキタルハ誤ナリ。

（川島絹江「荻生徂徠著『琴学大意抄』翻刻」『東京成徳短期大学紀要』第37号、32頁上段、二〇〇四・三）

とある。「ばち」も「破等」も誤りとし、潑剌という奏法であるとする。山田孝雄『源氏物語の音楽』では太宰春台の『春台雑記』を挙げる。

源氏若菜に女三の宮琴ひき給ふに、五六のはらをいとおもしろくひき給ふとあり。はらとは潑剌とかく。七徽の七分あたりにて、六の絃を按へて、五六を右手の人中名の三指にて内へ一聲に弾するを撥と云ふ。外へ弾するを剌と云。つめていへば發剌なり。

共に「潑剌」を指摘するが、「五六」が何を指すか、ともに要領を得ない。山田氏は荻生徂徠の『琴学大意抄』にも目配りしている人であるが、春台の方がまだわかる気がしたのであろう。幽蘭譜末尾の目録から「胡笳明君」を探し出した上原作和氏にいたっては、中古文学会（平成17・秋）の口頭発表でも、『碣石調幽蘭』を解明した荻生徂徠大先生といいながら、「五六の潑剌」は太宰春台が初出とする。おそらく、『琴学大意抄』は読んでいないのであろう。

上原氏「揺し按ずる暇も心あわたたしければ」（『中古文学』78号、平成18・12）では、「昭君怨」の琴譜、四種類の中の一部に潑剌の奏法を持つものがあり、七絃を軸にした「五六の徽」に関わる潑剌と、独特の説を提示する。紫式部がそういう奏法を示すために「五六のはつらつ」とわざわざ表現したというのだろうか。

「昭君怨」の減字譜の一種に五六の潑剌らしきものがあることには気付いていた。荻生徂徠も太宰春台も琴（きん）を実際に弾き、減字譜を読める人であったから、当然これを想定しているのであろう。しかし、潑剌は勢いよく内へ外へ弾じ、音が強調されるので「いとおもしろくすましてひき給。」には違和感がある。本節2で紹介した高欲生氏も実演者としてこれに同意してくれた。そして、「大胡笳」の演奏についての重要な情報を提供してくれた。高欲生氏は夫の弟の伴侶で、いわゆる義妹に当たる。不思議な縁で、私の琴（きん）の師となり、研究の最高の協力者でもある。高氏が最初に琴（きん）を学んだのは、現在中国では「大胡笳」演奏の第一人者である上海民族音楽団の龔一（ゴン・イー）氏で、氏の薫陶を受けた高氏の「大胡笳」の演奏もすばらしい。平成十五年度、東京成徳短期大学の特別教育研究費をいただき、「源氏物語の琴（きん）―失われた音色を求めて―」という実演付き講演会を行い、高欲生氏に「大胡笳」「昭君怨」を演奏していただいた。最古の減字譜『神奇秘譜』下巻の「龍朔操（旧名昭君怨）」の実演だが、潑剌はない。

「大胡笳」は、蔡琰がわが子を残し、馬に揺られながら、故郷に向かう情景と心情を表現している。琴（きん）で、胡笳の音色が見事に表現されている。高氏が龔一師から「大胡笳」のレッスンを受けるとき、必ず心を澄ませて弾くように注意された部分があるという。『神奇秘譜』下巻「大胡笳」の減字譜（次頁参照）、最初から三行目。五六の双弾（ソウタン）を起点とし、○から○までを三回繰り返す。

第五絃と第六絃の散絃（どこも按じないこと）を双弾で弾くことで、馬の蹄のようなリズムが繰り返される。双弾（ソウタン）の奏法は、親指を中指と人指し指で握り、まず中指で五絃と六絃を一聲の如く弾き、次いで、人指し指で

五絃と六絃を一聲の如く弾く。左の双単の記号は「発」にも見えるではないか。これは、❶❷❼❿にもあり、

［雙弾］

以大握中食、先発中剔両絃如一聲、次発食挑両絃如一聲

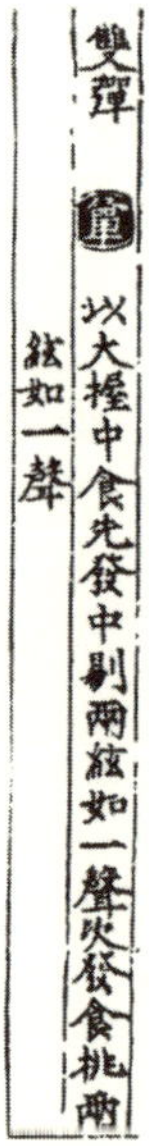

この五六の双弾を起点として繰り返しの記号が付けられている。これが主要旋律である。

「弾（タン）」は「撥（はつ）」である。「撥」は、琵琶の「ばち」を指すだけでない。白楽天の「香鑪峯下、新卜山居、草堂初成、偶題東壁五首の「遺愛寺鐘欹枕聴　香鑪峯雪撥簾看」の「撥」の文字。定子に問われた清少納言は簾を巻き上げたが、「捲」ではなく「撥」であることが以前から気になっていた。琴（きん）を習い始めて、「撥」が「弾」であることに気づいた。琴（きん）の名手である白楽天は御簾を撥ね上げるにしても、琴（きん）を弾くが如く、親指と人指し指を丸めて、ポンと弾（はじ）いたのではなかったか。そんな遊び心がこの漢詩には含まれていたのではないかと気がついた。「心とゞめてかならずひき給べき五六のはち」の「はち」は、原文では「撥」の字が当てられていたのではないだろうか。それを写す過程で、「撥（はつ）＝弾」とは思いも寄らず、「はち」と仮名書きにしてしまったのではないか。もともとは「五六のはつ」だった、というのが私の説である。「はつ」が書写の過程で「はち」になったとも考えられる。

五六の双単、それは「大胡笳」のもっとも印象的で、かつ主要な旋律であり、何度も繰り返される部分である。

これが『源氏物語』に書かれていることの意義は大きい。作者紫式部はこの「大胡笳」と想定される「胡笳の調べ」に限っては、聴いたことがあるのかもしれない。あるいは、減字譜が当時伝わっており、音楽に堪能な一部の人々の間には「五六のはつ」の意味するところが理解されるような文化状況があったとも推定しうる。

また、注目すべきことは、『神奇秘譜』の二行目に「胡」、四行目に「笳」の印があることである。これは、笳（笛）のパートを示す印ではないか。「胡笳の調べ」には笛の伴奏があったと思われ、故に髭黒の三男の笙と夕霧の長男の横笛が必要とされたと推察する。

八　おわりに

最後に、「胡笳の調べ」が「大胡笳」でなければならないもう一つの理由をあげておく。それは、この曲が母親の子を思う心を奏でる曲だからである。高氏も異国で一児を生んだ母として、「大胡笳」を弾くときはわが子のことを思って弾くのだという。光源氏は、精神的に幼い女三宮に、この蔡琰の曲を通して、子を思う母心を教えようとしたのであろう。そして、それは通じたと光源氏には思えた。

心しらひ、をしへきこえ給さま、たがへず、いとよくわきまへたまへるを、いとうつくしく、おもたゝしく思ひきこえ給。（二一六〇9～10）

とある。藤壺の血を受け継ぐ子を産むことができなかった紫の上の不興をかってでも女三宮を降嫁させたのは、同じ藤壺の姪である女三宮に、藤壺の血を受け継ぐわが子を、わが子と呼び、我が手に抱けるわが子を、新たに生んでほしかったからにほかなるまい。その期待が完全に裏切られる悲劇がこれから始まるのだが。

「大胡笳」は女楽のフィナーレを飾るにふさわしい大曲であるとともに、内容も女三宮にふさわしい琴曲であった。子を思う曲だからこそ、懸命に笛を担当していた幼い髭黒の三男と夕霧の長男に思いが及び、「ねぶたくなりにたらむ」と気づかい、女楽は終了となるのである。

注

（1）本論では、本文の一字一語を問題にするため、原文引用は池田亀鑑氏『源氏物語大成』校異篇一〜三（中央公論社）を使用する。
（2）山田孝雄氏著『源氏物語の音楽』（宝文館出版、昭和9・7、復刻版―昭和44・12）
（3）『枕草子』八九段「無名といふ琵琶を…」の章段には、定子の弟の隆円僧都が「めでたき琴（きん）」を持っているとある。
（4）高橋亨氏「源氏物語の〈琴〉の音」（『季刊iichiko』23、一九九二）では「ひょっとしたら、源氏物語の作者は〈琴〉を演奏できなかったばかりでなく、その秘伝の曲を聞いたこともなかったのかもしれない。」（68頁）とする。
（5）宋代以後、胡琴とよばれるものは別種。しかし、日本では、平安時代末成立と推定される『胡琴教録』二巻は、琵琶についての楽書であり、琵琶を「胡琴」と呼んだ例がある。
（6）創文社、昭和50・3。
（7）小島氏は、『楽府詩集』蔡琰胡笳十八拍序の中の『琴集』にある大胡笳十八拍を蔡琰、小胡笳十九拍を劉商の詩曲と考え、新出の落番人毛押可の追加一拍分を加えて小胡笳十九拍になると考えている。また、新出の序文を、蔡琰が琴曲を作り、詞も蔡琰が作り、劉商は序文だけ書いたと解釈するが、董庭蘭の存在は間違いないので、私は胡笳の作曲は蔡琰が、それを琴曲にしたのは董庭蘭であり、詞は劉商が付けたと考える。
（8）琴曲には歌詞のついた曲と、歌詞のつかない但曲があり、蔡琰の笛曲は歌詞がなかったと思しい。従って、董庭蘭の琴曲「大胡笳」「小胡笳」は、もともと但曲だったはずである。『楽府詩集』には歌詞のあるものだけが集められている。但曲に詩の一形式として歌詞を付けたもの、旧曲に新歌詞をつけたものも収録されている。

第四章

物語世界と殿舎

——絵画資料としての『承安五節絵』——

桓武天皇の遷都した平安京の内裏は、村上天皇の天徳四年（九六〇）以降、焼亡と再建を繰り返した。一条天皇の御代には長保元年、三年、寛弘二年と三度の火災があり、中宮定子に仕えた清少納言が『枕草子』に描く内裏は正しく平安宮内裏であるが、彰子に仕えた紫式部が『紫式部日記』に記した内裏は一条院里内裏であった。三度目の火災以降、内裏が再建されても一条天皇は一条院里内裏を動かなかった。紫式部は、清少納言が経験したような平安宮内裏の生活をしていないことになるが、『源氏物語』の描く世界は、前章で確認した如く、村上天皇以前の平安宮内裏である。『源氏物語』を正しく読み解くためには、内裏建築の面からも実態を知っておく必要がある。

第一節では花宴巻の朧月夜と光源氏の出会いの場である弘徽殿の細殿を究明。内裏は、物語の成立前後から次第に実態を失い、安貞元年（一二二七）以降再建されず、寛政年間に裏松固禅の『大内裏図考證』に基づき、再建された。現在の京都御所は安政二年再建だが、弘徽殿はない。そこで史料、文学作品、絵画資料から実態に迫った。

第二節は、平安宮内裏の絵画資料である『承安五節絵』の伝本研究。『承安五節絵』は高倉天皇が元服した承安元年（一一七一）の五節の行事を描く。後白河院の院政期に院が、元服後のわが子高倉天皇の五節の行事を絵画に記録させたものと推測する。これは天皇にとっての五節の行事の重要性を示している。『承安五節絵』の原本は失われ、模本のみが残る。資料としての価値を高めるため、模本を集め、伝本系統を提案した。

第三節は、原本の復元を目指し、収集、調査し得た模本の詞書本文の翻刻と校異をまとめた。

第四節は、天保十四年に狩野養信が冷泉為恭に依頼した『年中行事図巻』の十一月に、『承安五節絵』の絵4が使われていることを指摘。『承安五節絵』は内裏を描く必要のある絵師たちにとって不可欠の教材であった。復古大和絵の絵師たち、狩野養信、冷泉為恭の模本が存在する。日本美術史における『承安五節絵』の意義を考察。

第一節

弘徽殿の細殿——光源氏と朧月夜の出会いの場——

一　はじめに

『源氏物語』花宴巻。二月二十日過ぎ、宮中南殿の桜の宴。玉座（帝）の左右に東宮と中宮の局が設けられ、探韻と作詩、楽と舞、詩の披講などが行われたが、すべてにわたって光源氏はその声も姿も注目の的であった。宴もはてた夜中、宮中弘徽殿の細殿で、光源氏と朧月夜が出会い、恋に堕ちる。花宴巻ではこの二人の出会いと再会を描いているのだが、二人の最初の出会いの場である弘徽殿の細殿の実態が、よくわからない。

『源氏物語』の描く弘徽殿は平安宮内裏である。だが、この内裏が恒久的に存続したわけではない。村上天皇の天徳四年（九六〇）以降、度重なる火災によって、何度も建て替えられ、その間、貴族の邸宅が里内裏として使用されることもあった。作者紫式部が彰子に出仕していたころの内裏は、一条院という里内裏であったし、『紫式部日記』が描く内裏も一条院内裏であることは注意されなければなるまい。紫式部自身が平安宮内裏を経験していないのである。一条天皇は寛弘二年の火災以降、新造内裏に入御されることなく、一条院里内裏におられたという。このように内裏が存在しても、里内裏が使用される例が多くなり、それが一層内裏の荒廃を招き、後堀河天皇の安貞元年（一二二七）以降復興されることはなかった。現在の京都御所は、江戸時代に土御門東洞院里内裏の位置に古式に則って再建されたものである。弘徽殿は再建されていない。

本論は『源氏物語』が描く弘徽殿の細殿の実態に迫ろうとするものである。まず、その場面の原文の該当部分を、やや長くなるが挙げておく。

月いと明うさしいでてをかしきを、源氏の君、酔ひごこちに、見過ぐしがたくおぼえたまひければ、上の人々もうち休みて、かやうに思ひかけぬほどに、もしさりぬべき隙もやあると、藤壺わたりを、わりなう忍びてうかがひありけれど、かたらふべき戸口も鎖してければ、うち嘆きて、なほあらじに、(a)弘徽殿の細殿に立ち寄りたまへれば、(b)三の口あきたり。女御は、上の御局にやがてまうのぼりたまひにければ、人少ななるけはひなり。(c)奥の枢戸もあきて、人音もせず。かやうにて、世の中のあやまちはするぞかし、と思ひて、やをらのぼりてのぞきたまふ。人は皆寝たるべし。いと若うをかしげなる声の、なべての人とは聞こえぬ、「朧月夜に似るものぞなき」と、うち誦じて、(d)こなたざまには来るものか。いとうれしくて、ふと袖をとらへたまふ。女、恐ろしと思へるけしきにて、「あな、むくつけ。こは誰ぞ」とのたまへど、「何かうとましき」とて、

深き夜のあはれを知るも入る月のおぼろけならぬ契りとぞ思ふ

とて、やをら抱きおろして、(e)戸は押し立てつ。あさましきにあきれたるさま、いとなつかしうをかしげなり。わななくわななく「ここに、人」と、のたまへど、「まろは、皆人にゆるされたれば、召し寄せたりとも、なんでふことかあらむ。ただ忍びてこそ」とのたまふ声に、この君なりけりと聞き定めて、いささかなぐさめけ

り。わびしと思へるものから、なさけなくこはごはしうは見えじ、と思へり。酔ひごこちや例ならざりけむ、ゆるさむことはくちをしきに、女も若うたをやぎて、強き心も知らぬなるべし。らうたしと見たまふに、ほどなく明けゆけば、心あわたたし。女はまして、さまざまに思ひ乱れたるけしきなり。「なほ名のりしたまへ。いかでか聞こゆべき。かうてやみなむとは、さりともおぼされじ」とのたまへば、

うき身世にやがて消えなば尋ねても草の原をば問はじとや思ふ

と言ふさま、艶になまめきたり。「ことわりや。聞こえ違へたる文字かな。」とて、

いづれぞと露のやどりを分かむまに小笹が原に風もこそ吹け

わづらはしくおぼすことならずは、何かつつまむ。もし、すかいたまふか」とも言ひあへず、人々起き騒ぎ、上の御局に参りちがふけしきども、しげくまよへば、いとわりなくて、扇ばかりをしるしに取りかへて、出でたまひぬ。

（新潮日本古典集成『源氏物語』花宴巻・二―五一～五四）

二　『源氏物語』の古注釈書の指摘

『源氏物語』の古注釈書では、前掲の本文の傍線部(a)弘徽殿の細殿、(b)三の口、(c)奥の枢戸、について次のように指摘する。

初期の『奥入』『原中最秘抄』『紫明抄』『異本紫明抄』などにはなく、まず最初に現れるのは『河海抄』（貞治年間〔一三六二～八〕成立）で

(a)こきてんのほそとのにたちより給へれは

細殿　秘説《忠教卿説》云ほそとのは廊也廊の字を旧記ニ廂をほそとのと点す是も其心歟漢語抄にみえたり〔不本ニヨル〕

万葉云　大殿南細殿

(b)三のくちあきたり

弘徽殿に北南へほそくとをりたる戸あり　これは北より第三間にあたる戸也　格子遣戸云々

(c)おくのくるゝ戸もあきて

くるゝとにくきさしかためこし万葉長歌　くるゝ戸《くるゝ木也》とよむへし或はたゝき戸とも号する也

〔玉上琢彌氏編『紫明抄　河海抄』二八〇頁下〕(1)

とある。弘和元年（一三八一）成立の長慶天皇『仙源抄』にも

(b)三のくち（花宴二七一4）

弘徽殿に北南へほそくとをる戸あり北より第三にあたりて格子遣戸あり云々

〔源氏物語古注集成21岩坪健氏編『仙源抄他』五〇頁〕

とあり、(b)については微妙に言い回しが異なるが、内容はほぼ同じで両者とも「云々」があり、先行資料の存在を思わせる。『仙源抄』は『水源抄』『原中最秘抄』『紫明抄』の注のついた語句を抜き出してイロハ順に分類し、定家筆『源氏物語』と比較して私見を加えたものといわれる。(b)は『原中最秘抄』『紫明抄』に見当たらないので、現存しない『水源抄』にあったものだろう。(2)

『河海抄』が引用する「忠教卿説」の忠教に該当する人物は二人考えられる。康和四年（一一〇二）の「堀河院艶書」に京極殿関白師実家の肥後と『落窪物語』や『源氏物語』を踏まえて、贈答を交わした藤原忠教（師実の五男、正二位大納言、一〇七六〜一一四一、飛鳥井雅経の曾祖父、源氏物語従一位麗子本の麗子は師実室で忠教の義母）(3)。も

う一人は鎌倉末期の歌人、九条忠教（一二四八〜一三三二、関白従一位。続拾遺集、新後撰集に各一首入首。報恩院、円阿）(4)。『源氏物語』の素養からすれば前者だろう。しかし、後者は兼実、良経の子孫であるし、『河海抄』の成立時期に近く、説として摂取しやすかったとも考えられる。

また、『漢語抄』は『楊氏漢語抄』の場合もあり、和田英松『国書逸文』によれば『令集解』『河海抄』『伊呂波字類抄』『倭名類聚抄』などに引用されている。『河海抄』にはこの部分を含めて13例の引用がある。『倭名類聚抄』には「唐韻云、廊〔音郎、漢語抄云、保曾度能〕殿下外屋也」と、廊を「ほそどの」と読む『漢語抄』の説が引用されているのである。

続いて一条兼良は、『源氏和秘抄』『花鳥余情』両注釈書で

『源氏和秘抄』（宝徳元年〔一四四九〕）

(a)こきてんのほそ殿　ほそ殿と《ナシ（九）》はらうをいふ也

(c)くるゝと　くるゝさしたると也

〔源氏物語古註釈叢刊第二巻中野幸一氏編『花鳥余情　源氏和名抄　他』四〇三頁下〕

『花鳥余情』（文明四年〔一四七二〕）

(a)(b)こきてんのほそとのにたちより給へれは三のくちあきたり

三の字はこゐ《音（松）》によむへし　こきでんのほそとのゝ戸三あり　第三の間にあたる戸といふ心也　河海にいへる相違なし

〔同右　七二頁上〜下〕

とする。『河海抄』では細殿を「廊」とするが、「廊」を「廂」と表記する場合を指摘し、三の口を「北南に細く通る廊の北から三つめの戸―格子遣戸」とする。『源氏和秘抄』・『花鳥余情』では『河海抄』の「廂」説を挙げてい

ない。また『花鳥余情』の「三の字は音によむへし」と「こき殿のほそとのゝ戸三あり」は、『河海抄』にない『花鳥余情』独自の注である。「第三の間にあたる戸」のみが『河海抄』の引用である。『花鳥余情』は『水源抄』の引用を明記するが、この部分に『水源抄』の言及はない。『河海抄』の表現を採ったということだろうか。だが、『河海抄』に存在する格子遣戸の語が、『花鳥余情』においては見捨てられてしまっている。

肖柏が兼良と宗祇の講釈を聴聞して著した『源氏物語聞書』では

(b)三のくち（二七一4・305）弘徽殿の東にわたり廊あり　それを細殿といふ　細殿へ出る所に戸三あり　南第三にあたるくるゝをさしたる戸也〔源氏物語古注集成8伊井春樹氏編『弄花抄付源氏物語聞書』三五七頁上〕

と、「弘徽殿の細殿」が「東のわたり廊」であり、「三の口」は「北より第三間」ではなく、「戸三」のうちの「南第三」で、かつ「くるゝ戸」と同一とする。

肖柏の『源氏物語聞書』は兼良説、宗祇説とともに明応二、三年頃に連歌師の藤原正存の『一葉抄』に受け継がれたが、この部分の注は

(b)(c)三のくち（二七一4・305）弘徽殿に南北にとをりたる廊あり　それを細殿といふ　ほそとのゝ戸三あり　南より第三の戸の事也三字ハ声によむへし　又くるゝ戸ハくるゝさしたる戸也云々　是ハ猶おくにある戸なるへし〔源氏物語古注集成9井爪康之氏編『一葉抄』九八頁下〕

とあり、「東のわたり廊」説を採用していない。また、「三のくち」と「くるゝ戸」を同一とする説は引用するものの、「おくにある戸」と別のものという認識を示している。

中世源氏学に最も力のあった三条西家流を見てみよう。肖柏『源氏物語聞書』を基にしたといわれる実隆の『弄花抄』は、この部分の注については

(b)さんのくち（二七一4・305）弘徽殿《東ニワタリ廊有ソレヲ細殿ト云》に南北にとをりたる廊あり　奥《(南)》の第三の戸の事なり　一注ホソ殿へ出ル所ニ
戸三アリ南第三ニアタルクル〵ヲサシタル戸也
〔源氏物語古注集成8伊井春樹氏編『弄花抄　付源氏物語聞書』四四頁上〕

と、肖柏『源氏物語聞書』説を傍注と一注として書き添えている。『弄花抄』成立後、実隆は自身の注釈書『細流抄』を著し、三条西家源氏学の基礎を作った。それを増補した公条の『明星抄』、さらに実枝の『山下水』へと継承されるが、

『細流抄』

(a)こきてんの（二七一4・305）桐壺のすちむかひ也
(a)ほそとの（二七一4・305）ほそ殿は廊也
(b)三のくちあきたり（二七一4・305）廊の第三の口也
〔源氏物語古注集成7伊井春樹氏編『内閣文庫本　細流抄』八二頁下〕

『明星抄』

(a)こきてんの　桐壺のすちかひ也
(a)(b)ほそとのに立より給へれは三《サン》の口あきたり　ほそ殿は廊《ウラ》の第三の口也
〔源氏物語古註釈叢刊第四巻中野幸一氏編『明星抄　雨夜談抄　種玉編次抄』一一九頁下〕

『山下水』

(a)細殿（二七一4・426）廊ヲ云或扇廂《(扇)》敷
(b)三の口（二七一4・426）弘キ殿ニ南北へ細ク通リタル戸アリ　是ハ北ヨリ第三ニ当ル戸也　格子遣戸也
(c)くる〵戸（二七一4・426）万くる〵戸にくきさしかため
〔榎本正純氏編著『源氏物語山下水の研究』一五三頁上〕

のように『弄花抄』の異説は『細流抄』『明星抄』に採られることなく、『山下水』に至っては『河海抄』に戻っている。

これらの注釈書を集大成した『岷江入楚』は、『河海抄』説、『花鳥余情』説を過不足なく列記し、(b)頭注では、異説も含めたすべてを『弄花抄』説として紹介している。(c)についても『河海抄』を挙げるが、最後に

(c) おくのくるゝ戸も…（中略）…

私云おくのくるゝ戸もとあれは三の口の戸とは各別歟

〔源氏物語古註釈叢刊第六巻中野幸一氏編『岷江入楚』四三六頁上〕

と、「三の口」と「くるゝ戸」を同一とする見方に疑問を呈している。

「三の口」と「くるゝ戸」は本来別物であるが、『花鳥余情』以来、同一とする見方がでてきた。『河海抄』が(b)と(c)を分けているのは別物という意識からだろう。『山下水』が(c)の項目を加えたのもその意識からだろう。『一葉抄』や『岷江入楚』のように本文の読みから独自に別物と認識しうる読解力を持った人々もいる。

以上、『源氏物語』の古注釈書では、散逸『水源抄』あたりに端を発しているらしい注も『河海抄』が吸収し、室町時代を通じて、『河海抄』の注の域をでるものはないと考えられる。

三　源氏絵に描かれた弘徽殿の細殿

図1は京都国立博物館蔵の土佐光吉筆『源氏物語画帖』花宴巻である。扇をかざした女が朧月夜、戸口の遣戸のそばに立っているのが光源氏。出会いの場面である。弘徽殿の細殿を描いた絵画としてはことに有名であり、弘徽

図1　京都国立博物館蔵土佐光吉筆『源氏物語画帖』花宴巻

殿の細殿というとこの場面を思い浮かべる人も多いことだろう。絵は、右上に月と桜が配された池、左下隅が戸口。この細殿は、左右独立した細長い渡殿―建物と建物をつなぐ屋根のついた渡り廊下―として描かれている。しかも池に面した方には簀子がついている。この図様は以後定型化し、光吉―光則―光起―光成と土佐派の間で繰り返し描かれていく。だが、はたしてこれが細殿の実態を表しているのだろうか。

『源氏物語』を絵で楽しむ方法は早くから行われていたようで、現存する最も古い例が、院政期成立の国宝『源氏物語絵巻』、いわゆる『隆能源氏』である。残念ながら花宴巻の部分は現存しない。また、宮内庁書陵部蔵『源氏秘義抄』付載の『源氏絵陳状』(5)によれば、将軍として鎌倉に下った宗尊親王(在職一二五二〜六六)御前の源氏絵色紙を貼りつけた屏風を制作したところ、その源氏絵の図様に間違いがあると、藤原家隆の孫小宰相の局が将軍家に訴え、制作者側は、将軍家秘蔵の二十巻本『源氏物語絵巻』(一二世紀前半成立)の図様に基づくと弁明した。小宰相の局は『源氏物語』の本文そのものに依拠すべきことを主張する。その一例として花宴巻を挙げ、右大臣邸の藤花の宴での光源氏と朧月夜の再開場面で、光源氏が几帳ごしに朧月夜の手をとらえるべきなのに、殿内に入り込んでいると批判する。院政期成立の二十巻本『源氏物語絵巻』では、このように描かれているということになろう。この二十巻本は建礼門院徳子が所持していたとされる(6)。残念ながら花宴巻の出会いの場面についての言及はないが、二十巻本ともなれば、出会いの場面も存在した可能性はある。だが、今となってはそれがどのようなものかわからない。

源氏絵は『源氏物語』の特定の場面が選ばれ、その図様も伝統を踏まえつつ、定型化していく。土佐派中興の祖、絵所預土佐光信は三条西実隆とも親交があり、『実隆公記』にも登場する。その子光茂の名も『実隆公記』に見える。光茂の子光元は織田信長に仕官したが戦死し、遺児三人の養育を託されたのが、光元の弟子の玄二(源二、久翌とも）であった。これが光吉（一五三九〜一六一三）である。この時土佐家に伝わる絵本、粉本類が光吉の手に渡ったと考えられる。光吉の花宴の図様が、土佐家伝来のものなのか定かでないが、その可能性は否定できない。しかし、光信の実隆との交流を考えると、中世源氏学の細殿＝廊という解釈が土佐派の源氏絵の図様に取り入れられたと考えられなくもない。

先述の、院政期に成立し、建礼門院徳子が一時所持し、鎌倉時代には将軍家にあったという二十巻本では、原文に忠実な絵が描かれていない場合があったことが知られる。

天正・文禄（一五七三〜一五九五）頃の書写かといわれる大阪女子大蔵『源氏物語絵詞』は、『源氏物語』を絵画化するためのガイドブックと考えられているが(7)、花宴巻は、出会いの場面、左大臣邸の光源氏と葵の上の様子を描く場面、再会場面の三箇所が抜き出されている。出会いの場面にはこう記されている。

源氏十九弘仁神泉始
比二月廿日餘　こうきてんのほそ殿にて　源六ノ君に相給ふ　六の君も扇をかさし　扇ニハさくらのみへかさねにかすめる月かきたる　月の水にうつりける所(8)

「月の水にうつりける所」という場面は原文にない。しかし、先に示した光吉の『源氏物語画帖』の図様とは一致する。源氏絵は原文に忠実に描くことより、伝統の図様に大きく左右されているといえよう。もっとも、静嘉堂文庫蔵土佐光成筆『源氏絵詞』の花宴は、両側に簀子をもった渡殿を描き、桜と月を配すが、池は描かれていない。また、江戸時代成立の出光美術館蔵岩佐勝友筆『源氏物語図屏風』の花宴は渡殿ではなく、寝殿風の建物の廂の間の外側の簀子で抱き合う男女を描き、池、月、桜を配しているし、松原茂氏(9)によって報告された東京国立博物館蔵源氏絵扇面の石山師香（一六六九〜一七三四）筆花宴は簀子の上を歩く後ろ姿の朧月夜に桜と月を配していて、特異な図様を作り上げているものも存在する。

四　『大内裏図考證』の再検討——『西宮記』——

中世、近世を通じて、『源氏物語』の古注釈においても、伝統を受け継ぐ源氏絵にしても、正確な弘徽殿の細殿を把握しえていない。

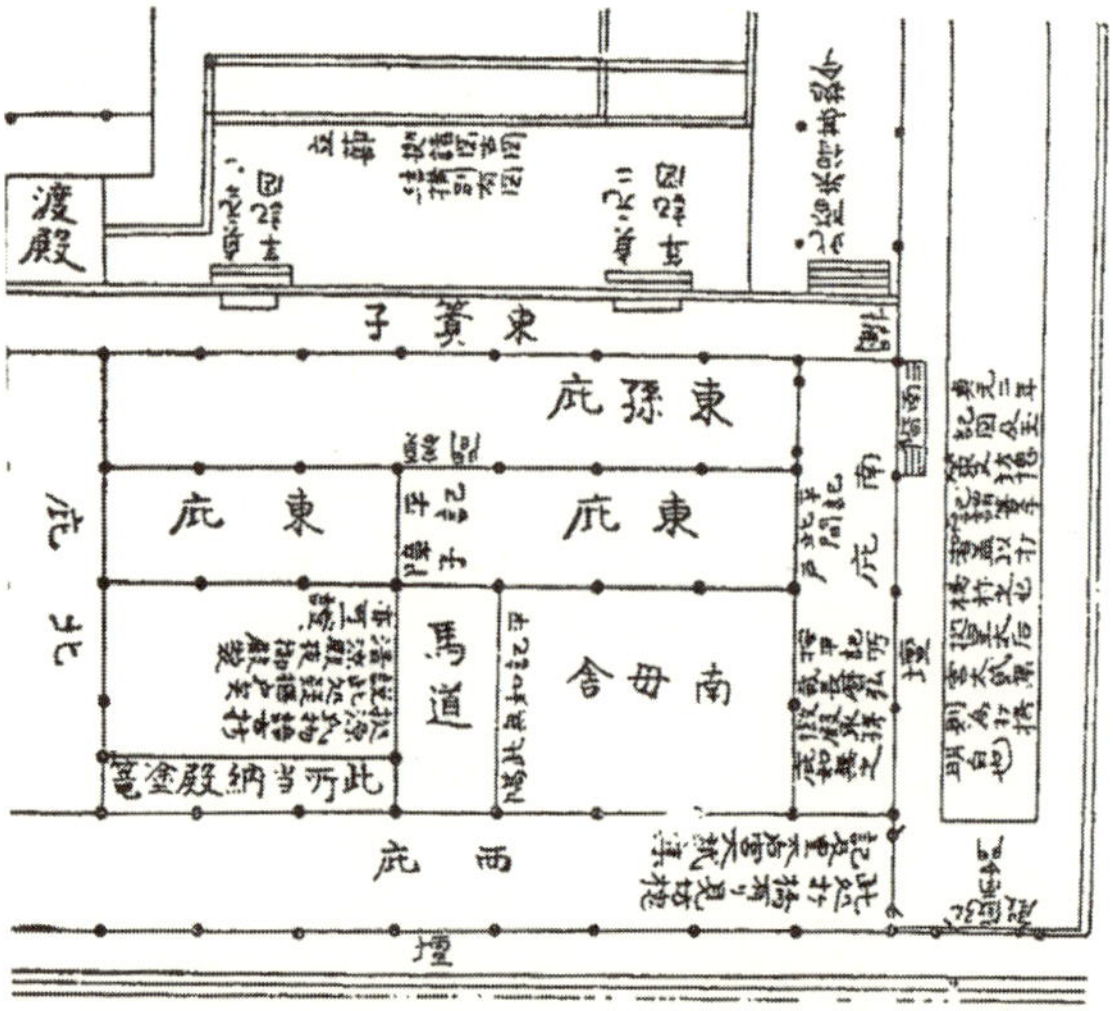

図2　改訂増補故実叢書『大内裏図考證』より

江戸時代寛政の内裏復興は、裏松固禅の『大内裏図考證』なくしては成り立ちえなかったが、弘徽殿についても『大内裏図考證』は様々な資料を集めて考証を行っており、ここにいたって初めて弘徽殿の細殿が解明されたといってよかろう。だが、それが内裏の変遷をも考慮に入れたものなのかどうか、再検討の余地はある。

図2は改訂増補故実叢書『大内裏図考證』第十七（第二巻四二八頁）所載の弘徽殿の図である。

『大内裏図考證』巻十七弘徽殿〔西庇〕には

西宮記及金葉和歌集、源氏物語、栄花物語、清少納言枕草子等作細殿、世継物語、作狭舎○承安五節図、西面屋垣、毎間有遣戸、

とある。『大内裏図考證』が挙げる資料の中で最も古い『西

宮記』から検討してみよう。

『西宮記』には、康保二年（九六五）六月七日に弘徽殿で競馬があり、細殿で帝をはじめ、皇太子、諸侯が見物した記事がある。（『日本紀略』にも「七日丙午。於弘徽殿有競馳菓下馬之戯。」とある。）

康保二年六月七日於弘徽殿有競馬事細殿坐南第四間大床子以為平守平両親王為左右頭公卿等依召候細殿南一二間次皇太子候細殿南五間〔以簟／為座〕次伊尹ゝゝ奏立〔川島曰、立大永本作左〕奏着座次兼家ゝゝ奏右奏〔依各親王／別当也〕左右馬各三疋〔騎小童着天冠錦／打懸袴同挿腰等〕自屋垣前上南〔左入弘徽殿南中門右／入飛香舎東南門〕左衛門督藤ゝゝ召安親遣馬出勅使理兼遣標下〔両人跪承仰各向勅使坐細殿南砌標勅／使在襲芳舎東中門間〕左右籌刺着飛香舎東北中門内座〔以殿上小舎／人床胡為座〕楽所立標栫二竿於襲芳舎東中門辺与登華殿細殿之下次左右馬競走左勝奏陵王〔小童／舞之〕舞了勝方念人藤原ゝゝ以下進拝舞了御厨子所以酒肴賜太子及公卿左右雑伎小童騎馬南上一ゝ馳下次作物所立〔川島曰、大永本ココニ門打毬アリ〕毬童〔歩／行〕進列立藤ゝゝ投毬子惣十度右勝左右楽人随勝奏乱声了各退入之

（尊経閣文庫蔵巻子本『西宮記』巻三・裏書〔尊経閣善本影印集成1・二〇八頁・裏書59〕）※〔　〕は小字双行、／は改行。

細殿の南第四間は村上天皇、南第五間に皇太子憲平親王、公卿たちは南一間と二間に伺候している。左方が『西宮記』著者源高明の娘婿である為平親王、別当は伊尹、右方が守平親王、別当が兼家。すると為平親王が南第三間で、守平親王が南第六間であったか。いずれにしても弘徽殿の細殿には少なくとも五間はあったことがわかる。通常南から一間、二間と数えるようである。

左右の馬が三疋ずつ、屋垣（後述）の前を南にむかって引き回され、左は弘徽殿南の中門に、右は飛香舎東南の門に入る。楽所は襲芳舎とその向かいの登華殿細殿にあった。次いで左右の馬が競走し、左が勝ったという。また、

「小童騎馬、南上、一一馳下」とあるように、小童が馬に乗って南に進み、そこから一頭ずつ弘徽殿・登華殿の前を馳せ下ったことがわかる(10)。すなわち、左右の馬が競い走ることができる広さが弘徽殿と飛香舎(藤壺)の間にあるということになろう。太田静六氏が貴族の邸宅における馬場の巾を十メートルと推定しているところからすれば(11)、それくらいの巾があったと考えられる。弘徽殿と飛香舎の間隔は、現代人の感覚では想像もつかないほどゆったりととられているのではあるまいか。

『日本紀略』の記事を点検してみると、桓武天皇以来、五月五日の馬射御覧が行われていた馬埒殿が、嵯峨天皇の弘仁九年四月、殿閣及諸門の改号によって武徳殿と呼ばれるようになり、歴代天皇は五月五日前後に、武徳殿で騎射や御馬御覧、競馬をおこなった。だが、弘徽殿での競馬は前にも後にも例がないようである。それにしても何故この時、弘徽殿でこのような行事が行われ、何故『西宮記』に記されたのだろうか。

少しくこの当時の歴史を紐解いてみよう。天徳四年(九六〇)はじめて内裏が焼亡し、翌応和元年(九六一)新造内裏が完成した。応和二年(九六二)十月二十日、東宮憲平親王の母安子は弘徽殿から職曹司に移られ、十二月二十五日、皇女を出産したが、死産だった。応和三年(九六三)正月二日、安子は兼通の堀川邸に移り、二月二十三日に内裏に戻られた。二十八日の東宮の元服のためである。その日、朱雀院の皇女昌子内親王が東宮妃となった。この年の五月、村上天皇は朱雀院に行幸し、競馬があったと『日本紀略』には記されている。安子の御座所は天暦初年から天徳四年まで藤壺であったが(『日本紀略』に散見)、新造内裏完成後は、弘徽殿であったと考えられる。翌年の康保元年(九六四)四月二四日、中宮安子は後の大斎院、第十皇女選子を出産。その五日後の二九日に主殿寮で崩御された。

『西宮記』に記された競馬の記事は中宮安子の一周忌の喪があけた直後、御座所であった弘徽殿で行われているのである。村上天皇と安子所生の三皇子、東宮憲平親王、為平親王と守平親王。安子の兄弟である伊尹と兼家が左右の別当となって親王等に供奉している。まだ源高明が失脚する以前、次の東宮が守平親王と決定する以前のこと。次の東宮と目される為平親王は高明の娘婿であった。輝かしい未来を信じていた華やかな一日の記録が、『西宮記』の記事だと考える。なお、翌年の五月五日の競馬御覧は武徳殿で行われている。

天徳四年の内裏焼亡後、再建された内裏の弘徽殿と飛香舎の間は競馬や打毬が行える広さがあり、弘徽殿の西側の細殿から見渡せる状態にあったと考えられる。

五　蔀、遣戸、屋垣、石畳

次に古い資料『枕草子』を見てみよう。枕草子には細殿について七カ所の言及があり、萩谷朴氏が「枕草子解釈の諸問題(8)(9)」（『国文学』昭34・5、6。後『枕草子解釈の諸問題』〈新典社、平3・5〉所収）で詳細に検討しておられる。細殿は弘徽殿と登華殿の西廂、麗景殿と宣耀殿の東廂のことで、萩谷朴氏は、中宮定子がおられたのは登華殿であるから、清少納言のいう細殿は登華殿に限られるとする。もちろん清少納言が体験したのは登華殿に限られるが、この文章はその体験を踏まえて、弘徽殿の細殿も含め、内裏の細殿一般について論じているように思われる。

まず、一五六段「故殿の御服のころ、…」の章段に「この四月の朔日ころ、細殿の四の口に殿上人あまた立てり。」とあって、登華殿の細殿に「四の口」があったことが知られる。『花鳥余情』には「ほそとのゝ戸三あり」とあるが、弘徽殿にも少なくとも戸口は四つあったのではなかろうか。

七三段は弘徽殿の細殿の構造をよく記している貴重な資料である。

内裏の局は、細殿いみじうをかし。上の蔀上げたれば、風いみじう吹き入れて、夏もいみじう涼し。冬は、雪、霰などの、風にたぐひて降り入りたるも、いとをかし。狭くて…。昼なども、たゆまず心づかひせらる。夜は、まいて、うちとくべきやうもなきが、いとをかしきなり。沓の音、夜一夜聞ゆるが、とどまりて、ただ指一つして叩くが、その人ななりと、ふと聞ゆるこそをかしけれ。…六位の蔵人の青色など着て、うけばりて遣戸のもとなどに、そば寄せてはえ立たで、塀の方に後おして、袖うち合せて立ちたるこそ、をかしけれ。…三尺の几帳を立てたるに、帽額の下ただすこしぞある、外に立てる人と内にゐたる人と、もの言ふが、顔のもとにいとよくあたりたるこそ、をかしけれ。…（石田穣二氏訳注『新版　枕草子』上巻86～87頁、章段分けはすべて本書による）

とあって、上の蔀（能因本は「小蔀」とする）をあげておくと風通しもよく、雪・霰なども吹き込んで風情があるという。四三段「細殿に、人あまた居て、やすからずものなど言ふに…」の章段や、二三三段の

細殿の遣戸をいととうおしあけたれば、御湯殿の馬道より下りて来る殿上人、萎えたる直衣、指貫の、いみじうほころびたれば、色々の衣どものこぼれ出でたるを、おし入れなどして、北の陣ざまに歩み行くに、あきたる戸の前を過ぐとて、纓を引き越して、顔にふたぎて去ぬるも、をかし。（同右・下巻107頁）

などもあわせて考慮すると、弘徽殿と登華殿の細殿は、清涼殿の御湯殿の馬道から北の陣までの通路に面していて、遣戸になっており、沓の音が一晩中聞こえたり、殿上人が立ち寄る事も多く、常に緊張を強いられるという実態が明らかになる。また、狭いところで、となりの女房のもとに男が訪ねてくるのも聞こえてしまうともいう。

この遣戸と蔀の関係だが、萩谷氏は「源氏物語花宴に弘徽殿の細殿の三の口から覗いて、奥の枢戸の内部が見通されたとあるので、三の口が中央第五間にあたるとすれば、南第一間の一の口から一間おきに遣戸があって、五の口まで数えることとなる。…南第二間から一間おきに格子半部がはまっていたと考えられる。」とし、西面に簀子

はなく、壇になっており、その外側が溝、檀と溝の間に取り外しの聞く屋垣（立蔀）があったと考えておられる。

これに対し、石田穣二氏は『「細殿について」（『文学論藻』第46号、昭46・6。後『源氏物語攷その他』〔笠間書院、平元・7〕所収）において、『大内裏図考證』が「承安五節図、西面屋垣、毎間有遣戸」とするのに注目し、『源氏物語』夕顔の五条の家を例にして、屋垣を建物の外壁そのものとする。『西宮記』や『枕草子』二三三段（前出）などからは細殿の西面に遮るものはないよう思えるし、『枕草子』七三段の

遣戸のもとなどに、そば寄せてえ立たで、塀の方に後ろおして、袖うち合わせて立ちたるこそをかしけれ

も「塀」を建物の外壁と考えれば、矛盾はなくなる。『左経記』の「御車、寄弘徽殿西屋垣」も建物に車を寄せたことになり、理解できる。屋垣は石田氏説に従うべきであろう。

萩谷氏、石田氏とも『承安五節絵』を資料として使っておられるので、次頁に東京国立博物館蔵狩野養信（晴川院）文化十四年模写本（四一九頁参照）の弘徽殿と登華殿が描かれている部分を紹介しよう。『承安五節絵』は原本は失われ、模写本しか残されていない。平安末期、高倉天皇の御世に承安年間の五節の舞姫の行事を記録したもので、制作には後白河院が関わっていると考えられる。(12)

細殿は母屋が七間とすると南北の廂一間を加えて九間ある。女房たちがのぞく御簾を垂れた窓のような口が弘徽殿に七つ、登華殿に三つ描かれている。弘徽殿と登華殿の外壁は、一部蔀のように描かれているものの、ほとんど横線のみ、下見板の態である。しかし、これは全体を蔀に描くべきところを、模写なので省略されたと考えた方がよいと思う。女房たちののぞいた口がかなり高いところにあり、その下にも横線が描かれているところから、この口を遣戸とみることはできない。上蔀だけを開けた窓のような状態から女房たちはのぞいていると考えるべきであろう。遣戸があるとすれば、のぞき口と口の間ということになるが、遣戸が描かれてい

図３　東京国立博物館蔵　狩野養信文化十四年模写本『承安五節絵』

るようには見えない。のぞき口が七つ。弘徽殿と登華殿の間に中門も描かれ、そのそばに弘徽殿ののぞき口が描かれている。一番北側の口である。九間とすれば、九つあるはずで、『承安五節絵』は弘徽殿全体を描いていないことになる。

裏松固禅が参照した『承安五節絵』は、土佐光信が屏風に模写したものを高橋宗直が内裏資料として写し、画巻とした模写本系統のもので、藤貞幹から固禅に提供されたものと覚しい[13]。宗直、貞幹、固禅らも原本を見て考察しているわけではないのである。固禅はのぞき口を遣戸と見て、弘徽殿の細殿に七つ描かれていることから、「毎間有遣戸」としたのであろう。石田氏もこれに賛同している。萩谷氏は私と同様にのぞき口を遣戸と見ることができず、疑問を持って、福山敏男博士に尋ねたところ、内裏は何度も建てかえられているので、『枕草子』のころの内裏と、平安末期の内裏を示す『承安五節絵』では、一致しない可能性のあることを示唆された。そこで出されたのが前述の妙案である。

また、『承安五節絵』をみると、弘徽殿と登華殿の細殿の周囲は壇になっており、さらにその外側に御溝水が巡っている。

『金葉集』（巻九雑上）に

> 皇后宮弘徽殿におはしましけるころ、俊頼西面の細殿にて立ちながら人に物申けるに、夜のふけゆくまゝに苦しかりければ、土に居たりけるを見て、畳を敷かせばや、と女の申ければ、畳は石畳敷かれて侍り、と申を聞きてよめる

石畳ありける物を君にまたしく物なしと思ひけるかな（五九三）

皇后宮大弐

（新大系本一七二頁）

とあり、壇には石畳が敷いてあると考えられる。皇后宮令子内親王大弐は若狭守藤原通宗の娘、母は大弐三位賢子、紫式部の孫に当たる女性で、『金葉集』の選者である源俊頼相手に「しく物なし」と『源氏物語』花宴巻を踏まえて詠みかけたのであろう。（第一章第三節参照）

六　くるゝ戸と塗籠

前掲『源氏物語』本文によれば、光源氏は「弘徽殿の細殿」の「三の口」があいており、かつ、「奥の枢戸もあいていて、人音もしなかったので、細殿に上り入った。そこへ「朧月夜に似るものぞなき」とうち誦じて女が「こなたざまに来る」。どこからか。奥の枢戸の向こうからだろう。「ふと袖をとら」えた光源氏。女を抱き下ろして、「戸は押し立てつ」とあるからだ。この戸は枢戸で、細殿に向かって開くと考えられる。

「枢戸」は『源氏物語』の中に他に用例がない。『河海抄』があげる『萬葉集』巻二十、四三九〇番に

むらたまのくるにくぎさしかためとしいもがこころはあよくなめかも

とあり、「くる」は「くるゝ」のことで、戸ぼそと戸まらとを接合させ、戸を開閉させる装置をいい、この「くる」によって開閉する戸を枢戸という。

平安文学にも用例は少ない。『落窪物語』巻一に

枢戸の廂二間ある部屋の酢、酒、魚など、まさなくしたる部屋の、ただ畳一枚、口のもとにうち敷きて、「わ

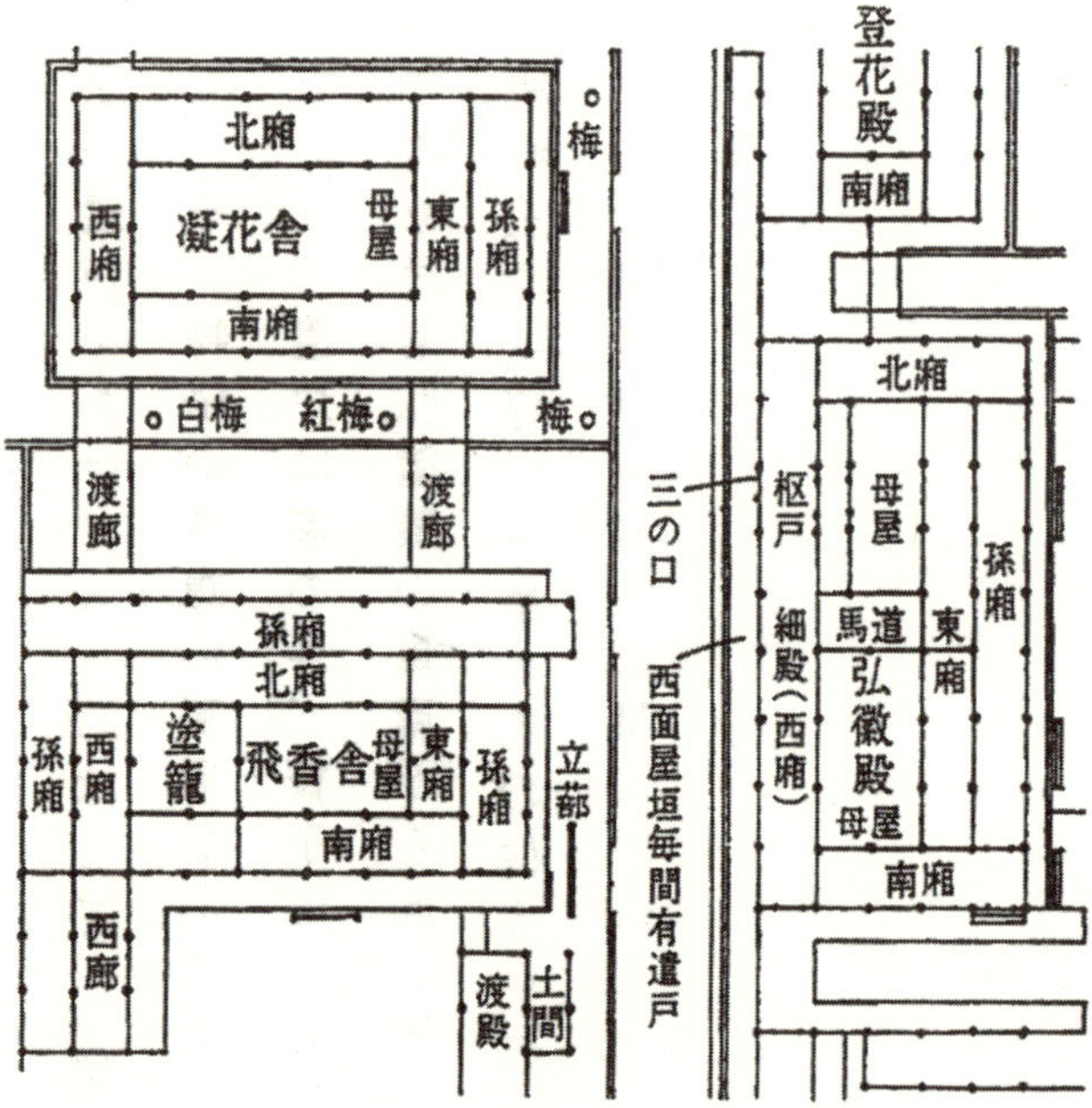

図4　池浩三氏『源氏物語―その住まいの世界―』より
枢戸の位置は池氏の想定。北の母屋にある塗籠の母側と細殿側の両方に想定する。

が心を心とする者は、かゝる目見るぞよ」とて、いと荒らかに押し入れて、手づからつい鎖して、錠強くさして往ぬ。

（新編日本古典文学全集本・一〇三〜四頁）

とあり、落窪の君が継母に監禁される部屋の戸が枢戸である。ところが、これ以後枢戸は出てこない。巻二になると「北の方部屋の遣戸をあけて入りおはして」「錠あけて遣戸あくるに」などのようにすべて遣戸であり、錠も遣戸に掛けられている。物語の構想に変更があったか。あるいは次のように考えてみるのはどうだろう。枢戸は母屋から通じる戸であり、遣戸は家の外、簀子側から出入りする戸と。このように考えれば矛盾はない。

『源氏物語』の枢戸も弘徽殿の母屋から廂の間への出入り口の戸と考えればよいのではないか。

ところが、池浩三氏『源氏物語―その住まいの世界―』（中央公論美術出版、平元・9）では、この枢戸を弘徽殿の母屋北側にある塗籠の細殿側に開く戸のこととする（図4参照）。

池氏によれば、光源氏が入り込んだ三の口は北から三番目の遣戸。その正面に塗籠があり、その戸が開いていたのだとする。とすると、朧月夜は塗籠から出て来たことになる。

枢戸が塗籠の戸という認識に立っての説と思われる。たしかに、『拾玉集』一三三五番には、

をさめどののくるるの妻戸おしあけてけふ七夕にかす物やなに　（『新編国歌大観』による）

とあって、収納庫である納殿の戸は枢の妻戸であるようだし、『落窪物語』の廂の間も収納場所として使われているようであるし、収納施設である塗籠の戸と考えられなくもない。だが、もう一つの用例『弁内侍日記』寛元四年（一二四六）一一月二二日の条に

清涼殿は、常の御所の御障子のあなた、二間をしつらひて、御拝の座とす。枢戸より下は、御膳宿、御厨子所なり。　（新編日本古典文学全集『中世日記紀行集』・一五八頁）

枢戸の先に帝の食膳を収納する御膳宿と帝の食事を調進する御厨子所があるというのだから、単に収納庫の戸とは思われない。

さらに問題点は池氏が塗籠を寝室と考えている点である。本稿を成すに当たって、多くの建築関係の論文を読み漁ったが、建築学、建築史学においては「塗籠＝寝所」という理解が定説化しているようである。例えば前田松韻氏「寝殿造りの考究」（『建築雑誌』第四九一号、昭2）や太田静六氏『寝殿造の研究』第一章第一節四寝殿および寝の意味と用法「例えば東三条院の寝殿では母屋の一部に塗籠が設けられており、これは明らかに寝所としての施設と考えられる。」などである。帝の寝所である「夜の御殿」が塗籠だからそう考えるのであろう。だが、「夜の御殿」は天皇の証である三種の神器のうち神璽宝剣を護持しつつ帝が休まれる場であるから塗籠なのであり、これは特別のことと考えるべきである。

池氏が主張される聖所としての意味合いは、あるいは正鵠を射ているかもしれない。だが、霊が宿る塗籠の例としてあげた『今昔物語集』の説話類、紫宸殿の塗籠の「南殿の鬼」の話などからすれば、むしろ人々に塗籠が畏怖され、寝所として使うことはまずあり得なかったと見るべきではないか。また、『宇津保物語』俊蔭女と兼雅、『源氏物語』の夕霧と落葉の宮がそれぞれ塗籠で結ばれるのを例に挙げて、「塗籠を婚所とする当時の習慣の上に設定された場面」などと言うのは言語道断である。これらは例外中の例外なのである。

玉上琢彌氏が、「「六条院復元図」覆考―「母屋」と「廂」、西二の対、ぬりごめ―」（今井卓爾氏他編『源氏物語講座1』〔勉誠社、平3・10〕所収）において、『源氏物語』に限定して、『源氏物語』の用例をすべて、細かく検討し、塗籠が納戸、収納施設であり、そこで寝ることは例外中の例外であることを指摘しておられるので参照されたい。

『大内裏図考證』によれば、弘徽殿の母屋は七間四面（『拾芥抄』）で南母舎と北母舎に分かれ、中央を馬道が通っている（『貞元二年記』弘徽殿図）。北母舎の西側に塗籠がある。（図2参照）

弘徽殿は時に帝の御在所として使われることがあった。清和、陽成、朱雀天皇の例がある。塗籠があったから、帝の御在所として使われたのか、帝の御在所となったために塗籠が作られたのかはわからない。通常、収納施設として使われる塗籠が、帝の御在所となった時だけ、夜の御殿として機能したのだと考えられる。

朧月夜が収納施設である塗籠を寝所にすることも、そこから出て来ることもまず考えられない。弘徽殿大后の妹であるから北か南どちらかの母屋を寝所にしていたと思われ、母屋を二分する馬道を通って、女房たちの局のある細殿に向かって歩いて来たと考えるのがもっとも妥当ではあるまいか。馬道から細殿への出入り口が枢戸と考えられる。その時、枢戸は開いていたのである。馬道の枢戸は、桐壺帝のもとへ行く弘徽殿女御に付いていく女房たちが、焦って閉め忘れたのであろう。光源氏が三の口からのぞくと、馬道の入口が開いていたので奥が見えたという。

朧月夜は、寝所から馬道を通って細殿に向かって歩いてきた。何故だろう。また、何故「朧月夜に似るものぞなき」と口ずさんだのか。

この時照明はどうであったのか。朧月夜自身が何か明かりを持っていたとは記されていない。夜もふけて、燈台の火も消えているころであろう。では、暗がりの中、どうやって朧月夜は歩いてきたのか。推測するに、馬道の突き当たりは細殿の上の蔀が開いていた状態だったのではなかろうか。細殿の上蔀は月の明るい夜は、明かり取りのため、上げられていたのではあるまいか。下蔀で外部と隔てられているが、上方は空と繋がっている。そういう空間が清少納言に「をかし」と言わせたのではあるまいか。あるいは、能因本が「蔀」を「小蔀」とすることを考えると、紀宗直『清紫両殿考』が引用する『中殿御会図』の清涼殿の南側、殿上の間の外壁上方にある「小蔀」のようなものを指して「上の蔀」と言ったのかもしれない。とすれば、遣戸があって、その上方の白壁の一部に設けられた小蔀が存在したのかもしれない。だが、『大鏡』道隆伝には伊周が「登華殿の細殿の小蔀に押し立てられ」た話があるので、上部の小蔀とも思われない。

いずれにせよ、上方の蔀が上げられていて、朧月夜が馬道を細殿に向かって歩いていくと、開いた枢戸の向こうに空が見えたのではあるまいか。隣舎との距離が十メートルも離れていれば、上蔀をあげた空間から空が見えた事だろう。明るくさし出ていた月がうっすら雲間に隠れた状態。そのような空の有様を実際に見て、「朧月夜に似るものぞなき」と詠じたのではあるまいか。その月をもっとよく見ようとして女は細殿に向かって歩いて来るのではあるまいか。

そして、細殿の入口の所で、枢戸の蔭に隠れていた光源氏に袖を引かれ、細殿の床の上に抱き倒された。光源氏は女を横抱きのまま、枢戸を「押し立てつ」すなわち、押して閉めた。つまり、枢戸は細殿側に開くのである。

七　おわりに

以上を考慮すると、弘徽殿の細殿の三の口は馬道の入口周辺にあったと考えられる。馬道の枢戸の先には、細殿から空が見えたと考える。とすると中央第五間は格子半蔀。『西宮記』の記述からしても三の口は南から数えて三番目の口であろう。萩谷氏説を借用して若干変更し、南第一、三、五、七、九間に格子半蔀、二、四、六、八間に格子遣戸があり、南から一、二、三、四の口。三の口は、南六間の遣戸のことではないかと考える（図5参照）。

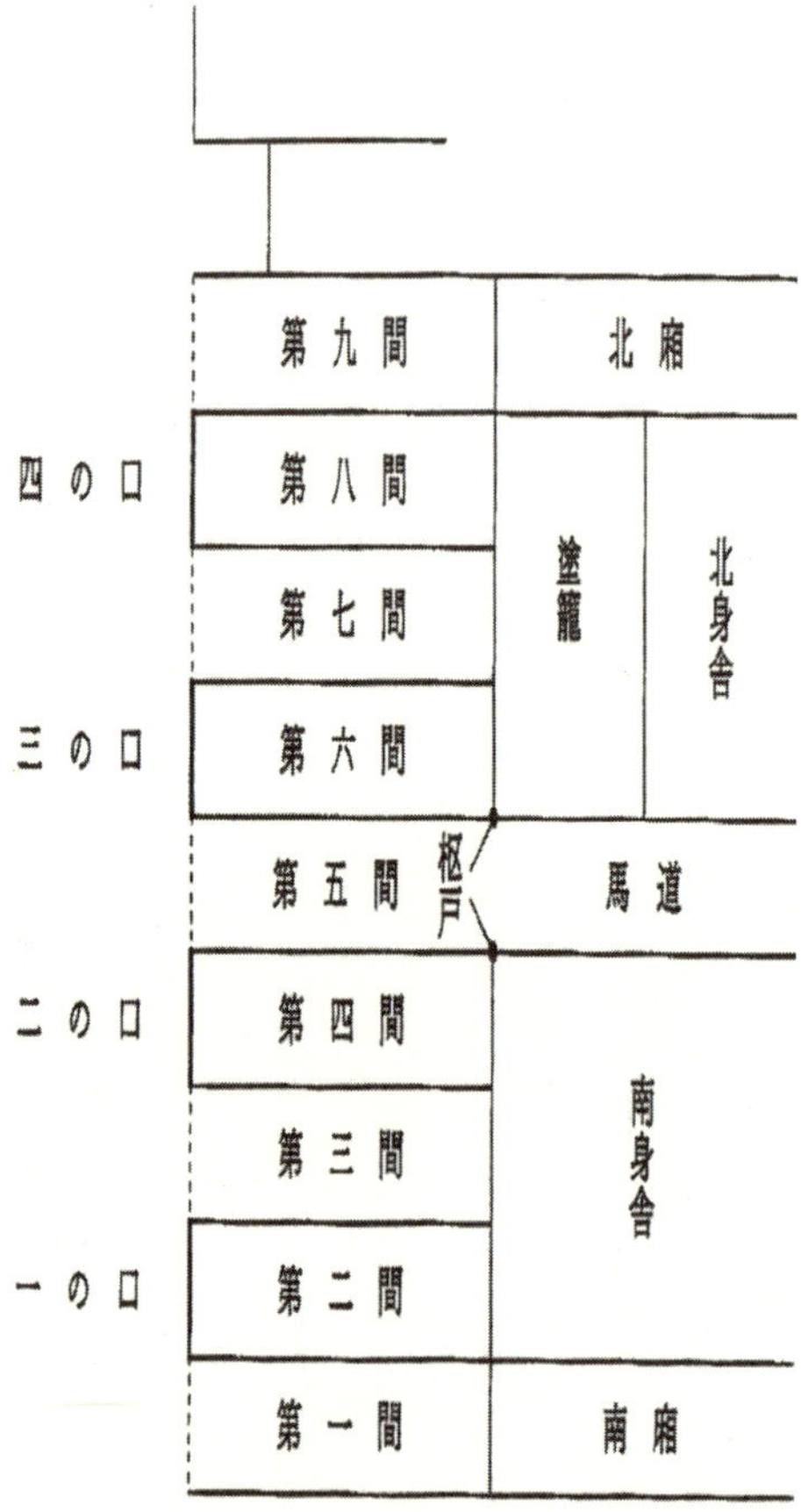

図5　弘徽殿の細殿　想定図

注

（1）天理図書館蔵伝兼良筆本『河海抄』（天理図書館善本叢書70　二四七頁）では
こきてむのほそとのにたちより給へれは
秘説云ほそ殿とは廊字也　漢語抄にみえたり　万葉集云大殿南　細殿
とあり、「忠教卿説」の傍注が欠け、「廊の字を旧記ニ廂をほそとのと点す……」の部分を欠く。「三のくち」と「おくのくるゝ戸」についいては同文。

（2）山脇毅氏は「紫明抄と原中最秘抄とに見えない説であれば、それは水原抄から御引用になったものと決定して差し支えない筈である。」とされる。（『源氏物語の文献学的研究』〔創元社、昭19・10〕一七頁）

（3）寺本直彦氏『源氏物語受容史論考　続編』（風間書房、昭59・1）一六三、三六八、三六九頁に取り上げられている。井上宗雄氏『平安後期歌人伝の研究』（笠間書院、昭53・10）にも言及されている。

（4）『和歌大辞典』（明治書院、昭37・11）による。井上宗雄氏『中世歌壇史の研究　南北朝期』（明治書院、昭41・11）にも言及されている。

（5）稲賀敬二氏「『源氏秘義抄』附載の仮名陳状」（『国語と国文学』昭39・6）、寺本直彦氏「源氏絵陳状考（上）（下）」（『国語と国文学』昭39・9、11。後『源氏物語受容史論考』〔風間書房、昭45・5〕所収）に詳しい。

（6）伊井春樹氏「『源氏物語注釈』（書陵部蔵）所収の古注逸文の性格について―建礼門院所持の源氏絵巻と光長の古注釈書作成の周辺―」（『源氏物語の探究』〔風間書房、昭49・6〕。後に『源氏物語注釈史の研究』に所収）

（7）秋山光和氏編『日本の美術　一一九号　源氏絵』五〇頁

（8）玉上琢彌氏「源氏物語絵詞について」（『女子大文学・国文篇』第19号、昭42・11）所載の影印、および片桐洋一氏・大阪女子大学物語研究会編著『源氏物語絵詞』（大学堂書店、昭58・1）の翻刻（二〇頁下）参照。

（9）「源氏絵二趣」（『古筆と源氏物語』〔八木書店、平3・7〕）

（10）『平安貴族の環境』（解釈と鑑賞別冊『平安時代の文学と生活』平3・11）の内裏・後宮担当の日向一雅氏はこの競馬はただ引き回しただけだとするが、引用文の中に「次左右馬競走」とあり、明らかに左右の馬に競走をさせ、勝敗を決している。また、「小童騎馬、南上、一一馳下」とある。

(11) 太田静六氏『寝殿造の研究』(吉川弘文館、昭62・2、第三章第二節一六三頁に「馬も現在のように二十余頭が一度に競うことはなく、左右に分れて各一頭ずつで勝負を争った。そこで馬場の幅は十メートルもあれば充分であり、…(下略)」とある。『平安京提要』(角川書店、平6・6)は発掘調査の結果を踏まえ、研究成果を総合して内裏遺構配置図を作っているが、弘徽殿と飛香舎の間の幅は縮図で計量しても十メートル強程度である。

(12)『承安五節絵』関連論文には、鈴木敬三氏『初期絵巻物の風俗史的研究』(吉川弘文館、昭35・4)、源豊宗氏「承安五節絵について(『人文論究』12―4、昭37・3。後『大和絵の研究』〔角川書店、昭51・12〕所収)、川島絹江「『承安五節絵』の流伝」(『東京成徳短期大学紀要』27、平6・3。本章所収)がある。

(13) 川島絹江「『承安五節絵』の流伝」(『東京成徳短期大学紀要』27、平6・3。本章所収)

第二節　『承安五節絵』の流伝

一　模写本総覧

承安年間の五節の舞姫の行事を記した絵巻『承安五節絵』は、『年中行事絵巻』と並んで、模本でありながら資料的価値の高い作品である。平安時代末の内裏の様子や五節の行事の様子などを視覚的に知ることができ、国文学においても貴重な資料の一つである。

『国書総目録』に掲げられている模写本は以下の通り（奥書は一括後掲）。

①国会図書館蔵『画院粉本承安五節図』〔特・八三二・二九八〕一軸。浮田可為模写。零本。

②東京国立博物館蔵『五節渕酔図』〔A一五七六〕一軸。文化十四年狩野養信模写。完本。(1)

③学習院大学附属図書館蔵『承安五節図』〔七三〇・七一〕二冊。彩色。

④京都大学文学部文学科図書室蔵『承安五節図屛風模本』〔国文学・Vo・一四〕一軸。彩色。
⑤早稲田大学図書館蔵『承安五節図』〔チ四・一〇三六〕一軸。彩色。零本。
⑥東京大学国文学研究室本居文庫蔵『承安五節図の文章うつし』寛政四年写。〔本居・技・三六七〕一冊。
⑦青牛文庫蔵『承安五節屛風絵模本』未見。
⑧石泰文庫蔵『承安五節屛風之図』未見。
⑨穂久邇文庫蔵『承安五節絵巻物』江戸後期写。未見。(2)
⑩旧彰考館蔵『承安五節図』一帖。戦災焼失。

この他、次の伝本が追加出来る。

⑪金刀比羅図書館所蔵『承安五節図模本』甲本〔貴重五四〕一軸。
⑫金刀比羅図書館所蔵『承安五節図模本』乙本〔貴重八二〕一軸。
⑬東京芸術大学芸術資料館蔵『承安五節絵』〔東洋画模本3662（F13—8）〕一軸。冷泉為恭模写。(3)
⑭東海大学附属図書館桃園文庫蔵『承安五節會』〔桃・三八・八〕一軸。(4)
⑮某氏蔵『承安五節図』二軸。彩色。
⑯国会図書館蔵『承安五節絵』〔亥・二〇〇〕一軸。文政十三年藤原寿栄模写
⑰国会図書館蔵『承安儀式』〔ぬニ・二・二二〕二軸。華山蔵書印。錯簡あり。一部彩色。
⑱小堀安雄氏所蔵模本　鈴木敬三氏『初期絵巻物の風俗史的研究』（吉川弘文館、昭35・4）による。後述。

⑲東京国立博物館蔵『承安五節絵』〔A六八六〇〕一軸。文化七年狩野養信模写。彩色。
⑳東京国立博物館蔵『承安元年五節絵』〔A九三〇五〕一軸。昌平坂学問所旧蔵。彩色。錯簡あり。
㉑東北大学附属図書館狩野文庫蔵『五節舞姫』〔置別・伊五・四一七〕一冊。斎藤彦麻呂模写。彩色。(5)
㉒京都大学附属図書館蔵『五節渕酔之屛風絵』〔貴重書五・一七・コ一〕一軸。彩色。(6)
㉓京都大学文学部文学科図書室蔵『五節会絵巻』〔国文学・Vo・一三〕二軸。彩色。(7)
㉔早稲田大学図書館蔵『承安五節図』〔チ四・六三〇四〕一軸。彩色。
㉕綺羅文庫蔵『豊明図式』一軸。彩色。書名は箱書による。本願寺旧蔵か。『思文閣古書資料目録〔善本特集第十五輯〕』第一八三号（平15・7）所掲。
㉖宮内庁三の丸尚蔵館蔵『承安五節舞絵巻』二軸。絹本着色。大正14年写。未見。宮内庁三の丸尚蔵館・御即位十年記念特別展・第四巻展「饗宴　伝統の美」（平11・11・14〜28）パンフレットによる(8)。
㉗徳江元正氏蔵『承安五節』二軸。彩色。文久二年寺田秋　写。
㉘東北大学図書館蔵『承安五節絵』〔六五一一八二九九／巻子二九九〕一軸。高野辰之旧蔵本。山本陽子氏「新出の東北大学図書館本『承安五節絵巻』模本について」（『明星大学研究紀要【日本文化学部・言語文化学科】』第11号、平15・3）に詳細な考察と翻刻がある。

源豊宗氏「承安五節絵について」（『人文論究』12巻4号、昭37・3。後『大和絵の研究』〔角川書店、昭51・12〕所収）には②⑨の報告がみられ、②の翻刻が付されている。これ以前に、鈴木敬三氏『初期絵巻物の風俗史的研究』〔吉川弘文館、昭35・4〕第二章第三項に強装束の例として引用されており、

⑴安田靫彦氏所蔵の模写屏風（＝⑦）
⑵東京芸術大学所蔵為恭模本（＝⑬）
⑶東京国立博物館蔵本（＝②）
⑷小堀安雄氏所蔵模本（＝⑱）

の存在を知ることができるが、⑴⑷の詳細は不明。後に鈴木氏は「承安五節絵考」（『国学院大学大学院紀要』第6巻、昭50・3）において⑵（＝⑬）芸大本に言及し、小堀氏旧蔵住吉模本の翻刻を行っている。これが⑷と同一で、『初期絵巻物の風俗史的研究』掲載の写真もこの⑷（＝⑱）と思われる。詞書の字くばり、絵の内容は②東博本と⑭桃園文庫本とほぼ一致している。奥書は

右屏風一双分也　他見無用
住吉内記

とあり、その後に小さな文字で三行分あるが、写真が不鮮明で内容はわからない。これを小堀氏旧蔵住吉模本とみなす。

二　系統分類

まず、模写本の系統分類を行ってみよう（後掲【諸本存在章段一覧】参照）。なお、以下諸本の特徴を掲げる際には、代表的な伝本（①～⑮＋⑱を主たる対象とする）を以て示し、諸本の異同の全体像は別途図を以て後掲することとする。

表から明らかなように第六段の詞書の存在の有無が問題となる。②東博本、⑭桃園文庫本、⑱小堀氏旧蔵本（＋⑲、㉒、㉔、㉘）に存在する第六段の詞書が、他の諸本には存在しない。②⑭⑱（＋⑲㉒㉔㉘）は詞書は色紙型に□で囲み、字くばりもほとんど一致しており、正確に写し取ろうとする姿勢がみえる。唇や頬、炎に朱色が施されている以外は白描であるけれど、五節の舞姫や童女たちの衣装や髪のようすが精密に美しく描かれ、絵画としての完成度も高い。その筆致はかの『年中行事絵巻』を髣髴とさせる。三本とも奥書に「右屏風一双分」とあって、屏風から絵巻に直したものとわかる。②は文化十四年（一八一七）書写で板谷家秘本とあるから、住吉派の傍系である板谷派に秘蔵されていたものを狩野派の大御所狩野養信が模写したもの。⑭⑱奥書には「住吉内記」とあるから、かの『年中行事絵巻』を模写した住吉如慶・具慶を模写者、或いはその原本の模写者に想定することが可能であろう。住吉派は如慶以後皆内記と称しているのでいずれとも決め難いが、⑭奥書には

禁裏御道具
承安五節図屏風模本　元画巻

五節渕酔之御屏風
右京大夫信実朝臣筆
右絵本者如慶法眼写也
住吉内記

とあり、『考古画譜』(静嘉堂文庫本)に

承安五節図　一巻或云五節渕酔図
倭錦云五節渕酔図右京大夫隆信朝臣筆
住吉如慶粉本奥書云承安五節巻物ヲ屏風トス
元和元年十月吉日
禁中様ニ御座候ヲ申出写申也　住吉内記

とある。原作者が「信実」であったり「隆信」であったり揺れていて不確かではあるが、住吉如慶が禁中の屏風から模写し、絵巻としたもの一巻が存在したと考えられよう。②⑭⑱も一巻で、この絵巻の転写本と考えられる。これらを住吉内記模本(A)と呼びたい。

①国会図書館蔵浮田可為模写本と⑬芸大蔵冷泉為恭模写本は破本であるが、ともに朱色だけを施した白描で詞書も色紙型の中に入れ、字くばりも近い。住吉内記模本と近似するが微妙に食い違っている。たとえば①浮田本は呉竹

の露台が中まで描かれているが、住吉模写本は中ヌキである。建物や人物の衣装の色指定にも違いがみえる。⑬為恭本には第六段の詞書がなく、代わりに柳が一本描かれている。第五段と第七段の詞書の後、第七段の絵の後に松が描かれている。前掲鈴木敬三『初期絵巻物の風俗史的研究』には「芸術大学所蔵模本の付紙に高橋宗直の屛風半双の配置が存するので…」とあるが、私が芸大本を実見した時にはこの付紙は無かった。鈴木氏によれば宗直模本に類することになる。これを（B）とする。⑪⑫金刀比羅本も破本ではあるが色紙型詞書を持つ。これも（B）とする。（なお、金刀比羅甲本と金刀比羅乙本を詳細に比較してみると、甲本は乙本の転写本であることがわかる。）

これ以外の模本は、第六段の詞書を欠き、絵は彩色（一部色指示の場合も）、詞書は左下がりの乱れ書である。雲、松、柳を所々に配し、第六段の詞書の部分かわりに柳が二本描かれている。これらの枝振りはどの本も近似する。これを（C）とする。

詞書の面からも住吉模本グループ（A）と彩色・乱れ書グループ（C）に二分類できるが、①と⑪⑫⑬は詞書の面では（A）に属し、絵の面では雲・松・柳を配する（C）に属するので、中間的な存在である。（B）（C）の④⑮に奥書の中に

　此図若州刺史紀宗直之所蔵借観之序密写一本以備考古

　　宝暦甲申夏江世恭識

とあり、宗直が所蔵する絵巻を借り出して密かに写したとする、宝暦十四年（明和元年・一七六四）江田世恭（?〜寛政7・大阪豪商）の識語がある。

また、④の巻頭には藤貞幹の『好古小録』を引用して

承安五節図屏風模本　元画巻
光長所写ノ画巻ヲ以光信屏風一坐
ニ寫シテ画巻ハ傳ハラズ今ノ画巻ハ御
厨子所預宗直朝臣屏風ノ模本ヲ以
画巻トナス者也

という貼紙が存在する。紀宗直、御厨子所預宗直朝臣とは高橋宗直（一七〇三〜八五）のことで有職故実の学者。『好古小録』はその弟子にあたる藤貞幹（一七三二〜九七）の書。原作者を常盤光長とし、土佐光信が屏風に写し、その屏風絵を宗直が模写、絵巻に直したというのだ。世恭によれば宝暦年間には宗直の模本が存在したことになる。高橋宗直の『清紫両殿考』（国会図書館本）には清涼殿の部分に『承安五節絵』からの引用画が見えるから、明らかに宗直は『承安五節絵』の模本を所持し、自らの学問に採用していたと考えられる。これは貞幹そして裏松固禅の『大内裏図考證』に受け継がれ、寛政度復古内裏造営に結実した。（第三節参照）

京大本はその宗直模写本からの転写本である。⑮某氏蔵本二軸も京大本と同じ奥書をもち、校合した異本が、土佐家に伝わる模本の転写本で尾州にあったことを記している。

③学習院大本も二巻に別れているが、軸の体裁をなしていない。奥書はなく、貴重書の扱いを受けていない。二巻冒頭に破損が見られる。

⑥本居文庫本は詞書のみ、寛政四年に写されているが、奥書に
御所御屏風ニ極彩色ありと云又土佐家にも有といふ

寛政壬子春以伊与松山士金子氏之本写畢大平

とあることからすると、極彩色の御所本・土佐家本・伊予松山金子氏本の三本があったことがわかる。零本であるが、⑤早大本も左下がりの乱れ書で詞書（C）グループに属している。

以上から、第六段の詞書を欠き、彩色、左下がりの乱れ書、松柳雲を施した系統のものは宗直模本転写本（C）と考えてよいのではあるまいか。

もともと、禁中の屏風の段階で、詞書は色紙型の中に配置されていたと考えられる。その字くばりまで写しとったのが住吉内記模本であろう。模写当時、松や柳は描かれていなかったと考えられる。一方、六段の詞書を失い、松や柳を描いた屏風も別に（土佐家か）に伝わっていてこれを高橋宗直が模写し、巻物にしたのではないか。宗直は色紙型の詞書を写したが、転写される際に色紙型が無視され、左下がりの乱れ書になったのではあるまいか。諸本乱れ書の字配りはそれぞれバラバラである。宗直模本転写本が（C）グループとなろう。

以上の検討を踏まえ、諸本全体の系統を分類すると、次のようになる（〔　〕に入れた諸本は、ABCの分類基準をあてはめた結果、当該系統に属すると判断したもの）。後掲「諸本存在章段一覧」参照。

（A）住吉内記模本系統……………②⑭⑱〔㉒㉔㉘〕

（B）色紙型詞書系統………………①⑪⑫⑬

（C）宗直模本転写本系統（左下がり乱れ書）…………③④⑤⑥⑮⑯⑰〔⑳㉓㉕㉗〕

（D）その他

⑲東博乙は、A系統とC系統との混態的形態を有する。

㉑東北は、袋綴装で本文はC系統。

三　寛政度平安内裏復元の資料

前掲の源豊宗氏、鈴木敬三氏に指摘されているように、『承安五節絵』についての記録で最も古くまで遡れるのは、伏見宮貞成親王（一三七二～一四五六）の日記『看聞御記』に

永享三年十二月十八日　自内裏五節絵三巻被下。高倉院承安元年五節絵也。摂政（二条持基、稿者注）所持絵也。
四年正月二十九日　禁裏有勅書五節絵返進。

とあり、永享三年（一四三一）の時点で三巻の『承安五節絵』が存在したことを記している。二条持基所持のものであり、貞成親王は翌年正月に返却している。

これ以後では、藤貞幹『好古小録』（寛政六〔一七九四〕）上巻四十には

承安五節圖屏風模写　元畫巻
光長所写ノ畫巻ヲ以光信屏風一坐ニ寫シテ畫巻ハ傳ハラズ今ノ畫巻ハ御厨子所預宗直朝臣屏風ノ模本ヲ以畫巻トナス者也

と伝えられている。御厨子所預宗直朝臣とは高橋宗直（紀宗直）（一七〇三〜八五）のことで有職故実の学者。その著書『清紫図考』（静嘉堂文庫蔵、明和八年広橋在家写）、『旧内裏殿舎考』（静嘉堂文庫蔵・宝暦十一年写を文化七年転写）、『清紫両殿考』（国会図書館蔵）は、前二書が紫宸殿・清涼殿の順、後書が逆の順ではあるが、同一のもの。これには清涼殿図の考証資料として『承安五節図』の清涼殿部分が写し取られている。宗直は平安内裏の考証資料として『承安五節図屏風』を模写し、絵巻の体裁に直したのであろう。

藤貞幹（一七三二〜九七）は有職故実を高橋宗直に学び、裏松固禅（一七三六〜一八〇四）と親交があったとされる。虚言癖があったとされるが、宗直『清紫両殿考』の存在からしても、前掲『好古小録』の記事は信憑性を帯びている。静嘉堂文庫に『殿舎集説』『宮殿集説』『七種図考』の自筆稿本が存在するが、それらの中に『承安五節図』の引用はなく、『殿舎考』（『無仏斎随筆』とも題す）にのみ、例えば、弘徽殿、西廂、細殿、屋垣の項に『承安五節図』と見える。これは、『殿舎集説』『宮殿集説』等の執筆中には『承安五節図』の存在を知らず、『殿舎考』に至って資料として用い始めたと考えられよう。恐らくは宗直著『清紫両殿考』を閲覧するにいたったのであろう。

裏松固禅の『大内裏図考證』は『承安五節図』を詳細に資料として採用しているが、その全段階として『清涼殿図考證』（静嘉堂文庫蔵・寛政元年六月大江俊矩写）、『入道固禅注進　勘物』（上・下二帖、静嘉堂文庫蔵、寛政二年冬十月大江俊矩写）にも『承安五節図』を資料として採用している。これらは宗直『清紫両殿考』の影響を受け、貞幹の教示も受けているのであろう。天明八年（一七八八）の内裏炎上、再建にあたって、固禅の建言により寛政二年に平安末期の内裏様式が再現されたという。江戸時代十八世紀後期に内裏再建という国家事業に、『承安五節図』は資料として再浮上してきたといってよい。

四　復古大和絵派の模写

『承安五節絵』が注目される時期が幕末の頃にもう一度訪れる。『承安五節絵』模本の模写者に注目してみると、

①国会図書館蔵本―浮田可為（一七九五〜一八五九）。京都。画院寄人

②東京国立博物館蔵本―狩野養信（一七九六〜一八四六）。江戸。木挽町家。

⑬東京芸大芸術資料館蔵本―冷泉為恭（一八二三〜六四）京都。蔵人所衆（画所寄人）

彼らは幕末に古絵巻の模写に励んだ人たちであった。安政の大獄で連座した浮田可為（一蕙）は復古大和絵の提唱者田中訥言（一七六七〜一八二三）の弟子。訥言は土佐光貞の門人となり、寛政二年の内裏造営にも絵師として参加している。古画、古絵巻を模写することにより大和絵の手法を習得し発展させた。それを引き継いだのが浮田。冷泉為恭も浮田と同様に復古大和絵派の早熟な画家で、天保十二年浮田らと『春日権現験記絵巻』の模写を、天保十四年には狩野養信から『公事十二月絵巻』（口絵1、4参照）制作を以来されている。安政度造営御所の障壁画一部も担当。一方、江戸の養信（晴川院）は狩野派の一派、木挽町家当主で江戸城障壁画下絵を作成した幕府御用画家。復古大和絵派と同時期に彼も徹底して古絵巻の模写に励んだという。その古絵巻の中に『承安五節絵』が存在したのである。狩野養信の模写したものは、住吉内記模本。桃園文庫本・小堀氏旧蔵本もこの系統のものであろう。一方、京都で模写されたものは、住吉内記模本にない雲や松や柳が描かれている。

東京国立博物館特別展「やまと絵—雅の系譜」（一九九三年）では、住吉如慶・具慶、田中訥言、浮田一蕙、冷泉為恭らの絵画を一堂に集めており、感慨深いものがあった。とくに冷泉為恭の『枕草子・紫式部日記図』は古典文学に対する深い造詣を伺わせた。古絵巻の模写による正確な知識が息づいていた。

五　おわりに

『承安五節絵』は寛政内裏造営の折に平安内裏の様式を示すものとして注目された。国文学においても、平安内裏の実態を知ることは必要なことである。国文学の方面では、『枕草子』の研究の立場から二、三の言及が見られる。最も早い例では金子元臣『枕草子評釈』（合本改訂版、大正14・9）「うちの局は、細殿、いみじうをかし。…」の章段に細殿前の図として『承安五節絵巻』の写真が一部掲載されている。②東博本と思われるが明記されていない。萩谷朴「枕草子解釈の諸問題（八）」（『国文学』昭34・5。後『枕草子解釈の諸問題』〈新典社、平3・5〉所収）の「細殿他」では『枕草子』中の細殿についての記述を詳細に検討し、平安中期の内裏細殿の実態に迫る。その補注に芸大本⑬についての言及がある。また、石田穣二「細殿について」（『文学論藻』46号、昭46・6。後『源氏物語攷その他』〈笠間書院、平元・7〉所収）にも言及があり、前掲の鈴木敬三『初期絵巻物の風俗史的研究』所載の(4)とおぼしき写真の『承安五節絵』を参照したと明記されている。

今後、この『承安五節絵』は『源氏物語』や『枕草子』を読む上で貴重な資料として、大いに活用されることになろう。

【補記】

本稿を成すに当たって静嘉堂文庫・国会図書館の蔵書を大いに活用させていただいた。貴重な蔵書を快く閲覧させて頂いたこと、記して深く謝意を表したい。

【諸本存在章段一覧】

注(1)１・２・３・…は詞書を、(1)・(2)・(3)・…は絵を示す。

注(2)』は一軸めの終りを、『は二軸めの初めを示す。

注(3)□は絵自体は存在するが位置が最後部にくることを示す。

注(4)△は部分しか存在しないこと示す。

＊⑳東博丙は錯簡あり。

＊⑲東博乙は、A系統とC系統との混態的形態を有する。

＊㉑東北は、袋綴装で本文はC系統。

その他		C											B				A						
㉑東北	⑲東博乙	㉗徳江	㉕綺羅	㉓京文乙	⑳東博丙	⑰国華	⑯国寿	⑮某氏	⑥本居	⑤早甲	④京文甲	③学習院	⑬芸大	⑫金乙	⑪金甲	①国浮	㉘高野	㉔早乙	㉒京図	⑱小堀	⑭桃園	②東博甲	
○	○	○	○	○	○	○	○	○	○	×	○	○	×	×	×	○	○	○	○	○	○	○	1
○	○	○	○	○	○	○	○	○	×	×	○	○	×	×	×	○	○	○	○	○	○	○	(1)
○	○	○	○	○	○	○	○	○	○	×	○	○	×	×	×	○	○	○	○	○	○	○	2
○	○	○	○	○	○	○	○	○	×	×	○	○	×	×	×	○	○	○	○	○	○	○	(2)
○	○	○	○	○	○	○	○	○	○	×	○	○	×	×	×	○	○	○	○	○	○	○	3
○	○	○	○	○	○	○	○	○	×	×	○	○	×	×	×	×	○	○	○	○	○	○	(3)
○	○	○	○	○	○	○	○	○	○	×	○	○	○	×	×	×	○	○	○	○	○	○	4
○	○	○』	○	○』	○	□』	○	○』	×	×『	○	○』	○	×	×	×	○	○	○	○	○	○	(4)
○	○	○	○	○	○	○	○	○	○	○	○	○	○	×	×	×	○	○	○	○	○	○	5
○	○	○	○	○	○	○	○	○	×	○	○	○	○	×	×	×	○	○	○	○	○	○	(5)
×	○	×	×	×	×	×	×	×	×	×	×	×	×	×	×	×	○	○	○	○	○	○	6
○	○	○	○	○	○	○	○	○	×	○	○	○	○	×	×	×	○	○	○	○	○	○	(6)
○	○	○	○	○	○	○	○	○	○	○	○	○	○	×	×	×	○	○	○	○	○	○	7
○	○	○	○	○	○	○	○	○	×	○	○	○	○	×	×	×	○	○	○	○	○	○	(7)
○	○	○	○	○	○	○	○	○	○	○	○	○	×	△	△	×	○	○	○	○	○	○	8
○	○	○	○	○	○	○	○	○	×	○	○	○	×	○	○	×	○	○	○	○	○	○	(8)
○	○	○	○	○	○	○	○	○	○	○	○	○	×	○	○	×	○	○	○	○	○	○	9
○	○	○	○	○	○	○	○	○	×	○	○	○	×	○	○	×	○	○	○	○	○	○	(9)

【奥書一覧】

（A）住吉内記模本系統

②〔東博甲〕右屏風一双分

文化十四丁丑十一月二十三日

以板谷家秘本模之　養(9)

⑭〔桃　園〕右屏風一双分也　他見無用

禁裏御道具

五節渕酔之御屏風

右京大夫信実朝臣筆

右絵本者如慶法眼写也

住吉内記(10)

㉒〔京　図〕右屏風一双分也　他見無用

禁裏御道具

五節渕酔之御屏風

右京大夫信実朝臣筆

右絵本者如慶法眼写也

住吉内記

㉔〔早大乙〕※〔桃園〕〔京図〕ト同ジ奥書アリ　※※巻末に朱書で識語

※※右五《イニ》節淵酔図者日根野高栄所蔵屏風之画也因伊勢貞丈借之使長谷川重喬写之以為巻

軸蔵余文庫今按承安元年辛卯六条院御宇時也至于安永五年丙申凡六百有六年于時

安永五年丙申猛夏下幹多賀中原常改識

㉘〔高　野〕　右屏風一双分也　他見無用

禁裏御道具

五節渕酔之御屏風

右京大夫信実朝臣筆

右絵本者如慶法眼写也

住吉内記

此の絵巻は住吉内記弘貫が写けるもので原本のなき今日

貴重な写しと云ふ　中川忠順氏

高野辰之博士旧蔵本

（B）色紙型詞書系統

①〔国　浮〕ナシ

⑪〔金　甲〕ナシ

⑫〔金　乙〕ナシ

⑬〔芸　大〕ナシ

（C）宗直模本転写本系統（左下がり乱れ書）

③〔学習院〕ナシ

④〔京文甲〕　豊明朝會肇於

天武天皇芳野行宮因循到于今也此巻
高倉天皇承安元年五節舞妓之図也当時
皇綱稍弛平氏恣権朝儀雖不如延天之
古礼文猶備焉去今六百余年展之則一時
衣冠文物之盛祭然可観矣《?》此図若州刺史
紀宗直之所蔵借観之序密写一本以備考古
宝暦甲申夏江世恭識

※この識語、〔東博乙・京文甲・某氏〕本にもあり。

⑤〔早大甲〕ナシ

⑥〔本　居〕右ニそふ絵図仮うつしの大みの紙廿二枚程にて明義門
右青瑮門神仙門朔平門を通る所門にそれ〳〵額あり
渕酔の所かたぬきの躰あり又出しぬき出しかけて
かゝけゆく方〳〵もあり
纓を手に持肩にかけて口に覆ふも有是ハ御前近く覆口
之事とそ上代の纓に和らかにて付根細し冠ハ皆細き形也
右
御所御屛風ニ極彩色ありと云又土佐家にも有といふ
寛政壬子春以伊与松山士金子氏之本写畢大平

⑮〔某　氏〕朱書で「付異本巻尾」とあり、墨書で〔京〕奥書と同文。さらに以下のような文が見える。
抄写異本ハ尾州依勝当公御収蔵写畢
小書付アリ此ニ書写
承安五節図右ハ表御道具の御屛風ニ有之平川徳寿画にて
古土佐筆写也　右之図を先年栄秋ニ御写し候付御是物
二軸となる今又栄寿是を写さしめて合て一軸となす
もの也　　天明元年壬五月

⑯〔国　寿〕文政十三年六月中旬写之　従五位下行右衛門権大尉兼出雲守藤原寿栄

⑰〔国　浮〕ナシ

⑳〔東博丙〕ナシ

㉓〔京文乙〕ナシ

㉕〔綺　羅〕ナシ

㉗〔徳　江〕《上巻》

右承安五節上巻終

文化九年春

香蓮院宥如写之

文久二年壬戌年秋

元本の意を失はむ事お

いとふて其儘に摸おく

者也

張府産

寺田秋〔方朱印〕

《下巻》

右承安五節下巻終

文化九年春

香蓮院宥如写之

文久二年壬戌年秋

元本の意を失はむ事お

いとふて其儘に摸おく

者也

張府産

寺田秋〔方朱印〕

（D）その他

⑲〔東博乙〕承安五節絵詞　古土佐筆

文化七年九月日　養信十五歳写之

㉑〔東　北〕この五節の絵巻は古代のものなりさる人より

かり得て写したる也古書ともに合わせみるに

この渕酔に魚袋を付たる所あり魚袋

の事〔古書〕にあまたくはしくあり納言以上

全魚袋参議以下限魚袋なり石帯

一二の間につくる其かたちこゝに図を

あらはせせり（ママ）

彦麻呂

注

（1）東博本については、既に源豊宗氏「承安五節絵について」（『人文論究』12—4、昭37・3。後『大和絵の研究』〔角川書店、昭51・12〕所収）において翻刻がなされている。筆者が調査しえた諸本の中でもっとも完備した本文をもつものは、この東博本と桃園文庫、東北大学・高野辰之旧蔵本であり（前掲【諸本存在章段一覧】参照）、また、諸事情から、あえてこの東博本を底本とし、源氏の翻刻も参照させていただいた。

なお、『国書総目録』によれば、東京国立博物館（以下東博と略称）に『承安五節絵』は、『承安五節絵』一軸　類—絵巻　成—承安元　写—東博（狩野養信模写）（「承安元年五節絵」、模写）

と二本あることが知られ、これとは別に

『五節渕酔図』一軸　類—絵画　著—藤原隆信、写—東博（狩野晴川模写）

というものが存在するという。この『五節渕酔図』が『承安五節絵』と同じ物なのか、東博に問い合わせたところ、ご好意により閲覧を許された。その結果、東博には『承安五節絵』模本が、後述する如く、三本存在することが判明した。東博の整理によれば、

Ⅰ『五節渕酔図』A一五七六（＝①）

Ⅱ『承安五節絵』A六八六〇（＝⑲）

Ⅲ『承安元年五節絵』A九三〇五（＝⑳）

の三本である。

ⅠはAで底本に用いた狩野養信(晴川院)文化十四年模写本。今回の再調査で整理番号を訂正すべきことがわかった。正しくは「A一五七六」である。これは『国書総目録』に「五節渕酔図　写—東博（狩野晴川模写）」とあるもの。箱書に『承安五節絵詞』壱巻、小口に『五節渕酔』とある。狩野養信（晴川院）は、文化十四年二十一歳の時にこの模写をしている。

Ⅱは、同じく狩野養信（晴川院）の文化七年模写本である。養信（おさのぶ）は文化七年、十五歳の時にも模写している。『国書総目録』の『承安五節絵』の写の項に、「東博（狩野養信模写）」とあるのは、これを指すと思われる。外題は「承安五節絵詞」とあり、奥書に、承安五節絵詞　古土佐筆

文化七年九月日　養信十五歳写之

とある。

Ⅲは、『国書総目録』の『承安五節絵』の写の項に「（「承安元年五節絵」、模写）」と掲出されるものを指すと思われる。模写者は定かでなく、一部に錯簡があり、順序が入れ代わっているが、明らかに『承安五節絵』と認定できる。これには「昌平坂学問所」の印が確認でき、昌平坂学問所旧蔵本であったことがわかる。一軸、彩色。外題は『承安元年五節図』となっている。奥書は無い。

（2）源豊宗氏前掲論文に次のような奥書が紹介されている。

注3（イ）穂久邇文庫本奥書

五節図一巻元来二巻　以或秘本書写功終可令秘蔵物也合為一巻寛延二季十一月九日　左近衛中将藤
（花押）

なお右の奥書のうしろに、別に紙を継ぎ足して、前の奥書と同筆で次の如く記されている。

五節図者滋野井中将秘蔵者也　新写書虫鹿三河守　小槻為秀

源氏によれば、この「左近衛中将藤」は藤原基望と推定されている。当時彼は豊明節会に毎年外弁をつとめていたという。

（3）早く、萩谷朴氏「枕草子解釈の諸問題（八）」（『国文学』昭34・5。後『枕草子解釈の諸問題』〔新典社、平3・5〕所収）の「細殿他」の補注で芸大本の存在に言及している。他に、鈴木敬三氏『初期絵巻物の風俗史的研究』（吉川弘文館、昭35・4）第二章第三項に強装束の例として『承安五節絵』が引用され、東京芸術大学所蔵為恭模本の存在を伝え、後に「承安五節絵考」（『国学院大学大学院紀要』第6巻、昭50・3）においても再度芸大本にもふれている。後者には小堀氏旧蔵住吉内記模本の翻刻が掲載されている。現所在は不明。

（4）桃園文庫本の存在は、武井和人より教示を得た。

（5）『国書総目録』に、

五節舞姫　一冊　類―有職故実　写―東北大狩野（斎藤彦麿写）

とあるものは、現在、東北大学図書館所蔵で、狩野文庫本（狩野享吉氏旧蔵本）。

Ⅳ『五節舞姫』「置別／伊5／417」

奥書に

この五節の絵巻は古代のものなりさる人より／かり得て写したる也古書ともに合わせみるに／この渕酔に魚袋を付たる所あり魚袋／の事〔古書〕にあまたくはしくあり納言以上／全魚袋参議以下限魚袋なり石帯／一二の間につくる其かたちこゝに図を／あらはせせり／彦麻呂」

とあり、模写者は斎藤彦麻呂（明和五〔一七六八〕～嘉永七〔一八五四〕）で魚袋に興味をもった上での模写と思われ、この奥書のうしろに魚袋の拡大図が記されている。斎藤彦麻呂は伊勢貞丈、本居宣長らに教えを受けた人物。内容は、『承安五節絵』と認定できる。絵巻ではなく、冊子の形態になっている。彩色。

（6）『国書総目録』に

五節渕酔之屏風絵　一軸　類―絵画　京大・猪熊

とあるものの内、京大本は、実見、調査の結果、『承安五節絵』と認定できる。京都大学付属図書館所蔵で、請求番号「貴重書5―17／コ／1、登録番号173789」。桐箱は新しく、題簽は「五節渕酔之屏風絵」。彩色が施され、詞書は字配りまで東博本①に同じ。奥書は

右屏風一双分也　他見無用

禁裏御道具

五節渕酔之御屏風

右京大夫信実朝臣筆

右絵本者如慶法眼写也　住吉内記

とある。東博本①と同様、住吉内記模本である。

(7)『国書総目録』に、

五節会絵巻　二軸　類―絵巻　著―住吉具慶画　写―学習院・京大

とあるものが『承安五節絵』と認定できるかどうか、学習院本と京都大学本を実見した。

まず、学習院図書館に問い合わせたところ、『国書総目録』にある『五節会絵巻』というものはなく、『御節会貳巻』と思われるとのこと。閲覧を許され、実見した結果、袋に二軸入っており、外題に「他見無用　法眼具慶筆／御節会　貳巻／住吉内記」とあるが、先に紹介した学習院図書館蔵『承安五節図』〔七三〇・七二〕とは別物、内容も『承安五節絵』とは全く異なる。京都大学の方は文学部図書室に所蔵されており、先に掲出した『承安五節図屏風模本』〔国文学・Vo・14〕とは別物である。

これは

『五節会絵巻』〔国文学・Vo・13〕二軸

とあり、上巻は38・6㎝、下巻は41・0㎝と、寸法が異なる他、紙質も各巻異なる。とりあわせ本の可能性もあろう。ただし、筆者は同一。彩色が施され、奥書は無い。内容から『承安五節絵』の高橋宗直本と覚しい。

これらから、『国書総目録』は

・御節会　二軸　類―絵巻　著―住吉具慶画　写―学習院

・五節会絵巻　二軸　類―絵巻　成立―承安元年　写―京大

と訂正されるべきである。

（8）三の丸尚蔵館本の所在は、三浦智氏の教示により知り得たものである。

（9）源豊宗氏によれば、この養は狩野養信（たけのぶ）であるとする。学恩深謝。

（10）桃園文庫本は東博本と同様に住吉内記模本系統であるが、京大本にある冒頭貼紙と文中書き込み三箇所（絵3の中・詞7の直前・詞8の直後の付考九条兼実『玉海』からの引用文）をそっくり同位置に貼紙4枚として付す。

【補注】

注（3）で触れた鈴木氏著書に小堀安雄氏所蔵と覚しき写真が掲載されるが、鈴木氏翻刻のものと同一か確証を得ない。後考に俟つ。

第三節

『承安五節絵』詞書　本文と校異

【凡例】

一、底本　東京国立博物館蔵『承安五節絵』〔A一五七六〕

一、校合本及び略号

〔高〕東北大学図書館蔵『承安五節絵』〔六五―一八二九九／巻子二九九〕※高野辰之博士旧蔵

〔桃〕東海大学附属図書館桃園文庫蔵『承安五節會』〔桃・三八・八〕

〔京〕京都大学文学部文学科図書室蔵『承安五節図屏風模本』〔国文学・Vo・一四〕

〔某〕某氏蔵『承安五節図』

〔学〕学習院大学附属図書館蔵『承安五節図』〔七三〇・七一〕

〔本〕東京大学国文学研究室本居文庫蔵『承安五節図の文章うつし』

〔国〕国会図書館蔵『画院粉本承安五節図』〔特・八三一・二九八〕

〔芸〕東京芸術大学芸術資料館蔵『承安五節絵』〔東洋画模本3662（F13―8）〕

〔早甲〕早稲田大学図書館蔵『承安五節図』〔チ四・一〇三六〕
〔早乙〕早稲田大学図書館蔵『承安五節之図』〔チ四・六三〇四〕
〔金甲〕金刀比羅宮図書館蔵『承安五節図模本』〔貴重五四〕
〔金乙〕金刀比羅宮図書館蔵『承安五節図模本』〔貴重八二〕
〔綺〕綺羅文庫蔵『豊明図式』
〔徳〕徳江元正氏蔵『承安五節』
〔寿〕国立国会図書館蔵『承安五節絵』〔亥・二〇〇〕
〔華〕国立国会図書館蔵『承安儀式』〔ぬ二・二・二一〕
※〔国〕以下は零本。〔本〕は国文学研究資料館マイクロフィルムによる調査である。

一、対応する詞と絵に通し番号を私に付した。また絵の内容を簡単に示した。
一、仮名・漢字は通行の字体に統一した。
一、改行は底本通りとした。
一、底本の虫損部分は他本を以て補い、『　』に入れて区別した。

【翻刻】

〔詞書1〕

霜月の中のうしの日五節

【校異】

のまいりなり火ともす程より
殿上人まいりつとふ蔵人頭
まいりぬれは蔵人をよひて五
節ともはまいりたるや朔平門
みせにつかはせ五節所ともたつね
につかはせなとおほすれは蔵人
みくらのことねりをよひてたつ
ねにつかはすまいりたりといへは又
滝口こなたへまはれなとおほせ

程より―ほとり〔本〕
まいりたるや―まいりたりや〔京・某・学・本・国・綺・徳・寿・華〕
なと―と〔京・某・本・綺・徳・寿・華〕
みくら―みくり〔桃〕
まいり―「い」ヲミセケチニシ「は」ト傍書〔国〕
まはれ―まいれ〔京・某・寿〕

て小庭におりたちて蔵人
二人にしそくさゝせて北の陣に
めくるに殿上人みなしたかひ
てめくるなり

〔絵1〕

紫宸殿戌亥角、明義門、無名門から清涼殿殿上の間高遣戸の南側にあつまる蔵人・殿上人たち

〔詞書2〕

北の陣にめくるみち後涼殿の
西うらをとおりて弘徽殿のほそ

北の陣に―北の陣を《イに》〔某〕、北陣に〔京・某・学・本・綺・徳・寿・華〕
めくるに―めくる〔京・某・学・本寿・華〕、めしるに〔国〕
めくるなり―かくいふなり〔国〕

北の陣―北陣〔本〕　後涼殿―清《イ後》涼殿〔某〕、後《イ清》涼殿〔華〕
ほそとの―をりとの〔桃〕

とのゝまへ登花殿のまへをとおりて
玄暉門のうら貞観殿のつまとの
みぎりに蔵人の頭はたちぬれは
殿上人朔平門にゆきむかひてをの〱
まいりする五節のしたしき人或は
かたらひたる人をこなひて殿上人
ともつきてえんだうより玄暉門
のうちにいりて宣曜殿のまへより

玄暉門―玄　門〔学・本・綺・徳・寿〕、玄輝門〔京・某・華（タダシ、華ノ「輝」ハ後筆）〕うら―うち〔高・桃・京・早乙・本・国〕

蔵人の頭はたちぬれは―蔵人頭たちゐれは〔京・某・学・本・綺・徳・寿・華〕、蔵人の頭はたちいれは〔国〕

をの〱…玄暉門の―したしき人おの〱まいりつる人おちなひて殿上人のあるひはかたらひたる〔本〕

五節の―ナシ〔京・某・学・綺・徳・寿・華〕

をこなひて―おり《と》なひて〔華〕

ともつきてえんだうより玄暉門―ナシ〔京・某・学・綺・徳・寿・華〕

宣曜殿―宣耀殿〔京・某・学・綺・徳・寿・華〕

五節所常寧殿にのほるなり五
節所のやうにしたかひて西より登
花殿のまへよりまいるこの五節は
承安元年の事なり

〔絵2〕

朔平門から玄暉門の間を五節の舞姫の行列が参入。

〔詞書3〕

五節ともまいりはてぬれは
帳台に行幸なる殿上人

にのほるなり—の前より〔京・某・学・綺・徳・寿・華〕、前より〔本〕

なる—なり〔京・綺・寿〕、なる《イり》〔某〕、なる《り》〔学〕

をの〳〵脂燭をさしてさき
にまいる御ともに関白をはし
めてしかるへき公卿まいる承
香殿をとをりて后町の廊
より常寧殿になりをはり
ぬ

さして―さしも〔国〕
へき―へく〔本〕
より―「ちかく」ヲミセケチ「よりイ」と傍書〔某〕
なりをはり―なりとはり〔国〕

〔絵3〕
清涼殿から承香殿への仮橋の上の行列。中央呉竹の露台の蔭に帝、その後に公卿たち。

〔詞書4〕

そのゝち帳台に舞
ひめともまいりぬるほとに
殿上人后町の廊にて
みたれ舞なりひんさゝ
らまんさいらくなといとかし
かましちやうたいのこゝろみ
はてぬれは主上かへらせ
たまふ行幸のみち
さきにおなし

ひんさゝらまんさいらく―ひむさくらにてさいらく〔本〕
なと―ナシ〔京・某・学・本・綺・徳・寿・華〕
かしかまし―かしまし〔本〕、かた《しイ》かた〔某〕
こゝろみ―こころは〔徳〕

〔絵4〕

常寧殿から后町の廊の上で脂燭をもつ殿上人たち

〔詞書5〕

とらの日は殿上の『渕』此所破失

酔なりなをしいた『し』

あこめむまの時より殿

上人まいりつとひて渕

酔はしまる

『　』―渕〔京・学・早甲・本・寿・華〕、『ハケタリ渕カ』〔芸〕

『し』―ナシ〔芸〕

なをしいた『　』あこめ―なをしにいたあこめ〔京・某・学・芸・早甲・綺・徳・寿・華〕、なをしにかたりこめ〔本〕

時より―とをより〔本〕

〔絵5〕

清涼殿殿上の間に肩脱ぎ姿で集う殿上人たち

〔詞書6〕

渕酔はてぬれはかた

ぬきてわたとのまてをの〳〵

くつをはきて後涼殿のひん

かしよりあさかれゐの御前より

御湯とのゝはさまをいてゝ

弘徽殿のほそとのゝまへ登

※この段は底本AグループとDの東博乙本以外の本にナシ。〔某〕は一条兼良『公事根源』を引用する。

花殿をめくりて宣曜殿の
そり橋のにしよりのほりて
常寧殿五節所のひむかし
の壇のうへをめくる
なり

〔絵6〕
弘徽殿・登花殿の細殿の前を行く肩脱ぎ姿の殿上人の行列。細殿から御簾越しに女房たちが見物。

〔詞書7〕
かたぬきはてぬれは御前のこゝろみなり

ところ〱の渕酔推参なとにまいりて
束帯にてかへりまいりて舞ひめわらは
なとのほせつれは御前の御装束なをし
て殿上人を清涼殿の御前にめす又
さま〱舞のゝしるなり

〔絵7〕

清涼殿孫廂に集まる殿上人たち

〔詞書8〕

卯日かたぬきけふはきぬをいたさす昨日の

かへりまいりて―ナシ〔京・某・綺・寿〕

殿上人を―殿上人〔徳〕

舞―ナシ〔学・徳〕

けふ―せ《けイ》ふ〔某〕　いたさす―いたき《さイ》す〔某〕　昨日の―きのや《ふイ》の〔某〕

みちのまゝにめくりはてぬれはわらは御覧なり
清涼殿のまこひさしに関白已下大臣両三着
座そのゝちわらはをめすすゑ〳〵の殿上人承香
殿のいぬゐのすみのほとりよりうけとりて
かり橋より御前にまいるなり下仕承香
殿のすみのすのこ橋よりおりてまいる
蔵人これにつく殿上人のつく事も
あり
〔絵8〕

めす―のす〔桃〕
ほとり―はとり〔早甲〕
かり橋…すの―ナシ〔京・学本・早・綺・徳・寿・華〕御前…
すのこ橋より―ナシ〔某〕まいるなり…橋より―ナシ〔本〕
これに―座に〔京・某・学・本・早甲・綺・徳・寿・華〕

清涼殿孫廂における童御覧

〔詞書9〕

辰日けふは節會なり火ともして
のちかんたちめ殿上人束帯にてま
いる巡方の帯魚袋をつくことはし
まりて舞姫わらはなとのほりはてゝ
『のち』殿上人れいの露臺にて
みたれまふあこゐひんさゝらまんさいらく
舞はてゝつまとのもとによりて蔵人の

にて―て〔本・早甲〕
つくことはしまりて―つくと《ことイ》て《はイ》しよ（ま）りて〔某〕
はてゝ―はて〔京〕、そてゝ（「そ」ミセケチニシテ「は」）〔早甲〕
『　』―のち〔京・某・学・早甲・本・金甲・金乙・寿・華〕にて―につく〔京・某・学・早・本・寿・華〕
あこゐ―あと《こイ》ゐ〔某〕
はてゝ―はて〔本・寿〕

頭をはやすとよりすこしいてゝまふ節会
はてゝ舞姫わらはおろしつれは清涼殿の
御前に殿上人をめす昨日の夜におなし

頭を―頭〔本〕　まふ―もふ〔早甲・本・華〕　会はてゝ―くちいてゝ〔金甲・乙〕乙ハ「会はてゝか」ト傍書
わらは―ナシ〔早甲・本・華〕、わろ《らイ》は〔某〕　清涼殿の―清涼殿〔金甲・乙〕
めす―ナシ〔早甲〕　昨日―一昨日〔京・某・学・早甲・本・金甲・金乙・綺・寿・華〕

〔絵9〕

紫宸殿南面の東廂に近い設けの座で饗饌を賜わる公卿たち。賢聖障子が見える。

【補記】

閲覧・写真撮影等をお許しいただきました東京国立博物館、国会図書館をはじめ、各大学図書館の方々、格別のご好意により個人蔵を見せてくださった方に心から謝意を表します。

第四節

冷泉為恭の『年中行事図巻』と『承安五節絵』

一　はじめに

原本を失った『承安五節絵』の模写本を追跡し、現在一九本を実見調査し、報告してきたが(1)、その中で注目すべきことは、江戸の狩野養信(晴川院)、京都の復古大和絵派の浮田可為(一蕙)・冷泉為恭ら、江戸時代末期に、古画、古絵巻の模写に精力を傾け、有職故実に精通し、自身の作品に生かした絵師たちの模写本が存在することである。

冷泉為恭は古画や古絵巻を蒐集し、正確に模写し、有職故実研究を行い、我が絵に生かそうとした。彼が蒐集した古画や模写本、百数十点が、金刀比羅宮に所蔵されているが、彼の関心がどこにあったのか感知されて興味深い。その中には後白河院の院政期に成立した『年中行事絵巻』や『承安五節絵』の模写本が含まれている。為恭の絵画はこれらから多くの素材を得ていると思われる。

早熟の天才絵師冷泉為恭は、京都にあって、江戸の幕府御用絵師、木挽町の狩野晴川院からの懇望を受け、『年中行事図巻』を制作している。本論は冷泉為恭における『承安五節絵』と『年中行事図巻』との関係を指摘しようとするものである。また、『年中行事図巻』の書誌について、新たなる知見を得たので、併せて報告したい。

二　細見美術館本『年中行事図巻』と国会図書館本『公事十二カ月絵巻』

天保十四年（一八四三）、冷泉為恭は狩野晴川院の所望により『年中行事図巻』を制作した。正月から十二月までの宮廷公卿の年中行事を十二月十二図に描いた絵巻である。この絵巻は、かつて、原三渓氏の所蔵であり、明治四十五年五月には東京神田佐久間町の西東書房から、吉田光美氏の解説付きで、モノクロの複製（作品名は『公事十二月絵巻物』）が出ているが、現在は細見美術館所蔵である。箱書は「公事十二ケ月節會　菅原為恭筆」とあり、小口に「為恭／年中／行事巻」とある。奥書に、

此公事十二月之
画者依晴川院狩野
君之所望所作也
不顧拙筆甚者以
数寄懇志異于他
也。可恥〻〻
天保十四年癸卯二月五日冷泉三郎為恭

拙有莭母不至久々万々文〔つたなかるふしもいたらぬくまぐまも〕
我尓教与憐止思者〔われにおしへよあはれとおもはば〕
（本論末尾所掲【図1】参照）

とあり、別名『公事十二月絵巻』とも呼ばれる。細見美術館の登録名は『年中行事図巻』であるので、本稿では『年中行事図巻』と呼ぶことにする。『国書総目録』に、

年中行事図巻　一軸　類―絵巻　著―冷泉為恭画　成―天保一四　写―原良三郎（重美）　複―年中行事絵巻（明治四五）

とあるのはこれにあたる。

ところが、『国書総目録』に、

公事十二ケ月絵巻　一軸　類―絵巻・年中行事　著―冷泉為恭画　写―国会　複―公事十二ケ月絵巻（明治四五）

とある国会図書館所蔵の絵巻は、色も図柄も、ほとんど同一でありながら、細かな部分が微妙に異なっている。精査すると、明治四十五年の複製は細見美術館蔵本であり、国会本ではない。奥書も細見美術館本と字体、内容ともにそっくりなのだが、署名の最後の「為恭」の部分が双鉤（籠字）になっている（本論末尾所掲【図2】参照）。このことから国会図書館本は『年中行事図巻』の模写本と考えられる。細見本は縦三七・八センチ。一月部分と十二月部分の右上に晴川院自筆の注文が書きつけられている。国会本はその部分も含めて写し取り、縦三八・五センチと、ほんの少し大きい。『年中行事図巻』の絵は連続しているのだが、国会図書館本は、絵と絵の間に七センチ〜十三・二センチほどの間隔がある。細かくつきあわせてみると、雲のかたちが違っていたり、九月の重用の節句を

描く場面では、菊の花の色が違ったり、数が違ったりしている。最も大きな違いは十月と十一月が入れ代わっていることである。これは明らかに国会図書館本の錯簡である。

三　『承安五節絵』と『年中行事図巻』の十一月絵

細見美術館蔵『年中行事図巻』の十一月の絵は、五節の舞姫の行事の中で、初日の丑の日の夜に行われる、帳台の試みの常寧殿行幸の場面が描かれている。（本論末尾所掲【図3】参照）

『承安五節絵』によれば、五節の舞姫の行事は、十一月の中の丑の日から寅、卯、辰の日までの四日間で行われる。

丑の日　五節参入、帳台の試み（常寧殿で五節の舞を帝がご覧になる）

寅の日　殿上の淵酔、かたぬぎ、御前の試み（清涼殿で五節の舞を帝がご覧になる）

卯の日　新嘗会、童御覧（清涼殿で舞姫の付き人の童女と下仕えを帝がご覧になる）

辰の日　豊明の節会　五節の舞

『承安五節絵』が描くのは承安元年（一一七一）、高倉天皇の元服した年の五節の行事。高倉天皇は後白河院と建春門院（平時子の妹、平滋子）の子。後白河院の院政期で、後白河院在位中の保元二年（一一五七）に再建された内裏を舞台に、年中行事が華々しく復活していた。その記録が『年中行事絵巻』であり、『承安五節絵』であったのだ。

東京芸術大学美術館に冷泉為恭自筆の『承安五節絵』模本（断簡）がある。金刀比羅宮にも冷泉為恭旧蔵の『承安五節絵』の模本（共に断簡）が二本存在する。為恭はあきらかに『承安五節絵』を見、また、模写もしている。冷泉為恭は古式に則った平安宮内裏における五節舞の行事を『承安五節絵』から学ぼうとしたのであろう。その『承安五節絵』と、天保十四年（一八四三）冷泉為恭筆『年中行事図巻』の十一月の絵にはあきらかに関連があると思われ、為恭が『承安五節絵』を『年中行事図巻』制作に生かしていると思われるのである。

その『承安五節絵』は九つの詞書と九つの絵からなる(2)。

詞書1　「霜月の中のうしの日五節のまいりなり…」
絵1　清涼殿殿上の間の南側、五節参入に備える蔵人や殿上人たち
詞書2　「北の陣にめぐる…」
絵2　五節参入
詞書3　「五節どもまいりはてぬれば帳台に行幸なる…」
○絵3　清涼殿から承香殿に設けた仮橋を帝が五節所の帳台に向かわれる。
詞書4　「其後帳台に舞姫もまいり…主上かへらせたまふ。…」
○絵4　常寧殿の前、后町の廊に紙燭をもつ殿上人たちが帝のお帰りを待つ。
――芸大・為本――
詞書5　「寅の日は殿上の渕酔也…」
絵5　清涼殿殿上の間の宴会。皆かたぬぎ姿。
詞書6　「渕酔はてぬれば…」
絵6　弘徽殿の細殿、登華殿の前、かたぬぎの殿上人たちの行列。
詞書7　「かたぬぎはてぬれば、御前のこころみなり…」

「絵7　清涼殿孫廂で舞姫を待つ束帯姿の殿上人。
詞書8「卯日かたぬぎ、けふは…わらは御覧なり…」
絵8　清涼殿孫廂、左に関白、左大臣、右大臣、中央に扇をもった童の後姿
詞書9「辰の日けふは節會なり…」
絵9　紫宸殿南面束帯姿の公卿たちが饗饌を賜る豊明の節会。

この中で絵3と4が、冷泉為恭『年中行事図巻』十一月の絵に関与していると思われる。

まず、『年中行事図巻』十一月の絵と『承安五節絵』絵4（本論末尾所掲【図4】参照）を比べてみると、ともに常寧殿前の后町の廊が描かれている。『承安五節絵』の方は紙燭を持った殿上人十人が帝のお帰りを待っている図で、階段の向こうの常寧殿の扉はまだ閉ざされたままである。『年中行事図巻』の方はこれから帝が后町の廊から常寧殿に向かわれる場面で、常寧殿の扉は開き、奥の几帳の向こうに座す四人の舞姫が描かれている。紙燭を持った直衣姿の殿上人は『年中行事図巻』では二人だが、紙燭の煙をよけて、冠の纓（えい）で口をふさいでいる姿は『承安五節絵』の殿上人たちの姿を参考にしたものであろう。

また、『年中行事図巻』十一月の絵は、后町の廊の右方、承香殿寄りに紙燭をかざす二人の殿上人、柱の陰で御顔のみえない帝、その左に公卿が一人という構図だが、これは、『承安五節絵』の絵3（本論末尾所掲【図5】参照）の構図ときわめて近い。『承安五節絵』の方は清涼殿から承香殿に設けた仮橋をわたる場面で、右に紙燭を持った殿上人二人、呉竹に隠れて御顔の見えない帝、あとに続く関白、左大臣、右大臣ら五人の公卿が描かれる。『年中行事図巻』はこの絵をもとに、場面を后町の廊に移し、紙燭を持つ殿上人二人、帝の顔は呉竹ではなく柱で隠し、その後ろに続く一人だけを書き入れたと考えられる。帝の左にいる公卿の立ち姿は『承安五節絵』に描かれた松殿

（藤原基房）に近似している。

写真の絵4は東京芸術大学蔵冷泉為恭自筆の『承安五節絵』の模写本。詞書4から絵7までの断簡であり、詞書6は欠けている。為恭旧蔵の金刀比羅宮本『承安五節絵』は二本とも詞書8から絵9までの断簡(3)。為恭のものは詞書1から絵3までは存在しない。絵4については、自筆が存在しているので、両者の関係は明らかであろう。

絵3の為恭模写は見つかっていない。だが、京都で為恭と親交があり、天保十二年（一八四一）に『春日権現験記絵巻』を一緒に模写した浮田可為の『承安五節絵』模写本が国会図書館に存在する。『画院粉本承安五節図』とある一軸は詞書1から絵3までの断簡。白描、一部彩色で、為恭模本と同系統のものと思われる。「画院」とは宮廷絵所のことであろう。京都市立芸術大学蔵土佐家粉本画帖に捺された朱文六角印「画院」は土佐光清（一八〇五〜一八六二）のものであるという(4)。あるいは、土佐光起が再興して以来、宮廷絵所預を継承してきた土佐家の粉本とも考えられよう。土佐光清は安政度内裏造営の障屏画の制作に携わった中心的な絵師であるが、この時、浮田一蕙、岡田（冷泉）為恭も参加している。為恭周辺の事情から推察しても、絵3を実見している可能性は高いと考えられる。

写真の【図3】は東京国立博物館蔵、狩野養信の文化十四年（一八一七）模写の『承安五節絵』である。東京国立博物館には『年中行事図巻』の依頼者である狩野晴川院（養信）の模写本が二本存在する。一本は文化七年（一八一〇）、十五歳の時、古土佐筆のものを模写、これは彩色である。もう一本は、文化十四年二十一歳の時、住吉内記本を模写したもの。白描、一部彩色。依頼者の方がすでに『承安五節絵』を二度も模写していたことになる。だが、文化十四年模写東博本と為恭自筆本を比べると、色紙型の詞書という点は同じで、白描も同じながら、一部彩色の部分が異なる。また、為恭本は詞書5と絵5の間に松が描かれ、詞書6を欠く代わりに柳が描かれているが、文化十四年模写東博本は詞書6が存在し、松や柳は描かれていない。文化七年模写東博本は松や柳が描かれているが、彩色で詞書が色紙型ではなく、乱れ書き。このように為恭模写本と晴川院模写本は直接関係にないと考えられる。

東京芸術大学蔵冷泉為恭模写本の巻頭には、

官庫御本秘
承安元年五節之絵及節会　　御子左秘蔵本也
為恭寫之

と、かなり拙い文字で、官庫の秘本の写しである御子左家秘蔵本を写したと自著がある。『年中行事図巻』の成立は天保十四（一八四三）年、為恭が二一歳の時で、松村政雄氏編「為恭落款年譜」（『國華』八四四・昭37・7）の分類によれば、第一期（文政六年から嘉永元年）にあたる。『承安五節絵』の模写はそれ以前に行われたはずである。天保十二年十九歳の時の「光格天皇策命使絵巻」には「御子左藤原朝臣為恭謹作之」の落款がある。金刀比羅宮編『冷泉為恭とその周辺』（平成16）の解説、伊藤大輔氏によれば、金刀比羅宮蔵乙本は、天保十年、十七歳の時模写した『中殿御会図』と比べ、「繊弱なところがある」とされる。『承安五節絵』の模写は十七歳より若い頃であったと推定できよう。また、狩野永泰の三男である為恭が御子左、冷泉を名乗る理由もこのあたりから探れるか。

四　おわりに

冷泉為恭は年中行事の画をいくつも残している。

『国華』64—4（昭30・4）に楢崎宗重氏によって紹介された品川忠蔵氏所蔵の『年中行事図』は、十二枚の色紙に年中行事十二ケ月を描く。色紙裏に為恭自筆で正月から十二月までの絵の内容が書かれ、十一月は「新嘗祭中和院行幸のところ」とあり、中和院の外で仕候する小忌衣姿の二人を描く。

また、サンリツ服部美術館所蔵の『為恭画帖』（箱書は『公事十二月節會』）は、月毎の年中行事を、為恭の絵（表十二枚の色紙）と十二人の和歌（裏十二枚の色紙）で描いた画帖になっているが、品川氏蔵『年中行事図』ときわめて近い素材を、微妙に変化を加えて描いている。十一月は同様に新嘗祭の中和院行幸の場面である。

このように見てくると、『年中行事図巻』の十一月の特異性が浮かび上がってくる。なぜ常寧殿行幸の図なのか。最後にその点に言及したい。

『年中行事図巻』は正月と十二月の絵の右上に晴川院自筆の書付を持つ(5)。

〔正月〕元旦　腹赤之奏　国栖哥笛　奏する図　巻物ニも可成　御含ニ而可然　古躰ニ奉頼候

〔十二月〕追儺　方相氏　子之図　桃之弓　芦之矢にて　射ル所　可然様　何れも　古躰猶更　宜敷候

晴川院は為恭に対し、正月と十二月に図様において細かな注文をし、「古躰」であることを求めている。これから推して、各月についても注文があった可能性がある。十一月に五節の行事の絵画化を求められたとしたら、注文主晴川院の念頭に『承安五節絵』があり、為恭の方にも古躰としての『承安五節絵』があったと考えられよう。両者の共通の素材として『承安五節絵』は存在していたと考えてよいのではないか。冷泉為恭は晴川院の要望に応じ、十一月の行事図を、古躰に描くため、帳台の試みの常寧殿行幸の場面を『承安五節絵』模本二場面から選びとったのではないかと考える。絵3は晴川院から提供された可能性も残される。平安宮内裏の奥、帝の到着を待つ舞姫を右側に配し、后町の廊を常寧殿に向かう直衣・指貫姿の帝。他の月の絵よりも雲や霞が多い。奥深い宮中を描いために。「御鞠の時は帳台の試みに准ず」(『公事根源』)とされる所によれば、帝が指貫を着用されるのはこの時以外にないという。

注

(1) ①「『承安五節絵』詞書　本文と校異」(『研究と資料』第29輯、平5・7)
②「『承安五節絵』詞書　本文と校異　補遺」(『研究と資料』第30輯、平5・12)
③「『承安五節絵』の流伝」(東京成徳短期大学紀要』第27号、平6・3)
④「金刀比羅宮本『承安五節絵』について」(『研究と資料』第31輯、平6・7)
⑤「新資料紹介　早稲田大学図書館本『承安五節之図』」(『研究と資料』第40輯、平10・12)
⑥「『承安五節絵』の諸本—模本五種の補遺を中心に—」(『研究と資料』第41輯、平11・7)
いずれも再編の上本章再録。

(2) 注(1)の①、②。

(3) 金刀比羅宮乙本(貴書82号)は下部に小さな漢数字があり、芸大本にもあって、数が続いているので、芸大本のツレと思われ、為恭模写本ではないかと思うが、確証はない。金刀比羅宮本甲本(貴書54号)の方は乙本の写しと推察する。

(4) 松尾芳樹氏「近世土佐派の画帖と写生」(『土佐派絵画資料目録(七)』画帖(一)〔京都市立芸術大学芸術資料館刊、平9・3〕)、「花画帖」に貼り込まれた慶長一八年以前の粉本について」(『土佐派絵画資料目録(八)』画帖(二)〔京都市立芸術大学芸術資料館刊、平11・3〕)等。

(5) 『冷泉為恭』(東京国立博物館特別陳列『冷泉為恭展図録』昭53・5〜7)の図版解説31(松原茂氏)による。

【補記】

本稿は、平成11年度東京成徳短期大学より給付された特別教育研究費の成果の一部である。本稿を成すにあたり、快く資料提供いただきました細見美術館、国立国会図書館、東京芸術大学美術館、東京国立博物館、金刀比羅宮社務所、サンリツ服部美術館の方々に記して深謝申し上げる。

三の最後部加筆。

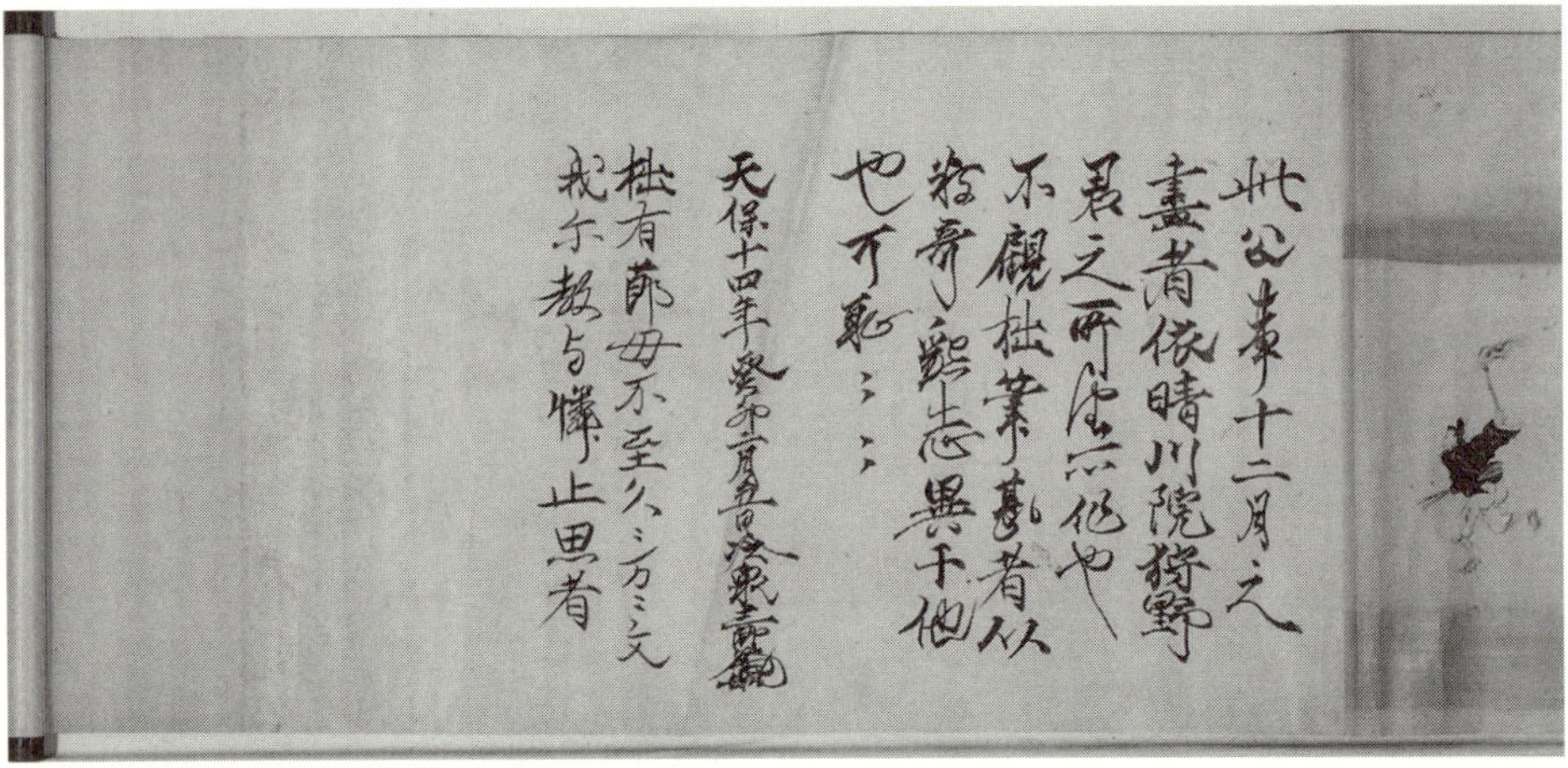

図１　細見美術館蔵『年中行事図巻』奥書

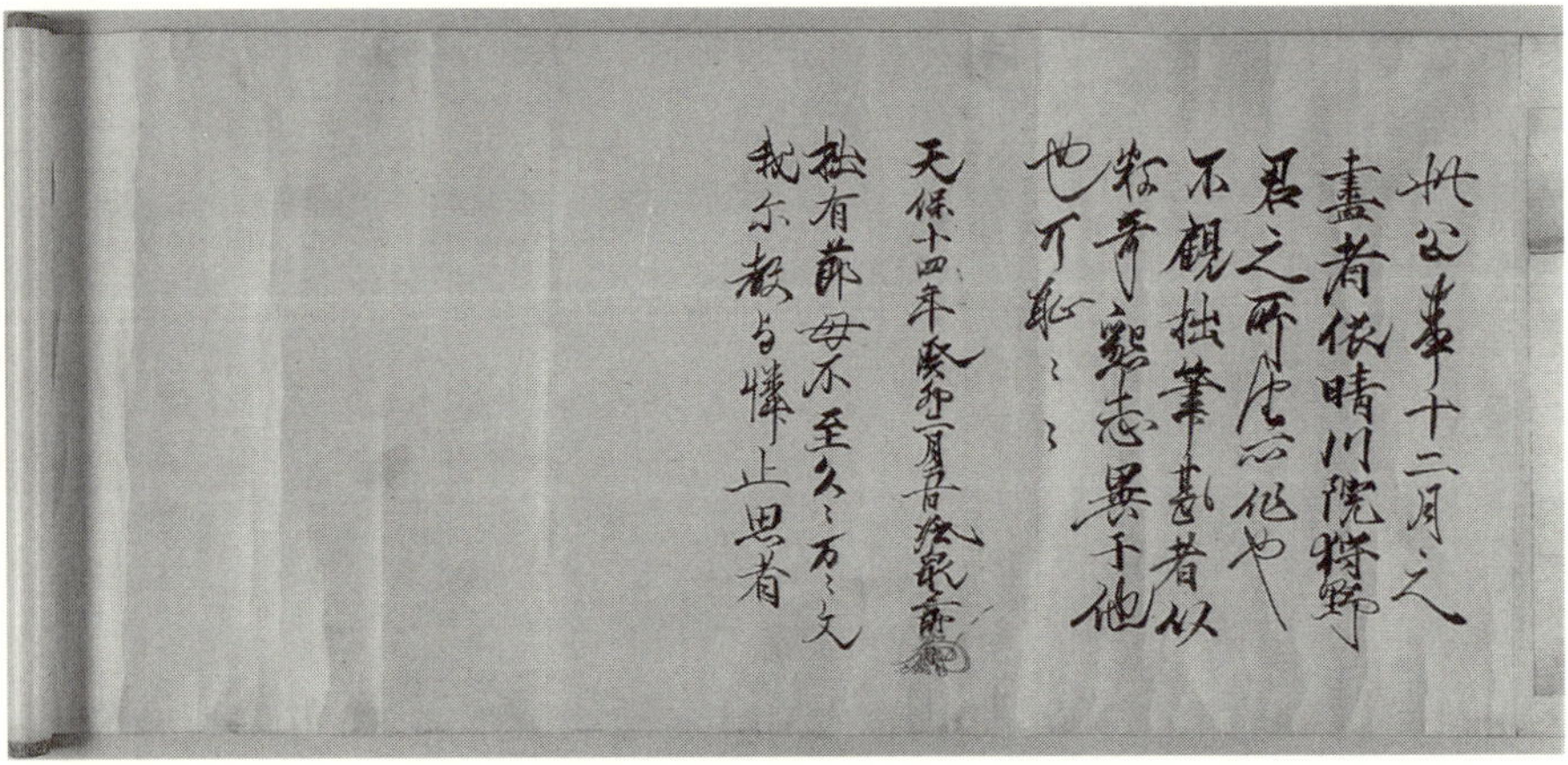

図２　国立国会図書館蔵『公事十二ヵ月絵巻』奥書

図３　『年中行事図巻』十一月絵

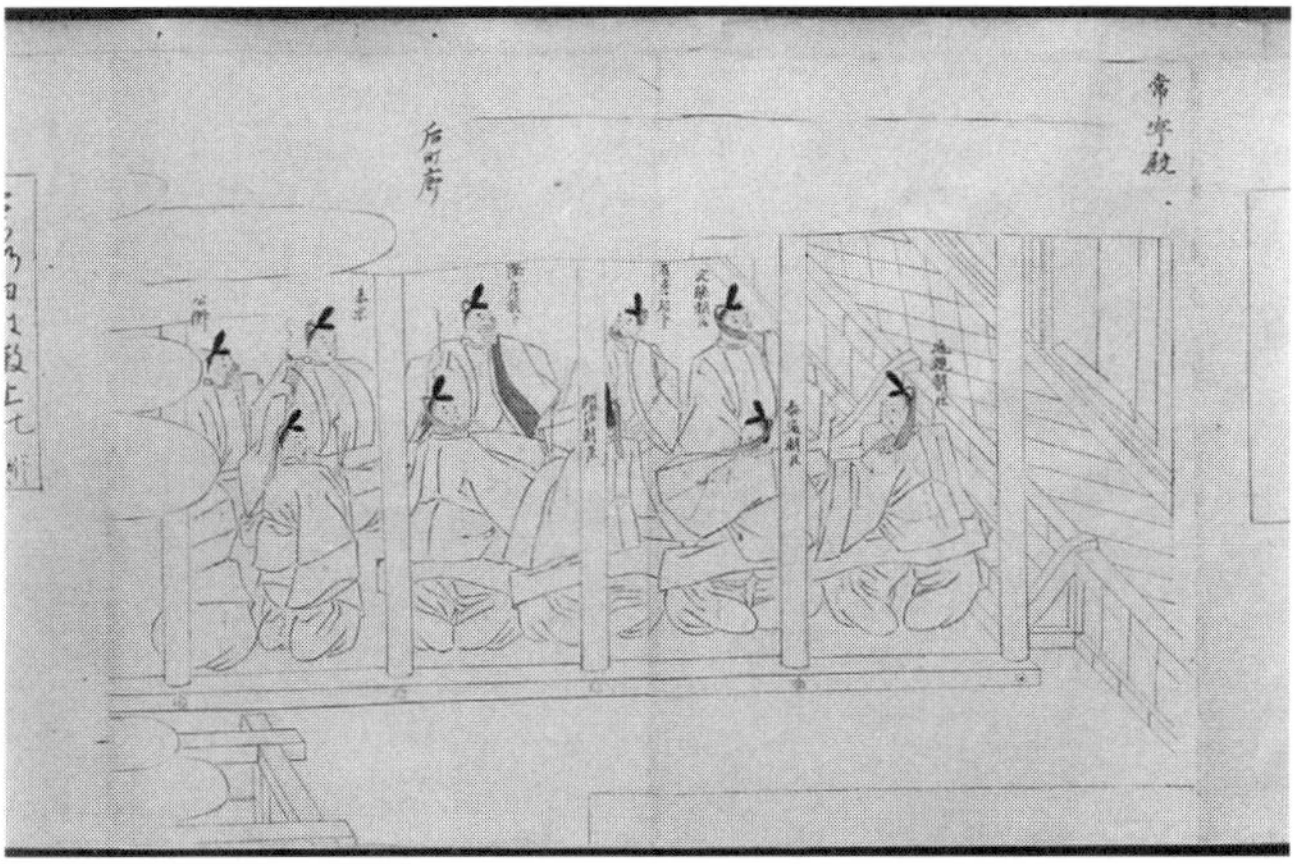

図４　東京芸術大学美術館蔵・冷泉為恭模写本『承安五節絵』絵４

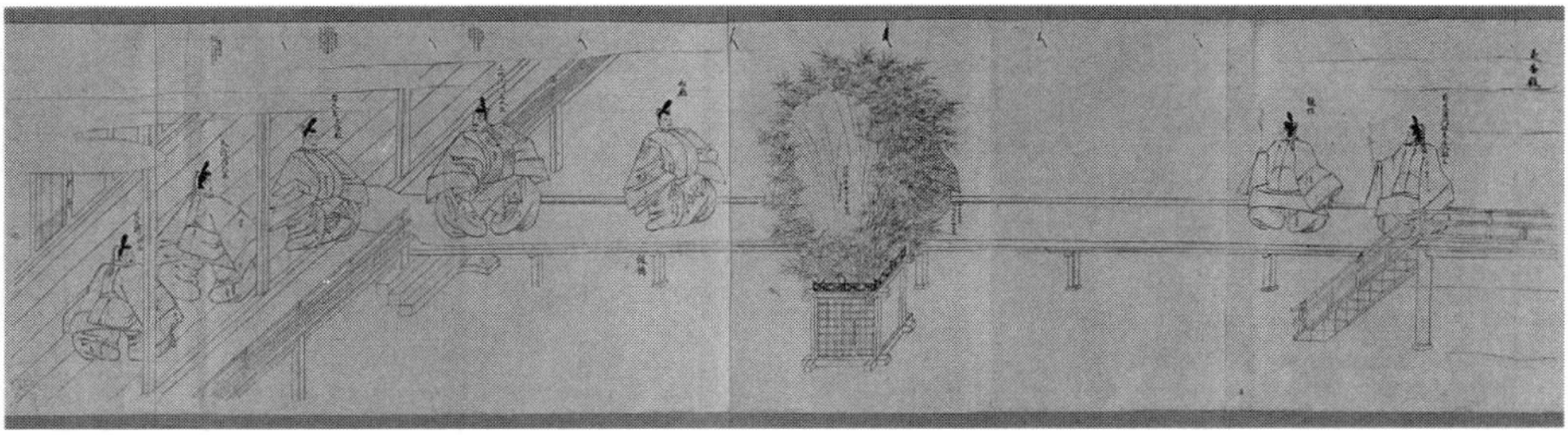

図５　東京国立博物館蔵・狩野養信文化十四年模写本『承安五節絵』絵３

第五章

『源氏物語』から『無名草子』へ

——物語世界の継承——

『源氏物語』の成立は、作り物語の文学的価値をこの上もなく高め、その影響の下に『狭衣物語』『夜の寝覚』『浜松中納言物語』など数多くの物語が誕生した。しかし、平安末から鎌倉時代にかけて、戦乱と末法思想の時代を反映し、虚構の世界を描く物語は狂言綺語の戯れとされ、紫式部が『源氏物語』を書いたが故に地獄に堕ちたとする説話が伝えられ(『宝物集』)、源氏一品経供養が行われたという。一方で『今鏡』では女の身であれだけのものを作ったのだから紫式部は「妙音観音」の化身であろうと、すりかえの評価をした。これに対し『源氏物語』の内部に立ち入り、評論という形で評価したのは、鎌倉時代初頭に成立した『無名草子』である。

『無名草子』は、仏教的な立場からは否定的に扱われる風雅の道と、その風雅の道に徹した女性を再評価しようとしている。仏教を第一の宝とする『宝物集』の型を借り、仏教を第一の宝と認めつつも「この世にとりて捨てがたきもの」として、物語と女を挙げる。「捨てがたし」は一見消極的な評価のようだが、実は強いメッセージが込められている。前半部で『源氏物語』と以後の物語の登場人物や場面を論じ、後半部では平安時代の実在女性の生き方を論じている。女性論の部分には『宝物集』『今鏡』『古本説話集』などから摂取した説話が使われている。

記録者としての老尼の登場、最勝光院に立ち寄る理由、檜皮葺邸での女房たちとの遭遇、複数の女房たちの語りなど、導入部の虚構の方法を解明することが、この作品の本質究明となる。語りの祖型は『源氏物語』雨夜の品定めにある。雨夜の品定めは男性の立場から論じられた女性論であり、様々な女性の生き方の実例として、物語が紡がれていく。蛍巻の物語論は光源氏が玉鬘を相手に論じたもの。『無名草子』は『源氏物語』の女性論や物語論の要素を継承し、新たに作り出された評論文学である。『源氏物語』の「人としていかに生きるか、いかに死んでいくか」というテーマも継承され、物語と実在の女性の生き方から学びとる、という新しい方法が見い出されている。

第一節　『無名草子』の諸本についての覚書

一　はじめに

鎌倉時代初期に成立した、平安文芸・女流評論書『無名草子』は、その内部で論じている『源氏物語』や『枕草子』のように広く一般に流布し読み継がれてきた作品、というわけではない。したがって、諸本も少なく、異同もあまり見られない。異本というほどのものもないのだが、大学古典叢書４『新註・無名草子』（勉誠社・共編、昭61・３）を刊行した際、本文は事情があって群書類従の版本から文字を起こした。頭注・校異、本文校訂のため、主要な諸本を調査した。その結果得た所見をここに述べたいと思う。

従来の諸本研究は、故冨倉徳次郎氏の詳細な読みと注釈の過程で行なわれ、『無名草子新註』（育英書院、昭12・3）、『無名草子』（岩波文庫、昭18・2）、『昭和校註無名草子』（武蔵野書院、昭26・1）、『無名草子評解』（有精堂、昭29・9）と、次第に整理されて行った。他に、久松潜一氏の『無名草子水府明徳会彰考館蔵』（笠間影印叢刊、昭48・３）の解説、山岸徳平氏の『無名草子』（角川文庫、昭48・11）の解説等で、いくらか補足されているが、冨倉氏の研究の域をそれほど出るものではない。しかし、冨倉氏の業績は、たしかに偉大ではあるけれども、今日、新たに明らかになった事実もあり、改めて考え直す必要が生じてきていると考える。

現在、『国書総目録』等によって知られる諸本は次の通りである。

(1)天理図書館蔵本（以下、略して「天理本」という）

紫影文庫本。藤井乙男旧蔵本である。美濃紙袋綴、縦二十六・六糎、横十九・七糎の写本一冊。薄墨色の表紙に、打付書に「無名物語　銘可勘知」とある。表、裏表紙を除いて九十二丁、墨付本文八十九丁。一面十行。奥書は後掲。

(2)彰考館蔵本〔和七〕（以下、略して「彰考館本」という）

小山田与清献納本である。写本一冊。縦二十七・八糎、横十九・八糎。白地に渋色を横に刷いた表紙。題簽に「建久物語　全」、内題に「建久物語」とある。墨付本文八十七丁、一面十一行。本文前半と奥書に、小山田与清の朱の書入がある。奥書は後掲。

(3)成簣堂文庫蔵本（以下、冨倉氏の書誌調査による）

縦八寸一分、横五寸七分、胡蝶装、厚紙黄表紙、一面十行、奥書共本文は百三枚。新井政毅旧蔵の書で、それを為長本によって校合したもの。本文は朱書で類従本との異同が注記してある。奥書は藤井乙男博士蔵本と全く同一であるが、本文も亦殆んど等しい。いずれかといえば、この書の本文は、藤井博士蔵本に比して類従本に近いと云い得る。徳富蘇峰旧蔵本。（『昭和校註無名草子』解説より）

蘇峰先生古稀祝賀記念刊行会編『成簣堂善本書目』（民友社、昭7）には所掲されるものの、川瀬一馬編『お茶の水図書館蔵新修成簣堂文庫善本書目』（石川文化事業財団お茶の水図書館、平４・10）によれば、所在不明の由。

(4) 群書類従本

群書類従第三百十二に収録された版本。水野為長本。後に詳述。

(5) 八洲文藻本

八洲文藻、後篇第八十一から八十三に三冊に分けて収録されている。八洲文藻には、三種類あり、宮内庁書陵部にある献上本（上表を付した一一四冊、前編二十五巻、後編八十七巻、目録二巻）、彰考館にある原本一一四冊、そして、後編のみの草稿本八十七冊が残っている。よって、八洲文藻本『無名草子』は三種類存在する。後に詳述。

(6) 無窮会神習文庫蔵本（以下、略して、「神習文庫本」という）

井上頼圀旧蔵本。写本一冊。縦二十六・六糎、横十八・二糎。黄色の横線を引いた表紙で、表に「無名草帋」の題簽がある。内題には「無名草子」とある。本文四十七丁、一面十五行。奥書はない。朱の書入れがある。その本文はほとんど群書類従本と等しく、冨倉氏の言（『昭和校註無名草子』等）の如く、群書類従（版本）を読みながら書写したものと考えられる。

(7) 六地蔵寺蔵本

未見。『六地蔵寺善本叢刊 別巻 諸草心車鈔 六地蔵寺法寶藏典籍文書目録他』（汲古書院、昭59・3）所収「六地籍文書目録」に「丙一九〇 无名册子（「天童覺和尚法語因娥山和尚談義見聞」外）室町寫 應仁二年識語 一册」と見えるものか。

以上の内、主要な本文と考えられるのは、(1)天理本、(2)彰考館本、(4)群書類従本の三本であろう。筆者が調査することができたものは、これらの他に(5)八洲文藻本の三種類と、(6)神習文庫本である。

なお、『国書総目録』に載る刈谷市立刈谷図書館蔵本『無名冊子』は、ここで扱う『無名草子』とは全く内容を異にする別作品であることがわかった。

諸本に大きな異同はないが、細かく見て行くと、

Ⓐ津守家本…………天理本・彰考館本（・成簣堂文庫本）

Ⓑ群書類従本………群書類従本・八洲文藻本・神習文庫本

の二つに大別できる。まず、同じ奥書を持つⒶ群について考えてみることにする。また、八洲文藻本を調査していてわかったことだが、群書類従、八洲文藻、彰考館本は、いずれも水戸藩の深く関わっている。このことについても論じてみたい。そして最後に各諸本の位置付けを考え直してみたいと思う。

二　天理本と彰考館本の奥書について

天理本と彰考館本の本文は、群書類従本と比して、きわめて近い関係にある。しかし、天理本にあって彰考館本にない部分、彰考館本にあって天理本にない部分が存在し、両者は互いに相補うものである。両者は転写関係にあるのではなく、その祖本が同一なのであろう。奥書も、ほぼ同文の部分を持つ。

彰考館本の奥書は、次のようである。

建武二年四月六日未時一見訖

作者不審建久比書之歟自源氏
始之色〻物語事　已下有興事
等書之藤井とのゝ萬葉今《?》ヲ
執給事有之
　　　　　　　　津守国冬判

「藤井どの」は「藤井戸どの」の誤、「判」とあり花押そのものが書かれていないことなどから、建武二年書写本の転写本であることがわかる。

これに対し、天理本の奥書は、

ⓐ建武二年四月六日未時百首（「百首」、岩波文庫は「一見了」とするが百首としか読めない）
　作者　不室《?》建久此事以
之源氏始之色《?》ゝ物語事
已下其奥書等書之藤井と殿
萬葉集哥ヲ執給事有

と、ほぼ同文であり、両書は、同一本からの転写本と考えられる。ただし、天理本に「国冬判」の記載はなく、一行空白をはさみ、次のように続いている。少々長いが、重要であるので全文を記す。

ⓑ　覺了　（「覺了」は「校了」と読むべきか）
　康永二九廿一雨中晡　（康永二年〈一三四三〉、晡…日暮の事）
物語名目注面《ママ》也」

一見訖背興事千万端
始觸眼者也
　正平廿一五卅夜於燈本　（正平二十一年〈一三六六〉）
覧了
永依三九

与写
泉式部　静円僧正許へおやのおやと思ハまし
かハとひてましわか子のこにはあらぬなりけり
此哥ハ拾遺ニハ重之祖母哥也其古哥
とハ詠遺候」
又相国　康永二壬七四

一見記　永正五八十八　（永正五年〈一五〇八〉）
津守朝臣則棟

此一帖銘可勘知

再見畢」

ⓒ 永正貳丑正月十三日御結鎮上氏人
則氏廿七歳一老　則定廿一　二老　?着座三人残ハ遠次第　内年五月御田植同

永正三ヲ正月十三日則實依重服不出仕

※「ヲ」は「寅」の異体字。亀井孝「回想の有坂秀世」「いささか漢字の〝字がら〟につき」参照。

則氏一老　則定　同年五月御田植神事

則氏　則實廿八二老　則定

永正四年卯正月十三日

即氏　則實　賢長同年五月日」

永正五年正月十三日　一老依重服不出仕

則實　則定　賢長　御田植同前

永正六年己巳正月十三日神事

残依指合只一人出仕

則定　同五月御田植神事則實

則定　賢長

永正七年庚午正月十三日

則氏　則棟則實改替　賢長　同五月御田植神事

則氏賢長依違例不出仕　則棟　則定」

天理本は、建武二年（一三三五）四月六日に津守家の人物によって書写されたものの転写本であり、康永二年（一三四三）、正平廿一年（一三六六）と読み継がれ、最終的には、永正五年（一五〇八）八月十八日、津守朝臣則棟によって識語が加えられたことがわかる。ⓒの部分は、付け足しのようであるが、津守則棟がどういう人物かを示す貴重な記録である。『津守家系図』（続群書類従、巻百八十一、住吉社神主　一族系図より必要部分のみ抜書）では、

国基（号藤井戸）―宣基―国盛┬長盛―国長―経国―国助―国冬―国夏
　　　　　　　　　　　　　└盛経―〇―〇―〇―〇―〇―〇―〇―氏昭―則氏―賢氏

とある。藤井戸と号する津守家の祖、国基の名がみえることから、この『無名草子』は、津守家に代々伝えられてきたらしい。しかし、系図に則棟の名は見えない。そこでⓒをみると、これは住吉神社の年中行事である正月十三日の御結鎮弓神事と、五月の御田植神事とに、則氏一族が氏人として参加している記録であり、則氏（一老）、則實（二老）、則宗（三老）は兄弟（則氏と則實は同年齢であることから考えて異腹の可能性がある）であることがわかる。また、系図によって、賢氏が則氏の子とわかる。ⓒは、また、則實が永正七年（一五一〇）には則棟と改名していることを伝えている。すなわち、ⓒは、単なる付け足しではなく、書写をした則棟の身分を証明する記録なのである。則棟は、津守家の庶流であり、しかも嫡子ではなかったため、このような記録を残す必要があったのだろう。本文、奥書すべては、同一人物の手になるものである。天理本は、則棟本の転写本であろうが、ともあれ、この系統は永正年間までは確実に遡れることになる。

次に彰考館本の奥書について考察する。彰考館本の方は、ⓑⓒの部分を欠き、「国冬判」とあるため、冨倉氏、

久松氏等から、天理本より優れたものとみなされたように思う。しかし、この「国冬判」には問題がある。

国会図書館蔵『摂津徴書』（浅井幽清編、一一〇冊、写本。内閣文庫蔵『摂津徴』（一五一冊）は稿本）第二十八、津守系図によれば、津守国冬は、文永七年（一二七〇）に生まれ、弘安八年（一二八五）十六歳で住吉神社の権神主、正安元年（一二九九）四九代住吉神主となっている。『嘉元百首』『文保百首』などに詠進したり、『祈雨百首（秋日陪社壇同詠祈雨百首和歌）』（群書類従所収、『新編国歌大観』に翻刻あり）、『津守国冬朝臣和歌（春日陪社壇同詠百首和謌）』（京大蔵、伝自筆、『中世百首歌六』『津守家の歌人群』『新編国歌大観』に翻刻あり）、『津守国冬五十首』（書陵部・歴博蔵）を詠むなど、和歌の方面でも活躍した。頓阿との贈答歌も存する（『草庵集』六五一、六五二）。

さて、前引『摂津徴書』に、

同（元応）二年六月十七日於京都卒。為勅撰沙汰〔在〕京、十六日於和歌所違例、十七日夕卒。京宿所、大炊御門東洞院。

※「在」字、『摂津徴書』闕。『摂津徴』ニテ補ス。

と記され、元応二年（一三二〇）に亡くなっていることがわかる。彰考館本の奥書では、「建武二年（一三三五）四月六日」に一見されているわけだから、この国冬に、津守国冬を擬することは出来ない。井上宗雄氏『中世歌壇史の研究　南北朝期』（明治書院、昭40・11。改訂新版、昭62・5）によれば、伝国冬本というものが多いのだそうである。国冬がいつ亡くなったのかを知らず、おおよその見当をつけて、国冬本に仕立てたのであろう。

彰考館本と天理本との祖本を、建武二年四月六日に「一見」した人物は、国冬の子の国夏かと、井上氏の前掲書、及び、保坂都氏『津守家の歌人群』（武蔵野書院、昭59・12）では推察している。国夏は、これも『摂津徴書』によれば、正応二年（一二八九）に生まれ、嘉暦三年（一三二八）五十一代住吉神主となる。父と同様、和歌をよくし、建武二年の御祈の労により、延元二年（一三三七）に、後醍醐天皇から牛車、御宸筆一軸などを賜わっている。文和二年（一三五三）五月十一日、六十五歳で薨去。建武二年といえば、後醍醐天皇が北条氏を打ち破り、建武の新政を行ない、それが崩壊しつつある時期である。住吉大社の津守家では、帝の親政を願いつつ、古き良き時代を偲ぶよすがとして、国基の名のあらわれる『無名草子』を「一見」したのであろう。歌人としても名高い国夏である可能性は高い。国冬の妹は二条為世に嫁いでおり、国冬、国夏親子の和歌活動は、二条家と深く関わる。『無名草子』は二条家を通じて津守家へ伝えられたのではあるまいか。

天理本は、代々津守家に伝わってきた記録を持っていることからして、「国冬判」とする彰考館本より信用度が高い。本文を比較してみても、彰考館本にはきわめて誤写が多く、意味がわからぬままに写していると思われる箇所がかなりあった。久松氏は笠間影印叢刊の解説で彰考館本より天理本の方が誤写が多いとされるが、実際に校合してみると、事実は逆で、彰考館本の方がよほど誤写が多い。確かに、他本で脱落してしまっている本文を唯一保持している部分もかなりあり、その意味で、彰考館本は貴重な伝本といえるが、とても善本とはいいがたい。この点については後に詳述する。

三　群書類従本と水戸家について

塙保己一編の群書類従は、文政三年（一八二〇）に正編五三〇巻、目録一巻、全六六七冊が版本として完成した。その中の物語部六に収録されているものが『無名草子』である。その奥に、

右無名草子以水野為長本校合了

とある。この原本は今日不明である。水野為長（一七五一～一八二四）は、萩原宗固の次男。田安家家臣の水野氏を嗣ぐ。和歌を能くし、著作として『よしの草子』がある（『国書人名辞典』による）。津守家本系に比べ、脱落がめだつが、読みはしっかりしており、津守家本とは別の伝来を持つ本と考えられる。

ところで、『無名草子』は水戸家と深く関わっているという事実がある。彰考館本『建久物語』と『八洲文藻』は、いずれも水戸家のものであるが、この群書類従の完成にも、水戸家が深く関わっている。以下簡単に、塙保己一と水戸家との関係を述べておく。

温故堂塙保己一は、書を集め、上木の志を立て、群書類従と名付けて、徐々に刊行して行ったが、天明四年（一七八四）、その門下で幕臣の屋代弘賢の家で、水戸彰考館の立原翠軒（甚五郎、萬）と同席した。翠軒は保己一の才学、博識に感服し、当時水戸家で進行中の『大日本史』の校訂に助力を得る決意をした。しかし、同僚たちの反対を考え、まず『源平盛衰記』の校訂に推挙した。天明五年（一七八五）文公より月俸《フチ》五人の分《シロ》を給わり、『盛衰記』の校訂を終えた後、保己一が『大日本史』の校合にあずかったのは寛政元年からである。そのころ彰考館の総裁となり、紀伝の公刊を急務と考えていた翠軒は、史館同僚の強い反対を押し切り、保己一の起用を実現した。保己一は、寛政元年（一七八九）から文政四年（一八二一）亡くなるまで、三十二年間、水戸藩から扶持を受けて、江戸に在住のまま、『大日本史』紀伝の校訂に参画したという。この間、群書類従の刊行にも努め、文政二年、正編全巻が刊行された（1）。

水戸家にとっては、保己一によって、『大日本史』の誤謬が補正され、『大日本史』の学問的価値が高められたことになるが、一方、保己一にとっても、水戸家の援助なくして、群書類従の完成はなかったことであろう。

四　八洲文藻本

『八洲文藻』とは、水戸藩主斉昭の命により、江戸の和書局（水戸の彰考館を水館と呼ぶのに対し、江館という）のメンバーによって編纂された文集である。前編、真名文の公文を集めて二十五冊、後編、和文（序、跋、消息、記、日記、紀行、物語、絵詞、縁起、雑の十類三〇九種）を集めて八十七冊、目録二冊を含め、計百十四冊から成る。和書局のメンバーは、小山田与清、その門人の西野宣明、久米博高、国学者鶴峯戊申らである。その成立過程は、西野宣明の『松寓日記』（自筆本、天保十二年からの分、七十冊は国会図書館蔵）によって知ることができる。天保七年（一八三六）から編纂が開始されたが、天保十四年（一八四三）六月には前編が成立、弘化二年（一八四五）三月には、前後編が出来、その後、補正を加えて、十一月には完成している。翌弘化三年七月には、これらのメンバーに褒賞が与えられている。

『八洲文藻』の伝本に関しては、『私家集伝本書目』（明治書院、昭40・10）に掲出されているが、以下、調査しえた限りで述べることとする。

前述した如く、『八洲文藻』には三種類ある。上表文を添えて朝廷に献上されたもので、宮内庁書陵部に所蔵されるもの。彰考館に所蔵される原本。また、後編のみ、草稿本が彰考館に蔵される。したがって、後編八十一から八十三に収められている『無名草子』も、三種類存在することになる。

その草稿本を見ると、全くの群書類従本の写しであることがわかる(2)。ただし、敷写しではない。用字を朱書で改めている。それを書き直して、また少々朱書で手直しをし、さらに献上本にしあげている。三本は、草稿本↓

二次本↓献上本の順に書き直されている。

問題なのは、この『八洲文藻』の編纂の中心人物が小山田与清だということである。小山田与清は、江戸、神田在住の国学者。天保二年（一八三一）八月、水戸藩主斉昭は、家臣の富岡利和、久米博高を与清のもとに入門させて、和学の教授を請うた。また、与清自身も江館に入り、歌文の添削や故実の考証に従事してほしいと要請した。与清は、その九月、初めて江館に登った。やがて、重く登用され、和書局の中心人物となる。与清は、水戸家の恩顧に報いるため、弘化三年（一八四六）の夏、その蔵書一万巻を彰考館に献上した。その内容は、彰考館蔵『小山田与清献納書目』によって知ることができる。

先に述べた彰考館本『建久物語』は、この小山田与清献納本の一つであり、朱の書入れは、与清のものである。八洲文藻草稿本『無名草子』の冒頭には、

別名　建久物語

と朱書され、上から消してある。（これは二次本、献上本には書かれていない。）すなわち草稿の段階で『建久物語』という名の本の存在が知られているわけであるから、与清は、草稿本成立時には、その蔵書の中に『建久物語』を所持していたはずである。では、なぜ、群書類従本を用い、『建久物語』の方を用いなかったのであろうか。また、なぜ、校合にさえ用いなかったのであろうか。『八洲文藻』の中には、群書類従本を用いているものも多い。前章で述べた如く、塙保己一と水戸家とのつながりを考えれば当然であろう。しかし、他に本のあるものは、本文の校合を行なっている。たとえば、後編巻六十二所収の『多武峰少将物語』は、群書類従本に、他二本を加え、三本で校合を行なっている。しかるに、なぜ、『建久物語』が校合に使われなかったのであろうか。（全く使われていないのではなく、群↓「阿禄仙」が、八↓「阿私仙」に変えられている例も見られる。ただし草稿本、二次本では「阿禄仙」となっ

ており、朱書で「阿私仙」と傍記され、この部分は他の朱と色が異なっている。しかも草稿本と二次本のこの朱書は同筆である。献上本書写の段階で後からこの部分だけ彰考館本で校訂されたのではあるまいか。）

先の理由は、前述した如く、『建久物語』には誤写が多く、学識のない者が、意味のわからぬまま、ただ写し取っているように感じられる部分が、多々存在するからである。与清の朱の書入れは、途中で終わっている。小山田献納本の一つ『十六夜日記』に、みごとなまでの注釈、書入れが、全体に行なわれているのと比べると、きわめて対照的である。おそらく、与清は、『建久物語』を途中で放棄したのであろう。それで、細部にわたる校合には用いなかったのであろう。もしこれが、天理本程度の本文を持っていたら、八洲文藻の本文は変わっていたであろう。また、与清が途中で放棄せず、『建久物語』を最後まで熟読していたら、この本のみに残っている本文の存在に気づき、校合に用いた可能性もあったであろう。

もう一つの理由は、水戸家における群書類従本の評価の高さであろう。塙保己一の読みの確かさは、『大日本史』の校訂作業の中で証明されている。誤写の多い『建久物語』より、読みの確かな群書類従本を善本としたのは、水戸家においては当然のことといえよう。

五　おわりに

成簣堂文庫本は、初めに述べた如く、調査することができなかったが、奥書は、天理本と同一だそうであるから、津守家本の一と考えて良いであろう。本文は群書類従本に近いというが、実見していないので何ともいえない。

以上の考察をもととし、想定できる諸本の系譜は、次頁のように図示できるであろう。

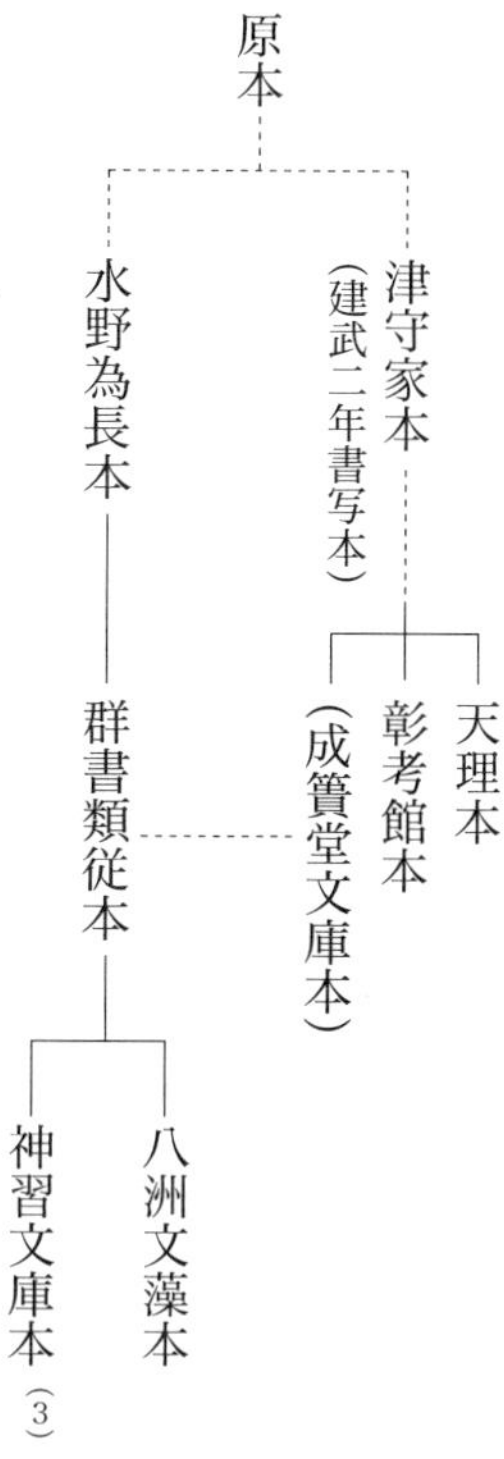

今まで、純良なる独自異文を保持する貴重な伝本であるという点で、彰考館本が善本とされてきた。しかし、彰考館本は誤写も多いのである。同じ津守家本なら、天理本の方が善本であろう。それはそれとしても、この彰考館本優位の立場が、本文解釈にまで悪影響を及ぼしている点を最後に指摘しておきたい。

一例を掲げる。冒頭から一人称で語る老尼が登場し、檜皮葺の邸で自らの経歴を語る部分がある。もとの主人、皇嘉門院の母宗子の死後、

　九重のかすみのまよひに花を弄び、雲の上にて月を眺めまほしき心

が強くあったので、以後宮中に仕えたとする。問題は「まよひ」で、彰考館本は「ほよひ」、他の諸本はすべて「まよひ」に作る。「ほよひ」では意味をなさない。そこで彰考館本の旧蔵者小山田与清は「ほら」の誤写と考え、右に朱書きした。「霞の洞《ほら》」ならば、仙洞御所の意になる。しかし、こうなると、本文の意味、老尼の経歴まで変わってしまう。「ほら」は、与清の推定本文であり、文献上の徴証があるわけではない。だからこそ、八洲文藻の本文も変わっていないのだ。

しかし、今までの諸注は、桑原博史氏の新潮古典集成本を除いて、この朱書の「ほら」にひかれて、何のことわりもなく「ほら」に訂したり、底本である天理本には「まよひ」とあるところを「ほら」に訂したりしている。「まよひ」で充分解釈できるのに、このような本文改変は、問題としなければならない。

『無名草子』は、中世においては津守家に伝わることによって受け継がれ、また、別系統で伝わったものが、群書類従に収められた。近世においては、その群書類従の完成も含めて、水戸家が、その伝来に大きく関わった。今こうして我々の目に触れる『無名草子』は、原本からは少なからずへだたるものであろうけれども、時の流れを超えて伝来した貴重な財産である。少しでも損なうことなく、後世に伝えることが、我々の義務ではないか。

注

（1）「温故堂塙先生傳」（群書類従所収）による。また、水戸市史編さん委員会編『水戸市史』中巻を参考にした（付記参照）。

（2）草稿本のとじめの部分に「群書類従第三百十二」の語が記されている。また、群→「くろして」は版木の削りそこないでできたもので、本来は「くづして」であろうと考えられる部分があるが（天・彰→「くすして」）、『八洲文藻』では、三本とも「くろして《本ノママ》」となっている。これは群書類従本を写している証拠となろうし、彰考館本で校合を行なっていない証拠ともなろう。

（3）神習文庫本が群書類従本系の本文を持つことは確実で、類従本（版本）の文字を判読しているところが散見される。たとえば注（2）の「くろして」は「くづして」と判読していると思われる。朱書は用字を改めた部分が多く、類従本の域を出ない。また、『八洲文藻』との関わりはないように見受けられた。

【付記】

本稿を成すにあたり、以下の方々から教示を得た。

桑原博史・中嶋朋恵・池上彰彦・竹内誠・秋山高志

また、以下の所蔵機関には、調査にあたり、格別の便宜を頂いた。

天理図書館・彰考館・国立国会図書館・国立公文書館内閣文庫・国文学研究資料館・無窮会東洋文化研究所・お茶の水図書館・

六地蔵寺・刈谷市立図書館

ここに厚くお礼申し上げる。

また、水戸家に関しての記述は、その多くを、水戸市史編さん委員会編『水戸市史』中巻・第二（昭44）、第三（昭51）に拠っている。

第二節　いとぐちの部分の虚構の方法

一　はじめに

『無名草子』は八十三歳の仏道に専念する老尼が登場し、最勝光院を経て、檜皮葺の邸にたどりつき、そこで出会った女房たちの物語をかたわらで聞いて記録した、という設定になっている。座談形式や虚構の中で論を展開している点など、『源氏物語』雨夜の品定め・『大鏡』・『今鏡』・『水鏡』・『宝物集』等に類似しており、これら先行諸作品との詳細な比較検討は、すでに樋口芳麻呂氏「『無名草子』の発端」(『国語と国文学』昭53・10)でなされている。

『無名草子』の作者としては、現在、俊成卿女説が有力であり(1)、かつ、最も妥当と思われる。『無名草子』が成立したと推定される正治二年(一二〇〇)～建仁元年(一二〇一)(2)頃、俊成卿女は三十歳そこそこの女性であった。第一人称で語っている老尼は、あくまで、虚構の中に設定された人物と考えてよいだろう。

これは、紀貫之が女性に仮託して『土佐日記』を書き、『水鏡』の作者(中山忠親か)が記録者として七十三歳の老尼を登場させているのと同じ方法である。すなわち、『無名草子』は、これらの作品と同様、作者と別次元に記録者を設定する、という二重構造をもっていると言えよう。ただし、『無名草子』の特徴は、記録者である老尼が非常に鮮明に、かつ、具体的に描き出されている点にある。

老尼は、女房たちの議論が開始されると沈黙してしまう。いとぐちにおける老尼の言動が具体的であっただけに、この成り行きは、奇異の念を抱かせる。かたわらで聞いているだけの老尼が、いとぐちにおいて、何故にかくも鮮明に描き出されているのだろうか。作者が老尼を設定した意図はどこにあるのだろうか。

本論では、老尼の存在意義を考えつつ、いとぐちの部分を中心に、『無名草子』の虚構の方法を明らかにして行きたい。

二　『無名草子』と『宝物集』のいとぐちの部分の構成

『無名草子』は、とくに『宝物集』(3)と深い関わりを持つ。座談形式の他、議論の開始と展開の方法の類似は、すでに冨倉徳次郎氏(『無名草子新註』〈育英書院、昭12・3〉、『無名草子評解』〈有精堂出版、昭29・9〉)、鈴木弘道氏(『校註無名草子』〈笠間書院、昭45・4〉)によって指摘されている。樋口氏(前掲論文)は、これらの類似点に、物語の場に到るまでの道行と、「若き声の女房」という発問者の設定を加え、全体的な構成の上からも『宝物集』に拠る所が大きいとされる。また、森正人氏の「無名草子の構造」(『国語と国文学』昭53・10)でも、『宝物集』との対比がなされ、「類似のなかにきわだつ無名草子の独自性」が追求されている。

ここで諸説を整理し、ついで私見を加えてみたい。『宝物集』と『無名草子』の類似点で、指摘されている点を箇条書にして示す。

①座談形式

②道行部分

（宝物集）東山→御所→嵯峨の清涼寺

（無名草子）東山→最勝光院→檜皮葺の邸

③発問者

（宝物集）若やかな声の女

（無名草子）若き声の女房

④論の開始

（宝物集）	（無名草子）
「扨人の身に何か第一の宝にて有ける」（七巻本一三。引用は芳賀矢一氏校訂名著文庫による。数字はその頁数。「　」は私見でつけた。以下同じ）	「さてもさても、何事か、この世にとりて第一に捨てがたきふしある。…」（一五。引用は桑原博史氏校注・新潮日本古典集成本による。数字はその頁数。以下同じ）

⑤論の展開

（宝物集）隠蓑→打出の小槌→金→玉→子→命→仏法

（無名草子）月→文→夢→涙→法華経→（物語）

これに私見として、次の点を加えたい。論の開始の前に老尼が法華経を読むのは、『宝物集』で平康頼（筆者）が論の開始前に法華経を読むのと近似している。

（宝物集）	（無名草子）
さて、御堂参り着てみれば、…（中略）…西局に入りて、南無大恩教主釈迦牟尼、無上大覚世尊、滅罪生善、臨終正念、往生極楽と伏拝みて、法華経の覚へさせ給ふ処々、打ち読みて聞き居て侍れば(4)、…（一一。旧字体は改め、また句点を読点に改めた。以下同じ）	首に掛けたる経袋より冊子経取り出でて、読み居たれば、「暗うてはいかに」などあれば、「今は口慣れて、夜もたどるたどるは読まれ侍り」とて、…（中略）…一部読み果てて、「滅罪生善」など数珠押しりて、「今は休み侍りなむ」とて寄り臥しぬれど、…（一三〜一五）

『宝物集』も、『無名草子』も、ともに作品の述主によって法華経が捧げられた後に、論が開始される。この点も、『無名草子』が『宝物集』の手法にならったものと考えてよいだろう。しかし、寺に参詣して法華経を読むのは自然の成り行きだが、『無名草子』の場合、檜皮葺の邸で、暗がりの中でも「一部読み果てて」しまう老尼の姿には、切実なものがある。仏法の尊きことを語ろうとする『宝物集』に対して、『無名草子』がこれから語ろうとするのは、仏教的な立場からは、狂言綺語として否定される物語であり、女身垢穢・女人五障として虐げられる女性についてである。これらの論を展開する前提として、まず、仏道に専念する老尼による、真剣な読経が捧げられる必要があったと考えられる。

以上のことから、『宝物集』が『無名草子』の構成や方法に大きく関与していることは確かであろう。また、『無名草子』が、『宝物集』をふまえながらも、独自の立場を持っていることも確かである。

以下、『無名草子』と『宝物集』の相違を述べて行こうと思う。

まず、②。『宝物集』の、東山から御所を経て、清涼寺へとたどりつくまでの道行文は、風雅的・文芸的話題から、次第に仏法へと導く趣がある。ところが、『無名草子』では、初めから、老尼の言動に仏教的色彩が濃厚であり、たどりついた檜皮屋は、むしろ風雅的・文芸的な雰囲気を持っている。すなわち、『宝物集』とは逆に、仏法的な話題から、風雅的・文芸的話題へと導く趣がある。

また、⑤の論の展開の仕方は、森氏（前掲論文）の言われるように、『宝物集』が、隠蓑から仏法まで、欠陥を指摘しつつ高次にたどり、仏法を唯一絶対のものとして仏法論を展開するのに対し、『無名草子』は、月・文・夢・涙・阿弥陀仏・法華経とそれぞれに価値を見出しつつ、物語論へと移行するのであって、むしろ異質である。

また、全体的な構成から見ても、『無名草子』は、『宝物集』とは異質である。

『無名草子』では、

「さてもさても、何事か、この世にとりて第一に捨てがたきふしある　…」Ａ（一五）

という発問に対し、まず、

「花・紅葉をもてあそび、月・雪に戯るるにつけても、この世は捨てがたきものなり。情けなきをもあるかも嫌はず、心なきをも数ならぬをも分かぬは、かやうの道ばかりにこそ侍らめ。…」Ｂ（一五）

という答えが返される。「かやうの道」―風雅の道―を考えたとき、この世は「捨てがたきもの」であると言う。言いかえれば風雅の道こそ「捨てがたきもの」ということになる。続いて取り上げられる月・文・夢・涙・阿弥陀仏・法華経は、風雅の道の素材に他ならない。次に論じられる物語も、それらの素材を集結した風雅の世界が描かれたものであり、物語を作ることも、享受することも風雅の道である。和歌も、それらを素材として用いており、和歌を詠むことも、享受することも風雅の道である。また、生活の中にも風雅の道が見出せる。風雅の道に徹した女性たちを語るのが、最後に位置する女性論である。

その女性論の冒頭では、

「いでや、いみじけれども、女ばかり口惜しきものなし。…」（一〇四）

という発言に対し、

「…紫式部が『源氏』を作り、清少納言が『枕草子』を書き集めたるより、前に申しつる物語ども、多くは女のしわざに侍らずや。されば、なほ捨てがたきものにて、我ながら侍り」C（一〇五）

と言う。

Aの問いに応じて使われた「捨てがたし」の用例は、『無名草子』中、BとCの二例しかない(5)。「捨てがたきふし」として語られたにもかかわらず、月・文・夢・涙・阿弥陀仏・法華経は、「捨てがたし」とは評されない。「捨てがたし」という評語は、A・Bで用いられただけで、以後出て来なくなり、女性論の冒頭Cに至って再び現れる。この「捨てがたし」の使われたかは、『無名草子』の構成上、重要な役割を担っているように思われる。

Aは、女房たちの論の開始を促す、最初の発問である。そして、『無名草子』の中で、「この世にとりて捨てがたきもの」とは、風雅の道Bであり、女であることCであった。

したがって、Aは、風雅の道の素材論の開始であると同時に、以後の物語論から女性論までを含む、全体の議論の開始をも示していると言えよう。樋口氏（前掲論文）は、『宝物集』の発問が序論だけでなく、本論をも規制する重さを担っているが、『無名草子』の発問は『源氏物語』以下の論を束縛するものではなく、全体的な構成の緊密さでは『宝物集』の方が優れている、とされるが、前述の考察から、見解を異にしている。

『無名草子』は、『宝物集』とは異質の構成を持っており、『宝物集』のように段階を経て本論が開始されるのではなく、議論の開始と同時に、語られるべきこと―風雅の道―が提示され、女の立場から、風雅の道について、素材・物語・歌集・女性の生き方と、順に説かれて行くのである。

『無名草子』は、多くの点で、『宝物集』の手法を学びとりながらも、独自の立場、独自の構成と方法を持っている。

三　仏法と風雅の道、そして女の生き方

『無名草子』は、『宝物集』の説く仏法の尊きことを充分承知した上で、風雅の道、女性の生き方を説こうとしたと思われる。

『宝物集』の説く仏法論は、まず、六道（地獄・餓鬼・畜生・修羅・人間・天上）を説明し、六道を離れるためには仏になるしかないとして、浄土に往生するための十二門（6）を説いて行く。『宝物集』は異本の多い作品だが、この基本的な骨格に変りはない。

十二門の開始は、片仮名三巻本、九冊本では、

此女、「いかにしてか仏にはなり侍るべき」と申せば（僧・筆者注）、「仏になる道ひとつにあらず、たとへば、王宮へいたらんとする人の、あまたの御門よりいるがごとし。宮城十二の門をたてたりけるがゆへに、まづ浄土に往生をすべき道も、十二門をたてゝ申べきなり。…」

（九冊本一八七。引用は吉田幸一、小泉弘共編、古典文庫による。数字はその頁数。「　」は私見でつけた。）

となっている。二巻本、平仮名三巻本、七巻本では、後半部分はほとんど同じであるが、前半の女性の問いが、

「女人は五障あるがゆゑに、成仏に漏るべき様に承はりしに、然らば女も遂に仏に成るべきにて候や。何事を勤行ひてか仏に成り候ふべき」（七巻本九四）

となっている。この場合、聞き手の女性によって、女は五障あるゆえに成仏し難いことが強調され、それゆえに、成仏する方法が切実な思いで問われている。したがって、浄土に往生するための十二門は、とくに女性のために語られていると解することもできよう。また、「女人は五障あるゆゑ…」の部分を欠く片仮名三巻本、九冊本にしても、質問者が女性である、ということは、重要である。いずれにしても、当時、五障あるゆえに成仏し難いと言われた女性たちにとって、『宝物集』の、極楽往生するための十二門は、きわめて関心の高い話題であったにちがいない。

女人五障とは、『法華経』巻五、提婆達多品に

…女身垢穢。非是法器。…(中略)…又女人身。猶有五障。一者不得。作梵天王。二者帝釈。三者魔王。四者轉輪聖王。五者佛身。云何女身。速得成佛。(岩波文庫〔中〕二二二頁)

とあるに拠る。

『源氏物語』匂宮巻で、薫が母女三宮を心配する場面にも「五つの何がしもなほうしろめたきを…」と、ほのめかした言い方で出てくる。また、平安時代末期に成立した歌謡集『梁塵秘抄』にも

女人五つの障りあり　無垢の浄土は疎けれど　蓮華し濁りに開くれば龍女も仏に成りにけり

(巻第二、提婆品、一一六番。引用は新間進一氏校注・訳、日本古典文学全集による。)

などと歌われている。

このような女人観と極楽往生の関係については、笠原一男氏の『女人往生思想の系譜』(吉川弘文館、昭50・9)に詳しい。平安時代の数多い往生伝の中で、「五障」という語があらわれてくるのは、平安時代末期、戦乱間近いころ成立した『本朝新修往生伝』(藤原宗友)以後であるという。氏に従えば、『源氏物語』が「五つの何がし」と言っているのは、当時としては、むしろ特異であったのかもしれないが、平安時代末期には、『梁塵秘抄』のよう

に流行的に歌われたのであろう。『宝物集』や『無名草子』が成立した頃には、女人五障説は一般的なものであったと考えられる。

『宝物集』の説く、浄土に往生するための十二門とは、次のようなものである。

第一に、道心を発し出家遁世すべし。
第二に、深く三宝を信ずべし。
第三に、如来の禁戒を堅く持つべし。
第四に、諸行業を積むべし。
第五に、仏に成らんと願を発し、
第六に、生々世々の業障を懺悔すべし。
第七に、諸の布施を行すべし。
第八に、観念を専にすべし。
第九に、臨終に悪念を停めよ。
第十に、善知識に値ふべし。
第十一に、法華経を行ずべし。
第十二に、阿弥陀仏を恭敬し、名号をを唱ふべき也。
（七巻本九四〜九五）

ここで、『無名草子』にもどって、いとぐちで語られる老尼について考えてみたい。老尼の生活ぶりや言動を次に箇条書に示す。

①老尼は、出家して、山里に遁世している。

②毎日、花籠を臂に掛け、花を摘み、仏に奉っている。また、法華経一部を毎日忘れず読み奉っている。

③ある日、東山あたりを歩いているうちに日暮れてしまう。「三界無安猶如火宅」と口誦んでいるうちに最勝光院にたどり着く。

④最勝光院の御堂の飾り、仏の御様を見、「浄土もかくこそ」と、いよいよ浄土に惹かれる。

⑤建春門院を偲ぶ。（「この世の御幸ひも極め、のちの世もめでたくおはしましけるよと、羨ましく…」）

⑥西ざまに赴きて京のかたへ歩み行く。五月十日ごろ、五月雨の晴れ間に夕日きわやかにさし出で、ともない顔の時鳥にさそわれて、「遠帰り…」の歌を詠む。

⑦檜皮葺の家にたどりつき、女房たちと出会う。

⑧女房たちに「つゆ残らずこの仏のお前にて懺悔し給へ」と言われ、自己の経歴を詳しく語る。

⑨女房たちの前で法華経を読む。

⑩女房たちに中門の廊に招きあげられて、「十羅刹の御徳に、殿上許され侍りにたり。まして、のちの世もいとど頼もしや」という。

⑪読経後、臥して女房たちの話を聞く。

老尼の行動、女房たちとの会話は、ほとんど仏教的色彩に彩られている。この老尼の言動を『宝物集』の十二門に照らし合わせてみると、①は第一門、②は第二門、第四門にあたる。③は仏法を信じての行動だから第二門に、④では浄土を願い、観想しているから第五門、第八門に相当しよう。⑧は第六門にあたり、⑨は第十一門に相当する。このように老尼の言動は極楽往生に向かっているといってよいだろう。老尼が、⑤で建春門院の「のちの世」、⑩

でわが身の「のちの世」に関心を示しているのも、それを裏付ける。

また、⑥の行動も、『宝物集』第八門、観念を専にすべしの説明に、

日西に入らば、弥陀の来迎して浄土に帰り給ふ光を思へ。（七巻本二〇七）

とあるのを考えれば、より深く理解できる。老尼は、東山最勝光院で浄土を観想し、自らの往生を願い、極楽往生を遂げたであろう建春門院に思いを馳せる。その後の行き先は西の方向しかない。老尼は、西方浄土へ向って歩いていくのである。五月雨の晴れ間に差し込む夕日は、きわめて効果的に西方浄土のイメージを作り出す。その上、死者を西方浄土へ導くという時鳥まで「ともなひ顔」に鳴く。老尼は、このようにして、物語の場へと導かれるのである。

老尼の関心は、常に、いかに死ぬか、にあるように思う。極楽往生を願い、行を積み、法華経を読み、仏の前（実際には女房たちの前）で懺悔を行っている。これは、極楽往生を遂げるための生き方を示している。そして、この老尼の言動は、『宝物集』の十二門とほとんど符合する。老尼の設定には、『宝物集』の十二門が意識されているのではなかろうか。これは、『無名草子』が『宝物集』の説く仏法の尊きことを充分承知していることの証であり、狂言綺語の戯れといわれる物語、女人五障と虐げられる女性を、あえて論じようとする『無名草子』が選びとった、一つの方法ではあるまいか。

また、風雅の道の素材として語られる阿弥陀仏、法華経の項にみられる阿弥陀仏崇拝、念仏の功徳、法華経讃美にも、『宝物集』の第十一門、第十二門で説かれた意識と共通するものがある。

『無名草子』作者は、『宝物集』の手法だけでなく、内容をも充分咀嚼しており、それを、いとぐちの部分の虚構に生かしているように思われる。

当時、紫式部堕地獄説話に代表されるように、物語は狂言綺語の戯れとされる風潮があった。『宝物集』では、第三門、如来の禁戒を堅く持つべしの条に不妄語を説き、この紫式部堕地獄説話を引いている。このような風潮の中で、記録者として、仏道に専念する老尼を登場させ、素材論以後は語らせない、語るのは女房たちであり、老尼は聞いた事実のみを記している、という設定は、『無名草子』という作品を狂言綺語の戯れから救い出す一つの手段であったかもしれない。また、語り手である女房たちにも阿弥陀仏・法華経を讃美させているところに二段構えの配慮がうかがえよう。

当時、風雅の道を説く時、それは常に仏道と隣り合っていなければならなかった。風雅な生き方を説く女性論の最後に位置する大斎院選子と小野皇太后宮歓子は、ともに仏教に深く帰依した女性であった。『無名草子』が伝えるエピソードの出典と考えられる『古本説話集』(7)や『今鏡』(8)には、その話に近接して、仏道帰依の話と極楽往生を遂げたであろうことが語られている。

『無名草子』が風雅の道を説く時、そこには、仏道に深く帰依した、そして、風雅の道を知り尽くしたと思われる経歴(9)を持つ老尼が、話題の選択主として、沈黙したまま存在していなければならないのである。

四　いとぐちの部分と『源氏物語』、『枕草子』

次に、老尼が最勝光院を出た後、物語の場である檜皮葺の邸に辿り着くまでの経緯と、その邸の描写について考えてみたい。すなわち、風雅の世界への導入部分についてである。その部分を引用しておく。

五月十日余日のほど、日頃降りつる五月雨の晴れ間待ち出で、夕日きはやかにさし出で給ふもめづらしきに、

時鳥さへともなひ顔に語らふも、死出の山路の友と思へば、耳とまりて

遠帰り語らふならば時鳥死出の山路のしるべともなれ

と、うち思ひ続けられて。こなたざまには人里もなきにや、と遥々見渡せば、稲葉そよがむ秋風思ひやらるる早苗、青やかに生ひわたりなど、むげに都遠き心地するに、いと古らかなる檜皮の棟、遠きより見ゆ。いかなる人の住み給ふにか、とあはれに目留まりて、やうやう歩み寄りて見れば、築土も所々崩れ、門の上などもあばれて、人住むらむとも見えず。ただ寝殿・対・渡殿などやうの屋ども少々、いとことすみたるさまなり。庭の草もいと深くて、光源氏の露分け給ひけむ蓬も、ところえ顔なる中を分けつつ、中門より歩み入りて見れば、南面の庭いと広くて、呉竹植ゑわたし、卯の花垣根など、まことに時鳥蔭に隠れぬべし。(八〜九)

時は五月。五月雨の晴れ間、時鳥に導かれる、という設定は、『源氏物語』花散里巻では

…五月雨の空めづらしく晴れたる雲間に渡りたまふ。

(二―一四六。引用は日本古典文学全集本による。数字は巻数―頁数を示す。以下同じ。)

と、光源氏がふと花散里を訪れるところから始まる。花散里の許に向かう途中、かつて一度だけ逢ったことのある中川の女の邸を通り過ぎた。そこに時鳥が「催しきこえ顔」に鳴く。そこで光源氏は惟光を介して歌を詠んだ。

①源　をちかへりえぞしのばれぬほととぎすほの語らひし宿の垣根に

②女　ほととぎす言問ふ声はそれなれどあなおぼつかな五月雨の空

女の不実を悟った光源氏は、そのまま通り過ぎて、花散里の邸にむかう。姉君の麗景殿の女御に対面している時、郭公、ありつる垣根のにや、同じ声にうち鳴く。慕ひ来にけるよ、と思さるるほども艶なりかし。

（二―一四八）

そこで源氏は女御と歌をかわす。

③源　橘の香をなつかしみほととぎす花散る里をたづねてぞとふ

④麗　人目なく荒れたる宿はたちばなの花こそ軒のつまとなりけれ

この花散里巻での郭公の役割は重要である。

『無名草子』の、五月、時鳥に導かれるという設定は、この花散里巻の設定を借用したものであろう。「五月雨の晴れ間」「ともなひ顔」という語は、花散里巻の「五月雨の空めづらしく晴れたる雲間」「催しきこえ顔」を意識して用いた語であると思う。「五月雨の晴れ間」、時鳥の「ともなひ顔」といった語句が花散里巻を連想させ、続いて、老尼が「をちかへり…」と歌い出すと、花散里巻の①の歌の出だしと同じであって、まさしく花散里巻が下敷にされているという感じを抱かせる。ところが、『無名草子』の場合は「死出の山路のしるべともなれ」と、仏道の世界へと転じてしまう。忍び歩きの光源氏的色好みの世界を背景にしながらも、巧みにそれを仏道の世界へと転換している。これは、影響をうけた叙述というよりも、むしろ、背景に花散里巻を強く意識しながら、『無名草子』独自の世界を作り出しているというべきだろう。

老尼が時鳥を「死出の山路の友と思へば」と語るのは、『千載集』巻九、鳥羽院の

常よりも睦まじきかな郭公死出の山路の友と思へば（哀傷・五八二）

の歌に拠り、また「遠帰り…」の歌も、待賢門院堀河の

この世にて語らひ置かむ時鳥死出の山路のしるべともなれ(10)

の歌を模倣したものとすでに指摘されている。また、桑原博史氏（新潮日本古典集成『無名草子』昭51・12の頭注等）

によれば、時鳥の別名「死出の田長」の連想から

　昨日こそ早苗取りしかいつのまに稲葉そよぎて秋風の吹く

という『古今集』（巻四、読人しらず）の歌に拠り、

　稲葉そよがむ秋風思ひやらるる早苗、青やかに生ひわたりなど（九）

という記述がなされているという。

『無名草子』は、時鳥のもつ様々なイメージを利用し、『千載集』、待賢門院堀河の歌、『古今集』の歌に拠りながら、仏道に専念する老尼を、次第に風雅の世界へと導いて行く。この部分は、和歌における豊富な知識が、流麗な文章の中に、巧みに散りばめられていて、作者の非凡な才能を感じさせるところである。

老尼が時鳥に導かれて、檜皮葺の邸を発見し、入り込んで行くと、そこには『源氏物語』蓬生巻を連想させる情景があった。「光源氏の露分け給ひけむ蓬も」とはっきり作品の中に明示されている。

ところが、そもそも、蓬生巻で、光源氏が末摘花の邸を再発見するのは、花散里訪問の途中である。時期も夏、五月雨の頃が選ばれている。道行の途中で、以前関係のあった女の邸を発見するという構想も類似する。花散里巻から蓬生巻へと連想されるのも、自然の成り行きである。『無名草子』の中で、蓬生巻が明示されていながらも、そこには、花散里巻が二重に重なっているのである。

『無名草子』の檜皮葺の邸内は、次のように描かれている。

　南面の庭いと広くて、[a]呉竹植ゑわたし、[b]卯の花垣根など、まことに時鳥蔭に隠れぬべし。山里めきて見ゆ。前栽むらむらいと多く見ゆれど、まだ咲かぬ夏草の繁み、いとむつかしげなる中に、[c]撫子・[d]長春華(11)ばかりぞ、いと心よげに盛りと見ゆる。[e]軒近き若木の桜なども、花盛り思ひやらるる木立、をかし。（九～一〇）

これは、夏の庭の風景である。『源氏物語』の中で、花散里と呼ばれる女性は、その登場のはじめから夏のイメージを持つ。六条院では夏の御方である。その六条院の住まいは、

北の東は、涼しげなる泉ありて、夏の蔭によれり。前近き前栽、呉竹[a]、下風涼しかるべく、木高き森のやうなる木ども木深くおもしろく、山里めきて[b]、卯の花垣根ことさらにしわたして、昔おぼゆる花橘、撫子[c]、薔薇[d]、くたになどやうの花くさぐさを植ゑて、春秋の木草[e]、その中にうちまぜたり。（少女三―七三）

とある。「山里めく」庭の景色の類似に注目すべきであろう。もちろん夏の庭の風景は、物語の類型としてとらえられるかもしれないが。取り上げられた木草の順序が一致しており、両者に「山里めきて」という語が使われている点は注目に値する。

ここで大切なことは、『源氏物語』の中で、花散里巻、花散里という女性が、橘で強く印象づけられているということであり、『無名草子』には、その橘が一切使用されていないということである。『無名草子』が橘を出さないのは、故意にさけたのであろう。これは、花散里巻を下敷にしながらも、決して同質ではないことの証なのであろう。

『無名草子』では、時鳥は、初め「死出の山路」と結びつけられ、檜皮葺の邸に到ってってからは、橘でなく、卯の花垣根と結びつけられている。時鳥は、萬葉の昔から、橘・卯の花・あやめ・いにしへ・故郷・死出の山路等と結びつけられて歌われてきた。『無名草子』において、卯の花に結びつけられたのは、すでに田中重太郎氏（『清少納言枕冊子研究』〔笠間書院、昭46・9〕Ⅳ、六「無名草子に見えた清少納言と枕冊子」[12]）によって指摘されているように、清少納言の『枕草子』に

卯の花は、品おとりて、何となけれど、咲くころのをかしう、郭公の陰に隠るらむ思ふに、いとをかし[13]。

（四四段一二六。引用は日本古典文学全集〔底本能因本〕による。数字はその頁数。以下同じ。）

とあり、また、

扇よりはじめて、青朽葉どもの、いとをかしく見ゆるに、所衆の、青色、白襲をけしきばかりひきかけたるは、卯の花垣根近うおぼえて、郭公も陰に隠れぬべうおぼゆかし。（二〇三段三五〇）

とある記述に拠るものであろう。『無名草子』が、橘でなく、卯の花を用い、

卯の花垣根など、まことに時鳥蔭に隠れぬべし。（九）

と叙するのは、「まことに」という語が使われていることを考えると、『枕草子』の叙述をふまえてのことであろうと推察される。

また、『枕草子』の一〇四段(14)「五月の御精進のほど、職に…」の章段には、郭公の声を求めて賀茂へ外出し、卯の花を牛車につけて、まるで牛が卯の花垣根をひいているような様子で帰った話がある。その話の後に清少納言が、定子中宮から、歌を詠まずともよいという許しを得た話が接続するが、『無名草子』の女性論、清少納言の項には、

歌詠みの方こそ、元輔が女にて、さばかりなりけるほどよりは、すぐれざりけるとかやとおぼゆる。…（中略）…みづからも思ひ知りて、申し請ひて、さやうのことにはまじり侍らざりけるにや。（一一〇）

と、この話に拠るらしい記述が見える。したがって、『無名草子』作者にとって、郭公と卯の花を結びつける話を伝える一〇四段は、かなり関心を引いた段であったといえよう。

女性論の冒頭で、

紫式部が『源氏』を作り、清少納言が『枕草子』を書き集めたるより前に申しつる物語ども、多くは女のしわざに侍らずや。されば、なほ捨てがたきものにて我ながら侍り。（一〇五）

と、『源氏物語』と『枕草子』を王朝女流文学の双璧と考える作者は、いとぐちにおいて、物語の場への導入部分に、この二大作品を利用している。『源氏物語』花散里巻を下敷に使い、橘を用いず、卯の花を用いることで、『枕草子』の卯の花に関する記事をも連想させるのである。

五　おわりに

このように、わずかに二頁半、二十六行（笠間影印叢刊43『建久物語』（昭48・3）による）の文章の中に、『源氏物語』『枕草子』、『古今集』、『千載集』等から得た知識が散りばめられており、巧みに、仏道の世界から風雅の世界へと導いて行く。

この部分こそ、実は、以後の物語批評、撰集・歌集批評、女性批評をささえるものであると思う。記録者である老尼も、語り手である女房たちも、作者の道具にすぎない。当時無名であったであろう『無名草子』作者は、いとぐちの文章の中に、自己の博学ぶり、才能ぶりを披露することで、以後の論が、確かな知識と才能で裏うちされたものであることを保証しているのであろう。

これが、『無名草子』のとった一つの方法であろう。

注

（1）石田吉貞氏「無名草子作者考」（「国語と国文学」昭19・2。後『新古今世界と中世文学』上〔北沢図書出版、昭47・6〕所収）に詳しい。

（2）樋口芳麻呂氏「袋草紙・無名草子の成立時期について」（『国語と国文学』昭45・4）では、正治二年七、八月から建仁元年十一月迄の間と推定されている。

（3）平康頼の『宝物集』は、一応、治承二年（一一七八）頃の成立とされるが、異本（一巻本〔欠本〕・二巻本・片仮名三巻本・平仮名三巻本・六巻本〔現存せず〕・七巻本・九冊本）が多く、その成立過程は定かでない。小泉弘氏は、第二種七巻本と分類される瑞光寺本・旧島原文庫本・九冊本等の祖本は『千載集』撰進以前に、康頼自身の手で改稿されたものと推定されている。『宝物集』が『無名草子』に先行することは確かであろうが、『無名草子』作者の目にふれた『宝物集』がどのようなものであったか、即断は憚られる。

（4）二巻本・平仮名三巻本では「ほけきやうのひもをとき、よみ侍るほどに」（三巻本、吉田幸一氏校、古典文庫）となっている。

（5）もう一例、『夜の寝覚』論の中に、「返す返すも（男君が寝覚の君を）捨てがたく思へるも、いとわろし」（七二）と見える。これは評語ではなく、意味も使われた方も異なるので除外する。

（6）笠原氏によれば、『宝物集』の十二門は、唯一の道を選択した鎌倉仏教に対し、古代における仏教の特色である「未選択」の状態を継承したものであるという。この十二門は、選択可能の道である。

（7）大斎院説話は、『古本説話集』大斎院の事第一に所載。他に、『今昔物語集』巻十九にも同類話を持つ。

（8）小野皇太后宮説話は、『今鏡』小野の御幸に所載。

（9）老尼の経歴は、十二門の一つ、懺悔として語られたものと考えられるが、その具体的な内容についてはまことらしさを与え、時代背景を示すものと考えている。

（10）この歌は、待賢門院堀河が西行に贈ったもので、『山家集』七五〇番歌。

（11）長春華は薔薇の一種。

（12）『清少納言』（白楊社、昭23）にも収録されている。

（13）能因本を底本とする全集本を用いる。『無名草子』中の『枕草子』の引用部分（文について―三巻本になし。皇后定子説話―三巻本、能因本にのみある。清少納言零落説話―能因本にのみある。等）から考えて、『無名草子』作者の使用した『枕草子』は能因本と思われるからである。この引用部分は、三巻本（大系では三七段）には欠けている部分である。これも能因本使用の傍証になろう。

なお、田中重太郎氏が、すでに『清少納言枕冊子研究』及び『リポート笠間』第18号（昭54・2）で同見解を発表しておられるので参照されたい。

(14) 三巻本底本の石田穣二氏訳注『新版　枕草子』上巻（角川文庫、昭54・8）では九十五段。

第三節　老尼について

一　はじめに

『無名草子』は、

八十三あまり三歳の春秋、いたづらにて過ぎぬることを思へば…

と、冒頭から老尼が登場し、我が身のことを語りながら、東山から最勝光院を経て、檜皮葺の邸に辿り着き、そこにいた女房たちの夜伽を聞き書きした体裁をとる。かつては、この老尼を作者と混同し、女房たちに語った経歴から作者を推定しようとする試みもなされたが(1)、現在では、この老尼は虚構の人物と捉えられている。

本論で問題としたいのは、この老尼の年齢についてである。『無名草子』の諸注、冨倉徳次郎氏(2)、山岸徳平氏(3)、鈴木弘道氏(4)、北川忠彦氏(5)、桑原博史氏(6)、皆この老尼を八十三歳と捉えてきた。ところが、樋口芳麻呂氏は、「『無名草子』の発端」(『国語と国文学』昭53・10)で、この老尼が八十三歳で出家し、その後多年を経ており、この作品内では、推定年齢百二歳で、『大鏡』や『今鏡』といった鏡物の超現実的老尼登場の伝統に従って登場させられていると説かれた。また、この論を受け、森正人氏も「場の物語・無名草子」（『中世文学』第27号、昭57・10）で老尼の年齢を百三歳〜百十五歳と推定しておられる。そして、冒頭の八十三歳という年令は、『白氏文集』並びにそれを引用する『大鏡』の表現によっているのだと説く。

樋口説は、きわめて新鮮で、合理的な解釈に見えるのだが、『無名草子』という作品全体からみると、矛盾が出てきてしまう。老尼の年齢をどう捉えるかは、『無名草子』という作品をどう捉えるかという作品論に関わってくる重要な問題である。そして、『大鏡』『今鏡』といった先行作品を、『無名草子』が、どう摂取したかという問題も含んでいる。筆者は『大鏡』『今鏡』との『無名草子』との関わりについて、「『無名草子』女性論の方法と構成―説話の摂取と受容を中心に―」（『言語と文芸』一〇〇号。本章所収）で論じた。また、老尼の年令についても『新註無名草子』（勉誠社、昭61・3、西沢正二氏との共編）解説（川島担当）で触れておいたが、詳述する紙面を持たなかったので、略述せざるを得なかった。

そこで、本論では、特に老尼の年令の問題を、冒頭本文の読み、老尼の経歴からの検討、作り物語批評からみた創作姿勢の三つの視点から再検討してみたい。

二　『無名草子』の冒頭部分の読み

まず、『無名草子』冒頭部分を次頁に引用しておく(7)。

老尼の年齢をどう捉えるかは、この冒頭部分の読み方の違いに他ならない。冒頭の文章は、AとBの二文に分かれている。従来の八十三歳説と樋口説の大きな違いは、八十三歳説がA文とB文を並列のものと考えているのに対し、樋口説ではA文↓B文と時間が推移していると考えている点にある。従来の八十三歳説、樋口説を図示すると次頁の図のようになる。

（A）(1)八十あまり三歳の春秋、(2)いたづらにて過ぎぬることを思へば、(3)いと悲しく、(4)たまたま人と生まれたる思ひ出に、憂き世の形見にすばかりのことなくてやみなむ(5)悲しさに、(6)髪を剃り、衣を染めて、わづかに姿ばかりは道に入りぬれど、(7)心はただそのかみに変はることなし。

（B）(8)年月の積もりにそへて、(9)いよいよ昔は忘れがたく、古りにし人は恋しきままに、(10)人知れぬ忍び音のみ泣かれて、(11)苔の袂も乾く世なき慰めには、花籠をひぢに掛けて、朝ごとに露を払ひつつ、野辺の草むらにまじりて、花を摘みつつ、仏にたてまつるわざをのみして、(12)あまた年経ぬれば、(13)いよいよ、頭の雪つもり、面の波も畳みて、いとど見ま憂くなりゆく鏡の影も、我ながらうとましければ、人に見えむことも、いとどつつましければ、(14)道のままに花を摘みつつ、東山わたりをとかくかかづらひありくほどに……（『新註　無名草子』七頁、以下同じ）

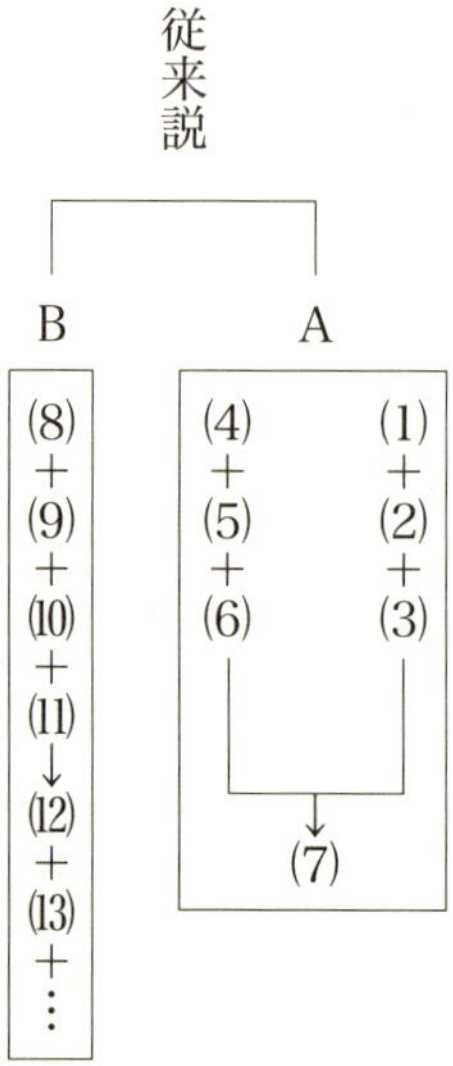

樋口説

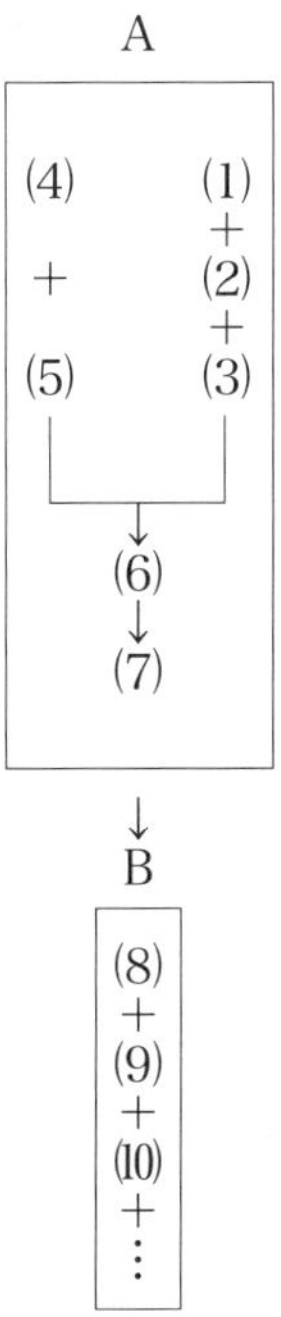

樋口説では、出家した時点が八十三歳であって、A文↓B文と時間が推移していると考えるため、(8)「年月の積もりにそへて」、(12)「あまた年経ぬれば」とあるから、その後多年を経ており、推定百二歳の老婆に成っていると説く。また、樋口説を受けた森氏は、〈(1)+(2)〉が(4)の、(3)が(5)の言い換えで、並列して(6)にかかっていくと分析し、推定年令をさらに引き上げて、百三～百十五歳とする。

樋口説は、まさに合理的な解釈で、なるほどと思われるのだが、従来の説も同じように分析してみると、これも否定しきれない。

従来説では、A文とB文は、並列の関係にあり、〈(8)+(9)+(10)〉は(7)の、(11)は(6)の言い換えであり、仏道三昧の生活ぶりと、それに反して浮世を忘れ難い心の在り方を、より具体的に説明してしている、と考えられる。(12)は(8)～(11)までを受け、(13)は老尼の現状を語り、(14)は物語の本筋へと流れこんでいる。B文は、A文に対応しており、A文をより詳しく説明しつつ、物語へと流れ込んでいくのである。このように考えると、従来説にも何ら問題はない。

そもそも、作品の冒頭を飾る文章というものは、作者にとって考えに考え抜いたものと思われる(8)。特に『無名草子』の書き出し、いとぐちの部分は、引歌、物語からの引用を多用した、かなり凝った文章である。

「八十あまり三歳の春秋」と語り出す時、その年齢はあまりに老尼の印象に結び付き過ぎるのではないだろうか。諸注が八十三歳の老尼と捉えたのも無理からぬことである。

以上、冒頭本文の読みからは、両説とも成り立ち得ることがわかった。

三　老尼の経歴

次に老尼が女房の前で語る経歴について問題にしたい。老尼は、檜皮葺の邸で女房たちに次のように語る。

「人なみなみのことには侍らざりしかども、恥ずかしながら、十六、七に侍りしより、皇嘉門院と申し侍りしが御母の北の政所にさぶらひて、讃岐院・近衛院など位の御時、百敷のうちも時々見侍りき。さて亡せさせ給ひしかば、女院にこそさぶらひぬべく侍りしかども、なほ九重の霞のまよひに花をもてあそび、雲の上にて月をもながめまほしき心、あながちに侍り。後白河院、位におはしまし、二条院、東宮と申し侍りし頃、その人数に侍らざりしかど、おのづからたち馴れ侍りしほど、さるかたに人にも許されたる馴れ者になりて、六条院・高倉院などの御代まで、時々仕うまつりしかども、つくも髪苦しきほどになり侍りしかば、頭おろして山里に篭もり居侍りて、一部読みたてまつること怠り侍らず。…」（十一〜二頁）

老尼は、十六、七歳のころから、皇嘉門院の母、藤原忠通の北の方宗子に仕えたという。皇嘉門院聖子が崇徳天皇（讃岐院）に入内し、中宮となり、続いて近衛天皇の准母として、皇太后となったため、その縁で、老尼も内裏に時々出入りしていた。宗子亡き後（宗子の死は、一一五五年で保元の乱の前年）、宗子の娘の皇嘉門院にも仕えず、宮廷生活に憧れて、後白河天皇に仕え、六条天皇、高倉天皇の御代にも折々仕えていたという。白髪頭が見苦しくなったので出家し、東山辺りに籠居し、仏道三昧の生活に明け暮れているというのである。

老尼のターニングポイントは、宗子の死にある。主を失い、今後どうするか。老尼が選んだのは、宗子の娘皇嘉門院に仕える事ではなくて、宮廷女房になる事であった。この時、老尼はいったい何歳だったのだろうか。『無名草子』の成立は、樋口氏によって、正治二年（一二〇〇）七、八月から建仁元年（一二〇一）一一月までの間と推定されている（「袋草紙・無名草子の成立時期について―付、藤原範永の没年―」〈『国語と国文学』昭45・4〉）。仮に正治二年とし、作品の成立と老尼が語っている時点を同時とすると、従来説では三十八歳、樋口説では五十七歳、森説に到っては、五十八歳から七十歳の間ということになる。主を失い、宮廷に新たに出仕しようとする女が、五十七歳では、年を取り過ぎているのではなかろうか。まして、七十歳近い歳ではありえないであろう。それに、再出仕後は、次第に「馴れ者」となって活躍したというのであるから。

また、老尼は、高倉天皇の御代まで宮廷に出入りし、白髪頭が見苦しくなったので、出家したという。樋口、森説では、この出家の時点が八十三歳ということになるが、白髪頭を気にして出家するには、高齢過ぎるのではないだろうか。再出仕をしたとする五十七、八歳の頃、すでに「つくも髪苦しきほど」となっていよう。従来説では、語っている時点を八十三歳とするので、出家した時点は、六十三歳頃と推定できる。ちょうど「つくも髪苦しきほど」(9)であり、前述の再出仕年令三十八歳ともども、何の矛盾もなくなる。

以上の如く、老尼の経歴を検討してみると、樋口、森説には疑問が出てきてしまう。詳しくは、後掲の従来説・樋口説・森説を比較した年表を参照していただきたい。

天皇	院政	事項	従来説	樋口説	森説
1086年					
堀河					1086~98に誕生
		1095 聖子母宗子誕生		1099誕生	
1107					1101~13 16、7歳で出仕
	白河	1118 宗子、忠通と結婚	1118誕生	1114~15 16、7歳で出仕	
鳥羽		1119 崇徳誕生			
		1121 聖子誕生			
1123		崇徳即位、五歳			
	1129	聖子入内、九歳		30歳	32~44歳
崇徳		1130 聖子中宮、十歳 ↑	1133~34 16、7歳で出仕		
1141		近衛即位、聖子皇太后 老尼出仕			
	鳥羽				
近衛					
		1150 聖子、皇嘉門院となる ↓			
1155		皇嘉門院母宗子の死、61歳	38歳	57歳	58~70歳
	1156	保元の乱 ↑			
後白河					
1158		老尼出仕、宮廷に出入り			
		1159 平治の乱			
二条					
1165					
六条	後白河				
		1167 平清盛、太政大臣となる			
1168					↑
高倉		1176 建春門院の死			83歳出家
	1179	↓			
1180	高倉	老尼この頃出家か	63歳		↓
安徳	1181			83歳出家	
1185	後白河	平家滅亡			
後鳥羽					
	1192	鎌倉幕府成立			
1198					
	後鳥羽	1200『無名草子』成立か	83歳	102歳	103~15歳

四　老尼の年齢

樋口氏は、前掲論文で、老尼の経歴に俊成女、後白河院京極（『無名草子』作者に想定されている俊成卿女の伯母にあたる）を関連づけておられる(10)。確かにこの老尼は、後白河院に関わりのある女性と考えられる。老尼が、最勝光院で後白河院女御で高倉院の母、建春門院を偲んでいるのも、そのことを裏付けていよう。しかし、後白河院京極は、寿永二年（一一八三）には、すでに亡くなっている。老尼に合致するわけではない。樋口氏は、『無名草子』と『宝物集』との関わり(11)の深さを指摘し、『宝物集』の作者平康頼と共通点の多い京極を想定して、老尼が虚構されていると解く。老尼の一応のモデルに京極を想定することに何ら異論はない。ただし、老尼を百二歳にする必要もないのである。樋口氏は、これを『大鏡』『今鏡』のような「超現実的な老尼を登場させる鏡物の伝統に従って」とされるが、『無名草子』は『大鏡』『今鏡』を一見模倣しているように見せながら、独自の立場を貫いているのである(12)。

『無名草子』は、『源氏物語』以下の物語批評を行っている。その中で『無名草子』が最も手厳しく批判しているのは、「まことしからぬこと」である。『狭衣物語』以下の物語は、欠点として、現実離れした点が取り上げられ、指摘されている。たとえば、『狭衣物語』では、天人降下の事、狭衣大将が帝になった事など、『夜の寝覚』では、寝覚の君の虚死事件、『浜松中納言物語』では、転生があまりに中国と日本入り乱れている点などが、「まことしからぬこと」として指摘されている。

『源氏物語』雨夜の品定めを範とし、『初雪』のような物語批評をもつ物語を先例に持つ、この『無名草子』は、別名『建久物語』と言われるように、作り物語として創作されていると考えられる。物語批評の部で「まことしからぬこと」を痛烈に批判する『無名草子』みずから、現実ばなれした、「まことしからぬ」設定をするだろうか。百二歳なら超現実的年齢とはいえないという反論もあるかもしれない。しかし、当時の平均寿命は、五十九歳位であり(13)、俊成のように九十一歳まで生きることは、希有のことといえる。百歳を越えた老尼の設定には、かなり無理があろう。老尼がこの作品を書いたという設定になっているが、このような作品が百歳過ぎの老婆に書けるというのだろうか。それこそ現実ばなれしている。

また、森氏が指摘されたように、冒頭(14)の八十三歳という年令は、『白氏文集』巻第二十七の白楽天が如満大師に贈った詩歌の冒頭

百千万劫菩提種（あなたは、未来末永く極楽往生の種を蒔き、）

八十三年功徳林（八十三年の間に積んだ功徳は林の如くである。）

という詩句に拠るのであろう。これは、『和漢朗詠集』に収録されている。また、『大鏡』には、増補部分の二の舞の翁の物語に、万寿二年から数えて八十三年になると語られ、

「いでいで、さりとも八十三年の功徳の林とは、今日の講を申すべきなめり。」

と、引用されている。『大鏡』と『無名草子』の関係の深さからみても、氏の指摘は、妥当と思われる。

しかし、八十三歳が出家した歳ではなく、語っている時点でも何ら問題はないように思われる。森氏は、八十三歳を出家の歳と考え、白楽天の詩句は、八十三年の功徳の積み重ねを讃えているのだが、その詩句を受けた『無名草子』では、出家もせず「いたづらにて過ぎぬる」ことを自嘲的に言ったのだとする。

では、従来説に従って、老尼がすでに出家しており、その後多年を経て、八十三歳になっているとみて、この点

を考えてみる。白楽天の詩句が八十三年の功徳の積み重ねを讃えているのに対し、『無名草子』の老尼は、仏道修行はしていても心は浮世に執着したままである我が身を「いたづらにて過ぎぬる」と自嘲的に表現した、と捉える事が出来るであろう。とすれば、これもまた、従来説を退ける理由にはならないだろう。

五　おわりに

以上のような理由で、『無名草子』に登場する老尼の年齢は、従来通り八十三歳と考えるべきであろうと考える。しかし、筆者は、樋口説を完全に否定するわけではない。八十三歳で出家をし、その後多年を経ているという読みは、百二歳という推定年令を可能なかぎり若返らせれば、成り立ち得ないわけではないと考える。また、森氏の御指摘のように八十三歳という年齢設定は、『和漢朗詠集』や『大鏡』に引用される『白氏文集』の詩句に拠るのであろうし、樋口氏が指摘されるように老尼は後白河院京極が想起されるように描かれているのであろう。

樋口氏の論が出されたことによって、その論をもう一度検討してみる必要があるにしても、『無名草子』の本文を多面的にみる機会が与えられ、『無名草子』研究がさらに進む契機になったと言えるだろう。その意味で、樋口説、森説は、貴重な一石を投じたと高く評価されるべきであろう。

注

(1) 山岸徳平氏「源氏物語研究の初期」(『国語と国文学』大正14・10)では、この老尼に後白河院京極局を想定し、八十三歳という年齢が合わないから、父俊成卿が京極局の作に仮託して書いたとした。しかし、式子内親王説をとっていた石田吉貞氏が俊成卿女(越部禅尼)説に転じて以降は、大方、俊成卿女説が有力である。
(2) 『無名草子新註』(育英書院、昭12・3)、岩波文庫『無名草子』(昭18・2)、『昭和校注　無名草子』(武蔵野書院、昭26・1)、『無名草子評解』(有精堂、昭29・9)
(3) 角川文庫『無名草子』(昭48・11)
(4) 『校註　無名草子』(笠間書院、昭45・5)
(5) 日本思想大系『古代中世芸術論』所収「無名草子」(岩波書店、昭48・10)
(6) 新潮日本古典集成『無名草子』(昭51・12)
(7) 引用は、川島絹江、西沢正二共編『新註　無名草子』(勉誠社、昭61・3)に拠る。
(8) 『無名草子』物語批評の部では、作品冒頭の書き出しの文章に注目し、その優劣を問題にしている。『狭衣物語』『玉藻に遊ぶ』の書き出しを高く評価している。『無名草子』自体、その書き出しの文章には特別の注意を払っていることであろう。
(9) 諸本、皆「苦しき」であり、「見苦しき」ではない。八洲文藻上奏本のみ「見苦しき」であり、これは誤りであることは明らかである。
(10) 早くは山岸徳平氏の御指摘があった。注(1)参照。
(11) 『無名草子』と『宝物集』との関わりについては、樋口芳麻呂氏「『無名草子』の発端」、森正人氏「無名草子の構造」(『国語と国文学』昭53・10)の論文があり、拙稿「『無名草子』の方法―いとぐちの部分の虚構について―」(『中古文学』第28号、昭56・11。本章所収)でも老尼の設定に『宝物集』が深く関わっていると論じた。
(12) 詳しくは拙稿「『無名草子』女性論の方法と構成―説話の摂取と受容を中心に―」(『言語と文芸』一〇〇号、本章所収)を参照。
(13) 服部敏良氏『鎌倉時代医学史の研究』(吉川弘文館、昭39・11)によれば、平安時代の女性の平均寿命は五十二歳。鎌倉時代の女性の場合は五十九歳だという。
(14) 注(8)参照。
(15) 注(12)参照。とくに、『無名草子』女性論の上東門院の記述と照応する『大鏡』の記事は、この引用文のすぐ後にある。

第四節　老尼はなぜ最勝光院に立ち寄ったか

一　はじめに

『無名草子』は、「やそぢあまりみとせの春秋…」と我が身のことを語り始める老尼が(1)、東山あたりを徘徊し、暮れ方に最勝光院を経て、檜皮葺きの邸に辿り着き、そこにいた女房たちの話を聞書した設定になっている。内容は

(1)導入部
(2)風雅の道の素材論（月・文・夢・涙・阿弥陀仏・法華経）
(3)物語批評（源氏物語とそれ以後の作り物語）
(4)歌集批評（萬葉集から千載集まで）

(5)実在女性の論（小野小町から小野皇太后宮まで）

に大別でき、本論は女房たちの会話形態で論じられる(2)〜(5)であり、女の立場から、風雅の道について、その素材、物語、歌集、女性の生き方と順に論じたものと考えられる(2)。その作品設定は、『源氏物語』雨夜の品定め、『大鏡』『今鏡』『水鏡』『宝物集』などの先行文芸を踏襲しつつ、独自の方法と構成を持つ(3)。

さて、本稿で問題にしたいのは、(1)導入部で、老尼が物語の場である檜皮葺きの邸に行き着く前に、なぜ「最勝光院」に立ち寄ったのか、言い換えれば、作者はなぜ老尼を「最勝光院」に立ち寄らせたのかという問題である。

かつて建築関係の論文を集めている時、たまたま杉山信三氏「建春門院の最勝光院について―法住寺殿の御堂に関する研究2」（日本建築学会研究報告・昭31・6）という論文を目にした。杉山氏によれば建春門院御願の最勝光院は、後白河院の仙洞御所である法住寺殿の御堂の一つであるという。杉山氏の研究は「院の御所と御堂―院家建築の研究―」（『奈良国立文化財研究所学報』第11冊、昭37）、それを再録した『院家建築の研究』（吉川弘文館、昭51・9）にまとめられている。

また、それをもとにさらに研究を深めた朧谷寿氏の「最勝光院―院政期における仏教行事の場―」（田村円澄先生古稀記念会編『東アジアと日本　宗教・文学編』（吉川弘文館、昭62・12）所収）や古代学協会・古代学研究所編『平安時代史事典』（角川書店、平6・4）の最勝光院の項（朧谷氏担当）もある。『後白河院』（古代学協会編、吉川弘文館、平5・3）所収の江谷寛氏「法住寺殿の考古学的考察」及び、『平安京提要』（角川書店、平6・6）の法住寺殿の項（江谷寛氏担当）には発掘の現状や復元図も採録され、最勝光院の位置が明らかにされている。

最勝光院の位置は富倉徳次郎氏以来ずっと南禅寺付近と注されてきた(4)。しかし、寺本直彦氏『無名草子』所出「最勝光院」小考」(『青山語文』10号、昭和55・3)では、早く杉山敬一郎氏が南禅寺説を否定し、法性寺内にあると主張していることを指摘。寺本氏は、法性寺でなく、後白河院御所の法住寺内にあったと主張し、作者に推定される俊成卿女との関わりを論じておられる。本稿もこの立場に立つものであるが、法住寺殿内に最勝光院があったことを確認し、作者ではなく、登場人物の老尼が、なぜ最勝光院に立ち寄ったかを、老尼の語る経歴から明らかにしたいと考える。

本論は、最勝光院の位置を確認しつつ、老尼が最勝光院に立ち寄った意味を考えたい。

さらに、平成九年度中古文学会秋季大会(宮城学院女子大学、一九九七・十・二五)において、深沢徹氏によって、「最勝光院」は「最勝金剛院」の誤写であるという仮説が出された。老尼が最初に出仕した皇嘉門院の御母北の政所の御願寺だからだという。建久七年の政変によって政治的に排除された九条家の男が、その鬱々たる心情を女に仮託して書いたもので、それは慈円だという。僧侶だから男女を超越しているのだという。自説のために平然と誤写説を立てることにも驚いたが、当時仏教の立場から女性や文学がどのように扱われていたかご存じないのだろうか。『無名草子』の成立にきわめて深く関与している『宝物集』(5)は、「宝」を追求した。それが仏教である。『無名草子』は、『宝物集』の型に拠り、仏教を尊重しながらも、「捨てがたきもの」を追求したのである。それが風雅の道であり、女性であることであった。否定しようとして否定しきれないやむにやまれぬ思いを「捨てがたし」という詞で表現している。『無名草子』全体を流れる女性としての立場からの提言は到底男に書けるものではない。

本論は、深沢氏への反論にもなろう。

二　老尼の経歴と法住寺殿

物語の場である檜皮葺きの邸で、女房たちを前に老尼は自らの経歴を次のように語る。

人なみなみのことにははべらざりしかども、恥づかしながら、十六、七に侍りしより、皇嘉門院と申し侍りしが御母北の政所にさぶらひて、讃岐院・近衛院などの位の御時、百敷のうちも時々見侍りき。さて亡せさせ給ひしかば、女院にこそさぶらひぬべく侍りしかども、なほ九重の霞のまよひに花をもてあそび、雲の上にて月をもながめまほしき心あながちに侍り。後白河院、位におはしまし、二条院、東宮と申し侍りし頃、その人数に侍らざりしかど、おのづからたち馴れ侍りしほどに、さるかたに人にも許されたる馴れ者になりて、六条院・高倉院などの御代まで、時々仕うまつりしかども、つくも髪苦しきほどになり侍りしかば、頭おろして山里に籠り居侍りて、一部読みたてまつること怠り侍らず。……」

（『新註　無名草子』一一～一二頁）

これによれば、

①16、17歳ごろから皇嘉門院の母で、忠通室の宗子に仕えた。
②崇徳天皇（在位一一二三～一一四二）、近衛天皇（在位一一四一～一一五五）のころ宮中に出入りした。
③宗子、薨去。久寿二（一一五五）九月一五日。
④後白河天皇（在位一一五五～一一五八）に仕え、馴れ者になり、六条天皇（在位一一六五～六八）・高倉天皇（在位一一六八～一一八〇）ごろまで仕えた。
⑤つくも髪苦しき程になり、出家し、山里に籠もった。

ということになる。宗子の死を境として前半は宗子に、その後は後白河天皇に仕え、宮中の馴れ者になったという。そして、この間には保元の乱（保元元年一一五六）が起こっている。

老尼の前半の居所は、宗子とともにあった。聖子が崇徳天皇に入内し、中宮となり、譲位後は近衛天皇の准母として皇太后になったため、その縁で内裏に時折出入りしたという。久安四年（一一四八）、忠通は藤原忠平建立の法性寺のあたりに御所を造営し移った。世に法性寺殿という。宗子は法性寺北政所とよばれた。宗子御願の御堂最勝金剛院も建立。宗子は久寿二年（一一五五）ここで亡くなった。

時、相前後して後白河天皇が即位し、翌保元元年（一一五六）鳥羽法皇の死をきっかけとして保元の乱が勃発した。この結果、後白河天皇、関白忠通方が勝利し、崇徳天皇は讃岐に配流、忠通の弟、頼長は敗死。皇嘉門院は垂尼となるが、忠通は氏の長者が代々伝領してきた東三条院を皇嘉門院に献上し、皇嘉門院の弟兼実を猶子にするなどして、以後忠通・兼実らで後見をしていく。

宗子の死後、老尼は宮中の宮仕えに興味があり、この皇嘉門院ではなく、直接、後白河天皇に仕えたという。おそらく保元の乱後であろう。折しも信西の建議によって久しく荒廃していた大内裏の造営が図られ、保元二年（一一五七）一〇月に完成。この新造大内裏において、年中行事が華々しく行われた。老尼が憧れたのも無理からぬことである。後白河天皇は保元三年、二条天皇に譲位し、院政を開始。平治の乱（一一五九）後、法性寺の北、河東、八条末あたりに法住寺殿を造営。永暦二年（一一六一）にはじめて渡御。この時期に高倉天皇を生んで後白河院の女御となった平滋子は、院とともに法住寺殿を居所とし、優雅な生活を送ったという。平滋子は嘉応元年（一一六九）建春門院となり、承安二年（一一七二）に法住寺殿の一郭に最勝光院を建立し、安元二年（一一七六）崩御。後白河院に深く寵愛されたはなやかな生涯であった。『今鏡』は平氏の国母が栄えた故に平氏の隆盛があったととらえている。滋子所生の高倉天皇も東宮時代には法住寺殿に居住し、帝位についてからは嘉応元年（一一六九）の朝観行幸以来、法住寺殿行幸を恒例とした。『年中行事絵巻』の朝観行幸図は高倉天皇のものと推定されている。『承安五節絵』もこの時代に作られたものであり、多くの絵巻類が蓮華王院の宝蔵に納められたという。

治承元年（一一七七）、大火によって大内裏・大極殿・八省院などが焼け、鹿ケ谷の密議が露顕するなど不穏な情勢となり、平清盛が権力を強め、治承三年（一一七九）清盛は院政を停止し、後白河院を鳥羽殿に幽閉。治承四年（一一八〇）高倉天皇は安徳天皇に譲位。老尼はこのころまでには宮仕えをやめている。後白河院の院政最もはなやかな時代が、建春門院平滋子の生存していた頃なのである。老尼は宮廷女房として後白河院周辺にいた可能性が高い。

三　法住寺と最勝光院の位置

杉山信三氏によれば、法住寺殿は、後白河院の御所群と蓮華王院、最勝光院などの御堂、今熊野社、新日吉社の神祠群の総称で、鳥羽殿、白河殿を継承しつつ、新たに造営された極めて広大な仙洞御所である。これらは後白河院譲位後、永暦元年（一一六〇）から造営が開始され、鴨河東、七条末から八条に至る四方十余町を占めて完成した。御所には南殿（東山御所ともいう。狭義の法住寺殿）・西殿・七条殿（北殿）がある。

位置は「現在の京都国立博物館とその南側の三十三間堂、さらにその南の東海道本線の南あたりまでの広大な地域」という『平安京提要』の解説（江谷寛氏）がわかりやすい。杉山氏の推定図も掲載されているので次頁に引用しておく。

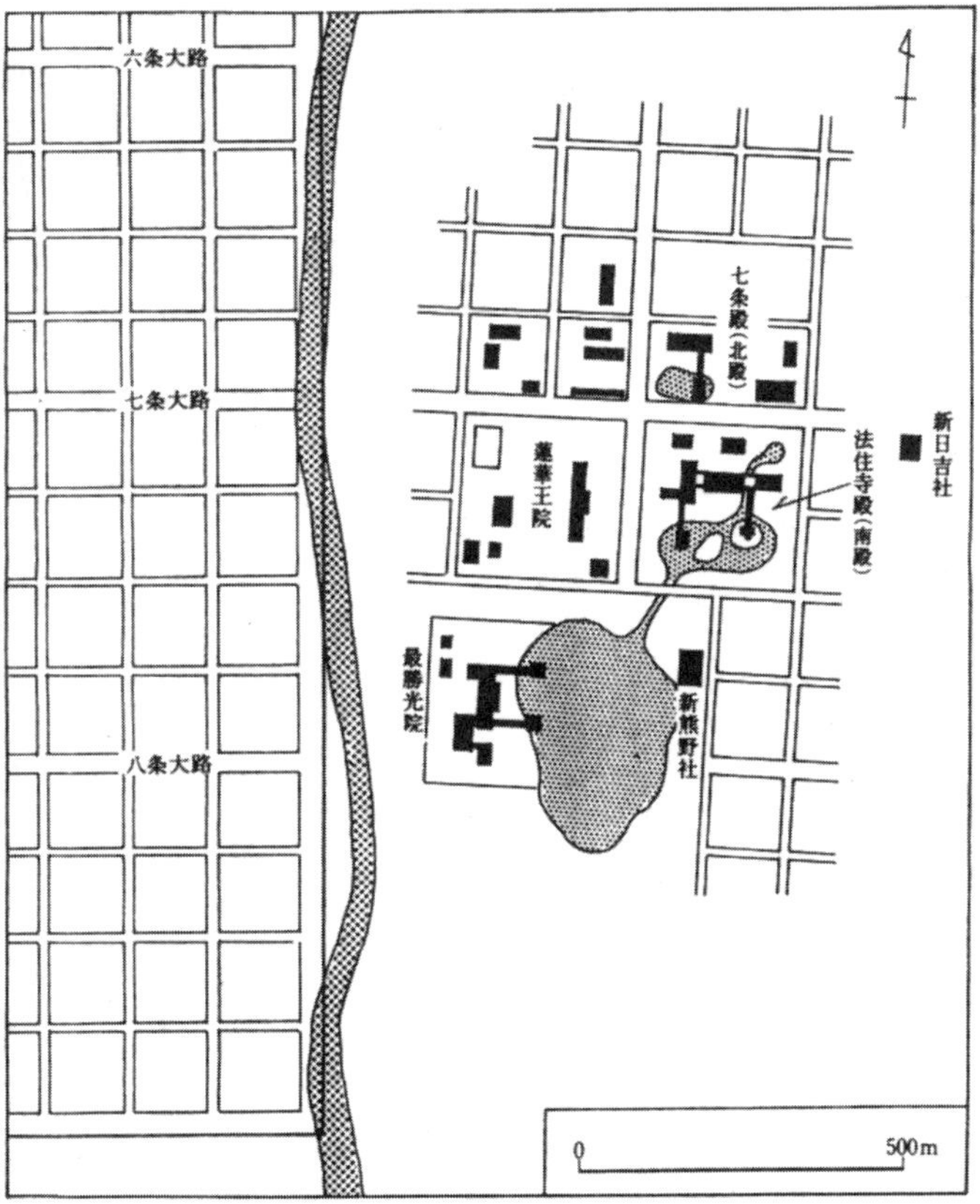

図１　法住寺殿推定位置図（『平安京提要』より）

さて、最勝光院の位置は杉山氏によれば「広義の法住寺殿の一部、東南に位置を占めて、東は広大な池に面し、今熊野社に相対し、南はおそらく八条末をこえていたであろうし、西は柳原を間において鴨川に沿い、北はやはり池の一部に面していたかと思う場所」と推定される。今熊野社と最勝光院の間は船で通う所であり、建春門院が南殿から最勝光院へ移動するのにも船が用いられている。（『吉記』承安二年二月十九日条、承安四年二月二十三日条）池は南殿の南側にあり、最勝光院に東面し、築地塀の下をくぐって通じていたと考えられ、現在の今熊野池田町あたりらしい。

昭和五七年、一橋小学校の給食室新築に際しての京都市埋蔵文化財研究所の発掘調査の結果、東西二間分、南北三間分の基壇の建物一棟が検出された（6）。昭五八年には一橋小学校東南の大谷学園で、大谷高等学校法住寺殿遺跡調査会の発掘調査が行われ、池跡が検出され、最勝光院の時期に相当する地層から法住寺南殿と同型の播磨産瓦が出土したという（7）。これらによって位置の確認、池の存在は実証されている。

四　最勝光院の成立とその後

承安二年（一一七八）二月三日、建春門院御願の御堂が法住寺殿の一郭に上棟した。これが最勝光院である。これに先立ち、承安元年（一一七七）十一月、後白河院と建春門院は宇治の平等院を歴覧し、これと同様の阿弥陀堂を法住寺殿内に作ろうとしたらしい。（『玉葉』十一月一日条）

堂は東向きで池に面しており、大門は四脚門で南にあった。その額に「最勝光院」という号を書いたのは九条兼実である。御堂の調度、供養のための道具類、障子絵に至るまで、細かな指示が後白河院から出されたという。承安三年十月五日、後白河院と建春門院が渡御、二十一日の供養には高倉天皇、関白、左右大臣が列席した。それに先立ち、十七日には供養習礼が行われている。十一月二十四日には持仏堂（小御堂）供養があった。これらの有り様を記録した『玉葉』、『吉記』承安四年二月九日の修二会の記事などから杉山氏は、最勝光院の建物として、御堂・南門・中門・中門廊・透渡殿・南及び北卯酉廊・南及び北二階廊・透廊・御堂南子午廊（持仏堂）・西対を挙げ、想定図を作成されている（次頁・図2）。

また、清水擴氏『平安時代仏教建築史の研究—浄土教建築を中心に—』（中央公論美術出版、平4・2）では杉山氏の業績を踏まえつつ、新たに金沢文庫資料全書巻九の「最勝光院修二月差図」を資料に加えて、次のような復元図（次頁・図3）を提示している。

承安五年（安元元年、一一七五）、新たな御所（最勝光院南御所）も加わり、いよいよ盛大になっていった。翌安元二年（一一七六）初夏、この南御所で田植えの行事が催され、両院が出御。この行事からまもない七月八日、建春門院は三十五歳の生涯を閉じた。

後白河院は女院亡き後も最勝光院を御在所とすることがあったらしいが、治承三年（一一七九）十一月平清盛によって院政を停止され、鳥羽殿に幽閉されたことは先に述べた。養和元年（一一八一）平清盛の薨去の際は最勝光院から今様乱舞の声がきこえたという。

平家が滅んで四カ月後、元暦二年（一一八五）の大地震で、最勝光院の北釣殿、廊が転倒、二階廊も半倒したと『吉記』が伝えている。また建久八年（一一九七）閏六月二五日にも大風で破損したという。（『大日本史料』東寺文書）その後、嘉禄二年（一二二六）六月四日、放火炎上するまで健在で、藤原定家をして「土木之壮麗、荘厳之華美、天下第一之仏閣、惜而可惜、悲而可悲」（『明月記』同日条）と嘆かせている。

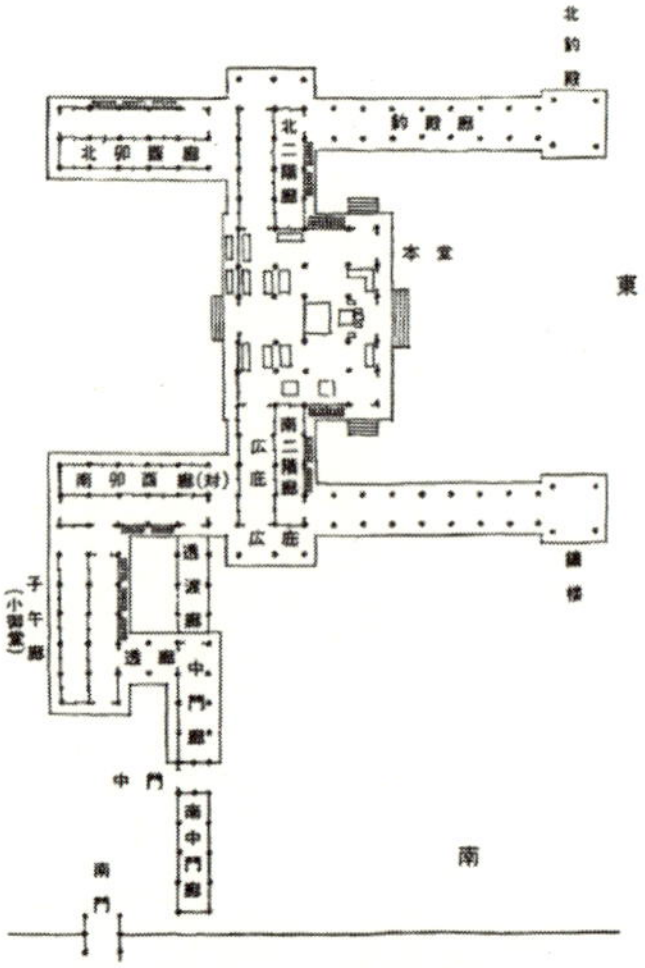

図２　最勝光院御堂想定図
杉山信三氏『院家建築の研究』

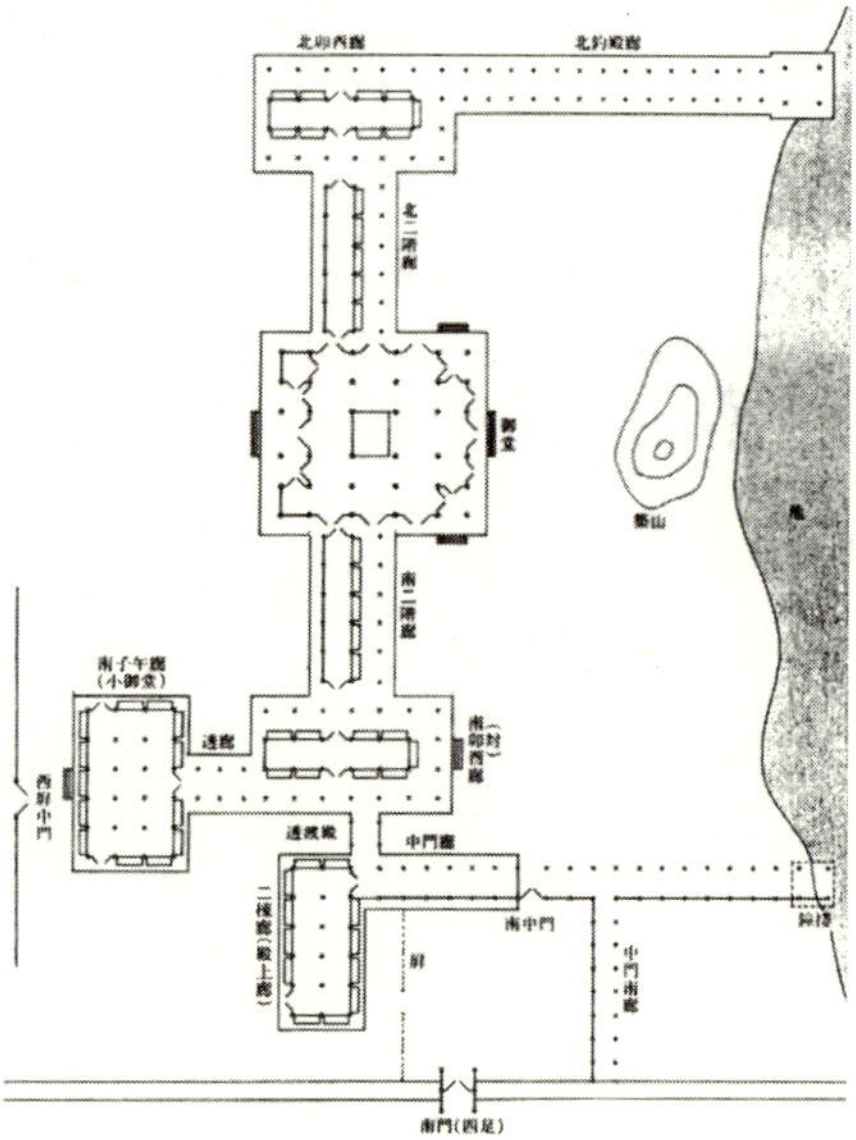

図３　清水擴氏最勝光院復元図

五　老尼が最勝光院に立ち寄る理由

では、『無名草子』の本文に戻って、老尼にとっての最勝光院の意味を考えてみよう。

やうやう日も暮れ方になり、たち帰るべきすみかも遙けければ、いづくにても行きとまらむ所に寄りふしなむと思ひて、「三界無安猶如火宅」と口ずさみて歩み行くほどに、最勝光院の大門開きたり。うれしくて歩み入るままに、御堂の飾り・仏の御様などいとめでたくて、浄土もかくこそと、いよいよそなたにすすむ心ももよほさるる心地して、昔より古き御願ども多く拝みたてまつりつれど、かばかり御心に入りたりけるほど見えで、金の柱・玉の幢をはじめ、障子の絵まで見どころあるを見侍るにつけても、まづこの世の御幸ひも極め、後の世もめでたくおはしましけるよと羨ましく、伏し拝み、立ち出で…（中略）…こなたざまには人里もなきにやとはるばる見わたせば、稲葉そよがむ秋風思ひやらるる早苗、青やかに生いわたりなど…（七〜九頁）

後白河院と建春門院が意匠を凝らして作り上げた最勝光院（8）は、両院の栄花を極めた象徴であり、そこに親しく仕えた老尼の思い出の場でもあった。広大な池に面し、平等院阿弥陀堂を模しているのであるから「浄土もかくこそ」というのも頷ける。「この世の御幸ひも極め」たのは建春門院（9）で、栄花の絶頂の中、平家没落を見ずになくなったのも幸運といえるだろう。皇嘉門院もその母北の方（10）も「この世の御幸ひも極め」たとはいえないだろう。「稲葉そよがむ秋風思ひやらるる早苗、青やかに生いわたり」も建春門院の死の直前の田植えの行事が連想される。

老尼が物語の場へ行き着く前に最勝光院に立ち寄るのは、そこがかつての宮仕えの場であったからであろう。これは、『宝物集』に登場する平康頼とおぼしき人物が、物語の場である清涼寺に行き着く前に、かつて仕えていた大内裏を思い出に耽りながら通り抜けるのと同じ手法であり、『無名草子』が『宝物集』の手法を意識的に取り入れていると考えられるのである。

かつての思い出の地は、かつて老尼が宮仕えしていたころの文化の中心でもあった。そこを参詣し、老尼は物語の場である檜皮葺きの邸へと踏み込んでいくのである。

注

（1）「やそぢあまりみとせの春秋…」という語り出しから、老尼の年齢を八三歳とする読みが従来から行われている。（冨倉徳次郎氏の『無名草子新註』・岩波文庫『無名草子』・『昭和校注無名草子』『無名草子評解』、山岸徳平氏の角川文庫『無名草子』、鈴木弘道氏『校註無名草子』、北川忠彦氏の岩波日本思想大系『古代中世芸術論』所収『無名草子』、桑原博史氏の新潮日本古典集成『無名草子』、川島絹江・西沢正二『新註無名草子』など）しかし、樋口芳麻呂氏「『無名草子』の発端」（『国語と国文学』昭53・10）では出家した歳が八三歳であって、その後多年経て、作品内では推定年齢百二歳の老尼であるとし、これを受けた森正人氏「場の物語・無名草子」（『中世文学』27号、昭57・10）では八十三という数字が『白氏文集』の如満大師を讃えた詩句「百千万劫菩提種八十三年功徳林」及びそれを引用した『和漢朗詠集』『大鏡』の表現によるとし、百三歳～百十五歳と推定する。『白氏文集』の「八十三年功徳林」からの引用とする点は鋭い指摘として認めうる。しかし、百二歳説、百三歳～百十五歳説は、老尼が自ら語る経歴からすると、後白河院に再出仕する年齢が、すでにつくも髪苦しい五十七歳以後になってしまい、成り立ち得ない。詳しくは拙稿「『無名草子』の老尼について」（『研究と資料』第16輯、昭61・12。本章所収）で論じた。

（2）川島絹江・西沢正二共編『新註無名草子』（昭61・3、勉誠社）解説（担当川島）、川島絹江「『無名草子』女性論の方法と構成―説話の摂取と受容を中心に―」（本章所収）などで触れた。

（3）冨倉徳次郎氏『無名草子評解』、樋口氏注（1）の前掲論文、森正人氏「無名草子の構造」（『国語と国文学』昭53・10）、川島絹江「『無名草子』の方法―いとぐちの部分の虚構について―」（『中古文学』28号、昭56・11。本章所収）「『無名草子』における「捨てがたし」について―『源氏物語』からの継承―」（『研究と資料』20輯、昭63・12。本章所収）など。

（4）『新註無名草子』以外の注1掲出の注釈書、および久保木哲夫氏『堤中納言物語　無名草子』（完訳日本の古典・小学館）はすべて南禅寺付近とする。『新註無名草子』のみ「今熊野付近」とする。

（5）注2、注3掲出論文。

（6）京都市埋蔵文化財研究所編『昭和五七度京都市埋蔵文化財調査概要』（昭59）。柱間は2・3～2・4mで、方向が東偏している。

（7）杉山信三・長谷川行孝氏『大谷中・高等学校内移籍発掘調査報告書』（昭59、大谷高等学校法住寺殿遺跡調査会）

（8）中村文氏「建春門院北面歌合をめぐって」（『和歌文学研究』62号、平3・4）によれば、後白河院と建春門院は同宿することが多く、後白河院が院司を介して建春門院の行事に深く関与したり、両院の院司を兼ねる者もいた。最勝光院は建春門院の御願といえども、後白河院と深く関わる御堂なのである。また、最勝光院成立以前の嘉応二年（一一七〇）、後白河院の留守中に、法住寺殿で建春門院が主催した「建春門院北面歌合」は、平安時代末期、女性主催の歌合が極めてとぼしい（谷山茂氏『新古今時代の歌合と歌壇』）中にあって、印象的なものといえよう。後白河院に仕えた老尼が最勝光院にて建春門院を追慕する理由の一つに、今様を愛し、和歌にあまり関心を示さなかった後白河院に対し、建春門院が歌合を主催し、和歌を擁護した点もあげられようか。

（9）建春門院は、後白河院の姉、上西門院の女房（女房名・小弁）であったが、後白河院に寵愛され、国母、皇太后宮となり、女性としての栄花を極めた。

（10）『今鏡』は夫忠通が「御心のいろめきておはしまししかば、ときめき給ふ方々多くて、北の方はきびしくものし給ひしかども」としている。子供は皇嘉門院他女子一人。好色な夫に対し、心休まることは少なかったであろう。

【付記】

前掲資料の他、次のものを参考資料とした。
福山敏男『住宅建築の研究』（中央公論美術出版、昭59・8）
五味文彦『院政期社会の研究』（山川出版社、昭59・11）

安田元久『後白河院』（吉川弘文館、昭61・11）
太田静六『寝殿造の研究』（吉川弘文館、昭62・2）
朧谷寿・加納重文・高橋康夫編『平安京の邸第』望稜舎、昭62・5）
小松茂美　日本の絵巻8『年中行事絵巻』（中央公論社、昭62・11）
稲垣栄三先生還暦記念論集『建築史論叢』（中央公論美術出版、昭63・10）
京都府文化財保護基金編『京都の文化財地図帳』（平5年改定増補）
元木泰雄『院政期政治史研究』（思文閣出版、平8・2）

第五節　女性論――説話の摂取と受容を中心に――

一　はじめに

鎌倉時代初期に成立した『無名草子』は、平安文芸・女流評論書というべきもので、その作品設定や内部構造は、先行文芸である『源氏物語』の雨夜の品定め、『大鏡』『今鏡』『宝物集』等に拠っているところが多い。樋口芳麻呂氏「『無名草子』の発端」(『国語と国文学』昭53・10)では、これらの先行文芸と『無名草子』発端部分との詳細な比較検討がなされているし、森正人氏「無名草子の構造」(同右)では、特に『宝物集』について、その対比の中にきわだつ『無名草子』の独自性が追求されている。筆者もかつて、これらの論を踏まえて、『無名草子』発端部分の虚構の方法について論じたことがある。(「『無名草子』の方法—いとぐちの部分の虚構について—」『中古文学』第28号、昭56・11。本章第二節)

作品設定や内部構造に深く関わるこれらの作品は、発端部分だけでなく、後半に位置する女性論にも深く関わっている。女性論の部分の研究は、冨倉徳次郎氏の『無名草子新註』(育英書院、昭12・3)、岩波文庫『無名草子』(昭18・2)『昭和新註無名草子』(武蔵野書院、昭26・1)、『無名草子評解』(有精堂、昭29・9)の一連の注釈作業の過程で行われ、出典とみられる先行文芸や関わりのありそうな作品が詳細に調査されている。しかし、女性論の部分が論として取り上げられるようになったのは、桑原博史氏「無名草子の女性論」(『中古文学』第8号、昭46・9)が初めてであった。

桑原氏は、女性論の方法の特徴として、冨倉氏の研究を踏まえ、説話の摂取をあげる。伊勢御息所の記述が『今昔物語集』巻二十四―三十一話、定子皇后の記述が『枕草子』、小野皇太后宮の記述が『今鏡』、大斎院の記述が『古本説話集』に拠るとし、前三例を詳細に比較検討して、特徴として、出典とは視点を変えている点、文章を簡略化している点等を指摘する。また、女性論の配列には連想(例えば、伊勢大輔から伊勢御息所へ)が働いているとする。桑原氏の論文は、『無名草子』作者の享受した『枕草子』が、能因本である点を補正する必要があるにしても、『無名草子』を物語批評書としか見ない傾向のあった中で、画期的な論といえる。『無名草子』を一つの作品として位置付ける時、後半部の女性論は無視できない重さを持っている。

筆者は、『無名草子』を女の立場から書かれた風雅論書と考えている。聞き手も語り手も、登場するのは女のみ。物語の初めに、女房たちによって、捨てがたきふしとして語られる月・文・夢・涙・阿弥陀仏・法華経は、風雅の道の素材をまず、論じていると見る。次の物語論、歌集論は、風雅の道の一環として論じられるわけだし、最後に位置する女性論は、風雅の道に徹した実在の平安女性が取り上げられ、「女としていかに生くべきか」「いかに死んで行くか」が論じられている。

このような作品が生まれた背景として、物語や女性を否定的に扱う仏教の隆盛と、それに反して、当時、『源氏物語』を初めとする作り物語の熱狂的な支持者が、かなり存在したことがあげられるであろう。当時、仏教的な立場から、物語を狂言綺語の戯れとする風潮があった(1)。例えば、『宝物集』には、紫式部が、『源氏物語』を書いたが故に妄語を犯した報いで地獄に堕ちた、という話が伝えられている。『源氏供養』『源氏一品経』もそうした立場で編まれたものである。それに対し、『今鏡』は、作り物語のゆくえを論じ、紫式部が観音の化身であり、人を導くためにこの世に現れ、『源氏物語』を書いたとする。また、語り手を紫式部のもと侍女にしている。仏教との妥協の産物とはいえ、『源氏物語』を高く評価していることが窺える。

そうした中で、『無名草子』は、仏教と風雅の道が相反するものではないことを主張する。女の手になる物語を、実際の読みの中で批評し、論じていく。風雅に徹した女の末路が、地獄であるとはかぎらず、極楽往生であることも有り得ると、実例をあげて示している。男の立場から男中心の社会を語る『大鏡』『今鏡』に対し、女の立場から、女の文学、女の人生を語るところに、この作品の眼目があると見る。『無名草子』の設定や方法が『大鏡』『今鏡』『宝物集』等を一見模倣しているようにみえるのは、単なる模倣などではなく、これらの作品をかなり意識していることを読者に明示しているからに他ならない。その上で、別の立場に立つことを表明してもいるのである。

女性論では、『大鏡』『今鏡』『宝物集』そして、『古本説話集』から取材している。これらの作品からの取材の方法から、『無名草子』という作品の本質を探ってみたい。

二　『無名草子』と『宝物集』

『無名草子』の女性論は、名高い平安女性の才能を評価するとともに、その末路を語っていく点に特徴がある。まず小野小町の歌才を褒め称え、その末路の髑髏伝説を語る。続いて、同じく晩年に零落したと伝えられる清少納言について語り、時めいたまま一生を送ることの難しさを語る。小町、清少納言のような晩年、死をむかえるならば、むしろ、小式部内侍のように短命であっても、時めいたまま死を迎えたい。小式部内侍の記述は、このような短命賛美である。そして、その母、和泉式部へと話題が転じて行く。

この小式部内侍の記述は、『宝物集』から取材したと考えられ、続く母和泉式部の記述の一部も『宝物集』に拠ったと考えられる所がある。これは、まだ誰も指摘していないことなので、詳述しておきたい。以下、両者を比較してみる。

『無名草子』	『宝物集』
小式部内侍こそ誰よりもいとめでたけれ。かかる例を聞くにつけても、命短かりけるさへいみじくこそおぼゆれ。さばかりの君に、とりわきおぼし時めかされたてまつりて、亡きあとまでも御衣など賜はせけむほど、宮仕への本意、これにはいかが過ぎむと思ふに果報さへいと思ふやうに侍りかし。よろづの人の心を尽くしけむ、ねたげにもてなして、大二条殿にいみじく思はれたてまつりて、やむごとなき	上東門院の女房に、和泉式部と云者あり。其娘小式部の内侍とて、いみじく時めく人ありけり。大二条殿の思人にて、殊の外にもてなし給ひけり。萬の人、心をつくし思ひをかけたりけれ共、御子静圓僧正など出来給ひて、おもくもめでたくて過ける程に、はかなく煩て、程なく失にけり。母の嘆きさこそは侍りけめ。院もいとおしく思召けるなめり。失にしか共、年来たびならひたる事なればとて、衣ふくをつ

僧の子ども生みおきて隠れにけむこそ、いみじくめでたけれ。
……（中略）……
また、小式部内侍亡せて後、女院より賜はせける御衣に『小式部内侍』と札付けたるを見て
もろともに苔の下には朽ちずして
埋もれぬ名を見るぞ悲しき
（九四〜六頁）(2)
かはしたりけるに、小式部内侍と云札のつきたるをみて、今更かきくらす心ちしければ、
諸ともに苔の下には朽ずして
埋もれぬ名をみるぞかなしき
（九冊本・四五〜六頁）(3)
『宝物集』の一つの説話が、小式部内侍、和泉式部の連続する二つの項に分断されている点に注意しなければならない。『無名草子』の小式部内侍の記述は、『宝物集』の記述に酷似している。また、和泉式部の五つの歌話中、第二話に「もろともに…」の歌が取られている。この歌話は、『金葉和歌集』(4)にも、『古来風躰抄』(5)にも収められている。(6)

○『金葉和歌集』巻第十、雑部下、六二〇番（二度本による）

小式部内侍うせてのち上東門院より年ごろたまはりけるきぬをなきあとにもつかはしたりけるに、小式部とかきつけられて侍りけるを見てよめる
和泉式部
もろともにこけのしたにはくちもせでうづまれぬなを見るぞかなしき

○『古来風体抄』、下（初撰本による。再撰本も同文）

小式部内侍うせてのち、上東門院より、としごろたまひける事を、なきあとにもたまへりけるに、小式部の内侍とかきつけられたりけるをみてよめる
いづみしきぶ

もろともにこけのしたにもくちずしてうづもれぬ名をみるぞかなしき

『無名草子』の歌詞と『宝物集』（九冊本）の歌詞は同じであるのに(7)、現存『金葉和歌集』も『古来風体抄』も傍線部の歌詞が異なっている。さらに、『金葉和歌集』『古来風体抄』では、小式部内侍の名がただ「書きつけられ」ているとあり、何に書きつけられているか明らかではないが、『宝物集』では、「札」という語があり、『無名草子』も「札」としている。これは、『無名草子』が『宝物集』から取材していることの一証となろう。

『宝物集』は、「抑、人の為に何か第一宝にて侍る」という問いに対し、隠れ蓑、打出の小槌、金、玉、子、命、と提示してはそれを打ち消し、最終的には、第一の宝は仏法であると説く。小式部内侍の話は、第一の宝が子であるという説を否定し、命の方が尊いとする例証として語られている。子を持っても、先立たれたら一層辛い。命長く生きた方がいい。『宝物集』は、こう主張している。

ところが、『無名草子』は同じ話を、全く別の立場で取り上げている。『無名草子』では、むやみに長生きするより、人々に愛され、惜しまれながら、絶頂の中で死んで行く人生を良しとする。小式部内侍の話は、むしろ短命賛美の例として取り上げられている。これは、『無名草子』発端部分の、「さてもさても、何事か、この世にとりて第一に捨てがたきふしある。」という発問から、月、文、夢、涙、阿弥陀仏、法華経とその価値を見出しつつ物語論へと転ずる手法が、『宝物集』の単なる模倣の域を脱し、独自の立場と方法を持つ事(8)と相通じている。

なお、『宝物集』は、周知の如く異本の多い作品だが、この小式部内侍の話の無い本もある。伝康頼自筆一巻本は、首部を欠くので当然無い。片仮名三巻本、七巻本、九冊本には、収録されているが、二巻本、平仮名三巻本には無い。鎌倉時代にまで遡れる古写本光長寺本（巻一零本）には存在する。『宝物集』は、治承二年（一一七八）頃の成立とされるが、『千載和歌集』撰進以前に康頼自身の手になる改稿本も成立していると考えられている。七巻本、九冊本の祖本は、この改稿本と推定されている。『宝物集』が『無名草子』に先行していることは確かであるし、『宝物集』と『無名草子』発端部分の関わりの深さから見ても、女性論の小式部内侍の記述は、『宝物集』と深い関わりがあろう。もちろん、二巻本、平仮名三巻本には無いのだし、断定は憚られるが、逆に言えば『無名草子』から、『無名草子』の成立した当時の『宝物集』の形態も多少なりとも想定できるのではなかろうか。

三 『無名草子』と『古本説話集』

『無名草子』の女性論は、『古本説話集』と深く関わっている。大斎院説話が『古本説話集』第一話から取材したであろうことは、すでに桑原氏（前掲論文）が述べている。その後、鈴木弘道氏が「無名草子における大斎院説話・定子中宮説話」（『平安文学研究』第54輯、昭50・11）で、大斎院説話は、『古本説話集』のみならず『今昔物語集』にもあり、どちらかと言えば、『今昔物語集』の方が近い、とした。しかし、筆者が両者全文にわたって比較したところでは、どちらかと言えば、『古本説話集』の方が近いと言える（もっとも、現存本文の比較にどの程度の価値が見出せるか疑問であるが）。また、『古本説話集』『今昔物語集』両者の藍本が存在する可能性も大きい。本文の近似だけで出典を云々することは、とくに説話の場合危険である。『源氏物語』や『枕草子』のように『無名草子』の中で具体的に扱われている作品、『宝物集』『大鏡』『今鏡』のように構想や成立に関わっている作品であるならば、出典と考えるのは当然であろうが。

ところが、『古本説話集』は、大斎院説話だけでなく、『無名草子』女性論の和泉式部、宮の宣旨、紫式部の記述にほぼ同文の説話が、ひとまとまりで取られている。『古本説話集』の成立は、平安時代末期と推定されている。

一応、仮に『古本説話集』が『無名草子』に先行する作品と考えてみると『古本説話集』は、単に説話の出典と言うだけでなく、『無名草子』女性論の構成にまで関わっていると考えられる。なお、この件と、先の『宝物集』の件については、西沢正二氏との共編『新註無名草子』(勉誠社、昭61・3)の解説(川島執筆)に略述した。紙面に余裕がなかったので、略述せざるを得なかったが、今ここに詳述したいと思う。

和泉式部の記述は、次のように構成されている。同話をもつ先行作品を掲げる。

(1) 歌才・人物批評
(2) 「物思へば…」の歌話 →『古本説話集』第六、『後拾遺集』『金葉集』等
(3) 「もろともに…」の歌話→『宝物集』『金葉集』『古来風躰抄』
(4) 「とめおきて…」の歌話→『古本説話集』第七、『宝物集』
(5) 「親の親と…」の歌話 →『拾遺集』(作者が違う)
(6) 「暗きより…」の歌話 →『古本説話集』第七

和泉式部の記述は、『古本説話集』の〈帥宮の和泉式部に通ひたまふ事第六〉最後部から〈和泉式部が歌の事第七〉のすべてが、(2)・(4)・(6)と順序に従って取り入れられ、さらに(3)・(5)と一つおきに他の歌話が取り入れられている。先述の如く、(3)は『宝物集』から取材していると考えられる。特に(6)の歌話は、『古本説話集』以外の先行作品には見られない。

続く宮の宣旨の記述も、『古本説話集』〈御荒の宣旨が歌の事　第八〉と重なりあっている。和泉式部の記述とは逆に、『古本説話集』の五話の中、第二、三、四の連続する三話のみが『無名草子』に取られている。第二、四は『後拾遺集』にも載るが、詞書に無い内容が『無名草子』『古本説話集』では、共通している。また、第三は『古

本説話集』以外の先行作品には無い。

このように和泉式部から宮の宣旨までが『古本説話集』第六の最後部から第八まで連続して同文関係にある。本文は、全くの同文ではなく、『古本説話集』より『無名草子』の方が簡略化しているといえる。

ところで、『古本説話集』では、「みあれの宣旨」(本文中)であるのに、『無名草子』では、「宮の宣旨」となっている。また、『後拾遺集』に載る二首の作者は「大和の宣旨」となっている。これは何を意味するのだろうか。『古本説話集』第八の最後に二・三字下げて次のような記述がある(9)。

御堂の中姫君、三条院の御時の后、皇太后宮と申したるが女房なり。大和の宣旨とも申しけり。よにいみじき色好みは、本院の侍従、みあれの宣旨ともうしたる。…(以下略)…(一〇四頁)

これから「みあれの宣旨」が「大和の宣旨」であることがわかる。「大和の宣旨」は、枇杷殿の皇太后宮妍子の女房で、『無名草子』にも枇杷殿の皇太后宮の女房として、その名が後出する。では、『無名草子』は何故この部分を「大和の宣旨」としないのだろうか。また、何故『古本説話集』のように「みあれの宣旨」としないのか。『無名草子』は、この説話の出典を尊重して「大和の宣旨」を用いず、また、出典通りの「みあれの宣旨」では、引用部分のような解説が必要となるので「みあれのせんじ」という語感を生かしつつ、皇太后宮妍子の女房という意味で「みやのせんじ」としたのではなかろうか。

『無名草子』の宮の宣旨の記述に続いて、次のような本文がある。

されども、さやうのたぐひは、昔よりいと多く侍るめり。赤染が『まつとはとまる人やいひけむ』と詠める、伊勢大輔が『あふみの海に難からめ』と詠めるも、ほどほどにつきていみじからぬやはある。(九八頁)

ここで語られる宮の宣旨、赤染衛門、伊勢大輔に共通するのは、恋人や夫に対する物思いの激しさである。赤染衛門のこの歌についての話が、『古本説話集』〈赤染衛門の事　第五〉の前半にあり、また、伊勢大輔の歌についての話は、『古本説話集』〈伊勢大輔が歌の事　第九〉の中間にある。

『無名草子』では、この文章に続いて、伊勢大輔の連想から伊勢御息所について語られる。次いで音楽論へと移り、やがて、刹那的な音楽を否定し、時を超越する文学論へ転ずる。ここに物語の最高峰『源氏物語』の作者紫式部が語られることになる。この紫式部の記述の冒頭は、先述の『古本説話集』第八に続く第九の冒頭と同文関係にある。さらに、後述される大斎院の話も『古本説話集』と同文関係にある。次頁のような関係になる。

これだけ両者に重なる部分があり、しかもまとまっているとなると、『古本説話集』が『無名草子』に先行しているならば、『無名草子』が『古本説話集』から取材したと見るのが自然であろう。しかし、そう断定するには少々問題がある。まず、『無名草子』より明らかに後出する説話集『世継物語』（『栄花物語』のことではなく、別名『小世継』と呼ばれるもの）、『宇治大納言物語』（『世継物語』に『十訓抄』から四話加えたもの）にも、『古本説話集』第六～九がまとめて同文で収録されているからである。これは、『無名草子』がまとめて取り入れた一群をそのまま持つ説話集が『古本説話集』の他に存在する可能性の高い事を示している。冨倉氏は『無名草子評解』（昭29・9）の中で、『世継物語』の方が『無名草子』から引いたとされた。『古本説話集』は、昭和二十四年初めて一般に公開された孤本であり、冨倉氏は、この書については何も触れておられない。しかし、『世継物語』『宇治大納言物語』が『無名草子』から引いたとするには無理があろう。両者の本文は、『無名草子』の方が簡略化されており、前者があって初めて『無名草子』が存在する態を示している。『無名草子』に先行する『世継物語』『宇治大納言物語』の祖本となったものが存在したと考えられる。その祖本には、第六～第九の説話群が存在するはずである。それが『古本説話集』であるかどうかはわからない。『世継物語』『宇治大納言物語』が同文で書承した祖本で、散逸し

『無名草子』

和泉式部(1)「物思へば…」の歌話
「もろともに…」の歌話
(2)「とめ置きて…」の歌話
「親の親と…」の歌話
(3)「暗きより…」の歌話
宮の宣旨(4)「とめ置きて…」の歌話
(5)「よそにても…」の歌話
(6)「恋しさを…」の歌話
(7)赤染が『松とはとまる人や言ひけむ』と詠める
(8)伊勢大輔が『近江の海に難からめ』と詠めるも
伊勢御息所「散り散らず…」の歌話
音楽論
兵衛内侍の話
紫式部─(9)『源氏物語』成立譚その一
その二
人物論
(中略)
(10)大斎院の話
小野皇太后宮の話

『古本説話集』

(10)第一　大斎院の事
(7)第五　赤染衛門の事
(1)第六「物思へば…」の歌話
(2)第七「とどめおきて…」の歌話
(3)「くらきより…」の歌話
第八─a「ひるは蝉…」の歌話
(4)─b「はるばると…」の歌話
(5)─c「よそにても…」の歌話
(6)─d「恋しさを…」の歌話
─e「身を捨てて…」の歌話
─f　みあれの宣旨の解説
(9)第九─a『源氏物語』成立譚
─b「いにしへの…」の歌話
─c「あふみの海に」の歌話
(8)─d「君みれば…」の歌話

た説話集が存在した可能性も高い。

しかし、『古本説話集』と異なる『世継物語』『宇治大納言物語』の祖本が存在するにしても、『無名草子』の出典としては、『古本説話集』の方がよりふさわしい。その理由を次に挙げる。

『古本説話集』第八の最後部、二、三字下げた文章もそっくり『世継物語』『宇治大納言物語』に存在するけれど、「大和の宣旨とも申しけり。よにいみじき色好みは、」の部分が、『世継物語』『宇治大納言物語』には、欠けているのである。また、〈赤染衛門の事第五〉、〈大斎院の事第一〉も無い。『無名草子』の素材としては、『古本説話集』の方がよりふさわしい。『古本説話集』の成立年代にも問題が残るが、『無名草子』は、『古本説話集』もしくは、それに極めて近い構成を持つ散逸説話集からまとめて取材していると考えられる。それは、女性論の構成にまで関わってきている。この点については、七で論じる。

四　兵衛内侍と『大鏡』

伊勢御息所まで和歌の方面に優れた女性について語られた後、話は、音楽論へと転ずる。音楽に秀でた女性の例として語られる兵衛内侍の話は、『無名草子』の構想に深く関わっている『大鏡』から取材しているようである。以下、本文を示す。下段に同類話を持つ『大鏡』『木師抄』を載せる（次頁所掲表参照）。

『無名草子』が、この兵衛内侍の話を『大鏡』から取材したとするには、二つの問題点がある。第一は、『大鏡』の諸注がこの話を兵衛内侍の親の話としている点。第二は、『無名草子』が陽明門とするのに、『大鏡』では、承明門としている点である。

第一の点については、『大鏡』の読みが問題となる。大宅世継の妻は、世継よりひとまわり年上の二百歳で、公には、染殿の后（八二九～九〇〇、文徳天皇女御）に仕え、私的には、兵衛内侍の親を主とした。その関係で兵衛内侍と行き来があったのだという。この文脈からは、「高名の琵琶弾き」が、兵衛内侍とも兵衛内侍の親とも取れる。『無名草子』は、兵衛内侍の事として読んだのであろう。平安末から鎌倉初期に成立したと見られる『木師抄』（後掲）という書では、琵琶弾きを兵衛命婦とし、らいせゐ門（羅生門、羅城門）としているが、似たような話が見える。

『無名草子』

博雅の三位、逢坂の関へ百夜まで行きて、丸が手より習ひ伝へ給へりけむほど、思ふもいとありがたくめでたきを、兵衛内侍といひける琵琶弾き、村上の御時の相撲の節に、玄上賜はりて、つかまつりたるが、陽明門まで聞こえけるなどこそ、いとめでたけれ。「博雅の三位だに、かばかりの音は弾きたて給はず」と、時の人ほめ侍りけるほどこそ、女の身にはありがたきことに侍れ。（一〇〇頁）

『大鏡』雑々物語(10)

「あはれ、今日具してはべらましかば、女房たちの御耳にいま少しとどまる事どもは、聞かせたまひてまし。私のたのむ人にては、兵衛の内侍の御おやをぞしはべりしかば、内侍のもとへは、時々まかるめりき。」といふに、「とは誰にか。」といふあれば、「いで、この高名の琵琶ひきよ。相撲の節に、玄上たまはり、前にて清海波仕うまつられたりしは、いみじかりしものかな。博雅三位などだに、おぼろげにはえならしたまはざりけるに、これは承明門まで聞えはべりしかば、左の楽屋にまかりて承はりしぞかし。かやうに物のはえうべうべしき事どもも、天暦の御時までなり。（三二八～九頁）

『木師抄』(11)

比巴はむかし兵衛命婦とてゆゝしかりける比巴ひき、大内裏大極殿にて玄上をひきけるが、らいせゐ門まできこえけるなどかたり伝たり。（二六一頁）

また、琵琶の伝流を示す『琵琶血脈』（類従本）には、次のように、兵衛命婦の名が載っている（官位・肩付等は一部略した）。

大唐琵琶博士　　　　　　遣唐使　　　　　清和天皇第四皇子
廉承武――――――藤原貞敏―式部卿貞保親王―┬源修――博雅卿
　　　　　　　　　　　　　　　　　　　　　└藤原宣実――兵衛命婦

内侍と命婦の違いはあるが、「兵衛」という名の名高い琵琶弾きが、村上天皇の御代にいたらしいことは、確かである。

村上天皇時代か、それ以前で、兵衛内侍か、兵衛命婦か、いずれにしろ「兵衛」という名の女房は、三人確認できる。

①兵衛命婦…藤原高経（八九三年、五九歳で死去）の娘、『古今集』作者、宇多天皇皇后温子女房

②兵衛…藤原兼茂の娘、陽成皇子元良親王（八九〇〜九四三）の恋人、『後撰集』作者、『大和物語』百七十段に
　兵衛命婦とあるはこの人か

③兵衛の蔵人…『枕草子』一八〇段（能因本）に描かれる村上天皇の御代に活躍した女房

①では、少々時代が古い。②の「兵衛」「兵衛の君」「兵衛命婦」と呼ばれた兼茂女のことではなかろうか。③も同一人物の可能性がある。「兵衛の蔵人」ともよばれたならば、兵衛内侍と呼ばれる可能性もあるし、また混同された可能性もある。『無名草子』は、『枕草子』も『大和物語』も作品中で扱っており、村上天皇の御代に「兵衛」

という女房がいたことは、念頭にあったと思われる。そういう知識が『大鏡』の文章を「兵衛内侍」のことと読ませたのであろう。また、前後の脈絡から考えても、『大鏡』のこの文章は、兵衛内侍の話として読むべきなのではなかろうか。『大鏡』研究者に疑問を呈したい。

第二点について。『大鏡』は、「承明門」であるが、『無名草子』諸本皆「陽明門」となっている。前掲の『木師抄』は「羅城門」となっている。承明門は、内裏南面中央の正門である。陽明門は、大内裏外郭東面の門である。そして、羅城門は、平安京の外郭南端の大門である。琵琶の音は、『大鏡』『無名草子』『木師抄』の順に、どんどん外へ広がり、話は、どんどん大袈裟になっていく。即ち、『無名草子』成立当時、『大鏡』の他に『木師抄』のような話も伝わっているとすると、『無名草子』は、『大鏡』にそれほど忠実でなくてもよいはずである。もちろん誤写の可能性もあるが、独自の改変の可能性もある。また、散逸した他の出典もあったのかもしれない。たとえそうであっても、『大鏡』は、『無名草子』の構想にまで関わってくる作品なので、両者の関わりを無視することはできない。

五　上東門院についての記述

次に上東門院についての記述を問題にしたい。以下本文を示す。

上東門院の御事は、よしあしなど聞こゆべきにもあらず。とかく申すに及ばず。何事も御幸ひきはめさせ給ふあまりに、御命さへこちたくて、あまたの帝に遅れさせ給ふこそ、口惜しく侍れ。そのたびに、いとあはれなる御歌ども詠ませ給ひたるは、やさしくこそ侍れ。一条院隠れさせ給ひて、

（A）逢ふことも今はなきねの夢ならでいつかは君をまたは見るべき
など詠ませ給へるも、いとめでたくこそ侍れ。また、顕基の中納言の御返事に（B）「世はふたたびは背かざらまし」など侍るも、いとあはれなり。何事よりも、優なる人多くさぶらひけむこそ、いとど心にくくめでたくおぼえ侍れ。（一〇五頁）

まず、（A）の歌は、『新古今集』巻八、哀傷歌、八一一番にあるが、『無名草子』成立以前の作品では、『栄花物語』巻十、ひかげのかづらにある。ただし、『栄花物語』では「逢ふことを」（富岡家旧蔵本のみ「逢ふことも」）となっており、『無名草子』の方は「逢ふことも」（彰考館本のみ「逢ふことを」）となっている。両者ともに本文にゆれがあり、「も」か「を」で比較することは難しいであろう。

問題は（B）である。（B）の歌の方は、『後拾遺集』(12)『大鏡』『今鏡』(13)『栄花物語』(14)に載る。（A）は歌全体であるのに、（B）が下句だけなのはどういうわけであろうか。そこで、（B）の歌を載せるこれら四作品を比較してみる。

(1)『後拾遺集』巻十七、雑三

後一条院うせさせたまひてよのなかはかなくおぼえければ法師になりてよかはにこもりゐてはべりけるころ上東門院よりとはせ給ければ　　前中納言顕基

よをすててやどをいでにしみなれどもなほこひしきはむかしなりけり

御かへし　　上東門院

ときのまもこひしきことのなぐさまばよはふたたびもそむかざらまし

(2)『大鏡』二の舞の翁の物語

このおほんおもひに、源中納言顕基の君出家したまひて後、女院に申したまへりし、

身をすてて宿をいでにし身なれどもなほこひしきはむかしなりけり

御かへし、

時のまもこひしき事のなぐさまば世はふたたびもそむかれなまし（三四三頁）

(3)『今鏡』すべらぎの上第一、望月

長暦三年五月七日、御髪剃ろさせ給ふ。顕基の入道中納言、

世を捨てゝ宿を出でにし身なれどもなほ恋しきは昔なりけり

と詠みて、この女院に奉り給へる御返し、

つかの間も恋しきことの慰まばふたゝび世をばそむかざらまし（七六頁）

と詠ませ給へる、初めは御髪そらせ給ひて、後に剃させ給ふ心なるべし

(4)『栄花物語』巻三十三、きるはわびしとなげく女房

顕基の中納言、人よりは殊になどやおぼしめしけん、法師になり給にけり。世にあはれなる事に言ひのゝしる。女院より御消息遣したりけるに、

世を捨てゝ宿を出でにし心にも猶恋しきは昔なりけり

と申給へりければ、侍従の内侍、

時の間も恋しき事の慰まば世は再びも背かれなまし

仰事めきてありけるなるべし。（三九〇頁）

『栄花物語』の場合、上東門院ではなく、侍従の内侍の作となっている点が、他の三書と大きく異なる。また、

四書それぞれに初句、四句、五句の異同がある。

『後拾遺集』『大鏡』『栄花物語』の初句は「ときのまも」であるのに、『今鏡』のみが「つかのまも」である。『無名草子』にとって『今鏡』は作品の構想と設定にかかわる無視できない作品である。女性論最後に位置する小野皇太后宮も、『今鏡』から取材していると考えられる。そして、この上東門院の記述の下線を施した部分は、『今鏡』

すべらぎの上、第一、星合ひに

母后（上東門院）の余り永くおはしますに、かくのみ（帝たちの死）おはしませば御幸の中にも、御嘆き絶えざるべし。

とある記述と呼応している。しかし、『後拾遺集』とも『大鏡』とも初句が異なっているので、『無名草子』は、あえて上句を省いたのであろう。

ところが、下句もまたそれぞれ語句にゆれがある。

『無名草子』　世はふたたびは背かざらまし

(1)『後拾遺集』　よはふたたびもそむかざらまし

(2)『大鏡』　世はふたたびもそむかれなまし

(3)『今鏡』　ふたゝび世をばそむかざらまし

(4)『栄花物語』　世はふたたびも背かれなまし

どれ一つ同じものはない。最も近いのは、『後拾遺集』である。『栄花物語』は、この歌を侍従の内侍の作とする。『無名草子』は、これを取らない。したがって、『大鏡』と同文であっても「背かれなまし」は取らなかったとみられる。『今鏡』の「ふたゝび世をば」もほかの三書と異なっているので取らないのであろう。

このように複数の作品に所載する話題を『無名草子』が摂取する場合、それらがいかに『無名草子』の構想や成立に深く関わる重要な作品であっても、歌語に限っていえば、勅撰集の本文を取る傾向があるようである。先の『古本説話集』の場合も『無名草子』との本文にゆれがみられたが、その歌が勅撰集に載る場合は、勅撰集の本文が重視されていた。『無名草子』の方法の特徴として、この点を挙げておく。

六　『大鏡』『今鏡』『宝物集』と女性論

『無名草子』は、『大鏡』の座談形式、複数の話者などの手法を借用している。また、最後に「世継大鏡などを御覧ぜよかし。それに過ぎたることは、なにごとかは申すべき」と言ひながら、と、女性論から男性論へ転ずるとみせて終わる結末は、この『無名草子』が、『大鏡』を強く意識していることを表明している。『無名草子』は、男の立場から歴史を語る『大鏡』に対し、女の立場から歴史の中の女を語っている。本稿で論じた兵衛内侍説話、上東門院の歌話も『大鏡』から取材しているのであろう。ただし、両者とも、『大鏡』の最後部、増補部分に含まれていることに注目しなければなるまい。『無名草子』作者の目にした『大鏡』は、本来の『大鏡』に増補部分を加えた流布本である可能性が高い。

『今鏡』も『源氏物語』、作り物語を評価しているとは言え、やはり男の立場で歴史を語っている。『無名草子』はこれらの作品に取材しながらも、その素材を女の立場から見直し、書き換えをしている。最も分かり易い例は、小野皇太后宮説話である。『今鏡』では、雪の朝、突然の白河院の訪問を小野皇太后宮のもとにこっそり知らせに行った随身が大きく扱われているが、『無名草子』では、この随身のことを省略し、突然の白河院の御幸に、慌て騒ぐことなく見事に機転をきかせ、優雅に迎えた小野皇太后宮のめでたさに焦点をあてている。

これは、『宝物集』にも見られた。先述の小式部内侍の記述も『宝物集』では命の短さを否定的にとらえているのに対し、『無名草子』では、逆に短命が賛美されている。

初めに述べた如く、『無名草子』は、『大鏡』『今鏡』『宝物集』の構想、形式を借用しつつ、男の立場で語る『大鏡』『今鏡』に対しては、女の立場で女性について語り、女と作り物語を否定的にとらえる『宝物集』に対しては、実例を以て反論している。『無名草子』は、これらの作品があって初めて成立したと言えよう。

七　女性論の構成

『古本説話集』もまた、『無名草子』にとって重要な作品である。先述の如く『古本説話集』もしくは、『古本説話集』に極めて近い構成をもつ散佚説話集（取りあえず『古本説話集』としておく）は、『無名草子』女性論の構成配列にまで関わってくる。『古本説話集』は、『大鏡』『今鏡』『宝物集』とは、異なった扱いをされている。『古本説話集』が代表的な平安女性の話を集めており、しかも『無名草子』の晩年の生き方、死に方という視点に合致している話題が、まとめて載せられているからであろう。『源氏物語』の成立に関する話も所載する。『無名草子』は、一貫した視点、目的を持って、『古本説話集』所載の説話を構成し直したのであろう。

ここで、『古本説話集』を中心にして、女性論全体の構成を考えてみたい。まず、女性論で扱われている女性は、「人の姫君・北の方などにて隠ろへばみたらむ人は、さることにて」と度外視され、「世の末まで名をとどむばかりの」歌や事跡を残した「宮仕へ人」、「心にくいみじき例に書き伝へられ」た「女御・后」たちに限られている。これは、語り手たちが女房であるから当然であろう。

前半に宮廷才女群、後半に後宮・貴女群が配されている。配列は、次のとおりである。

宮廷才女群…小野小町・清少納言・小式部内侍・和泉式部・宮の宣旨・赤染衛門・伊勢大輔・伊勢御息所・兵衛内侍・紫式部

後宮貴女群…定子皇后・上東門院・枇杷殿の皇太后宮・大斎院・小野皇太后宮

貫かれている視点は、それぞれの女性の才能と、晩年の生き方、死に方にある。最初に小野小町の髑髏伝説、清少納言の晩年零落説話を取り上げ、優れた女性の悲惨な末路を語り、短命ながら、人々に愛され惜しまれながら死んだ小式部内侍の人生を良しとし、優れた歌才によって極楽往生をとげた和泉式部について語っていく。和泉式部、宮の宣旨、赤染衛門、伊勢大輔までほぼ『古本説話集』に依り、伊勢大輔の「伊勢」の連想から伊勢の御息所に転ずる。ここまでは、清少納言を除いて和歌中心の話題である。ここから音楽論へと転じ、兵衛内侍説話が語られ、時を超越する文学を再評価し、最高の女流文学『源氏物語』の作者紫式部論へと移る。その冒頭も『古本説話集』から取材している。

以後は、女房たちの主人たち、定子皇后、上東門院、枇杷殿の皇太后宮が対比されながら、順に語られる。小式部内侍と同様、定子皇后も短命が賛美される。長命の上東門院は夫、子、孫たちの相次ぐ死に遭遇しなければならなかった点が不幸と捉えられている。宮廷才女に属する伊勢御息所を含め、定子皇后、大斎院、小野皇太后宮の四人は、それぞれ決して幸せとは言い難い晩年の境遇の中で、その風雅に徹した暮らしぶりに焦点があてられている。特に最後に位置する大斎院、小野皇太后宮説話を取材した先行作品では、それぞれ仏教に深く帰依したが故に極楽往生を遂げたと語られている。風雅に徹することが極楽往生を妨げることにはならないという主張がここに見られる。そして、極楽往生を遂げたであろう大斎院、小野皇太后宮の二人が最後に配置されているのは、零落譚を持つ小野小町、清少納言の二人が冒頭に配されているのと対応しており、配列の妙が感じられる。

八　おわりに

以上、『大鏡』『今鏡』『宝物集』『古本説話集』に限って、『無名草子』女性論との関わりを追求してみた。これらの作品に拠りながら、これらの作品に対する反発や共鳴が、今までにない新しい文芸を生み出させている。鎌倉時代初期という時代を背負って、『無名草子』は、女の立場で、女の目で見た平安女流文学、風雅に徹した平安女性たちを論じているといえよう。

注

(1) 高橋亨氏が「狂言綺語の文学―物語精神の基底」『源氏物語の対位法』(東京大学出版会、昭57・5)に詳述しておられる。

(2) 本文引用は川島絹江、西沢正二共編『新注　無名草子』(勉誠社、昭61・3)に拠る。以下、同じ。

(3) 本文引用は吉田幸一、小泉弘共編『宝物集〈九冊本〉』(古典文庫、昭44・1)。

(4) 本文引用は『金葉和歌集』新編国歌大観　第一巻(角川書店、昭58・2)に拠る。二度本を引用したが、三奏本では詞書「…小式部内侍とかきつけられ…」とあり、三句「くちずして」五句「きくぞかなしき」とある。

(5) 本文引用は佐佐木信綱編『古来風体抄』日本歌学大系　第弐巻(風間書房、昭48・2)に拠る。

(6) この歌は、『和泉式部集』では、
内侍なくなりてつぎのとし、七月、われいけるふみになのかかれたるを

もろともにこけの下にはくちずしてうづまれぬなをみるぞ悲しき（五三六）

（7）ただし、九冊本以外の『宝物集』異本では多少の異同が見られる。片仮名三巻本「キクゾカナシキ」、七巻本「聞くぞかなしき」、光長寺本「フサズシテ…ミルゾカナシキ」となっている。

（8）詳しくは、森正人氏「無名草子の構造」（前掲）、及び川島絹江「無名草子の方法―いとぐちの部分の虚構について―」（前掲）を参照されたい。

（9）本文引用は川口久雄校註『古本説話集』（日本古典全書、朝日新聞社、昭42・9）に拠る。以下、同じ。

（10）本文引用は岡一男校註『大鏡』（日本古典全書、朝日新聞社、昭35・4）に拠る。以下、同じ。

（11）本文引用は『木師抄』群書類従　第十九輯に拠る。

（12）本文引用は『後拾遺和歌集』新編国歌大観　第一巻（角川書店、昭58・2）に拠る。

（13）本文引用は板橋倫行校註『今鏡』（日本古典全書、朝日新聞社、昭25・11）に拠る。以下、同じ。

（14）本文引用は松村博司、山中裕校注『栄花物語』（日本古典文学大系、岩波書店、昭40・10）に拠る。

第六節

『無名草子』における「捨てがたし」について
――『源氏物語』からの継承――

一 『無名草子』と雨夜の品定め

『無名草子』は、座談形式、複数の語り手、虚構の物語の中で論じている点など、設定や方法が、『源氏物語』帚木巻・雨夜の品定め、『大鏡』『今鏡』『宝物集』に拠っていると、既に何人かの先学の方々が論じておられ(1)、私も第二節(『中古文学』第28号、昭56・11。初出)、第五節(『言語と文芸』一〇〇号、昭61・12。本章所収)で論じた。再論を避けるが、『無名草子』とこれらの先行作品を対比してみると、類似点とともに相違点がはっきり打ち出されていることがわかる。偶然の類似や単なる模倣ではなく、これらの先行作品から意識的に取り入れ、かつ、意識的に相違点を打ち出している。

まず、『源氏物語』帚木巻・雨夜の品定めと『無名草子』を比較してみよう。(次頁・比較表参照)

五月雨の頃という設定は同じながら、雨夜の品定めはその名の如く、雨の夜に行われているが、『無名草子』では、めずらしく晴れた月の夜と、設定が変えられている。語りの場、語り手、聞き手もそれぞれ対照的な設定になっている。また、『無名草子』も女性論を後半部に持つが、男が語る生涯の伴侶とすべき女性の論である雨夜の品定めに対し、『無名草子』では、風雅に徹した実在の王朝女性について女が論じている。雨夜の品定めを受け継ぎながらも、微妙に設定を変えているのである。『無名草子』の作者がかなりの自負を持ってこの作品を作り上げていることが窺えよう。

	雨夜の品定め	『無名草子』
時	長雨晴れ間なきころ　雨の夜	五月雨の晴れ間　月の夜
場	宮中、宿直所（公的場）	桧皮葺の邸（私的場）
語り手	左馬頭、藤式部の丞、頭中将（男）	女房三、四人（女）
聞き手	光源氏（将来有望な若い美男子）	老尼（世を捨てた老女）
内　容	生涯の伴侶とすべき女性の論 ①女の三品論 ②あるべき主婦論 ③芸能の比喩論 ④体験談 ⑤女性論のまとめ	①捨てがたきふしぶしの論 月→文→夢→涙→阿弥陀仏→法華経 ②物語批評 『源氏物語』→『源氏物語』以後の作り物語→歌物語 ③撰集論 ④后、皇女、宮廷才女たちの論

『無名草子』の中心は、何と言っても、物語の定め(2)にある。『源氏物語』雨夜の品定めの型を借り、理想的な物語として『源氏物語』を論じ、『源氏物語』との対比の中で『源氏物語』以後の物語を論じていく。

雨夜の品定めを真似て物語の定めをするというのは、『無名草子』が創始ではない。『無名草子』の『とりかへばや』批評の部分に

若上達部・殿上人、内裏の御物忌に籠りて、殿上にあまた人つどひて、物語の沙汰(3)などしたるこそ、雨夜の品定めなど思ひ出でられ、いとめづらしくをかしと言ひつべきに、真似び損じて、いとかたはらいたしとも言ひつべし。（『新註　無名草子』六八頁。以下同じ）

とあって、すでに、改作前の『古本とりかへばや』に物語批評が存在したことを伝えている。「真似び損じて」とあるように、失敗作であったらしい。設定が雨夜の品定めに近すぎたのであろうし、批評そのものも不出来であったのだろう。そういう、先行作品の存在こそが、『無名草子』作者に物語批評を書かしめた要因となったのであろう。

物語の中で物語の定めをするということ自体、すでに『源氏物語』の中で行われていることである。絵合巻における二度の絵合の中、最初の絵合は、出家した藤壺中宮の御前で行われた物語絵合であった。物語絵合とは言え、内容は物語定めである。冷泉帝の御前で何故この物語絵合が行われなかったのか。当時の物語観からすれば、「女ノ御心ヲヤル物」（三宝絵詞・序）である物語の沙汰は、やはり女たちがすべきものであったのだろう。そういう認識が『古本とりかへばや』には欠けていたと言えるし、『無名草子』作者には、そういう認識があったのだろう。

『無名草子』にはもうひとつの中心がある。後半部の王朝女性の定めである。物語を「女のしわざ」という認識に立って論じて行き、最終的には、その物語を作り出した女たちを論じることになる。雨夜の品定めという型を借りた帰結は、女性論に行き着くことになる。雨夜の品定めの型を借りたからこその帰結であろう。

『無名草子』の最後部には

「さのみ、女の沙汰にてのみ、夜を明かさせ給ふことの、むげに男のまじらざらむこそ、人わろけれ」とあり、それ以前に語ってきた女性論を、自ら、「女の沙汰」と言う。『無名草子』は雨夜の品定めを継承し、「物語の沙汰」と「女の沙汰」を行ったものと言えるであろう。

二　「捨てがたし」という評語

『無名草子』の談義の内容は、

①捨てがたきふしぶしの論（月→文→夢→涙→阿弥陀仏→法華経）
②物語批評（『源氏物語』→源氏物語以後の作り物語→歌物語）
③撰集批評
④王朝女性の論

に大別できるが、これらの論は、

「さてもさても、何事か、この世にとりて第一に捨てがたきふしある」（十四頁）

という問いで開始される。ここは『宝物集』の論の開始部分

「さて、人の身に何か第一の宝にて有りける」（七巻本、名著文庫一三頁）

に拠っていると、既に指摘されており、拙稿（前掲）でも論じたことがある。以前から気になっていたことなのだが、『宝物集』では「第一の宝」と言い、『無名草子』では「第一に捨てがたきふし」と言っている。『宝物集』の「宝」という語は積極的に価値を認めようとするニュアンスがあるが、「捨てがたし」の方は、打ち消そう、打

ち消そうとしても打ち消し切れない価値がある、という、価値があると言う点では同じだが、ベクトルの方向が、逆に向いている語ではないかと思う。

『宝物集』では隠れ蓑・打出の小槌・金・子・命・仏法と、それぞれ順に提示してはそれを否定しつつ、より高度な宝へと辿っていき、第一の宝とは仏法ということになる。そして、それ以外のものは捨てられてしまうのである。ところが、『無名草子』は月・文・夢・涙・阿弥陀仏・法華経と辿るが、それらが否定され、捨てられてしまうのではなく、それぞれに価値を見出している。

『無名草子』が、論の開始と論の展開に『宝物集』の型を借用していることは明らかだが、「宝」という語を使わず、「捨てがたし」という語を持ち出し、しかも、さらに論の展開さえ、『宝物集』の型を崩している。

以下は、『無名草子』の論議の開始部分である。

花・紅葉・月・雪につけても、心々とりどりに言ひ合へるも、いとをかしければ、つくづくと聞き臥したるに、三、四人はなほ居つつ、物語をしめじめとうちしつつ、

「さてもさても、何事か、この世にとりて第一に捨てがたきふしある。おのおの、心におぼされむこと、のたまへ」

と言ふ人あるに、

「花・紅葉をもてあそび、月・雪に戯るるにつけても、この世は捨てがたきものなり。情けなきをもあるをも嫌はず、心なきをも数ならぬをも分かぬは、かやうの道ばかりにこそ侍らめ。」

「それにとりて、夕月夜ほのかなるより有明けの心細き、折も嫌はず所も分かぬものは、月の光ばかりこそ侍らめ…」(十四~十五頁)

「何事か、この世にとりて第一に捨てがたきふしある。」という問いに対し、すぐに「花・紅葉をもてあそび、月・雪に戯るる」「かやうの道」、すなわち「風雅の道」につけても「この世は捨てがたきものなり。」という答えが返される。すなわち、言い換えれば、「この世にとりて捨てがたきもの」とは、風雅の道ということになろう。

その風雅の道のふしぶし、月、文、夢、涙、阿弥陀仏、法華経が提示され、それらの価値が論じられるのだが、それらは、否定から高次に辿るという『宝物集』の型を踏襲せず、それぞれの価値を認めつつ、連想や対比によって、順次提示されていく。『宝物集』が「宝」という語を順次出しているのに対し、『無名草子』では、以後「捨てがたし」の語は使われない。文は「めでたくおぼゆる」、夢は「あはれにいみじくおぼゆれ」、涙は「いとあはれなるもの」とそれぞれ評価される。『宝物集』は、「第一の宝」として仏法に辿り着くが、『無名草子』では、阿弥陀仏が「この世にとりて第一にめでたくおぼゆる」、法華経が「思へど思へどめでたくおぼえさせ給ふ」と最高の評価を得ていながら、最初の問いの中で使われた「捨てがたし」の語が使われない。

ということは、『宝物集』が仏法を論じるために「宝」という語を用いたとすると、『無名草子』は「捨てがたし」という語を阿弥陀仏や法華経を論じるために用いたのではないことになる。『無名草子』の議論は「この世にとりて第一にめでたくおぼゆる」阿弥陀仏、「思へど思へどめでたくおぼえさせ給ふ」法華経を通り越して、『源氏物語』をはじめとする物語論へと移って行く。ここに至って『無名草子』が何故「捨てがたし」という語を用いたかが明らかになろう。

『宝物集』の説くように、この世にとりて第一の宝が阿弥陀仏、法華経であることに異存はないのである。しかし、『無名草子』が論じようとするのは、そのことではない。いくら捨てよう、捨てようと思ってみても捨てがたいもの、それが風雅の道であり（それは阿弥陀仏、法華経をも包括するものと『無名草子』では捉えられているわけだ）、特に、物語なのである。

論は、さらに、撰集論から王朝女性論へと転ずる。その女性論の冒頭

「いでや、いみじけれども、女ばかり口惜しきものなし。昔より色を好み、道を習ふ輩多かれども、女のいまだ集など撰ぶことなきこそ、いと口惜しけれ。」

と言へば、

「必ず、集を選ぶことのいみじかるべきにもあらず。紫式部が『源氏』を作り、清少納言が『枕草子』を書き集めたるより、先に申しつる物語ども、多くは女のしわざに侍らずや。されば、なほ捨てがたきものにて、われながら侍り」(八九頁)

ここに至って、再び、「捨てがたし」の語が現れる。紫式部、清少納言をはじめ、物語を作り出した女というものを「捨てがたきもの」というのである。

この三つの「捨てがたし」の例は、それぞれ、論の冒頭で使われているわけで、不用意に使われているのではない。

『無名草子』においては、この世にとりて捨てがたきものとは、風雅の道であり(とくに物語)、女であることであった。当時の仏教的な立場から、物語は狂言綺語として否定され、女は女身垢穢・女人五障といって虐げられていた。ところが『無名草子』が論じたかったのは、その物語であり、女たちの生き様であった。紫式部堕地獄説話を伝える『宝物集』の型を借用しながら、その内容は、逆に『源氏物語』と紫式部の再評価、物語と女の再評価であったのである。「宝」ではない、「捨てがたし」という語は、故に、非常に吟味され、考え抜かれた語ということができるであろう。

実は、『無名草子』の「捨てがたし」の用例は、もう一例ある。『夜の寝覚』批評部分「かへすがへすも捨てがたく思へるも、いと人わろし」この「捨てがたし」は評語として認めがたい。ここで「捨てがたし」が使われる理由については後述する。

「評語」という語を持ち出したが、「評語」とは「定め」・「沙汰」・評定の中で使われる評価を示す語と規定しよう。『無名草子』の中の「捨てがたし」以外の評語について、ここでふれておきたい。評語としては、「めでたし」「あはれ」「いみじ」「めづらし」「いとほし」「あらまほし」など、数多くある。『源氏物語』論を例にとって考察してみよう。

『無名草子』の『源氏物語』論は、

①総評…「めでたし」「めづらか」

②巻々の論…「すぐれて心にしみてめでたくおぼゆる」巻々の論

③女性論…めでたき女・いみじき女・好もしき女・いとほしき女の論

④男性論

⑤場面論…あはれなること・いみじきこと・いとほしきこと・心やましきこと・あさましきことの論

の五部で構成されている。

たとえば②では、以下のような様々な評語が使われている。

桐壺…「あはれ」「悲し」

帚木…「見所多し」

夕顔…「あはれ」「心苦し」

紅葉賀・花宴…「えん」「おもしろし」
葵…「あはれ」「おもしろし」
賢木…「えん」「いみじ」「あはれ」
須磨…「あはれ」2、「いみじ」
蓬生…「えん」
朝顔…「いとほし」
初音・胡蝶…「おもしろし」「めでたし」
野分…「見所あり」「えん」「をかし」
藤の裏葉…「心ゆく」「うれし」
若菜…「うるさし」「見所あり」
柏木…「あはれ」
御法・幻…「あはれ」
宇治のゆかり…「何事もなし」「いとほし」

③でも、

「めでたき女」… 明石の君は「心にくくいみじ」と評されている。
「いみじき女」… 朝顔の宮は「心強し」「いみじ」、空蝉は「人わろし」、「心つきなし」、
「好もしき女」… 六条御息所は「恐ろし」「いみじ」「心にくし」、
玉鬘は「いぶせし」「心やまし」「さがさがし」「品下る」とも評されている。

「いとほしき女」…　紫の上は「かたびかしく、いとほし」、
女三宮は「心つきなし」、
浮舟は「にくし」と評されている。

それぞれの人物の特徴を示す語が選ばれているといえよう。内容的には、『無名草子』の中で最も高い評価は「めでたし」であり、「あはれ」「いみじ」「えん」などがそれに次ぐそれなりの特徴を持った評語といえるであろう。

三　「捨てがたし」の用例

では、この「捨てがたし」という語を作者はどこから見つけ出してきたのか。この語はどういう使われ方をする語なのか、他の作品を当たってみよう。

『源氏物語』以前の作品では、『三宝絵詞』に一例見出せるのみである。『竹取物語』『宇津保物語』をはじめ、『源氏物語』以前の物語の中に「捨てがたし」の用例をみつけることはできない。日記類、歌集にも見出せない。『源氏物語』に二三例、『源氏物語』以後では『夜の寝覚』に二例、『とりかへばや』(今とりかへばや)に五例。また、『栄花物語』に五例、『今鏡』に一例。以下、順を追って考察してみる。

この語は、本来仏教との関わりの中で使われる語ではなかったかと思う。仏教の悟りは、我欲を捨て、我が身を捨て、すべての執着を捨て切るところから始まる。しかし、我が身、妻や子に対する愛執を捨て去ることが、人間にとって最も困難なことである。そこに「捨てがたし」という語が使われるのだ。仏教啓蒙書『三宝絵詞』一例、『今昔物語集』六例を具体的に見てみよう。(4)

(1)『三宝絵詞』上・薩捶王子（引用は江口孝夫氏校注・現代思潮社刊・古典文庫による）

「もろもろの物の中に捨てがたきはおのが身より過ぎたるはなし。」

(2)『今昔物語集』（引用は日本古典文学大系本による）

①巻五—七　「願ハ我レ此ノ難《ステガタ》捨キ身ヲ捨ル功徳ヲ以テ…

②巻十三—四二　後世ノ事ヲ恐レ□ト云ヘドモ、世間難《ステガタ》弃キニ依テ此ノ寺ヲ不離ズシテ有ル間、漸ク年老テ遂ニ命終ル尅ニ…

③巻十五—二九　弟子尋寂、年来、法華経ヲ讀誦シ、弥陀ノ念佛ヲ唱ヘテ、佛道ヲ願フト云ヘドモ、世難《ステガタ》弃キニ依テ、此ク妻子ヲ具シタリ。…

④巻十五—四五　常ニハ出家ノ思有リト云ヘドモ、忽ニ妻子ヲ難《ステガタ》弃キニ依テ、…

⑤巻十七—二二　此ノ男、難《ステガタ》弃キ故ニ免シ遣ト思フ…

⑥巻三十—六　此ノ児ヲ弃テムト思ケルニ、児ノ糸厳気也ケレバ、難《ステガタク》弃テ行クニ

これを分類してみると

ア—(1)、(2)の①は、人間にとって最も捨てがたいものが我身であると述べる例。

イ—(2)の②③④は「妻子、愛するもの」が絆となって「この世」を捨てがたく、仏道に専念できないという場合の例。結果、②は小蛇に転生し、③④は極楽往生を遂げている。世を捨てなくても極楽往生は可能であるということである。

ウ—(2)の⑤⑥は仏道修行とは無関係に使われているが、男や児等、愛するものに対する「愛執」故に捨てがたいという例である。

となる（次頁表参照）。

(3)『源氏物語』の「捨てがたし」二三例。ア〜ウの例に使われている場合がほとんどであるが、それ以外のものを便宜上エとして分類し、次表に示す。用例はすべて文末に示す。引用、頁数、行数は『源氏物語大成』による。

分類	番号	捨てがたいもの	絆となるもの
ア			
イ	④	我身	光源氏
	⑥	世	特に紫の上（妻）
	⑧	世	絵
	⑪	世	女三宮（子）
	⑮	我身	女三宮（愛人）

分類	番号	捨てがたいもの	理由
ウ	⑤	左大臣	遺言
	⑦	女たち	
	⑩	物語	
	⑫	女三宮	
	⑬	ひいな	
	⑭	御弟子	
	⑯	子	
エ	①②③⑨		

⑰	紫の上（妻）
⑱	身
⑲	
⑳	娘
㉑	世
	女二宮（妻）
㉒	浮舟（愛人）
㉓	

エに分類した①②③⑨の「捨てがたし」は「定め」「評定」の場で使われている評語である。「捨てがたし」の語が「定め」の場で使われのは、『源氏物語』帚木巻・雨夜の品定めが初めてであろう。

①帚木四〇⒀（受領階級の娘は）かたかどにてもいかゞ思ひのほかにをかしからざらむ。すぐれてきずなきかたのえらびにこそをよばざらめ。さるかたにてすてがたきものをば…

②帚木四二⑵かならずしもわがおもふにかなはねどみそめつる契りばかりをすてがたく思ひとまる人はものまめやかなりとみえ、さてたもたるゝ女のためも心にくゝをしはからるゝなり…

③帚木六三⑸猶これ（葵の上）こそかの人々のすてがたくとりいでしまめ人にはたのまれぬべけれとおぼすものから…

①②は雨夜の品定めでの会話。③は後日の回想で使われている。生涯の伴侶として「捨てがたき女」とは、受領階級の娘であり（①）、また、見初めつる妻であった（②）。完璧な女ではなく、欠点を持ってはいるが「捨てがたし」と語られている。③回想部分での「捨てがたし」は、それを受けて、かなり象徴的に使われている。雨夜の品定めの論の中心が、男にとっての「捨てがたき女」の論にあったことを示してと思われる。

『源氏物語』の中にあるもうひとつ定めの場面が、絵合巻、藤壺中宮御前の物語絵合である。

⑨絵合五六六⑽兵衛の大君の心たかさはげにすてがたけれどざい五中将のなをばえくたさじとのたまはせて…

⑨は『伊勢物語』と『正三位』の定めにおける「捨てがたし」の用例。雨夜の品定めとは異なり、この物語絵合は二手に分かれての勝負であるが、その勝負に到達するまでの「定め」「評定」こそが『無名草子』のような評論へと発展していくことになる。この場合、「捨てがたし」が使われている『正三位』は負けており、勝敗の決め手になっているわけではない。

この物語絵合の冒頭部分にも「捨てがたし」の用例がみえる。

⑧絵合五六四⑼中宮もまいらせ給へるころにてかた〳〵ごらむじすてがたくおもほす事なれば、御おこなひもをこたりつゝ御らむず。この人々のとりどりにろむずるをきこしめしてひだりみぎとかたはかたせ給ふ。

［校異］御らんしつゝ御―こらむして大―御らんしつゝ横陽―御らんして池肖三―御らむしつゝすてかたう河

「ごらむじすてがたく」とする部分は御所本、大島本、横山本、陽明家本、池田本、肖柏本、三条西家本といった榊原本以外の青表紙本、及び、河内本すべてが「ごらんじ」と「すてがたく」と二語になっている。ここは、本来分離していたところであろう。大成、評釈、大系、全集、集成などすべて「ごらむじすてがたく」ととっているが、不審である。「ごらむじすてがたし」は「見捨てがたし」の敬語である。しかし、「見捨てがたし」と「捨てがたし」では意味が大分違う。「捨てがたし」である場合、この⑧は先の分類ではイに属し、出家したはずの藤壺中宮が、絵、特に物語絵などが絆となって、仏道に専念出来ないでいるというのである。それほどまでに、絵、物語絵などが心をとらえているのである。

また、物語論を展開する螢巻にある一例⑩は分類ウに属す。

⑩螢八一九(1)むらさきのうへもひめ君の御あつらへにことつけて物かたりはすてがたくおぼしたり。…

『無名草子』のもっとも同情を寄せる紫の上が、物語を「捨てがたく」思っているというのである。これは、物語論の直後に出てくる用例で、『無名草子』作者が「捨てがたし」という語に注目していれば、極めて印象に残るものであろう。

(4)『夜の寝覚』の「捨てがたし」

『夜の寝覚』の場合、索引では「すてがたげ」「思ひ捨てがたし」「見捨てがたし」も見られるが、「捨てがたし」だけを取り出して検討してみよう。引用、頁数・行数は、鈴木一雄、石埜敬子氏校注・訳『夜の寝覚』一〜二（小学館、完訳日本の古典）による。

①巻二—一二六(7)（中の君の周りには）いつもかばかり捨てがたげなる人（左衛門督のように放っておけない人）のおはしませば…

②巻三—三五(11)（寝覚の上が男主人公に）さのみ心置かれむこと、はたあいなく、捨てがたくさすがにおぼさるれば、とかく申し紛らはして、（帝に）きこえさせたまはぬを

④巻五—二一二(7)さすがにえ去りがたき絆あまたに、かかづらひてはべるほどをば、思ふたまへ捨てがたくなむ。

最初の「すてがたげなる人」は「油断できない、見逃しておけない人」という意味で使われており、これまでの例の中には見られない使われ方であるが、「すてがたげなる」は厳密には「捨てがたし」と異なる。②は帝に迫られた寝覚の上、切ってもきれない縁で結ばれた男君内大臣を気にする場面。先の分類のウに当たる。また、③は、「お

もふたまへ捨てがたく」で複合語「おもひすてがたし」の謙譲語ととることもできるが、「思ふたまへ、捨てがたく」と独立しているともとれる。一応、「捨てがたし」の例にいれておく。この場合は、②の例とは逆に、男主人公が寝覚の上を捨てがたいと言っている。これも分類ウである。

女君も男君も互いに「捨てがたく」思っているわけで、ここにこの物語のテーマがあると考えられる。それを鋭く見抜いた『無名草子』では、『夜の寝覚』評の部分に「かへすがへすも捨てがたく思へるも、いと人わろし」と評しているのだ。この「捨てがたし」は、作品のテーマを象徴する語であり、『無名草子』が『夜の寝覚』から取り出して来た語である。『無名草子』の他の三例とは異なった使い方がされていることは明らかである。

(5)『とりかへばや』、(6)『栄花物語』、(7)『今鏡』、(8)『宝物集』の「捨てがたし」

『とりかへばや』五例、『栄花物語』四例、『今鏡』一例、『宝物集』二例はそれぞれ文末に示し、その分類を冒頭に示した。『とりかへばや』はアが二例、イが二例、ウが一例。『栄花物語』『今鏡』はすべてウに分類される。『宝物集』はイ、ウが一例ずつ。エの定めの場における評語として使われている例は見られなかった。

四　和歌の世界での「捨てがたし」

ここで、和歌の方面から「捨てがたし」を見てみよう。

まず、和歌に「捨てがたし」が詠み込まれた例は、そう多くない。西行の『聞書集』に

流転三界中　恩愛不能断　棄恩入无為　真実報恩者

すてがたきおもひなれどもすてていでむまことのみちぞまことなるべき（四三）

と、釈経歌の中で、仏教的立場から「愛恩」が「捨てがたきおもひ」であると歌われている例が一つある。その他、『秋篠月清集』に一例、『拾玉集』に一例、『風雅和歌集』に一例。これら三例とも「すてがたき世」と使われている。

すなわち、「捨てがたし」という語は、歌語としては熟さない語で、使われはじめたのは、平安末から鎌倉初期頃。仏教的立場に対峙した使われ方をされている。これは、『無名草子』の成立時期に一致し、西行、良経、定家といった歌人に限って使われている。『無名草子』作者に擬せられている俊成卿女に近い人々に限られているのである。

さて、「定め」「沙汰」と言えば、和歌の世界では、歌合がある。歌合の判詞に「捨てがたし」が使われた用例は、治承二年『別雷社歌合』に一例、『六百番歌合』に二例、建仁元年『新宮撰歌合』に一例あり、いずれも判者は俊成である。そのほか、『無名草子』以後の『千五百番歌合』にも五例見られる。年代順に並べてみよう。

①治承二年『別雷社歌合』述懐六番　左勝（雅頼）右（公重）、判詞（入道三品）

左、…こころのやみはげにすてがたき事に侍べし

この「捨てがたし」は、子に対する愛執に対して使われており、定めの場に使われる評語とは言い難い。

ところが、『六百番歌合』になると、

②春上・十二番・余寒　左勝（女房）、右（寂蓮）

空は猶霞みもやらず風寒へて雪気に曇る春の夜の月（二三）

梅が枝の匂ひばかりや春ならん猶雪深し窓の曙（二四）

左右互申宜之由。判云。此両首、姿・詞共に優美に見へ侍り。「雪気に曇る春の夜の月」と云ひ、「猶雪深し

窓の曙」と云へる「枝」の字無くとも侍ぬべきなり。たゞ「軒の梅」などあるべかりけるにや。「窓の曙」も捨て難くは覚え侍れど、「春の夜の月」猶勝るべきにぞ侍べき。

③恋八・二四番・寄獣恋　一〇六七左持（女房）、一〇六八右（信定）の判詞

…姿・心艶にして、両方捨て難く見へ侍れば、これは又良き持とす。

この二例は、判定における評語として使われている。ただし、勝敗を決定するほどの評価を持った語としては使われていない。

また、『無名草子』の成立と時期をほぼ同じくする建仁元年『新宮撰歌合』でも

④九番・左持（左大臣）雨後郭公、右　羇中見花（女房）、判詞（入道釈阿）

ともにすてがたく侍るとて…

と、評語として使われている。

『無名草子』成立以後では、『千五百番歌合』の判詞に、定家に一例、師光に三例、慈円に一例、計五例が見え、俊成亡きあとも受け継がれている。ただし、それ以後は、ほとんど顧みられなかった。

これを考えてみるに、歌合の判詞に評語として「捨てがたし」を使い始めたのは、俊成であり、それは、『六百番歌合』以後のことであったと思われる。『無名草子』成立以後では、俊成自身、「源氏見ざる歌詠みは遺恨事也」（『六百番歌合』冬上十三番判詞より）というように『源氏物語』を信奉しており、この評語としての「捨てがたし」も『源氏物語』から受け継いだものであったかもしれない。

『無名草子』の撰集論でも『六百番歌合』について触れている。『無名草子』の視界の中に『六百番歌合』があったことは間違いない。『無名草子』の成立当時は、評語としての「捨てがたし」が成長しつつあった時期ではない

かと思う。俊成は、周知の如く、『無名草子』作者に擬せられる俊成卿女に最も近い人物、祖父であり、養父であり、和歌の師である。俊成が判詞の評語として使い始めたのであれば、『無名草子』が、独自に評語としての「捨てがたし」を使うことも頷ける。ただし、『無名草子』の場合、単なる評価を示す語として使われているのではなく、あくまで、仏教的立場に対峙するものとして使われている点に注意すべきであろう。

五　おわりに

以上見てきた如く、「捨てがたし」という語はかなり特殊な語である。仏教的立場から、人間の持つ執着心を表現した詞であろう。我が身、この世、愛執するものに対して使われ、仏教の悟りの境地とは対峙する。しかし、必ずしも極楽往生かなわぬ訳ではない。

その「捨てがたし」という語を作り物語の中で使い始めたのは、かの『源氏物語』であったろう。しかも、『源氏物語』は「定め」の場における評語としても使い始めた。『源氏物語』に強く影響を受けた『夜の寝覚』『とりかへばや』といった作り物語でも、「捨てがたし」の語が使われるようになる。また、平安時代末期から鎌倉時代初期にかけて、世の中が乱れ、人の心がより強く仏教に救いを求めるようになった頃、西行、俊成、定家といった人々が、和歌の世界でもこの「捨てがたし」を使うようになったようである。特に、俊成が歌合の判詞の評語として使い始めた。仏教と文芸を共存させようという試みでもあったろうか。

『無名草子』は、そのような時流の中で成立した。明らかに『源氏物語』の「定め」の場における評語としての「捨てがたし」を受け継いでいるが、さらに仏教的背景を、より強く打ち出している。『無名草子』女性論の最後に配置された大斎院と小野皇太后宮は、風雅に徹した生き方をし、しかも、仏道に深く帰依した女性であり、極楽往生間違いなしと伝えられる。風雅の道に執着したとしても、極楽往生は可能なのである。そういう意味合いをもって、「捨てがたし」の語がこの作品のテーマを象徴する評語として使われているといえよう。

注

(1) 〔『無名草子』の構想と方法についての提言〕
冨倉徳次郎氏『無名草子評解』(有精堂、昭29・9)…『大鏡』と『宝物集』の影響。

樋口芳麻呂氏「『無名草子』の発端」(国語と国文学、昭53・10)…『源氏物語』帚木、『大鏡』、『今鏡』、『水鏡』、特に『宝物集』。

森正人氏『無名草子の構造』(同右)…『宝物集』との影響関係。

(2) 定め…事を判定すること。評価すること。評議。

(3) 沙汰…問題として論議すること。検討。評議。
『無名草子』の中には、本文に引用した「物語の沙汰」と「女の沙汰」の二例ある。「定め」「沙汰」は厳密には区別すべきものであろうが、本稿では、ほぼ同義のものと考えておく。

(4) 『今昔物語集』は『源氏物語』成立以後の成立だが、便宜上、「捨てがたし」の性質をよく示し、また、仏教説話集という側面も持つ点で、『三宝絵詞』と一括して扱う。

【「捨てがたし」用例】

（３）『源氏物語』（引用・頁数・行数は『源氏物語大成』による）

①帚木四〇⒀　（受領階級の娘は）かたかどにてもいかゞ思ひのほかにをかしからざらむ。すぐれてきずなきかたのえらびにこそをよばざらめ。さるかたにてすてがたきものをば…

②帚木四二⑵　かならずしもわがおもふにかなはねどみそめつる契りばかりをすてがたく思ひとまる人はものまめやかなりとみえ、さてもたるゝ女のためも心にくゝをしはからるゝなり…

③帚木六三⑸　猶これ（葵の上）こそかの人々のすてがたくとりいでしまめ人にはたのまれぬべけれとおぼすものから…

④夕顔一〇二⒀　あま君もおきあがりて「おしげなき身なれどすてがたくおもふたまへつる事はたゞかく御まへにさぶらひ御らむぜらるゝことのかはり侍なん事をくちおしくおもひたまへたゆたいしかどいむことのしるしによみがへりてなんかくわたりおはしますをみたまへ侍ぬればいまなむあみだ仏の御ひかりも心きよくまたれ侍べき」などきこえて…

⑤賢木三七一⑹　左のおとゞもおほやけわたくしひきかへたる世のありさまにものうくおぼして致仕のへうをたてまつり給をみかどは故院のやむ事なくおもき御うしろみとおほしてながきよのかためときこえをき給し御ゆいごんをおぼしめすにすてがたきものに思ひきこえ給へるに…

⑥須磨三九五⑺　うきものと思ひすてつる世もいまはとすみはなれなん事をおほすにはいとすてがたきことおほかる。なかにもひめ君のあけくれにそへてはおもひなげき給へるさまの心ぐるしうあはれなるを…

※明石四七三⒁　いみじう物を哀とおぼして所〳〵うちあかみ給へる御まみのわたりなどいはむかたなくみえ給。（光源氏が明石の君を）思ひすてがたきすぢもあめれば、いまいとゞくみなをし給てむ。たゞこのすみかこそみすてがたけれ。

◆すてがたけれ陽

⑦澪標四九六⑾　（花散里のもとで）「とりどりにすてがたきよかな。かゝるこそ中々みもくるしけれ」とおほす

⑧絵合五六四⑼　中宮もまいらせ給へるころにてかた〳〵ごらむじすてがたくおもほす事なれば、御おこなひもをこたりつゝ御らむず。この人々のとりどりにろむずるをきこしめしてひだりみぎとかたはかたせ給ふ。

◆御らんしつゝ御—こらむして大—御らんしつゝ横陽—御らんして池肖三◆御らむしつゝすてかたう河

⑨絵合五六六⑽　兵衛の大君の心たかさはげにすてがたけれどざい五中将のなをばえくたさじとのたまはせて…

⑩螢八一九(1)　むらさきのうへもひめ君の御あつらへにことつけて物かたりはすてがたくおぼしたり。…
⑪若菜上一〇四八(6)　又しかすつる中にもすてがたき事ありてさまざまに思わづらひ侍ほどにやまひはをもりゆく…このいはけなき内親王ひとり
⑫若菜上一〇五〇(5)　女三宮の御事をいとすてがたげにおぼしてしかじかなむのたまはせつげしかば、心ぐるしくて…
⑬若菜上一〇七八(14)　ひいなのすてがたきさまわかやかにきこえ給へば
⑭若菜下一一五〇(5)　あかしの君をはなちてはいづれもみなすてがたき御弟子どもなれば御こころくはへて大将のきゝたまはむになんなかるべくとおぼす
⑮若菜下一一七九(11)　(女三宮に柏木が)「さらばふようなめり。身をいたつらにやはなしはてぬ。いとすてがたきによりてこそかくまでも侍れ。こよひに　かぎり侍なむもいみじくなむ。つゆにても御心ゆるしたまふさまなどはそれにかへつるにてもすて侍なまし」とて…
⑯横笛一二七三(2)　御はのおいいづるにくひあてむとてたかなをつとにきりもちてしづくもよゝとくひぬらし給へば、いとねぢけたる色このみかなとて
　うきふしもわすれずながらくれ竹のこはすてがたき物にぞありける
とゐてはなちての給。かくれとうちわらひてなにともおもひたらず、いとそゝかしうはひおりさはぎ給。月日にそへて此君のうつくしうゆゝしきまておいまさり給にまことにこのうきふしみなおぼしわすれぬべし。此人のいでのし給べき契りにてさるおもひの外のこともあるにこそはありけめ。のがれがたかなるわざぞかしとすこしはおぼしなをさる。…
⑰御法一三八二(4)　いと心ぐるしき御ありさまを、いまはとゆきはなれんきざみには、(光源氏が紫の上を)すてがたく、中〳〵山水のすみかにこりぬべくおぼしとゞこほるほどに、たゞうちあさえたるおもひのまゝの童心おこす人人にはこよなうをくれ給ぬべかめり。
⑱総角一五九〇(13)　これかれもとしごろだになにのたのもしげあるこのもとのかくろへも侍らざりき。身をすてがたくおもふかぎりはほどほどにつけてまかでちり、…
⑲総角一五九一(6)　松の葉をすぎてつとむる山ぶしだにいける身のすてがたさによりてこそ仏の御をしへをもみぢ〳〵わかれてはお

こなひなすなれ…

⑳総角一六一〇⒁（薫が弁に）「きしかたのつらさは、なをのこりある心ちして、よろづに思なぐさめつるを、こよひなむまことにはつかしく身もなげつべき心ちする。（八の宮が）すてがたくおとしをきたてまつり給へりけん心くるしさを思きこゆるかたこそ、又ひたぶるに身をもえおもひすつまじけれ。…

㉑浮舟一九〇〇⑴（薫が女二宮に）「…むかしよりことやうなるこゝろばへ侍し身にて世の中をすべてれいの人ならですぐしてんとおもひ侍しを、かくみたてまつるにつけて、ひたぶるにも（この世が）すてがたければ…」

㉒浮舟一九一〇⑻「われすさまじくおもひなりてすてをきたらば、かならずかのみや、よびとり給てん人のためのちのいとをしさをもことにたどり給まじ。さやうにおぼす人こそ一品の宮の御かたに人二三人まいらせ給たなれ。さていでたちたらんをみきかん、いとをしく。」など猶（薫が浮舟を）すてがたく、けしきみまほしくて御文つかはす。…

㉓手習二〇三六⑾僧都「…つねの世においていでゝ、せけんのゑいぐわにねがひまつはるゝかぎりなん、所せく（世を）すてがたくわれも人もおぼすべかめることなめる。…」

（４）『夜の寝覚』（引用・頁数・行数は小学館完訳日本の古典25『夜の寝覚』一・二による）

①巻三三五・11（寝覚の上が男主人公に）さのみ心置かれむこと、はたあいなく、捨てがたくさすがにおぼさるれば、とかく申し紛らはして、（帝に）きこえさせたまはぬを

②巻五二一二・7　さすがにえ去りがたき絆あまたに、かかづらひてはべるほどをば、（中の君を）思ふたまへ捨てがたくなむ。

（５）『とりかへばや』（引用・頁数は鈴木弘道氏『校注とりかへばや』による）

ウ①五・14　上たちの御ありさまの、いづれもいとしもすぐれ給はぬを、おぼすさまならず、くちをしき事におぼしたりしかど、今は君だちの、さまざまうつくしう生ひ出で給ふに、いづれの御方をも捨てがたきものに思ひきこえ給ひて、

ア②一〇六・8　大将は、身の所せくなり行くままに、「げに、なほ捨てがたき身といひながら、かくてあるべきならず」と思ふに、いと心細くて、内裏などの宿直がちにさぶらひ給ふに、…

イ③一四七・9　「…もとのままにかへりなるべきにもあらず、いかにして、吉野山に思ひ入りて、のちの世をだに思はん」と思ひな

イ④一六七・9　るには、この若君の捨てがたく、うき世のほだし強き心地し給ふ。
若君の、かかる事やあらんとも知らず顔に、なに心なき御笑み顔を、見るがかぎりと思ひとぢむる世のほだしと、いとど捨てがたくあはれなるにも…

ア⑤二一九・16　いかで女びはて給ひにし身をあらため、あたらしく捨てがたき身といひながら、またさはなり返り給ふべき。

（6）『栄花物語』（引用・頁数・行数は『栄華物語本文と索引　本文編』による）

ウ①巻七・二・20　清少納言などいてあひてせう〳〵のわかき人などにもまさりておかしうほこりかなるけはひをなをすてがたくおぼえて

ウ②巻三九・三七・9　東宮大夫殿としごろこ大夫の御かたさまにてもなるべきさまを申給。すてがたくいとをしく内おぼしめしたり

ウ③巻三・二〇・7　又のひの御らんにわらはしもつかへなどのさまもいつれも〳〵たれかはかならずしも人におとらんとおもふかあらんこころ〳〵おかしうすてがたうおぼしめしさだめさせ給。

ウ④巻六・六・6　今宮見奉らせ給に上の御児をゐにぞいとよくに奉らせ給へる哀にうつくし見奉らせ給猶有かたうやむことなくすてかたき物に思聞こえさせ給へるも…

（7）『今鏡』（引用・頁数・行数は『今鏡　本文及び総索引』〔笠間索引叢刊〕による）

ウ①二〇二・16　むらかみの源氏第七　六条殿は…（帝）「…右の大将は中宮の親にて、この度ならずは、法師にならむなどいふなり。又上臈どもありて、われこそなるべけれなどいゐば、それも捨てがたきなり」と仰せられければ、…

（8）『宝物集』（引用・頁数・行数は芳賀矢一校訂『宝物集』〔名著文庫、七巻本〕による）

イ①一四七・13　世間をそむきて後までも、捨てがたく見ゆるためし多く侍るめり。唐国には則天皇后、我が朝には定子皇后宮や、尼の後子をうみ給へり。（七巻本、九冊本）

ウ②一七四・1　又波斯匿王の娘勝鬘夫人は形醜く、…雖然、大王恩愛を捨てがたくして…（七巻本、片仮名三巻本）

結語

結語

最後に、本論の概要を以下に述べる。

第一章では、『源氏物語』の作者が駆使した様々な方法を解きあかし、登場人物に付与された特質、源泉となるものを追求した。一つは和歌である。和歌の内容だけでなく、和歌周辺に描かれた記述から、和歌に託そうとした心情を読み取り、作者の主旨を読み取る。和歌が本心を語っていない場合があるからである。また、物語内部に点在する一人の人物の和歌を総体と考え、一つの和歌をその人物の和歌全体から読み解く、という作業を行った。藤壺、紫の上、朧月夜の人物造型には、源泉として『伊勢物語』が存在する。先行文学としての『伊勢物語』の受容の方法を考察した。また、和歌がある特定の実在人物を指し示していることもある。清少納言、『蜻蛉日記』の作者藤原道綱の母、和泉式部など。和歌だけでなく、物語成立当時の話題、スキャンダルなど、現代に伝えられた資料をもとに、実在人物がいかに登場人物に投影されているか、あるいは実在人物と背離しているか、源典侍、玉鬘らについて論じた。

第二章では、『源氏物語』に描かれた梅花を扱った。末摘花巻がきっかけである。末摘花邸の梅が白梅か紅梅かを考察するため、『源氏物語』全体の白梅、紅梅を調査した結果、その使われ方からみて、作者の構想に意図的なものを感じたのである。光源氏は、女性がらみ以外は「梅」「紅梅」とは無関係に描かれている。光源氏が、梅を愛した菅原道真に似すぎないようにという配慮に思える。「梅」と「紅梅」は対比の中で、光源氏の妻たち、「紅梅」

は紫の上、「白梅」は女三宮を象徴するように描かれている。

その「紅梅」は紫の上の愛育した匂宮に、「白梅」は女三宮から薫に受け継がれ、正編と続編の繋ぎの部分、匂兵部卿・紅梅・竹河三帖では、梅花と彼らの「匂ひ」「香り」が取り上げられる。宇治十帖に「梅」「紅梅」は数カ所に点描されるにすぎない。特に前半の橋姫物語にはほとんど現れない。浮舟物語でも梅花は一カ所だけである。にもかかわらず、宇治十帖の底辺に流れるのは

春の夜の闇はあやなし梅の花色こそ見えね香やは隠るゝ（古今集・春上・四一）

の歌である。浮舟物語の最後に闇の中から香りと共に紅梅が匂い立つ。たった一カ所のあけぼのの色である。断絶していたかに見える匂兵部卿・紅梅・竹河三帖と宇治十帖は、この歌と共に「梅」「紅梅」で有機的に繋がっている。また、正編も、匂兵部卿・紅梅・竹河三帖を繋ぎ目として「梅」「紅梅」で、続編とも繋がっている、と考えうる。

第三章では、『源氏物語』の音楽、特に日本古来の楽器である和琴と中国伝来の琴（きん）を扱った。まず、『源氏物語』における和琴の、表現と役割を考察した。『源氏物語』に描かれた和琴の表記に「よくなる琴」も含まれること、「あづま」と表記されることもあるが、東調の場合もあること、光源氏が第一の使い手であること、などを指摘した。和琴を調査したのは、琴（きん）と比較するためであった。

琴（きん）とは何か。『源氏物語』における琴（きん）の役割とは何か。琴（きん）の本質を追求した。中国伝来の琴（きん）は、奈良時代から平安時代前期にかけて、尊ばれ、もてはやされたが、『源氏物語』の成立した一条天皇の御世には、琴（きん）の奏法は廃れ、弾く人もいなくなっていた。しかし、光源氏は琴（きん）の名手として描かれている。光源氏は、琴（きん）の弾かれた時代の人物として描かれており、『源氏物語』が描く時代と、

『源氏物語』の執筆当時では、琴（きん）の状況が一変している。琴（きん）の状況の変化、認識の変化が、五節舞姫の起源の認識の変化に影響しているのではないかと疑い、新たな仮説を立ててみた。天女は天武天皇の琴（きん）の演奏に感じて舞い降りてきたのであり、その起源伝は吉備真備による創作、もしくはプロデュースではないかと想定した。『源氏物語』の読みにも五節舞姫と琴（きん）の関係は深く関わっている。

『源氏物語』における源泉としての琴曲（具体的には「広陵散」「胡笳の調べ」）についても、作品の中でいかなる意味をもつのか、作品の読みと、当時の資料から考察し、「胡笳の調べ」が「蔡琰辨琴」（『蒙求』）で名高い蔡琰と関わることを指摘した。

第四章では、花宴巻の舞台となった内裏、弘徽殿の細殿の実態を究明した。平安宮内裏は、焼亡と再建を繰り返したため、『源氏物語』が描く内裏と紫式部の過ごした一条院里内裏は全く違うものである。物語を正確に読み解くために、物語の描く時代の内裏、弘徽殿の細殿の実態を様々な資料から明らかにしようとした。

資料の一つに、絵画資料『承安五節絵』がある。この絵巻は、後白河法皇の院政期、承安年間の五節舞の行事を絵画化したものである。五節舞の行事の絵画資料であると同時に、失われた内裏建築を記録した貴重な絵画資料でもある。これはまた、前章第二節の五節の舞姫と琴（きん）を考察する資料ともなった。『承安五節絵』は、原本を失った模本であるがゆえに、各所に散在する諸本を収集し、整理し、分類し、資料のとしての価値を高めることに努めた。その成果を、『源氏物語』を読み解くために不可欠の資料として、本書に納めた。

第五章は、『源氏物語』の継承の部分に当たる。鎌倉時代初期成立の『無名草子』は、『源氏物語』の本格的な評論を最初に行った作品である。『源氏物語』と、それに次ぐ作り物語の数々を前半で、平安時代に活躍した実在女性たちの生き方を後半で論じている。『無名草子』研究は、私の研究の始発であり、二十五年前のものもある。ご批判を受けたものは直し、間違いを訂正したが、論の骨子は変わらない。とくにいとぐちの部分の虚構の方法を明らかにすることが、この作品の本質に迫ることになると確信している。鎌倉時代初期という成立時代が、作品に色濃く出ていることも確認したが、この作品こそ、『源氏物語』の雨夜の品定めを継承した、尼夜の品定めである。その定め—批評の対象は、物語と、平安時代の実在の女性たちである。男たちに語らせた『源氏物語』の雨夜の品定めの型を継承しつつも、『無名草子』は、女たちに語らせる。『源氏物語』が、女性の手になる、女性のための、女性の生き方を描いた物語であるならば、『無名草子』は、女性の様々な生き方を描いた物語と、平安時代の実在女性の生き方を評論することで、女性の生き方を示した女性論書であるといえよう。本章では、『無名草子』が、いかに『源氏物語』を継承したかを論じた。

緒言で述べたように、本書は三十年近い研究の成果をまとめたものである。『無名草子』から出発した研究が『源氏物語』へ、『承安五節絵』へ、琴（きん）へ、どんどん広がって行き、次第にそれらが結びつき、「『源氏物語』の源泉と継承」という形でここに集結した。本書は平成十九年四月に埼玉大学大学院文化科学研究科に提出した博士論文であり、平成二十年三月二十四日、論文博士第一号の栄誉に浴した。主査山口仲美先生、副査伊井春樹先生他、総勢五名で審査にあたっていただき、身に余る光栄であった。ここに改めてお礼申し上げる。

本書の出版を快く引き受けて下さった笠間書院の池田つや子社長、編集実務に当たられた橋本孝編集長に、厚く御礼申し上げる。

最後に、本書を、常に応援し、見守ってくれた今は亡き父と母に、そして、側で常に叱咤激励し続けてくれた夫、武井和人に捧げる。

初出一覧

第一章『源氏物語』の源泉と人物造型

第一節　藤壺の和歌―『伊勢物語』の受容の方法―

【初出】「藤壺の和歌―『源氏物語』における『伊勢物語』受容の方法―」（『国語国文』61―10、平4・10）

第二節　紫の上の和歌―『源氏物語』における和歌の機能―

【初出】「紫の上の和歌―『源氏物語』の和歌の機能―」（桑原博史編『日本古典文学の諸相』（勉誠社、平9・1所収）

第三節　朧月夜―歌詞改変のトリック―

【初出】「朧月夜」（『源氏物語講座2　物語を織りなす人々』（勉誠社、平3・9）所収）

第四節　源典侍の人物造型

1、源典侍と清少納言―衣通姫「わが背子が…」の歌の引歌方法―

【初出】「源典侍と清少納言―衣通姫「わが背子が…」の歌の引歌方法―」（『研究と資料』23、平2・7）

2、紅葉賀巻の源典侍と『蜻蛉日記』の作者―「ささわけば人やとがめむ…」の歌をめぐって―

【初出】「紅葉賀巻の源典侍と『蜻蛉日記』の作者―「ささわけば人やとがめむ…」の歌をめぐって―」

（『東京成徳短期大学紀要』24、平3・3）

3、朝顔巻と『清少納言枕草子』

【初出】「朝顔巻と清少納言枕草子」（『研究と資料』22、平元・12）

第五節　玉鬘

1、玉鬘十帖の方法と成立―玉鬘の運命と和泉式部、そして妍子―

【初出】「玉鬘十帖の方法と成立―玉鬘の運命と和泉式部、そして妍子―」（『日本語と日本文学』4、昭59・12）

2、玉鬘十帖発端部分の方法―玉鬘と末摘花―

【初出】「玉鬘十帖発端部分の方法―玉鬘・初音二帖と末摘花巻―」（『源氏物語の探求』12、風間書房、昭62・7所収）

第二章『源氏物語』における梅花の役割

第一節　末摘花と梅花―末摘花邸の梅は白梅か紅梅か―

【初出】「末摘花と梅花―末摘花邸の梅は白梅か紅梅か―」（『論叢源氏物語3　引用と想像力』新典社、平13・5所収）

第二節　二条院と六条院の梅花―紫の上と女三宮の対比―

【初出】「『源氏物語』の梅花―二条院と六条院の梅花―」（平田喜信編『平安朝文学　表現の位相』新典社、平成14・11所収）

第三節『源氏物語』続編の梅花と香り―正編と続編を繋ぐもの―　※未発表

第三章『源氏物語』の音楽

第一節　和琴―よく鳴る和琴・よく鳴る琴―

【初出】「『源氏物語』の和琴―よくなる和琴・よくなる琴について―」（『東京成徳国文』26、平15・3）

第二節　琴（きん）の意味するもの

1、五節の舞姫の起源と琴（きん）

【初出】「五節舞の起源と琴（きん）」（『東京成徳国文』27、平16・3）

2、光源氏の弾琴の意味

【初出】「光源氏と琴（きん）」（坂本共展・久下裕利編『源氏物語の新研究　内なる歴史性を考える』新典社、平17・9、所収）

3、女三宮に伝授した「胡笳の調べ」　※未発表

第四章　物語世界と殿舎―絵画資料としての『承安五節絵』―

第一節　弘徽殿の細殿―光源氏と朧月夜の出会いの場―

【初出】「弘徽殿の細殿考―『源氏物語』を読むために―」（『講座平安文学論究』13〈風間書房、平10・9〉所収）

第二節　『承安五節絵』の流伝

【初出】『承安五節絵』の流伝」（『東京成徳短期大学紀要』27、平6・3）

【備考】(1)「早稲田大学図書館蔵『承安五節之図』」（『研究と資料』40、平10・12）

(2)「『承安五節絵』の諸本―模本五種の補遺を中心に―」（『研究と資料』41、平11・7）

の概要も併合し再構成した。

第三節　『承安五節絵』詞書　本文と校異

【初出】(1)「『承安五節絵』詞書　本文と校異」（『研究と資料』29、平5・7）

(2)「『承安五節絵』詞書　本文と校異　補遺」（『研究と資料』31、平5・12）

を併せ再構成した。

第四節　冷泉為恭の『年中行事図巻』と『承安五節絵』

【初出】「冷泉為恭の『年中行事図巻』と『承安五節絵』の関連について」(『研究と資料』42、平11・12)

第五章　『源氏物語』から『無名草子』へ―物語世界の継承―

第一節　『無名草子』の諸本についての覚書

【初出】「『無名草子』の諸本についての覚書」(『東京成徳短期大学紀要』19、昭61・3)

第二節　いとぐちの部分の虚構の方法

【初出】「『無名草子』の方法―いとぐちの部分の虚構について―」(『中古文学』28、昭56・11)

第三節　老尼について

【初出】「『無名草子』の老尼について」(『研究と資料』16、昭61・12)

第四節　老尼はなぜ最勝光院に立ち寄ったか

【初出】「『無名草子』の最勝光院」(『研究と資料』38、平9・12)

第五節　女性論―説話の摂取と受容を中心に―

【初出】「『無名草子』女性論の方法と構成―説話の摂取と受容を中心に―」(『言語と文芸』一〇〇、昭61・12)

第六節　『無名草子』における「捨てがたし」について―『源氏物語』からの継承―

【初出】「『無名草子』における「捨てがたし」について―『源氏物語』からの継承―」(『研究と資料』20、昭63・12)

著者プロフィール

川島 絹江（かわしま きぬえ）

1953年、埼玉県生まれ。筑波大学大学院博士課程文芸・言語研究科単位取得満期退学。

現在、東京成徳短期大学教授。博士（学術）。

著書に『新註 無名草子』（共著・勉誠出版、1986）。

本書所収論文の他、「『浜松中納言物語』書誌報告二種―勧修寺家本及び浅野家本について―」（『研究と資料』第39輯、1998・7）、「荻生徂徠著『琴学大意抄』翻刻」（『東京成徳短期大学紀要』第37号、2004・3）、「東陵文庫本『春秋経伝集解』について」『東京成徳短期大学紀要』第40号、2007・3）等。

『源氏物語』の源泉と継承

平成21（2009）年3月31日　初版第1刷発行

著　者　川島　絹江

装　幀　笠間書院装幀室
発行者　池田　つや子
発行所　有限会社　笠間書院
〒101-0064　東京都千代田区猿楽町2-2-3
☎03-3295-1331㈹　FAX03-3294-0996

NDC分類：913.36

ISBN978-4-305-70466-5

組版：言海書房／印刷・製本：モリモト印刷
（本文用紙・中性紙使用）

http://www.kasamashoin.co.jp

索　　引

1. 本索引は、緒言・結語を除く本編の人名・書名・事項を五十音順に配列した総合索引である。
2. 『源氏物語』は書名から除き、『源氏物語』の登場人物、巻名は含まない。
3. 書名は『　』を付す。但し、引用文中のものはそのままとした。
4. 曲名、詩題、賦題には「　」を付した。
5. 近現代の研究者の場合、原則として人名を取り、書名を除いた。

あ　行

か　行

さ 行

た　行

た　行

な　行

は 行

ま　行

や　行

ら　行

わ　行